한국
현 대 문 학
전 집

1

혈의
누

개
화
기
소
설
단
편
선

혈의 누

이인직 외 지음 · 서형범 엮음

현대문학

학교 교육에서 문학 교육이 차지하는 비중은 대단히 크다. 초등학교, 중학교, 고등학교 국어 과목 안에 '문학'이 한 영역을 차지하고 있으며, 고등학교에서는 심화 학습으로 문학 과목을 배운다. 문학 교육의 비중은 갈수록 커져 가고 있어 '2009년 개정 교육과정'에서는 문학 1과 문학 2로 과목이 확대되었다.

게다가 인문학 교육의 중요성이 강조됨에 따라 대학 교육에서 문학 교육의 위상이 갈수록 높아지고 있음은 모두가 아는 사실이다. 인간과 세계의 진실을 정신과 감각의 차원에서 통합적으로 파악하고자 하는 문학에 대한 넓고 깊은 이해가 중요함은 새삼 말할 필요도 없다. 모든 학문의 바탕이며 동시에 종합인 문학에 대한 올바른 인식이 확산되면서 그동안 실용 학문에 밀려 주변부를 맴돌았던 문학 교육이 다시금 제자리를 찾아 교육의 중심으로 돌아오고 있다. 따라서 지금이야말로 문학 교육에 더 많은 관심을 기울여야 할 때이다.

새로운 현실은 새로운 문학 전집을 요청한다. 문학 교육의 중요성이 갈수록 더 강조되고 문학 교육의 위상이 갈수록 높아지는 새로운 현실의 요청에 응하여 여기 〈한국현대문학전집〉을 펴내고자 한다.

우리는 몇 가지 원칙에 따라 이 전집을 엮고자 하였다. 〈한국현대문학전집〉의 편집 원칙은 다음과 같다.

첫째, 국문학계에서의 연구 성과에 근거하여 한국현대소설사를 일구어온

대표 작가의 대표작들을 엄선하여 수록함으로써 이들 대표 작가 개개인의
문학 세계와 한국현대소설사의 구체적 전체상을 담아낸다.

둘째, 문학 교육의 비중이 갈수록 높아지는 현실에 따라 문학 교육 과정에
서 중시되고 있는 작품들을 수록한다. 문학 교육 과정에서 중시되는 작품들
은 곧 한국현대소설사에 솟아 있는 우수한 작품들이니 이는 첫 번째 원칙과
통한다.

셋째, 작가의 최종 수정판을 수록하는 것을 원칙으로 하되, 명백히 잘못된
부분은 다른 판본과의 대조를 통해 수정함으로써 비평적 정본을 제시한다.

넷째, 전문 연구자의 해설을 붙여 독자가 해당 작가의 문학 세계를 깊이 이
해할 수 있도록 한다. 해설은 작가의 삶과 문학 세계에 대한 비평적 개괄과
수록 작품들에 대한 정밀한 분석 두 부분으로 구성한다.

다섯째, 작품들 뒤에 그 작가의 문학 세계를 이해하는 데 도움이 될, 그 작
가와 관련된 수필 또는 비평문을 두세 편 수록한다.

〈한국현대문학전집〉이 학교의 문학 교육 현장을 비롯한 문학 생활의 공간
곳곳에서, 학생들에게 그리고 문학을 사랑하는 모든 사람들에게 널리 읽히
기를 바란다.

2010년 가을

〈한국현대문학전집〉 편집위원회

일러두기

1. 작가 생존 시 마지막으로 간행된 것을 원문으로 삼는 것이 원칙이나 일부 작품은 개화기 문학 연구자들에 의해 을유문화사에서 나온 영인본이 개화기 연구의 정본으로 인정받고 있기에 이 책도 그 관행을 따른다. 각 작품의 말미에 그 출처를 밝혀두었다.

2. 이 책은 현행 한글맞춤법에 따르는 것을 원칙으로 하였다.

　　예) 납뛰다 → 날뛰다, 내애 → 네에, 걸리적거리는 → 거치적거리는

　　　　다만 작품의 분위기에 영향을 미친다고 판단되는 경우 방언이나 구어체 표현, 의성어, 의태어 등은 그대로 두었으며, 특히 대화문에서는 옛 표기를 최대한 살렸다.

　　예) "좀 부축을 히여줄 것이지 그냥 그러구 뻬언허니 섰어야 옳담 말잉가?'

　　　　"혼자 있으닝개 제일 말동무가 읎어서 심심히여 못허겄네……."

3. 외래어는 현행 외래어 표기법에 따라 바꾸되 대화문에서는 말하는 이의 느낌을 그대로 전하기 위해 가능한 한 그대로 두었다.

　　예) 포옥 → 포크, 치킨 커스 → 치킨커틀릿, 넌센스 → 난센스

4. 원본의 한자는 가능한 한 한글로 바꾸고 작품 이해에 꼭 필요한 경우가 아니면 한자를 병기하지 않았다.

5. 대화나 인용은 " ", 생각이나 강조는 ' '로 표시하였다. 이외에 책 제목은 『 』, 단편 소설이나 시 등은 「 」, 잡지나 신문 등은 《 》, 영화나 연극, 노래 등은 〈 〉로 통일하였다.

6. 독자들의 이해를 돕기 위해 본문의 뜻풀이는 국립국어원의 『표준국어대사전』과 『교학대한한사전教學大漢漢辭典』, 민중서림의 『한한대사전漢韓大字典』을 참고하여 달았다.

소경과
앉은뱅이
문답

작자 미상

개화기를 가로지르는 민중의 두 가지 목소리

서형범

《대한매일신보》는 동시대의 다른 어떤 언론보다 비판적인 기사를 많이 실었던 민족주의 성향의 매체였다. 이 신문은 1904년 2월에 일어난 러일전쟁을 취재하기 위해 한국에 왔던 영국인 배설裵說(본명은 베셀, Ernest Thomas Bethell)이 양기탁梁起鐸 등 민족주의 인사와 함께 조선이 처한 국권 피탈의 위기를 대내외에 알리고 민중계몽운동을 벌이려는 목적으로 창간한 일간지이다. 1904년 7월 18일 창간과 동시에 국권상실의 위기가 깊어가는 조선의 현실, 특히 위정자의 무능력을 신랄하게 비판하는 기사를 적극 게재하면서 지식인과 민중의 지지를 받았다. 발행인이 영국인이었기 때문에 통감부가 설치된 이후에도 상대적으로 자유롭게 비판적인 기사를 실을 수 있었고 여러 계층에서 보내 온 다양한 형식과 내용의 기고문을 통해 민족의식을 고취할 수 있었다. 창간 당시부터 국한문혼용판과 영문판을 함께 발행했고 1905년 8월 11일자를 기점으로 영문판을 독립시켜 해외에 조선의 현실과 조선 민중의 민족주의 운동을 소개하는 데 힘썼다.

《대한매일신보》 국한문판에는 다양한 형식의 운문 또는 산문이 수록되었는데, 이 가운데 사회면의 '사회등社會燈'과 '잡보雜報'란에는 익명 혹은 필명의 독자가 보내 온 다수의 글이 실려 민중의 고양된 주체의식과 사회 비판의식을 드러내었다. 여기 수록된 작품들이 보여주는 날카로운 정부 비판과 계몽의식은 정부에서 추진하는 여러 정책과 충돌할 수밖에 없었고 그 결과 조선 정부를 배후조종하던 통감부의 지속적인 탄압을 받을 수밖에 없었다. 1907년과 1908년에는 기사 내용이 불순하다는 이유로 재판에 회부되어 정간처분을 받기도 했고 창간과 발행에 주도적인 역할을 했던 양기탁이 구속, 수감되기도 하는 등 견디기 힘든 탄압을 받았다. 결국 1909년 5월 1일 발행인이었던 배설의 죽음 이후 조선을 병탄한 뒤 설치된 총독부의 기관지로 흡수되는 비운을 겪게 된다.

이 작품은《대한매일신보》의 사회면에 해당하는 '잡보'란에 연재(1905. 11. 17.~12. 13.)되었던 대화체 토론 소설이다. 비록 이런 유형의 작품을 통칭하여 '대화체 토론 소설'이라 부르고 있지만, 엄밀히 말해 근대소설이 갖추어야 할 사건의 구조, 인물의 성격화, 시대정신의 주제화 등을 지니고 있지는 않기 때문에 '소설'이라는 장르 명칭을 부여하기에는 적합하지 않다. 그런 탓에 이 작품을 '토론체 서사 양식'이라는 포괄적 이름으로 부르기도 한다.

이런 유형에 속하는 대다수 작품은 대화를 중심으로 구성되었다. 지식이나 경험이 비슷한 쌍방이 서로 이야기를 주고받는 '대화' 형식을 띠고 있지만, 엄밀히 말해 지식이나 경험, 경륜이 좀 더 나은 한쪽 인물이 자신보다 못한 이를 앞에 두고 대화를 통해 상대방이 무엇을 잘못 이해하고 있고 어떻게 해야 올바른 방향으로 발전할 수 있는가를 '가르쳐주는' 방식으로 된 경우가 대부분이다. 이러한 배우고 가르치는 구조는 이 시기 신문매체가 '논설論說'이라는 새로운 양식을 통해 조선의 위기상황을 전파하고 민중들을 계몽하고자 했던 의도를 반영한 것으로 볼 수 있다. 신문이나 잡지의 논설적인 글은 불특정 다수의 독자를 향해 일방적으로 발언하는 형식인 까닭에 독자들은 논설이 주장하는 내용에 관한 직접적인 경험을 찾아내기 어려울 수밖에 없었다. 독자가 자신들의 생활에서 구체적인 실감을 얻고 실생활에 적용하여 올바른 방향으로 발전하도록 하기 위해서는 독자의 눈높이에 맞춰 가르침을 베풀어야 했으며, '토론체 서사 양식'의 범주에 속하는 다수의 저작물은 이러한 목적 아래 새롭게 창안된 개화기 우리 문학의 독특한 양식이다.

이 작품의 주된 화자는 앞을 보지 못하는 소경과 거동이 자유롭지 못한 앉은뱅이이다. 몸이 불편하기 때문에 이들이 선택할 수 있는 호구책糊口策은 매우 한정적일 수밖에 없고, 무엇보다 불편한 몸을 이끌고 세상을 살아가야 했기에 제대로 된 교육을 받을 수도 없었던 인물들이다. 따라서 이들이 볼 수 있는 세상은 자신들을 둘러싼 좁은 범위에 한정될 수밖에 없고 자신들의 경험으로만 당대 조선이 처한 현실을 이해할 수밖에 없었다. 이 작품은 이러한 환경에 놓인 두 인물이 당대 조선의 이모저모에 대해 나누는 '어리석은' 이야기로 구성되어 있다.

복술卜術을 직업으로 하는 소경과 망건網巾 제작을 생업으로 하는 앉은뱅이는 조선이 근대화되면서 자신들과 같은 이들이 오랫동안 생계 유지 수단으로 삼아왔던 복술이나 망건 제작이 실효를 지니지 못하게 될 것을 걱정한다. 과학기술이 눈부시게 발전하는 세상에 발맞추기 위해 정부에서는 미신타파운동을 벌인다. 미신에 의존하는 탓에 무당이나 판수에게 속아 막대한 재산을 빼앗기고 그로 인해 불행한 처지에 빠지는 경우가 적지 않았기 때문이다. 이러한 정부의 시책은 소경이 더 이상 산算가지 몇 개를 흔들어 뽑아 남의 미래를 해석하거나, 쌀 한 줌을 던져 나온 모양을 읽어 미래의 길흉화복을 점쳐주는 일로 생계를 유지할 수 없게 만들었다.

앉은뱅이의 처지도 소경과 별반 다르지 않게 되었다. 단발령으로 많은 사람이 갓을 벗어던지고 서양식 의복으로 바꿔 입는 세상이므로 머리를 질끈 동여매는 망건은 더 이상 팔리지 않게 되었다. 이렇게 변화한 현실에 소경이나 앉은뱅이가 어떻게 적응해야 하는가가 두 사람의 대화의 중심을 이룬다.

그런데 이들의 대화를 자세히 살펴보면 자신의 처지를 한탄하는 데 그치지 않는다. 겉으로는 정부를 중심으로 조선의 근대화를 위해 시행하는 미신타파운동이나 두발개량운동으로 인한 자신들의 위기상황을 걱정하지만, 실제 이들은 줏대 없이 외국의 간섭에 휘둘리는 정부 시책으로 인해 고통받는 민중의 삶을 걱정하고 있는 것이다.

이들은 전해 들은 이야기임을 전제로, 체계적이고 계획적인 준비 없이 무작정 시행한 화폐개혁으로 시중에 돈의 유통이 원활하지 않아 물가가 오르고 매점매석이 심해지는 등의 전황錢荒이 발생하였다고 비판한다. 또 정부 관료가 사리사욕을 위해 매관매직을 일삼고, 외국 세력을 등에 업고 자기네 안위만을 돌볼 뿐 백성의 삶에는 관심을 두지 않는 행태는 관료로서의 책임을 망각한 처사라고 비판하고 있다. 게다가 외교권을 잃고 국부가 외국 세력에 유출되도록 방치하는 무능함을 보이는 지배계층의 행태를 신랄하게 지적한다. 이러한 비판은 조선을 '보호'한다는 명분을 앞세워 점차 조선에 대한 지배권을 확대하고 있는 일본의 제국주의적 팽창정책을 꿰뚫어보지 못한 지배계층의 무능력과 나태함을 비판하는 데에까지 이르게 된다.

"그 말 말게. 이 근래 각부 대신네들 출입시에 보게 되면 기구機構도 굉장하데. 순검巡檢 병정兵丁 옹위擁衛하고 일헌병 일순사가 좌우로 보호하여 추종騶從

이 벌떼 같으니, 그 영광이 어떠하며 그 위엄 어떠한가. 사람마다 못하리라."

"이 사람 명담名談이로다. 그네들의 부귀영총富貴榮寵을 의논하면 수모수모 誰某誰某 당세의 제일이라. 그 악명, 그 신세는 우리만도 못하도다. 화당금옥華 堂金玉의 금의옥식錦衣玉食은 만민의 고혈膏血이요, 거마복중의 영광 위엄은 나라의 난신亂臣이라. 자주권리 반점半點 없이 외국인을 의뢰하여 전국 이익 주어가며 황실 이권 빼앗아다 외국으로 돌려보내어, 강토는 점점 줄어가고 황권은 날로 미약하여 만민은 도탄이요, 도적은 봉기하니 국세의 위급함은 조석이 난보로다.(후략)"

이처럼 개인적인 처지를 한탄하는 데 그치지 않고 조선 민중 전체가 처한 위기상황을 간파하고 그 원인을 정확하게 진단하는 데까지 이른 두 사람은 이제 더 이상 눈이 보이지 않아 생계를 걱정해야 하고 두 다리가 온전하지 않아 사회에서 도태될 위기에 처한 약자가 아니라, 조선 민중이 나아가야 할 방향을 제시하고 앞장서 실천에 옮기려는 주체적이고 능동적인 개인으로 변모하게 된다.

그런데 여기서 눈여겨볼 대목은 앉은뱅이와 소경이 서로 도우면 온전한 한 몫을 할 수 있다는 앉은뱅이의 제안에 대한 소경의 반응이다. 앉은뱅이는 소경에게 다리가 불편한 자신을 소경이 업고 다니면 눈도 보이고 어디든지 자유롭게 오갈 수 있어 '일신단체(一身團體 또는 一身單體)'를 이룰 수 있다고 제안한다. 이에 대해 소경은,

"말인즉 대단히 감격한 말이나 우리 같은 병신들이 제 아무리 단체된들 무엇을 한다 하리오. 가위 지이불행知而不行인즉, 가석可惜할 뿐이로세."

(중략)

"그러면 자네는 업혀 다니게 되어 좋거니와, 나는 무슨 팔자로 내 몸도 내가 주체할 수 없는데 남을 또 업고 다닌단 말인가. 참 기막힌 말일세."

라고 대답하며 그 제안을 거절한다. 소경도 앉은뱅이의 제안이 분명 두 사람 모두에게 도움이 됨을 알고 있으나 두 사람이 한몸이 되어 얻는 이점을 따져보고는 자신에게 별반 도움이 되지 않을 것이라는 판단을 내리고는 그 자리를 떠난다.

이 작품의 주제가 개화기 조선 민중 개개인의 자아각성과 그에 기반한 실천을 촉구하는 것임에도 불구하고 결말이 이처럼 소극적 개인을 드러내는 것으로 마무리된다는 점은 깊이 생각해보아야 할 대목이다. 그것은 다름 아닌 현실적 이해관계 앞에서 한없이 무력해지는 추상적 이념의 한계에 대한 당대 지식인들의 통찰과 그로 인한 절망감이라 하겠다. 작품속 두 주인공은 깨어 있지 못한 당대 조선인의 처지를 은유적으로 드러내는 인물이다. 이들에 의해 그려진 당대 조선 사회는 사지 멀쩡한 사람들이 잘못 만들어놓은 세상에 다름 아닌 것이 된다. 신체적 불구에도 이들은 당대 조선이 처한 상황과 지배층의 허위의식, 관념성 등을 적나라하게 폭로한다. 당대 조선의 지배층은 무지한 대다수 민중이 자신들의 반민족적, 반민중적 행태를 전혀 알지 못하리라 생각했을 것이다. 그러나 실제로 민중은 지배층의 허위의식과 무능력함을 간파하고 있었고 그로 인해 벌어지는 국권상실과 경제파탄에 나름대로의 응전전략을 모색했던 것이다. 하지만 실제 그러한 자기이해와 실천의 필요성을 인식하고 있었다고는 해도 그것을 실천으로 옮기고 개인이 아닌 단체로 힘을 모아야 할 시점에서는 매우 소극적으로 행동할 수밖에 없는 소시민적 성향 또한 지닌다. 기층 민중의 시선을 빌어 지배층의 허위의식을 폭로하고 신랄한 비판을 아끼지 않으면서도 이들이 보여주는 소시민적 태도를 간파하고 그것에서 문제의식을 발견하려는 이 작품의 시선은 분명 주목해보아야 할 것이다.

작품의 맨 끝에 소경이 읊조리는 짤막한 가사는 이 작품의 저자(누구인지 밝혀지지는 않았지만 당대 조선의 현실을 개탄하고 올바른 응전전략을 모색하려 애쓰던 개혁적 지식인으로 짐작되는)가 간파한 조선 민중의 허무의식의 일단을 보여준다.

> 사천 년 오랜 나라 어이한들 망할쏜가.
> 오백 년 높은 종사宗社 뉘라서 바라볼까.
> 서산에 지는 해는 다시 돌아 올라오고
> 동해로 가는 물은 궁진窮盡함이 없으리라.
> 현인군자가 어느 때에 없다 하며
> 난신적자가 매양 득의하단 말까.
> 흥망성쇠는 자고로 무상한즉
> 사람의 알 바 아니로다.
> 역산에 밭갈기와 위수渭水변에 고기 낚기는
> 고인의 행적이니
> 우리도 오호에 배를 띄워
> 사풍세우斜風細雨에 불수귀不須歸하여볼까!

작품 전체를 관통하며 지배층의 무능과 부패를 신랄하게 비판하던 앉은뱅이가 소경의 제안을 물리치고 혼자 자리를 뜨며 부르는 이 노래는 현실에서 벗어나 안빈낙도하겠다는 소극적 도피의식을 드러낼 뿐 적극적 개혁의지는 없다. 당대 조선 민중에게 자아각성과 실천을 촉구하는 작품 전체의 의도에서 일견 벗어난 듯 보이는 이 결말 처리가 실은 당대 조선 민중의 현실을 날카롭게 통찰하고 있다는 점이 이 작품이 가지는 사실성 측면에서의 가치라 하겠다. 또한 이는 아무런 권력도 갖지 못한 소시민이 불가피하게 도달할 수밖에 없는 소극적 저항의 양태라 할 수 있는 현실도피를 보여준다. 부정하고 싶지만 부정할 수 없는 조선인의 현실이 바로 이 노래에 담겨 있다 하겠다.

소경과 앉은뱅이라는 '신체적 불구'에도 동시대 지식인 누구보다도 앞선 날카로운 통찰을 보여주는 이 작품의 두 화자를 통해 저자는 당대 조선의 현실을 날카롭게 비판할 뿐 아니라 올바른 방향을 제시하려는 의도를 이 작품에 담아두었다. 비록 작품의 결말이 적극적인 행동까지 이르는 성취를 보여주지는 못했지만 오히려 이런 결말 처리가 당대 조선인이 도달한 문명개화의 인식 수준과 주체적 역량의 한계를 솔직하게 드러내고 있다고 볼 수 있다. 어렵고 무거운 주제를 조금이라도 실감 있게 민중에게 전달하기 위해 고안된 대화체에 당대 조선이 처한 현실에 대한 아픈 자기인식을 보여주는 이 작품은 개화기 우리 문학이 이룩한 소중한 성과라 할 것이다.

소경과 앉은뱅이 문답

일전에 어떠한 소경 하나가 막대를 두덕거리고 모처 망건 가게 앞으로 지나가는데, 그곳에서 망건 일 하는 앉은뱅이가 그 소경을 불러 가로되,

"여보게, 그동안 어찌하여 오래 만나지 못하였나?"

소경이 대답하되,

"자연 그렇게 되었네마는 그동안 술이나 잘 먹었나?"

"여보게, 아무 말 말게. 말하면 기가 막히네. 술을 먹기는커녕 술 먹는 사람의 입도 구경치 못하였네. 전일에는 가로상에 술 먹고 주정하는 자도 많더니, 근일에는 별로 얻어 볼 수 없네. 아마 후주醻酒* 죄인으로 잡혀갈까 두려워함인지."

"아니, 돈이 귀하여 그렇지. 신화 한푼 얻어 보기는 하늘의 별따기요, 구화조차 구경할 수 없으니 어느 겨를에 술 먹을 수 있으며, 먹은들 취할 수 있겠나? 그 전에는 내가 문수問數** 소리를 지르고 돌아다니면 이 집 저 집에서 불러들여 하루 못 벌어도 삼사십 냥이더니, 근일에는 다리에 가래토시가 서도록 다녀도 삼사 푼을 구경치 못하니 참 살 수 없어."

---

* 술에 취해 정신없는 짓을 함.
** 점쟁이에게 길흉을 묻는 것.

"자네는 그렇지. 나도 이왕에는 망건을 세 개만 맡아도 매일 사오십 냥, 오륙십 냥을 벌어 고기도 사 먹고 술도 먹었더니, 근일 당하여는 돈도 귀할 뿐 아니라 머리 깎는 사람이 많아서 제가끔 망건을 팔아먹으려드는 까닭에 생애 없어 죽겠네."

"그 말 말게. 자네나 나는 그만두고 우리보담 십 배는 잘 벌고 잘 쓰던 대상고大商賈*들도 전문廛門**을 닫친다. 도망을 한다 하니 돈은 참 귀한가 보데."

"그렇지만 아무것도 아니하고 전복戰服***이나 입고 뒷짐이나 지고 남북촌 재상의 집으로만 돌아다니는 사람들은 무엇을 먹고 사는지, 우리 같아서는 돈 없으면 꼭 죽을네."

"이 사람, 그런 괘사****의 말 하지 마소. 그 사람들이 공연히 다니는 줄 아나? 모두 곡절이 있어 다닌다네."

"그러면 협잡 속이지. 협잡도 한두 가지요, 하루 이틀이지 일 년 삼백 육십 일에 날구장천 무슨 협잡이 그리 많단 말인가? 필연 겉은 번번하나 속은 성애가 버석버석할 터인즉, 때문에 나올 때에 트림하고 가래침 곤두 올리는 것은 속담에 이른바 '냉수 마시고 이 쑤시는' 모양이지."

"아닐세. 그런 협잡질하러 다니는 사람들은 배포와 경륜이 따로 있어, 어디든지 가면 남의 비위를 잘 맞추어 입을 열면 소진蘇秦*****의 구변이요, 꾀를 내면 진평戰服******의 묘계가 있는 듯하여 기인편재欺人騙財*******

* 큰 규모로 장사를 하는 상인.
** 가게 문.
*** 무신들이 입는 옷의 하나.
**** 변덕스럽게 익살을 부리며 엇가는 말이나 짓.
***** 중국 춘추전국시대의 논객으로 제나라의 경이 되었으나 기원전 317년에 암살됨.
****** 중국 한나라 고조 때의 공신.
******* 사람을 속이고 재물을 빼앗음.

일등이요, 주사 참봉 시킨다고 기천 냥 기만 냥을 빼앗는 날은 도둑놈의 계집같이 먹성 좋게 잘 먹으며 조자룡이 헌 창 쓰듯 보기 좋게 잘 쓰고 지낸다네."

"그런 거야 근일에 마 주사馬主事 전 참봉錢參奉도 그런 협잡배의 수단으로 된 것이지."

"이 사람, 실없는 말 작작하게. 속담에 상말로 '개가 돈이 많으면 멍 첨지라' 한다는 말은 혹 있지마는 '마 주사 전 참봉'이란 말은 금시초문일세."

"자네는 공연히 남보고 실없다 하지 말게. 자네는 눈이 멀어 보지는 못한다 하거니와, 소문조차 못 들었단 말인가? 자네 말한 바, 멍 첨지는 짐승의 멍 첨지요, 나의 말한 바, 마 주사 전 참봉은 사람의 마 주사 전 참봉이라. 일전 관보에 게재되었다네."

"이 사람, 자네는 다리가 병신이라 하되 돌아다니면서 소문은 빨리 듣네. 가위 '시골 앉은뱅이가 서울 조정 공론한다'는 말이 자네 꼭 맞았고."

"참 이상한 일 세상에 많아. 지금같이 전황錢荒*한 때에도 군수 주본이 된다 하면 사면에 돈 내왕하는 소리에 귀가 아프니, 이렇게 귀한 돈을 일 이 냥도 아니요, 몇 만 냥 몇 천 원을 돌려내는 것 보면 참 돈이 제갈량이라 하되 그 사람들도 제갈량이지."

"그러나저러나 큰일 났어. 관찰 군수를 조정에서 겉으로는 택차擇差**하여 보낸다고 하여도 그 사람이 그 사람 같으며, 이전에는 백성들이 선정 불망비를 세우더니, 지금은 악정 불망비가 서기 되었은즉, 사람마다 불망비 하나씩은 다 얻을 모양이지."

"참, 근래는 관찰 군수의 불망비는 거리거리 많이 섰데? 선치를 하여도

* 돈이 잘 돌지 않아서 매우 귀해지는 일.
** 쓸만한 인재를 골라서 벼슬을 시킴.

비를 세우고 불치를 하여도 비를 세우며, 선정을 한 자도 원류遠流*, 악정을 한 자도 원류하니 그 셈판은 참 알 수 없어."

"그 무엇이 알 수 없나. 선정을 하든지 악정을 하든지 백성들이 잊지 못할 일은 한 가진즉, 이렇든 저렇든 불망비는 일반이요, 불치를 하든지 선치를 하든지 원류함은 이 사람이나 저 사람이나 일반인즉, 묵은 사람에게는 이왕 많이 먹혔은즉 다시 더 먹힐 것 없거니와, 새로 새 사람 오게 되면 또 먹으려고 혀를 둘러 갖은 악정 다 할 터이니 돈 몇 천 냥 빼앗기라면 죽을 고생 다 한다네. 불치하는 자의 원류는 새로 오는 자를 두려워함이요, 선치하는 자의 원류는 참 애석하여 함인즉, 이래도 원류, 저래도 원류는 일반이지, 무엇이 알 수 없어!"

"벼슬인지 청올친**지 하게 되면 공명도 공명이거니와, 첫째는 충군애국이요, 둘째는 위부모처자爲父母妻子할 경륜인데, 돈을 들이고 하겠으면 벼슬을 사는 것이라, 그 벼슬 사가지고 들인 돈 빼려 하면 박탈민재剝奪民財*** 아니고는 할 수 없으리니, 백성은 나라의 근본이라, 근본을 흔들면 나라가 위태한즉, 두국병민蠹國病民**** 역적이요, 만구일담萬口一談***** 청원소리 살아서도 죽은 모양이니 사람은 못할 바라. 그런 말 하고 보면 가위 불가사문어타인不可使聞於他人******일세."

"그런지저런지 관찰 군수 노릇도 점점 재미없나보데? 탐학으로 늙을 수단하고는 싶지마는 사면에 걸리는 일 많아 못하나보데? 그중에도 조금

---

* 마을 사람들이 갈려 가는 벼슬아치의 유임을 상부에 청원하는 일.
** 청올치, 칡덩굴의 속껍질.
*** 세력을 이용하여 백성의 재물을 탈취함.
**** 나라와 백성에게 해를 끼침.
***** 여러 사람의 의견이 일치함.
****** 차마 남에게 말하기 송구스러움.

낫다 하는 자도 있지마는 언필칭 지방관리 탐학한다 하니 가위 일불—不이 살육통殺六通*일네."

"지방 관리더러만 잘못한다 할 것 아니지. 다 관절 정부 대신네들이 돈을 받고 팔아먹은 까닭인즉, 정부 대신이 시키는 것 아닌가? 가위 상탁하부정上濁下不淨**일세. 관찰이니 군수이니 지방에 보내기는 첫째는 치민이요, 둘째는 봉세封稅인데, 지금은 어떻게 된 셈판인지 백성을 두드려가며 돈 뺏어 먹는 것을 치민으로 아니 다스릴 치자는 두드릴 '치'자로 알고, 세납을 독봉督捧***하여 국고에는 상납치 않고 자기네 뱃속에 넣어버리니 봉세라는 봉자는 삼킬 '봉'자로**** 아는 모양이니, 당초에 글자를 잘못 배운 탓인지."

"아닐세. 어려서부터 보고 들은 가장지학이지. 속담에 이른바 '새우는 대대 곱사등이오, 콩 심은 데 콩 나고, 팥 심은 데 팥 난다' 하니 그와 같이 청백한 집안에서 청백한 자손이 나고 탐학하던 집안에서 탐학하는 자손이 있나니, 그런고로 효자문에서 충신이 난다 함이 어찌 글자를 잘못 배웠다 하리오."

"그도 그렇지마는 가장지학이라는 말은 용혹무괴容或無怪*****한 말이나, 대대 곱사등이라는 말은 과격의 말일세. 자네는 자식을 낳으면 앉은뱅이 낳고, 나는 눈먼 놈 낳겠나? 모두 저 되게 있지."

"그러게 말일세. 사람은 교육하기에 있나니, 교육을 잘못하면 불량배

---

* 한 가지 잘못으로 여러 가지가 잘못됨.
** 윗사람의 몸가짐이나 마음가짐이 발라야 아랫사람의 행실도 바르게 됨.
*** 독촉하여 거두어들임.
**** '두드릴 '치'자로 알고… 삼킬 '봉'자로 아는 모양인지'는 백성을 다스린다는 '치治'와 세금을 엄중하게 관리한다는 '봉封'자의 본래 뜻과 다르게 행동하는 관리들의 행태를 비아냥거리는 말장난.
***** 혹시 그런 일이 있더라도 괴이할 것이 없음.

도 되고, 교육을 잘하면 현인군자 될지라. 그 교육의 관계가 어떻다 하겠는가."

"이 사람, 교육인지 무엇인지 짧은 해 길게 보내고 입에서 바람 들이며 쓸데없는 말 그만두고, 돈이나 있거든 술이나 한잔 먹세."

"여보게, 이 사람. 자네는커니와 오비가 삼척일세. 그 전에는 아무리 구차하여도 주머니에 돈냥 떠날 날이 없더니, 지금은 매복賣卜* 한 자리 못하고 치성 한 자리 못 맡아 참, 돈 귀하여 못 살겠네."

"이 사람, 딴소리 말게. 지금 판세를 가만히 보면 '개화'니 '문명'이니 한다고 머리는 잘들 깎나보네마는, 속에는 전판全版 완고頑固의 구습이 가득하여 겉으로는 어찌 개명진취開明進取의 뜻이 있는 듯하나, 실상은 잠을 깨지 못하여 길에 다니는 자들이 말짱 코를 골고 다니니, 비유컨대 고목나무 겉은 성하나 속은 좀이 먹어 들어가는 모양이라. 참 겉개화라 할 만하여 내 망건 생애만 조잔凋殘**하여갈 뿐이오. 조금 별 수는 없을 터인데 자네 복술에는 관계치 아니하리."

"남 화나는 말 하지 말게. 자네는 듣지도 못하였나? 지금 경무청에서 무당과 판수를 엄금한다네. 무당은 사지백체四肢百體가 멀쩡하여 아무래도 관계치 않거니와, 우리 눈깔 멀은 소경놈은 아무것도 할 수 없고, 다만 배운 바 경 읽고 점치는 수밖에 없으니 내가 내 생각하여도 꼭 죽었지 다른 계책 없으네."

"여보게, 아무리 금한다 하되 꽤 고루 잘들만 하나보네. 사람마다 잠을 깨어 정신이 있게 되면 경무청에서 아무리 경 읽고 굿하라고 권하여도 아

---

* 돈을 받고 점을 쳐줌.
** 말라서 시들거나 지쳐서 쇠잔함.

니할 터이지마는 지금 혼몽중에 있는 사람들이야 아무리 금하기로서니 될 말인가. 나야 들은 말이지마는 자네 배운 생애는 없어져야 나라가 흥왕할 터일세."

"이 사람, 남의 말은 식은 죽 먹기같이 잘하네. 그렇게 할 말이면 자네 배운 생애는 무엇이 유조有助*한가? 나의 배운 바, 경문과 복술은 빈말이라도 축사나 하고 길흉이나 판단한다 하지마는 그 망건 같은 것은 무엇하나?"

"아닐세, 망건이라 하는 것은 예의지국의 관으로서 왕의 고풍이니 일조에 없지 못할 것이지."

"딱한 말 많이 하네. 자네 아까 하던 말은 어찌 개명의 의취가 있는 듯하더니, 지금 말은 우부의 말일세. 참 단지기일但知其一**이요, 미지기이未知其二***로다. 그 망건의 폐단을 대강 이르리라. 사람의 머리는 가히 정신든 주머니라 할 터인데, 그 정신 주머니를 잔뜩 졸라매어 혈맥이 자유활동을 못하게 하니 정신에 유해무익이요 아무리 바쁜 일이 있는 자라도 망건을 쓰자 하면 몇 시간을 허비하니 사업에 유해무익이요, 사치하는 자는 고운 인모人毛라 곱슬이라 하는 것으로 만들어 쓰고 보면 그 망건의 체격 맞춰 갓과 의복이며 탕건까지 곱게 하니 경제상에 유해무득이요, 가난한 자는 구멍이 뚫어진 것을 깁지도 못하되 아니 쓸 수 없어 쓰고 보면 추루醜陋****가 막심하여 속담에 이른바 '망건이 헤어지면 석숭石崇*****이라도 가난하여 보인다' 하니 외모에도 유해무익이라. 그 허다한 폐단을 어찌 다 말하리오마는 이전에 명 태조가 망건을 내어 우리나라 사람들을 쓰게

* 도움이 있음.
** 단지 하나만 앎.
*** 둘은 모름.
**** 용모가 추하고 어지러움.
***** 중국 서진西晉시대의 갑부.

할 때에 사람의 머리에 짐승의 털을 붙이란다고 한사코 피하다가 기어이 씌었는데, 그 후 몇백 년 후의 사람에게 해롭다고 벗으라 한즉 또 벗기 싫다고 하였단 말 듣지 못하였나? 도시 사람의 습관이지 무슨 선왕의 제도를 존중이라 그렇던가? 그런 언짢은 것은 선왕의 고풍이라 칭탁치 말고, 어진 정치와 아름다운 규모를 좀 선왕의 유풍이라고 숭상하였으면 부국개명되련마는."

"여보게, 그러면 자네 생애나 내 생애나 사람에게 유해무익되기는 피차 일반인즉, 숙시숙비熟是熟非* 그만두고 나라에 유익하고 인민에게 유조한 것을 좀 하여보세."

"무슨 회사 같은 것 하나 조직하여 내 나라 물건으로 외국 돈 뺏어오며 상업을 발달하여, 돈을 많이 벌었으면 나라에 원납하여 국용**을 보태가며, 학교를 설치하여 인민을 교육하며, 전장을 장만하여 부모를 봉양하며, 가옥을 넓게 지어 처자를 양육하면 장부의 행사가 쾌활치 못할쏜가."

"이 사람, 돈은 벌기 전에 할 것은 많이 있네. 가위 '노루 잡지 않고 골묘감 먼저 마련한다'***는 말과 같도다. 무슨 재력으로 회사 설치하고, 무슨 근력으로 외국 돈 빼앗아오나? 천하만사가 도시 돈 있는 연후 살지 제아무리 생각만 있은들 우리 주변으로는 할 수 없네."

"그러면 그것도 못하면 굶어 죽었지 별 수 있나? 참 무전천지에 소영웅이란 말이 옳도다. 장사를 하자 하니 돈이 없어 못하고, 모군****을 서자하니 다리가 짧아 못하고, 훈학을 하자 하니 학문이 없어 못하니 무엇을

---

* 누가 옳고 그른지 가리기 어려움.
** 나라의 비용.
*** '노루 잡기 전에 골못감 마련한다'는 것이 맞는 표현. 일이 이루어지기 전에 공을 먼저 논하는 성급함을 경계하는 말.
**** 공사 현장 등에서 품삯을 받고 일을 하는 사람.

한단 말인가? 뜻이 있으나, 소용이 없으니 한갓 애달플 뿐이로세. 우리는 다 틀렸네. 우리 자식들이나 잘 길러 그 덕이나 블 수밖에 없지."

"정신 서 푼어치 없는 말 또 하네. 그 자식도 기르려면 먹이고 입혀야 하고, 덕을 보려 하면 잘 교육을 하여 성도를 시켜놓고야* 할 말이지. 당장 죽을 지경인데 무엇으로 양육하나? 공작이라 납거미 먹고 살까**?"

"그래도 천불생무록지인天不生無祿之人***이라 하니 어떻게든지 먹고 살터이오, 메밀도 세 모에서 굴러가다 쓰는 모가 있다**** 하니 매양 그러할까?"

"믿기는 매우 잘 믿네. 자네 경문이니 복술이니 배워가지고 돌아다니며 남을 속이던 행습으로 자네 마음까지 속이나보네. 남을 잘 속이는 놈은 저까지 잘 속는다더니 자네한테 두고 이른 말이로다. 남의 길흉화복 판단치 말고 자네 길흉 좀 물어보게."

"기막혀 말 한마디 할 수 없군. 속담에 '무당이 제 굿 못한다'는 말 있지 않은가. 제 점은 못한다네."

"그러면 지금 시국에 이렇게 전황하여 사람마다 죽을 지경이니, 그 돈이 언제나 유통이 되겠나 점 한 괘 쳐서 보게."

"아닐세. 점도 이치로 마련한 것이요 세상만사가 모두 이치 밖의 일은 없는지라 그 돈 유통되기를 생각하면 제가끔 눈을 부릅뜨고 없던 정신 깨어가며 무슨 사업이든지 하여, 내 돈 남도 주고 남의 돈 나도 뺏어 여기저

---

* 사람 사는 도리를 알게 하는 공부를 가리키는 말. 본래 '성도成道'는 부처가 되는 공부임.
** '공작이 날거미 먹고 살까?'가 본래의 속담. 원뜻은 '공연히 점잔을 빼며 음식을 이것저것 가리다'이나 문맥에서는 '공작이니까 날거미를 먹지 않겠지만 먹을 게 없어 이것저것 가릴 계제가 아니다'라는 의미로 쓰임.
*** 누구나 저 먹을 것은 가지고 태어난다는 뜻.
**** 삼각뿔 모양의 메밀 모양을 빗댄 속담. 아무짝에도 쓸모 없는 것처럼 보이는 것에도 다 제 쓰임이 있다는 의미.

기 행화하면 자연 융통되지, 아무것도 아니하고 돈 융통되기만 바라면 누가 거저 갖다줄 터인가? 속담 말로 '부뚜막의 소금도 집어넣어야 짜다' 하는 셈으로 무엇이든지 돈 생길 일을 하고 돈을 바라지, 겉물로는*……."

"그렇지만 무슨 사업을 하려 해도 돈 구경을 해야 하지. 돈 없이 정신만 차리고 눈만 부릅뜨면 사업이 될 터인가? 이 세종로 판에 장사하던 사람도 못하는 것 보게. 그 사람들은 눈깔 감고 정신없이 누구에게 도둑맞아 그러한가? 도시 신구화 교환에 행용하던 구화는 한곳으로 몰려 들어가고 신화는 나오지 아니하는 때문에 여수가 막혀 그러한 것이지."

"그는 그렇지. '물귀즉천이요, 물천즉귀'라 하니 돈도 하, 너무 천하였으니 좀 귀하여야 유의유식遊衣遊食** 건달패류 잠을 깨어 돈 귀한 줄도 알고, 어떻게 하면 돌 벌 일도 생각할 터이니, 우리도 아무리 곤란하나 한할 것 없이 내 손으로 내 옷 찢은 줄로 알 것이요, 온 세상에 잠든 사람 깨나는 일로 알 뿐이라. 수원수구誰怨誰咎*** 한을 마소."

"여보게 참, 가로에 앉았으면 기막힌 소리 많이 듣겠네. 일전에 어느 외국 사람들이 지나가며 말하는데, '한국 사람들은 위협과 압제로 자란 사람인 고로 우리에게도 의례히 압제받을 줄로 아는 터인즉, 우리들 그 사람들에게 위협과 압제를 아니할 수 없고, 그 압제와 위협을 아니하고 보면 아무 일도 아니되고, 심지어 모군 하나 얻어 부릴 수 없을 터이라. 그런고로 아까 아무 데서 아무가 한국 사람에게 짐을 지어가지고 와서 그 삯전을 내 마음대로 준즉, 그 삯꾼이 돈이 적다고 하지 않던가. 그리하여도 그 사람이 눈을 부릅뜨고 뺨을 때리려 하며 소리를 크게 지르니

---

* 제대로 하지 않고 건성으로는.
** 하는 일 없이 놀고 먹음.
*** 누구를 원망하며 누구를 미워하겠느냐.

까, 그제야 물러서서 아무 말도 못하고 가지 않던가. 그 셈으로 지어 정부 대관까지라도 그렇게 교제를 하고 보면 참 오교의 수단이 있는 사람이 되고, 그런 경위를 알지 못하여 사람이 사람 대접하는 동등 대우를 하게 되면 가위 외교 수단에 어두운 사람이 되나, 진소위 입향순속眞所謂入鄕循俗*이라는 말이 옳다' 하며 서로 웃고 가는 것을 보니, 하나는 우리나라에 나온 지 오래되어 풍토선악과 인심세태를 짐작하는 자이요, 하나는 처음으로 나와 아직 우리나라 풍속을 모르는 자인가보네. 몇 달 지내고 보면 그런 수단이 또한 능할 모양이니, 그 말르 볼진댄 우리가 우리말로 사람이라 하지, 저 외국 사람들은 사람으로 알지 않고, 다만 우마에게 의복 입혀놓은 일개 동물로 아는 모양이니 어찌 통분치 아니하며, 그 전에 우리나라 사람들이 외국을 지목하여 오랑캐니 무엇이니 하며 자칭 동방예의지국 사람이라 하던 것 생각하면, 참 가소롭지 아니한가."

"그런 말 하지 말게. 보고 듣는 것이 도리어 병통일세. 우리나라 대관들의 노론이니 소론이니 하는 좋은 문벌 공연히 내 집 사랑 구석에서나 자세하지, 외국 사람에게는 문벌 자세도 못하고 도리어 그 사람에게 의뢰하기를 도모하니, 그 처신을 논하면 대관이 소관단도 못하다네."

"그 말 말게. 이 근래 각부 대신네들 출입시어 보게 되면 기구機構**도 굉장하데. 순검巡檢 병정兵丁 옹위擁衛하고 일헌병 일순사가 좌우로 보호하여 추종騶從이 벌떼 같으니, 그 영광이 어떠하며 그 위엄 어떠한가. 사람마다 못하리라***."

"이 사람 명담名談이로다. 그네들의 부귀영총富貴榮寵을 의논하면 수모수모誰某誰某 당세의 제일이라. 그 악명, 그 신세는 우리만도 못하도다. 화당 금옥華堂金玉*의 금의옥식錦衣玉食은 만민의 고혈膏血이요, 거마복중**의 영광 위엄은 나라의 난신亂臣이라. 자주권리 반점半點 없이*** 외국인을 의뢰하여 전국 이익 주어가며 황실 이권 빼앗다 외국으로 돌려보내어, 강토는 점점 줄어가고 황권은 날로 미약하여 만민은 도탄이요, 도적은 봉기하니 국세의 위급함은 조석이 난보로다****. 그 까닭 설명하면 지금 소위 각부 대신 매국하는 수단으로 만든 것이라. 무죄한 전국 인민 곡절 없이 남의 노예될 터이니 그 죄를 의논하면 한국에는 역신이요, 외국에는 충신이라. 죽기를 면할쏜가. 그런고로 제 죄를 제가 알고 순검 병정 청득하여 주야로 보호하니 그 보호는 매양인가. 인군仁君을 공동恐動하여***** 나라를 팔아먹기도 사람마다 못할 바라."

"여보게, 참 이번에 또한 한일신조약이 성립되어 일본서 우리나라에 통감부를 설치하는데, 그 위치는 경복궁 안으로 된다 하니, 그 신조약은 무엇이며 통감부는 어찌하는 것인가? 자네는 똑똑하니까는 좀 들었으면."

"나도 자세히 알지 못하나 그 신조약은 우리나라 외교권을 걷어다가 일본 동경으로 이설한다 함이오. 그 통감부라는 것은 통감 있을 처소요, 통감은 외교권이나 기타 범백****** 사위를 모두 감찰하는 관원의 벼슬 이름이라네."

---

* 화려한 집과 치장.
** 車馬僕衆으로 추정됨. 화려한 행렬과 그것을 수행하는 수행원들을 가리키는 것으로 생각됨.
*** 조금도 없이.
**** 조석난보朝夕難保, 아침에서 저녁까지도 제대로 지켜내는 것조차 어렵다는 뜻. 극도의 위기상황을 가리킴.
***** 임금에게 위협을 가하여.
****** 갖가지의 모든 것.

"그러면 외교권이라는 것은 우리나라 외부와 각국 공사관에 교섭하던 권리 아닌가? 그 외교 권리가 일본으로 가고 보면 우리나라 외부라, 각항구감各港口鑑*이라 하는 것은 무엇하나? 불공자파不攻自破**될 터이요, 각국 공사 여기 있어 무엇하나? 철환본국할 터이니, 참 그렇게 되고 보면 우리나라는 정말 독립국될 터이지."

"미친 사람의 말이로다. 나라는 그만두고 일 개인의 일로 말하겠으면, 가령, 김가의 집에서 잔치를 개설하고 각처 빈객을 모두 청하여놓고 그 주인이 능히 접대치 못하여 그 이웃집 사람 최가에게 부탁하면, 비록 그 집과 음식은 김가의 것이나 그 대접의 잘하고 못하기는 최가의 마음에 달렸나니, 그 빈객들이 무엇을 청하든지 치하를 하든지 하려면 필경 접대하는 최가에게 말할 터이니, 구태여 김가보고 말하잘 것 무엇인가? 그와 같이 우리나라 정부에서 외교 권리를 일본에 주고 보면, 열강제국에서는 무슨 국제상 일에 대하여 대소를 불계***하고 그 외교 권리 잡은 일본과 교섭할 터이니, 권리 없는 우리 정부와 의논할 묘리妙理 있나? 그러한즉 세계 열강과 대등국이 못되고 남의 나라 속국이나 다름없어, 내 일을 내가 못하고 남의 손 빌어 하니 무엇이 자주국이며 무엇이 독립국이라 하리오. 자주독립 헛말일세."

"여보게, 나는 남들이 독립, 독립하기에 외국과 상관이 없이 홀로 지내는 것이 독립으로 알고 각 공사가 걷어가면 독립국이 되는 줄 알았더니, 지금 자네 말 듣고 보니 내 일을 내가 하고 남에게 의뢰치 아니하는 것이

---

* 을사조약으로 우리나라와 외국이 서로 교류하게 되는 통로인 항구의 관리감독 권한을 일본이 갖게 되어 일본인을 항구관리 책임자로 임명하게 된 것을 가리킴.
** 치지 않아도 제 스스로 깨어짐.
*** 따지지 아니함.

독립이로다. 그렇게 중한 권리를 무슨 주의로 남에게 준단 말인가? 근일에 정부회의를 자주 한다더니 그런 일 하였구면. 자네 아까 말에 병정 순검과 일순사 일헌병을 보호로 세우고 다니는 것이 영광이요, 위엄스럽다 하였지? 그 무엇이 영광인가? 나라를 사랑하고 백성을 무휼하며, 인재를 배양하여 교육을 발달하며, 농상공업을 권면하여 재원을 융통하며, 내정을 밝게 하여 관리를 택용하며, 외교를 믿게 하여 인방을 친목하면 개명 진취 절로 되어 국부민강할 터이니 누구를 부러워하며, 나라가 적다 하나 지방이 삼천 리요, 인민이 이천만이라, 무엇을 꺼릴쏜가. 그런 생각 던져 두고 캄캄 어둔 그믐 칠야漆夜에 혼몽을 못하는 자네 나라 팔아가며 내 권리 주어가면 고식지계姑息之計* 도모하여 인군에게 득죄하고 백성에게 적원積怨**하여 일신성명 보존코자 외국인에게 보호를 요구하니, 죄상은 통한하고 정경은 참혹토다. 충군애국하였으면 내 나라 내 백성에 무엇을 고기顧忌***하며, 만민이 축원하되 어질고 착한 우리 상공 백수무강 송덕으로 유방백세流芳百世****하련마는, 악하고 추한 물이 난신적자亂臣賊子***** 죄명으로 누치만년累治萬年 하자 하니 가련코 가통일세."

"여보게, 속담에 하기를 '남의 굿에 춤춘다'는 말은 있지마는 지금 일본이 남의 나라 일에 무슨 열심이 그리 있어 '충고'니 '권면'이니 하고 내외 정치를 모두 간섭하려 덤벙이니 무슨 까닭인지 몰라. 자네는 보지 못하였나. 일전 《제국신문》에 떡타령이 참 명담이데. 그와 같이 지금 이렇

---

* 근본적인 해결책이 아닌 임시변통의 계책.
** 오래도록 쌓이고 쌓인 원한.
*** 뒷일을 염려하고 꺼림.
**** 꽃다운 이름이 후세에 길이 전함.
***** 나라를 어지럽게 하는 신하와 어버이를 해치는 자식.

게 밝은 세상에 다른 나라 사람들은 눈을 크게 뜨고 세계 형편 보아가며, 내 나라 내 인종에 유익하고 좋은 업 제가끔 하려는데, 슬프다, 우리나라 사람들은 눈을 감고 잠을 자니 무엇을 아니 잃으며, 무엇을 아니 빼앗길까? 무슨 일 한다는 것 보겠으면 나라는 망하든지 도무지 불계하고 제 한 몸의 비기지욕肥己之慾*만 생각하여 사사이 낭패하니, 전국의 혈맥되는 재정기관 남에게 양여하여 정리整理인지 목독인지** 한다고 재정이 탕갈蕩竭하여 일국 생령이 아사지경을 면치 못하게 되었으니, 생령이 다 죽으면 나라가 어찌되며 나라가 없게 되면 정부는 있을쏜가. 통곡할 자 이것이오. 기타 광산이나 산림이니 어업이니 통신원이니 하는 전국의 큰 이익되는 것은 사분오열하여 조각조각 떼어내어 외국인을 나누어주고, 철도지이니 군용지단이니 하여 소중한 나라 강토를 위협에도 빼앗기며, 호의로도 주어가며, 각색으로 꾸며내는 허다 폐단은 사람에게 비유컨대 만신창 주마창 각종의 악한 종기 시시로 발작하며, 상한 병기 부족이 날마다 침중하여 일이 년, 삼사 년에 시득부득 마르는 모양이니, 그런 병에도 어진 의원을 만나 좋은 약으로 먼저 기맥을 순케 하고 시후를 따라가며 재조를 가입하여*** 병근을 다스리면 일이 삭, 일이 년에 차차 완쾌되려니와,**** 만일 악한 의원을 만나 죽을 병 들었으니 편작*****이 난의라고 던져 버려 두겠으면 어찌 살기를 바라리오. 지금 우리나라의 병듦이 일이 삭, 일이

---

* 제 몸만을 이롭게 하려는 욕심.
** 목독木牘으로 추정됨. 목독은 목간木簡의 다른 이름. 불필요한 행정 낭비를 비판하는 것으로 추정되나 확실하지 않음.
*** '재조'는 재료材料의 오식으로 추정됨. '재료材料를 가입加入하다'는 말은 병을 치료하는 데 도움이 되는 재료로 약을 만들어 먹인다는 뜻으로 추정할 수 있으나 확실하지 않음.
**** 당시 조선을 병든 환자에 비유한 것임.
***** 중국 전국시대의 명의.

년이 아닌즉, 그 병을 고치려면 또한 일이 년에 되지 못할 터이나 어진 의원이 화제를 연구하며 침과 약을 적당하도록 쓰게 두면 중흥할 도리 없을쏜가. 목금 형편 보게 되면 양의는 하나 없고, 만조정이 모두 용렬한 의원뿐이니 가위 장태식長太息할 자이로다."

"여보게, 자네 말 지금 듣고 이왕 지낸 일 생각하니 작년 일이 옛일인즉, 금일이 명일에는 또한 옛날이라 할지로다. 정부대관은 하우불이下愚不移*로 차치 물론하고, 우리나라 지방이 비록 적다 하나 삼천 리에 이천만 생령 중에 유지지인과 강개지사가 아주 없진 아니하여 외국도 유람한다, 무슨 사회도 창설한다 하는데, 모두 발달이 못되어 유명무실하는 중에 오직 황성제국량신문사**가 경비가 부족하되 동대서취東貸西取***로 근근이 지탱하여, '정계 독립政界 獨立'****과 '국가 이해'와 '인심 세태'를 논란하여 인민의 지식을 개도開導한다 하였더니, 그것도 국민의 복이 없어 《황성신문사》가 일조에 폐철廢撤이 되었은즉, 사람에게 비유컨대 두 눈과 같은지라 눈 둘이 있을 때도 남과 같이 못하였거든, 눈 하나를 빼고 보니 갑갑하고 애달픈 일 어떻다 말한쏜가."

"여보게, 그 말 말게. 나는 두 눈이 다 없어도 오십여 년을 살아 있네마는 신문을 하여 놓은들 잘들 보아줘야 하지, 보는 사람 없고 보면 휴지나 일반이요, 두 눈이 밝은 놈도 학문이 없고 보면 나와 같은 소경이요, 사지백태가 멀쩡하다 하나 자유활동 못하고 보면 자네와 같은 병신이라. 전국 인민 평론하면 등신은 아직 살아 세상에 있다 하나 마음은 벌써 죽어 황

* 아주 어리석고 못난 사람의 기질은 변하지 아니함.
** 《황성신문皇城新聞》과 《제국신문帝國新聞》.
*** 이리저리 임시로 변통함.
**** 정치적 자주성의 회복을 의미함.

천에 갔다 할지니, 가위 말하는 귀신이라 할 만하고, 소위 완고라 수구라 하는 분네들은 문명세계를 말하게 되면 언필칭 예전에는 그런 것 저런 것 다 없어도 국태민안하였다 하여 좋은 말 듣지도 않고 좋은 것 보려고도 아니하니, 귀와 눈이 있다 한들 무엇이 유조한가? 귀머거리 소경이라 할 만하고, 소위 학자니 산림이니 하는 분네들은 공자왈, 맹자왈 하며 시문을 굳이 닫고, 산고곡 심유벽처에 초당을 지어놓고 두 무릎을 꿇어앉아 자칭 왈, 도학군자라 사문제자라 하여 별로 백 리 밖을 나가보지 못하고 무정세월을 허송하니, 가위 썩은 선비라 할 만하여 앉은뱅이나 다름이 무엇인가? 허다 설폐하려며는 입이 아파 할 수 없어 대강 말일세."

"여보게, 그런 말 하고, 듣고 보면 참 화증이 절로 나서 못 살겠네. 우리도 좋은 방책 좀 하여보세. 나는 눈이 있으나 다리가 부실하고, 자네는 다리가 성하나 눈이 없어 피차에 낭패되는 일이 많은즉, 우리도 일신단체 되어 이전에 못하던 일 하게 되면 그 아니 쾌활쏜가?"

"말인즉 대단히 감격한 말이나 우리 같은 병신들이 제 아무리 단체된들 무엇을 한다 하리오. 가위 지이불행知而不行인즉, 가석可惜할 뿐이로세."

"아닐세. 자네가 단체의 뜻을 모르는 말인가보네. 자네가 나를 업고 보면 눈도 있고 다리도 있어 어디를 가지 못한다 하며, 무엇을 하지 못하리오. 그렇게만 하고 보면 단체가 아니 되나?'

"그러면 자네는 업혀 다니게 되어 좋거니와, 나는 무슨 팔자로 내 몸도 내가 주체할 수 없는데 남을 또 업고 다닌단 말인가. 참 기막힌 말일세." 하며 희희창탄喜喜愴歎에 노래 일 곡 부르면서 막대를 두르며 갔더라.

그 노래에 하였으되,

사천 년 오랜 나라 어이한들 망할쏜가.

오백 년 높은 종사宗社 뉘라서 바라볼까.

서산에 지는 해는 다시 돌아 올라오고

동해로 가는 물은 궁진窮盡함이 없으리라.

현인군자가 어느 때에 없다 하며

난신적자가 매양 득의하단 말까.

흥망성쇠는 자고로 무상한즉

사람의 알 바 아니로다.

역산에 밭갈기*와 위수渭水변에 고기 낚기**는

고인의 행적이니

우리도 오호에 배를 띄워

사풍세우斜風細雨에 불수귀不須歸***하여볼까!

—《대한매일신보》, 1905. 11.~12.

---

* 『한비자韓非子』의 「난일難一」「난세편難世篇」에 있는 고사. 순 임금이 두 아내와 함께 역산歷山으로 이주해 농사를 지었는데, 농민들 사이에 밭 두둑의 경계 때문에 자주 다툼이 있던 것을 몸소 농사를 지으며 설복시켜 해결했다는 데서 따온 말.

** 주 문왕에게 발탁되어 주나라 건국의 일등 공신이 되었던 태공太公 강상姜尙이 때를 기다리며 위수渭水에 곧은 낚시를 드리우고 소일했던 일화에서 따온 말.

*** 당의 시인, 장지화張志和의 「어가자漁家子」 일절. 복잡한 세상살이와의 인연을 끊고 자연을 벗삼아 일신의 편안함을 추구하는 것이 마땅하다는 염세적 세계관을 드러냄.

거부
오해

작자 미상

가장 낮은 곳에서 바라본 세상의 모순들

서형범

이 작품은《대한매일신보》에 1906년 2월 20일부터 3월 7일까지 연재된 작자 미상의 저작이다. 등장인물이 특정 주저에 이야기를 주고받는 형식으로 되어 있는 풍자적 작품으로 개화기를 대표하는 사회비판적 산문이다. 이 작품은 근대적 소설의 면모를 갖추고 있지는 않지만, 문명개화와 세태비판이라는 비판의식을 주제로 삼되 개연성을 가진 등장인물이 동시대 일반 독자와 눈높이를 맞출 수 있는 사건을 소재로 이야기를 주고받으며 희곡의 등장인물처럼 실감 있게 사건을 제시하는 존재로 설정되어 있어 독자와의 직접적인 소통이 가능하다는 측면에서 토론체 소설의 범주에 포함된다. 실제 일어났던 사건은 아니지간 얼마든지 일어날 수 있는 사건을 창안하여 당대 사회의 부조리한 면을 비판하고 문명개화의 가치를 역설하는 허구적 장치를 바탕으로 하고 있어, 문학사적으로는 근대소설이 형성되는 시기의 과도기적 양식으로서의 가치를 지닌다.

이 작품의 등장인물 가운데 주도적 역할을 하는 이는 거부車夫, 즉 인력거꾼이다. 작품은 인력거꾼이 일이 없이 잠시 휴식을 취하는 동안 동료들과 이야기를 나누는 데서 시작한다. 그는 정부 조직을 짠다는 말의 '조직組織'을 '조짚'으로 이해하고 왜 정부에서 군이 조짚을 짜야 하는지를 자기 나름대로 풀이한다. 그의 생각에 따르면 일본 군대가 조선에 주둔하면서 꼭 필요한 것이 말먹이인데 일본 군대가 민가에서 강제로 말에게 먹일 풀을 빼앗아가는 민폐가 많아 정부가 나서서 '조짚'을 모아 일본 군대의 민폐를 없애려 하기 때문이라고 생각한다.

또 1905년 강제로 체결된 을사조약으로 조선의 외교권을 빼앗은 일본 제국주의 지배세력이 조선에 설치한 기관인 통감부의 수장 '통감統監'에 대한 절묘한 자기 나름의 해석을 말하여 주위 사람을 웃게 만든다. 일본에서 건너올 초대 통감 이토오 히로부미伊藤博文에 대한 신문보도를 전해 듣고, '통감統監'을 중국 북송시대 역사가 사마광司馬光이 편년체로 저술한 『자치통감資治通鑑』의 약칭 '통감通鑑'으로 오해한 것이다. 우리나라에도 오랫동안 읽어온『통감通鑑』이 적지 않은데 굳이 일본에서 들여올 까닭을 알 수 없다고도 하고, 우리나라에 통감이 없다면 비슷한 역사서인『사략史略』도 있고 또 유학의 고전古典인『논어論語』, 『맹자孟子』 등도 적지 않은데 굳이『통감』을 일본에서까지 들여와야 하는 이유를 알 수 없다고 말한다. 주위 동료가 그의 어리석음을 비웃으며 화제는 다른 것으로 옮겨가지만, 이 대목은 당시 조선의 위정자들이 얼마나 몰주체적이고 근시안적인지에 대한 당대 민중들의 날카로운 비판의식을 잘 드러내고 있어 이 작품의 가장 빛나는 부분이라 하겠다. 특히 '통감'이라는 발음의 동일함에 착안한 인력거꾼의 '착각'은 당시 민중들이 가지는 외세 의존적인 지배층에 대한 불신과 일본에 대한 적대의식을 응축하여 제시하는 데 매우 효과적으로 기능하고 있어 문학적 상상력 측면에서도 주목할 만한 발상을 담고 있다 하겠다.

인력거꾼은 올바른 정부 조직은 어떠해야 하는가에 대해서도 자기 나름의 의견을 펼친다. 그에 의하면 정부는 모름지기 '나라의 근본을 굳게 하고 도탄에 든 생령을 무휼撫恤'해야 하는 조직이다. 백성이 편안히 살아 가도록 힘쓰는 것이 정부가 마땅히 해야 할 일이다. 그런데 당시의 정부 는 민중의 생존권을 지키는 일은 고사하고, 국부의 근간인 천연자원을 개 발하고 산업에 이용하는 권리가 외국에 헐값으로 팔리고 외국 상인이 값 싸게 들여오는 산업화된 생산기반에 의한 공산품으로 조선 경제가 근간 에서부터 흔들리는 급박한 현실에 적절히 대응하지 못하고 있었다. 게다 가 조선의 주체적인 노력을 바탕으로 근대화된 국가체제를 수립할 계획 을 세우는 대신, 외세의 힘을 등에 업어 지배층의 권력을 유지하는 데 급 급할 뿐이었다. 인력거꾼은 이러한 정부의 무능함이 민중의 생존을 위협 하고 국권을 외세에 넘겨줄 수밖에 없는 위기상황을 초래한 근본원인이 라는 진단을 내린다.

한편 이 작품은 인력거꾼이라는 직업이 당대 사회현상을 포착하는 데 매우 유리하다는 점에 착안하여 등장인물들의 생생한 증언과 비판적 사 회 인식에 사실적 근거를 부여한 점이 돋보인다. 일본에 의해 외교권과 군사권을 빼앗기고 허수아비로 전락해버린 조선의 현실은 쉼없이 자신의 노동력에 의존해 겨우 생계를 유지하는 인력거꾼의 힘겨운 삶과 다르지 않다. 더구나 국가의 제반 정책이 인력거꾼과 같은 당대의 민중을 중심에 두지 않고 비생산적인 지배계층의 이익을 도모하는 데만 초점을 맞추고 있었던 것도 인력거꾼이라는 화자가 지니는 상징성을 더욱 강화한다 할 것이다. 인력거를 타고 다니는 사람들은 대부분 당대 한국 사회의 최상층 에 속하거나 그들과 빈번하게 교류하는 위치에 있었다. 인력거꾼은 이런 사람들을 실어 나르면서 일반 민중은 잘 들어가 볼 수 없었던 고급 주점 이나 고관대작의 저택에 드나들 수 있었고, 인력거를 타고 가는 도중 손 님들이 주고받는 대화 내용을 엿들을 수 있었기 때문에 당대 조선 사회가 어떤 이들에 의해 어느 방향으로 움직여가고 있는지를 좀 더 자세히 알수 있었을 것으로 짐작된다. 또 일종의 조합을 이뤄 영업구역을 나누어영업활동을 했기 때문에 각 조합마다 손님을 태우기 위해 기다리는 골목어귀나 사대문 앞 등에서 지리정보나 여러 소식을 나누기도 했다. 이 과정에서 이들은 당대 조선 사회의 실상을 좀 더 자세히 알 수 있었을 것으로 추정된다. 이 작품의 중심화자인 인력거꾼(여러 인력거꾼 가운데 한 사람일 것이지만)은 소문으로 들은 정보를 자기 나름대로 취합하여 이해하는 과정에서 박장대소하게 만들 정도의 오해를 범할 수밖에 없었다. 그런데 그가 당대의 주요 사건과 정부 직제를 잘못 알아 주위 사람들에게 놀림을 받는 모습은 고스란히 개화기 조선의 일반 민중이 처한 현실을 반영하고 있다고 하겠다. 당시 조선 정부는 일반 민중과 소통하려는 생각은전혀 하지 않았고 사회 지도층도 일부 개혁적 지식인 집단을 제외하고는오랜 세월 동안 관습처럼 굳어버린 신분제 사회의 폐해를 개혁할 생각도없었다. 그렇기 때문에 정작 민중의 삶에 직접 영향을 미치게 될 정부의새로운 정책이나 법률 등에 대해 이해 당사자인 민중은 전혀 정보를 얻을수 없던 것이다. 이야기를 이끌어가는 인력거꾼의 황당무계한 발상은바로 대중을 향한 소통에 나서지 않는 정부로 인해 생겨날 수밖에 없는씁쓸한 현실을 반영하고 있다.

또 한 가지 짚어볼 지점은 이야기를 끌어나가는 인력거꾼의 변모이다. 중심화자인 인력거꾼은 작품의 처음과 끝에서 사뭇 다른 모습을 보인다. 어리숙하고 무지할 뿐 아니라 상식마저 부족해 주위 사람의 웃음거리가되고 있는 작품 전반부의 설정과 달리, 동료들과 대화를 하는 과정에서점차 변화하는 모습을 보인다. 엄밀히 말하자면 변화한다기보다는 숨겨두었던 통찰력을 드러내 보인다고 할 것이다. 그는 황당무계한 오해에서 비롯된 잘못된 인식을 자기 나름대로 설명하면서도 그 안에 당대 조선 지배층의 무능력과 무기력함을 통렬하게 비판하며 민중의 삶이 피폐해지는 책임을 날카롭게 묻기 시작한다. 그 과정에서 제국주의화되어가는 일본 침략정책의 실상을 간파하고 조선 민중의 주체적이고 능동적인 응전전략이 마련되어야 함을 역설하는 데까지 나간다. 이 지점에서 화자인 인력거꾼은 더 이상 무식하고 어리석은 우중愚衆이 아니라 당대 사회가 나가야 할 바를 제시하는 민족 지도자의 면모를 지닌 존재로 받아들여지기에 충분한 모습을 보이게 된다. 인력거꾼이 보여주는 이러한 변화가 작품의 전개를 통한 성장이라 보기에는 작품 내부의 서사가 매우 빈약하다. 그러므로 이러한 '변화'는 숨겨진 통찰력을 드러내는 것으로, 따라서 익명의 작자가 지닌 당대 민중들의 현실 인식과 사회에 대한 통찰력에의 신뢰를 드러낸 것으로 보는 편이 더 타당하다. 또한 이는 당대의 지배층이 오랜 세월 지속되어온 계급구조 때문에 미처 발견하지 못했던 민중의 성숙한 주체의식을 드러낸다고 볼 수도 있을 것이다.

이 작품은 독자로 하여금 당시의 시대상을 정확히 이해하고 어떻게 실천해야 하는가를 일러주는 역할을 하고 있다. 당시 대다수 민족의식을 지닌 저작물이 그러하듯, 이 작품 역시 독자로 하여금 등장인물들의 대화와 행동을 통해 시대상의 본질을 꿰뚫어보고 실질적으로 국가와 민족을 위해 무엇을 해야 하는지 스스로 깨닫게 되기를 바라는 저자의 의도를 담고 있다. 따라서 작품의 중심화자는 작품의 저자가 의도했던 것을 독자들에게 전해줄 수 있는 능력과 경륜을 지닌 인물이어야 했다. 그래야만 이 작품의 작가가 의도했던 민중계몽을 이룰 수 있기 때문이다. 따라서 중심화자인 인력거꾼은 어리석고 부족하기만 한 인물에 멈춰서는 안 된다. 당시의 정부는 국가와 국민의 먼 미래를 설계하지 못하고 현상 유지에 급급해 외세에게 외교권을 빼앗기고, 뒤미처 조선의 자원을 일본을 비롯한 제국주의적 팽창정책을 펴는 세력들에게 샅샅이 빼앗기면서도 아무런 대응책을 마련하지 못하고 민중의 생존권이 위협받도록 방치하고 있다. 이런 현실에 대해 날카로운 비판을 가할 수 있는 인물이 민중들 내부에서 등장해야 했는데 이 작품 속에서는 그 역할을 인력거꾼이 맡았던 것이다.

작품의 마지막에서 인력거꾼은 자신이 작품에서 다양한 이야기를 통해 전달하고자 했던 계몽의지를 담은 노래를 읊조리며 자리를 뜬다. 이 노래에는 외세의 위협에 꿋꿋하게 대응할 수 있는 민족의 힘을 기르자는 내용이 담겨 있어 이 작품을 관통하는 주제의식을 드러낸다. 이제 인력거꾼은 민족의 미래를 걱정하고 현실적인 응전전략을 실천에 옮길 준비가 된 바람직한 인물로 다시 태어난 것이다.

아마도 그 산, 그 물을 넘고 건너자 하면 사다리와 선척船隻을 준비코자 미리미리 경영함이 제일 상책이라. 이도 저도 아니하고 무정세월 허송하면 그 산, 그 물이 절로절로 평지되기 바랄쏜가! 슬프고 슬프도다! 우리나라 형편됨과 우리 동포 전정됨은 산첩첩 수중중에 우심타 하리로다. 바라고 바라노니 정부대관政府大官 유지인사有志人士 할 수 없다 자탄 말고, 사다리와 선척 등을 어서 바삐 준비하오. 우리는 무지 하등의 인류라 일러 무엇!

인력거꾼은 자신이 잘못 알고 있었던 당대의 제반 제도 변화를 제대로 알고 난 뒤의 소회所懷를 "지금 자세히 알고 본즉, 비록 우둔한 마음이라도 가슴이 무너지는 듯, 피를 토할 듯하여 일단 병근病根이 될 듯하니 도리어 듣지 아니하였을 때만 같지 못하도다"라고 밝힌다. 이처럼 '모르는 게 약'이라는 속담을 떠올리게 하는 인력거꾼의 탄식은 당대 대다수 조선인의 솔직한 심정일 수도 있을 것이다. 대중 저널리즘이 형성되는 시기로 수많은 정보가 과거에 비해 훨씬 전면적으로 일반 대중들에게 공개되기 시작했기에 그의 탄식은 일면 수긍이 가는 면도 있다. 그럼에도 인력거꾼은 그러한 탄식에 머물러 있지 않으려 한다. 그는 이러한 어려운 시국을 이겨 나가려면 '자탄 말고, 사다리와 선척 등을 어서 바삐 준비'해야 한다는 가사를 통해 조선이 처한 위기상황을 깨닫고 미리미리 준비를 해 외세에 나라를 빼앗기지 않도록 힘을 모아야 한다는 계몽적 의도를 동시대인들과 함께하고자 한다. 그러하기에 그의 탄식은 역설적으로 '이제라도 늦지 않았다'는 노래 가사와 연결되면서 적극적인 실천의 촉구로 이어지게 된다.

이 작품은 급변하는 국제정세의 회오리에 서서히 말려 들어가며 전통질서의 전면 개혁을 요구받고 있는 조선의 현실에 대한 날카로운 풍자를 보여주면서 동시대인들을 향해 올바른 응전전략을 수립하기 위해 어떻게 해야 하는가를 호소하는 내용을 담고 있다. 격랑의 소용돌이에 처한 왕조국가 조선의 중심지 서울의 가장 낮은 곳에서 일하는 인력거꾼의 눈으로 조선이 처한 위기상황과, 민중의 불만과 비판의식을 날카롭게 드러내고 있어 개화기 조선 민중의 주체의식을 드러내는 훌륭한 저작이라 하겠다.

거부오해車夫誤解

　모처 병문屛門*에서 여러 사람들이 모여 앉아 각기 소경사所經事**로 보고 들은 말을 서로 논란하는데, 그중에 인력거꾼 하나가 가로되,

　"나는 아무리 생각하여도 알 수 없는 일이 한 가지 있어 모든 친구에게 묻나니, 내가 인력거로 생활하는 고로 남북촌 재상가도 많이 가서 보고, 각처 연회에나 연설하는 곳에도 더러 가서 들은즉, '정부 조짚', '정부 조짚' 하니 정부에서 조짚***은 하여 무엇에 쓰려는지……. 정부란 말은 각 대신네들이 모여 나랏일 의논하는 처소로 짐작하거니와, 그 조짚은 무슨 조짚인지 알 수 없네. 정부가 마소 치는 여각집****이 아닌즉, 말이나 소를 먹이려고 조짚을 구할 것도 아니요, 혹 시골서는 조짚으로 지붕이나 담 같은 것을 이기나 하거니와, 정부에서는 그런 소용도 아닐 터인즉, 아마 일본 감부에서 일인을 외군에 내려 보내어 각 면 각 동에 군중시급 소용이라 하고 말먹이 곡초를 분정分定하여 돈도 주지 아니하고 위협으로

---

* 골목 어귀의 길가.
** 겪어온 일.
*** 조나 피 따위의 낟알을 떨어낸 짚.
**** 객줏집.

약탈한다 하니, 정부에서 민폐를 생각하여 일본 군대에 보내려고 하는 일인지…… 사람마다 '정부 조짚'이 된다 하며, 혹 어떤 사람의 말은 '정부 조짚'이라는 것이 무엇인고 그도 저도 다 틀렸다'고 하니, 가만히 여러 사람의 말을 듣고 눈치로 생각하여보면 '정부 조짚'이 된다 함은 정부에서 조짚을 구취鳩聚*한다는 말이요 정부 조짚이 틀렸다 함은 여수히 구취가 되지 못하였다는 말로 알거니와, 그 조짚을 어디 쓸 소용인지 알 수 없어 갑갑히 지내노라."

하거늘, 그 말을 듣고 일좌가 박장대소하여 왈,

"이 무식한 놈아, '정부 조짚'이란 말도 있던가? '정부 조직'이라 하는 말이지. 조직이라 하는 말은 물론 무엇이든지 짠다는 말이니, '정부 조직'은 정부를 짠다는 말이다."

한데, 인력거꾼이 사례하여 왈,

"그런 말을 나는 밭에 심은 조짚으로만 생각하였은즉, 그는 무식한 탓이거니와 지금 그러한 말을 듣고야 확연히 깨달았도다. 한동안 일진회원**이 각 부처 대신의 집으로 돌아다니며 '사직상소를 하여라', '사직을 말아라' 하며 공갈이 막심하게 들입다 짠다더니, 그것이 정부를 짜노라고 하는 일이로군. 그만치 물이 못나게 들입다 짠즉, 소위 정부 조직은 잘된 모양인데, 혹 어떤 사람의 말은 '정부 조직이 무엇이야! 아무것도 다 안 된다!' 하니 어떻게 하는 말인가 이도 자세히 알 수 없는 일인즉 또한 갑갑하도다."

하거늘, 여러 사람들이 더욱 대소하며 왈,

"우리가 모두 학식이 없어 이 병문에서 남의 삯짐이나 져주고 구루마

* 갈고리로 끌어당겨서 한데 모음.
** 1904년 일본이 조직한 단체.

나 인력거나 교꾼질*을 하여, 혹여 전관전량錢貫錢糧이 생기면 비지 안주와 사발 막걸리에 낙을 붙여 허다세월을 차일피일로 지내는 터인즉, 정부니 조직이니 알 것도 없고, 알 수도 없거니와 지금 그대의 말을 듣고 보면 가위 초상 상제가 요절할 말이로다. 당초에 조직을 조짚으로 아는 것을 일껏 설명하여주었더니 일향 조직이라는 두 글자의 뜻을 해석치 못하고, 한갓 여러 사람이 위협으로 남을 졸라 짠다는 의미로만 아니 실로 웃을 만한 일이로다. 그 조직이라는 말이 어찌하였든지 짜기는 짠다는 말이로되, 그것을 사물상으로 비유하여 말하게 되면 베실이나 무명실 같은 것으로 베나 무명 같은 것을 짠다 하려니와, 정부를 짠다 하게 되면 각 대신을 가리어 학문과 재능이 없는 자는 면관하고, 지식이 유여하여 능히 국사를 도울 만한 자로 의정 대신 이하 각부 대신의 직임을 맡겨 위로 황상폐하에 성충을 기우며**, 아래로 제 관리를 통솔하여 정치와 법률을 밝게 하며, 지방 관리를 택차하여 도탄에 든 생령을 무휼하며 구제하여 나라의 근본을 굳게 함이니, 그 심원한 계교와 중대한 책임을 어찌 입으로 다 말하리오. 그러한즉 '정부 조직'이라는 말은 쉽게 하면 쉽다 하려니와 어렵게 알면 극히 어려운지니, 어찌 '정부 조직'이 된다 하리오. 목금소견으로 보게 되면 오백 년을 또 지나도 될는지 알지 못할 일이니, 그대 말과 같이 그렇게 생각하는 것이 마땅하니 그대가 짐짓 모르고 하는 말인가, 알고도 모르는 체하고 웃노라 하는 말인지는 알 수 없으되, 어찌하였든 가히 웃을 만한 일이로다."

인력거꾼이 또한 가가대소 왈,

"소위 정부 조직이 그처럼 한다는 말을 나는 어디까지 딴말만 하였거

---

* 가마를 이르거나 그것을 메는 일.
** '성총聖寵을 기울이며'로 신하들이 백성에 대한 임금의 사랑이 널리 퍼질 수 있게 노력한다는 의미.

니와 '시정 개선한다', '시정 개산된다' 하더니 참 시정 개산은 작년 가을 이후로 착실한 시정 개산이라."

하거늘, 곁에 있던 자가 물어 가로되,

"자네는 어떻게 하는 말인가? 시정 개선이 어찌되었다 하느뇨?"

인력거꾼 왈,

"시정이라 하는 말은 종로 각 전시정이요 개선이라 하는 말은 시정들이 전황하여 각처로 개산이를 매여 다닌다는 말이 아닌가. 그로 미루어보게 되면 소위 지식이 있다는 사람도 시정 개산이 되어야 한다 하고, 일진회원이나 일본관인이라 하는 사람들도 시정 개산을 시킬 목적이라고 권고를 한다, 충고를 한다 하니, 일본 사람이나 일진회원 같은 자는 시정 개산이를 만들려고 함이 용혹무괴하거니와, 소위 우리나라 유지라 하는 분네들은 나랏일을 되도록 주의한다면서도 시정ˇ 개산이를 매어 돌아다니기를 바라는 모양이니 무엇이 쾌할 것이 있으며, 돈이 없어 상로商路가 조잔凋殘하면* 무엇이 나라에 유익하건대 언필칭 시정 개산이 되어야 한다고들 하는지, 급기 시정들이 그렇게 개산이를 대여 애를 써도 하나도 좋은 일 없으니 무엇이 잘될지 모르겠네. 신구화 교환으로 돈이 귀하기가 극한에 이르러 시정들이 전문을 닫친다, 출판을 당한다, 도망을 한다, 백성들은 굶어 죽겠다, 얼어 죽겠다 하며, 심지어 우리들의 여간 돈푼벌이도 아주 없어져서 곤란이 막심한데, 소위 정부더관이나 유지자라는 분네들이 하나도 그런 것을 급히 할 생각은 없고 지금까지도 시정 개산이 되어야 한다 한즉, 이에서 또 어떻게 되나. 시정들이 개산이를 매다 못하여 지쳐 죽어야 무슨 일이 잘될는지 어리석은 내 소견으로 보면 시정 개산을

---

* 상업이 쇠퇴한다는 의미.

만들지 말고 모쪼록 시정들을 보호하여 상업이 흥왕케 하고 이익이 발달되도록 주의하면, 비단 그 시정과 상민들에게만 이익이 있을 뿐 아니라 정부에도 이익이 될 터이요, 전국 인민에게도 이익이 되어 나라 재정에 얼만큼 효력이 있을 터인데, 그는 생각지 않고 다만 신화 일 원에 구화 이 원 하는 것을 다행히 아는 모양인지. 관리는 그 월급이 가령 백 원이면 신화를 찾아 상로관*에서 식량이라 포목이라 각색 물건을 무역하게 되면, 일 원을 구화 이 원으로 쓰는 재미에 시정은 개산이를 매던 부조직이라 하고 시정 개선이 되기를 바랄 말이지, 덮어놓고 그네들을 그저 두고 정부를 조직한다 하면 무엇이 조직이라 할 터이며, 그네들이 정부 위에 앉아서 시정 개선하겠다 하면 무엇이 개선될 터인가? 이 말 저 말 쓸데없고 일본서 『통감』이 건너온 후에야 무슨 결말이 난다 하니 한심코 답답한 일이다."

한데, 인력거꾼이 탄식하여 왈,

　"나는 이때껏 이렇게 그 의미를 효득치 못하고 오해함이 자심하였은즉 당초에 글을 배우지 못하여 무엇이 무슨 말인지 알지 못하고 다만 음성상 音聲上으로 비스름하게 듣고** 의견意見으로만*** 생각하였거니와, 아마 정부 대신들도 나와 같이 그렇게 무식하여 그 의미를 효해****치 못하는 모양인지, 일간에 일본서 『통감』이 건너온다 하니 알지 못케라*****, 정부 관리들이 글을 더 배우려 함인가? 우리나라에도 『통감』이 없을 것이 아니거

---

* 상로관商路館으로 추정됨. 상점이라는 의미로 짐작되나 확실하지 않음.
** 소리만 듣고.
*** 추측으로.
**** 깨달아서 앎.
***** 알지 못하겠네.

늘, 하필 일본서 가져올 것이 무엇인가? 우리나라에 만일 『통감』이 없게 되면 『사략』이라도 무방하고 『소학』『대학』『맹자』『중용』이 허다한데 그것저것 불계不計하고* 일본 『통감』이 적당하단 말인가? 우리나라 사람들의 성질이 아무리 내 것을 흉하다 하고 남의 것은 좋다 하여 일용백백日用百百**이 모두 외국 것이요, 심지어 짚고 다니는 지팡이까지도 외국 것을 사거니와 그 『통감』이야 아무 데 『통감』이면 관계할 것 있나? 진소위 내 『천자』와 남의 『천자』가 다르다 하는 말 거기 두고 이르는 말이로다.”
하거늘 좌중이 또한 박장대소 왈,

“이 사람, 되지 않은 말 작작하소. 듣기를 잘못하였나, 생각도 잘못하나 어찌 그리 오해하는 말이 많은고. 금번에 일본에서 건너온다는 통감은 서책 이름의 『통감』이 아니고 벼슬 이름의 통감이니 그 통감은 일본의 유명한 원로 후작 이등박문*** 씨가 통감으로 건너왔다네. 그 통감의 직권을 말하자면 대단히 훌륭한가본데, 이왕에 일본 신문상에도 통감의 운치를 논하였는데, 한국 풍속이 주임관 이상은 영감이라 하고, 책임관 이상은 대감이라 하고, 대황제폐하는 상감이라 한즉, 지금 통감이라 하는 칭호가 극히 운치가 있고 재미스러운 말이라 하고 하였는데, 그런 말 듣고 가만히 헤아려보면 통감이라는 통자는 거느릴 ‘통’자요, 통감이라는 감자는 볼 ‘감’자이니 그 통감 두 글자를 합하여 말하게 되면 ‘도통 거느려 본다’는 말 아닌가? 그렇게 미루어보게 되면 통감이라는 칭호와 직권이 우리 한국에는 굉장굉장한 칭호와 직권이 아닌가? 저 사람네들은 운치가 있게 알 만도 하고 재미스럽게 여길 만도 하거니와 우리나라 일반 국민에게는

* 따지지 않고.
** 날마다 쓰는 모든 것.
*** 러일전쟁 직후인 1905년 조선에 통감부가 설치되자 초대 통감으로 부임한 인물.

어찌 기막히고 한심한 일이 아니리오. 자네 말과 같이 서책 이름의 『통감』 같고 보면 무엇이 관계 있다 하며 무엇이 원통하다 하겠는가? 한갓 우스울 만한 일이로다."

인력거꾼이 듣기를 다하고 깊이 탄식하여 왈,

"속담에 이르는 말로 '들으면 병이요, 안 들으면 약이라'는 말이 옳도다. 나는 그렇게 굉장한 통감인 줄은 모르고 다만 공자왈, 맹자왈 하는 『통감』으로만 알았더니, 지금 자세히 알고 본즉, 비록 우둔한 마음이라도 가슴이 무너지는 듯, 피를 토할 듯하여 일단 병근病根이 될 듯하니 도리어 듣지 아니하였을 때만 같지 못하도다."

하고 인력거를 끌고 가며 자탄가를 노래하니 그 노래에 하였으되,

"산첩첩 수중중이라. 산이 높아 만 장이니, 그 산을 넘자 하면 사다리를 놓음만 못하도다. 만일에 사다리도 놓지 않고, 한 걸음도 걷지 않고, 다만 산이 높다 자탄하면 명일이 금일이요, 명년이 금년이라. 하월 하일에 그 산을 넘어간다 기필期必할까*!

산첩첩 수중중이라. 물이 깊어 천 척이니, 그 물을 건너려면 배를 준비함만 못하도다. 만일에 배를 준비치 않고, 사공도 부르지 않고, 다만 물이 깊다 자탄하면 하월 하일에 그 물을 건너간다 진언眞言할까**!

아마도 그 산, 그 물을 넘고 건너자 하면 사다리와 선척船隻을 준비코자 미리미리 경영함이 제일 상책이라. 이도 저도 아니하고 무정세월 허송하면 그 산, 그 물이 절로절로 평지되기 바랄쏜가!

슬프고 슬프도다! 우리나라 형편됨과 우리 동포 전정됨은 산첩첩 수중

---

* 정확한 일자를 정해 무슨 일을 하겠다고 다짐할 수 있을까.
** 거짓이 없이 솔직한 약속을 할까.

중에 우심타* 하리로다. 바라고 바라노니 정부대관政府大官 유지인사有志人士 할 수 없다 자탄 말고, 사다리와 선척 등을 어서 바삐 준비하오. 우리는 무지 하등의 인류라 일러 무엇!"

— 《대한매일신보》, 1906. 2.~3.

---

* 우심尤甚하다, 더욱 심하다.

혈의 누
은세계

이인직

개화기를 살아가는 조선인의 아픈 자화상

서형범

이인직李人稙의 호는 국초菊初로 개화기를 대표하는 작가이자 정치가다. 외로운 유년기를 보낸 후 일본 유학 시절 경험한 근대화된 일본에 매료되어 적극적으로 일본의 힘을 빌어 조선의 근대화를 이루려는 외세 지향적 정치관을 지니게 되었다. 그는 민족지였던 《만세보》의 주필로 있으면서 신문사가 경영 악화로 어려움을 겪자 친일 정객 이완용의 도움을 받아 신문사를 인수하여 《대한신문大韓新聞》을 창간하고 사장에 취임한 후 본격적으로 친일 행각에 나선 인물이다. 이완용의 개인비서로 있으면서 총독부 고위 관리들과 교유하며 일본의 조선 강제 병탄이 실현되도록 활발하게 활동한 것으로 알려져 있다. 특히 1910년의 공식적인 강제 병탄 조약이 성사되는 데 결정적인 역할을 했던 인물이다.

물론 문학사의 시각에서 볼 때는 개화기 우리 문학이 새로운 문체를 받아들이고 근대적인 소설 양식을 성립시키는 데 적지 않은 역할을 했다고 평가할 수 있다. 《만세보》에 연재되었던 『혈의 누』는 우리 문학상 처음으로 산문성이 짙은 근대적 문체를 선보였다. 또 생생한 장면 묘사와 사실성 높은 사건 구성을 통해 고전소설의 우연성과 정형성과는 전혀 다른 근대적 성격을 보여주기도 하였다. 주제의식 측면에서도 일본의 도움을 받아 조선이 근대화를 이룰 수 있다고 보는 한계를 지적할 수는 있겠으나, 젊은이들이 신학문을 적극적으로 받아들이고 외국 유학에 나서서 새로운 지식으로 무장해야 함을 역설하는 등 민족 지향적인 내용을 담고 있어 일정한 작품성도 지닌 작품이라 하겠다.

이인직은 창극을 개작한『은세계』를 통해서는 조선 말기 지방 관리들의 타락상과 민중 수탈을 신랄하게 고발하고 외국 유학을 통한 주체 역량 강화라는 개화의지를 드러내기도 하였다. 한편『귀의 성』에서는 전근대적 모티프인 처첩갈등과 계모의 학대 등을 차용하면서도 전대 소설들이 보여준 정형적인 사건 전개에서 벗어나 개인의 내면심리를 치밀하게 묘사하며 등장인물들 개개인이 보여주는 근대적인 개인의 욕망을 생생하게 그려내어 주목을 받기도 하였다. 강제 병탄 이후 발표된『빈선랑의 일미인』은 조선인 남편과 일본인 아내의 사랑을 아름답게 그린 작품이기는 하나 작위적인 사건 구성이나 평면적인 인물 묘사 등의 한계를 보여주었다. 또한 민족의 차이를 넘어선 아름다운 사랑이라는 주제 뒤에 숨은 식민 지배자의 시선이 강하게 드러나 일본의 식민지배를 긍정하는 작가의 시선을 엿볼 수 있다.「모란봉牡丹峰」은『혈의 누』의 주인공인 옥련이 귀국한 뒤의 이야기를 담고 있어『혈의 누』의 후편으로 볼 수도 있는데, 이 작품은 문명개화의 의지나 주체적 역량 강화라는 개화기의 문명개화론에서 벗어나 가정 내부의 갈등에만 국한된 사건들로 구성되었고 유학생들의 향락적 분위기를 전할 뿐 적극적인 사회활동을 촉구하는 주제의식은 담겨 있지 않았다. 게다가 이 작품이 연재되던《매일신보》에 당대 최고의 인기를 누렸던 조일제의「장한몽長恨夢」이 연재되기 시작하면서 연재가 중단되고 말았다.

이인직의 대표작『혈의 누』는 1906년 7월 22일부터 10월 10일까지 50회

분량으로《만세보》에 연재되었던 작품으로 1907년 광학서포廣學書鋪에서 단행본으로 출간되었다. 이때 신문 연재시 새롭게 시도했던 이중표기(세로쓰기로 조판을 하면서 한글은 큰 활자로 표현하고 우측에 작은 활자로 한자를 병기하는 표기방식)를 포기하고 일반적인 순한글 표기로 인쇄한 점이 눈에 띈다. 이 작품의 속편은 1907년 5월 17일부터 6월 1일까지《제국신문》에 연재된 「혈의 누」 하편이 있는데, 이 작품은 옥련 모가 미국을 방문하는 이야기가 중심이 되어 있다. 또 다른 하편으로는 1913년 2월 5일부터 6월 3일까지 65회에 걸쳐《매일신보》에 연재되다가 중단된 「모란봉」이 꼽히기도 한다. 등장인물과 사건이 『혈의 누』 전편에 이어지는 내용으로 옥련이 귀국한 뒤 겪게 되는 수난사를 중심으로 서술되어 있다. 이 책에서는《제국신문》연재본을 후편으로 간주하여 수록하였다.

청일전쟁의 와중에 부모와 헤어지게 된 어린 소녀 옥련의 파란만장한 유랑기가 소설의 뼈대를 이루고 있다. 작품은 30세가량 된 젊은 여인이 '옥련'을 부르며 평양 성중을 헤매는 데서 시작된다. 평양 성중에서 벌어진 청일전쟁 와중에 남편 김관일과 딸 옥련을 잃은 이 여인은 결국 남편과 딸을 찾지 못하고 대동강에 뛰어들어 자살을 하려다 뱃사공에게 구출된다. 남편 김관일은 아내와 딸을 찾지 못하고 실의에 빠져 있다가 외세의 전쟁에 힘없이 당하는 조선의 현실을 직시하고 힘을 기르기 위해서는 외국 유학을 해야 한다는 결론에 이르러 장인의 도움으로 미국 유학을 떠난다. 한편 옥련은 일본군 군의軍醫 이노우에井上(정상 군의)의 도움을 받아 일본에 있는 그의 집에 살며 교육을 받지만 이노우에가 전장에서 죽자 친모녀처럼 지내던 그의 아내와의 사이가 멀어지며 어쩔 수 없이 집을 떠나게 된다. 홀로 목적지를 정하지 않은 채 오른 기차에서 한국인 유학생 구완서를 만나 의기투합하여 미국으로 유학을 떠난 옥련은 워싱턴에서 아버지 김관일과 극적으로 만나 구완서와의 결혼을 허락받는다.

　이 작품이 기본적으로 여성 수난사라는 고전소설의 통속적인 구조를 지니고 있음에도 불구하고 개화기 신소설 연구자들의 주목을 받은 가장 큰 이유는 이 작품에서 이인직이 사용하고 있는 새로운 문체와 소설 구조, 주제의식에서 찾을 수 있다. 먼저 이 작품의 문체를 살펴보면, 기존 독자에게 익숙하게 읽혔던 한글본 고전소설에서 사용하던 문체는 흔히 '-더라'체라 불리는 종결어미를 사용한 전언의 방식인데 비해 『혈의 누』는 현재형의 '-다'를 종결어미로 사용하여 현장감 있는 소설 문체를 구성하고 있다. 소설을 읽으면서 사건이 동시적으로 진행되고 있다는 착각에 빠질 수 있도록 구성된 이러한 문체로 인해 독자들은 더욱 생생하게 사건의 한가운데서 작품에 빠져들게 된다. 또 이 작품에 사용된 대다수 표현은, 완벽하지는 않지만 실제 언어생활과 흡사하여 동시대 언어생활을 잘 재현하고 있다는 평가를 받는다. 소설이 일상생활에서 소재를 취하고 사실적인 사건에 생생한 인물형을 창조할 경우 독자들로 하여금 좀 더 효과적으로 작품을 이해할 수 있게 도와줄 수 있다는 점을 고려한다면, 소설의 문체가 문어적이 아니라 구어적이고 언문일치에 가깝다는 것은 그만큼 많은 독자와의 소통이 용이해질 수 있게 구성되었음을 의미한다 하겠다.

　또한 고전소설 대부분이 주인공의 탄생부터 소설을 시작하는 관습적인 방식을 택한 데 비해 이 작품은 외국 군대에 의해 삶의 터전이 유린당하는 비극의 현장인 평양성의 총소리를 소설의 첫머리에 놓음으로써 이전까지의 소설과는 전혀 다른 모습을 보여주었다. 주인공의 일대기를 시간 순서에 최대한 근접하도록 제시하는 전대 소설의 인물 제시방법과 다른 이 작품만의 독특한 도입부는 독자들로 하여금 긴장감 넘치는 사건으로 바로 들어서도록 함으로써 새로운 소설 양식의 흥미성을 높이는 데 크게 기여했다. 또한 옥련의 아버지 김관일이 혼자 집에 돌아와 평양 성중에서 청군과 일군의 싸움이 벌어지게 된 까닭을,

엎드러지고 곱들어져서 봄바람에 떨어진 꽃과 같이 간 곳마다 발에 밟히고 눈에 걸리는 피란꾼들은 나라의 운수런가. 제 팔자 기박하여 평양 백성 되었던가. 땅도 조선 땅이요 사람도 조선 사람이라. 고래 싸움에 새우등 터지듯이, 우리나라 사람들이 남의 나라 싸움에 이렇게 참혹한 일을 당하는가.

라고 한탄하는 대목과 소설 첫머리의 긴박한 상황이 이어지면서 당대 조선 지배층의 무능력에 대한 민중의 공감을 대변해주고 있다.

한편 이러한 도입부는 독자가 주인공 옥련이 앞으로 겪게 될 어려움들에 정서적으로 공감하고 자신과 옥련을 동일시하여 작품의 주제에 쉽게 다가설 수 있게 하는 데도 큰 기여를 하고 있다. 그 외에도 대화를 중심으로 서술되는 부분에서도 작가의 직접 개입을 최소화하고 인물들의 생생한 내면을 드러내도록 구성함으로써 독자가 능동적으로 작품 중의 인물들과 직접 대면할 수 있도록 하여 개인에 의한 근대적 독서 방법에 한 걸음 다가설 수 있었다.

『혈의 누』가 신소설을 대표하는 작품으로 꼽히는 가장 큰 이유는 주인공 옥련뿐 아니라 김관일과 구완서가 선택한 외국 유학이 개화기 한국 사회에서 지니는 의미 때문이다. 외국 세력에 의해 국가의 근간이 위협받는 위기상황에 이들이 선택한 일본, 미국 유학은 개인의 영달을 위한 것이 아니라 민족 구성원 모두의 생존에 필수적으로 요청되는 신문물을 배워 오기 위한 것이라는 대의명분이 앞세워진 선택이었다. 문제는 이러한 선택이 일본과, 일본을 통해 수입된 미국으로 상정되어 있다는 점이다. 비

록 작가 이인직의 친일이력이 완전히 배제된 채 읽힐 수는 없겠으나, 적어도 일본 제국주의 세력에 의한 강제 병탄 이전의 시기에 쓰인 작품임을 염두에 둔다면, 작가 이인직이 서 있는 근대기획이 일본의 도움을 받아 근대의 중심지인 미국에서 선진문물을 배워 온다는 이 작품의 서사 진행은 당시 조선 지식인 가운데 일부가 가지고 있었던 조선 근대화 기획의 한 모델을 소설로 표현한 것으로 보기에 충분하다 하겠다. 이 선택이 옳았는지 여부는 우리 역사를 통해 이미 판결을 받은 것이겠으나, 적어도 이인직을 비롯한 일군의 개화 지식인들이 선택한 조선 근대화 모델이 일본이었다는 점만큼은 이 작품에서 분명히 드러난다 할 것이다. 이 작품의 곳곳에서는 일본이 조선의 조력자 역할을 하는 것이 정당하다는 인식이 발견된다. 더구나 일본 군대가 평양 사람들이 피란 가고 난 뒤 남겨진 빈집에 무단으로 드나드는 것을 두고도 "본래 전시국제공법戰時國際公法에, 전장에서 피란 가고 사람 없는 집은 집도 점령하고 물건도 점령하는 법이라. 그런고로 군사들이 빈집을 보면 일삼아 들어간다"고 국제법을 빌어 부연설명하며 합리화하기도 하고, 옥련이 일본군이 쏜 총알을 맞고 부상을 당한 대목에서 "만일 청인의 철환을 맞았으면 철환에 독한 약이 섞인지라 맞은 후에 하룻밤을 지냈으면 독기가 몸에 많이 퍼졌을 터이나, 옥련이가 맞은 철환은 일인의 철환이라 치료하기 대단히 쉽다"고 청군의 악랄함과 대비되는 일본군의 정당함을 설명하는 대목은 작가 이인직이 이미 이 시기에 일본의 조선 지배 행위를 정당화하려는 논리를 구축하고 있었음을 드러낸다.

　이 작품이 여성 주인공을 전면에 내세웠음에도 전대의 여성 수난사와 달리 근대화된 여성의 가치를 높이 내세우고 있다는 점이 매우 주목할 만한 성과이기는 하지만, 이는 동시에 옥련이 외국의 선진문물을 배워야 하는 이유로 내세운 조선의 근대화와 자주독립이 궁극적으로 지향하는 가치가 불분명하다는 점, 김관일과 구완서라는 불완전한 남성의 조력 없이는 오롯이 홀로 자신의 지향을 구현하는 데 한계를 보인다는 점, 하편으로 이어지면서 옥련은 전형적인 고부갈등과 처첩갈등의 희생양으로 전락할 뿐 자신의 능력을 사회활동을 통해 펼쳐 보일 수 없는 한계상황에 직면하여 수동적으로 희생당한다는 점 등은 이 작품의 여성 주인공 옥련을 통해 이인직이 보여주고자 했던 근대적 주체가 지닌 한계를 아울러 보여주고 있다 하겠다. 새로운 시대를 이끌어나가는 신세대의 대표로 상정된 옥련이 겪게 되는 이러한 회귀적 서사는 고스란히 당대 조선이 처한 암울한 현실의 반영일 수밖에 없는 것이다.

이 시기 원대한 꿈을 품고 조선의 문명개화를 두 어깨에 짊어지고 사명감에 불타 외국 유학을 떠났던 젊은이들의 귀국 후 삶은 그들의 본래 기대와는 전혀 다르게 전개될 수밖에 없었다. 자신들이 경험한 서구 선진국의 자유 민주주의와 민권사상에 기반을 둔 근대적 정치개혁의 성과들을 조선에 받아들여 근대화를 이루고자 했던 이들의 희망은 일본 제국주의의 강제 병탄으로 물거품이 되고 만다. 옥련이 귀국한 후 겪게 되는 고부갈등과 처첩갈등은 신교육을 받은 여성이 어쩔 수 없이 부딪히게 되는 현실의 높은 벽을 의미할 뿐 아니라 새로운 유학 세대가 마주할 수밖에 없는 암울한 현실을 상징하는 것이기도 하다. 소설 『혈의 누』가 어린 소녀 옥련의 파란만장한 유학생활에서 끝나지만 곧이어 이어지는 후편에서 형상화된 완고한 구세대의 저항과 그로 인한 옥련의 수난은 작가 이인직이 비판적 시각에서 통찰한 조선의 한계이기도 한 것이다. 이런 점에서 『혈의 누』는 조선의 근대화에 대한 작가 이인직의 희망이 담긴 기획이면서 동시에 주체적 근대화의 역량을 갖추기에는 턱없이 부족한 완고한 조선의 후진성에 대한 절망의 기록이기도 한 것이다.

한편 이 작품에는 옥련의 여정이 평양에서 부산, 오사카大阪, 동경, 워싱턴으로 이어지면서 기차와 기선을 타고 이동하는 모습이 묘사된다. 조선이 일본에 의해 근대문물을 받아들이게 되면서 민중의 삶에 가장 큰 변화를 불러온 것이 기차와 전신 등의 근대적 교통, 통신 수단이었는데 옥련은 자유자재로 이러한 문명의 이기를 활용하며 자연스럽게 여행을 한다. 조선에 기차가 처음 등장한 것이 1900년에 완성된 경인철도였는데, 불과 6~7년 남짓한 시간 사이에 기차는 자연스럽게 일상의 한 부분이 된 것이다. 또 근대적인 삶의 한 단편으로 등장하는 신문 역시 이 작품에서 중요한 역할을 하고 있다. 옥련이 아버지를 만나게 되는 계기가 신문에 의해서였다는 작품의 설정은 신문이 그 이전까지의 어떤 매체보다 광범위하고 대중적으로 소식을 주고받고 정보를 얻을 수 있는 매체로 자리잡게 되었음을 드러낸다고 할 수 있겠다. 이처럼 이인직의 『혈의 누』는 어린 고아 소녀(실제로는 고아가 아니지만) 옥련의 수난사를 중심으로 조선이 근대적인 삶의 제반 제도를 마련해가는 과정이 자연스럽게 묘사되면서 문명개화라는 시대의 요구에 어떻게 부응해가고 있는가를 세밀하게 묘사한 작품이면서 작가 이인직이 가지고 있던 조선 근대화의 그림을 암시적으로 제시하는 작품이라 할 것이다. 이 작품에는 당시를 살아가던 조선인의 삶의 조건이 어떠했는지, 어떻게 살아가야 옳은지를 되물어볼 여러 요소가 주인공과 기타 등장인물들의 사소한 삶에 켜켜이 짜여 있다. 이 작품이 비록 민족 주체성의 시각에서 볼 때는 부정적인 측면을 적지 않게 지니고 있음은 부정할 수 없겠으나, 적어도 우리 문학사에서 개화기의 시대상과 당시 조선인의 삶을 생생하게 재현하는 데 어느 정도의 성취를 보여주고 있다는 점 또한 간과할 수 없는 미덕이라 할 것이다.

혈血의 누淚

  일청전쟁日淸戰爭의 총소리는 평양 일경이 떠나가는 듯하더니, 그 총소리가 그치매 사람의 자취는 끊어지고 산과 들에 비린 티끌뿐이라.

  평양성의 모란봉에 떨어지는 저녁볕은 뉘엿뉘엿 넘어가는데, 저 햇빛을 붙들어매고 싶은 마음에 붙들어매지는 못하고 숨이 턱에 닿은 듯이 갈팡질팡하는 한 부인이 나이 삼십이 될락 말락 하고, 얼굴은 분을 따고 넣은 듯이 흰 얼굴이나 인정 없이 뜨겁게 내리쪼이는 가을볕에 얼굴이 익어서 선앵둣빛이 되고, 걸음걸이는 허둥지둥하는데 옷은 흘러내려서 젖가슴이 다 드러나고 치맛자락은 땅에 질질 끌려서 걸음을 걷는 대로 치마가 밟히니, 그 부인은 아무리 급한 걸음걸이를 하더라도 멀리 가지도 못하고 허둥거리기만 한다.

  남이 그 모양을 볼 지경이면 저렇게 어여쁜 젊은 여편네가 술 먹고 한길에 나와서 주정한다 할 터이나, 그 부인은 술 먹었다 하는 말은 고사하고 미쳤다, 지랄한다 하더라도 그따위 소리는 귀에 들리지 아니할 만하더라.

  무슨 소회가 그리 대단한지 그 부인더러 물을 지경이면 대답할 여가도 없이 옥련이를 부르면서 돌아다니더라.

"옥련아, 옥련아, 옥련아, 옥련아, 죽었느냐 살았느냐. 죽었거든 죽은 얼굴이라도 한번 다시 만나보자. 옥련아 옥련아, 살았거든 어미 애를 그만 쓰이고 어서 바삐 내 눈에 보이게 하여라. 옥련아, 총에 맞아 죽었느냐, 창에 찔려 죽었느냐, 사람에게 밟혀 죽었느냐. 어리고 고운 살에 가시가 박힌 것을 보아도 어미 된 이내 마음에 내 살이 지겹게 아프던 내 마음이라. 오늘 아침에 집에서 떠나올 때에 옥련이가 내 앞에 서서 아장아장 걸어 다니면서, '어머니 어서 갑시다' 하던 옥련이가 어디로 갔느냐."
하면서 옥련이를 찾으려고 골몰한 정신에, 옥련이보다 열 갑절 스무 갑절 더 소중하게 생각하는 사람을 잃고도 모르고 옥련이만 부르며 다니다가 목이 쉬고 기운이 탈진하여 산비탈 잔디풀 위에 털썩 주저앉았다가 혼잣말로 옥련 아버지는 옥련이 찾으려고 저 건너 산 밑으로 가더니 어디까지 갔누 하며 옥련이를 찾던 마음이 홀지에 변하여 옥련 아버지를 기다린다.

기다리는 사람은 아니 오고, 인간 사정은 조금도 모르는 석양은 제 빛다 가지고 저 갈 데로 가니 산빛은 점점 먹장을 갈아 붓는 듯이 검어지고 대동강 물소리는 그윽한데, 전쟁에 죽은 더운 송장 새 귀신들이 어두운 빛을 타서 낱낱이 일어나는 듯 내 앞에 모여드는 듯하니, 규중에서 생장한 부인의 마음이라, 무서운 마음에 간이 녹는 듯하여 숨도 크게 쉬지 못하고 앉았는데, 홀연히 언덕 밑에서 사람의 소리가 들리거늘, 그 부인이 가만히 들은즉 길 잃고 사람 잃고 애쓰는 소리라.

"에그, 깜깜하여라. 이리 가도 길이 없고 저리 가도 길이 없으니 어디로 가면 길을 찾을까. 나는 사나이라 다리 힘도 좋고 겁도 없는 사람이건만은 이러한 산비탈에서 이 밤을 새우고 사람을 찾아다니려 하면 이 고생이 이렇게 대단하거든, 겁도 많고 다녀보지 못하던 여편네가 이 밤에 나를 찾아다니느라고 오죽 고생이 될까."

하는 소리를 듣고 부인의 마음에 난리 중에 피란 가다가 부부가 서로 잃고 서로 종적을 모르니 살아 생이별을 한 듯하더니 하늘이 도와서 다시 만나본다 하여 반가운 마음에 소리를 질렀더라.

"여보, 나 여기 있소. 날 찾아다니느라고 얼마나 애를 쓰셨소."

하면서 급한 걸음으로 언덕 밑으로 향하여 내려가다가 비탈에 넘어져 구르니, 언덕 밑에서 올라오던 남자가 달려들어서 그 부인을 붙들어 일으키니, 그 부인이 정신을 차려본즉 북두갈고리 같은 농군의 험한 손이 내 손에 닿으니 별안간에 선뜩한 마음에 소름이 끼치면서 가슴이 덜컥 내려앉고 겁결에 목소리가 나오지 못한다.

그 남자도 또한 난리 중에 제 계집 찾아다니는 사람인데, 그 계집인즉 피란 갈 때에 팔八 승升 무명을 강풀 한 됫박이나 먹였던지 장작같이 풀 센 치마를 입고 나간 터이오, 또 그 계집은 호미자루, 절굿공이, 다듬잇방망이, 그러한 세군은* 일로 자라난 농군의 계집이라. 그 남자가 언덕에서 소리하고 내려오는 계집이 제 계집으로 알고 붙들었는데, 그 언덕에서 부르던 부인의 손은 명주같이 부드럽고 옷은 십이 승 아랫질 세모시 치마가 이슬에 눅었는데, 그 농군은 제 평생에 그 옷 입은 그런 손길을 만져보기는 고사하고 쳐다보지도 못하던 위인이러라.

부인은 자기 남편이 아닌 줄 깨닫고 사나이도 제 계집 아닌 줄 알았더라. 부인은 겁이 나서 간이 서늘하고 남자는 선녀를 만난 듯하여 흥김, 겁김에 가슴이 두근거리면서 숨소리는 크고 목소리는 아니 나온다. 그 부인의 마음에, 아까는 호랑이도 무섭고 귀신도 무섭더니, 지금은 호랑이나 와서 나를 잡아먹든지 귀신이나 와서 저놈을 잡아가든지 그런 뜻밖의 일

* 세고 궂은.

을 기다리나, 호랑이도 아니 오고 귀신도 아니 오고, 눈에 보이는 것은 말 못하는 하늘의 별뿐이요, 이 산중에는 죄 없고 힘없는 이내 몸과 저 몹쓸 놈과 단 두 사람뿐이라.

사람이 겁이 나다가 오래되면 악이 나는 법이라. 겁이 날 때는 숨도 크게 못 쉬다가 악이 나면 반벙어리 같은 사람도 말이 물 퍼붓듯 나오는 일도 있는지라.

(부인) "여보, 웬 사람이오. 여보, 대답 좀 하오. 여보, 남을 붙들고 떨기는 왜 그리 떠오. 여보, 벙어리요 도적놈이오? 도적놈이거든 내 몸의 옷이나 벗어줄 터이니 다 가져가오."

그 남자가 못생긴 마음에 어기뚱한 생각이 나서 말 한마디 엄두가 아니 나던 위인이 불같은 욕심에 말문이 함부로 열렸더라.

(남자) "여보, 웬 여편네가 이 밤중에 여기 와서 있소. 아마 시집살이 마다고 도망하는 여편네지. 도망꾼이라도 붙들어다가 데리고 살면 계집 없느니보다 날 터이니 데리고 갈 일이로구. 데리고 가기는 나중 일이어니와…… 내가 어젯밤 꿈에 이 산중에서 장가를 들었더니 꿈도 신통히 맞힌다."

하면서 무지막지한 놈의 행위라 불측한 소리가 점점 심하니, 그 부인이 죽어서 이 욕을 아니 보리라 하는 마음뿐이나, 어느 틈에 죽을 겨를도 없는지라.

사람이 생목숨을 버리는 것은 사람이 제일 서러워하는 일인데, 죽으려 하여도 죽지도 못하는 그 부인 생각은 어떻다 형용할 수 없는 터이라.

빌어보면 좋을까 생각하여 이리 빌고 저리 빌고 각색으로 빌어보니 그놈의 귀에 비는 소리가 쓸데없고 하릴없는 지경이라. 언덕 위에서 웬 사람이 소리를 지르는데 무슨 소린지는 모르나 부인은 그 소리를 듣고 죽었던 부모가 살아온 듯이 기쁜 마음에 마주 소리를 질렀더라.

　(부인) "사람 좀 살려주오⋯⋯."

하는 소리가 아무리 부인의 목소리라도 죽을힘을 다 들여서 지르는 밤소리라 산골이 울리니, 언덕 위의 사람이 또 소리를 지른다. 언덕 위와 언덕 밑이 두 간 길이쯤 되나 지척을 불변하는 칠야에 서로 모양도 못 보고 또 서로 말도 못 알아듣는 터이라, 언덕 위의 사람이 총 한 방을 놓으니 밤중의 총소리라. 산이 울리면서 사람이 모여드는데 일본 보초병들이러라. 누구는 겁이 많고 누구는 겁이 없다 하는 말도 알 수 없는 말이라. 세상에 죄 있는 사람같이 겁 많은 사람은 없고, 죄 없는 사람같이 다기* 있는 것은 없다. 부인은 총소리에도 겁이 없고 도리어 욕을 면한 것만 천행으로 여기는데, 그 남자는 제가 불측한 마음으로 불측한 일을 바라던 차라 총소리를 듣고 저를 죽이러 온 사람으로 알고 달아난다. 밝은 날 같으면 달아날 생의**도 못하였을 터나, 깜깜한 밤이라 옆으로 비켜서기만 하여도 알 수 없는 고로 종적 없이 달아났더라. 보초병이 부인을 잡아서 앞세우고 가는데 서로 말은 못하고 벙어리가 소를 몰고 가는 듯하다. 계엄중戒嚴中 총소리라 평양성 근처에 있던 헌병이 낱낱이 모여들어서 총 놓은 군사와 부인을 데리고 헌병부로 향하여 가니, 그 부인은 어딘지 모르고 가나 성도 보이고 문도 보이는데, 정신을 차려본즉 평양성 북문이라.

　밤은 깊어 사람의 자취도 없고 사면에서 닭은 홰를 치며 울고 개는 여염집 평대문 개구멍으로 주둥이만 내어놓고 짖는다. 닭소리, 개소리에 부인의 발이 땅에 떨어지지 못하여 걸음을 멈추고 섰는데, 오장이 녹는 듯

---

* 마음이 단단함.
** 생각.

하고 눈물이 앞을 가린다. 개는 명물이라 밤사람을 알아보고 반가워 뛰어 나오다가 헌병이 칼을 빼어 개를 차려 하니 개가 쫓겨 들어가며 짖으나 사람도 말을 통치 못하거든 더구나 짐승이야……

(부인)"개야, 너 혼자 집을 지키고 있구나. 우리가 피란 갈 때에 너를 부엌에 가두고 나왔더니 어디로 나왔느냐. 너와 같이 집에 있었더면 이러한 일이 생기지 아니하였을 것을 살 곳 찾아가느라고 죽을 길 고생길로 들어갔다. 나는 살아와서 너를 다시 본다마는 서방님도 아니 계시다, 너를 귀애하던 옥련이도 없다. 내가 너와 같이 다리 힘이 좋으면 방방곡곡이 찾아다닐 터이나, 다리 힘도 없고 세상에 만만하고 불쌍한 것은 여편네라 겁나는 것 많아서 못 다니겠다. 닭도 주인 없는 집에서 혼자 울고, 개도 주인 없는 집에서 혼자 짖는구나. 개야, 이리 나오거라. 나는 어디로 잡혀가는지 내 발로 걸어가나 내 마음으로 가는 것은 아니다."

헌병이 소리를 질러 가기를 재촉하니 부인이 하릴없이 헌병부로 잡혀가는데 개는 멍멍 짖으며 따라오니 그 개 짖고 나오던 집은 부인의 집이러라.

그날은 평양성에서 싸움 결말나던 날이요, 성중의 사람이 진저리 내던 청인이 그림자도 없이 다 쫓겨나가던 날이요, 철환은 공중에서 우박 쏟아지듯 하고 총소리는 평양성 근처가 다 두려 빠지고* 사람 하나도 아니 남을 듯하던 날이요, 평양 사람이 일병 들어온다는 소문을 듣고 일병은 어떠한지, 임진 난리에 평양 싸움 이야기하며 별 공론이 다 나고 별 염려 다 하던 그 일병이 장마통에 검은 구름 떠들어오듯 성내·성외에 빈틈없이 들어와 박히던 날이라.

---

* 부근이 몽땅 없어지고.

본래 평양 성중 사는 사람들이 청인의 작폐에 견디지 못하여 산골로 피란 간 사람이 많더니, 산중에서는 청인 군사를 만나면 호랑이 본 것 같고 원수 만난 것 같다. 어찌하여 그렇게 감정이 사나우냐 할 지경이면, 청인의 군사가 산에 가서 젊은 부녀를 보면 겁탈하고, 돈이 있으면 빼앗아가고, 제게 쓸데없는 물건이라도 놀부의 심사같이 장난하니, 산에 피란 간 사람은 난리를 한층 더 겪는다. 그러므로 산에 피란 갔던 사람이 평양성으로 도로 피란 온 사람도 많이 있었더라.

그 부인은 평양성 북문 안에 사는데 며칠 전에 산에 피란도 갔다가 산에도 있을 수 없고, 촌에 사는 일갓집으로 피란 갔다가 단칸방에서 주인과 손과 여덟 식구가 이틀 밤을 앉아 새우고 하릴없이 평양성 내로 도로 온 지가 불과 수일 전이라. 그때 마음에 다시는 죽어도 피란 가지 아니한다 하였더니, 오늘 새벽부터 총소리는 천지를 뒤집어놓고 사면 산꼭대기들 가운데에 불비가 쏟아지니 밝기를 기다려서 피란길을 떠났는데, 아무것도 가진 것 없고 젊은 내외와 어린 딸 옥련이와 단 세 식구 피란이라.

성중에는 울음 천지요, 성 밖에는 송장 천지요, 산에는 피란꾼 천지라. 어미가 자식 부르는 소리, 서방이 계집 부르는 소리, 계집이 서방 부르는 소리, 이렇게 사람 찾는 소리뿐이라. 어린아이를 내버리고 저 혼자 달아나는 사람도 있고, 두 내외 손을 맞붙들고 마주 찾는 사람도 있더니, 석양판에는 그 사람이 다 어디로 가고 없던지 보이지 아니하고, 모란봉 아래서 옥련이 부르고 다니는 부인 하나만 남아 있더라.

그 부인의 남편 되는 사람은 나이 스물아홉 살인데, 평양서 돈 잘 쓰기로 이름 있던 김관일이라. 피란길 인해人海 중에 서로 잃고 서로 찾다가 김관일은 저의 집으로 혼자 돌아와서 그날 밤에 빈집에 혼자 있다가 밤중에 개가 하도 몹시 짖거늘 일어나서 대문을 열고 보려 하다가 겁이 나서 열지는 못하고 문틈으로 내다보기도 하였으나 벌써 헌병이 그 부인을 앞세우고 가니, 김관일은 그 부인이 헌병에게 붙들려가는 줄은 생각 밖이요, 그 부인은 그 남편이 집에 있기는 또한 꿈도 아니 꾸었더라.

김 씨는 혼자 빈집에 있어서 밤새도록 잠들지 못하고 별 생각이 다 난다. 북문 밖 넓은 들에 철환 맞아 죽은 송장과 죽으려고 숨넘어가는 반송장들은 제각각 제 나라를 위하여 전장에 나와서 죽은 장수와 군사들이라. 죽어도 제 직분이어니와, 엎드러지고 곱들어져서 봄바람에 떨어진 꽃과 같이 간 곳마다 발에 밟히고 눈에 걸리는 피란꾼들은 나라의 운수런가. 제 팔자 기박하여 평양 백성 되었던가. 땅도 조선 땅이요 사람도 조선 사람이라. 고래 싸움에 새우등 터지듯이, 우리나라 사람들이 남의 나라 싸움에 이렇게 참혹한 일을 당하는가. 우리 마누라는 대문 밖에 한 걸음 나가보지 못한 사람이요, 내 딸은 일곱 살 된 어린아이라 어디서 밟혀 죽었는가. 슬프다. 저러한 송장들은 피가 시내 되어 대동강에 흘러들어 여울목 치는 소리 무심히 듣지 말지어다. 평양 백성의 원통하고 설운 소리가 아닌가. 무죄히 죄를 받는 것도 우리나라 사람이요, 무죄히 목숨을 지키지 못하는 것도 우리나라 사람이라. 이것은 하늘이 지으신 일이런가, 사람이 지은 일이런가. 아마도 사람의 일은 사람이 짓는 것이다. 우리나라 사람이 제 몸만 위하고 제 욕심만 채우려 하고, 남은 죽든지 살든지 나라가 망하든지 흥하든지 제 벼슬만 잘하여 제 살만 찌우면 제일로 아는 사람들이라.

평안도 백성은 염라대왕이 둘이라. 하나는 황천에 있고, 하나는 평양 선화당에 앉았는 감사이라. 황천에 있는 염라대왕은 나이 많고 병들어서 세상이 귀치 않게 된 사람을 잡아가거니와, 평양 선화당에 있는 감사는 몸 성하고 재물 있는 사람은 낱낱이 잡아가니, 인간 염라대왕으로 집집에 터주까지 겸한 겸관이 되었는지, 고사를 잘 지내면 탈이 없고 못 지내면 온 집안에 동토가 나서 다 죽을 지경이라. 제 손으로 벌어놓은 제 재물을 마음 놓고 먹지 못하고 천생 타고난 제 목숨을 남에게 매어놓고 있는 우리나라 백성들을 불쌍하다 하겠거든, 더구나 남의 나라 사람이 와서 싸움을 하느니 지랄을 하느니, 그러한 서슬에 우리는 패가하고 사람 죽는 것이 다 우리나라 강하지 못한 탓이라.

오냐, 죽은 사람은 하릴없다. 살아 있는 사람들이나 이후에 이러한 일을 또 당하지 아니하게 하는 것이 제일이다. 제 정신 제가 차려서 우리나라도 남의 나라와 같이 밝은 세상 되고 강한 나라 되어 백성 된 우리들이 목숨도 보전하고 재물도 보전하고, 각도 선화당과 각도 동헌 위에 아귀 귀신 같은 산 염라대왕과 산 터주도 못 오게 하고, 범 같고 곰 같은 타국 사람들이 우리나라에 와서 감히 싸움할 생각도 아니하도록 한 후이라야 사람도 사람인 듯싶고 살아도 산 듯싶고, 재물 있어도 제 재물인 듯하리로다.

처량하다, 이 밤이여. 평양 백성은 어디 가서 사생중에 들었으며, 아귀 같은 염라대왕은 어느 구석에 박혔으며, 우리 처자는 어떻게 되었는고. 우리 내외 금실이 유명히 좋던 사람이요, 옥련이를 남다르게 귀애하던 자정*이라. 그러나 세상에 뜻이 있는 남자 되어 처자만 구구히 생각하면 나라의 큰일을 못하는지라. 나는 이 길로 천하 각국을 다니면서 남의 나라 구경도 하고 내 공부 잘한 후에 내 나라 사업을 하리라 하고 밝기를 기다려서 평양을 떠나가니, 그 발길 가는 데는 만리타국이라.

그 부인은 일본군 헌병부로 잡혀갔으나, 규중에서 생장한 부인이 그러

---

* 부모의 정.

한 난리 중에 그러한 풍파를 겪었다 하는 말을 듣는 자 누가 불쌍타 하지 아니하리요. 통변이 말을 전하는 대로 헌병장이 고개를 기울이고 불쌍하다 가이없다 하더니, 그 밤에는 군중에서 보호하고 그 이튿날 제 집으로 돌려보내니, 부인은 하룻밤 동안에 세상 풍파를 다 지내고 본집으로 돌아왔더라.

아침 날 서늘한 기운에 빈집같이 쓸쓸한 것은 없는데 그 부인이 그 집에 들어와 보더니 처창悽愴한 마음이 새로이 나서 이 집구석에서 나 혼자 살아 무엇하리 하면서 마루 끝에 털썩 걸터앉았더니 정신없이 모로 쓰러졌다.

어젯날 피란 갈 때에 급하고 겁나는 마음에 밥도 먹지 아니하고 나섰다가 하룻날 하룻밤에 고생한 일은 인간에 나 하나뿐인가 싶은 마음에 배가 고픈지 다리가 아픈지 모르고 지냈더니, 내 집으로 돌아오니 남편도 소식 없고 옥련이도 간곳없고, 엉성한 네 기둥과 적적한 마루 위에 덧문 척척 닫힌 방을 보고, 이 몸이 앉은 채로 쓰러져 없었으면 좋으련마는 그렇지 아니하면 무슨 경황에 내 손으로 저 방문을 열고 내 발로 저 방으로 들어갈까 하는 혼잣말을 다 마치지 못하고 정신을 잃었더라.

평시절 같으면 이웃사람도 오락가락하고 방물장수, 떡장수도 들락날락할 터인데, 그때는 평양성 중에 살던 사람들이 이번 불소리에 다 달아나고 있는 것은 일본 군사뿐이라. 그 군사들이 까마귀떼 다니듯이 하며 이 집 저집 함부로 들어간다.

본래 전시국제공법戰時國際公法에, 전장에서 피란 가고 사람 없는 집은 집도 점령하고 물건도 점령하는 법이라. 그런고로 군사들이 빈집을 보면 일삼아 들어간다.

김 씨 집에 들어와서 보는 군사들은 마루 끝에 부인이 누웠는 것을 보고 도로 나갈 뿐이라. 아마도 부인을 구하여줄 사람은 없었더라. 만일 엄동설한에 하루 동안을 마루에 누웠으면 얼어 죽었을 터이나, 다행히 일기가 더운 때라 종일 정신없이 마루에 누웠으나 관계치 아니하였더라.

밤이 되매 비로소 정신이 나기 시작하는데, 꿈 깨고 잠 깨듯 별안간에 정신이 난 것이 아니라 모란봉에 안개 걷히듯 차차 정신이 난다. 처음에 눈을 떠서 보니 하늘에는 별이 총총하고, 다시 눈을 둘러보니 우중충한 집에 나 혼자 누웠으니 이곳은 어디며 이 집은 뉘 집인지, 나는 어찌하여 여기 와서 누웠는지 곡절을 모른다.

차차 본즉 내 집이요, 차차 생각한즉 여기 와서 걸터앉았던 생각도 나고, 어젯밤에 일본 헌병부로 가던 생각도 나고, 총소리에 사람 모여들던 생각도 나고, 도적놈에게 욕을 볼 뻔하던 생각이 나면서 새로이 소름이 끼친다.

정신이 번쩍 나고 없던 기운이 번쩍 나서 벌떡 일어앉았으니, 새로 남편 생각과 옥련이 생각만 난다.

안방에는 옥련이가 자는 듯하고, 사랑방에는 남편이 있는 듯하다. 옥련이를 부르면 나올 듯하고, 남편을 부르면 대답을 할 것 같다. 어젯날 지낸 일은 정녕 꿈이라, 내가 악몽을 꾸었지. 지금은 깨었으니 옥련이를 불러보리라 하고 안방으로 고개를 두르고 옥련아, 옥련아, 옥련아, 부르다가 소름이 죽죽 끼치고 소리가 점점 움츠러진다. 일어서서 안방 문 앞으로 가니, 다리가 덜덜 떨리고 가슴이 두근두근한다. 방문을 왈칵 잡아당기니 방 속에서 벼락 치는 소리가 나며 부인은 외마디 소리를 지르고 주저앉았더라.

어제 아침에 이 방에서 피란 갈 때에는 방 가운데 아무것도 늘어놓은 것 없었더니, 오늘 아침에 김관일이가 외국에 가려고 결심하고 나갈 때에 무엇을 찾느라고 다락 속 벽장 속에 있는 세간을 낱낱이 내어놓고 궤문도 열

어놓고, 농문도 열어놓고, 궤짝 위에 농짝도 놓고 농짝 위에 궤짝도 얹었
는데, 단정히 놓인 것도 있지마는 곧 내려질 듯한 것도 있었더라. 방문은
무슨 정신에 닫고 갔던지, 방 안의 벽장문, 다락문은 열린 채로 두었더라.

강아지만한 큰 쥐가 다락에서 나와서 방 안에서 제 세상같이 있다가,
방문 여는 소리를 듣고 궤 위에서 방바닥으로 내려 뛰는데, 그 궤가 안동
하여 떨어지니, 그 궤는 옥련의 궤라. 조개껍질도 들고 서양철 조각도 들
고 방울도 들고 유리병도 들었으니, 그 궤가 떨어질 때는 소리가 조용치
는 못하겠으나 부인이 겁결에 들은즉 벼락 치는 소리같이 들렸더라.

부인이 정신을 차려서 당성냥을 찾으려고 방 안으로 들어가니, 발에 걸
리고 몸에 부딪히는 것이 무엇인지 무서운 마음에 도로 나와서 마루 끝에
앉았더라. 이 밤이 초저녁인지 밤중인지 샐녘인지 모르고 날 새기만 기다
리는데, 부인의 마음에는 이 밤이 샐 때가 되었거니 하고 동편 하늘만 바
라보고 있더라.

두 날개 탁탁 치며 꼬끼오 우는 소리는 첫닭이 분명한데 이 밤새우기는
참 어렵도다. 그렇게 적적한 집에 그 부인이 혼자 있어서 하루, 이틀, 열
흘, 보름을 지낼수록 경황 없고 처량한 마음이 조금도 감하지 아니한다.
감하지 아니할 뿐 아니라 날이 갈수록 심란한 마음이 깊어가더라. 그러면
무슨 까닭으로 세상에 살아 있는고. 한 가지 일을 기다리고 죽기를 참고
있었더라.

피란 갔던 이튿날 방 안에 세간이 늘어놓인 것을 보고 남편이 왔던 자
취를 알고 부인의 마음에는 남편이 옥련이와 나를 찾아다니다가 찾지 못
하고 집에 돌아와서 보고 또 찾으러 간 줄로 알고, 그 남편이 방향 없이 나
서서 오죽 고생을 할까 싶은 마음에 가이없으면서 위로는 되더니, 그날 해
가 지고 저무니 남편이 돌아올까 기다리는 마음에 대문을 닫지 아니하고

앉아 밤을 새웠더라. 그 이튿날 또 다음날을, 날마다 밤마다 때마다 기다리는데 사람의 소리가 들리면 뛰어나가 보고, 개가 짖으면 쫓아가서 본다.

고대하던 마음은 진하고 단망斷望하는 마음이 생긴다. 어느 곳에서 사람이 많이 죽었다 하는 소문이 있으면 남편이 거기서 죽은 듯하고, 어느 곳에서는 어린아이 죽었다는 말이 들리면 내 딸 옥련이가 거기서 죽은 듯하다.

남편이 살아오거니 하고 고대할 때는 마음을 붙일 곳이 있어서 살아 있었거니와, 죽어서 못 오거니 하고 단망하니 잠시도 이 세상에 있기가 싫다.

부인이 죽기로 결심하고 대동강 물에 빠져 죽을 차로 밤 되기를 기다려 강가로 향하여 가니, 그때는 구월 보름이라 하늘은 씻은 듯하고 달은 초롱 같다. 은가루를 뿌린 듯한 백사장에 인적은 끊어지고 백구는 잠들었다. 부인이 탄식하여 가로되,

"달아 물어보자, 너는 널리 보리로다. 낭군이 소식 없고 옥련은 간곳없다. 이 세상에 있으면 집 찾아왔으련만 일거 무소식하니 북망객 됨이로다. 이 몸이 혼자 살면 일평생 근심이요, 이 몸이 죽었으면 이 근심 모르리라. 십오 년 부부 정과 일곱 해 모녀 정이 어느 때 있었던지 지금은 꿈 같도다. 꿈같은 이내 평생 오늘날뿐이로다. 푸르고 깊은 물은 갈 길이 저기로다."

이러한 탄식을 마치매 치마를 걷어잡고 이를 악물고 두 눈을 딱 감으면서 물에 뛰어내리니 그 물은 대동강이요, 그 사람은 김관일의 부인이라. 물 아래 뱃나들이에 한 거룻배가 비꼈는데, 그 배 속에서 사공 하나와 평양성 내에 사는 고장팔이라 하는 사람과 단 둘이 달밤에 밤윷을 노는데, 그 사공과 고가는 각 어미 자식이나 성정은 어찌 그리 똑같던지, 사공이

고가를 닮았는지, 고가가 사공을 닮았는지, 벌어먹는 길만 다르나 일만 없으면 두 놈이 함께 붙어 지낸다.

무엇을 하느라고 같이 붙어 지내는고. 둘 중에 하나만 돈이 있으면 서로 꾸어주며 투전을 하고, 둘이 다 돈이 없으면 담배 내기 밤윷이라도 아니 놀고는 못 견딘다. 하루 밥을 굶어라 하면 어렵게 여기지 아니하나 하루 노름을 하지 말라 하면 병이 날 듯한 놈들이라. 그 밤에도 고가가 그 사공을 찾아가서 단둘이 밤윷을 놀다가 물 위에서 이상한 소리가 들리나 윷에 미쳐서 정신을 모르다가, 물 위에서 웬 사람이 떠내려오다가 배에 걸려서 허덕거리는 것을 보고 급히 뛰어내려서 건진즉 한 부인이라. 본래 부인이 높은 언덕에서 뛰어내렸더면 물이 깊고 얕고 간에 살기가 어려웠을 터이나, 모래톱에서 물로 뛰어 들어가니 그 물이 한두 자 깊이가 될락말락 한 물이라 물이 낮아 죽지 아니하였으나, 부인은 죽을 마음으로 빠진 고로 얕은 물이라도 죽을 작정만 하고 드러누우니 얼른 죽지는 아니하고 물에 떠서 내려가다가 배에 있던 사람에게 구원한 것이 되었더라.

화약 연기는 구름에 비 묻어 다니듯이 평양의 총소리가 의주로 올라가더니 백마산에는 철환 비가 오고 압록강에는 송장으로 다리를 놓는다.

평양은 난리 평정이 되고 의주는 새로 난리를 만났으니 가령 화재 만난 집에서 안방에는 불을 잡았으나 건넌방에는 불이 붙는 격이라. 안방이나 건넌방이나 집은 한집이언마는 안방 식구는 제 방에만 불 꺼지면 다행으로 안다. 의주서는 피비 오는데 평양 성중에는 차차 웃음소리가 난다. 피란 가서 어느 구석에 숨어 있던 사람들이 차차 모여들어서 성중에는 옛 모양이 돌아온다.

집집의 걸어 닫혔던 대문도 열리고, 골목골목에 사람의 자취가 없던 곳도 사람이 오락가락하고, 개 짖고 연기 나는 모양이 세상은 평화 된 듯하나, 북문 안의 김관일의 집에는 대문이 닫힌 대로 있고 그 집 문간엔 사람이 와서 찾는 자도 없었더라. 하루는 어떠한 노인이 부담말* 타고 오다가 김 씨 집 앞에서 말에서 내리더니, 김 씨 집 대문을 흔들어본즉 문이 걸리지 아니하였거늘 안으로 들어가더니 나와서 이웃집에 말을 묻는다.

(노인) "여보, 말 좀 물어봅시다. 저 집이 김관일 김 초시 집이오?"

(이웃 사람) "네, 그 집이오. 그 집에 아무도 없나보오."

(노인) "나는 김관일의 장인 되는 사람인데, 내 사위는 만나보았으나 내 딸과 외손녀는 피란 갔다가 집 찾아왔는지 아니 왔는지 몰라서 내가 여기까지 온 길이러니, 지금 그 집에 들어가서 본즉 아무도 없기로 궁금하여 묻는 말이오."

(이웃 사람) "우리도 피란 갔다가 돌아온 지가 며칠 되지 아니하였으니 이웃집 일이라도 자세히 모르겠소."

노인이 하릴없이 다시 김 씨 집에 들어가서 자세히 살펴보니 사람은 난리를 만나 도망하고 세간은 도둑을 맞아서 빈 놋짝만 남았는데, 벽에 언문 글씨가 있으니, 그 글씨는 김관일 부인의 필적인데, 대동강 물에 빠져 죽으려고 나가던 날의 세상 영결하는 말이라.

노인이 그 필적을 보고 놀랍고 슬픈 마음을 진정치 못하였더라.

그 노인은 본래 평양 성내에서 살던 최 주사 하는 사람인데 이름은 항래라. 십 년 전에 부산으로 이사하여 크게 장사하는데, 그때 나이 오십이라. 재산은 유여하나** 아들이 없어서 양자하였더니 양자는 합의치 못하고, 소생은 딸 하나 있으니 그 딸은 편애할 뿐 아니라 그 딸을 기를 때

---

* 말잔등에 자그마한 궤짝을 실어 짐을 넣을 수 있게 꾸며놓은 말.
** 넉넉하나.

에 최 주사는 애쓰고 마음 상하면서 길러낸 딸이요, 눈살 맞고 자라난 딸인데, 그 딸인즉 김관일의 부인이라.

최 씨가 그 딸 기를 때의 일을 말하자 하면 소진蘇秦*의 혀를 두셋씩 이어놓고 삼사월 긴긴 해를 몇씩 포개놓을지라도 다 말할 수 없는 일이러라. 그 부인의 이름은 춘애라. 일곱 살에 그 모친이 돌아가고 계모에게 길렸는데, 그 계모는 부인 범절에는 사사이 칭찬 듣는 사람이나 한 가지 결점이 있으니, 그 흠절은 전실 소생 춘애에게 몹시 구는 것이라. 세간 그릇 하나라도 전실 부인이 쓰던 것이면 무당 불러서 불살라버리든지 깨뜨려버리든지 하여야 속이 시원하여지는 성정이라. 그러한 계모의 성정에 사르지도 못하고 깨뜨리지도 못할 것은 전실 소생 춘애라. 최 씨가 그 딸을 옥같이 사랑하고 금같이 귀애하나 그 후취 부인 보는 때는 조금도 귀애하는 모양을 보이면 춘애는 그 계모에게 음해를 받을 터라. 그런고로 최 주사가 그 딸을 칭찬하고 싶은 때도 그 계모 보는 데는 꾸짖고 미워하는 상을 보이는 일도 많다.

그러면 최 주사가 그 후취 부인에게 쥐여 지내느냐 할 지경이면 그렇지도 아니하다. 그 후취 부인은 죽어 백골된 전실에게 투기하는 마음 한 가지만 아니면 아무 흠절이 없으니, 그러한 부인은 쇠사슬로 신을 삼아 신고 그 신이 날이 나도록 조선 팔도를 다 돌아다니더라도 그만한 아내는 얻기가 어렵다 하는 집안 공론이라. 최 씨가 후취 부인과 금실도 좋고 전취 소생 춘애도 사랑하니, 춘애를 위하여주려 하면 후실 부인의 뜻을 맞추어주는 일이 상책이라. 춘애가 어려서부터 총명하고 눈치 빠르기로는 어린아이로 볼 수가 없다. 계모에게 따르기를 생모같이 따르면서 혼자 앉

---

* 장의張儀와 더불어 중국 전국시대의 유세가遊說家. 매우 말을 잘하거나 말이 많은 사람을 일컬음. 여기서는 '할 말이 많다'는 의미로 쓰였음.

으면 눈물을 씻고 죽은 어머니를 생각하더라. 츤애가 그러한 고생을 하고 자라나서 김관일의 부인이 되었는데, 최 씨는 그 딸을 출가한 딸로 여기지 아니하고 젖 먹이는 딸과 같이 안다.

평양의 난리 소문이 다른 사람 듣기에는 이웃집에 초상났다는 소문과 같이 심상*히 들리나, 부산 사는 최항래 최 주사의 귀에는 소름이 끼치도록 놀랍고 심려되더니, 하루는 그 사위 김관일이가 부산 최 씨 집에 와서 난리 겪은 말도 하고 외국으로 공부하러 가고자 하는 목적을 말하니, 최 씨가 학비를 주어서 외국에 가게 하고, 최 씨는 그 딸과 외손녀의 생사를 자세히 알고자 하여 평양에 왔더니, 그 딸이 대동강 물에 빠져 죽을 차로 벽상에 그 회포를 쓴 것을 보니, 그 딸 기를 때의 불쌍하던 마음이 새로이 나서, 일곱 살에 저의 어머니 죽을 때에 죽은 어미의 뺨을 대고 울던 모양도 눈에 선하고, 계모의 눈살을 맞아서 조잡이 들던** 모양도 눈에 선하고, 내가 부산 갈 때에 부녀가 다시 만나보지 못하는 듯이 낙루하며 작별하던 모양도 눈에 선한 중에 해는 점점 지고 빈집에 쓸쓸한 기운은 날이 저물수록 형용하기 어렵더라.

최 씨가 데리고 온 하인을 부르는데 근력 없는 목소리로,

"이애 막동아, 부담 떼서 안마루에 갖다놓아라."

(막동) "말은 어데 갖다 매오리까?"

(최 씨) "마방집에 갖다 매어라."

(막동) "소인은 어디서 자오리까?"

(최 씨) "마방집에 가서 밥이나 사서 먹고 이 집 행랑방에서 자거라."

(막동) "나리께서도 무엇을 좀 사다가 잡숫고 주무시면 좋겠습니다."

* 대수롭지 않음.
** 생기가 없어지고 제대로 자라지 못함.

(최 씨) "나는 술이나 먹겠다. 부담에 달았던 술 한 병 떼어오고 찬합만 끌러놓아라. 혼자 이 방에 앉아 술이나 먹다가 밤새거든 새벽길 떠나서 도로 부산으로 가자. 난리가 무엇인가 하였더니 당하여보니 인간에 지독한 일은 난리로구나. 내 혈육은 딸 하나 외손녀 하나뿐이러니, 와서 보니이 모양이로구나. 막동아, 너같이 무식한 놈더러 쓸데없는 말 같지마는이후에는 자손 보존하고 싶은 생각 있거든 나라를 위하여라. 우리나라가 강하였더면 이 난리가 아니 났을 것이다. 세상 고생 다 시키고 길러낸 내딸자식, 나 젊고 무병하건마는 난리에 죽었구나. 역질 홍역 다 시키고 잔주접 다 떨어놓은 외손녀도 난리 중에 죽었구나."

(막동) "나라는 양반님네가 다 망하여놓셨지요. 상놈들은 양반이 죽이면 죽었고, 때리면 맞았고, 재물이 있으면 양반에게 빼앗겼고, 계집이 어여쁘면 양반에게 빼앗겼으니, 소인 같은 상놈들은 제 재물 제 계집 제 목숨 하나를 위할 수가 없이 양반에게 매였으니, 나라 위할 힘이 있습니까. 입 한번을 잘못 벌려도 죽일 놈이니 살릴 놈이니, 오금을 끊어라 귀양을 보내라 하는 양반님 서슬에 상놈이 무슨 사람값에 갔습니까. 난리가 나도 양반의 탓이올시다. 일청전쟁도 민영춘이란 양반이 청인을 불러왔답니다. 나리께서 난리 때문에 따님 아씨도 돌아가시고 손녀 아기도 죽었으니그 원통한 귀신들이 민영춘이라는 양반을 잡아갈 것이올시다."
하면서 말이 이어 나오니, 본래 그 하인은 주제넘다고 최 씨 마음에 불합하나, 이번 난리 중 험한 길에 사람이 똑똑하다고 데리고 나섰더니 이러한 심란 중에 주제넘고 버릇없는 소리를 함부로 하니 참 난리 난 세상이라. 난리 중에 꾸짖을 수도 없고 근심 중에 무슨 소리든지 듣기도 싫은 고로 돈을 내어주며 하는 말이, 막동아 너도 나가서 술이나 싫도록 먹어라. 홧김에 먹고 보자 하니 막동이는 밖으로 나가고, 최 씨는 혼자 술병을 대하여 팔자 한탄하다가 술 한 잔 먹고, 세상 원망하다가 술 한 잔 먹고, 딸 생각이 나도 술 한 잔 먹고, 외손녀 생각이 나도 술 한 잔 먹고, 술이 얼근하게 취하더니 이 생각 저 생각 없이 술만 먹다가 갓 쓴 채로 목침 베고 드러누웠더니 잠이 들면서 꿈을 꾸었더라. 모란봉 아래서 딸과 외손녀를 데리고 피란을 가다가 노략질꾼 도적을 만나서 곤란을 무수히 겪다가 딸이 도적을 피하여 가느라고 높은 언덕에서 떨어져 죽는 것을 보고 최 씨가 도적놈을 원망하여 도적놈을 때려죽이려고 지팡이를 들고 도적을 때리니, 도적놈이 달려들어 최 씨를 마주 때리거늘, 최 씨가 넘어져서 일어나려고 애를 쓰는데 도적놈이 최 씨를 깔고 앉아서 멱살을 쥐고 칼을 빼니 최 씨가 숨을 쉴 수가 없어 일어나려고 애를 쓰니 최 씨가 분명 가위를 눌린 것이다.

곁에서 사람이 최 씨를 흔들며 아버지 여기를 어찌 오셨소, 아버지, 아버지 하는 소리에 깜짝 놀라 깨니 남가일몽이라. 눈을 떠서 자세히 본즉 대동강 물에 빠져 죽으려고 벽상에 회포를 써서 붙였던 딸이 살아온지라. 기쁜 마음에 정신이 번쩍 나서 생각한즉 이것도 꿈이 아닌가 의심난다.

(최 씨) "이애, 네가 죽으려고 벽상에 유언을 써서놓은 것이 있더니 어찌 살아왔느냐. 아까 꿈을 꾸니 네가 언덕에서 떨어져 죽었더니 지금 너를 보니 이것이 꿈이냐, 그것이 꿈이냐? 이것이 꿈이거든 이 꿈을 이대로 깨지 말고 십 년 이십 년이라도 이대로 지냈으면 그 아니 좋겠느냐."
하는 말이 최 씨 생각에는 그 딸 만나보는 것이 정녕 꿈같고 그 딸이 참 살아온 사기*는 자세히 모른다.

원래 최 씨 부인이 물에 빠져 떠내려갈 때에 뱃사공과 고장팔에게 구한

---

* 일의 기록.

바 되었는데, 장팔의 모와 장팔의 처가 그 부인을 교군에 태워서 저희 집
으로 모시고 가서 수일을 극진히 구원하였다가 그 부인이 차차 완인이 되
매 그날 밤 들기를 기다려서 부인이 장팔의 모를 데리고 집에 돌아온 길
이라. 장팔의 모는 길가에서 무엇을 사가지고 들어온다 하고 뒤떨어졌는
데, 그 부인은 발씨 익은 내 집이라 앞서서 들어온즉 안마루에 부담 상자
도 있고 안방에는 불이 켜져 밝은지라. 이전 마음 같으면 부인이 그 방문
을 감히 열지 못하였을 터이나 별 풍상 다 지내고 지금은 겁나는 것도 없
고 무서운 것도 없는지라, 내 집 내 방에 누가 와서 들어앉았는가 생각하
면서 서슴지 아니하고 방문을 열어보니 웬 사람이 자다가 가위를 눌려서
애를 쓰는 모양인데, 자세히 본즉 자기의 부친이라. 부인이 그때에 부친
을 만나니 반가운 마음에 아무 말도 아니하고 나오느니 울음뿐이라.

　뒤떨어졌던 고장팔의 모가 들어 달려오면서 덩달아 운다.

　"에그, 나리 마님이 이 난리 중 여기 오셨네. 알 수 없는 것은 세상일이
올시다. 나리께서 부산으로 이사 가실 때에 할미는 늙은 것이라 살아서
다시 나리께 뵙지 못하겠다 하였더니 늙은 것은 살았다가 또 뵈옵는데 어
린 옥련 애기와 젊으신 서방님은 어디 가서 돌아가셨는지 나리 오신 것을
못 만나뵈네."

하는 말은 속에서 솟아나오는 인정이라. 그 노파가 그 인정이 있을 만도
한 사람이라.

　고장팔의 모가 본래 최 씨 집 종인데 삼십 전부터 드난*은 아니하나 최
씨의 덕으로 살다가 최 씨가 이사 갈 때에 장팔의 모는 상전을 따라가고
자 하나 장팔이가 노름꾼으로 최 씨의 눈 밖에 난 놈이라 최 씨를 따라가

---

* 남의 집 일을 도와줌.

지 못하고 끈 떨어진 뒤웅박같이 평양에 있었더니, 이번에는 노름 덕으로 대동강 배 속에서 밤잠 아니 자고 있다가 최 씨 부인을 구하여 살렸으니, 장팔이 지금은 노름하는 칭찬도 들을 만하게 되었더라.

최 씨 부인이 그 부친에게 남편 김 씨가 외국으로 유학하러 갔다는 말을 듣고 만 리의 이별은 섭섭하나 난리 중에 목숨을 보전한 것만 천행으로 여겨서, 부친의 말하는 입을 쳐다보면서 눈에는 눈물이 가득하나 얼굴에는 기쁜 빛을 띠었더라.

(최 주사)"이애 김집아, 네 집은 외무주장外無主張하니 여기서 고단하여 살 수 없을 것이니 나를 따라 부산으로 내려가서 내 집에 같이 있으면 좋지 아니하겠느냐."

"내가 물에 빠져 죽으려 하기는 가장이 죽은 줄로 생각하고 나 혼자 세상에 살아 있기가 싫은 고로 대동강에 빠졌더니, 사람에게 건진 바 되어 살아 있다가 가장이 살아서 외국에 유학하러 갔다는 소식을 들었으니, 나는 이 집을 지키고 있다가 몇 해 후가 되든지 이 집에서 다시 가장의 얼굴을 만나보겠으니 아버지께서는 딸 생각 말으시고 딸 대신 사위의 공부나 잘하도록 학비나 잘 대어주시기를 바랍나이다. 나는 이 집에서 장팔의 어미를 데리고 박토 마지기에서 도지睹地 섬 받는 것 가지고 먹고 있겠소. 그러나 옥련이가 있었던면 위로가 되었을걸, 허구한 세월을 어찌 기다리나."

하는 소리에 최 주사가 흉격胸膈이 막히나 다사多事한 사람이 오래 있을 수 없는 고로 수일 후에 부산으로 내려가고 최 씨 부인은 장팔의 어미를 데리고 있으니, 행랑에는 늙은 과부요 안방에는 젊은 생과부가 있어서 김 씨를 오기만 기다리고 세월 가기만 기다린다. 밤에는 밤이 길고 낮에는 낮이 긴데 그 밤과 그 낮을 모아 달 되고 해 되니, 천하에 어려운 것은 사람 기다리는 것이라. 부인의 생각에는 인간의 고생이 나 하나뿐인 줄로 알고 있건마는, 그보다 더 고생하는 사람이 또 있으니, 그것은 부인의 딸 옥련이라.

당초에 옥련이가 피란 갈 때에 모란봉 아래서 부모의 간 곳 모르고 어머니를 부르면서 발을 동동 구르다가 난데없는 철환 한 개가 넘어오더니 옥련의 왼편 다리에 박혀 넘어져서 그날 밤을 그 산에서 목숨이 붙어 있었더니, 그 이튿날 일본 적십자 간호수가 보고 야전병원으로 실어 보내니 군의軍醫가 본즉 중상은 아니라. 철환이 다리를 뚫고 나갔는데 군의 말이, 만일 청인의 철환을 맞았으면 철환에 독한 약이 섞인지라 맞은 후에 하룻밤을 지냈으면 독기가 몸에 많이 퍼졌을 터이나, 옥련이가 맞은 철환은 일인의 철환이라 치료하기 대단히 쉽다 하더니, 과연 삼 주일이 못되어서 완연히 평일과 같은지라. 그러나 옥련이는 갈 곳이 없는 아이라, 병원에서 옥련의 집을 물은즉 평양 북문 안이라 하니 병원에서 옥련이가 나이 어리고 또한 정경을 불쌍케 여겨서 통사通事를 안동하여 옥련의 집에 가서 보라 한즉, 그때는 옥련의 모친이 대동강 물에 빠져 죽으려고 벽상에 그 사정 써서 붙이고 간 후이라. 통변이 그 글을 보고 옥련을 불쌍히 여겨서 도로 데리고 야전병원으로 가니, 군의 정상 소좌井上 少佐가 옥련의 정경을 불쌍히 여기고 옥련의 자품을 기이하게 여겨 통변을 세우고 옥련의 뜻을 묻는다.

(군의) "이애, 너의 아버지와 어머니가 어디로 간지 모르냐?"

(옥) "……."

(군의) "그러면 네가 내 집에 가서 있으면 내가 너를 학교에 보내어 공부하도록 하여줄 것이니, 네가 공부를 잘하고 있으면 아무쪼록 너의 나라에 탐지하여 너의 부모가 살았거든 너의 집으로 곧 보내주마."

(옥) "우리 아버지 어머니가 살아 있는 줄을 알고 나를 도로 우리 집에 보내줄 것 같으면 아무 데라도 가고 아무것을 시키더라도 하겠소."

(의) "그러면 오늘이라도 인천으로 보내서 어용선御用船을 타고 일본으로 가게 할 것이니, 내 집은 일본 대판*이라. 내 집에 가면 우리 마누라가 있는데, 아들도 없고 딸도 없으니 너를 보면 다단히 귀애할 것이니 너의 어머니로 알고 가서 있거라."

하면서 귀국하는 병상병病傷兵에게 부탁하여 일본 대판으로 보내니, 옥련이가 교군 바탕을 타고 인천까지 가서 인천서 유선을 타니, 등 뒤에는 부모 소식이 묘연하고 눈앞에는 타국 산천이 생소하다.

만일 용렬한 아이가 일곱 살에 난리 피란을 가다가 부모를 잃었으면 어미 아비만 생각하고 낯선 사람이 무슨 말을 물으면 눈물이 비죽비죽하고 주접이 덕적덕적하고 묻는 말을 대답도 시원히 못 할 터이나, 옥련이는 어디 그러한 영리하고 숙성한 아이가 있었던지 혼자 있을 때는 부모를 보고 싶은 마음에 죽을 듯하나 사람을 대할 때는 어찌 그리 천연하던지, 부모 생각하는 기색이 조금도 없더라. 옥련의 얼굴은 옥을 깎아서 연지분으로 단장한 것 같다.

옥련의 부모가 옥련 이름 지을 때에 옥련의 모양과 같이 아름다운 이름을 짓고자 하여 내외 공론이 무수하였더라. 옥같이 희다 하여 옥이라고 부르는 사람은 옥련이 모친이요, 연꽃같이 번화하다 하여 연화라고 부르는 사람은 옥련의 부친이라.

그 아이 이름 짓던 날은 의논이 부산하다가 구화 담판되듯** 옥자, 련

* 오사카.
** 싸움을 멈추듯.

자를 합하여 옥련이라고 지은 이름이라. 부모 된 사람이 제 자식 귀애하는 마음에 혹 시꺼먼 괴석 같은 것도 옥같이 보는 일도 있고, 누렁퉁이나 호박꽃같이 생긴 것도 연꽃같이 보이는 일도 있기는 있지마는, 옥련이 같은 아이는 옥련의 부모의 눈에만 그렇게 아름다운 것이 아니라 어떠한 사람이든지 칭찬 아니하는 사람이 없고, 또 자식 없는 사람이 보면 빼앗아 갈 것같이 탐을 내서 하는 말에, 옥련이를 잡아가서 내 딸이 될 것 같으면 벌써 집어갔겠다 하는 사람이 무수하였더라.

그러하던 옥련이가 부모를 잃고 만리타국으로 혼자 가니, 배 안에 들어 있는 사람들은 소일조로 옥련의 곁에 모여들어서 말 묻는 사람도 있고, 조선말을 하지 못하는 사람들은 행중에서 과자를 내어주니, 어린아이가 너무 괴롭고 성이 가실 만하련마는 옥련이는 천연할 뿐이라.

만리창해에 살같이 빠른 배가 인천서 떠난 지 나흘 만에 대판에 다다르니, 대판에서 내릴 선객들은 각기 제 행장을 수습하여 삼판에 내려가느라고 분요*하나 옥련이는 행장도 없고 몸 하나뿐이라 혼자 가만히 앉았으니, 어린 소견에도 별 생각이 다 난다.

'남은 제 집 찾아가건마는 나는 뉘 집으로 가는 길인고. 남들은 일이 있어서 대판에 오는 길이거니와 나 혼자 일없이 타국에 가는 사람이라. 편지 한 장을 품에 끼고 가는 집이 뉘 집인고. 이 편지 볼 사람은 어떠한 사람이며, 이내 몸 위하여줄 사람은 어떠한 사람인가. 딸을 삼거든 딸노릇 하고, 종을 삼거든 종노릇 하고, 고생을 시키거든 고생도 참을 것이요, 공부를 시키거든 일시라도 놀지 않고 공부만 하여볼까.'

이런 생각 저런 생각, 생각만 하느라고 시름없이 앉았더니, 평양서부터

---

* 어수선하고 소란함.

동행하던 병정이 옥련이를 부르는데 말을 서로 알아듣지 못하는 고로 눈치로 알아듣고 따라 내려가니, 그 병대는 평양 싸움에 오른편 다리에 총을 맞고 옥련이와 같이 야전병원에서 치료하던 사람인데, 철환이 신경맥을 상한 고로 치료한 후에 그 다리가 불편하여 몽둥이에 의지하여 겨우 걸어 다니는지라. 그 병대는 앞에 서서 내려가는데, 옥련이가 뒤에 서서 보다가 하는 말이, 나도 다리에 총 맞았던 사람이라. 내가 만일 저 모양이 되었더라면 자결하여 죽는 것이 편하지 살아서 쓸데 있나, 하는 소리를 옥련의 말 알아듣는 사람이 없으니, 그런 말은 못 듣는 것이 좋건마는, 좋은 마디는 그뿐이라. 옥련이가 제일 답답한 것은 서로 말 모르는 것이라. 벙어리 심부름하듯 옥련이가 병정 손짓하는 대로만 따라간다.

옥련의 눈에는 모두 처음 보는 것이라. 항구에는 배 돛대가 삼대 들어서듯 하고, 저잣거리에는 이층 삼층 집이 구름 속에 들어간 듯하고, 지네 같이 기어가는 기차는 입으로 연기를 확확 뿜으면서 배는 천동지동하듯 구르며 풍우같이 달아난다. 넓고 곧은 길에 갔다 왔다 하는 인력거 바퀴 소리에 정신이 없는데, 병정이 인력거 둘을 불러서 저도 타고 옥련이도 태우니 그 인력거들이 살같이 가는지라. 옥련이가 길에서 아장아장 걸을 때에는 인해 중에 넘어질까 조심되어 아무 생각이 없더니, 인력거 위에 올라앉으매 새로이 생각만 난다.

"인력거야, 천천히 가고지고. 이 길만 다 가면 남의 집에 들어가서 밥도 얻어먹고 옷도 얻어 입고, 마음도 불안하고 몸도 불편할 터로구나. 인력거야, 어서 바삐 가고지고. 궁금하고 알고자 하는 일은 어서 바삐 눈으로 보아야 시원하다. 가품 좋고 인정 있는 사람인지, 집안에서 찬 기운 나고 사람에게서 독기가 똑똑 떨어지는 집이나 아닌. 내 운수가 좋으려면 그 집 인심이 좋으련마는 조실부모하고 만리타국에 유리하는 내 운수에……"

그러한 생각에 눈물이 비 오듯 하며 흑흑 느끼어 우는데 인력거는 벌써 정상 군의 집 앞에 와서 내려놓는데, 옥련이가 인력거 그치는 것을 보고 이것이 정상 군의 집인가 짐작하고 조심되는 마음에 작은 몸이 더욱 작아진 듯하다.

슬픈 생각도 한가한 때를 타서 나는 것이다. 눈물이 뚝 그치고 아니 나온다. 옥련이가 눈을 이리 씻고 저리 씻고 부산히 씻는 중에 앞에 섰던 인력거꾼이 무슨 소리를 지르매 계집종이 나와서 문간방에 꿇어앉아서 공손히 말을 물으니, 병정이 두어 말 하매 종이 안으로 들어가더니 다시 나와서 병정더러 들어오라 하니 병정이 옥련이를 데리고 정상 군의 집 안으로 들어갔다.

병정은 정상 부인을 대하여 군의 소식을 전하고 옥련의 사기를 말하고 전지戰地의 소경력小經歷을 이야기하는데, 옥련이는 정상 부인의 눈치만 본다.

부인의 나이는 삼십이 될락 말락 하니 옥련의 모친과 정동갑이나 아닌지, 연기年紀는 옥련의 모친과 그렇게 같으나 생긴 모양은 옥련의 모친과 반대만 되었다. 옥련의 모친은 눈에 애교가 있더라. 정상 부인은 눈에 살기만 들었더라. 옥련의 모친은 얼굴이 희고 도화색을 띠었더니, 정상 부인의 얼굴이 희기는 하나 청기가 돈다. 얌전도 하고 쌀쌀도 한데, 군의의 편지를 받아 보면서 옥련이를 흘끔흘끔 보다가 병정더러 무슨 말도 하는 것은 옥련의 마음에는 모두 내 말 하거니 하고 단정히 앉았는데, 병정은 할 말 다 하였는지 작별하고 나가고 옥련이만 정상 군의의 집에 혼자 떨어져 있으니 옥련이가 새로이 생소하고 비편非便한 마음뿐이라.

(정상 부인) "이애 설자야, 나는 딸 하나 났다."

(설자) "아씨께서 자녀 간에 없이 고적하게 지니시더니 따님이 생겼으니 얼마나 좋으십니까. 그러나 오늘 낳으신 아기가 대단히 숙성하오이다."

(정) "설자야, 네가 옥련이를 말도 가르치고 언문〔假名〕도 잘 가르쳐주어라. 말을 알아듣거든 하루바삐 학교에 보내겠다."

(설자) "내가 작은아씨를 가르칠 자격이 되면 이 댁에 와서 종 노릇을 하고 있겠습니까."

(정) "너더러 어려운 것을 가르쳐주라 하는 것이 아니다. 심상소학교尋常小學校 일년급 독본이나 가르쳐주라는 말이다. 네 동생같이 알고 잘 가르쳐다고. 말을 능통히 알기 전에는 집에서 네가 교사노릇 하여라. 선생 겸 종 겸 어렵겠다. 월급이나 많이 받으려무나."

(설자) "월급은 더 바라지 아니하거니와 연희장演戲場 구경이나 자주 시켜주시면 좋겠습니다."

(정) "설자야, 우리 옥련이 데리고 잡점에 가서 옥련에게 맞는 부인 양복이나 사가지고 목욕집에 가서 목욕이나 시키고 조선 복색을 벗기고 양복이나 입혀보자."

정상 부인은 옥련이를 그렇게 귀애하나 말 못 알아듣는 옥련이는 정상 부인의 쌀쌀한 모양에 축기*가 되어 고역 치르듯 따라다닌다.

말 못하는 개도 사람이 귀애하는 것을 알거든, 하물며 사람이야. 아무리 어린아이기로 저를 사랑하는 눈치를 모를 리가 없는 고로 수일이 못되어 옥련이가 옹그리고 자던 잠이 다리를 쭉 뻗고 잔다. 정상 부인이 갈수록 옥련이를 귀애하고 옥련이는 날이 갈수록 정상 부인에게 따른다.

옥련의 총명재질은 조선 역사에는 그러한 여자가 있다고 전한 일은 없

---

* 기운이 처짐.

으니, 조선 여편네는 안방 구석에 가두고 아무것도 가르치지 아니하였은즉 옥련이 같은 총명이 있더라도 세상에서 몰랐던지, 이렇든지 저렇든지 옥련이는 조선 여편네에게는 비할 곳 없더라.

옥련의 재질은 누가 듣든지 거짓말이라 하고 참말로는 듣지 아니한다. 일본 간 지 반년이 못되어 일본말을 어찌 그렇게 잘하던지, 정상 군의 집에 와서 보는 사람들이 옥련이를 일본 아이로 보고 조선 아이로는 보지를 아니한다. 정상 부인이 옥련이를 가르치며 저 아이가 조선 아이인데 조선서 온 지가 반 년밖에 아니된다 하는 말은 옥련이를 자랑코자 하여 하는 말이나, 듣는 사람은 정상 부인의 농담으로 듣다가 설자에게 자세한 말을 듣고 혀를 홰홰 내두르면서 칭찬하는 소리에 옥련이도 흥이 날 만하겠더라.

호외號外, 호외, 호외라고 소리를 지르며 대판 저자 큰길로 달음박질하여 돌아다니는 사람들이 둘씩 셋씩 지나가니 옥련이가 학교에 갔다 오는 길에 문을 열고 들어오면서,

"여보 어머니, 저것이 무슨 소리요?"

(부인) "네가 온갖 것을 다 알아듣더니 호외는 모르는고나. 그러나 무슨 큰일이 있는지 한 장 사보자. 이애 설자야, 호외 한 장 사오너라."

(설자) "네, 지금 가서 사오겠습니다."

하면서 급히 나가니 옥련이가 달음박질하여 따라 나가면서, 이애 설자야, 그 호외를 내가 사오겠으니 돈을 이리 달라 하니, 설자가 웃으면서 하는 말이, 누구든지 먼저 가는 사람이 호외를 산다 하고 달아나니, 설자는 다리가 길고 옥련이는 다리가 짧은지라. 설자가 먼저 가서 호외 한 장을 사가지고 오는 것을 옥련이가 붙들고 호외를 달라 하여 기어이 빼앗아가지고 와서 하는 말이,

(옥련) "어머니, 이 호외를 보고 나 좀 가르쳐주오."

정상 부인이 웃으며 받아 보니 《대판매일신문》 호외라. 한 줄쯤 보고 깜짝 놀라더니 서너 줄쯤 보고 에그 소리를 하면서 호외를 던지고 아무 소리 없이 눈물이 비 오듯 한다.

"어머니, 어찌하여 호외를 보고 울으시오. 어머니 어머니……."

부인은 대답 없이 눈물만 흘리니, 옥련이가 설자를 부르면서 눈에 눈물이 가랑가랑하니, 설자는 방문 밖에 앉았다가 부인의 낙루하는 것은 못 보고 옥련의 눈만 보고 하는 말이,

"작은아씨가 울기는 왜 울어. 갓 낳은 어린아이와 같이."

(옥) "설자야, 사람 조롱 말고 들어와서 호외 좀 보고 가르쳐다고. 어머니께서 호외를 보고 울으시니 호외에 무슨 말이 있는지 왜 울으시는지 자세히 보아라. 어서 어서."

(설) "아씨, 호외에 무슨 일이 있습니까. 아씨께서만 보셨으면 좀 보겠습니다."

설자가 호외를 들고 보다가 쌩긋 웃더니 그 아래는 자세히 보지 아니하고 하는 말이,

"아씨, 이것 좀 보십시오. 요동반도가 함락이 되었습니다. 아씨, 우리 일본은 싸움할 적마다 이기니 좋지 아니하옵니까. 에그, 우리나라 군사가 이렇게 많이 죽었나. 아씨, 이를 어찌하나. 우리 댁 영감께서 돌아가셨네. 만국공법萬國公法에, 전시에서 적십자기赤十字旗 세운 데는 위태치 아니하다 더니 영감께서는 군의시언마는 돌아가셨으니 웬일이오니까."

(옥) "무엇, 아버지가 돌아가셨어……."

옥련이는 소리쳐 울고 부인은 소리 없이 눈물만 떨어지고 설자는 부인을 쳐다보며 비죽비죽 우니 온 집안이 울음빛이라.

호외 한 장이 온 집안의 화기를 끊어버렸더라 정상 군의는 인간의 다

시 오지 못하는 길을 가고, 정상 부인은 찬 베개 빈방에서 적적히 세월을 보내더라.

조선 풍속 같으면 청상과부가 시집가지 아니하는 것을 가장 잘난 일로 알고 일평생을 근심 중으로 지내나, 그러한 도덕상의 죄가 되는 악한 풍속은 문명한 나라에는 없는 고로, 젊어서 과부가 되면 시집가는 것은 천하만국에 부끄러운 일이 아니라. 정상 부인이 어진 남편을 얻어 시집을 간다.

(부인) "이애 옥련아, 내가 젊은 터에 평생을 혼자 살 수 없고 시집을 가려 하는데 너를 거두어줄 사람이 없으니 그것이 불쌍한 일이로구나……."

옥련의 마음에는 정상 부인이 시집가는 곳에 부인을 따라가고 싶으나, 부인이 데리고 가지 아니할 말을 하니 옥련이는 새로이 평양성 밑 모란봉 아래서 부모를 잃고 발을 구르며 울던 때 마음이 별안간에 다시 난다. 옥련이가 부인의 무릎 위에 푹 엎디며 목이 메어 하는 말이,

"어머니, 어머니가 가시면 나는 누구를 믿고 사나."

(부인) "오냐, 나는 죽은 셈만 치려무나."

(옥련) "어머니 죽으면 나도 같이 죽지."

그 소리 한마디에 부인 가슴이 답답하여 무슨 생각을 하고 있더라. 그때 부인이 중매더러 말하기를, 내 한 몸뿐이라 하였는데, 남편 될 사람도 그리 알고 있으니 이제 새로이 딸 하나 있다 하기도 어렵고, 옥련이가 따르는 모양을 보니 차마 떼치기도 어려운 마음이 생긴다.

(부인) "이애 옥련아, 울지 말아라. 내가 시집가지 아니하면 그만이로구나. 내가 이 집에서 네 공부나 시키고 있다가 십 년 후에는 내가 네게 의지하겠으니 공부나 잘하여라."

(옥) "어머니가 참 시집 아니 가고 집에 있어서 날 공부시켜주시겠소?"

(부인) "오냐, 염려 말아라. 어린아이더러 거짓말하겠느냐."

옥련이가 그 말을 듣고 기쁜 마음을 이기지 못하여 여인의 무릎 위에 앉아서 뺨을 대고 어리광을 하더라.

그 후로부터 옥련이가 부인에게 따르는 마음이 더욱 간절하여 학교에 가면 집에 돌아오고 싶은 마음만 있다가 하학 시간이 되면 달음박질하여 집에 와서 부인에게 안겨서 어리광만 한다. 그 어리광이 며칠 못되어 눈치꾸러기가 된다.

부인이 처음에는 옥련이의 어리광을 잘 받더니, 무슨 까닭인지 옥련이가 어리광을 피면 핀잔을 주고 찬 기운이 돈다. 날이 갈수록 옥련이가 고생길로 들고 근심 중으로 지낸다.

본래 부인이 시집가려 할 때에 옥련의 사정이 불쌍하여 중지하였으나 젊은 부인이 공방에서 고적한 마음이 있을 때마다 옥련이가 미운 마음이 생긴다. 어디서 얻어온 자식 말고 제 속으로 나온 자식일지라도 귀치 아니한 생각이 날로 더하는 모양이다.

옥련이가 부인에게 귀염받을 때에는 문밖에 나가기를 싫어하더니, 부인에게 미움받기 시작하더니 문밖에 나가면 들어오기를 싫어하더라. 부인이 옥련이를 귀애할 때에는 옥련이가 어디 가서 늦게 오면 문에 의지하여 기다리더니, 옥련이를 미워하는 마음이 생기더니 옥련이가 오는 것을 보면,

"에그, 저 원수의 것이 무슨 연분이 있어서 내 집에 왔나!"

하면서 눈살을 아드득 찌푸리더라.

옥련이가 앉아도 그 눈살 밑, 서도 그 눈살 밑, 밥을 먹어도 그 눈살 밑, 잠을 자도 그 눈살 밑, 눈살 밑에서 자라나는 옥련이가 눈치만 늘고 눈물만 흔하더라. 하루가 삼추 같은 그 세월이 삼 년이 되었는데, 옥련이는 심

상소학교 입학한 지 사 년이라. 옥련의 졸업식을 당하여 학교에서 옥련이가 우등생이 된 고로 사람마다 칭찬하는 소리가 옥련의 귀에는 조금도 기뻐 들리지 아니한다. 기뻐 들리지 아니할 뿐 아니라 귀가 아프고 듣기 싫더라. 듣기 싫은 중에 더구나 듣기 싫은 소리가 있으니 무슨 소리런가.

"저 아이는 정상 군의 양녀지. 군의는 요동반도 함락될 때에 죽었다지. 그 부인은 그 양녀 옥련이를 불쌍히 여겨서 시집도 아니 가고 있다지. 에그, 갸륵한 부인일세. 저 철없는 옥련이가 그 은혜를 다 알는지. 알기는 무엇을 알아. 남의 자식이라는 것이 쓸데없나니 참 갸륵한 일일세. 정상 부인이 남의 자식을 길러 공부를 시키려고 젊은 터에 시집을 아니 가고 있으니 드문 일이지."

졸업식에 모인 사람들이 옥련이 재주 있는 것을 추다가 옥련의 의모義母 되는 부인의 칭찬을 시작하더니, 받고 차기로 말이 끊어지지 아니하니, 옥련이는 그 소리를 들을 적마다 남모르는 설움이 생기더라.

옥련이가 집에 돌아와서 문 열고 들어오면서,

"어머니, 나는 졸업장 맡았소."

(부인) "이제는 공부 다 하였으니 어미를 먹여 살려라. 공부를 네가 한 듯하냐? 내가 시키지 아니하였으면 공부가 다 무엇이냐. 네가 조선서 자랐으면 곧 공부하는 구경도 못하였을 것이다. 네 운수 좋으려고 일청전쟁이 난 것이다. 네 운수 좋았으나 내 운수만 글렀다. 너 하나 공부시키려고 허구한 세월에 이 고생을 하고 있다."

부인이 덕색德色의 말이 퍼부어 나오니 옥련이가 고개를 숙이고 가만히 생각한즉, 겨우 소학교 졸업한 계집아이가 제 힘으로는 정상 부인을 공양할 수도 없고, 정상 부인의 힘을 또 입으면서 공부하기도 싫고 한 가지 생각만 난다. 이 세상을 얼른 버려 정상 부인의 눈에 보이지 말고 하루바삐 황천에 가서 난리 중에 죽은 부모를 만나리라 결심하고 천연한 모양으로 부인에게 좋은 말로 대답하고, 그날 밤에 물에 빠져 죽을 차로 대판 항구에로 나가다가 항구에 사람이 많은 고로 사람 없는 곳을 찾아간다.

어스름 달밤은 가깝게 있는 사람을 알아볼 만한데, 이리 가도 사람이 있고 저리로 가도 사람이라. 옥련이가 동으로 가다가 돌아서서 서로 향하다가 도로 돌아서서 머뭇머뭇하는 모양이 대단히 수상한지라.

등 뒤에서 웬 사람이 이애 이애 부르는데, 돌아다본즉 순검이라. 옥련이가 소스라쳐 놀라 얼른 대답을 못하니 순검이 더욱 의심이 나서 앞에 와 서서 말을 묻는다. 옥련이가 대답할 말이 없어서 억지로 꾸며 대답하되, 권공장勸工場*에 무엇을 사러 나왔다가 집을 잃고 찾아다닌다 하니, 순검이 다시 의심 없이 옥련의 집 통수를 묻더니 옥련이를 데리고 옥련이 집에 와서 정상 부인에게 옥련이가 집 잃었던 사기를 말하니, 부인이 순검에게 사례하여 작별하고 옥련이를 방으로 불러 앉히고 말을 묻는다.

(부인) "이애, 네가 무슨 일이 있어서 이 밤중에 항구에 나갔더냐. 미친 사람이 아니어든 동으로 가다 서로 가다 남으로 북으로 온 대판을 헤매더라 하니 무엇하러 나갔더냐. 너 같은 딸 두었다가 망신하기 쉽겠다. 신문 거리만 되겠다."

그러한 꾸지람을 눈이 빠지도록 듣고 있으나 옥련이는 한번 정한 마음이 있는 고로 설움이 더할 것도 없고 내일 밤 되기만 기다린다.

그날 밤에 부인은 과부 설움으로 잠이 들지 못하여 누웠다가 일어나서 껐던 불을 다시 켜고 소설 한 권을 보다가 그 책을 놓고 우두커니 앉아서 무슨 생각을 하는 모양이라.

---

* 일본 잡화점.

윗목에서 상직上直 잠 자던 노파가 벌떡 일어나더니 하는 말이,

"아씨, 왜 주무시다가 일어나셨습니까?"

(부인) "팔자 사납고 근심 많은 사람이 잠이 잘 오나."

(노파) "아씨께서 팔자 한탄하실 것이 무엇 있습니까. 지금도 좋은 도리를 하시면 좋아질 것이올시다. 이때까지 혼자 고생하신 것도 작은아씨 하나를 위하여 그리하신 것이 아니오니까."

(부인) "글쎄 말일세. 남의 자식을 위하여 이 고생을 하고 있는 것이 내가 병신이지."

(노) "그러하거든 작은아씨가 아씨를 고마운 줄이야 알면 좋지마는, 고마워하기는 고사하고 아씨 보면 곁눈질만 살살 하고 아씨를 진저리를 내는 모양이올시다."

(부) "글쎄 말일세. 내가 저 하나를 위하여 가려 하던 시집도 아니 가고 삼 년, 사 년을 이 고생을 하고 있으니 아무리 어린것일지라도 나를 고마운 줄 알 터인데 고것 그리 발칙하게 구네그려. 오늘밤 일로 말하더라도 이상한 일이 아닌가. 어린것이 이 밤중에 무엇하러 항구에를 나갔단 말인가. 물에나 빠져 죽으려고 갔던지 모르겠지마는, 내가 제게 무엇을 그리 몹시 굴어서 제가 설운 마음이 있어 죽으려 하였단 말인가. 아무리 생각하여도 모를 일일세. 만일 죽고 보면 세상 사람들은 내가 구박이나 한 줄로 알겠지. 그런 못된 것이 있나."

(노) "죽기는 무엇을 죽어요. 죽을 터이면 남 못 보는 곳에 가서 죽지. 이리 가다가 저리 가다가 대판 바닥을 다 다니다가 순검의 눈에 띄겠습니까. 아씨의 몹쓸 흠만 드러낼 마음으로 그러한 것이올시다. 아씨께서는 고생만 하시고 댁에 계셔도 쓸데없습니다. 아씨께서 가시려면 진작 가셔야지, 한 나이라도 젊으셨을 때에 가셔야 합니다. 할미는 나이 오십이 되

고 머리가 희뜩희뜩하여 생각하면 어느 틈에 나이를 이렇게 먹었던지 세월같이 무정하고 덧없는 것은 없습니다."

(부) "남도 저렇게 늙었으니 낸들 아니 늙고 평생에 이 모양으로만 있겠나. 어디든지 내 몸 하나 가서 고생 아니할 곳이 있으면 내일이라도 가고 모레라도 가겠다."

부인과 노파는 옥련이가 잠이 든 줄 알고 하는 말인지, 잠이 들었든지 아니 들었든지 말을 듣든지 말든지 관계없이 하는 말인지, 부인이 옥련이를 버리고 시집가기로 결심하고 하는 말이다.

옥련이는 그날 밤에 물에 빠져 죽으러 나갔다가 죽지도 못하고 순검에게 붙들려 들어와서 정상 부인 앞에서 잠을 자는데, 소리를 삼키고 눈물을 흘리다가 정신이 혼혼하여 잠이 잠깐 들었는데 일몽一夢을 얻었더라.

옥련이가 죽으려고 평양 대동강으로 찾아 나가는데 걸음이 걸리지 아니하여 대동강이 보이면서 갈 수가 없어서 애를 무수히 쓰는데 홀연히 등 뒤에서 옥련아 옥련아 부르는 소리가 들리거늘 돌아다보니 옥련의 어머니라. 별로 반가운 줄도 모르고 하는 말이, 어머니는 어디로 가시오. 나는 오늘 물에 빠져 죽으러 나 왔소 하니, 옥련의 모친이 하는 말이 이애 죽지 말아라, 너의 아버지께서 너 보고 싶다 하는 편지를 하셨더라, 하는 말끝을 마치지 못하여, 정상 부인의 앞에서 노파가 자다가 일어나면서, 아씨 왜 주무시다가 일어났습니까 하는 소리에 옥련이가 잠이 깨었는데, 그 잠이 다시 들어서 그 꿈을 이어 꾸었으면 좋겠다 하는 생각을 하나 정상 부인과 노파가 받고 차기로 옥련이 말만 하니, 정신이 번쩍 나고 잠이 다 달아나서 그 꿈을 이어보지 못할지라.

불빛을 등지고 드러누웠는데, 귀에 들리나니 가슴 아픈 소리라. 노파는 부인의 마음 좋도록만 말하니, 부인은 하룻밤 내에 노파와 어찌 그리 정

이 들었던지 노파더러 하는 말이,

"여보게, 내가 어디로 가든지 자네는 데리고 갈 터이니 그리 알고 있으라."

하니 노파의 대답이,

"아씨께서 가실 것은 무엇 있습니까. 서방님이 이 댁으로 오시지요. 아씨는 시댁 간다 하지 말고 서방님이 장가오신다 합시오. 아씨께서 재물도 있고 이러한 좋은 집도 있으니, 서방님 되시는 이가 재물은 있든지 없든지 마음만 착하시면 좋겠습니다. 작은아씨는 어디로 쫓아 보내시면 그만이지요. 할미는 죽기 전에 아씨만 모시고 있겠으니 구박이나 맙시오."

부인이 할미더러 포도주 한 병을 가져오라 하면서 하는 말이,

"자네 말을 들으니 내 속이 시원하고 내 근심이 다 어디로 가는지 모르겠네. 내가 아무리 무정한들 자네 구박이야 하겠나. 술이나 먹고 잠이나 자세."

하더니 포도주 한 병을 둘이 다 따라 먹고 드러눕더니 부인과 노파가 잠이 깊이 드는 모양이더라. 자명종은 새로 세 시를 땅땅 치는데 노파의 코 고는 소리는 반자*를 울린다. 옥련이가 일어나서 한참을 가만히 앉아서 노파의 드러누운 것을 흘겨보며 하는 말이,

"이 몹쓸 늙은 여우야, 사람을 몇이나 잡아먹고 이때까지 살았느냐. 나는 너 보기 싫어 급히 죽겠다. 너는 저 모양으로 백 년만 더 살아라."

하더니 다시 머리 들어 정상 부인을 보며 하는 말이,

"내 몸을 낳은 사람은 평양 아버지 평양 어머니요, 내 몸을 살려서 기른 사람은 정상 아버지와 대판 어머니라. 내 팔자 기박하여 난리 중에 부모 잃고, 내 운수 불길하여 전쟁 중에 정상 아버지가 돌아가니, 어리고 약

---

* 지붕이나 위층의 바닥을 편편하게 만들어 치장한 방의 윗부분.

한 이내 몸이 만리타국에서 대판 어머니만 믿고 살았소. 내 몸이 어머니의 그러한 은혜를 입었는데, 내 몸을 인연하여 어머니 근심되고 어머니 고생되면 그것은 옥련의 죄올시다. 옥련이가 살아서는 어머니 은혜를 갚을 수가 없소. 하루바삐, 한시바삐, 바삐 죽었으면 어머니에게 걱정되지 아니하고 내 근심도 잊어 모르겠소. 어머니, 나는 가오. 부디 근심 말고 지내시오."

하면서 눈물이 비 오듯 하다가 한참 진정하여 일어나더니 문을 열고 나가니 가려는 길은 황천이라.

항구에 다다르니 넓고 깊은 바닷물은 하늘에 닿은 듯한데, 옥련이 가는 곳은 저 길이라. 옥련이가 그 물을 바라보고 하는 말이,

"오냐, 반갑다. 오던 길로 도로 가는구나. 일청전쟁이 일어났을 때에 그 전쟁은 우리 집에서 혼자 당한 듯이 내 부모는 죽은 곳도 모르고, 내 몸에는 총을 맞아 죽게 된 것을 정상 군의 손에 목숨이 도로 살아나서 어용선을 타고 저 바다로 건너왔구나. 오기는 물 위의 길로 왔거니와 가기는 물 속 길로 가리로다. 내 몸이 저 물에 빠지거든 이 물에서 썩지 말고 물결 바람결에 몸이 둥둥 떠서 신호神戶*, 마관馬關** 지나가서 대마도 앞으로 조선 해협 바라보며 살같이 빨리 가서 진남포로 들어가서 대동강 하류에서 역류하여 올라가면 평양 북문 볼 것이니, 이 몸이 썩더라도 대동강에서 썩고지고. 물아 부탁하자, 나는 너를 쫓아간다."

하는 소리에 바닷물은 대답하는 듯이 물소리가 솟아쳐서 천하가 다 물소리 속에 있는 것 같은지라. 옥련이가 정신이 아뜩하여 푹 고꾸라졌다. 섭

* 고베.
** 시모노세키.

고 원통한 맺힌 마음에 기색*을 하였다가 그 기운이 조금 돌면서 그대로 잠이 들어 또 꿈을 꾸었더라.

뒤에서 옥련아 옥련아 부르는 소리만 들리고 사람은 보이지 아니하는데 옥련의 마음에는 옥련의 어머니라. 이애 죽지 말고 다시 한 번 만나보자 하는 소리에 옥련이가 대답하려고 말을 냅뜨려** 한즉, 소리가 나오지 아니하여 애를 쓰다가 소리를 버럭 지르면서 옥련이가 정신이 나서 눈을 떠보니 하늘의 별은 총총하고 물소리는 그윽한지라. 기색을 하였던지 잠이 들었던지 정신이 황홀하다. 옥련이가 다시 생각하되, 내가 오늘밤에 꿈을 두 번이나 꾸었는데 우리 어머니가 나더러 죽지 말라 하였으니, 우리 어머니가 살아 있는가 의심이 나서 마음을 진정하여 고쳐 생각한다.

"어머니가 이 세상에 살아 있어서 평생에 내 얼굴 한번 보고자 하는 마음으로 하늘이 감동되고 귀신이 돌아보아 내 꿈에 현몽하니 내가 죽으면 부모에게 불효이라. 고생이 되더라도 참는 것이 옳은 일이요, 근심이 있더라도 잊어버리는 것이 옳은 일이라. 오냐, 일곱 살부터 지금까지 고생으로 살았으니 죽지 말고 살았다가 부모의 얼굴이나 한번 다시 보고 죽으리라."

하고 돌아서서 대판으로 다시 들어가니, 그때는 날이 새려 하는 때라. 걸음을 바삐 걸어 정상 군의 집 앞에 가서 들어가지 아니하고 가만히 들은즉 노파의 목소리가 들리는지라.

(노파) "아씨 아씨, 작은아씨가 어디 갔습니까?"

(부인) "응 무엇이야, 나는 한잠에 내쳐 자고 이제야 깨었네. 옥련이가

---

* 기가 막힘.
** 큰 소리로 불쑥.

어디로 가. 뒷간에 갔는지 불러보게."

(노)"내가 지금 뒷간에 다녀오는 길이올시다. 안으로 걸었던 대문이 열렸으니, 밖으로 나간 것이올시다."

하는 소리에 옥련이가 들어갈 수 없어서 도로 돌아서서 갈 곳이 없는지라.

정한 마음 없이 정거장으로 나가니, 그때 일번一番 기차에 떠나려 하는 행인들이 정거장으로 모여드는지라. 옥련의 마음에 동경이나 가고 싶으나 동경까지 갈 기차표 살 돈은 없고 다만 이십 전이 있는지라. 옥련이가 대판만 떠나서 어디든지 가면 남의 집에 봉공奉公하고 있을 터이라 결심하고 자목茨木* 정거장까지 가는 기차표를 사서 일번 기차를 타니, 삼등차에 사람이 너무 많이 들어서 옥련이가 앉을 곳을 얻지 못하고 섰는데 등 뒤에서 웬 서생이 조선말로 혼자 중얼중얼하는 말이,

"웬 계집아이가 남의 앞에 와 섰다."

하는 소리에 옥련이가 돌아다보니 나이 열일고여덟 살 되고 얼굴은 볕에 그을려 익은 복숭아 같고 코는 우뚝 서고 눈은 만판** 정신기*** 있는데, 입기는 양복을 입었으나 양복은 처음 입은 사람같이 서툴러 보이는지라. 옥련이가 돌아다보는 것을 보더니 또 조선말로 혼자 하는 말이,

"그 계집아이 똑똑하다. 재주 있겠다. 우리나라 계집아이 같으면 저러한 것들이 판판이 놀겠지. 여기서는 저런 것들도 모두 공부를 한다 하니 저것은 무엇하는 계집아이인지."

그러한 소리를 곁의 사람이 아무도 못 알아들으나 옥련의 귀는 알아들을 뿐이 아니라, 대판 온 지 몇 해 만에 고국 말소리를 처음 듣는지라. 반

* 오사카 북부의 공업도시.
** 충분히.
*** 정신의 기운.

갑기가 측량 없으나, 계집아이 마음이라 먼저 말하기도 부끄러운 생각이 있어서 말을 못하고, 옥련이도 혼잣말로 서생의 귀에 들리도록 하는 말이,

"어디 가 좀 앉을 곳이 있어야지, 서서 갈 수가 있나."

하는 소리에, 뒤에 있던 서생이 이상히 여겨서 하는 말이,

"그 아이가 조선 사람인가, 나는 일본 계집아이로 보았더니 조선말을 하네."

하더니 서슴지 아니하고 말을 묻는다.

"이애, 네가 조선 사람이 아니냐?"

(옥련) "네, 조선 사람이오."

(서) "그러면 몇 살에 와서 몇 해가 되었느냐?"

(옥) "일곱 살에 와서 지금 열한 살이 되었소."

(서) "와서 무엇하였느냐?"

(옥) "심상소학교에서 공부하고 어제가 졸업식하던 날이오."

(서) "너는 나보다 낫구나. 나는 이제 공부하러 미국으로 가려 하는데, 말도 다르고 글도 다른 미국을 가면 글자 한 자 모르고 말 한마디 모르는 사람이 어찌 고생을 할는지, 너는 일본에 온 지가 사오 년이 되었다 하니 이제는 고생을 다 면하였겠구나. 어린아이가 공부하러 여기까지 왔으니 참 갸륵한 노릇이다."

(옥련) "당초에 여기 올 때에 공부할 마음으로 왔으면 칭찬을 들어도 부끄럽지 아니하겠으나, 운수 불행하여 고생길로 여기까지 왔으니 칭찬을 들어도……."

하면서 목이 메는 소리로 눈에 눈물이 가랑가랑하여 고개를 살짝 수그린다.

서생이 물끄러미 보고 서로 아무 말이 없는데, 정거장 호각 한 소리에 기차 화통에서 흑운黑雲 같은 연기를 훅훅 내뿜으면서 기차가 달아난다.

옥련의 마음에 자목 정거장에 가면 내려야 할 터인데, 어떠한 집에 가서 어떠한 고생을 할지 앞의 길이 망연한지라. 옥련이가 가고자 하는 길을 갈 지경이면 자목 가는 동안이 대단히 더딘 듯하련마는, 기차표대로 자목 외에는 더 갈 수 없는 고로 싫어도 내릴 곳이라. 형세 좋게 달아나는 기차의 서슬은 오늘 해 전에 하늘 밑까지 갈 듯한데, 자목 정거장이 멀지 아니하다.

(서생) "이애, 네가 어디까지 가는지 서서 가면 다리가 아파 가겠느냐?"

(옥련) "자목까지 가서 내릴 터이오."

(서) "자목에 아는 사람이 있느냐?"

(옥) "없어요."

(서) "그러면 자목은 왜 가느냐?"

옥련이가 수건으로 눈을 씻고 대답을 아니하는데, 서생이 말을 더 묻고 싶으나 곁의 사람들이 옥련이와 서생을 유심히 보는지라. 서생이 새로이 시치미를 떼고 창밖으로 머리를 두르고 먼 산을 바라보나 정신은 옥련의 눈물 나는 눈에만 있더라.

빠르던 기차가 차차 천천히 가다가 딱 멈추면서 반동되어 뒤로 물러나니, 섰던 옥련이가 넘어지며 손으로 서생의 다리를 잡으니 공교히 서생 다리의 신경맥을 짚은지라. 그때 서생은 창밖만 보고 앉았다가 입을 딱 벌리면서 깜짝 놀라 돌아다보니 옥련이가 무심중에 일본말로 실례라 하나, 그 서생은 일본말을 모르는 고로 알아듣지는 못하나 외양으로 가엾어하는 줄로 알고 그 대답은 없이 좋은 얼굴빛으로 딴말을 한다.

(서) "네 오는 곳이 이 정거장이냐?"

하던 차에 장거수가 돌아다니면서 자목 자목, 자목 자목, 자목 자목이라 소리를 지르며 문을 여니, 옥련이는 어린 몸에 일본 풍속에 젖은 아이라

서생에게 향하여 허리를 굽히며 또 일본말로 작별 인사하면서 기차에 내려가니, 구름같이 내려가는 행인 중에 나막신 소리뿐이라. 서생은 정신이 얼떨한데, 옥련이 가는 모양을 보고자 하여 창밖으로 내다보니 사람에 섞이어서 보이지 아니하는지라. 서생이 가방을 들고 옥련이를 쫓아 나가다가 정거장 나가는 어귀에서 만난지라. 옥련이가 이상히 보면서 말없이 나가니 서생도 또한 아무 말 없이 따라 나가더라.

옥련이가 정거장 밖으로 나가더니 갈 바를 알지 못하여 우두커니 섰거늘, 벌어먹기에 눈에 돈 동록銅綠*이 앉은 인력거꾼은 옥련의 뒤를 따라가며 인력거를 타라 하니, 돈 없고 갈 곳 모르는 옥련이는 거들떠보지도 아니하고 섰다.

"이애, 내가 네게 청할 일이 있다. 나는 일본에 처음으로 오는 사람이라 네게 물어볼 일이 있으니, 주막으로 잠깐 들어갔으면 좋겠으니 네 생각에 어떠하냐."

"그러면 저기 여인숙이 있으니 잠깐 들어가서 할 말을 하시오."
하면서 앞서 가니, 자목에 처음 오기는 서생이나 옥련이나 일반이건마는, 옥련이는 자목에 몇 번이나 와서 본 사람과 같이 익달한** 모양으로 여인숙으로 들어가더라.

여인숙 하인이 삼층집 제일 높은 방으로 인도하고 내려가니, 서생은 모두 처음 보는 것이라. 정신이 황홀하여 옥련이 만난 것을 다행히 여긴다.

"이애, 내가 여기만 와도 이렇듯 답답하니 미국에 가면 오죽하겠느냐. 너는 타국에 와서 오래 있었으니 별 물정 다 알겠구나. 우선 네게 좀 배울

---

* 돈에 대한 욕심을 비유적으로 일컫는 말.
** 여러 번 겪어서 매우 익숙한.

것도 많거니와, 만리타국에서 뜻밖에 만났으니 서로 있는 곳이나 알고 헤지자. 나는 공부하고자 하는 마음으로 부모도 모르게 미국에 갈 차로 나섰더니, 불과 여기를 와서 이렇듯 답답한 생각만 나니 어찌하면 좋을지 모르겠다."

하는 소리에 옥련이는 심상한 고국 사람을 만난 것 같지 아니하고 친부모나 친형제나 만난 것 같다. 모란봉 아래서 발을 구르고 울던 일부터 대판 항구에서 물에 빠져 죽으려던 일까지 낱낱이 말한다.

(서생) "그러면 우리 둘이 미국으로 건너가서 공부나 하고 있다가 너의 부모 소식을 듣거든 네 먼저 고국으로 가게 하여 주마."

(옥련) "······."

(서생) "오냐, 학비는 염려 말아라. 우리들이 나라의 백성 되었다가 공부도 못하고 야만을 면치 못하면 살아서 쓸데 있느냐. 너는 일청전쟁을 너 혼자 당한 듯이 알고 있나보다마는, 우리나라 사람이 누가 당하지 아니한 일이냐. 제 곳에 아니 나고 제 눈에 못 보았다고 태평성세로 아는 사람들은 밥벌레라. 사람이 밥벌레가 되어 세상을 모르고 지내면 몇 해 후에는 우리나라에서 일청전쟁 같은 난리를 또 당할 것이라. 하루바삐 공부하여 우리나라의 부인 교육은 네가 맡아 문명길을 열어주어라."

하는 소리에 옥련의 첩첩한 근심이 씻은 듯이 다 없어졌는지라. 그길로 횡빈橫濱*까지 가서 배를 타니, 태평양 넓은 물에 마름**같이 떠서 화살같이 밤낮없이 달아나는 화륜선火輪船이 삼 주일 만에 상항桑港***에 이르러 닻을 주니 이곳부터 미국이라. 조선서 낮이 되면 미국에는 밤이 되고 미

* 요코하마.
** 마름과의 한해살이 풀.
*** 샌프란시스코.

국에서 밤이 되면 조선서는 낮이 되어 주야가 상반되는 별천지라. 산도 설고 물도 설고 사람도 처음 보는 인물이라. 키 크고 코 높고 노랑머리 흰 살빛에, 그 사람들이 도덕심이 배가 툭 처지도록 들었더라도 옥련의 눈에는 무섭게만 보인다.

서생과 옥련이가 육지에 내려서 갈 바를 알지 못하여 공론이 부산하다.

(서) "이애 옥련아, 네가 영어를 할 줄 아느냐. 조금도 모르느냐. 한마디도……. 그러면 참 딱한 일이로구나. 어디인지 물어볼 수가 없고나."

사오 층 되는 높은 집은 구름 속 하늘 밑에 닿은 듯한데, 물 끓듯 하는 사람들이 돌아들고 돌아나는 모양은 주막집 같은 곳도 많이 보이나 언어를 통치 못하는 고로 어린 서생들이 어찌하면 좋을지 알지 못하여 옥련이가 지향 없이 사람을 대하여 일어로 무슨 말을 물으니, 서생의 마음에는 옥련이가 영어를 조금 알면서 겸사로 모른다 한 줄로 알고 알아듣지도 못하는 소리를 바싹 들어서서 듣는다. 옥련의 키로 둘을 포개 세워도 치어다볼 듯한 키 큰 부인이 얼굴에는 새그물 같은 것을 쓰고 무 밑둥같이 깨끗한 어린아이를 앞세우고 지나가다가 옥련의 말하는 소리 듣고 무엇이라 대답하는지, 서생과 옥련의 귀에는 바바…… 하는 소리 같고 말하는 소리 같지는 아니한지라.

그 부인이 뒤의 프록코트 입은 남자를 돌아보면서 또 바바바…… 하니, 그 남자는 청국말을 하는 양인이라. 청국말로 무슨 말을 하는데, 서생과 옥련의 귀에는 '또바' 하는 소리 같고 말소리 같지 아니하다.

서생은 옥련이가 그 말을 알아들은 줄로 알고,

(서생) "이애, 그것이 무슨 말이냐?"

(옥) "……."

(서) "그 남자의 말도 못 알아들었느냐……."

그렇듯 곤란하던 차에 청인 노동자 한 패가 지나거늘 서생이 쫓아가서 필담하기를 청하니, 그 노동자 중에는 한문자 아는 사람이 없는지 손으로 눈을 가리더니 그 손을 다시 들어 홰홰 내젓는 모양이 무식하여 글자를 못 알아본다 하는 눈치다.

그때 마침 어떠한 청년이 햇빛에 윤이 질 흐르고 비단옷을 입고 마차를 타고 풍우같이 달려가는데, 서생이 그 청인을 가리키며 옥련이더러 하는 말이, 저러한 청인은 무식할 리가 만무하다 하면서 소리를 버럭 지르니, 마차 탄 사람은 그 소리를 들었으나 차 매고 달아나는 말은 그 소리를 듣고 아니 듣고 간에 네 굽을 모아 달아나는데, 서생의 소리가 다시 마차에 들릴 수 없는지라. 마차 탄 청인이 차부더러 마차를 멈추라 하더니 선뜻 뛰어내려서 서생의 앞으로 향하여 오니 서생이 연필을 가지고 무엇을 쓰려 하는데, 청인이 옥련이 옷을 본즉 일복이라, 일본 사람으로 알고 옥련에게 향하여 일어로 말을 물으니, 옥련이가 기쁜 마음을 이기지 못하여 청인 앞으로 와서 말대답을 하는데, 서생은 연필을 멈추고 섰더라.

원래 그 청인은 일본에 잠시 유람한 사람이라 일본말을 한두 마디 알아들으나 장황한 수작은 못하는지라. 옥련이가 첩첩한 말이 나올수록 그 청인의 귀에는 점점 알아들을 수 없고 다만 조선 사람이라 하는 소리만 알아들은지라.

청인이 다시 서생을 향하여 필담으로 대강 사정을 듣고 명함 한 장을 내더니 어떠한 청인에게 부탁하는 말 몇 마디를 써서 주는데, 그 명함을 본즉 청국 개혁당의 유명한 강유위康有爲*라. 그 명함을 전할 곳은 일어도 잘하는 청인인데, 다년多年 상항에 있던 사람이라. 그 사람의 주선으로 서

---

* 캉유웨이, 중국 청나라 말기의 개혁자.

생과 옥련이가 미국 화성돈華盛頓*에 가서 청인 학도들과 같이 학교에 들어가서 공부를 하고 있더라.

옥련이가 미국 화성돈에 다섯 해를 있어서 하루도 학교에 아니 가는 날이 없이 다니며 공부를 하는데, 재주 있고 부지런한 사람으로 그 학교 여학생 중에는 제일 칭찬을 듣는지라.

그때 옥련이가 고등소학교에서 졸업 우등생으로 옥련의 이름과 옥련의 사적이 화성돈 신문에 났는데, 그 신문을 보고 이상히 기뻐하는 사람 하나가 있는데, 어찌 그렇게 기쁘던지 부지중 눈물이 쏟아진다. 기쁜 마음을 이기지 못하여 도리어 의심을 낸다. 의심 중에 혼잣말로 중얼중얼한다.

"조선 사람의 일을 영서로 번역한 것이라 혹 번역이 잘못되었나. 내가 미국에 온 지가 십 년이나 되었으나 영문에 서툴러서 보기를 잘못 보았나."

그렇게 다심하게 생각하는 사람의 성명은 김관일인데, 그 딸의 이름이 옥련이라. 일청전쟁 났을 때에 그 딸의 사생을 모르고 미국에 왔는데, 그때 화성돈 신문에 난 말은, 옥련의 학교 성적과 평양 사람으로 일곱 살에 일본 대판 가서 심상소학교를 졸업하고 그 길로 미국 화성돈에 와서 고등소학교에서 졸업하였다 한 간단한 말이라. 김 씨가 분명히 자기의 딸이라고는 질언할 수 없으나, 옥련이라 하는 이름과 평양 사람이라는 말과 일곱 살에 집 떠났다 하는 말은 김관일의 마음에 정녕 내 딸이라고 생각 아니할 수도 없는지라. 김 씨가 그 학교에 찾아가니, 그때는 그 학교에서 학도 졸업식 후의 서중暑中 휴학**이라. 학교에 아무도 없는 고로 물을 곳이 없는지라, 김 씨가 옥련을 만나지 못하고 돌아왔더라.

---

* 워싱턴.
** 여름방학.

옥련이가 졸업하던 날에 학교 졸업장을 가지고 호텔로 돌아가니, 주인은 치하하면서 옥련의 얼굴빛을 이상히 보더라.

옥련이가 수심이 첩첩한 모양으로 저녁 요리도 먹지 아니하고 서산에 떨어지는 해를 처어다보며 탄식하더라.

그때 마침 밖에 손이 와서 찾는다 하는데, 명함을 받아 보더니 옥련이가 얼굴빛을 천연히 고치고 손을 들어 오라 하니, 그 손이 보이를 따라 들어오거늘 옥련이가 선뜻 일어나며 그 사람의 손을 잡아 인사하고 테이블 앞에서 마주 향하여 의자에 걸터앉으니, 그 손은 옥련이와 일본 대판서 동행하던 서생인데 그 이름은 구완서라.

(구)"네 졸업은 감축한다. 허허, 계집의 재주가 사나희보다 나은 것이로구나. 너는 미국 온 지 일 년 만에 영어를 대강 알아듣고 학교에까지 들어가서 금년에 졸업을 하였는데, 나는 미국 온 지 두 해 만에 중학교에 들어가서 내년에 졸업이라. 네게는 백기를 들고 항복 아니할 수가 없다."

옥련이가 대답을 하는데, 일본에서 자라난 사람이라 말을 하여도 일본 말투가 많더라.

"내가 그대의 은혜를 받아서 오늘 이렇게 공부를 하였으니 심히 고맙소." 하니 일본 풍속에 젖은 옥련이는 제 습관으로 말하거니와, 구 씨는 조선서 자란 사람이라 조선 풍속으로 옥련이가 아이인 고로 '해라'라고 하다가 생각한즉 저도 또한 아이이라.

(구)"허허허, 우리들이 조선 사람인즉 조선 풍속대로만 수작하자. 우리 처음 볼 때에 네가 나이 어린 고로 내가 해라를 하였더니 지금은 나이 열여섯 살이 되어 저렇게 체대體大*하니 해라 하기가 서먹서먹하구나."

---

* 몸이 커짐.

(옥) "조선 풍속대로 말하자 하시면서 아이를 보고 해라 하시기가 서먹서먹하셔요?"

(구) "허허허, 요절할 일도 많다. 나도 지금까지 장가를 아니 든 아이라, 아이는 일반이니 너도 나더러 해라 하는 것이 좋은 일이니 숫접게* 너도 나더러 해라 하여라. 그리하면 내가 너더러 해라 하더라도 불안한 마음이 없겠다."

(옥) "그대는 부인이 계신 줄로 알았더니……. 미국에 오실 때 십칠 세라 하셨으니, 조선같이 혼인을 일찍 하는 나라에서 어찌하여 그때까지 장가를 아니 들으셨소?"

(구) "너는 나더러 종시 해라 소리를 아니하니 나도 마주 하오를 할 일이로구, 허허허허. 그러나 말대답은 아니하고 딴소리만 하여서 대단히 실례하였다. 내가 우리나라에 있을 때에 우리 부모가 내 나이 열두서너 살부터 장가를 들이려 하는 것을 내가 마다하였다. 우리나라 사람들이 조혼하는 것이 옳은 일이 아니라. 나는 언제든지 공부하여 학문 지식이 넉넉한 후에 안해도 학문 있는 사람을 구하여 장가들겠다. 학문도 없고 지식도 없고 입에서 젖내가 모랑모랑 나는 것을 장가들이면 짐승의 자웅같이 아무것도 모르고 음양배합의 낙만 알 것이라. 그런고로 우리나라 사람들이 짐승같이 제 몸이나 알고 제 계집 제 새끼나 알고 나라를 위하기는 고사하고, 나라 재물을 도둑질하여 먹으려고 눈이 벌겋게 뒤집혀서 돌아다니는 것이 다 어려서 학문을 배우지 못한 연고라. 우리가 이 같은 문명한 세상에 나서 나라에 유익하고 사회에 명예 있는 큰 사업을 하자 하는 목적으로 만리타국에 와서 쇠공이를 갈아 바늘 만드는 성력誠力을 가지고

---

* 순박하고 진실되게.

공부하여 남과 같은 학문과 남과 같은 지식이 나날이 달라가는 이때에 장가를 들어서 색계상에 정신을 허비하면 유지한 대장부가 아니라. 이애 옥련아, 그렇지 아니하냐?"

구 씨의 활발한 말 한마디에 옥련의 근심하던 마음이 풀어져서 웃으며,

(옥)"저러한 의논을 들으면 내 속이 시원하오. 혼자 있을 때는 참……."

말을 멈추고 구 씨를 쳐다보는데, 구 씨가 옥련의 근심 있는 기색을 언뜻 짐작하였으나 구 씨는 본래 활발한 사람이라. 시계를 내어 보더니 선뜻 일어나며 작별 인사하고 저벅저벅 내려가는데, 옥련이는 의구히 의자에 걸어앉아서 먼 산을 보며 잊었던 근심을 다시 한다. 한숨을 쉬고 혼자 신세타령을 하며 옛일도 생각하고 앞일도 걱정하는데 뜻을 정치 못한다.

"어, 세월도 쉽구나. 일본서 미국으로 건너오던 날이 어제 같고나. 내가 일본 대판 있을 때에 심상소학교 졸업하던 날은 하룻밤에 두 번을 죽으려고 하였더니 오늘 또 어떠한 팔자 사나운 일이나 없을는지. 내가 죽기가 싫어서 죽지 아니한 것도 아니요, 공부하고자 하여 이곳에 온 것도 아니라. 대판항에서 죽기로 결심하고 물에 떨어지려 할 때에 한恨되는 마음으로 꿈이 되어 그랬던지, 우리 어머니가 나더러 죽지 말라 하시던 소리가 아무리 꿈일지라도 역력하기가 생시 같은 고로 슬픈 마음을 진정하고 이 목숨이 다시 살아나서 넓은 천지에 붙일 곳이 없는지라. 지향 없이 동경 가는 기차를 타고 가다가 천우신조하여 고국 사람을 만나서 일동일정一動一靜을 남에게 신세를 지고 오늘까지 있었으니 허구한 세월을 남의 덕만 바랄 수는 없고, 만일 그 신세를 아니 지을 지경이면 하루 한시라도 여비를 어찌 써서 있을 수도 없으니 어찌하여야 좋을는지……. 우리 부모는 세상에 살아 있는지, 부모의 사생도 모르니 헐헐한 이 한 몸이 살아 있은들 무엇하리요. 차라리 대판서 죽었더면 이 근심을 몰랐을 것인데 어찌

하여 살았던가. 사람의 일평생이 이렇듯 근심만 할진대 죽어 모르는 것이 제일이라. 그러나 지금 여기서는 죽으려도 죽을 수도 없구나. 내가 죽으면 구 씨는 나를 대단히 그르게 여길 터라. 구 씨의 태산 같은 은혜를 입고 그 은혜를 갚지 못하고 죽으면 남의 은혜를 저버리는 것이라. 어찌하면 좋을꼬."

그렇듯 탄식하고 그 밤을 의자에 앉은 채로 새우다가 정신이 혼혼하여 잠이 들며 꿈을 꾸었더라.

꿈에는 팔월 추석인데, 평양 성중에서 일 년 제일가는 명절이라고 와글와글하는 중이라. 아이들은 추석빔으로 새 옷을 입고 떡조각 실과 개를 배가 톡 터지도록 먹고 어깨로 숨을 쉬는 것들이 가로도 뛰고 세로도 뛴다.

어른들은 이 세상이 웬 세상이냐 하도록 술 먹고 주정을 하면서 한길을 쓸어 지나가고, 거문고 줄 양금洋琴채는 꾀꼬리 소리 같은 여청餘淸 시조를 어울려서 이 골목 저 골목, 이 사랑 저 사랑에서 어디든지 그 소리 없는 곳이 없다. 성중이 그렇게 흥치로 지내는데, 옥련이는 꿈에도 흥치가 없고 비창한 마음으로 부모 산소에 다니러 간다.

북문 밖에 나가서 모란봉에 올라가니 고려장高麗葬같이 큰 쌍분이 있는데, 옥련이가 묘 앞으로 가서 앉으며 허리춤에서 능금 두 개를 집어내며 하는 말이,

"여보 어머니, 이렇게 큰 능금 구경하셨소? 내가 미국서 나올 때에 사 가지고 왔소. 한 개는 아버지 드리고 한 개는 어머니 잡수시오."
하면서 묘 앞에 하나씩 놓으니, 홀연히 쌍분은 간곳없고 송장 둘이 일어앉아서 그 능금을 먹는데, 본래 살은 다 썩고 뼈만 앙상한 송장이라. 능금을 먹다가 위아랫니가 모짝 빠져서 앞에 떨어지는데, 박씨 말려 늘어놓은 것 같은지라. 옥련이가 무서운 생각이 더럭 나서 소리를 지르다가 가위를

눌렀더라.

그때 날이 새어서 다 밝은 후이라. 이웃 방에 있는 여학생이 일어나서 뒷간으로 내려가는 길에 옥련의 방 앞으로 지나다가 옥련의 가위 눌리는 소리를 들었으나 남의 방으로 함부로 들어갈 수는 없고 망단望斷*한 마음에 급히 전기 초인종을 누르니 보이가 오는지라. 여학생이 보이를 보고 옥련의 방을 가리키며, 이 방에서 괴상한 소리가 난다 하니 보이가 옥련의 방문을 여는데 문소리에 옥련이가 잠을 깨어본즉 남가일몽南柯一夢이라.

무서운 꿈을 깰 때는 시원한 생각이 있더니, 다시 생각하니 비창한 마음을 이기지 못하여 탄식하는 소리가 무심중에 나온다.

"꿈이란 것은 무엇인고. 꿈을 믿어야 옳은가. 믿을 지경이면 어젯밤 꿈은 우리 부모가 다 이 세상에는 아니 계신 꿈이로구나. 꿈을 아니 믿어야 옳은가. 아니 믿을진대 대판서 꿈을 꾸고 부모가 생존하신 줄로 알고 있던 일이 허사로구나. 꿈이 맞아도 내게는 불행한 일이요, 꿈이 맞지 아니하여도 내게는 불행한 일이라. 그러나 다시 생각하여보니 꿈은 정녕 허사라. 우리 아버지는 난리 중에 돌아가셨으니, 가령 친척이 있더라도 송장 찾을 수가 없는 터라. 더구나 사고무친한 우리 집에 목숨이 붙어 살아 있는 것은 그때 일곱 살 먹은 불효의 딸 옥련이뿐이라. 우리 아버지 송장 찾을 사람이 누가 있으리요. 모란봉 저녁볕에 훌훌 날아드는 까마귀가 긴 창자를 물어다가 고목나무 높은 가지에 척척 걸어놓은 것은 전쟁에 죽은 송장의 창자이라. 세상에 어떠한 고마운 사람이 있어서 우리 아버지 송장을 찾아다가 고려장같이 기구 있게 장사를 지낼 수가 있으리요. 우리 어머니는 대동강 물에 빠져 죽으려고 벽상에 영결서를 써서 붙인 것을 평양

---

* 이러지도 저러지도 못한 채 딱한 모양.

야전병원의 통변이 낙루를 하며 그 글을 읽어서 내 귀에 들려주던 일이 어제같이 생각이 나면서, 대판항에서 꿈을 꾸고 우리 어머니가 혹 살아서 이 세상에 있을까 하는 생각이 다 쓸데없는 생각이라. 우리 어머니는 정녕히 물에 빠져 돌아가신 것이라. 대동강 흐르는 물에 고기밥이 되었을 것이니, 어찌 모란봉에 그처럼 기구 있게 장사를 지냈으리요."

옥련이가 부모 생각은 아주 단념하기로 작정하고 제 신세는 운수되어 가는 대로 두고보리라 하고 정신을 가다듬어서 공부하던 책을 내어놓고 마음을 붙이니, 이삼 일 지낸 후에는 다시 서책에 착미着味*가 되었더라.

하루는 보이가 신문지 한 장을 가지고 옥련의 방으로 오더니 그 신문을 옥련의 앞에 펼쳐놓고 보이의 손가락이 신문지 광고를 가리킨다.

옥련이가 그 광고를 보다가 깜짝 놀라서 눈물이 펑펑 쏟아지면서 얼굴은 발개지고 웃음 반 눈물 반이라.

옥련이가 좋은 마음에 띄어서 광고를 끝까지 다 보지 못하고 우두커니 앉았다가 또 광고를 본다. 옥련의 마음에 다시 의심이 난다. 일전 꿈에 모란봉에 가서 우리 부모 산소에 갔던 일이 그것이 꿈인가. 오늘 신문지의 광고를 보는 것이 꿈인가. 한 번은 영어로 보고 한 번은 조선말로 보다가 필경은 한문과 조선 언문을 섞어 번역하여놓고 보더라.

광고
지나간 열사흗날 황색신문 잡보에 한국 여학생 김옥련이가 아무 학교 졸업 우등생이라는 기사가 있기로 그 유留하는 호텔을 알고자 하여 이에 광고하오니, 누구시든지 옥련의 유하는 호텔을 이 고백인에게 알려주시면 상당한

---

* 취미를 붙임.

금으로 십 류十留(미국 돈 십 원)를 앙정할사.

한국 평안도 평양인 김관일 고백

헌수······.

의심 없는 옥련의 부친이 한 광고라.

(옥)"여보 보이, 이 신문을 가지고 날 따라가면 우리 부친이 십 류의 상금을 줄 것이니 지금 갑시다."

(보이)"내가 상금 탈 공은 없으니 상금은 원치 아니하나, 귀 양貴孃을 배행하여 가서 부녀 서로 만나 기뻐하시는 모양 보았으면 나도 이 호텔에서 몇 해간 귀 양을 모시고 있던 정분에 귀 양을 따라 기뻐하고자 합니다."

옥련이가 그 말을 듣고 더욱 기뻐하여 보이를 데리고 그 부친 있는 처소를 찾아가니 십 년 풍상에서 서로 환형換形*이 된지라, 서로 보고 서로 알아보지 못할 지경이라. 옥련이가 신문 광고와 명함 한 장을 가지고 그 부친 앞으로 가서 남에게 처음 인사하듯 대단히 서먹한 인사를 하다가 서로 분명한 말을 듣더니, 옥련이가 일곱 살에 응석하던 마음이 새로이 나서 부친의 무릎 위에 얼굴을 폭 숙이고 소리 없이 우는데, 김관일의 눈물은 옥련의 머리 뒤에 떨어지고, 옥련의 눈물에 그 부친의 무릎이 젖는다.

(부)"이애 옥련아, 그만 일어나서 너의 어머니 편지나 보아라."

(옥)"응, 어머니 편지라니, 어머니가 살았소?"

무슨 변이나 난 듯이 깜짝 놀라는 모양으로 고개를 번쩍 드는데, 그 부친은 제 눈물 씻을 생각은 아니하고 수건을 가지고 옥련의 눈물을 씻으니, 옥련이가 그리 어려졌던지 부친이 눈물 씻어주는 데 고개를 디밀고

---

* 모습이 달라짐.

있더라. 김관일이가 가방을 열더니 휴지 뭉치를 내어놓고 뒤적뒤적하다가 편지 한 장을 집어주며 하는 말이,

"이애, 이 편지를 자세히 보아라. 이 편지가 제일 먼저 온 편지다."

옥련이가 그 편지를 받아보니, 옥련이가 그 모친의 글씨를 모르는지라. 가령 옥련이가 정신이 좋으면 그 모친의 얼굴은 생각할는지 모르거니와, 옥련이 일곱 살에 언문도 모를 때에 모친을 떠난지라. 지금 그 편지를 보며 하는 말이,

"나는 우리 어머니 글씨도 모르지. 어머니 글씨가 이렇던가."

하면서 부친의 앞에 펼쳐놓고 본다.

　　상장*

　　떠나신 지 삼 삭이 못되었으나 평양에 계시던 일은 전생 일 같삽. 만리타국에서 수토불복水土不服이나 되시지 아니하고 기운 평안하오신지 궁금하옵기 측량 없삽나이다. 이곳의 지낸 풍상은 말씀하기 신신치 아니하오나** 대강 소식이나 알으시도록 말씀하옵나이다. 옥련이는 어디 가서 죽었는지 다시 소식이 묘연하고, 이곳은 죽기로 결심하여 대동강 물에 빠졌더니 뱃사공과 고장팔에게 건진 바 되어 살았다가, 부산서 이곳 친정아버님이 평양에 오셔서 사랑에서 미국 가셨다는 말씀을 전하여주시니, 그 후로부터 마음을 붙여 살아 있삽. 세월이 어서 가서 고국에 돌아오시기만 기다리옵나이다.

　　그러나 사랑에서는 몇십 년을 아니 오시더라도 이 세상에 계신 줄을 알고 있사오니 위로가 되오나, 옥련이는 만나보려 하면 황천에 가기 전에는 못 볼

---

* 윗사람에게 보내는 편지.
** 시원치 아니함.

터이오니 그것이 한되는 일이압. 말씀 무궁하오나 이만 그치옵나이다.

옥련이가 그 편지를 보고 뼈가 녹는 듯하고 몸이 스러지는 듯하여 가만히 앉았다가,

(옥) "아버지, 나는 내일이라도 우리 집으로 보내주시오. 날개가 돋쳤으면 지금이라도 날아가서 우리 어머니 얼굴을 보고 우리 어머니 한을 풀어드리고 싶소."

(부) "네가 고국에 가기가 그리 바쁠 것이 아니라 우선 네가 고생하던 이야기나 어서 좀 하여라. 네가 어떻게 살아났으며 어찌 여기를 왔느냐?"

옥련이가 얼굴빛을 천연히 하고 고쳐 앉더니, 모란봉에서 총 맞고 야전병원으로 가던 일과, 정상 군의의 집에 가던 일과, 대판서 학교에서 졸업하던 일과, 불행한 사기로 대판을 떠나던 일과, 동경 가는 기차를 타고 구완서를 만나서 절처봉생絶處逢生* 하던 일을 낱낱이 말하고, 그 말을 마치더니 다시 얼굴빛이 변하며 눈물이 도니, 그 눈물은 부모의 정에 관계한 눈물도 아니요, 제 신세 생각하는 눈물도 아니요, 구완서의 은혜를 생각하는 눈물이라.

(옥) "아버지, 아버지께서 나 같은 불효의 딸을 만나보시고 기쁘신 마음이 있거든 구 씨를 찾아보시고 치사의 말씀을 하여주시면 좋겠습니다."

김관일이가 그 말을 듣더니, 그길로 옥련이를 데리고 구 씨의 유하는 처소로 찾아가니, 구 씨는 김관일을 만나보매 옥련의 부친을 본 것 같지 아니하고 제 부친이나 만난 듯이 반가운 마음이 있으니, 그 마음은 옥련의 기뻐하는 마음이 내 마음 기쁜 것이나 다름없는 데서 나오는 마음이

---

* 막다른 길에서 살길이 생김.

요, 김 씨는 구 씨를 보고 내 딸 옥련을 만나본 것이나 다름없이 반가우니, 그 두 사람의 마음이 그러할 일이라.

김 씨가 구 씨를 대하여 하는 말이 간단한 두 마디뿐이라. 한마디는 옥련이가 신세 지은 치사요, 한마디는 구 씨가 고국에 돌아간 뒤에 옥련으로 하여금 구 씨의 기취*를 받들고 백년가약 맺기를 원하는지라.

구 씨는 본래 활발하고 거칠 것 없이 수작하는 사람이라 옥련이를 물끄러미 보더니,

(구) "이애 옥련아, 어, 실체失體하였구. 남의 집 처녀더러 또 해라 하였구나. 우리가 입으로 조선말은 하더라도 마음에는 서양 문명한 풍속이 젖었으니, 우리는 혼인을 하여도 서양 사람과 같이 부모의 명령을 좇을 것이 아니라 우리가 서로 부부 될 마음이 있으면 서로 직접 하여 말하는 것이 옳은 일이다. 그러나 우선 말부터 영어로 수작하자. 조선말로 하면 입에 익은 말로 외짝해라 하기 불안하다."

하면서 구 씨가 영어로 말을 하는데, 구 씨의 학문은 옥련이보다 대단히 높으나 영어는 옥련이가 구 씨의 선생 노릇이라도 할 만한 터라. 그러나 구 씨는 서투른 영어로 수작을 하는데, 옥련이는 조선말로 단정히 대답하더라.

김관일은 딸의 혼인 언론을 하다가 구 씨가 서양 풍속으로 직접 언론하자 하는 서슬에 옥련의 혼인 언약에 좌지우지할 권리가 없이 가만히 앉았더라.

옥련이는 아무리 조선 계집아이나 학문도 있고 개명한 생각도 있고, 동서양으로 다니면서 문견聞見이 높은지라. 서슴지 아니하고 혼인 언론

* 쓰레받기와 비. 남의 아내가 됨.

대답을 하는데, 구 씨의 소청이 있으니, 그 소청인즉 옥련이가 구 씨와 같이 몇 해든지 공부를 더 힘써 하여 학문이 유여有餘한 후에 고국에 돌아가서 결혼하고, 옥련이는 조선 부인 교육을 맡아 하기를 청하는 유지有志한 말이라. 옥련이가 구 씨의 권하는 말을 듣고 조선 부인 교육할 마음이 간절하여 구 씨와 혼인 언약을 맺으니, 구 씨의 목적은 공부를 힘써 하여 귀국한 뒤에 우리나라를 독일국獨逸國같이 연방聯邦도를 삼되, 일본과 만주를 한데 합하여 문명한 강국을 만들고자 하는 비사맥* 같은 마음이요, 옥련이는 공부를 힘써 하여 귀국한 뒤에 우리나라 부인의 지식을 넓혀서 남자에게 압제받지 말고 남자와 동등 권리를 찾게 하며, 또 부인도 나라에 유익한 백성이 되고 사회상에 명예 있는 사람이 되도록 교육할 마음이라.

세상에 제 목적을 제가 자기自期하는 것같이 즐거운 일은 다시없는지라. 구완서와 옥련이가 나이 어려서 외국에 간 사람들이라. 조선 사람이 이렇게 야만되고 이렇게 용렬한 줄을 모르고, 구 씨든지 옥련이든지 조선에 돌아오는 날은 조선도 유지한 사람이 많이 있어서 학문 있고 지식 있는 사람의 말을 듣고 이를 찬성하여 구 씨도 목적대로 되고 옥련이도 제 목적대로 조선 부인이 일제히 내 교육을 받아서 낱낱이 나와 같은 학문 있는 사람들이 많이 생기려니 생각하고, 일변으로 기쁜 마음을 이기지 못하는 것은 제 나라 형편 모르고 외국에 유학한 소년 학생 의기에서 나오는 마음이라.

구 씨와 옥련이가 그 목적대로 되든지 못되든지 그것은 후의 일이거니와, 그날은 두 사람의 마음에는 혼인 언약의 좋은 마음은 오히려 둘째가 되니, 옥련 낙지落地 이후에는 이러한 즐거운 마음이 처음이라.

---

* 독일 초대 총리, 비스마르크.

김관일은 옥련을 만나보고 구완서를 사윗감으로 정하고, 구 씨와 옥련의 목적이 그렇듯 기이한 말을 들으니 김 씨의 좋은 마음도 측량할 수 없는지라.

미국 화성돈의 어떠한 호텔에서는 옥련의 부녀와 구 씨가 솥발같이 늘어앉아서 그렇듯 희희낙락한데, 세상이 고르지 못하여 조선 평양성 북문 안에 게딱지같이 낮은 집에서 삼십 전부터 남편 없고 자녀간에 혈육 없고 재물 없이 지내는 부인이 있으되, 십 년 풍상에 남보다 많은 것 한 가지가 있으니, 그 많은 것은 근심이라.

그 부인이 남편이 죽고 없느냐 할 지경이면 죽지도 아니한 터라. 죽고 없는 터이면 단념하고 생각이나 아니하련마는, 육만 리를 이별하여 망부석이 될 듯한 정경이요, 자녀간에 혈육이 없는 것은 생산을 못하였느냐 물을진대 딸 하나를 두고 아들 겸 딸 겸하여 금옥같이 귀애하다가 일곱 살 되던 해에 잃었더라. 눈앞에 참척*을 보았느냐 물을진대 그 부인은 말 없이 눈물만 흘리더라. 눈앞에 보이는 데서나 죽었으면 한이나 없으련마는, 어디서 죽었는지 알지도 못하니 그것이 한이더라.

마침 까마귀 한 마리가 지붕 위에 내려앉더니 까막까막 깍깍 짖는 소리가 흉측하게 들리거늘, 부인이 감았던 눈을 떠서 장팔 어미를 보며 하는 말이,

"여보게, 저 까마귀 소리 좀 들어보게. 또 무슨 흉한 일이 생기려나베. 까마귀는 영물이라는데 무슨 일이 또 있을는지 모르겠네. 팔자 기박한 여편네가 오래 살았다가 험한 일을 더 보지 말고 오늘이라도 죽었으면 좋겠네. 요사이는 미국서 편지도 아니 오고 웬일인고."

---

* 아이가 부모보다 먼저 죽음.

기운 없는 목소리로 설움 없이 탄식하는 모양은 아무가 보든지 좋은 마음은 아니 날 터인데, 늙고 청승스러운 장팔 어기가 부인의 그 모양을 보고 부인이 죽으면 따라 죽을 듯한 마음도 있고, 까마귀를 쳐 죽이고 싶은 마음도 생겨서 마당으로 펄펄 뛰어 내려가서 지붕 위를 쳐다보면서 까마귀에게 헛팔매질을 하며 욕을 한다.

"수여, 이 경칠 놈의 까마귀, 포수들은 다 어디로 갔누. 소금장사, 네 어미."

조선 풍속에 까마귀 보고 하는 욕은 장팔 어미가 모르는 것 없이 주워 섬기며 소리를 버럭버럭 지르니, 그 까마귀가 펄쩍 날아 공중에 높이 뜨더니 깍깍 지르며 모란봉으로 향하거늘, 부인의 눈은 까마귀를 따라서 모란봉으로 가고, 노파의 욕하는 소리는 까마귀 소리를 따라간다.

우자郵字 쓴 벙거지 쓰고 감장 홀태바지 저고리 입고 가죽 주머니 메고 문밖에 와서 안중문을 기웃기웃하며 편지 받아 들여가오, 편지 받아 들여가오, 두세 번 소리하는 것은 우편 군사라. 장팔의 어미가 까마귀에게 열이 잔뜩 났던 차에 어떠한 사람인지 자세히 듣지도 아니하고 질부등거리 깨어지는 소리 같은 목소리로 우편 군사에게 까닭 없는 화풀이를 한다.

"웬 사람이 남의 집 안마당을 함부로 들여다보아. 이 댁에는 사랑양반도 아니 계신 댁인데, 웬 젊은 녀석이 양반의 댁 안마당을 들여다보아."

(우편 군사) "여보, 누구더러 이 녀석 저 녀석 하오. 체전부는 그리 만만한 줄로 아오. 어디 말 좀 하여봅시다. 이리 좀 나오시오. 나는 편지 전하러 온 것 외에는 아무것도 잘못한 것 없소."

(부) "여보게 할멈, 자네가 누구와 그렇게 싸우나. 우체사령이 편지를 가지고 왔다 하니 미국서 서방님이 편지를 부치셨나베. 어서 받아 들여오게."

(노파) "옳지, 우체사령이로구. 늙은 사람디 눈 어두워서……. 어서 편

지나 이리 주오. 아씨께 갖다드리게."

　우체사령이 처음에 노파가 소리를 지를 때는 늙은 사람 망령으로 알고
말을 예사로 하더니, 노파가 잘못한 줄을 깨닫고 말하는 눈치를 보더니
그때는 우체사령이 산 목을 쓰고 대어든다.

　(우) "이런 제에미…… 내가 체전부遞傳夫 다니다가 이런 꼴은 처음 보았
네. 남더러 무슨 턱으로 욕을 하오. 내가 아무리 바빠도 말 좀 물어보고
갈 터이오."

하면서 소리를 버럭버럭 지르고 대어들며 편지 달라 하는 말은 대답도 아
니하니, 평양 사람의 싸움하러 대드는 서슬은 금방 죽어도 몸을 아끼지
아니하는 성정이라.

　노파가 까마귀에게 화풀이할 때 같으면 우체사령에게 몸부림을 하고
죽어도 그 화가 풀어지지 아니할 터이나, 미국서 편지 왔다 하는 소리에
그 화가 다 풀어졌더라. 그 화만 풀어질 뿐이 아니라, 우체사령의 떼거리
까지 받고 있는데, 부인은 어서 바삐 편지 볼 마음이 있어서 내외하기도
잊었던지 중문간에로 뛰어나가서 노파를 꾸짖고 우체사령을 달래고, 옥
련의 묘에 가지고 가려 하던 술과 실과를 내어다 먹인다.

　우체사령이 금방 살인할 듯하던 위인이 노파더러 할머니 할머니 하며
풀어지는데, 그 집에서 부리던 하인과 같이 친숙하더라.

　노파가 편지를 받아서 부인에게 드리니, 부인이 그 편지를 들고 겉봉
쓴 것을 보더니 깜짝 놀라서 의심을 한다.

　(노파) "아씨, 무엇을 그리하십니까?"

　(부) "응, 가만히 있게."

　(노파) "서방님께서 부치신 편지오니까?"

　(부) "아닐세."

(노) "그러면 부산서 주사 나리께서 하신 편지오니까?"

(부) "아니."

(노) "에그, 어서 말씀 좀 시원히 하여주십시오."

(부) "글씨는 처음 보는 글씨일세."

본래 옥련이가 일곱 살에 부모를 떠났는데, 그때는 언문 한 자 모를 때라. 그 후에 일본 가서 심상소학교 졸업까지 하였으나 조선 언문은 구경도 못하였더니, 그 후에 구완서와 같이 미국 갈 때에 태평양을 건너가는 동안에 구완서가 가르친 언문이라 옥련의 모친이 어찌 옥련의 글씨를 알아보리오. 부인이 편지를 받아보니 겉면에는,

한국 평안남도 평양부 북문 내 김관일 실내* 친전

한편에는,

미국 화성돈 ○○○호텔
옥련 상사리**

진서*** 글자는 부인이 한 자도 알아보지 못하고 다만 '옥련 상사리'라 한 글자만 알아보았으나, 글씨도 모르는 글씨요. 옥련이라 한 것은 볼수록 의심만 난다.

(부인) "여보게 할멈, 이 편지 가지고 왔던 우체사령이 벌써 갔나? 이 편

---

* 남의 아내를 지칭.
** 아랫사람이 윗사람에게 편지를 보낼 때 쓰는 말.
*** 한문.

지가 정녕 우리 집에 오는 것인지 자세히 물어보았더면 좋을 뻔하였네."

(노파) "왜 거기 쓰이지 아니하였습니까?"

(부인) "한편은 진서요 한편에는 진서도 있고 언문도 있는데, 진서는 무엇인지 모르겠고, 언문에는 옥련 상사리라 썼으니, 이상한 일도 있네. 세상에 옥련이라 하는 이름이 또 있는지, 옥련이라 하는 이름이 또 있더라도 내게 편지할 만한 사람도 없는데……."

(노파) "그러면 작은아씨의 편지인가보이다."

(부인) "에그, 꿈같은 소리도 하네. 죽은 옥련이가 내게 편지를 어찌하여……."

하면서 또 한숨을 쉬더니 얼굴에 처량한 빛이 다시 난다.

(노파) "아씨 아씨, 두 말씀 말고 그 편지를 뜯어보십시오."

부인이 홧김에 편지를 박박 뜯어보니 옥련의 편지라.

모란봉에서 지낸 일부터 미국 화성돈 호텔에서 옥련의 부녀가 상봉하여 그 모친의 편지 보던 모양까지 그린 듯이 자세히 한 편지라.

그 편지 부쳤던 날은 광무 육 년(음력) 칠 월 십일 일인데, 부인이 그 편지 받아 보던 날은 임인년 음력 팔 월 십오 일이러라.

—『혈의 누』, 광학서포, 1907. 3.

「혈의 누」 하

부산 절영도 밖에 하늘 밑까지 툭 터진 듯한 망망대해에 시커먼 연기를 무럭무럭 일으키며 부산항을 향하고 살같이 들이닫는 것은 화륜선이다.

오륙도, 절영도 두 틈으로 두 좁은 어구로 들어오는데 반속력 배질을 하며 화통에는 소리가 하늘 당나귀가 내려와 우는지, 웅장한 그 소리 한 마디에 부산 초량이 들썩들썩한다. 물건을 들이고 내는 운수회사도 그 화통 소리에 귀를 기울이고 사람을 보내고 맞아들이는 여인숙에서도 그 화통 소리에 귀를 기울이는데, 화륜선 닻이 뚝 떨어져서 삼판 배가 벌떼같이 드러난다. 부산 객주에 첫째나 둘째 집에는 최 주사 집 서기 보는 소년이 큰사랑 미닫이를 열며,

"여보시오, 주 사장. 진남포에서 배 들어왔습니다. 우리 짐도 이 배편에 왔을 터이니 사람을 보내보아야 하겠습니다."

최 주사는 낮잠을 자다가 화륜선 화통 소리에 잠이 깨어 일어나 앉아서 무슨 생각을 하고 있던 터라. 서기의 말을 들은 쳐 만 체하고 앉았다가 긴치 않은 말대답하듯,

"날더러 물을 것 무엇 있나. 자네가 알아서 할 일이지."

소년은 서기 방으로 가고 최 주사는 큰사랑에 혼자 앉았더라.

최 주사는 몇 해 동안에 재물이 불 일어나는 듯 느는데 그 재물이 늘수록 최 주사의 심회가 산란하다. 재물을 모을 때는 욕심에 취하여 두 눈이 빨개서 날뛰더니 재물을 많이 모아놓고 보니 재물이 그리 귀할 것이 없는 줄로 생각이라. 빈 담뱃대 딱딱 떨어 물고 물부리를 두어 번 확확 내불어 보더니 지네발 같은 평양 엽초 한 대를 담아 붙여 물고 담배연기를 훅훅 내불면서 무슨 생각을 하다가 혼잣말로 탄식이라.

"재물, 재물. 재물이 좋기는 좋지만은 제 생전에 먹고 입고 지낼 만하면 그만이지. 그것은 그리 많아 쓸데 있나. 몸 괴로운 줄 모르고 마음 괴로운 줄 모르고 재물만 모으려고 기를 버럭 쓰는 것은 어리석은 일이었다. 흥, 어리석은 것도 아니야. 환장한 사람이지. 풀 끝의 이슬 같은 이 몸이 죽은 후에 그 재물이 어찌 될지 누가 알 바 있나. 적막한 북망산에 돈

이 와서 일곡이나 하고 갈까. 흥, 가소로운 일이로고. 내 나이 육십여 세라. 인생 칠십 고래희라 하였으니 내가 칠십을 살더라도 이 앞에 칠팔 년 동안뿐이로구나. 아들은 양자, 딸은 저 모양. 어, 내 팔자도 기박하고. 옥련이나 살았다면 짐짓이 마음을 붙였을 터인데, 그런 불쌍한 일이 있나. 오냐, 그만두어라. 집안일은 잘되나 못되나 서기에게 맡겨두고 평양 가서 딸도 만나보고 미국 가서 사위나 만나보고 오겠다."

마침 문간이 들썩들썩하더니 무슨 별일이나 있는 듯이 계집종들이 참새떼 재잘거리듯 지껄이며 사랑 마당으로 올라 들어오는데, 최 주사는 혼자 중얼거리고 앉아서 귀에 다른 소리는 아니 들어오던지 내다보지도 아니한다.

마루 위에서 신 벗는 소리가 나더니 사랑 지게문을 펼쩍 열며,

"아버지, 나 왔소."

하며 들어오는데 최 주사가 정신이 번쩍 나서 쳐다보니 딸이라.

"이애, 이것이 꿈이냐. 네가 어찌 여기를 왔느냐."

"내가 날개 돋쳐 내려왔소."

하며 어린아이 응석하듯 웃으며 나오는 모습이 얼굴에 화기가 돈다.

최 주사는 꿈에라도 그 딸을 만나보면 근심하는 얼굴만 보이더니 상시에 저러한 얼굴빛을 보고 최 주사 얼굴에도 화기가 돈다.

"이애, 참 별일이다. 네가 오기는 뜻밖이로구나. 여편네가 십 리 길이 어려운 처지인데 일천오백 리 길에 네가 어찌 혼자 왔단 말이냐."

"옥련이 같은 어린 계집아이도 육만 리나 되는 미국을 갔는데 내가 이까짓 데를 못 와요? 진남포로 내려와서 화륜선 타고 왔소. 아버지, 나는 개화하였소. 이 길로 미국에나 들어가서 옥련이나 만나보고 옥련의 남편 될 사람도 내 눈으로 좀 자세히 보고 오겠소. 아버지, 나를 돈이나 좀 많

이 주시오. 옥련이가 좋아하는 것이 있거든 사서 주겠소."

최 주사가 옥련이 살았단 말을 듣더니 딸을 만나보고 반가운 마음은 잊었던지 몇 해 만에 보는 딸에게 그동안 잘 있었느냐 못 있었느냐, 말은 한마디 없고 옥련의 말만 묻고 앉았다가, 그날 저녁에는 홍김에 밥을 아니 먹고 술만 먹으며 횡설수설하다가 주정이 나서, 그 후 최 부인더러 짐짓 자랄 때에 잘 굴었느니 못 굴었느니 하며 삼십 년 전 일을 말하고 앉았다가, 내외간 싸움이 일어나서 마누라는 자식도 없는 늙은 년이 서러워서 죽고 싶으니 살고 싶으니 하며 울고 청승을 떨고 있고, 딸은 내가 아니 왔다면 이런 일이 없었을 터인데, 하면서 이 밤으로 도로 가느니 마느니 하는 서슬에 온 집안이 붙들고 만류하여 야단났더.

최 주사가 그 딸이 가느니 마느니 하는 것을 보고 취중에 화가 나서 혀 꼬부라진 소리로 마누라에게 화풀이를 한다.

"응, 마누라가 낳은 딸 같으면 저럴 리가 만무하지. 모처럼 온 계집을 들어앉기도 전에 도로 쫓으려드니."

마누라는 애매한 책망을 듣고 청승을 점점 더 떨고, 딸은 점점 불리한 마음이 더 나서 친정에 왔던 후회만 하고, 최 주사의 주정은 점점 더하는데, 온 집안이 잠을 못 자고 안마루 안마당에 그득 모였으나 최 주사의 주정을 감히 말릴 사람은 없는지라.

최 주사는 아들이 섣부른 소리로 최 주사더러 좀 참으시면 좋겠습니다, 하였더니 최 주사가 취중에 진정 말이 나오던지,

"이애, 주제넘게 네가 내 집 일에 참견이 무엇이야."
하며 핀잔을 탁 주더니, 최 주사의 아들은 양자 들어온 사람의 마음이라 야속한 생각이 들어서 캄캄한 바깥마당에 나가서 혼자 우두커니 섰다가 담배 한 대를 붙여 물고 나올 작정으로 서기 방으로 들어간다.

서기 방에서는 문서를 닦느라고 두 사람이 마주 앉아서 부르고 놓고 하다가 최 주사의 아들이 담뱃대 찾는 수선에 주 한 개를 달깍 더 놓았더라. 주 놓던 사람이 아차 하며 쳐다보더니 젊은 주인이라. 다른 사람이 서기 방에 들어가서 수선을 그렇게 피웠으면 생핀잔을 보았을 터인데, 주인의 아들인 고로 핀잔은 고사하고 담배 한 대 더 꺼내주노라고 쌈지끈 끄르는 사람이 둘이나 된다. 문서책 한 권이 보기에는 대단치 아니한 백지 몇 장이로되 그 속에 있는 것만 하여도 어디를 가든지 부자 득명할 재물 덩어리라.

　최 주사의 아들이 최 주사를 야속하게 여기던 마음이 쑥 들어가고 조심하는 마음이 생겨서 다시 안으로 들어가더니 웃는 낯으로 어머니, 그리 마시오. 누님, 그리 마시오 하며 애를 쓰고 돌아다니는데 최 주사가 곤드레만드레하며,

　"그만 내버려두어라. 그것들 방정 실컷 떨게……."
하더니 사랑으로 비틀비틀 나가서 쓰러지더니 콧구멍에서 맷돌질하는 소리가 나도록 코를 곤다.

　그 이튿날 아침에 최 주사가 일어나 안으로 들어가더니 마누라와 딸과 아들까지 불러 앉히고 재미있는 모양으로 말을 떠드는데, 마누라는 어젯밤에 있던 성이 조금도 아니 풀린 모양으로 아무 소리 없이 돌아앉았더라.

　"아버지, 어젯밤에 웬 술을 그렇게 많이 잡수셨습니까?"

　최 주사는 그 전날 밤에 사랑으로 나가던 생각은 일어나나, 처음에 주정하던 일은 멀쩡하게 생각하면서 생시치미를 뗀다.

　"응, 과히 취하였더냐? 주정이나 아니하더냐? 오냐, 살아생전에 일배주라니 내가 주정을 하면 몇 해나 하겠느냐, 허허허."

　웃음 한마디에 온 집안이 화기가 돈다. 최 주사가 그날은 술 한 잔 아니 먹고 아들과 서기에게 집안일 분별하더니 딸을 데리고 미국 들어갈 치행

을 차리더라.

물속에 산이 솟고 산 아래는 물만 있는 해협을 끼고 달아나는 화륜선은 어찌 그리 빠르던지. 눈앞에 보이던 산이어늘 하면 뒤에 가 있다. 부산항에서 떠나서 일본 대마도, 마관, 신호, 대판을 지나놓고 횡빈으로 들어가는데 옥련 어머니 마음에는 그만하면 미국 산천이 거의 보이거니 생각하고 하루에도 몇 번인지 화륜선 갑판 위에 올라서서 배 가는 곳만 바라보고 섰다.

이 배같이 크고 빠른 것은 다시없으려니 하였더니, 그 배는 횡빈에서 닻을 주고 태평양 내왕하는 배를 갈아타니 그 배는 먼저 탔던 배보다 더 크고 빠른 배라. 그러한 배를 타고 더디 간다 한탄하는 사람은 옥련의 부녀를 만나보러 가는 최 주사의 부녀뿐이더라. 앉았으나 섰으나, 잠이 들었으나 깨었으나, 타고 앉은 배는 밤낮 쉴 새 없이 달아나는데, 지낸 곳에 보이던 일본 산천은 자라목 움츠르드는 듯 점점 작아지더니 태평양을 들어서면서 산 명색이라고는 오뚝이만한 것 하나도 보이지 않고 보이는 것은 물과 하늘뿐이라.

푸르고 푸른 하늘을 턱턱 치는 듯한 바닷물은 하늘을 씻어서 물이 푸르러졌는지, 푸른 물결이 하늘에 들이쳐서 하늘에 물이 들었는지, 물빛이나 하늘빛이나 그 빛이 그 빛이라. 배는 가는지 아니 가는지, 밤낮 가도 그 자리에 그대로 선 것 같은데, 그 크던 배가 만리창해에 마름 하나 떠다니는 것 같다.

최 주사 부녀가 갑판 위로 돌아다니며 구경을 하다가 최 주사의 딸이 응석을 한다.

"아버지, 아버지께서는 딸의 덕에 이런 좋은 구경을 하시는구려. 내가 없었더면 아버지께서 여기 오실 까닭이 있소?"

"허허허, 효성은 딸이 하나보다. 나도 딸의 덕에 이 구경을 하고 너도 옥련의 덕에 이 구경을 하는구나. 네가 네 남편이 미국 있다는 말을 들은 지가 팔구 년이 되었으나 미국 간다는 말도 없더니, 옥련이가 미국 있다는 말을 듣고 대문 밖에도 못 나가던 위인이 미국을 가니 자식에게 향하는 마음이 그러한 것이로구나."

하면서 딸을 물끄러미 보는데, 최 주사의 딸이 그 부친의 말을 듣다가 무슨 마음인지 눈물이 돌며 눈자위에 붉은 빛을 띠었더라.

최 주사가 그 딸의 눈물 나는 모양을 보더니 또한 무슨 마음인지 눈에 눈물이 돈다. 딸의 눈물은 아버지가 양자한 아들을 데리고 뜻에 맞지 못하여 아비는 아들의 눈치를 보고 아들은 아비의 눈치를 보던 그 모양이 생각이 나서 딸자식 된 마음에 그 아버지 신세를 생각하고 나오는 눈물이요, 최 주사의 눈물은 그 딸이 일청전쟁 난리 겪은 후에 내외간에 이별하고 모녀간에 소식을 모르고 장팔 어미만 데리고 근심하고 고생하던 일이 불쌍한 생각이 나서 나오는 눈물이라. 서로 눈물을 감추고 서로 위로하다가 다시 옥련의 이야기가 시작되며 웃음소리가 난다.

"아버지, 우리 오던 곳이 어디며, 우리가 향하여 가는 곳은 어디오? 해를 쳐다보아도 동서남북을 모르겠소그려. 이편을 바라보아도 물뿐이요, 저편을 바라보아도 물뿐인데 물 밖에는 하늘 외에 또 무엇이 있소. 아버지 아버지, 우리가 일본 횡빈에서 떠난 후에 이 물이 넘쳐서 세상 사람 사는 곳은 다 덮여 싸여서 물속으로 들어갔나보오. 처음부터 아니 보이던 산은 어찌하여 많이 보이는지 모르겠소마는 우리 눈으로 보던 산까지 아니 보이니 그 산이 어디로 갔단 말이오."

"글쎄, 나도 모르겠다. 완고로 자라서 완고로 늙은 사람이 무엇을 알겠느냐. 부산 소학교 아이들이 모여 앉으면 별 소리가 다 많더라마는, 무심히 들었더니 지금 생각하니 좀 자세히 들었으면 좋을 뻔하였다. 어, 그 무엇이라던가, 수박같이 둥그런 땅덩이에서 사람이 산다 하니 수박같이 둥글 지경이면 이편에서 저편이 보이겠느냐? 그런 것을 물으려거든 아무것도 모르는 완고의 애비더러 묻지 말고 신학문 배운 네 딸 옥련이더러 물어보아라."

하며 최 주사의 얼굴에 즐거운 빛이 띠었는데, 옥련이 같은 딸 둔 최 주사의 딸도 얼굴에 웃음빛을 띠고 그 부친을 쳐다본다.

최 주사의 부녀가 구경을 하다가도 옥련의 이야기요, 음식을 먹다가도 옥련의 이야기가 시작되는데, 천지간에 자식 사랑하는 정은 옥련의 모친 같은 사람은 다시없을 것 같다.

태평양에서 미국 화성돈이 멀기는 한량없이 멀건마는 지구상 공기는 한 공기라. 태평양에서 불던 바람이 북아메리카로 들이치면서 화성돈 어느 공원에서 단풍 구경을 하던 한국 여학생 옥련이가 재채기를 한다.

"누가 내 말을 하나보다. 웬 재채기가 이렇게 나누. 에그 내 말 할 사람이야 우리 어머니밖에 누가 있나."

하면서 호텔(주막)로 들어간다. 만리타국에서 부녀가 각각 헤어져 있기는 서로 섭섭한 일이나, 김관일이 다니는 학교와 옥련이가 다니는 학교가 다른 고로 학교 가까운 곳을 취하여 옥련이가 있는 호텔과 김관일이 있는 호텔이 각각이라.

옥련이가 저 있는 호텔로 가다가 돌아서서 그 부친 김관일의 호텔로 가더라. 호텔 문 안으로 들어서는데 우체 군사가 김관일에게 오는 전보를 들이밀더니 보이가 손에는 전보를 받아 들고 한편으로 옥련이를 인도하여 김관일의 방으로 들어간다.

옥련이가 그 부친에게 인사하기를 잊었던지, 들어서며 하는 말이,

"아버지, 전보가 어디서 왔습니까?"

김관일도 옥련이더러 말할 새도 없던지,

"글쎄, 보아야 알겠다."

하면서 전보를 뚝 떼어보더니 발신소는 미국 상항 우편국이요, 발신인은 최항래라. 전문에 하였으되,

'딸을 데리고 간다. 상항에서 배 내렸다. 내일 오전 첫차를 타고 가겠다.'

기쁜 마음에 들뜨면 분명한 사람도 병신 같은 일이 혹 있는지, 김관일이가 전보를 들고,

"응, 무엇이냐. 최항래. 최항래, 최항래가 네 외조부의 이름인데. 이애, 옥련아, 이 전보 좀 보아라."

옥련이가 선뜻 받아 들고 자세히 보니 그 어머니가 온다는 전보라. 부녀가 돌려가며 전보를 보는데 옥련의 기뻐하는 모양은 죽었던 어머니가 살아와도 그 외에 더 기뻐할 수는 없겠더라.

그날 그때부터 옥련이는 그 어머니가 타고 오는 기차를 기다리는데 일각이 여삼추라. 생각으로 해를 보내고 생각으로 밤을 보내다가 잠이 들어 꿈을 꾸었더라. 옥련이가 혼자 기차를 타고 그 어머니 마중을 나간다. 상항에서 화성돈으로 오는 기차는 옥련의 모친이 타고 오는 기차요, 화성돈에서 상항으로 가는 기차는 옥련이가 타고 가는 기차라.

원래 그 기차가 쌍선이 아니던지, 단선의 철도에서 오고 가는 기차가 시간을 어기었던지, 두 기차가 서로 충돌이 되었더라. 기차가 상하고 사람이 무수히 상하였는데 그중에 조선 복색한 여편네 송장이 있는 것을 보고 옥련이가 그 어머니 죽은 송장이라고 붙들고 운다. 흑흑 느껴 울다가 제풀에 잠을 깨니 남가일몽이라.

전기등은 눈이 부시도록 밝고, 자명종은 열두 시를 땅땅 친다. 옥련이

가 그 어머니를 과히 생각하는 중에서 그런 꿈이 된 줄 알고 마음을 진정하였더라. 옥련이의 모친이 옥련이를 생각하는 마음과, 옥련이가 그 어머니를 생각하는 마음을 비교할 지경이면 누가 우등생이 될는지. 인간에 그런 사정은 하나님이나 자세히 알으실까.

그렇게 서로 간절하던 옥련의 모녀가 화성돈에서 만나보는데 그 모녀가 좋아하는 모양을 볼진대 옥련이가 미칠지 옥련의 어머니가 미칠지, 둘이 다 미칠지 염려할 만도 하더라.

최 주사의 부녀가 화성돈에서 삼 주일을 묵고 고국으로 돌아온다. 떠나던 전날은 일요일이라. 최 주사와 김관일과 구완서와 옥련의 모녀까지 다섯 사람이 모여 앉았는데, 그날은 다른 말은 별로 없고 옥련의 혼인 공론이 부산하다.

최 주사 부녀는 조선 풍속이 골수에 꼭 박힌 사람이라 내 사정만 주장하고, 옥련이와 구완서를 데리고 조선으로 가서 혼인을 지낸 후에 즉시 미국으로 돌려보내겠다 하고, 김관일이는 싱긋싱긋 웃으면서 구완서만 힐끔힐끔 보고 앉았고, 옥련이는 아무 말 없이 술병을 들고 외조부 앞에 술을 따르며 앉았고, 구완서는 최 주사 부녀의 말 끝나기를 기다리고 앉았는데, 최 주사의 부녀는 말대답하는 사람이 다 될 것같이 옥련이와 구완서를 데리고 갈 생각으로 말한다.

구완서가 옥련의 얼굴을 물끄러미 보다가 다시 옥련의 모친을 보며 자기의 질정하였던 마음을 설명한다.

"옥련같이 학문 자질이 있는 따님을 두시고 나같이 용렬한 사람으로 사위를 삼으려 하시는 것은 감사하기 측량없습니다. 그렇게 감사한 일을 생각하면 오늘이라도 말씀하시는 대로 좇을 일이오나, 아직 어린 서생들이 혼인이 무엇이오니까."

하면서 다시 옥련이를 돌아다보며 허허 웃더니,

"여보게 옥련, 지금은 우리가 동무이지, 귀국하면 내외가 될 터이지. 우리가 자유로 결혼하자 언약을 맺은 사람이라. 언약을 맺어도 자유, 언약을 파하여도 자유, 어느 때로 행례할 기약을 정하는 것도 자유로 할 일이라. 나도 부모 구존한 사람이요, 그대도 부모 구존한 터라. 부모가 미성년한 자식에게 명령할 일은 공부 잘하여라, 나라를 위하여라 하는 것이 부모 된 이들의 도리요 직분이라. 지금 우리가 고국에 돌아가면 공부에 방해도 적지 아니할 터요, 혈기 미성한 사람들이 일찍 시집가고 장가드는 것은 제 신상에 그렇게 해로운 것은 없는지라. 그러나 우리가 제 일신의 이해를 교계하는 것은 오히려 둘째로다. 여보게 옥련, 우리가 공부를 하여도 나라를 위하여 하고 살아도 나라를 위하여 살고 죽어도 나라를 위하여 죽는 것이 옳은 일이라. 여보게 옥련, 자네 마음 어떠한가. 어서 시집이나 가서 세간살이나 재미있게 하면 그것이 소원인가? 자네 소원이 만일 그러할진대 우리 기왕 언약이 아무리 중하더라도 나는 그 언약보다도 더 중요한 국가를 위한다는 생각이 있으니, 자네는 바삐 귀국하여 어진 남편을 구하여 하루바삐 시집가서 자네 부모의 소원대로 하게."

그 말 한마디에 옥련의 모친은 눈이 휘둥그레졌다.

"에그, 천만의 말도 하네. 내 말끝에 옥련이더러 그렇게 말할 것 무엇 있나. 말은 내가 하였지, 옥련이가 무슨 입이나 떼었나. 나는 지금부터 구완서를 내 사위로 알고 있어. 에그, 사위라 하면서 이름을 불렀네. 아무러면 허물 있나. 여보게 이 사람, 자네 옥련이더러 너의 부모 소원대로 하라 하니 우리 소원이야 하루바삐 구완서를 내 사위 삼고픈 소원 외에 또 무슨 소원이 있나. 지금 혼인을 하면 공부에 해로울 터이면 두었다가 아무 때나 하지."

하며 횡설수설하는 것은 옥련의 모친이 구완서가 혼인 언약을 깨뜨릴까 염려하는 말이더라.

최 주사는 완고의 늙은이라. 구완서의 하는 말을 들은즉 버릇없는 후레자식도 같고, 너무 주제넘은 것도 같은지라. 최 주사의 마음에는 옥련이 같은 외손녀를 두고 어디를 가기로 구완서만한 외손잣감을 못 고르랴 싶은 생각뿐이라. 또 최 주사가 일평생에 돈 많고 기 펴고 지내던 사람이라. 자기 마음대로 하면 옥련이를 곧 데리고 나가서 극진한 신랑감을 골라서 기구 있게 혼인을 잘 지내고 싶으나 한 치 건너 두 치라, 외손의 혼인부터는 내 마음대로 하기가 어려운 생각이 있어서 딸의 눈치도 보다가 사위의 눈치도 보며 헛기침만 하고 앉았다.

김관일은 본디 구완서의 기개를 아는 사람이라. 말없이 앉았다가 그 부인더러 간단한 말로 옥련의 혼인은 아는 체 말자 하면서 옥련의 얼굴을 거들떠보니 옥련이는 머리 위에 꽃을 꽂고, 눈썹은 나비를 그린 듯한데 눈은 내리깔고 앉았으니 무슨 생각이 있는지 없는지, 옥련이를 낳은 옥련의 부모라도 뜻은 알 수 없겠더라.

옥련이와 구완서는 몇 해 동안이든지 공부 성취하도록 고국에 돌아가지 않기로 작정하였고, 혼인은 본래 작정대로 귀국하는 이후에 성례하기로 옥련의 모친까지 그 작정을 좇아 허락하고 그 이튿날 부산으로 떠나간다.

사람이 구름같이 모여드는 정거장에서 오후 기차 시간을 기다려서 상항 가는 기차표 사는 사람은 최 주사 부녀요, 입장권 사서 들고 최 주사의 부녀더러 이리 가오, 저리 가오, 시간이 되었소, 기차가 떠나겠소, 하며 가르치는 사람은 최 주사의 부녀를 석별하러 온 김관일의 부녀요, 정거장에 잠깐 나왔다가 학교에 동창회가 있다 하면서 기차 떠나는 것을 못 보고 먼저 들어가는 사람은 구완서요, 철도 회사 복색을 입고 이리저리 다니면서 기차를 살펴보는 사람은 장거수라. 시계를 내어 보더니 손을 번쩍 들며 호각을 부는데 호르륵 소리 한마디에 기차가 꿈쩍거린다.

기차 속에서 눈물을 머금고,

"옥련아, 아버지 모시고 잘 있거라."

하는 사람은 옥련의 모친. 기차 밖에서 목멘 소리로,

"어머니, 할아버지 모시고 안녕히 가시오."

하며 눈물을 씻는 사람은 옥련. 샷보를 벗어 들고 손을 높다랗게 쳐들고 기차 속에 있는 최 주사를 바라보며,

"만리고국에 태평히 가시오. 대한민국 만세."

소리를 지르는 사람은 김관일. 싱긋 웃으며 턱만 끄덕하고 김관일의 부녀 선 것을 바라보는 사람은 최 주사라.

기차의 연기 뿜는 고동 소리가 점점 잦으며 기차는 구루마같이 달아난다. 기차는 점점 멀어지고 연기만이 남아서 공중에 서렸는데 눈물이 가득한 옥련의 눈이 기차 연기만 바라보고 섰다.

"이애 옥련아, 울지 말고 들어가자. 오래 섰으면 철도회사 사람에게 핀잔 보고 쫓겨난다. 몇 해만 지내면 나도 귀국하고 너도 귀국할 터인데 그렇게 섭섭하게 여길 게 무엇이냐. 네가 일본과 미국으로 유리표박遊離漂泊하여 부모의 사생을 모르고 있을 때를 생각하여보아라. 지금은 부모를 만나보았으니 좀 좋은 일이냐. 이애 옥련아, 우리 이 길로 공원에 나가서 바람이나 쏘이고 구경이나 하자."

하면서 옥련이를 데리고 공원으로 들어가니 석양은 만리요, 상항은 보이지 아니하더라.

옥련이가 어머니를 이별하고 섭섭하여 하는 모양이 실성을 할 것 같은지라, 그 부친이 중언부언하여 옥련이를 위로하고 각기 호텔에 돌아가더라.

옥련이가 난리 중에 그 부모를 잃고 타국으로 유리할 때에 그 부모가 다 죽은 줄로 알고 있던 터라. 일본 대판 정상 군의 집에 있을 때 지내던 일을 말할지라도, 학교에 가면 공부에만 정신이 쓰이고 집에 돌아오면 정상 부인에게 정도 들었고 조심도 극진히 하였고 동무를 대하면 재미있게 놀아도 보았는데 그럭저럭 부모 생각도 다 잊었으니, 미국에 온 지 사오 년 만에 천만의외에 그 부친을 만나보고 그 어머니 생존한 줄을 알았는데 하루바삐 그 어머니 얼굴을 보고 싶으나 일변으로 생각하면 그 어머니가 살아 있는 것만 기뻐하여 얼굴에 희색이 만면하던 옥련이가 그 어머니를 만나보고 작별하더니 얼굴에 근심빛뿐이라.

귀에는 어머니 소리가 들리는 듯하고 눈에는 어머니 모양이 보이는 듯하다. 평양성 난리 후에 그 어머니가 고생한 이야기 하던 것과 화성돈 정 거장에서 그 어머니 떠나던 일은 옥련의 마음속에 사진같이 다 박혀 있다. 옥련이가 지향 없이 혼잣말로,

"우리 어머니는 어디쯤이나 가셨누. 아버지도 여기에 계시고 나도 여기 있는데 어머니 혼자 우리나라로 가시는구나. 내 몸 둘이 되었으면 하나는 아버지 뫼시고 있고 하나는 어머니 뫼시고 있고지고. 우리 어머니가 평양성 중에서 십 년 동안을 근심 중으로 지내시고 또 혼자 평양으로 가시는구나. 나를 생각하시느라고 병환이나 아니 날까."

옥련이가 그렇게 어머니를 생각하고 있는데 그 어머니 마음은 어떠할 꼬. 옥련의 어머니는 남편도 이별하고 그 딸 옥련이도 이별하였으니 그 이별은 겹이별이라. 그 근심이 오직 대단할 것 아니언마는 옥련의 모친 마음이 그렇지 아니하고 도리어 기쁜 마음뿐이라.

—《제국신문》, 1907. 5.~6.

엄혹한 현실을 가리는 문명개화라는 환상

서형범

『은세계銀世界』는 1908년 동문사同文社에서 단행본으로 펴낸 이인직의 신소설이다. 본래 1902년 정부가 세운 연극 전문 극장인 원각사圓覺社에서 공연된 창극唱劇 〈은세계銀世界〉의 대본을 바탕으로 신소설 형식으로 재구성한 작품으로, 전반부는 탐관오리의 탐학에 희생되는 지방 유지 최병도의 이야기를 중심으로 하고 있고 후반부는 그의 두 자녀인 옥순과 옥남 남매의 유학과 귀국담이 중심이다. 특기할 만한 것은 단행본으로 간행될 당시 책표지에 제목 '은세계銀世界' 세 글자가 각각 작은 크기의 은銀자, 세世자, 계界자를 모아 글자를 구성한 독특한 디자인으로 되어 있었다는 점이다. 이러한 표지 장정裝幀을 자신의 책에 사용할 수 있었던 것만 보더라도 이인직이 당시 문화계에서 어떤 위치를 차지하고 있었는지를 충분히 짐작할 수 있을 것이다.

소설은 겨울이면 엄청난 눈이 내려 사람들의 왕래가 끊어지는 대관령 정경을 묘사하는 것으로 시작한다. 『혈의 누』 첫머리에서 청일전쟁에 의해 파괴된 평양 성중을 실감 있게 묘사했던 이인직의 필력이 다시 빛을 발하는 대목이다.

구름 뒤에 구름이 일어나고, 구름 옆에 구름이 일어나고, 구름 밑에서 구름이 치받쳐 올라오더니, 삽시간에 그 구름이 하늘을 뒤덮어서 푸른 하늘은 볼 수 없고 시커먼 구름 천지라. 해끗해끗한 눈발이 공중으로 회회 돌아 내려오는데, 떨어지는 배꽃 같고 날아오는 버들가지같이 힘없이 떨어지며 간곳없이 스러진다. 잘던 눈발이 굵어지고, 드물던 눈발이 아주 떨어지기 시작하며 공중에 가득 차게 내려오는 것이 눈뿐이요, 땅에 쌓이는 것이 하얀 눈뿐이라. 쉴 새 없이 내리는데, 굵은 체 구멍으로 하얀 떡가루 쳐서 내려오듯 솔솔 내리더니 하늘 밑에 땅 덩어리는 하얀 흰 무리떡 덩어리같이 되었더라.

　사람이 발 디디고 사는 땅 덩어리가 참 떡 덩어리가 되었을 지경이면 사람들이 먹을 것 다툼 없이 평생 떡만 먹고 조용히 살았을는지도 모를 일이나, 눈구멍 얼음 덩어리 속에서 꿈적거리는 사람은 다 구복口腹에 계관係關한 일이라. 대체 이 세상에 허유許由같이 표주박만 걸어 놓고 욕심 없이 사는 사람은 보두리 있다더라.

　폭설이 내리는 장면을 묘사한 위 인용문은 판소리 사설처럼 운율 있는 언어로 생동감 있게 장면을 제시하던 기존 전통과는 매우 다르게, 산문으로 실감 있게 장면을 재현하고 있음을 알 수 있다. 특히 펑펑 내리는 흰 눈 덩어리를 '떡 덩어리'에 비유하면서 생존의 의협을 느낄 정도로 탐관오리에게 수탈당하고 있던 민중의 소박한 욕망을 이야기하는 대목으로 넘어가는 자연스러운 전개는 기존 우리 문학에서는 찾아볼 수 없는 새로운 면모를 보여준다. 이처럼 이 작품은 강원도 대관령의 폭설 묘사에서 자연스럽게 탐관오리의 탐학에 신음하는 지방민의 곤궁한 삶으로 시선을 돌린다. 폭설이 내려 천지 사방을 하얗게 덮어버린 아름다운 자연의 뒷켠에 삶과 죽음의 칼날 같은 경계에서 괴로워하는 이들이 있다는 소설 첫머리의 시선은 고스란이 이 작품의 주제의식을 형성하는 데 관여하게 된다.

곧바로 강릉 최병도라는 유지가 지방관의 탐학에 시달리다 결국 죽임을 당하는 이야기가 이어진다. 최병도는 자수성가한 강원도 강릉의 유지이다. 비록 벼슬은 하지 않았지만 일찍부터 문명개화의 필요성을 인식하고 있던 개명한 인물로 주위 사람에게 신임을 받는 성실한 자였다. 그러나 뇌물을 써서 강원감사 벼슬을 산 신임 감사가 최병도의 재산을 탐내어 없는 죄를 뒤집어씌워 결국 그를 죽이고 만다. 어린 남매 옥순과 옥남은 최병도와 뜻을 같이 한 친구 김정수의 도움으로 유학을 떠난다. 여기까지가 이 작품의 전반부에 해당한다.

후반부에서는 남매의 파란만장한 미국 유학 생활과 귀국 이야기가 펼쳐진다. 남겨두었던 재산을 관리하던 김정수가 파산하고 남매만 낯선 미국땅에 남겨지게 된다. 절망한 남매는 자살을 기도하지만 천행으로 목숨을 건지고 그 사연을 신문보도로 알게 된 사람의 도움으로 남은 공부를 마치고 귀국하게 된다. 귀국 후 최병도의 죽음으로 실성했던 어머니를 다시 만난 남매는 정신이 돌아온 어머니와 절에 불공을 드리러 갔다가 일군의 무뢰배를 만난다. 이들은 고종이 순종에게 양위한 것이 부당하다 하여 일어난 자칭 의병들이다. 옥남은 준열하게 새로운 세상을 열어가는 정부에 저항하는 것은 옳지 못하다며 이들을 꾸짖는다.

이 작품의 전반부는 당시 구전되던 〈최병도 타령〉의 배경 설화에 해당하는 이야기가 꾸려져 있는데 한 가지 주목할 부분은 최병도와 그의 벗 김정수가 김옥균의 급진적 개화사상의 영향을 받은 인물로 그려졌다는 점이다. 주지하다시피 김옥균은 일본의 힘을 빌어 조선의 구각舊殼을 벗어던지고 근대화를 이루려던 개혁 운동가였으나 갑신정변甲申政變 삼일천하를 끝으로 일본으로 망명했다 그의 친일 행적에 분노했던 홍종우洪鍾宇

(1854~1913년)에 의해 피살된 인물이다. 이 작품이 발표되던 무렵에는 일본의 힘을 빌어 조선의 개혁을 이루려 했던 김옥균의 정치노선이 실제화되고 있기는 했으나, 일반적인 시각에서 보자면 여전히 김옥균은 왕조질서를 전복하려 했던 역적의 수괴일 뿐이다. 그런데『은세계』전반부의 주인공인 최병도가 김옥균의 적극적 개화사상의 감화를 받은 것으로 묘사되고 그의 급진적 개화사상이 옥남에게서 빛을 발하는 것으로 암시되도록 구성되었다는 점은 작가 이인직이 당대 조선이 어떤 방향으로 나아가야 한다고 생각했는지를 간접적으로 보여준다 하겠다.

이 작품의 후반부는 고종 황제가 아들 순종에게 황위를 양위한 직후를 배경으로 한다. 고종 황제가 일본 통감부의 외교권 강탈에 저항하여 은밀히 네덜란드 헤이그에서 열리던 만국평화회의에 이준李儁, 이위종李瑋鍾, 이상설李相卨 등을 보내 일본이 조선을 보호한다는 명분을 내세워 식민지화하고 있음을 폭로하려다 발각된 이른바 '헤이그밀사사건'으로 순종 황제가 즉위하고 조선은 완전히 일본의 식민지가 되어버리며 자주국의 상징이라 할 군대마저 해산된다. 이에 전국 각지에서는 의병이 일어나는데 옥남이 절에 불공을 드리러 갔다가 마주친 일군의 무뢰배가 바로 이 의병들이다. 그런데 옥남은 이들에게 새로 즉위한 순종 황제에 의해 조선은 새로운 시대, 제대로 된 근대화의 길에 들어섰다고 열변을 토하며 당장 의병활동을 그만두고 해산하라고 이야기한다. 옥남은 자신의 아버지 최병도를 죽게 만든 강원 감사의 탐학의 원인이 조선의 후진적인 지배구조에 있었다고 진단하면서 그 해결책은 이미 일본에 의해 주어졌다고 확신하고 있다. 이것은『혈의 누』에서 이인직이 옥련의 귀국을 통해 보여주려 했던 새로운 시대를 이끌어갈 젊은이에게 열린 가능성의 세계로 그려진 조선의 현실과 비교해보면 확연히 닫힌 전망을 제시하고 있음을 알게 한다. 적어도 옥련이 귀국할 무렵의 조선은 일본의 보호국이 되지 않고서도 주체적으로 근대화에 나설 힘을 가지고 있었고 이인직 또한 그 가능성을 부정하지는 않았지만, 이미 옥순과 옥남이 귀국할 무렵의 조선은 일본 이외의 대안을 찾아볼 수 없게 되어버렸다. 그런데 이인직은 그러한 당대 정세를 매우 긍정적이고 희망적으로 묘사하고 있는 것이다.

이 작품은 어린 남매의 성장담으로 요약할 수 있다. 그런데 그 성장담을 이끌어가는 주체는 나이 많은 누이가 아니라 어린 동생 옥남이다. 옥남은 옥순이 심약한 생각을 품고 현실을 부정하며 눈앞의 고통에서 도망치려 할 때마다 무척 어른스럽게 누이를 타이르고 두 남매의 목적을 이루기 위해 노력할 것을 설득하는 존재이다. 귀국 후 비적떼와의 논쟁 역시 옥순이 아닌 옥남에 의해 전개된다. 이인직의 앞선 작품 『혈의 누』가 비록 불완전하나마 어린 여아의 성장담에 미래를 이끌어갈 후속세대에 대한 작가의 기대를 그려냈던 것에 비할 때, 그리고 옥련과 함께 한 구완서가 실제로는 두 사람의 여정과 학업을 주도적으로 이끌어가고 옥련이 수동적으로 따라가기만 하는 것으로 묘사되지는 않고 있다는 점과 비교할 때, 이 작품은 나이가 어리지만 더 성숙한 남성에 의해 여성이 수동적으로 이끌리는 구조로 되어 있다는 점을 간과할 수 없다. 비록 조선의 미래를 이끌어갈 후속세대를 대표하는 남매이지만 둘 사이에서는 다시금 남녀의 위계가 은밀하게 작동하고 있다는 점은 이 작품의 문제 지점이라 할 것이다. 조선의 미래 세대 내부에서 남성과 여성의 역할에 차이가 발생할 수 있음이 암시되는 이러한 설정은 조선이 문명개화를 통해 이루려는 새로운 세상에서도 남녀의 진정한 평등과 여성 가치의 발견이 완성될 수 없음을 짐작해볼 수 있게 한다. 여성 주인공 4인의 대화가 중심인 이해조의 『자유종』이 여성들의 적극적인 사회 진출과 여성 권리 향상을 주제로 삼고 있음에도 실질적으로 여성은 남성이 주도적 역할을 맡도록 구성된 사회구조를 뒷받침하는 데 그 역할이 한정되어 있음을 상기할 때, 이 작품에서 옥남과 옥순의 관계 또한 당대 조선의 개력적 지식인 집단의 여성관의 일단을 드러낸 것으로 볼 수 있다.

한편 근현대 공연예술의 형성과 발전 측면에서 이 작품의 가치를 살펴볼 필요가 있다. 이 작품은 1902년 정부가 세운 근대적 공연장인 원각사에서 창극 형태로 공연되었던 동명의 작품을 모티프로 삼은 소설이다. 전통 판소리가 한 사람의 창자唱者가 등장하여 다양한 인물을 재연하며 공연하던 데서 변형된 창극은 둘 이상의 창자가 서로 다른 역할을 맡아 마치 연극처럼 대사를 주고받고 노래를 부르는 개화기의 새로운 공연 양식이었다. 탐관오리의 수탈을 제대로 제어하지 못하는 무능한 정부를 질타하고 억울하게 죽은 최병도의 넋을 위로하는 것을 주된 내용으로 하는 〈최병도 타령〉이 창극 〈은세계〉의 중심 내용이다. 그런데 소설로 옮겨지면서 최병도 이야기는 그의 어린 남매 옥순과 옥남의 유학과 귀국 이야기의 전사前事로 물러나면서 새로운 세상이 펼쳐지고 있다는 긍정적인 전망을 드러내는 작품으로 탄생하게 되는 것이다. 공연예술은 관객과 현장에서 공감하고 정서적 유대를 형성하는 것을 최우선의 목적으로 삼기 때문에 창극이건 판소리건 관객과 정서적으로 관계를 맺을 수 있도록 구성되기 마련이다. 그러나 소설은 묵독默讀의 형태로 변모하는 근대적 책읽기 관습에 의해 개별적 영역으로 숨어들기에 적합한 예술양식이다. 따라서 창극의 중심 줄거리인 최병도 이야기는 오히려 소설의 개별성과 어울리기 어려웠다. 이에 이인직은 순종 즉위 후 펼쳐지는 새로운 정치질서를 긍정하고 일본에 의해 수동적으로 근대화가 이루어지는 것이 먼 훗날의 조선을 위해 바람직하다는 자신의 정치 전망을 대신 구현하는 옥남을 내

세우기에 적합하도록, 어린 남매의 수난사로 소설을 구성했을 것으로 짐작해볼 수 있다. 이렇게 함으로써 옥순과 옥남 남매는 새로운 시대를 이끌어가기에 적합한 선진 지식과 경험을 갖춘 신세대 지도자이면서 일본이 조선을 보호하고 이끌어가며 전해주는 근대문물을 조선에 맞게 받아들이고 적용하는 데 앞장서는 역할을 부여받게 되는 것이다. 또 구전되던 〈최병도 타령〉의 민중주의적 비판의식과 새로운 정치질서를 긍정하는 이인직의 일본 중심의 조선근대화론이 절묘하게 결합될 수 있게 되었고, 자연스럽게 새로운 정치질서를 긍정함으로써 조선의 미래에 긍정적인 전망을 소설로 형상화할 수 있게 되었던 것이다.

이러한 창작 과정의 재구성은 작가 이인직이 지녔던 조선의 전통 질서에 대한 뿌리 깊은 불신과 조선의 전통 지배계층의 무능력에 대한 민중의 반감을 소설의 얼개를 빌어 조화시켰다는 것을 설명하는 데만 머물지는 않는다. 이인직의 이러한 상황 인식은 고스란히 당시 조선을 보호한다는 명분을 내세워 국권을 강탈하고 이를 합리화하기 위해 일본이 조선 민중에게 적극적으로 홍보했던 것, 그리고 다수의 친일인사와 소극적 민족주의자가 포섭되어버린 '무능력한 조선'이라는 이미지를 강화하는 통치전략과 구조적으로 동일하다는 점을 기억할 필요가 있다. 탐관오리의 탐학에 수탈당하고 미래에 대한 전망을 스스로 확보할 수 없을 정도로 생존의 위협을 받던 조선 민중에게 적합한 새로운 시대의 지배층은 더 이상 조선의 전통 지배층도, 조선의 구습을 자체적으로 개혁하려던 조선의 지식인 집단도 아니었다. 그 자리를 누구보다 먼저 적극적으로 서구 근대문명을 받아들여 합리적이고 제도적인 근대화를 이룬 일본이 맡아야 한다는 것은 자연스러운 결론이었다. 이 작품을 두고 작가 이인직이 지닌 조선 근대화 기획의 산물이라 하는 것도 이 때문이다.

이 작품은 신소설이라는 새로운 문학 양식으로 당대 조선이 처한 현실을 직시하고 올바른 응전전략을 수립할 수 있도록 민중을 계몽하려는 의도를 갖고 있던 많은 조선 지식인 가운데 한 사람이었던 이인직의 독특한 근대화 기획을 절묘한 소설 구조 속에 버무려놓은 것이라 하겠다. 비록 이 작품의 주제가 민족 주체성과 자유, 평등이라는 인류 보편의 가치를 구현하는 데서는 다소 멀어졌지만, 당대 조선의 지식인 가운데 한 사람이 지녔던 시대 인식과 그에 대한 나름대로의 정치기획을 근대적 소설의 의장 속에 담아내는 데 어느 정도의 성취를 이루었다는 점만큼은 값있게 보아야 할 것이다.

은세계

 겨울 추위 저녁 기운에 푸른 하늘이 새로이 취색한듯이* 더욱 푸르렀는데, 해가 뚝 떨어지며 북새풍이 슬슬 불더니 먼 산 뒤에서 검은 구름 한 장이 올라온다. 구름 뒤에 구름이 일어나고, 구름 옆에 구름이 일어나고, 구름 밑에서 구름이 치받쳐 올라오더니, 삽시간에 그 구름이 하늘을 뒤덮어서 푸른 하늘은 볼 수 없고 시커먼 구름 천지라. 해끗해끗한 눈발이 공중으로 회회 돌아 내려오는데, 떨어지는 배꽃 같고 날아오는 버들가지같이 힘없이 떨어지며 간곳없이 스러진다. 잘던 눈발이 굵어지고, 드물던 눈발이 아주 떨어지기 시작하며 공중에 가득 차게 내려오는 것이 눈뿐이요, 땅에 쌓이는 것이 하얀 눈뿐이라. 쉴 새 없이 내리는데, 굵은 체 구멍으로 하얀 떡가루 쳐서 내려오듯 솔솔 내리더니 하늘 밑에 땅 덩어리는 하얀 흰 무리떡 덩어리같이 되었더라.

 사람이 발 디디고 사는 땅 덩어리가 참 떡 덩어리가 되었을 지경이면 사람들이 먹을 것 다툼 없이 평생 떡만 먹고 조용히 살았을는지도 모를 일이나, 눈구멍 얼음 덩어리 속에서 꿈적거리는 사람은 다 구복口腹에 계

---

* 손질하고 닦아 윤을 낸.

관係關한 일이라. 대체 이 세상에 허유許由*같이 표주박만 걸어놓고 욕심 없이 사는 사람은 보두리 있다더라.

강원도 강릉 대관령은 바람도 유명하고 눈도 유명한 곳이라. 겨울 한철에 바람이 심할 때는 기왓장이 훌훌 날린다는 바람이요, 눈이 많이 올 때는 지붕 처마가 파묻힌다는 눈이라. 대체 바람도 굉장하고 눈도 굉장한 곳이나, 그것은 대관령 서편의 서강릉이라는 곳을 이른 말이요, 대관령 동편의 동강릉은 잔풍향양潺風向陽**하고 겨울에 눈도 좀 덜 쌓이는 곳이라. 그러나 일기도 망령을 부리던지 그날 눈과 바람은 서강릉도 이보다 더할 수는 없지 싶을 만하게 대단하였는데, 갈고봉〔帽峯〕이 짜그러지게 되고 경금 동네가 폭 파묻히게 되었더라. 경금은 강릉에서 부촌으로 이름난 동네라. 산 두메 사는 사람들이 제가 부지런하여 손톱, 발톱이 닳도록 땅이나 뜯어먹고 사는데, 푼돈 모아 양돈 되고, 양돈 모아 쾟돈 되고, 송아지 길러 큰 소 되고, 박토 긁어 옥토를 만들어서 그렇게 모은 재물로 부자 된 사람이 여럿이라. 그 동네 최본평 집이 있는데, 동네 사람들의 말이,

"저 집은 소문 없는 부자라. 최본평의 내외가 억척으로 벌어서 생일이 되어도 고기 한 점 아니 사먹고 모으기만 하는 집이라. 불과 몇 해 동안에 형세가 버썩 늘었다. 우리도 그 집과 같이 부지런히 모아보자."
하며 남들이 부러워하고 본받으려 하는 사람이 많은 터이라.

대체 최본평 집은 먹을 것 걱정 입을 것 걱정은 아니하는 집이라. 겨울에 눈이 암만 많이 오더라도 방 덥고, 배부르고, 등에 솜조각 두둑한 터이라. 그 눈이 내년 여름까지 쌓여 있더라도 한 해 농사 못 지어서 굶어 죽

---

* 요 임금이 왕위를 물려주려 했으나 자기의 귀가 더러워졌다며 강에 귀를 씻은 중국 전설상의 인물.
** 바람이 고요하며 해가 많음.

을까 겁날 것은 없고, 다만 겁나는 것은 염치없는 불한당이나 들어올까 그 염려뿐이라. 바람은 지동치듯* 불고 최본평 집 사립문 안에서 개가 콩 콩 짖는데, 밤사람의 자취로 아는 사람은 알았으나, 털 가진 짐승이라도 얼어 죽을 만하게 춥고 눈보라치는 밤이라, 누가 내다보는 사람은 없고 짖는 개만 목이 쉴 지경이라.

두메 부잣집도 좀 얌전히 잘 지은 집이 많으련마는 경금 최본평 집은 참 돈만 모으려고 지은 집인지 울타리를 너무 이심스럽게** 하였는데, 높이가 길반이나 되는 잔 참나무로 틈 하나 없이 튼튼하게 한 울타리가 옛날 각 골 옥담 쌓듯이 삥 둘렀는데, 앞에 사립문만 닫치면 송곳같이 뾰족한 수가 있는 도적놈이라도 뚫고 들어갈 수가 없이 되었더라. 그 울 안에 행랑이 있고 그 행랑 앞으로 지나가면 사랑이 있으나, 사립문 밖에서 보면 행랑이 가려서 사랑은 보이지 아니하니 여간 발씨 익은 과객이 아니면 그 집에 사랑 있는 줄은 모르고 지나가게 된 집이러라.

밤은 이경이 될락 말락 하였는데 웬 사람 오륙 인이 최본평 집 사립문을 두드리며 문 열어달라 소리를 지르나 앞에서 부는 바람이라, 사람의 목소리가 떨어지는 대로 바람에 싸여서 덜미 뒤로만 간다. 주인은 듣지 못한 고로 대답이 없건마는 문밖에서 문 열어달라 하는 사람은 골이 어찌 대단히 났던지 악을 써서 주인을 부르는데, 악 쓰는 아가리 속으로 눈 섞인 바람이 한입 가득 들어가며 기침이 절반이라. 사립문이나 부술 듯이 발길로 걷어차니 사립문 위에 얹혔던 눈과 문틈에 잔뜩 끼었던 눈이 푹 쏟아지며 사람의 덜미 위로 눈사태가 내려온다. 행랑방에서 기침 소리가

---

* 땅이 흔들리듯.
** 지나치게.

쿨룩쿨룩 나며 개를 꾸짖더니 무엇이라고 두덜두덜하며 나오는 것은, 최본평 집에서 두 내외 머슴 들어 있는 자이라. 바지춤 움키어 쥐고 버선 벗은 발에 나막신 신고 나가서 사립문을 여니 문밖에 섰던 사람이 골이 잔뜩 나서 누구든지 닥치는 대로 분풀이를 하려던 판이라. 와락 들어오며, 머슴놈을 훔쳐때리며 발길로 걷어차며, 무슨 토죄를 하는데, 머슴이 눈 위에 가로 떨어져서 살려달라고 빈다.

머슴의 계집은 웬 영문인지도 모르고 겁에 띄어서 행랑방 뒷문을 열고 버선발로 뛰어나서서 눈이 정강이까지 푹푹 빠지는 마당으로 엎드러지며 곱드러지며 안으로 들어가니 그때 안중문은 걸려 있는지라. 안 뒤꼍으로 들어가서 안방 뒷문을 두드리며,

"본평 아씨, 본평 아씨, 불한당이 들어와서 천쇠를 때려서 죽게 되었습니다."

하는 소리에 본평 부인이 베틀 위에서 베를 짜다가 북을 탁 던지고 일어나려 하나, 허리에 찬 베틀 끈이 걸려서 얼른 내려오지 못하고 겁결에 잠든 딸을 부른다.

"옥순아, 옥순아! 어서 일어나거라. 불한당이 들어온다!"

하며 일변으로 허리에 매인 베틀 끈을 끄르더니 방문을 열고 나가니, 자다가 깨인 옥순이는 어머니를 부르며 우나 부인이 대답도 아니하고 버선바닥으로 뛰어나가서 사랑문을 두드리며 남편을 부르는데, 본평 부인이 어렸을 때에 그 친정에서 듣고 보고 자라나던 말투이라.

"옥순 아버지, 옥순 아버지, 불한당이 들어온다 하니, 이를 어찌하잔 말이오?"

하며 벌벌 떠는 소리로 감히 크게 못하더라. 원래 그 집 사랑방에서 안으로 들어오는 문이 있는데 그 문은 앞뒤로 종이를 어찌 두껍게 발랐던지,

문밖에서 가만히 하는 소리는 방 안에서 자세히 들리지 아니하는지라 그 남편이 대답을 아니하고 부인이 그 말을 거푸거푸 한다. 그때 최본평은 덧문을 척척 닫고 자리 펴놓고 들기름 등잔에서 그을음이 꺼멓게 오르도록 돋워놓고 앉아서, 집뼘 한 뼘씩이나 되는 숫가지*를 늘어놓고 한 짐 두 뭇이니 두 짐 닷 뭇이니 하며 구실**돈 셈을 놓다가 문 두드리는 소리를 듣고 정신없이 아니 놓을 수 한 가지를 덜컥 더 놓으며 고개를 번쩍 드는데, 부인의 말소리가 최본평의 귓구멍으로 쏙 들어갔다.

(최)"응, 불한당이라니, 불한당이 어데로 들어와?"

하며 벌떡 일어나서 안으로 난 문을 와락 여는데, 부인은 문에 얼굴을 대고 섰다가, 문이 얼굴에 부딪혀서 부인이 애코 소리를 하며 푹 고꾸라지니, 최 씨가 문설주를 붙들고 내다보며 당황히 어, 어, 소리만 하고 섰는데, 그때 마침 행랑 앞에서 머슴을 치던 사람들이 사랑 앞으로 와서 마루 위로 올라서던 차이라. 안으로 난 문 여는 소리를 듣고 주인이 도망하려는 줄로 알고,

"들거라!"

소리를 하며 마루를 쾅쾅 구르고 들어오며 사랑 지게문을 열어젖히더니 제비같이 날쌘 놈이 번개같이 달려 들어오니, 본래 최본평은 도망하려는 생각이 아니라 불한당이 들어오는 줄로만 알고 안으로 들어가서 집안 사람들이 놀라지 아니하게 안심시키려던 차에, 부인이 얼굴을 다치고 넘어진 것을 보고 나가서 일으키려 하다가 사랑방에 그 광경 나는 것을 보고 도로 사랑으로 들어서며,

---

* 산가지의 잘못. 수를 계산하던 막대기.
** 세금.

"웬 사람들이냐?"

묻는데 그 사람들은 대답도 없고 최 씨를 잡아 묶어놓으며 사람의 정신을 빼는데, 최 부인은 그 남편이 곤경 당하는 소리를 듣고 얼굴 아픈 생각도 없고 내외할 경황도 없이 사랑방을 들여다보며 벌벌 떨고 섰는데, 나이 이십칠팔 세쯤 된 어여쁜 부인이라.

그날 밤에 최본평 집에 들어와서 야단치던 사람들은 강원 감영 장차將差인데 영문* 비관秘關**을 가지고 강릉 경금 사는 최병도崔秉陶를 잡으러 온 것이라. 최병도의 자는 주삼朱三이니 강릉서 누대 사는 양반이라. 시골 풍속에 동네 백성들이 벼슬 못한 양반의 집은 그 양반의 장가든 곳으로 택호宅號를 삼는 고로***, 최본평댁이라 하니 본평은 최병도 부인의 친정 동네라. 그때 강원 감사의 성은 정 씨인데, 강원 감사로 내려오던 날부터 강원 일도 백성의 재물을 긁어 들이느라고 눈이 벌게서 날뛰는 판에 영문 장차들이 각 읍의 밥술이나 먹는 백성을 잡으러 다니느라고 이십육 군 방방곡곡에 늘어섰는데, 그런 출사 한 번만 나가면 우선 장차들이 수나는 자리라.

장차가 최병도를 잡아놓고 차사례差使例****를 추어내는데, 염라국 사자 같은 영문 장차의 눈에 여간 최병도 같은 양반은 개 팔아 두 냥 반만치도 못하게 보고 마구 다루는 판이라 두 손목에 고랑을 잔뜩 채우고 차사례를 달라 하는데, 최 씨가 차사례를 아니 주려는 것이 아니라 여간 돈을 주마 하는 말은 장차의 귀에 들어가지도 아니하고, 제 욕심을 다 채우려든다.

---

* 감사가 직무를 보는 관아.
** 공문.
*** 장가간 곳 지명으로 집 이름을 삼음.
**** 원문에도 '차사례'로 되어 있어 '差使禮' 혹은 '差使例'로 잘못 이해할 수 있음. '차사예채差使例價'가 맞는 표현. 죄인이 차사에게 주던 뇌물.

대체 영문 비관을 가지고 사람 잡으러 다니는 놈의 욕심은, 남의 묘를 파서 해골 감추고 돈 달라는 도적놈보다 몇 층 더 극악한 사람들이라. 가령 남의 묘를 파러 다니는 도적놈은 겁이 많지마는 영문 장차들은 겁 없는 불한당이라. 더구나 그때 강원 감영 장차들은 불한당 괴수 같은 감사를 만나서 장교와 차사들은 좋은 세월을 만나 신이 나는 판이라. 말끝마다 순사도巡使道*를 내세우고 말끝마다 죄인 잡으러 온 자세를 하며 장차의 신발값을 달라고 하는데, 말이 신발값이지 남의 재물을 있는 대로 다 빼앗아 먹으려드는 욕심이라. 열 냥을 주마 하여도 코웃음이요, 백 냥을 주마 하여도 코웃음이요, 이백 냥 삼백 냥을 주마 하여도 코웃음인데, 그때는 엽전 시절이라, 새끼 밴 큰 암소 한 필을 팔아도 칠십 냥을 받기가 어렵고 좋은 봇돌논 한 마지기를 팔아도 삼사십 냥이 넘지 아니할 때이라.

　최 씨가 악이 버썩 나서 장차에게 돈 한푼 아니 주고 배기려만 든다. 장차는 죄인에게 전례돈** 뺏어먹기에 졸업한 놈들이라, 장교가 최 씨의 그 눈치를 채고 사령을 건너다보며,

　"이애 김달쇠야, 네가 명색이 사령이냐 무엇이냐? 우리가 비관을 메고 올 때에 순사도 분부에 무엇이라 하시더냐? 막중 죄인을 잡으러 가서, 만일 실포할*** 지경이면 너희들은 목숨을 바치리라 하셨는데, 지금 죄인을 잡아서 저렇게 헐후히 하다가 죄인을 잃으면, 우리들은 순사도께 목숨을 바치잔 말이냐? 우리들이 이런 장설壯雪을 맞고 이 밤중에 대관령을 넘어 올 때 무슨 일로 왔느냐? 오늘밤에 우리가 곤하게 잠든 후에 죄인이 도망할 지경이면, 우리들은 죽는 놈이다. 잘 알아차려라."

---

* '순사또'의 원말.
** 뇌물.
*** 죄인을 놓침.

그 말이 뚝 떨어지며 사령이 맞넉수*가 되어 신이 나서 그 말대답을 하며 달려들더니, 역적 죄인이나 잡은 듯이 최병도를 꼼짝 못하게 결박을 하는데 장차의 어미나 아비나 쳐 죽인 원수같이 최 씨의 입에서 쥐 소리가 나도록, 두 눈이 툭 솟도록, 은근히 골병이 들도록 동여매느라고 사랑방에서 새로이 살풍경이 일어나는데 안마당에서 본평 부인의 울음소리가 난다.

  (부인)"애고! 이것이 웬일인고! 이를 어찌하잔 말인고? 애고애고, 평생에 남에게 싫은 소리 한번 아니하고 사는 사람이 무슨 죄가 있어서 이 지경을 당하노? 애고애고, 하나님 하나님, 죄 없는 사람을 살게 하여 줍시사! 애고애고 여보, 옥순 아버지, 돈이 다 무엇이란 말이오? 영문 장차가 달라는 대로 주고 몸이나 성하게 잡혀가시오."

  하며 우는데 옥순이는 어머니를 부르며 악마구리같이 따라 운다. 최병도가 제 몸 고생하는 것보다 그 부인과 어린 딸의 마음을 위로하기 위하여 장차에게 돈 칠백 냥을 주기로 작정이 되었는데, 장차들의 욕심이 흠뻑하게 찼던지 결박하였던 것도 끌러놓을 뿐만 아니라, 맹세지거리를 더럭더럭 하며 말을 함부로 하던 입에서 말이 너무 공손히 나온다.

  (장교)"최 서방님, 아무 염려 말으시오. 우리가 영문에 가서 순사도께 말씀만 잘 아뢰면 아무 탈 없이 될 터이니 걱정 마시오. 들어앉으신 순사도께서 무엇을 알으시겠습니까? 염문廉問**하여 바친 놈들이 몹쓸 놈이지요. 우리가 들어가거든 호방 비장裨將 나리께도 달씀을 잘 여쭙고 수청 기생 계화더러도 말을 잘하여서 서방님이 무사히 곧 놓여 오시게 할 터이니

  ---

  * '맞적수'가 맞는 표현, 맞수.
  ** 사정을 모르게 물어봄.

우리만 믿으시오. 아따, 일만 잘되게 만들 터이니 호방 비장 나리께 약이나 좀 쓰고 계화란 년은 옷 하여 입으라고 돈 백 냥이나 집어주시구려. 아따, 요새 그년이 뽐내는 서슬에 호사 한번 잘 시키고 그 김에 계화란 년 상관이나 한번 하시구려. 촌에 사는 양반이 그런 때 호강을 좀 못 해보고 언제 하시겠소? 그러나 딴 구멍으로 청할 생각 말으시오. 원주 감영 놈들이란 것은 남의 것을 막 떼어먹으려드는 놈들이오. 누가 무엇이라 하든지 당초에 상관을 마시오. 서방님 같은 양반이 영문에 가시면 못된 놈들이 공연히 와서 지분지분할 터이니 부디 속지 마시오."

하더니 다시 사령을 건너다보며,

"이애, 사령들아! 너희들도 영문에 들어가거든 꼭 내가 시키는 대로 이렇게만 말하여라. 강릉 경금 사는 최본평이란 양반은 아까운 재물을 결딴냈더라. 그 어림없는 양반이 서울 가서 뉘 꾀임에 빠졌던지 지금 세상에 쩡쩡거리는 공사청公事廳 내시들의 노름하는 축에 가서 무엇을 얻어먹겠다고 그런 살얼음판에 들어앉아서 노름을 하였던지, 부자 득명하고 살던 재물을 죄 잃어버리고 아무것도 없다네. 대체 노름빚이 얼마나 되었던지 내시 집에서 노름빚을 받으려고 최본평이라는 그 양반 집으로 사람을 내려 보내서 전장 문서田莊文書를 죄다 뺏어가고 남은 것은 한 이십 간 되는 초가집 하나와 황소 한 필뿐이라 하니, 아무리 시골 양반이 만만하기로 남의 재물을 그렇게 뺏어 먹는 법이 있느냐? 하면서 풍을 치고 다니어라. 그러면 나는 호방 비장 나리께 들어가서 어떻게 말씀을 여쭙든지 열기 없이 속여넘길 터이다. 이애, 우리끼리 말이지 우리 영문 사또 귀에 최 서방님이 패가하셨다는 소문이 연방 들어갈 지경이면 당장에 백방하실 터이다. 또 요사이는 죄인이 어찌 많던지, 옥이 툭 터지게 되었으니 쓸데없는 죄인은 곧잘 놓으신다. 이애, 일전에도 울진 사는 부자 하나 잡혀왔을 때 너희들도 보았지? 그때 옥이 좁아서 가둘 데가 없다고 아뢰었더니 사또 분부에 허름한 죄인은 더러 내놓으라고 하시더니, 죄는 있고 없고 간에 거지 같은 놈은 다 내놓았더라. 이애들, 별말 말고 우리가 최 서방님 일만 잘 보아드리자. 우리들이 서방님 일을 이렇게 잘 보아드리는데 서방님께서 무슨 처분이 계시지, 설마 그저 계시겠느냐?"

그렇게 제게 당길심* 있는 말을 하면서 최 씨를 위하여줄 듯이 말을 하나, 최 씨가 도망 못하도록 잡도리하는 것은 처음과 조금도 다를 것이 없는지라.

그날 밤에는 그런 소요로 그럭저럭 밤을 새우고, 그 이튿날 장차의 전례돈을 다 구처하여 원주 감영으로 환전換錢을 부친 후에 최 씨를 앞세우고 곧 떠나려 하는데, 본래 최병도는 경금 동네에서 득인심한 사람이라 양반, 상인 없이 최 씨의 소문을 듣고 최 씨를 보러 온 사람이 많으나, 장차들이 최 씨를 수직하고 앉아서** 누구든지 그 방에 사람이 들어가지 못하게 하는 터이라. 본평 부인이 그 남편 떠나는 것을 좀 보고자 하여 그 종 복녜를 사랑으로 내보내서 장차에게 전갈로 청을 하는데 촌 양반의 집 종이 영문 장차를 어찌 무서워하던지 사랑 뜰에 우두커니 서서 말을 못한다. 그때 마침 동네 사람들이 최 씨를 보러 왔다가 보지 못하고 떠나갈 때에, 길에서 얼굴이나 본다 하고 최 씨 집 사립문 밖에서 서성거리고 있는 사람도 많은 터이라.

그중에 웬 젊은 양반 하나가 정자관程子冠 쓰고 시골 촌에서는 물표 다를 만한 가죽신 신고 서양목 옥색 두루마기에 명주로 안을 받쳐 입고, 얼

---

* 자기 편으로 끌어당김.
** 지키고 앉아서.

굴은 회오리밤 벗듯 하고, 눈은 샛별 같고, 나이는 삼십이 막 넘은 듯한
사람이 담뱃대 물고 마당에 섰다가, 복녀의 모양을 보고 복녀를 불러 묻
는다.

"이애 복녀야, 너 왜 거기 우두커니 서서 주저주저하느냐?"

(복녀)"아씨께서 서방님께 좀 뵈옵겠다고 사랑에 나가서 그 말씀 좀 하라
셔요."

관 쓴 양반이 그 말을 듣더니 사랑 마루 위로 썩 올라서면서 기침 한 번
을 점잖게 하며 사랑방 지게문을 뚝뚝 두드리며, 영문 장교더러 할 말이
있으니 잠깐 좀 내다보라 하니, 본래 영문 장차가 감사의 비관을 가지고
촌 양반을 잡으러 나가면 암행어사 출두나 한 듯이 기승스럽게 날뛰는 것
들이라 장교가 불미한 소리로,

"웬 사람이 어데를 와서 함부루 그리하느냐?"

하며 내다보기는 고사하고 사령더러 잡인들을 다 내쫓으라 하니, 사령 하
나가 문을 열어젖히며 와락 나오더니 관 쓴 양반의 가슴을 내밀며 갈범같
이 소리를 지르는데, 관 쓴 양반이 눈에서 불이 뚝뚝 떨어지도록 부릅뜨
고 호령 한마디를 하더니 다시 마당에 섰는 웬 사람을 내려다보며,

"이애 천쇠야, 너 지금 내로 이 동네 백성들을 몇이 되든지 빨리 모아
데리고 오너라."

하는데, 천쇠는 어젯밤에 장차들에게 얻어맞던 원수를 갚는다 싶은 마음
에 신이 나서 목청이 떨어지도록 소리를 지른다.

"아랫말 김 진사 댁 서방님께서 동네 백성들을 모으라신다. 빨리 모여
들어라."

하면서 사립문 밖으로 나가는데, 그때는 눈이 길길이 쌓인 때라. 일 없는
농군들이 최본평 집에 영문 장차가 나와서 야단을 친다 하는 소리를 듣고

구경을 하러 왔다가 장차가 못 들어오게 하는 서슬에 겁이 나서 못 들어오고 이웃 농군의 집에 들어앉아서 까마귀떼같이 지껄이고 있는 터이라.

"본평 댁 서방님이 영문에 잡혀가신다지?"

"그 양반이 무슨 죄가 있어서 잡아가누?"

"죄는 무슨 죄, 돈 있는 것이 죄이지."

"요새 세상에 양반도 돈만 있으면 저렇게 잡혀가니 우리 같은 상놈들이야 논마지기나 있으면 편히 먹고살 수 있나?"

"이런 놈의 세상은 얼른 망하기나 했으면……. 우리 같은 만만한 백성만 죽이지 말고 원이나 감사나 하여 내려오는 서울 양반까지 다 같이 죽는 꼴 좀 보게."

"원도 원이요, 감사도 감사어니와 저런 장차들부터 누가 다 때려죽여 없애버렸으면."

하면서 남의 일에 분이 잔뜩 나서 지껄이고 앉았던 차에 천쇠의 소리를 듣고 우 — 몰려나오면서 무슨 일이 있느냐 묻는데, 천쇠는 본래 호들갑스럽기로 유명한 놈이라 영문 장차가 김 진사 댁 서방님을 죽이는 듯이 호들갑을 부리며 어서 본평 댁으로 들어가자 소리를 어찌 황당하게 하던지, 농군들이, 자, 들거라! 소리를 지르고 최본평 집 사랑 마당에 들어오는데, 제 목소리에 제가 정신을 못 차릴 지경이라.

경금 동네가 별안간에 발끈 뒤집히며, 최본평 집에 무슨 야단났다 소문이 퍼지며 양반, 상인, 아해, 어른 없이 달음박질을 하여 최본평 집에 몰려오는데, 마당이 좁아서 나중에 오는 사람은 들어오지 못하고 사립문 밖에 서서 궁금증이 나서 서로 말 묻느라고 야단이라.

그때 최본평 집 사랑 마당에서는 참 야단이 난 터이라. 김 씨의 일 호령에 원주 감영 장차들을 마당에 꿇려 앉혔는데, 김 씨의 호령이 서리 같다.

(김) "너희들이 명색이 영문 장차라는 거냐? 영문 기세만 믿고 행악을 할 대로 하던 놈들은 내 손에 좀 죽어보아라. 민요民擾가 나면 원과 감사가 민요에 죽는 일도 있고, 군요軍擾가 나면 세도재상이 군요에 죽는 일이 있는 줄을 너희들이 아느냐? 내가 너희들에게 실체하기는 하였다. 너희들에게 할 말이 있으면 내 집 사랑에서 너희들을 불러서 이를 일이나, 지금 당장에 이 댁 최 서방님이 영문으로 잡혀가시는 터에 급히 너희들더러 청할 말이 있는 고로, 내가 여기 서서 방에 있는 너더러 좀 나오라 하였다가 내가 너희들에게 욕을 보았다. 오냐, 여러 말 할 것 없다. 너희들 같은 놈은 어데 가서 기승을 부리다가 남에게 맞아 죽는 일이 더러 있어야 이후에 다른 장차들이 촌에 나가서 조심하는 일이 생길 터이니, 오늘 너희들은 살려 보낼 수 없다."

하더니 다시 동네 백성들을 내려다보며,

(김) "이애, 이 동네 백성들 들어보아라. 나는 오늘 민요 장두狀頭*로 나서서 원주 감영 장차 몇 놈을 때려죽일 터이니, 너희들이 내 말을 들을 터이냐?"

경금 백성들이 신이 나서 대답을 하는데 마당이 와글와글한다.

(백성) "네, 소인들이 내일 감영에 다 잡혀가서 죽더라도 서방님 분부 한마디만 있으면 무슨 일이든지 하라시는 대로 거행하겠습니다."

(김) "응, 민요를 꾸미는 놈이 살 생각을 하여서는 못쓰는 법이라. 누구든지 죽기를 겁내는 사람이었거든 여기 있지 말고 나가고, 나와 같이 강원 감영에 잡혀가서 죽을 작정 하는 사람만 나서서 몽둥이 하나씩 가지고 장차들을 막 패 죽여라."

---

* 여러 사람이 서명한 소장訴狀이나 청원장請願狀의 맨 첫머리에 이름을 적는 사람.

그 소리 뚝 떨어지며 동네 백성들이 몽둥이는 들었든지 아니 들었든지 아우성 소리를 지르며 장차에게로 달려드는데. 장차의 목숨은 뭇 발길에 떨어질 모양이라.

사랑방에 앉았던 최병도는 발바닥으로 뛰어 내려오고, 안중문 안에서 중문을 지키고 서서 내다보던 본평 부인은 내외가 다 무엇인지 불고염치하고 뛰어나와서 장차들을 가리고 서고, 최 씨는 동네 백성을 호령하여 나가라 하나, 호령은 한 사람의 목소리요, 아우성 소리는 여러 사람의 목소리라. 앞에 선 백성은 멈추고 있으나, 뒤에서는 물밀듯 밀고 들어오는데 장차들은 어찌 위급하던지 본평 부인의 뒤에 가 서서 벌벌 떨며 살려달라 소리만 한다. 최병도가 동네 백성이 손에 들고 있는 지게 작대기를 쑥 뺏어 들고 백성을 후려 때리려는 시늉을 하나 백성들이 피할 생각은 아니하고 섰으니, 그때 마루 위에 섰던 김 씨가 동네 백성들을 내려다보며,

(김) "이애, 그리하여서는 못쓰겠다. 장차들을 이 댁 사랑 마당에서 때려죽일 것이 아니라, 내 집 사랑 마당으로 잡아다가 죽이든지 살리든지 하자."

마당에 섰던 백성들이 일변 대답을 하며 그 대답 소리에 이어서 소리를 지른다.

"저놈들을 잡아가지고 김 진사 댁 마당으로 가자!"
하더니 장차를 붙들러 우우 달려드니, 장차가 최본평 집 안중문으로 뛰어들어가는데, 본평 부인이 뒤에 따라 들어가며 중문을 닫아건다. 최 씨가 사랑 마루 위로 올라가며 김 씨의 손목을 턱 붙들고 웃으면서,

(최) "여보게 치일이, 자네가 무슨 해거駭擧*를 이렇게 하나? 동네 백성

* 괴상하고 얄궂은 짓.

들을 내보내고 방으로 들어가세."

하더니 최 씨가 일변 동네 사람들더러 다 나가라고 다시 천쇠를 불러서 사립문을 안으로 걸라 하고, 장차들은 행랑방에 들여앉히라 하고 최 씨는 김 씨와 같이 사랑방으로 들어가는데, 장차들은 목숨 산 것만 다행히 여겨서 최 씨의 하라는 대로만 하는 터이라. 천쇠를 따라 행랑방으로 나가 앉아서, 감히 사립문 밖으로 나갈 생각을 못하고 천쇠에게 첨을 하느라고 죽을 애를 쓴다. 그때 김 씨는 최 씨의 사랑방에 앉아서 단둘이 공론이 부산하다.

(김) "여보게 주삼이, 자네나 나나 여기 있다가는 며칠이 못되어 큰일이 날 터이니 우리들이 서울이나 가서 있다가 이 감사 갈린 후에 내려오세."

(최) "자네는 이번에 일을 장만한 사람이니 불가분 좀 피하여야 쓰려니와, 나는 어데 갈 생각은 조금도 없으니 자네만 어데로 피하게."

(김) "자네가 아니 피할 까닭이 무엇인가?"

(최) "응, 자네는 이번에 이 일을 석 삭 동안만 피하면 그만이라, 자네같이 논 한 마지기 없이 가난으로 패호牌號*한 사람을 감영에서 무엇을 얻어 먹겠다고 두고두고 찾겠나? 나는 돈냥이나 있다고 이름 듣는 사람이라 이 감사가 갈려 가더라도 또 감사가 내려오고, 내가 타도에 가서 살더라도 그 도에도 감사가 있는 터이라. 돈푼이나 있는 백성은 죄가 있든지 없든지 다 망하는 이 세상에 내가 가면 어데로 가며, 피하면 어느 때까지 피하겠나, 응? 뺏으면 뺏기고, 죽이면 죽고, 당하는 대로 앉아 당하지. 말이 났으니 말이지, 백성이 이렇게 살 수 없이 된 나라가 아니 망할 수가 있나, 응? 말을 하자 하면 하루 이틀 한 달 두 달에 다 못할 일이라. 그 말은

* 남들이 부르는 좋지 못한 별명.

그만두고 우리들의 일 조처할 말이나 하세. 자네는 돈 한푼 변통하기 어려운 사람인데, 이번에 망나니 같은 감사에게 미움받을 짓을 하고 여기 있을 수야 있나? 그러나 어데로 가든지 돈 한푼 없이 어찌 나서겠나? 내가 표 하나를 써서 줄 터이니 내 마름을 불러서 이 돈을 찾아가지고 어데든지 잘 가 있게. 나는 이 길로 장차를 따라서 영문으로 잡혀갈 터일세."

하면서 엽전 천 냥 표를 써서 김 씨를 주고 벌떡 일어나며,

"응, 친구도 작별하려니와 우리 마누라도 좀 작별하여야 하겠네."

하더니 안으로 들어가는데, 김 씨는 앞에 놓인 돈표를 거들떠보지도 아니하고 고개를 푹 수그리고 한참 동안을 앉았다가 고개를 번쩍 들며,

(김) "응, 그럴 일이야. 주삼이 떠나는 꼴은 보아 무엇하게?"

하더니 돈표를 집어서 부시 쌈지 속에 넣고 안으로 향하여 소리 한마디를 꽥 지른다.

(김) "여보게 주삼이, 나는 먼저 가네. 죽는 놈은 죽거니와 사는 놈은 살아야 하느니, 세상이 망할 듯하거든 흥할 도리 하는 사람이 있어야 쓰는 법이라. 다 각각 제 생각 도는 대로 하여보세."

하면서 나가는데, 최 씨는 안에서 목소리를 크게 하여 외마디 대답이라,

(최) "어, 알아들었네. 잘 가게그려!"

하는 말이 최 씨와 김 씨 두 사람만 서로 알아들을 뿐이라. 김 씨는 어디든지 멀리 달아날 작정이요, 최 씨는 감영으로 잡혀갈 마음으로 그 부인을 작별하는데, 부인이 울며,

(부인) "여보 옥순 아버지, 무슨 죄가 있어서 원주 감영에서 잡으러 내려왔소?"

(최) "응, 죄는 많이 지었지."

부인이 깜짝 놀라면서,

(부인) "여보, 그것이 무슨 말씀이오? 무슨 죄를 그렇게 많이 지으셨단 말이오? 열 길 물속은 알아도 한 길 사람의 속은 모른다더니 나는 내외간이라도 그러실 줄은 몰랐소그려. 삼순구식三旬九食을 못 얻어먹는 사람이라도 제 마음만 옳게 가지고 그른 일만 아니하고 있으면 어느 때든지 한때가 있을 것이요. 만일 그른 마음을 먹고 남에게 적악을 하든지 나라에 죄될 일을 할 지경이면 하늘이 미워하고 조물이 시기하여 필경 그 죄를 받을 것이니, 사람이 죄를 짓고 죄 받는 것을 어찌 한탄한단 말이오? 말으시오, 말으시오. 무슨 죄를 짓고 저 지경을 당하시오?"

(최) "응, 죄를 나 혼자 지었다구? 두 내외 같이 지었지."

(부인) "여보, 남의 애매한 말 말으시오. 나는 철난 후로 죄될 일을 한 것 없소. 손톱발톱이 닳도록 벌어놓은 재물을 애껴 먹고 애껴 쓰면서 배고픈 사람을 보면 내 배를 덜 채우고 한술 밥이라도 먹여 보내고, 동지섣달에 살을 가리지 못하고 얼어 죽게 된 사람을 보면 내가 입던 옷 한 가지라도 입혀 보내고 손톱만치도 사람을 속여본 일도 없고 털끝만치도 남을 해치려는 마음을 먹은 일이 없소. 없소, 없소, 죄될 일은 아무것도 한 것 없소. 여보시오, 여편네라고 업신여기지 말으시고 내 말 좀 들어보시오. 죄될 일을 하실 때에 하나님 버력도 무섭지 아니하고 귀신의 앙화도 겁내지 아니하더라도 처자가 부끄러워서 죄될 일을 어찌하셨단 말이오? 영문에서까지 알고 잡으러 온 터인데 나 하나만 기이면* 무엇하오?"

(최) "응, 마누라는 죄를 지어도 알뜰히 잘 지었지. 우리 죄는 두 가지 죄이라, 한 가지는 재물 모은 죄요, 한 가지는 세력 없는 죄."

(부인) "여보, 그것이 무슨 죄란 말이오?"

---

* 숨기고 바른 대로 말하지 않음.

(최) "응, 우리나라에서는 녹피에 가로왈자같이 법을 써서 죽이고 싶은 사람이 있으면 없는 죄를 만들어 뒤집어씌우고, 살리고 싶은 사람이 있으면 있는 죄도 벗겨주는 세상이라. 이러한 세상에 재물을 가진 백성이 있으면, 그 백성 다스리는 관원이 그 재물을 뺏어 먹으려고 없는 죄를 만들어서 남을 망해놓고 재물을 뺏어 먹는 세상이니 그런 줄이나 알고 지내오. 그러나 마누라가 지금 태중이라지? 언제가 산월이오?"

(부인) "⋯⋯."

(최) "아들이나 낳거든 공부나 잘 시켜야 할 터인데⋯⋯."

(부인) "여보, 그런 말씀은 지금 할 말이 아니오. 몇 달 후에 낳을 어린 아이의 말과 몇 해 후에 그 아이 공부시킬 일을 왜 지금 말씀하신단 말이오? 옥순 아버지가 영문에 잡혀가시더라도 죄 없는 사람이라, 가시는 길로 놓여나오실 터이니, 왕환*하는 동안이 불과 겨칠이 되겠소? 집의 일은 걱정 말으시고 부디 몸조심하여 속히 다녀오시오."

(최) "응, 그도 그러하지. 그러나 내가 객기가 많고 성품이 이상한 사람이야. 요새 세상에 돈만 많이 쓰면 쉽게 놓여나오는 줄은 알지마는 나라를 망하려고 기를 버럭버럭 쓰는 놈의 턱 밑에 돈표를 써서 들이밀고 살려달라, 놓아달라, 그따위 청 하고 싶은 마음은 없는걸. 죽이거나 살리거나 제 할 대로 하라지."

(부인) "여보시오, 그것이 무슨 말씀이오? 쉽게 놓여나올 도리만 있으면 영문에 잡혀가던 그날 그 시로 놓일 도리를 하실 일이지, 딴생각을 하실 까닭이 있소? 재물이 다 무엇이란 말이오? 우리 재물을 있는 대로 다 떨어주더라도 무사히 놓여나올 도리만 하시오. 여보, 재물은 없더라도 부지

---
* 갔다옴.

런히 벌기만 하면 굶어 죽지는 아니할 터이니 재물을 아끼지 말고 몸조심만 잘하시오. 만일 우리 세간을 다 떨릴 지경이어든 사랑에서는 기직*도 매고 짚신도 삼으시고, 나는 베도 짜고 방아품도 팔았으면 호구**하기는 염려 없을 터이니, 먹고살 걱정을 말으시고 영문에서 횡액만 아니 당할 도리만 하시오."

"허허허, 좋은 말이로구. 마누라는 마음을 그렇게 먹어야 쓰지. 내 마음은 어떻게 들어가든지 되어가는 대로 두고 봅시다. 자, 두말 말고 잘 지내오. 나는 원주 감영으로 가오."

하면서 벌떡 일어나서 나가더니 영문 장차들을 불러서 당장에 길을 떠나자 하니 장차들은 혼이 떴던 끝이라, 최 씨 덕에 살아난 듯하여 별안간에 소인小人을 개올리며 말을 한다.

(장차) "소인들은 이번에 서방님 덕택에 살았습니다. 소인 등이 서방님을 못 잡아가고 소인 등이 영문 사또 장하***에 죽는 수가 있더라도 소인들만 들어갈 터이오니 이 동네에서 무사히 잘 나가도록만 하여줍시오."

(최) "너희 말도 고이치 아니한 말이다마는 그렇게 못될 일이 있다. 너희들이 나를 잡아가지 아니할 지경이면 너희들이 발뺌을 하느라고 경금 동네 백성들이 소요 부리던 말을 다 할 터이니 너희 영문 사또께서 그 말을 들으시면 경금 동네는 뿌리가 빠질 터이라. 차라리 나 한 몸이 잡혀가서 죽든지 살든지 당할 대로 당하고 동네 백성들이나 부지하게 하는 일이 옳은 일이라. 너희들이 나를 고맙게 여길진대 이 동네 백성들을 부지하게 하여다고. 또 실상으로 말할진대 경금 동네 백성들이야 무슨 죄가 있느

---

* 짚을 엮은 자리.
** 입에 풀칠을 함, 끼니를 이음.
*** 장형을 받음.

냐? 김 진사 댁 서방님이 시키신 일인데, 그 양반은 벌써 어데로 도망하였을는지 이 동네에 있을 리가 만무한 터이라. 죄 지은 사람은 어데로 도망하였는데 무죄한 여러 사람에게 그 죄가 미쳐서야 쓰느냐? 그러나 관속*이라는 것은 믿을 수 없는 것이라. 너희들이 이 동네 있을 때는 좋은 말로 내 앞에서 대답하였더라도 영문에 들어가면 필경 만만한 경금 동네 백성들을 결딴내려들 줄을 내가 짐작한다. 만일 너희들이 내 말대로 아니할 지경이면 나는 너희들이 내 집에 와서 작폐作弊하던 말을 낱낱이 하고, 내가 너희들에게 차사례 뺏기던 일도 낱낱이 하여 너희들을 순사도 눈밖에 나도록 말할 터이니 너희들은 너희 몸의 이해를 생각하여 나 하나만 잡아가고 경금 동네 백성들에게는 일없도록만 하여다고. 그러나 너희들이 하룻밤이라도 이 동네 있는 것이 부지러운 일이니, 날이 저물었더라도 지금으로 떠나가자."

하더니 장차는 앞에 서고 최 씨는 뒤에 서서 사랑 마당으로 나가는데 안중문간에서 부인과 옥순의 울음소리가 난다. 부인이 한참 동안을 정신없이 울다가 옥순이를 데리고 사립문 밖으로 나가더니, 그 남편 간 곳을 우두커니 바라보고 섰는데 남편은 간곳없고 대관령만 높았더라.

원주 감영에 동요가 생겼는데, 그 동요가 너무 괴악한 고로, 아이들이 그 노래를 할 때마다 나 많은** 사람들이 꾸짖어서 그런 노래를 못하게 하나 철모르는 아이들이 종종 그 노래를 한다.

내려왔네, 내려왔네, 불가사리가 내려왔네.

---

* 지방 관청의 관리와 하인.
** 나이 많은.

무엇하러 내려왔나, 쇠 잡아먹으러 내려왔네.

그런 노래 하는 아이들은 무슨 의미인지 모르고 하는 노래이나, 듣는 사람들은 불가사리라 하는 것이 감사를 지목한 말이라 한다.

그것은 무슨 곡절인고? 거짓말일지라도 옛날에 불가사리라 하는 물건 하나가 생겨나더니 어디든지 뛰어다니면서 쇠란 쇠는 다 집어먹은 일이 있었다 하는데, 감사가 내려와서 강원도 돈을 싹싹 핥아먹으려드는 고로 그 동요가 생겼다 하는지라. 이때 동요는 고사하고 진남문 밖에 익명서가 한 달에 몇 번씩 걸려도 감사는 모르는 체하고 저 할 일만 한다.

그 하는 일은 무슨 일인고? 긁어서 바치는 일이라. 긁기는 무엇을 긁으며 바치기는 어디로 바치는고? 강원 일도에 먹고사는 재물을 뺏어다가 서울 있는 상전들에게 바치는 일이라. 상전이라 하면 강원 감사가 남의 집에 문서 있는 종이 아니라 무서워하기를 상전같이 알고 믿기를 상전같이 믿고 섬기기를 상전같이 섬기는데 그 상전에게 등을 대고 만만한 사람을 죽여내는 판이라.

대체 그런 상전 섬기기는 어렵고도 쉬운 터이라. 어려운 것은 무엇인고? 만일 백성를 위하여 청백리 노릇만 하고 상전에게 바치는 것이 없을 지경이면 가지고 있는 인印 꼭지를 며칠 쥐어보지 못하고 떨어지는 터이요, 또 전정이 막혀서 다시 벼슬이라도 얻어 하여볼 수가 없는 터이라. 그런고로 그 상전 섬기기가 어렵다 하는 것이라.

쉬운 것은 무엇인고? 우물고누 첫수*로 백성의 피를 긁어 바치기만 잘

* '우물고누'는 놀이의 하나인 고누의 일종. 'ㅓ'의 네 귀를 둥근 원으로 막고 한쪽 귀를 터놓은 판에 각각 말 두 개씩을 서로 먼저 가두면 이긴다. 먼저 두는 사람이 첫수에 가두지는 못한다. 여기에서 '우물고누 첫수'는 '관리로 임명되어 임지에서 처음 하는 일'이라는 의미로 쓰임.

하면 그만이라. 이때 강원 감사가 그 일을 썩 쉽게 잘하는 사람인데 또 믿을 만한 상전도 많은지라. 많은 상전을 누구누구라고 열명을 할진대*, 종문서같이 상전 문서장이나 있어야 그 상전을 다 기억할지라. 세도재상도 상전이요, 별입시別入侍도 상전이요, 긴한 내시도 상전이요, 그 외에도 상전낱**이나 있는데, 그중에 믿을 만한 상전 하나가 있다.

상전 부모라 하니 '어머니 어머니' 불렀으면 좋으련마는 원수의 나이 어머니라기는 남이 부끄러울 만한 터인 고로, '누님 누님' 하는 여상전女上典이라. 그 상전의 힘으로 감사도 얻어 하고 그 상전의 힘을 믿고 백성의 돈을 불한당질하는데, 그 불한당 밑에 졸개 도적은 줄남생이 따르듯*** 하였더라.

강원 감영 아전은 본래 사람의 별명 잘 짓기로 유명한 사람들이라. 감사의 식구를 별명 지은 것이 있었는데 썩 골고루 잘 모인 모양이라.

순사도는 쇠귀신
호방 비장은 구렁이
예방 비장은 노랑 수건
병방 비장은 소경 불한당
공방 비장은 초라니
회계 비장은 갈강쇠
별실 마마는 계집 망나니

---

* 이름을 일일이 들어 말함.
** 상전 같지도 않은 이들이 상전 행세를 함을 비아냥거려 표현한 말.
*** 거북과 비슷하게 생긴 남생이들이 주욱 늘어 앉아 볕을 쬐는 모양처럼 줄줄이 따르는 모습을 가리키는 표현.

수청 기생은 불여우

　별명은 다 다르나, 심정은 똑같은 위인이라. 무슨 심정이 같으냐 할 지
경이면 괴수나 졸개나 불한당질할 마음은 일반이라. 대체 잔치하는 집에
떡 부스러기, 국수 갈고랑이, 실과 낱 헤어지듯이, 감사가 돈 먹는 서슬에
여간 청 거간居間*이나 한두 번 얻어 하면 큰 돈머리는 감사가 다 집어먹
고 거간꾼은 중비**만 얻어먹더라도 수가 문청문청*** 난 사람이 몇인지
모르는 판이라. 감사도 눈이 벌겋고 조방꾸니****도 눈이 벌게 날뛰는데,
강원도 백성들은 세간이 뿌리가 쑥쑥 빠질 지경이라. 강원 감영 선화당
마당에는 형장 소리가 끊어지지 아니하고 선화당 위에는 풍류 소리가 끊
어질 새가 없다. 꽃 같은 기생들이 꾀꼬리 소리 같은 목청으로 약산동대
야지러진 바위를 부르면서***** 옥 같은 손으로 술잔을 드리는데, 수염이
희끗희끗한 늙은이가 웬 계집을 그렇게 좋아하던지 침을 께******에 흘리
며 기생의 얼굴만 쳐다보며, 술잔을 받아먹는 감사의 얼굴도 구경 삼아
한번 쳐다볼 만하다.

　거문고는 두덩실, 양금은 증지당, 피리는 닐리리, 장구는 꿍 하는데, 꽃
밭에 흩날리는 나비같이 너울 너푼 너푼 너울 춤추는 것은 장번長番 수청
기생 계화라. 때때로 여러 기생들이 지화자 부르는 소리는 꾀꼬리 세계

* 중간에서 일이 되도록 도움.
** '중개비'를 의미함.
*** '뭉청뭉청'으로 표기해야 맞음. 어떤 물건의 부분이 대번에 큼직하게 잇따라 잘리거나 끊어지거나 허
물어지는 모양. 여기서는 큰 수가 여럿 자주 생긴다는 의미.
**** 오입판에서 잔심부름하는 사람.
***** '약산동대藥山東臺 야지러진 바위를 부르면서'는 〈권주가勸酒歌〉의 한 소절.
****** '께'는 게지레(침을 지저분하게 흘리는 모양)로 표기해야 맞음. 여기서는 탐욕을 부린다는 의미.

에 야단이 난 것 같다.

감사는 놀이에 흥이 날 대로 나고 기생에게 정신이 빠질 대로 빠지고 그중에 술이 얼근하여, 산둥〔山東〕이 대란하더라도 심상한 판이라. 산둥은 남의 나라 땅이어니와 우리나라 영동이 대란하더라도 심상하여 그 놀음 놀이만 하고 있을 터이라. 그런 때는 영문에 무슨 일이 있든지 아전들이 그 일을 감사에게 거래를 아니하고 그 놀이 끝나기를 기다리든지 그 이튿날 조사 끝에 품하든지 하지마는, 만일 감사에게 제일 긴한 일이 있으면 불류시각不留時刻하고 품하는 터이라*.

목청 좋은 급창及唱**이가 섬돌 위에 올라서서 웅장한 소리를 쌍으로 어울러서,

"강릉 출사 갔던 장차 현신 아뢰오."

하는 소리에 감사의 귀가 번쩍 트여서 내다본다. 풍류 소리가 별안간에 뚝 그치고 급창의 청령聽令 소리가 연하여 높았더라.

"형방 영리 불러라. 강릉 경금 사는 최병도 잡아들여라. 빨리 거행하여라."

영이 뚝 떨어지며 사령들은 일변 긴대답을 하며 풍우같이 몰려 들어오고, 최병도는 난전亂廛 몰려 들어오듯 잡혀 들어오는데, 영문이 발끈 뒤집힌다. 죄는 있고 없고 간에 최병도의 간은 콩만 하게 졸아지고 감사의 간잎은 자라 몸뚱이같이 널브러진다. 콩만 하게 졸아지는 간은 겁이 나서 그러하거니와, 자라 몸뚱이같이 널브러지는 간은 무슨 곡절인고? 흥이 날 대로 나서 조개 입술 내밀듯이 너울거리고 있다.

---

* 잠시도 지체하지 않고 말함.
** 관아에서 부리는 사내종.

감사의 마음은 범이 노루나 사슴이나 잡아놓은 듯이 한밥 잘 먹겠다 싶은 생각에 흥이 나고, 최병도의 마음은 우렁이가 황새나 왜가리나 만나서 이제는 저놈에게 찍히겠다 싶은 생각에 겁이 잔뜩 난다.

사령辭令* 좋은 형방 영리는 감사의 말을 받아서 내리는데 최병도의 죄목이라.

"여보아라, 최병도, 분부 듣거라. 너는 소위 대민 명색으로 부모에게 불효하고 형제에게 불목하니 천지간에 용납지 못할 죄라, 풍화소관風化所關**에 법을 알리겠다."

하는 선고宣告이라 좌우에 늘어선 사령들은 분부 듣거라 소리를 영문이 떠나가도록 지르는데, 여간 당돌한 사람이 아니면 정신을 차릴 수 없는지라. 최병도가 그 말을 듣고 기가 막혀서 땅을 두드리며 대답을 하는데, 본래 글 잘하는 사람이라, 말을 내뱉을 때마다 문자이요, 문자마다 새겨서 말을 한다.

(최) "옛말에 하였으되, 아버지가 나를 낳으시고, 어머니가 나를 기르셨으니, 은혜를 갚고자 할진대, 호천망극이라〔父兮生我, 母兮鞠我, 欲報之德, 昊天罔極〕하였으니, 부모의 은혜를 갚지 못한 사람은 천지간 죄인이라. 그러한즉 생은 부모의 은혜를 갚지 못하였으니 그런 죄가 어데 있겠습니까? 생의 모친이 초산에 생을 낳고 해산 후더침으로 생의 삼칠일 안에 죽었는데, 생의 부친이 생을 기르느라고 앞뒷집으로 안고 다니며 젖을 얻어먹이다가 생의 자라는 것을 못 보고 생의 돌 전에 죽고, 생은 이모의 손에 길렸사온즉, 생이 장성한 후에 생의 손으로 죽 한 모금 밥 한 술을 부모께

---

* 겉치레 말.
** 세상 풍습을 잘 교화하는 것.

봉양치 못하였으니 그런 불효가 천지간에 또 어데 있겠습니까? 다섯 가지 형법에 죄가 불효보다 더 큰 것이 없다〔五刑之屬三千而罪莫大於不孝〕하였으니 생이 부모의 은혜를 갚지 못한 그런 큰 죄를 어찌 면코자 하겠습니까? 또 옛말에 형제가 이미 화합하여야 화락하고 또 즐겁다〔兄弟旣翕和樂且湛〕하였는데, 생은 본래 삼대독자로, 자매도 없는 사람이라 단독 일신이 혈혈고 고혈孤孤하여 평생에 우애라고는 모르고 지냈으니 그런 부제不悌*가 또 어데 있겠습니까? 생이 효도 못하여보고 우애도 못하여보았으니 불효부제의 죄목이 생에게 원통치는 아니하나 그런 죄는 생이 짐짓 지은 것이 아니요, 하늘이 지어주신 죄이니 순사도께서 생의 죄를 어떻게 다스리시고 법을 어떻게 알리시려는지 모르거니와 죄가 있는지 없는지 의심나는 것은 오직 가벼웁게 다스린다〔罪疑惟輕〕는 말이 있사오니 순사도께서는 밝은 법으로 다스려주시기를 바랍니다.”

그렇게 하는 말이 폭포수 떨어지듯 쉴 새 없이 나오는데 듣고 보는 사람들이,

“최병도가 죄 없는 사람이라.”

“애매히 잡혀 온 사람이라.”

“그 정경이 참 불쌍한 사람이라.”

하며 수군거리는 소리는 사람마다 있는 측은한 마음에서 나오는 말이라. 그러나 그중에 측은한 마음이 조금도 없는 사람은 감사 하나뿐이라 부끄러운 생각이 있던지 얼굴이 벌게지며 두 볼이 축 처지도록 율기律己**를 잔뜩 뽐고 앉아서 불호령을 하는데, 최병도의 조목은 새 죄목이라. 무슨

* 공손하지 못함.
** 안색을 엄정히 함.

죄가 삽시간에 생겼는고? 최 씨는 순리로 말을 하였으나 감사는 그 말을 듣고 관정발악官庭發惡*한다 하면서, 형틀을 들여라, 별 형장別刑杖을 들여라, 집장사령을 골라 세라 하는 영이 떨어지며, 물 끓듯 하는 사령들이 이리 몰려가고 저리 몰려가고 갈팡질팡하더니, 일변 형틀을 들여놓으며 일변 산장散杖**을 끼었더니, 최병도를 형틀 위에 동그랗게 올려 매고 형문刑問을 친다. 형방 영리는 목청을 돋워서 첫 매부터 피를 묻혀 올리라 하는 영을 전하는데, 형문 맞는 사람은 고사하고 집장사령이 죽을 지경이라. 사령은 젖 먹던 힘을 다 들여 치건마는 감사는 헐장한다고 벼락령이 내린다. 집장사령의 죽지를 떼어라, 오금을 끊어라 하는 서슬에 집장사령이 머질을 어떻게 몹시 하였던지 형문 한 치에 최병도가 정신이 있을락 없을락 할 지경인데, 그러한 최병도를 큰칼을 씌워서 옥중에 내려 가두니 그 옥은 사람 하나씩 가두는 별옥이라. 별옥이라 하면 최 씨를 대접하여 특별히 편히 있을 곳에 가둔 것이 아니라 부자를 잡아 오면 가두는 곳이 따로 있는 터이라.

무슨 까닭으로 별옥을 지었으며 무슨 까닭으로 부자를 잡아 오면 따로 가두는고? 대체 그 감사가 백성의 돈 뺏어 먹는 일에는 썩 솜씨 있는 사람이라. 별옥이 몇 간이나 되는 옥인지, 부민富民을 잡아 오면 한 간에 사람 하나씩 따로따로 가두고 뒤로 사람을 보내서 으르고 달래고 꼬이고 별 농락을 다하여 돈을 우려낼 대로 우려내는 터이라.

최병도가 그런 옥중에 여러 달 동안을 갇혀 있는데 장처***가 아물만 하면 잡혀 들어가서 형문 한 치씩 맞고 갇히나, 그러나 최 씨는 종시 감사

* 심문 받는 사람이 반발을 함.
** 여러 형장刑杖을 죄인 앞에 벌여놓는 것.
*** 매 맞은 자리.

에게 돈 바치고 놓여 나갈 생각이 없고 밤낮으로 장독 나서 앓는 소리와 감사를 미워서 이 가는 소리뿐이라. 옥중에서 그렇게 세월을 보내는데 엄동설한에 잡혀갔던 사람이 그 이듬해가 되었더라.

하지* 머리에 비가 뚝뚝 떨어지며 시골 농가에서는 눈코 뜰 새 없이 바쁜 터이라. 밀보리 타작을 못 다 하고 모심기 시작이 되었는데, 강릉 대관령 밑 경금 동네 앞 논에서 농부가가 높았더라. 보리곱삶이 댓 되 밥을 먹은 후에 곁두리로 보리 탁주를 사발로 퍼먹은 농부들이 북통 같은 배를 질질 끌고 기역자로 꾸부리고 서서 왼손에 모춤을 들고 오른손으로 모포기를 찢어 심으며 뒷걸음을 슬슬 하여 나가는데 힘들고 괴로운 줄은 조금도 모르고 흥이 나서 소리를 한다. 그 소리는 선소리꾼이 당장 지어 하는 소리인데 워낙 입담이 썩 좋은 사람이라. 서슴지 아니하고 소리를 메기는데 썩 듣기 좋게 잘하는 소리러라.

서 마지기 방석 밤이 산골 논으로는 제법 크다, 여허 여허 어여라 상사디야.
한 일자로 늘어서서 입 구자로 심어가세, 여허 여허 어여라 상사디야.
불볕을 등에 지고 진흙물에 들어서서 이 농사를 지어서 누구하고 먹자 하노? 여허 여허 어여라 상사디야.
하나님이 사람 내고 땅님이 먹을 것 내서 우리 생명 보호하니 부모 같은 덕택이라, 여허 여허 어여라 상사디야.
신농씨 교육받아 논밭 풀어 농사하고 수인씨 법을 받아 화식한 이후에는 사람 생애 넉넉하여 퍼지느니 인종일세, 여허 여허 어여라 상사디야.
쟁반 같은 논배미에 지뼘 한 뼘 물을 싣고 어레미 같은 써렛발로 목침 같

* 24절기의 하나. 낮이 가장 긴 날.

은 흙덩이를 팥고물같이 풀어놓았네. 여허 여허 어여라 상사디야.

흙 한 덩이에 손이 가고 벼 한 포기에 공이 드니 이 공덕을 생각하면 쌀 한 톨을 누구를 주며 밥 한 술을 누구를 줄까? 여허 여허 어여라 상사디야.

바특바특 들어서서 촘촘히 잘 심어라. 이 논이 토박하고* 논 임자는 가난하여 봄 양식 떨어지고 굶기에 골몰하여 대관령 흔한 풀에 거름조차 못하였다. 여허 여허 어여라 상사디야.

우리 동네 박 첨지, 올해 농사 또 잘되겠네. 한 섬지기 농사, 사흘 갈이 밭농사에 백 짐 풀을 베어 넣고 그것도 부족하여 쇠두엄을 덮었다네. 여허 여허 어여라 상사디야.

염려되데 염려되데 박 첨지 집 염려되데. 지붕 처마 두둑하고 볏섬이나 쌓였다고 앞뒤 동네 소문났데. 관가 영문에 들어가면 없는 죄에 걸려들어 톡톡 털고 거지 되리. 여허 여허 어여라 상사디야.

우리 동네 최 서방님 굳기는 하지마는 그른 일은 없더니라. 벼 천이냐 하는 죄로 영문에 잡혀가서 형문 맞고 큰칼 쓰고 옥궁에 갇혀 있어 반년을 못 나오데. 여허 여허 어여라 상사디야.

삼대독자 최 서방님 조실부모하였으니 불효부제 죄목 듣기 그 아니 원통한가? 순사도 그 양반이 정 씨 성을 가지고 돈 소리에만 귀가 길고, 원망 소리에는 귀먹었데. 여허 여허 어여라 상사디야.

우리 동무 내 말 듣게. 이 농사를 지어서 먹고 입고 남거든 돈 모을 생각 말고 술 먹고 노름하고 놀 대로 놀아보세. 마구 뺏는 이 세상에 부자 되면 경치느니. 여허 여허 어여라 상사디야.

---

* 땅이 메마름.

한참 그렇게 흥이 나서 소리를 하다가 저녁 곁두리 술 한 참을 또 먹는데, 술동이 앞에 삥 둘러앉아서 양대로 막 퍼먹고 모심기를 시작한다. 그때는 선소리꾼이 자진가락으로 소리를 메기는데 얼근한 김에 흥이 한층 더 나서 되고 말고 한 소리를 함부로 주워대는데, 나중에는 최병도의 노래뿐이라.

일락서산 해 떨어진다. 모춤을 들어라. 모포기를 찢어라. 얼른얼른 재우쳐서* 저 논 한 뼘이 더 심어보자. 여허 여허 어여라 상사디야.

저기 선 저 아주머니 치마 뒤에 흙 묻었소. 동그마니 치켜 걷고 다부지게 심어보오, 먹고사는 생애 일에 넓적다리 남 뵈기로 무엇이 그리 부끄럽소, 여허 여허 어여라 상사디야.

고수머리 저 총각 음침하기는 다시없데, 낮전부터 보아도 개똥 어머니 뒤만 따른다. 개똥 아버지가 살았던들 날라리뼈 분질러 통숫대를 팠을라, 여허 여허 어여라 상사디야.

최풍헌 집 머슴 녀석 이리 와서 내 말 좀 들어라. 물갈이 논에 건갈이하기, 찬물받이에 못자리하기, 물방아 찧다가 낮잠 자기, 보릿단 훔쳐다가 술 사먹기, 제반악증**은 다 가진 놈이 최풍헌이 잔소리하고, 주인 마누라 죽 자주 쏟는다고 무슨 염치에 흥을 보아, 여허 여허 어여라 상사디야.

모춤 나르는 강 생원 얼굴 좀 들어서 나를 쳐다보오, 그따위로 행세를 하다가, 쳇불관 쓰고 몽둥이 맞으리, 코홀쩍이 술장사년 무엇이 탐나서 미쳤소, 밀 한 섬 팔아서 치마 해주고, 아씨 강샘을 만나서 노랑 수염을 다 뽑히고 동경 강 생원이 되었데, 여허 여허 어여라 상사디야.

* 재촉하여.
** 여러 가지 나쁜 짓.

이 논 임자 배춘보, 인심 좋기는 다시없는데, 저 먹을 것은 없어도 일꾼 대접은 썩 잘하는데, 보리 탁주 곁두리 실컷 먹고 또 남았네, 배춘보야, 들어보아라, 네가 참 잘 알아챘다. 막 먹고 막 써서 부모 세덕世德 다 없애고 가난뱅이 되었으니 네 신상에는 편하니라, 볏 백이나 하던 재물 지금까지 지녔던들 걸렸을라 걸렸을라, 영문 고밀개*에 걸렸을라, 강원 감사 정등내政等內 곰배** 정자는 아니지마는 고밀개는 가지고 왔는데, 앞으로 끌고 뒤로 끌고, 이리 끌고 저리 끌고, 자나 굵으나 굵으나 자나. 득득 긁어들이는 판에, 너조차 걸려들어 사령에게 고랑 맛, 사또 앞에 태장 맛, 이 세상에 따가운 맛볼 대로 다 본 후에 네 재물 있는 대로 툭툭 떨어 다 바치고 거지 되어 나왔을라. 여허 여허 어여라 상사디야.

못 볼러라 못 볼러라, 불쌍하여 못 볼러라, 우리 동네 최 서방님, 불쌍하여 못 볼러라, 옥 부비浮費 보낼 때에 내가 갔다 어제 왔다. 옥사장에게 인정쓰고 겨우 들어가 보았다. 여허 여허 어여라 상사디야.

거적자리 북데기는 개국 원년에 깐 것인지, 더럽기도 하려니와 밑에서는 썩어나는데, 사람 자는 아랫목은 보리알 같은 이 천지요, 똥 누는 윗목에는 꽁지벌레 천지라, 설설 기어 다니다가 사람에게로 기어 오네, 여허 여허 어여라 상사디야.

그 속에서 잠자고 그 속에서 밥 먹는 최 서방님을 볼진대 눈물 나서 못 보겠는데, 우리 눈이 무디지마는 오지랖이 다 젖었다. 여허 여허 어여라 상사디야.

누렇게 뜬 얼굴 눈두덩이 수북한데 살이 찐 줄 알았더니 부기가 나서 그러

* 고무래의 방언.
** '고무래'의 방언. '정丁'자를 말함.

하데, 여허 여허 어여라 상사디야.

빗지 못한 헙수머리* 갈깃머리가 되어서 눈을 덮고 귀를 덮어, 귀신같이 된 모양 꿈에 뵐까 겁나데, 여허 여허 어여라 상사디야.

형문 맞은 앞정강이 살이 폭폭 썩어나고 하얀 뼈가 드러나서 못 볼러라 못 볼러라, 소름 끼쳐 못 볼러라, 여허 여허 어여라 상사디야.

독하더라 독하더라, 순사도가 독하더라, 아비 쳐 죽인 원수라도 그렇게는 못할네, 목을 베면 베었지, 사람을 어찌 썩여 죽이나, 여허 여허 어여라 상사디야.

글 잘하는 양반이 말을 하여도 남다르데, 최 서방님이 나를 보고 순사도를 욕을 하는데, 나라 망할 놈이라고 이를 북북 갈고 피를 퍽퍽 토하면서, 우리나라 백성들이 불쌍하다고 말을 하니, 그 매를 그렇게 맞고 그 고생을 그리 하면서 내 몸 생각은 조금도 없고 나라 망할 근심이데, 여허 여허 어여라 상사디야.

못 살러라 못 살러라, 최 서방님 못 살러라, 장독 나서 못 살러라, 먹지 못해 못 살러라, 최 서방님 살거들랑 내 손톱에 장 지져라, 여허 여허 어여라 상사디야.

최본평 댁 아씨께는 이런 말도 못했다. 남이 들어도 눈물을 내니 그 아씨가 들으시면 오죽 대단하시겠나, 여허 여허 어여라 상사디야.

그 서방님이 돌아가면 그 댁 일도 말 못되네, 아들 없고 딸뿐인데 과부 아씨가 불쌍하다, 여허 여허 어여라 상사디야.

최 서방님 죽었다고, 통부通訃 오는 그날로 동네 백성 우리들이 송장 찾으러 여럿이 가서 기구器具 있게 메고 오세, 여허 겨허 어여라 상사디야.

---

* 제대로 빗질을 하지 않아 어지러워진 머리 모양.

장사를 지낼 때도 우리들이 상여꾼이 되어 소방상小方狀 대틀에 기구 있게 메고 가며 상두 소리나 잘해보세, 여허 여허 어여라 상사디야.

무덤을 지을 때도 우리들이 달굿대 들고 달구질이나 잘해보세, 여허 여허 어여라 상사디야.

죄 없는 최 서방님, 원주 감영 옥중에서 원통히 죽은 넋두리는 입담 좋고 넉살 좋은 김헐렁이 내가 하마, 여허 여허 어여라 상사디야.

그 농부가 소리가 최병도 집 안방에서 낱낱이 들리는 터이라. 해는 뚝 떨어져서 땅거미가 되고 저녁 연기는 슬슬 몰려서 대관령 산 밑에 한 일 자도 비꼈는데 농부가는 뚝 그치고, 최병도 집 안방에서 울음소리가 쌍으로 일어난다. 하나는 최병도 부인의 울음소리요, 또 하나는 그 딸 옥순이가 그 어머니를 따라 우는 소리라. 최병도의 부인이 목을 놓아 울며 원통한 사정을 말한다.

"이애 옥순아, 저 농부의 노랫소리를 너도 알아들었느냐? 너의 아버지께서 원주 감영 옥중에서 돌아가시게 되었다는구나. 너의 아버지께서 일평생에 그른 일 하시는 것은 내 눈으로는 못 보고, 내 귀로는 못 들었다. 무슨 죄가 있다고 강원 감사가 잡아다가 땅땅 때려죽인단 말이냐? 에그, 이를 어찌하잔 말이냐? 너의 아버지께서 귀신 모르는 죽음을 하신단 말이냐? 감사도 사람이지 남의 돈을 뺏어 먹으려고 무죄한 사람을 잡아다가, 돈이 나오도록 제반 악형을 모두 하고 옥중에 가두었다가 돈을 아니 준다고 필경 목숨까지 없애버린단 말이냐? 이애 옥순아 옥순아, 너의 아버지께서 병이 들어 돌아가시더라도 청춘과부 되는 내 평생에 설움이 한량없을 터인데, 생때같이 성한 너의 아버지가 남의 손에 몹시 돌아가시면 내 평생에 한되는 마음이 어떠하겠느냐? 옥순아 옥순아, 너의 아버지가 참 돌아가시면 나는 너의 아버지를 따라 죽겠다."

하며 기가 막혀 우는데, 옥순이가 그 말을 듣더니 그 어머니 무릎 위에 올라앉아서 어머니를 얼싸안고 울며,

"어머니 어머니, 어머니가 죽으면 나 혼자 어찌 사나? 어머니가 죽으려거든 나 먼저 죽여주오."

하며 모녀가 마주 붙들고 우는 소리에 그 동네 사람들은 그 울음소리를 듣더니, 최병도가 죽었다는 기별을 듣고 우는 줄 알고, 최병도가 죽었다고 영절스럽게 하는 말이, 한 입 건너 두 입, 두 입 건너 세 입, 그렇게 온 동네로 퍼지면서 말이 점점 보태고 점점 와전이 되어, 회오리바람 불듯 뺑뺑 돌아들고 돌아들어서 한 사람의 귀에 세 번 네 번을 거푸 들리며, 사람마다 그 말이 진적한* 소문인 줄로 여겼더라. 이웃에 사는 늙은 할미 하나가 두어 달 전에 외아들 참척慘慽을 보고 제 설움이 썩 많은 사람이라, 최병도 집에 와서 안방문을 열고 와락 들어오며,

(할미) "에그, 이런 변이 있나? 이 댁 서방님이 돌아가셨다네."

하더니 청승주머니가 툭 터지며 목을 놓고 우니, 그때 부인이 울고 앉았다가 그 소리에 깜짝 놀라서 고개를 번쩍 들며,

(부인) "응, 그것이 무슨 말인가? 그 말을 뉘게 들었나? 이 사람, 이 사람, 울지 말고 말 좀 자세히 하게."

하면서 정작 설워할 본평 부인은 정신을 차려서 말을 하나, 그 할미는 대답할 경황도 없이 우는지라, 동네 농군의 계집들이 할미 대신 대답을 하는데, '나도 그 말을 들었소, 나도 들었소, 나도, 나도' 하는 소리에 부인이 그 말을 더 물을 경황도 없이 기가 막혀 울기만 한다. 본래 그 동네에

---

* 진실되고 틀림없음.

서 최병도가 무죄히 잡혀간 것은 사람마다 불쌍히 여기는 터이라. 최병도가 인심을 그렇게 얻은 것은 아니나, 강원 감사에게 학정虐政을 받고 사는 백성들의 마음이라. 초록은 한빛이 되어 감사를 원망하고 최병도의 일을 원통히 여기던 차에, 최병도 죽었다는 말을 듣고, 남의 일 같지 아니하여 동네 사람들이 남녀노소 없이 최병도 집에 와서 화톳불을 질러놓고 밤을 새우면서 공론이 부산하다.

최병도 집은 외무주장外無主張하게 된 집이라 동네 사람들이 제 일같이 일을 보는 것이 도리에 옳다 하여 일변으로 송장 찾으러 갈 사람들을 정하고, 일변으로 초상 치를 의논하는 중에 박 좌수座首라 하는 노인이 오더니 그 일 주장하는 사람이 되었더라.

본래 박 좌수는 십 년 전에 좌수를 지내고, 일도 아는 사람이라. 최병도 죽었다는 기별이 왔느냐 물으며 그 말 들은 곳을 캐는데, 필경은 풍설인 줄로 알고 일변으로 계집사람을 안으로 들여보내서, 최 부인에게 헛소문이라는 말을 자세히 하고, 일변으로 원주 감영에 전인하여* 알아보라 하니, 헛소문이라는 말을 듣고, 어떻게 기쁘던지 눈에는 눈물이 떨어지며 얼굴에는 웃음빛을 띠었더라.

그때는 밤중이라 감영에로 급주急走를 띄워 보내더라도 대관령 같은 장산長山을 사람 하나나 둘이나 보내기는 염려된다 하여 장정 사오 인을 뽑아 보내려 하는데, 최 부인이 그 남편 생전에 얼굴 한번을 만나보겠다 하여 교군을 얻어달라 하거늘, 몸수고 아끼지 아니하는 농부들이 자원하여 교군꾼으로 나서니 비록 서투른 교군이나, 장정 여덟 명이 번갈아가며 교군을 메고 들장대질**을 하는데 주마走馬같이 빠른 교군을 타고 가면서 날

---

* 사람을 보내어.
** 가마 밑을 받쳐주는 일.

개 돌쳐 날아가지 못함을 한탄하는 사람은 그 교군 속에 앉은 최 부인의 모녀이라.

유문留門 주막에서 서로 마주 보이는 먼 산 밑에 푸른 연기 나고 나무 우둑우둑 선 틈으로 사람의 집이 즐비하게 보이는 것은 원주 감영이라. 교군꾼이 교군을 내려놓고 쉬면서 최 부인더러 들어보라는 말로, 저희끼리 원주 감영을 가리키며 십 리쯤 남았느니, 거진 다 왔느니, 여기 앉아서 땀이나 들여가지고* 한 참에 원주 감영을 가느니 하면서 늑장을 붙이고 앉았는데, 최 부인이 교군 틈으로 원주 감영을 바라보다가 그 남편의 일이 새로이 염려가 되어서 가슴이 두근두근하고 몸이 벌벌 떨리면서 눈물이 떨어지니, 옥순이가 그 어머니 낙루하는 것을 보고 마주 눈물을 흘린다.

치악산 비탈로 향하여 가는 나무꾼 아이들이 지게 목발을 두드리며 노래를 하는데 근심 있는 최 부인의 귀에 유심히 들린다.

> 낭**이라데 낭이라데, 강원 감영이 낭이라데, 두리기둥***, 검은 대문 걸려 들면 낭이라데, 애고 날 살려라.
> 도적질을 하더라도 사모 바람에 거드럭거리고, 망나니짓을 하여도 금관자 金貫子 서슬에 큰기침한다. 애고 날 살려라.
> 강원도 두멧골에 살찐 백성을 다 잡아먹어도 피똥도 아니 누고 뱃병도 없 다데, 애고 날 살려라.
> 아귀 귀신 내려왔네, 아귀 귀신 내려왔네, 원주 감영에 동토動土가 나서 아

* 몸에 난 땀을 식힌다는 뜻.
** 낭떠러지.
*** 둥근 기둥.

귀 귀신 내려왔네, 애고 날 살려라.

고사떡을 잘해놓으면 귀신 동토는 없지마는 먹을 양식을 다 없애고 굶어 죽기가 원통하다, 애고 날 살려라.

아귀 귀신 환생을 하여 당나귀가 되었네, 강원 감영이 망패亡悖가 들어서 선화당宣化堂 마루가 마판馬板이 되었네, 애고 날 살려라.

귀웅*을 득득 뜯고, 굽통**을 탕탕 치다가 먹을 것만 주면은 코를 확확 내 분다, 애고 날 살려라.

물고 차는 그 행실에 사람도 많이 상했지마는 남의 집 삼대독자 죽이는 것은 악착한데, 애고 날 살려라.

명년 삼월 치악산에 나무하러 오지 마세, 강릉 사람이 못 돌아가고 불여귀 새가 되면 밤낮 슬피 울 터이라, 불여귀 불여귀 불여귀, 구슬픈 그 새소리를 누가 듣기 좋을쏜가, 애고 날 살려라.

그러한 노랫소리가 최 부인의 귀에 들어가며 부인의 오장이 살살 녹는 듯하여 남편을 보고 싶던 마음이 없어지고, 앉은자리에서 눈 녹듯이 녹아지고 스러져, 이 세상을 몰랐으면 좋겠다 싶은 생각뿐이라.

교군꾼들은 저희들끼리 잔소리를 하느라고 나무꾼 아이들이 무슨 노래를 하는지 모르고 있던 터이라. 담뱃대를 탁탁 떨고 교군을 메고 원주 감영으로 살 가듯 들이모는데, 젖은 담배 한 대 탈 동안이 될락 말락 하여 원주 감영으로 들어가더라.

최병도는 강릉 바닥에서 재사로 유명하던 사람이라. 갑신년 변란 나던

---

* 도자기를 만드는 곳에서 진흙을 담는 데 쓰는 통. 여기서는 말의 먹이를 두는 통을 가리킴.
** 달이나 소 따위의 발굽의 몸통.

해에 나이 스물두 살이 되었는데 그해 봄에 서울로 올라가서 개화당의 유명한 김옥균을 찾아보니, 본래 김옥균은 어떠한 사람을 보든지 옛날 육국六國* 시절에 신릉군**이 손 대접하듯이 너그러운 풍도風道가 있는 사람이라. 최병도가 김 씨를 보고 심복이 되어서 김 씨를 대단히 사모하는 모양이 있거늘, 김 씨가 또한 최병도를 사랑하고 기이하게 여겨서 천하 형세도 말한 일이 있고, 우리나라 정치 득실得失도 말한 일이 많이 있으나 우리나라를 개혁할 경륜은 최병도에게 말하지 아니하였더라. 갑신년 시월에 변란이 나고 김 씨가 일본으로 도망한 후에 최 씨가 시골로 내려가서 재물 모으기를 시작하였는데, 그 경영인즉 재물을 모아가지고 그 부인과 옥순이를 데리고 문명한 나라에 가서 공부를 하여 지식이 넉넉한 후에 우리나라를 붙들고 백성을 건지려는 경륜이라. 최병도가 동네 사람들에게 재물에는 대단히 굳은 사람이라는 말을 들었으나 최병도의 마음인즉, 한두 사람을 구제하자는 일이 아니요, 팔도 백성들이 도탄에 든 것을 건지려는 경륜이 있었더라.

그러나 최병도가 큰 병통이 있으니 그 병통은 죽어도 고치지 못하는 병통이라. 만만한 사람을 보면 숨도 크게 쉬지 아니하나 지체 좋은 사람이 양반 자세하는 것을 보든지, 세력 있는 사람이 세력으로 누르려든지 하는 것을 당할 지경이면 몸을 육포를 켠다 하더라도 지고 싶은 마음은 조금도 없는 위인이라.

원주 감영으로 잡혀갈 때에 장차에게는 무슨 마음으로 돈을 주었던지,

---

* 중국 전국시대의 제후국 가운데 진秦나라를 제외한 여섯 나라. 초국楚國, 연국燕國, 제국齊國, 한국韓國, 위국魏國, 조국趙國을 가리킴.
** 중국 전국시대 위나라 정치가. 식객이 3천 명이나 되었다고 함.

감영에 잡혀간 후에 감사에게 형문을 그리 몹시 맞으면서도 하고 싶은 말을 낱낱이 하고 반년이나 갇혀 있어도 감사에게 돈 한푼 줄 마음이 없는지라. 동네 사람이 혹 문옥하러 와서 그 모양을 보고 최병도를 불쌍히 여겨서 권하는 말이, '돈을 아끼지 말고 감사에게 돈을 쓰고 놓여 나갈 도리를 하라' 하는 사람도 있으나, 최병도가 종시 듣지 아니한 터이라.

찍으려는 황새나 찍히지 아니하려는 우렁이나 똑같다 하는 말이 정 감사와 최병도에게 절당한* 말이라. 감사는 기어이 최 씨의 돈을 먹은 후에 내놓으려들다가, 최 씨가 돈을 아니 쓰려는 줄을 알고 기가 나서 날뛰는데. 대체 최병도의 마음에는 찬밥 한술이 아까운 것이 아니라 고양이 버릇이 괘씸하다는 말과 같이, 돈이 아까운 것이 아니라. 백성을 못살게 구는 놈은 나라에도 적이요 백성의 원수라. 그런 몹쓸 놈을 칼로 모가지를 썩 도리고 싶은 마음뿐이요, 돈 한푼이라도 먹이고 싶은 마음이 없었더라. 최 씨가 마음이 그렇게 들어갈수록 입에서 독한 말만 나오는데, 그 소문이 감사의 귀로 낱낱이 들어가는지라. 감사가 욕먹고 분한 마음과 돈을 못 얻어먹어서 분한 마음과, 두 가지로 분한 생각이 한번에 나더니, 졸라매인 망건 편자가 탁 끊어지며 벼락령이 내리는데, 영문이 발끈 뒤집힌다.

"대좌기를 차려라. 강릉 최반崔班을 잡아들여라. 불연목을 들여라."
하더니 기를 버럭버럭 쓰며 최병도를 당장에 물고物故를 시키려더니, 최병도가 감사를 쳐다보며 소리소리 지른다.

"무죄한 백성을 무슨 까닭으로 잡아 왔으며, 형문을 쳐서 반년이나 가두어두는 것은 무슨 일이며, 장처가 아물 만하면 잡아들여서 중장**하는

* 사리에 들어맞음.
** 몹시 치는 장형.

것은 웬일이며, 오늘 물고를 시키려는 일은 무슨 죄이오니까? 죄 없는 사람 하나를 죽이며 죄 없는 사람 하나를 형벌하는 것[殺一不辜刑一不辜]은 만승천자라도 삼가서 아니하는 일이요, 또 못하는 일이올시다. 강원도 백성이 순사도의 백성이 아니라 나라 백성이올시다. 만일 생이 나라에 죄를 짓고 죽을진대 나랏법에 죽는 것이요, 순사도의 손에는 죽는 것은 아니올시다마는, 지금 순사도께서 생을 죽이시는 것은 생이 사혐私嫌에 죽는 것이요, 법에 죽는 것은 아니오니, 순사도가 무죄한 사람을 죽이시면 나라에 죄를 지으시는 것이올시다. 맙시사 맙시사, 그리를 맙시사. 생의 한 몸이 죽는 것은 조금도 아까울 것이 없으나, 생의 몸 밖에 아까운 것이 많습니다. 순사도께서 어진 정사로 백성을 다스리지 아니하시고, 옳은 법으로 죄인을 다스리지 아니하시면, 강원도 백성들이 누구를 믿고 살겠습니까? 백성이 살 수가 없이 되면 나라가 부지할 수가 없을 터이오니 널리 생각하시고 깊이 생각하셔서, 이 백성을 위하여줍시사. 옛말에 하였으되, '백성은 나라의 근본이라, 근본이 굳어야 나라가 편안하다' 하니, 그 말을 생각하셔서 이 백성들을 천히 여기지 말으시고, 희생같이 알지 말으시고, 원수같이 대접을 맙시사. 순사도께서 이 백성들을 수족같이 알으시고, 동생같이 여기시고, 어린 자식같이 사랑하시면 이 백성들이 무궁한 행복을 누리고, 이 나라가 태산과 반석같이 편안할 터이오나, 만일 그렇지 아니하여 백성이 도탄에 들을 지경이면, 천하의 백성 잘 다스리는 문명한 나라에서 인종人種을 구한다는 옳은 소리를 창시하여 그 나라를 뺏는 법이니, 지금 세계에 백성 잘못 다스리던 나라는 망하지 아니한 나라가 없습니다. 애급*이라는 나라도 망하였고, 파란波蘭**이라는 나라도 망하였고,

* 이집트.
** 폴란드.

인도라는 나라도 망하였으니, 우리나라도 백성에게 포학한 정사를 행할 지경이면 나라가 망하는 것은 순사도는 못 보시더라도 순사도 자제는 볼 터이올시다."

그렇게 하는 말이 폭포수 떨어지듯 쉬지 않고 나오는데, 감사는 최병도 죽일 마음만 골똘하여 무슨 말이든지 트집 잡을 말만 나오기를 기다리던 판에, 나라가 망한다는 말을 듣고 낚시에 고기나 물린 듯이 재미가 나서 날뛰는데, 다시는 최병도의 입에서 말 한마디 못 나오게 하며 물고령이 내린다.

"응? 나라가 망한다니! 네 그놈의 아가리를 짓찧고 당장에 물고를 내어라!"

하는 영이 뚝 떨어지며, 좌우 옆에서 사령들이 벌떼같이 달려들며 주장朱杖대로 최병도의 입을 콱콱 짓찧으니, 바싹 마른 두 볼에서 웬 피가 그리 많이 나던지 입에서 선지피가 쏟아지며 이는 부러지고 잇몸은 깨어지고 아래턱은 어그러지면서 최병도가 다시는 아무 소리도 못하고, 매가 떨어지는 대로 고개만 끄덕거린다.

그때 마침 최 부인이 원주 감영으로 들어가는데 교군꾼은 뙤약볕에 비지땀을 뚝뚝 떨어뜨리면서, 유문 주막집에서 먹은 막걸리가 원주 감영에 들어올 무리에 얼근하게 취하여 오는데, 그 무거운 교군을 메고 무슨 흥이 그렇게 나던지 엉덩춤을 으슬으슬 추며, 오그랑벙거지 밑으로 고갯짓을 슬슬 하며, 앞의 교군꾼은 엮음시조하듯이 잔소리가 연하여 나온다.

"채암돌이 촘촘하다, 건너서라 개천이다, 조심하여라 외나무다리다, 발 잘 맞추어라, 교군 잘 모셔라."

그렇게 지껄이며 유문 주막에서 단참에 원주 읍내로 들어가는데, 원주 감영에 무슨 일이 있는지 없는지 모르고 쏜살같이 들어가며, 사처*는 진남문 밖 주막집으로 정할 작정이라. 진남문 밖에 다다르니 사람이 어찌 많이 모였던지 헤치고 들어갈 수가 없는지라, 교군꾼이 교군을 메고 서서 좀 비켜달라 하나, 모여선 사람들이 비켜서기는 고사하고 사람끼리 기름을 짜고 서서, 뒤에 선 사람은 앞에 선 사람을 밀고, 앞에 선 사람은 더 나갈 수가 없으니 밀지 말라 하며 와글와글하는 중이라. 대체 무슨 좋은 구경이 있어서 그렇게 모였는지 뒤에 선 사람들은 송곳눈을 가졌더라도 뚫고 볼 수가 없는 구경을 하고 섰는데, 그 구경인즉 진남문 앞에서 죄인 때려죽이는 구경이라. 그날은 원주 읍내 장날인데 장꾼들이 장은 아니 보고 송장 구경을 하러 왔던지 진남문 밖에 새로 장이 섰다. 교군꾼이 길가에 교군을 내려놓고 구경꾼더러 무슨 구경을 하느냐 묻다가 깜짝 놀라서 교군 앞으로 와락 달려들며,

"본평 아씨, 진남문 밑에서 본평 서방님을 때려죽인답니다."

하는 소리에 부인이 기가 막혀서 교군 속에서 목을 놓아 우는데, 큰길가인지 인해人海 중인지 모르고 자기 집 안방에서 울듯 운다. 섧고 원통하고 악이 나는 판이라, 감사는 고사하고 하늘에서 뚝 떨어져 내려온 사람일지라도 겁나는 마음이 조금도 없이 원망과 악담을 하며 운다.

진남문 근처의 사람은 최병도 매 맞는 경상을 구경하고, 최 부인의 교군 근처에 섰는 사람은 최 부인 울음소리를 듣고 섰다. 최병도 매 맞는 구경하는 사람들은 끔찍끔찍한 마음에 소름이 죽죽 끼치고, 최 부인의 울음소리 듣는 사람들은 남의 일에 콧날이 시큰시큰하며 눈물이 슬슬 돈다. 남의 일에 눈물 잘 내는 사람이 따로 있다 하지마는, 최 부인이 울며 하는 소리 듣는 사람은 목석 같은 오장을 타고났더라도, 그 소리에 오장이 다

* 손이 길을 가다 묵는 곳.

녹을 듯하겠더라.

최 부인의 우는 소리는 모깃소리같이 가늘더니, 설운 사정 하는 소리는 청청하게 구름 속으로 뚫고 올라가는 것 같다.

"맙시사 맙시사, 그리를 맙시사. 감사도 사람이지, 남의 돈을 뺏어 먹으려고 무죄한 사람을 잡아다가 갖은 악형을 다 하더니 돈을 아니 준다고 사람을 어찌 죽인단 말이냐? 지금 내로 날까지 잡아다가 진남문 밑에서 따려죽여다고. 아비 쳐 죽인 원수라더냐? 어미 쳐 죽인 원수라더냐? 저렇게 죽일 죄가 무엇이란 말이냐? 애고 애고, 애고, 이 몹쓸 도적놈아, 내 자물 있는 대로 가져가고 우리 남편만 살려다고. 네가 남의 재물을 그렇게 잘 뺏어 먹고 천년이나 만년이나 살 듯이 극성을 부리지마는 너도 초로 같은 인생이라. 꿈결 같은 이 세상을 다 지내고 죽는 날은 몹쓸 귀신 되어 지옥으로 들어가서, 저 죄를 다 받느라면 만겁천겁을 지내더라도 네 조는 남을 것이요, 네 고생은 못다 할 것이니, 우리 내외는 원귀 되어 지옥 맡은 옥사장이나 되겠다.

애고 애고, 이 설운 사정을 누구더러 하며 이 원정原情을 어데 가서 하나? 형조에 가서 정물하더라도 쓸데없는 세상이요, 격증을 하더라도 나만 속는 세상이라. 이 원수를 어찌하면 갚는단 말이냐? 옥순아 옥순아, 나와 같이 죽어서 하나님께 원정이나 가자. 사람을 이렇게 지원절통至冤切痛하게 죽이는 세상에 너는 살아 무엇하겠느냐? 가자 가자, 하나님께 원정을 가자. 우리나라 백성들은 다 죽게 된 세상인가 보다. 하루바삐, 한시바삐 한시바삐 어서 가서 하나님께 이런 원정이나 하여보자. 애고 설운지고, 사람이 저 살날을 다 살고 병들어 죽더라도 처자 된 마음에는 섧다 하거든, 생목숨이 남의 손에 맞아 죽느라고 아프고 쓰린 경상을 당하는 사람의 마음은 어떠할꼬? 하나님 하나님, 굽어보고 살펴봅시사."

하며 우는데, 읍내 바닥의 중늙은이 여편네가 교군 앞뒤로 늘어서서 그일을 제가 당한 듯이 눈물을 흘리며, 감사가 몹쓸 양반이란 말을 하고 섰는데, 별안간에 사람들이 우우 몰려 헤지며, 영문 군노 사령이 들끓어 나와서 강릉 경금서 온 교군꾼들을 찾더니, 당장에 교군을 메고 원주 지경을 넘어가라 하며, 교군꾼들을 후려 때리며 재촉하거늘, 교군꾼들이 겁이 나서 교군을 메고 유문 주막을 향하고 달아나는데 북문 밖 너른 들로 최부인의 모녀 울음소리가 유문 주막을 향하고 나간다.

탐장貪贓*하는 감사의 옆에는 웬 조방助幇꾼과 염문꾼의 속살거리는 놈이 그리 많던지 청 한 가지 못 얻어 하여 먹는 우인들일지라도 아무쪼록 긴한 체하느라고 못된 소문은 곧잘 들어갔다가 까바치는 관속과 아객衙客**이 허다한 터이라. 최 부인이 울며 감사에게 악담과 욕하던 소문이 감사의 귀에 들어갔는데, 만일 남자가 그런 짓을 하였을 지경이면 무슨 큰 거조擧措가 또 있었을는지 모를 터이나 대민大民의 부녀이라 어찌할 도리가 없는 고로 축출경외逐出境外하라는 영이 나서 최 부인의 교군이 쫓겨 나갔더라.

그때 날은 한나절이 될락 말락 하고 최병도의 명은 떨어질락 말락 한데 호방 비장이 무슨 착한 마음이 들었던지 감사의 앞으로 썩 들어서더니, 최병도의 공송公誦***을 한다.

(호방) "최병도를 죽일 터이면 중영中營으로 넘겨서 죽이는 일이 옳지, 감영에서 죽일 일이 아니올시다. 또 최병도가 죽은 후에 누가 듣든지, 아무 죄 없는 사람이 죽었다 할 터이니 사또께서 일시의 분을 참으셔서 물

---

* 옳지 못하게 재물을 욕심냄.
** 관아에 묵고 있는 손님.
*** 여럿이 의견을 내어 사람을 천거함.

고령을 거두시면 좋겠습니다."

(감사)"그래, 그놈을 살려 보내잔 말인가?"

(호방)"지금 백방을 하더래도 살 수는 없는 터이니, 최가가 숨 떨어지기 전에 얼른 놓아 보내시면, 사또께서는 무죄한 백성을 죽이셨다는 말도 아니 들으실 터이요, 최가는 말이 놓여 나간다 하나 미구에 숨이 떨어질 모양이랍니다. 지금 최병도의 처가 어린 딸을 데리고 큰길가에서 그런 효상爻象*을 부리다가 쫓겨 나가고, 최병도는 오늘 영문에서 장폐杖斃**하면 제일 소문이 좋지 못할 터이니, 물고령을 거두시는 것이 좋을 일이올시다."

감사가 그 말을 듣더니 호방의 얼굴을 물끄러미 쳐다보다가 무슨 생각을 하는 모양이라. 호방의 얼굴은 왜 쳐다보며, 생각은 무슨 생각을 하는지, 감사가 말은 아니하나 구렁이 다 된 호방이 최가의 돈을 먹고 청을 하나 의심이 나서 보는 것이요, 무슨 생각 하는 것은 호방이 돈을 먹었든지 아니 먹었든지, 방장方將*** 숨이 넘어가게 된 최병도를 죽여도 아무 유익은 없는 터이라, 어찌하면 좋을까 하는 그런 생각이라. 호방이 무슨 말을 다시 하려는데 감사가 기침 한 번을 하더니, 최병도 물고령을 거두고 밖으로 놓으라 하는 영이 내리더라. 치악산 높은 봉을 안고 넘어가는 저녁 볕에 울고 가는 까마귀 한 마리가 휘휘 돌아 내려오더니, 원주 유문 주막집 앞에 휘어진 버들가지에 앉으며 꽁지는 서천에 걸린 석양을 가리키고 너울너울 흔들며 주둥이는 동으로 향하여 운다.

"까막 까막 깍깍, 까옥 까옥 깍깍."

가지각색으로 지저귀는데 그 버들 그림자는 어떤 주막집 사첫방 서창

---

* 좋지 못한 몰골.
** 매맞아 죽음.
*** 곧, 바로.

에 드리웠고, 그 까마귀 소리는 그 방에 하룻밤 숙소참으로 든 최 부인 귀에 유심히 들린다. 귀가 쏘는 듯, 뼈가 죄는 듯, 오장이 녹는 듯하여 눈물이 비 오듯 하나 주막집에서 울음소리 낼 수는 없는지라. 다만 흑흑 느끼기만 하며 철없는 옥순이를 데리고 설운 한탄을 한다.

"옥순아 옥순아, 까마귀는 군자 같은 새라더니 옛말이 옳은 말이로구나. 너의 아버지께서 산도 설고 물도 설고 이전에 알던 사람 하나 없는 원주 감영에 와서 원통히 돌아가시는데 어느 때에 운명을 하셨는지 통부通訃 전하여줄 사람 하나 없지마는, 영물의 까마귀가 너의 아버지 통부를 전하여주느라고 저렇게 짖는구나. 우리는 영문 사령에게 축출경외를 당하고 여기까지 쫓겨 오느라고 정신없이 왔으나 사람이나 좀 보내보자."

하더니 정신없는 중에 정신을 차려서 배행陪行 하인으로 데리고 온 천쇠를 불러서 원주 감영에 새로이 전인專人을 한다.

천쇠가 이태, 삼 년 머슴 들었던 더부살이라 주인에게 무슨 정성이 그렇게 대단할 것은 없으나 주인의 사정을 어찌 불쌍히 여겼던지, 먼 길에 삐쳐 와서 되짚어 유문 주막 십 리를 나온 사람이 곤한 것을 잊어버리고 달음박질을 하여 원주 감영으로 향하고 들어가며 노래를 하는데 무식한 농군의 입에서 유식한 소리가 나온다.

"치악산 상상봉에 넘어가는 저 햇빛, 너 갈 길도 바쁘지마는 본평 아씨 사정을 보아서 한참 동안만 가지 말고 그 산에 걸렸거라. 본평 서방님 소식 알려 김천쇠가 급주急走를 간다. 오늘밤 내로 못 다녀오면 본평 아씨가 잠 못 자고 옥순 아기를 데리고 울음으로만 밤을 새운다. 우산낙조 제경공도 햇빛을 멈추고 삼사를 갔다*."

---

* '우산낙조牛山落照 제경공齊景公도 햇빛을 멈추고 삼사를 갔다'는 제나라 경공이 낙조를 보고 세월이 가고 늙어감을 한탄했다는 의미.

하며 몸에서 바람이 나도록 달아나는데 너른 들 풀밭 속에 석양은 묘묘杳杳하고 노래는 청청하다. 웬 교군 한 채가 동으로 향하여 풍우같이 몰려오는데, 교군은 몇 푼짜리 못되는 세보교貰步轎*이나 기구는 썩 대단한 모양이라. 오그랑 벙거지 쓴 교군꾼 십여 명이 들장대를 들고 두 발자국, 세 발자국 만에 들장대질을 한 번씩 하며 주마같이 달려오는 교군을 보고 천쇠가 길가로 비켜서며 앞장 든 교군 속을 기웃기웃 건너다보다가, 천쇠가 소리를 버럭 질러서 본평 서방님을 불렀더라.

그 교군은 최병도의 교군이라. 최병도가 그날 백방이 되어 주막집으로 나왔는데 전신이 핏덩어리라. 누가 보든지 살지는 못하겠다 하고, 최 씨의 마음에도 살아날 수는 없으나, 그러나 정신은 말갛게 성한지라. 목숨이 혹 이삼 일만 부지하여 있을 지경이면 집에 가서 처자나 만나보고 죽겠다 하고, 교군 삯은 달라는 대로 주마 하고 원주 읍내서 교군 잘하는 놈으로 뽑아 세우니, 세상에 돈이 참 장사요, 돈이 제갈량이라. 삼백삼십 리를 온 이틀이 다 못되어 들어가겠다 장담하고 나서는 교군꾼이 십여 명이라. 해질 때 떠났으나, 가다가 횃불을 잡히더라도 삼사십 리는 갈 작정이라. 천쇠가 무슨 소리를 지르는지 아니 지르는지, 교군꾼들은 들은 체도 아니하고 달아난다. 천쇠가 교군 뒤로 따라오며 소리소리 질러서 교군을 멈추라 하니, 최 씨가 그 소리를 알아듣고 교군을 멈추고 천쇠를 불러 말을 묻다가 그 부인과 딸이 유문 주막에 있다는 말을 듣고 대장부 눈에서 눈물이 떨어지며 피 묻은 옷깃이 다시 눈물에 젖었더라.

유문 주막은 최 씨의 내외 상봉하고, 부녀 상봉하는 곳이라. 슬프던 끝에 기쁜 마음 나고, 기쁘던 끝에 다시 슬픈 마음이 나는데, 누가 더하고

---

* 세를 주고 빌린 가마.

누가 덜하다 할 수가 없는 터이나, 최병도는 기운이 탈진하여 통성痛聲도 없이 누웠고, 옥순이는 어린아이라 울다가 그 어머니 무릎에 기대고 잠이 들었는데, 부인은 잠 못 이루어 등잔을 돋우고 그 남편 앞에 앉아서 밤을 새운다. 하지 머리 짧은 밤도 근심으로 밤을 서우려면 그 밤이 별로이 긴 것 같은 법이라. 그 남편이 운명을 하는가 의심이 나서 불러보고 불러보다가, 그 남편이 대답 한번 하려면 힘이 드는 고양같이 보이는 고로 불러보지도 못하고 앉아서 속만 탄다. 이 몸이 의원이나 되었더면 맥이나 짚어보고 싶고, 이 몸이 불사약이나 되었으면 남편의 목숨이나 살려보고 싶고, 이 몸이 저승에 갈 수가 있으면 내가 대신 죽고 남편을 살려달라고 축원을 하여보고 싶고, 이 몸이 구름이나 되었으면 남편을 곱게 싸가지고 밤 내로 우리 집에 가서 안방 아랫목에 뉘어놓고 피 묻고 땀 밴 저 옷도 갈아입히고 병구원*이나 마음대로 하여보련마는, 그 재주 저 재주 다 없고, 주막집 단간 사첫방에서 꼼짝을 못하고, 물 한 그릇을 떠오라 하더라도 어린 옥순이를 심부름시키는 터이라. 남편이 숨이 넘어가는 지경에 무엇을 가릴 것이 있으리요마는, 팔도 모산지배謀算之輩**가 다 모여 자는 주막이라. 사람을 겁내고 사람을 부끄러워하며 삼십 년을 규중閨中에서 자라난 여자의 몸이라 아무렇든지 요 방구석에 들어앉아서 저 지경된 남편의 병도 구원하기 어려운 터이라, 날이나 밝으면, 그 남편을 교군에 싣고 강릉으로 갈 마음뿐이라. 먼동 트기를 기다리느라고 문을 열고 동편 하늘을 바라보니 샛별은 소식도 없고, 머리 위 처마 밑에서 홰를 탁탁 치고 꼬끼오 우는 것은 첫닭 우는 소리라.

* 병구완.
** 이해타산만 꾀하는 사람.

산도 자고 물도 자고 바람도 자고 사람도 자는 밤중이라. 적적요요한 이 밤중에 설움 없고 눈물 없이 우는 것은 꼬끼오 소리 하는 저 닭이요, 오장이 녹는 듯 눈물이 비 오듯 하며 소리 없이 우는 것은 최 부인이라. 그 밤을 그렇게 새다가, 새벽녘에 다 죽어가는 남편을 교군에 싣고 길을 떠나가는데, 그날부터는 교군 삯 외에 중상을 주마 하고 밤낮없이 몰아가는 터이라. 옛말에, '향기나는 미끼 아래 반드시 죽는 고기가 있고, 중상 아래 반드시 날랜 사람이 있다' 하더니, 과연 그 말과 같이 장장하일長長夏日 하루해에 일백육십 리를 가서 자고, 그 이튿날 저녁때에 대관령을 넘어간다.

해는 서산에 기울어졌는데, 대관령 고개 마루턱 성황당 밑에 교군 두 채를 나란히 놓고 쉬면서 교군꾼들이 갈모봉을 가리키며, '저 산 밑이 경금 동네라, 빨리 가면 횃불 아니 잡히고 일찍 들어가겠다' 하니, 그 소리가 최 부인의 귀에 반갑게 들리련마는 반가운 마음은 조금도 없고 새로이 기막히고 끔찍한 마음이 생긴다.

최병도가 종일을 정신없이 교군에 실려 오더니, 저녁때 새로이 정신이 나서 그 부인과 옥순이를 불러서 몇 마디 유언을 하고 대관령 고개 위에서 숨이 떨어지는데, 소쇄瀟灑* 황량한 성황당 밑에서 부인과 옥순의 울음소리가 처량하고, 깊은 산 푸른 수풀 속에서는 불여귀不如歸 우는 소리가 슬펐더라. 최병도의 산지山地는 지관地官이 잡아준 것이 아니라 최병도가 운명할 때에 손을 들어, 대관령에서 보이는 제일 높은 봉을 가리키며, 저기 저 꼭대기에 묻어달라 한 묏자리라.

무슨 까닭으로 그 꼭대기에 묻어달라 하였는고? 죽은 후에 높은 봉에

---

* 가운이 맑고 깨끗함.

묻혀 있어서 이 세상이 어떻게 되는 것을 좀 내려다보겠다 한 유언이 있었더라.

그 유언에 소문내기 어려운 말이 몇 마디가 있으나 최 부인이 섧고 기막힌 중에 함부로 말을 하였더라.

죽은 지 칠 일 만에 장사를 지내는데, 인근 동네 사람들까지 남의 일 같지 아니하고 사람마다 제가 당한 일 같다 하여 회장會葬 아니 오는 친구가 없고 부역 아니 오는 백성이 없으니, 토끼 죽은데 여우가 슬퍼했다〔兎死狐悲〕는 말과 같은 것이라. 상여꾼들이 연못軟泡국과 막걸리를 실컷 먹고, 술김에 흥이 나는 것이 아니라 처량한 마음이 나서 상여를 메고 가며 상두소리가 높았더라.

위허 위허.

이 길이 무슨 길인고, 북망 가는 길이로다.

위허 위허.

이 죽음이 무슨 죽음인고, 학정虐政 밑에 생죽음일세.

위허 위허.

생때 같은 젊은 목숨, 불연목에 맞아 죽었네.

위허 위허.

이 양반이 죽을 때에 눈을 감고 죽었을까?

위허 위허.

처자의 손목 쥐고 유언할제 어떨쏜가?

위허 위허.

고향을 바라보고 낙루가 마지막일네.

위허 위허.

한을 품고 죽은 사람 썩지도 못한다네.

워허 워허.

대관령에서 운명할 때 불여귀가 슬피 울데.

워허 워허.

가이인이可以人而 불여조不如鳥라 우리도 일곡하세.

워허 워허.

애고 불쌍하다 죽은 사람 불쌍하다.

워허 워허.

공산야월空山夜月 거친 무덤 그대 얼굴 못 보겠네.

워허 워허.

단장천이한천斷腸天離恨天에 그대 집은 공규空閨*로다.

워허 워허.

함원귀천含寃歸泉** 그대 일은 누가 아니 슬퍼할까?

워허 워허.

하며 나가는 것은 새벽 발인에 메고 나서는 상여꾼의 소리라. 그 소리를 들으면서 들은 체도 아니하고 저 길 갈 대로 가는 것은 최병도라. 명정銘旌은 앞에 서고 상여는 뒤에 서서 대관령을 향하고 올라가는데, 상옛소리는 끊어지고 발등거리 불빛만 먼 산에서 반짝거린다.

깊은 산 높은 봉에 사람의 자취 없는 곳으로 속절없이 가는 것도 그 처자 된 사람은 무정하다 할는지, 야속하다 할는지, 섧고 기막힌 생각뿐일

* 남편 없이 아내 혼자 있는 방.
** 원한을 갖고 황천에 감.

터인데, 그 산중에 들어가서 더 깊이 들어가는 곳은 땅속이라. 최병도 신체가 땅속으로 쑥 들어가며 달고 소리가 나는데

어여라 달고.

처자 권속 다 버리고 혼자 가는 저 신세 이제 가면 언제 오리, 한정 없는 길이로다.

어여라 달고.

북망산이 멀다더니 지척에도 북망산이로구나. 황천이 멀다더니 뗏장 밑이 황천이로구나.

어여라 달고.

인간 만사 묻지 마라, 초목만도 못하구나. 춘초春草는 연년年年 녹綠이요, 왕손은 귀불귀歸不歸라.

어여라 달고.

인생이 이러한데 천명을 못다 살고 악형 받아 횡사하니 그대 신명 가긍토다.

어여라 달고.

살일불고殺一不辜* 아니하고 형일불고刑一不辜** 아니할 때 그 시대의 백성들은 희호세계熙皥世界*** 그 아닌가.

어여라 달고.

희생 같은 우리 동포 살아도 고생이나 그대같이 죽는 것은 원통하기 특별나네.

어여라 달고.

---

* 아무 죄 없는 사람을 죽임.
** 아무 죄 없는 사람에게 형벌을 가함.
*** 백성과 나라가 태평한 세상.

관 위에 횡대 덮고 횡대 위에 회판일세. 풍채 좋은 그대 얼굴 다시 얻어 못

보겠네.

어여라 달고,

보고지고 보고지고 그대 얼굴 보고지고 공산낙월空山落月의 달빛을 보고

고인 안색으로 비겨볼까.

어여라 달고.

철천한 한을 품고 유언이 남았거든 죽지사竹枝詞 전하듯이 꿈에나 전해주게.

어여라 달고.

　그 달고질 소리가 마치매 둥그런 뇌가 이루어졌더라. 그 뇌는 산봉우리

위에 섰는데, 형상은 전기선電氣線 위에 새가 올라앉은 것같이 되었더라.

뇌 쓸 때에 최 씨의 유언을 드듸어서* 관머리는 한양을 향하고 발은 고향

으로 뻗었으니 그 뜻인즉, 한양은 우리나라 오백 년 국도國都이라 나라를

근심하여 일하장안日下長安을 바라보려는 마음이요, 고향은 조상의 분묘도

있고, 불쌍한 처자도 있고, 나라를 같이 근심하던 지기知己하는 친구도 있

는 터이라. 사정은 처자에게 간절하나 나라를 붙들기 바라는 마음은 그

친구에게 있으니, 그 친구는 김정수이라. 최병도가 죽은 영혼이 발을 제

겨 디디고** 김 씨가 나라 붙들기를 기다리고 바라보려는 마음에서 나온

일이러라. 그러나 사람은 죽으면 그만이라, 최병도는 인간을 하직하고 한

량없이 먼 길을 가고, 본평 부인은 청산백수靑山白水에 울음소리로 세월을

보내더라.

───

* '이어받다'의 옛말.
** 발 끝으로 조심스레 딛는다는 의미.

최 부인이 그 남편 죽던 날에 따라 죽을 듯하고, 그 남편 장사 지내던 때에 땅속으로 따라 들어갈 듯한 마음이 있으나, 참고 있는 것은 두 가지 거리끼는 일이 있어서 못 죽는 터이라.

　한 가지는 여덟 살 된 딸자식을 버리고 죽을 수가 없고, 또 한 가지는 아홉 달 된 복중 아이라. 혹 아들이나 낳으면 최 씨가 절사絶嗣*나 아니할까, 바라는 마음으로 살아 있는지라.

　그러나 부인은 밤낮으로 설운 생각뿐이라 산을 보아도 설운 생각이 나고, 물을 보아도 설운 생각이 나고, 밥을 먹어도 눈물을 씻고 먹고, 잠을 자도 눈물을 흘리고 자는 터이라. 간은 녹는 듯, 염통은 서는 듯, 창자는 끊어지는 듯, 가슴은 칼로 에이는 듯한데 '근심을 말자 말자' 하고, '슬픔을 참자 참자' 하면서도 솟아나는 마음을 임의로 못하고, 새로이 근심 한 가지가 더 생긴다. 무슨 근심인고? 내 속이 이렇게 썩을 때에 뱃속에 있는 어린것이 다 녹아 없어지려니 싶은 근심이라. 그러나 그 근심은 모르고 뱃속에서 무럭무럭 자라나는 어린아이는 열 달 만에 인간에 나오면서,

　"응아 응아."

우는데, 최 부인이 오래 지친 끝에 해산을 하고 기운 없고 정신없는 중에도 아들인지 딸인지 어서 바삐 알고자 하여 해산 구원하는 사람더러,

　"여보게, 아들인가 딸인가?"

묻는다. 그때 해산 구원하는 사람은 누구런지, 본평 부인이 묻는 것을 불긴不緊히 여기는 말로,

　"그것은 물어 무엇하셔요? 순산하셨으니 다행하지요."

하는 소리가 본평 부인의 귀에 쑥 들어가며 부인이 깜짝 놀라서 낙심이

* 대가 끊김.

된다. 딸이 아니면 병신 자식이라. 의심이 나고 겁이 나더니, 바라던 마음은 어디로 가고 설운 생각이 일어나며, 베개에 눈물이 젖는데, 부인이 본래 약질로 그 남편이 감영에 잡혀가던 날부터 죽던 날까지, 죽던 날부터 부인이 해산하던 날까지, 말을 하니 살아 있는 사람이요, 밥을 먹으니 살아 있는 사람이지 실상은 형해*만 걸린 것이, 불면 날아갈 듯 쥐면 꺼질 듯하게 된 중에 해산 구원하는 사람의 말을 듣고 놀라더니, 산후 제반악증이 생긴다. 펄펄 끓는 첫 국밥을 부인 앞에 놓고,

'아씨 아씨, 국밥 좀 잡수시오."

권하는 것은 천쇠의 계집이라. 부인이 감았던 눈을 떠서 물끄러미 보다가 눈물이 돌며,

'먹고 싶지 아니하니, 이따가 먹겠네."

하더니 다시 눈을 스르르 감고 돌아눕는데 얼굴에 핏기가 없고 찬 기운이 돈다. 눈에는 헛것이 보이고 입에는 군소리가 나오더니, 평생에 얌전하기로 유명하던 본평 부인이 실진失眞이 되어서 제명오리**같이 되었더라.

그 소생 어린아이는 옥동자 같은 아들이라. 그러한 아이를 무슨 까닭으로 해산 구원하던 사람이 부인의 귀에 말을 그렇게 놀라게 하여드렸던고? 해산 구원하던 사람은 부인을 놀래려고 그러한 것이 아니라, 어디서 그런 구기口氣***를 얻어 배웠던지, 아들 낳은 것을 감추고 딸이라 소문을 내면 그 아이가 명이 길다 하는 말이 있어서 아들이라는 말을 아니하려고 그리한 것인데, 위하여주려는 마음에서 병을 주는 말이 나온 것이라. 병

---

* 사람의 몸.
** 원문에 '제명오리'라 되어 있으나 '계명월이'가 맞는 표현. 행실이 바르지 못한 여자를 낮춰 부르는 말. 여기서는 본평 부인의 몰골이 말이 아니게 초췌해졌다는 의미.
*** 갈하는 태도.

이 들기는 쉬우나 낫기는 어려운 것이라. 당귀當歸, 천궁川芎, 숙지황熟地黃, 백작약白芍藥, 원지遠志, 백복신白茯神, 석창포石菖蒲 등속으로 청심보혈淸心補血만 하더라도 심경열도心經熱度*는 점점 성하고 병이 골수에 든다.

옥동자 같은 유복자는 그 어머니 젖꼭지를 물어도 못 보고 유모에게 길리는데, 혼돈세계混沌世界로 지내는 핏덩어리 아이는 아무것도 모르고 젖만 먹으면 잠들고 잠 깨면 젖 먹고 무럭무럭 자라지마는 불쌍한 것은 철 알고 꾀 난 옥순이라. 그 어머니가 미친증이 날 대마다,

"어머니 어머니, 어머니가 이것이 웬일이오? 어머니, 날 좀 보오. 내가 옥순이오."

하며 울다가 어린 마음에 무서운 생각이 들어서 복네를 부를 때가 종종 있다. 부인은 옥순이를 보아도 정 감사라고 식칼을 들고 원수 갚는다 하며 쫓아다니는 때가 있는 고로, 밤낮없이 안방이 상직常直으로 있는 사람들이 잠시도 부인의 옆을 떠날 수가 없는 터이라.

유복자의 이름은 누가 지어주었던지 옥 같은 남자라고 옥남이라 지었더라.

애비가 원통히 죽었든지 어미가 몹쓸 병이 들었든지, 가고 가는 세월에 자라는 것은 어린아이라. 옥남이가 일곱 살이 되도록 그 어미 얼굴을 모르고 자랐더라. 그 어미가 죽고 없어서 못 보았는가? 그 어미가 두 눈이 둥그렇게 살아 있는 터에 만나보지 못한다.

차라리 어미 없이 자라는 아이 같으면 어미까지 잊어버리고 모를 터이나, 옥남의 귀에 옥남 어머니는 살아 있다 하는데 옥남이가 그 어머니를 못 보았더라. 그것은 무슨 곡절인고? 본래 본평 부인이 실진이 되었을 때

---

* '십경'은 십이 경맥의 하나이며 '열도'는 열의 도수를 말함.

에 옥남의 집의 일동일절을 다 보아주던 사람은 김정수이라. 옥남의 유모는 또한 그 동네 백성의 계집이나, 본평 부인의 병이 얼른 낫지 아니하는 고로 김 씨의 말이, 옥남이가 그 어머니 있는 줄을 모르고 자라는 것이 좋다 하고, 옥남의 유모에게 먹고살 것을 넉넉히 주어서 멀리 이사를 시켜 주었더라.

김 씨는 이전에 최병도가 감영에 잡혀갈 때에 영문 장차들을 죽이느니 살리느니 하며 야단치던 사람이라. 그때 잠시간 몸을 피하였다가 최병도 죽었다는 말을 듣고 김 씨가 악이 나서 영문에 잡혀갈 작정하고 경금 동네로 돌아와서 최 씨의 초상 치르는 것까지 보고 있으나, 본래 피천 대푼 없는* 난봉鸞鳳이라. 가령 영문에서 잡으러 오더라도 장차가 삼백여 리나 온 수고값도 못 얻어먹을 터이요, 돈이 있어도 줄 위인도 아니라. 또 김 씨가 영문 장차에게 야단치던 일은 벌써 묵장** 된 일이라. 그런고로 영문에서 잡으러 나오는 일도 없고, 제 집에 있었더라.

제 자식보다 남의 자식을 더 귀애하고 소중히 여긴다는 말은 거짓말 같으나, 김 씨는 자기 아들보다 옥남이를 더 귀애하고 더 소중히 여기는 터이라. 옛날 정영程嬰이가 조무趙武***를 구하려고 그 아들을 버리더니, 김 씨가 옥남이를 보호하려는 마음이 정영이가 조무를 위하는 마음만 못지 아니한지라. 옥남이 있는 곳은 경금서 삼십 리라. 김 씨가 옥남이를 보러 삼십 리를 문턱 드나들듯 왕래를 하는데, 옥남이가 김 씨를 보면 저의 아버지를 본 듯이 반가워서 쫓아 나오며,

"아저씨, 아저씨!"

* 가진 돈이 하나도 없는.
** 장기에서 서로 모르고 지나친 장군.
*** 중국 춘추시대 진나라 집정대부.

하고 따른다.

옥남이가 핏줄도 아니 켕기는 터에 그렇게 따르는 것은 김 씨에게 귀염받는 곡절이요, 김 씨가 옥남이를 그렇게 귀애하는 것은 최병도의 정분을 생각하여 그럴 뿐 아니라, 옥남의 영민한 것을 볼수록 귀애하는 마음이 깊어간다.

율곡栗谷은 어렸을 때부터 이치를 통한 군자라는 말이 있었고, 매월당梅月堂*은 어렸을 때부터 문장이라는 말이 있었으니, 옥남이를 그러한 명현에는 비할 수 없으나 옥남이를 보는 사람의 말은,

"일곱 살에 요렇게 영민한 아이는 고금에 다시없지."

하면서 칭찬을 한다.

"아저씨, 나는 아저씨 보러 왔소."

하며 김 씨 집 마당으로 달음박질하여 들어오는 것은 옥남이라.

"응, 거 누구냐, 네가 어찌 여기를 왔느냐?"

하며 문을 열고 내다보는 것은 김 씨라.

옥남이는 앞에 서고 유모는 뒤에 서서 들어오는데, 김 씨가 반가운 마음은 없던지 눈살을 찌푸리고 무슨 생각을 하는 모양이라.

(유모)"애기가 어머니 보러 온다고 어찌 몹시 조르던지 견디다 못하여 데리고 왔습니다."

김 씨가 아무 대답 없이 옥남이를 물끄러미 보다가 고개를 푹 숙인다.

(옥남)"아저씨, 내가 삼십 리를 걸어왔소. 내가 장사지?"

(김)"어린아이가 그렇게 먼 데를 어찌 걸어왔단 말이냐? 날더러 그런 말을 하였으면 교군을 보냈지."

* 조선의 문인, 김시습.

(옥)"어머니를 보러 오느라고 마음이 어찌 좋던지, 다리 아픈 줄도 몰랐소."

김 씨가 무슨 말을 하려는지 고개를 들더니 다시 아무 소리 없이 입맛을 다신다.

(옥)"아저씨 아저씨, 내 소원을 풀어주오. 우리 어머니가 살아 있다는데, 내가 어머니 얼굴을 못 보니 어머니를 보고 싶어 못살겠소. 어머니가 나를 낳고 미친병이 들었다 하니 내가 아니 났더면 어머니가 아니 미쳤을 터이지……."

하더니 훌쩍훌쩍 우니, 유모가 그 모양을 보고 따라 운다.

김 씨의 부인이 옥남의 머리를 쓰다듬으며,

"에그, 본평댁이 불쌍하지. 신세가 그렇게 되고 그런 몹쓸 병이 들어서……."

하더니 목이 멘 소리로 말끝을 마치지 못하고 눈물이 떨어진다. 김 씨의 머리는 점점 더 수그러지더니, 염불하다가 앉아서 잠든 중의 고개같이 아주 푹 수그러졌다.

부인이 김 씨를 건너다보며,

"여보 여보, 옥남이가 처음부터 그 어머니가 살아 있는 줄을 몰랐으면 좋으려니와, 알고 보려 하는 것을 아니 뵐 수 있소? 오늘 내가 데리고 가서 만나보게 하겠소. 이애 옥남아, 너의 어머니를 잠깐 보고 너는 도로 유모의 집으로 가서 있거라. 네가 너의 어머니를 보고 어머니 앞을 떠나기가 어려워서 너의 집에 있으려 할 터이면 내가 아니 데리고 가겠다."

김 씨가 고개를 번쩍 들며,

"응, 마누라가 데리고 갔다 오시오."

그 말 한마디에 옥남이와 유모와 김 씨 부인이 눈물이 가득한 눈으로 웃음빛을 띠었더라.

앞뒤에 쌍창문 척척 닫쳐두고 문 뒤에는 긴 널빤지를 두 이자 석 삼자로 가로질러서 두 치 닷 푼씩이나 되는 못을 척척 박아서 말이 문이지 아주 절벽같이 만들어놓고 안마루로 드나드는 지게문으로만 열고 닫게 남겨둔 것은 최본평 집 안방이라. 그 방 속에는 세간 그릇 하나 없고 다만 있는 것은 귀신 같은 사람 하나뿐이라.

머리는 까치집같이 헙수룩하고 얼굴은 몇 해 전에 씻어보았던지 때가 켜켜이 끼었는데, 저렇게 파리하고도 목숨이 붙어 있나 싶을 만하게 뼈만 남은 위인이 혼자 앉아서 중얼거리는 사람은 본평 부인이라.

무슨 곡절로 지게문만 남겨놓고 다른 문은 다 봉하였던고? 본평 부인이 광증이 심할 때에는 벌거벗고 문밖으로 뛰어나가려 하기도 하고, 옥순이도 몰라보고 방망이를 들고 때리려 하기도 하는 고로, 옥중에 죄인 가두듯이 안방에 가두어두고 수직守直하는 노파 이삼 인이 옥사장같이 지켜 있고 다른 사람은 그 방에 드나들지 못하게 하는 터인데, 적적하고 캄캄한 방 속에 죄 없이 갇혀 있는 사람은 본평 부인이라. 그러한 그 방 지게문을 펄쩍 열고,

"어머니."

부르면서 들어오는 것은 옥남이요, 그 뒤에 따라 들어오는 사람은 김씨의 부인과 옥남의 유모이라. 건넌방에서 옥순이가 그것을 보고 한걸음에 뛰어나와 안방으로 따라 들어온다. 그때 본평 부인은 아랫목에 혼자 앉아서 베개에 식칼을 꽂아놓고, 무엇이라고 중얼하는 소리가 그 남편 죽이던 놈의 원수 갚는다는 말이라. 옥남이가 그 어머니 모양을 보더니 울며, 그 어머니 앞으로 달려들어서 어머니를 부르며 울기만 하는데, 옥순이는 일곱 해 동안을 건넌방 구석에서 소리 없는 눈물로 자란 계집아이

라, 참았던 울음소리가 툭 터져나오면서 옥남이를 얼싸안고 자지러지게 우니, 김 씨의 부인과 유모가 옥남이를 왜 데리고 왔던고 싶은 마음뿐이라. 김 씨의 부인이 눈물을 흘리고 본평 부인 앞으로 바싹 다가앉으며,

"여보 본평댁, 이 아이가 본평댁의 아들이오. 여보 여보, 정신 좀 차려서 이 아이 좀 보오. 어찌하여 저런 병이 들었단 말이오? 여보, 여보 저 베개에 칼은 왜 꽂아놓았소? 저런 쓸데없는 짓을 말고 어서 병이나 나아서 옥순이를 잘 가르쳐 시집이나 보내고, 옥남이를 길러서 며느리나 보고, 마음을 붙여 살 도리를 하시오. 돌아가신 서방님은 하릴없거니와 불쌍한 유복자를 남의 손에 기르기가 애닯지 아니하오? 본평댁이 어서 본정신이 돌아와서 옥남이를 길러 재미를 보게 하오. 에그, 그 얌전하던 본평댁이 이렇게 될 줄 누가 알았단 말인고?"

하며 목이 메서 하던 말을 그친다. 본평 부인이 무슨 정신에 김 씨의 부인을 알아보던지 비죽비죽 울며,

"여보 회오골댁, 이런 절통切痛한 일이 있소? 댁 서방님이 우리 집에 오셔서 영문 장차를 다 때려죽이려 드시는 것을 내가 발바닥으로 뛰어나가서 말렸더니, 영문 장차놈들이 그 공을 모르고 옥순 아버지를 잡아다가 주었소그려. 내가 옥황상제께 원정을 하였소. 옥황상제께서 그 원정을 보시더니, 내 소원을 다 풀어주마십디다. 염라대왕을 부르시더니 정 감사를 잡아다가 천 근이나 되는 무쇠 두멍*을 씌워서 지옥에 집어넣고 우리 집에 나왔던 장차들은 금사망金絲網을 씌워서 구렁이가 되게 하고 옥황상제꺼서 날더러 하시는 말이, '너는 나가서 있으면, 내가 인간에 죄지은 사람들을 다 살펴서 벌을 주겠다' 하십디다. 회오골댁, 내 말을 자세히 들어두

---

* 물을 길어 부어두는 큰 독.

시오. 몇 해만 되면 세상에 변이 자꾸 날 터이오. 극성을 부리던 사람들은 꼼짝을 못하게 되고, 백성들은 제 재물을 제가 먹고살게 될 터이오. 두고 보오, 내 말이 맞나 아니 맞나…… 옥순 아버지가 대관령에서 운명할 때에 하던 말이 낱낱이 맞을 터이오."

그렇게 실진한 말만 하다가 나중에는 그 소리 할 정신도 없어 눈을 감더니 부처님의 감중련坎中連하는 손과 같이 손가락을 짚고 가만히 앉았는데, 그 앞에는 옥순의 남매 울음소리뿐이라.

태평양 너른 물에 크고 큰 화륜선이 살 가듯 떠나가는데 돛대 밖에 보이는 것은 파란 하늘뿐이요, 물 밑에 보이는 것은 또한 파란 하늘 그림자뿐이라. 해는 어디서 떠서 어디로 지는지? 배는 어디서 와서 어디로 가는지? 오던 곳을 살펴보아도 하늘에서 온 것 같고, 가는 곳을 살펴보아도 하늘로 향하여 가는 것만 같다. 바람은 괴괴하고 물결은 잔잔하고 석양은 묘묘한데, 화륜선 상등실에서 갑판 위로 웬 사람 셋이 나오는데 앞에 선 것은 옥남이요, 뒤에 선 것은 옥순이요, 그 뒤에는 김 씨라. 옥남이가 갑판 위로 뛰어다니면서,

"누님 누님, 누님이 이런 좋은 구경을 마다고 집에서 떠날 때 오기 싫다 하였지? 집에 들어앉았으면 이런 구경을 하였겠소?"
하면서 흥이 나서 구경을 하는데, 옥순이는 아무 경황 없이 뱃머리에서 오던 길만 바라보고 섰다. 옥순이가 수심이 첩첩하여 남에게 형언하지 못하는 한탄이라.

'어머니는 어떻게 되셨누? 내가 집에 있을 때도 어머니 병구원하는 할미들이 어머니를 대하여 소리를 꽥꽥 지르며 욱지르는 것을 보면 내 오장이 무너지는 듯하지마는, 그 할미들더러 애쓴다, 고맙다, 칭찬하는 것은

빈말이 아니라, 그렇게 되신 우리 어머니를 밤낮없이 그만치 보아드리기도 어려운 터이라. 그러나 나도 없으면 어떻게들 할는지……'

그런 생각을 하다가 구슬 같은 눈물이 쌍으로 뚝뚝 떨어지는데, 고개를 숙여 보니 만경창파에 간곳없이 스러졌다. 근심에 근심이 이어 나고, 생각에 생각이 이어 난다.

'갈모봉이 어데로 가고, 대관령은 어데로 갔누? 아버지 돌아가실 때에 대관령을 넘는데 천하에는 산뿐이요, 이 산에 올라서면 온 천하가 다 보이는 줄 알았더니, 에그, 그 산이 그 산이……'

그렇게 생각하고 섰는데, 대관령이 옥순의 눈에 선하게 보이는 듯하다. 산은 무정물無情物이라, 옥순이가 산에 무슨 정이 들어서 그리 간절히 생각하는고?

대관령 상상봉에는 눈 못 감고 돌아가신 아버지가 말없이 누우셨고, 대관령 밑 경금 동네에는 살아 있는 어머니가 돌아가신 아버지 신세만 못하게 되어 계시니, 그 어머니 형상은 잊을 때가 없는지라. 잠들면 꿈에 보이고, 잠이 깨면 눈에 어린다. 거지를 보더라도 본정신으로 다니는 사람을 보면, 우리 어머니는 저 신세만 못하거니 싶은 생각이 나고, 병신을 보더라도 본정신만 가진 사람을 보면 우리 어머니가 차라리 눈이 멀었든지, 귀가 먹든지, 팔이나 다리가 병신이 되었더라도 옥남이나 알아보고 세상을 지내시면 좋으련마는 하며 한탄하는 마음이 생기는 옥순이라. 옥순이가 사람을 보는 대로 그 어머니가 남과 같지 못한 생각이 나는 것은 오히려 예사이라. 날짐승 길벌레를 보더라도 처량한 생각이 든다.

'저것은 짐승이지마는 기뻐하는 마음, 성내는 마음, 슬퍼하는 마음, 즐거워하는 마음, 사랑하는 마음, 미워하는 마음, 욕심나는 마음, 그런 마음이 다 있을 터인데, 어찌하여 우리 어머니는 사람으로 그런 마음을 잃으셨누? 아버지는 세상을 버리시고 어머니는 세상을 모르시는데, 의지 없는 우리 남매를 자식같이 사랑하고 불쌍히 여기는 사람은 회오골 아저씨 내외이라. 헝겊붙이나 되어 그러하면 우리도 오히려 예사로울 터이나, 과갈지의瓜葛之誼*도 없는 김가, 최가이라. 우리 남매가 자라서 그 은혜를 어떻게 갚을는지……. 부모 같은 은혜가 있으나 아버지라 부를 수 없는 고로 아저씨라 부르지마는, 우리 남매 마음에는 아버지같이 알고 따르는 터이라. 그러나 눈치 보고 체면 차리는 것은 아두리 한들 친부모와 같을 수는 없는지라. 내 근심을 다 감추고 좋은 기색만 보이는 것이 내 도리에 옳을 터이라.'

하고 옥순이가 그런 생각을 하면서 다시 아니 울 듯이 눈물을 썩썩 씻고, 고개를 들어서 오던 길을 다시 바라보니 망망한 바다 위에 화륜선 연기만 비꼈더라.

옥순이가 잠시간 화륜선 갑판 위에 나와 구경할 때라도 그런 근심 그런 생각을 하는 터이라. 고요한 밤 베개 위와 적조寂한 곳 혼자 있을 때는 더구나 더구나 옥순의 근심거리라.

김정수의 자는 치일이니 최병도와 지기하던 친구라. 내 몸을 가볍게 여기고 나라를 소중하게 아는 사람인데, 김 씨가 천성이 그렇던 사람이 아니라, 최 씨에게서 천하 형세를 자세히 들어 안 이후로 어지러운 꿈 깨듯이 완고의 마음을 버리고 세상을 자세히 살펴보는 사람이요, 최 씨는 김옥균의 고담준론高談峻論을 얻어들은 후에 크게 깨달은 일이 있어서 나라를 붙들고 백성을 살릴 생각이 도저하나 일개 강릉 김 서방이라. 지체가 좋지 못하면 사람 축에 들지 못하는 조선 사람 되어, 아무리 경천위지經天

* 인척 관계로 생긴 정.

緯地하는 재주가 있기로 어찌할 수 없는 고로 고향에 돌아가서 재물 모으기를 시작하였는데, 그 재물 모으려는 뜻은 호의호식하고 호강하려는 것이 아니라, 그 재물을 모을 만치 모은 후에 유지有志한 사람 몇이든지 데리고 외국에 가서 공부도 시키고, 최 씨는 김옥균과 같이 우리나라 정치 개혁하기를 경영하려 하던 최병도라.

김 씨가 최병도 죽은 후에 백아白牙가 종자기 죽은 후에 거문고 줄을 끊듯이 세상일을 단망斷望하고 있는 중에, 본평 부인이 그 남편의 유언을 전하는 것을 듣더니, 김 씨의 눈에서 강개慷慨한 눈물이 떨어지고 최 씨의 부탁을 저버릴 마음이 없었더라.

최 씨가 세 가지 유언이 있었는데, 하나는 세상을 원망한 말이요, 또 하나는 그 친구 김정수에게 전하여달라는 말이요, 또 하나는 그 부인에게 부탁한 말이라.

세상을 원망한 말은 최병도가 마지막 세상을 버리는 사람이 되어 말을 가리지 아니하고 함부로 한 터이라. 인구전파人口傳播*하기가 어려운 마디가 많이 있었는데, 누가 듣든지 최 씨와 김 씨의 교분交分을 부러워하고 칭찬한다. 김 씨에게 전하라는 말도 또한 세상에 계관되는 일이 많은 고로, 그 말을 얻어들은 사람들이 수군수군하고 쉬쉬하다가, 그 말은 필경 경금 동네서 스러지고 세상에 전하지 아니하였고, 다만 그 부인에게 부탁한 말만 전하였더라.

(최 씨 유언) "나는 천 석 추수를 하는 사람이요, 치일이는 조석을 굶는 사람이라. 내가 죽은 후에 내 재물을 치일이와 같이 먹고살게 하고, 내 세간을 늘리든지 줄이든지 치일의 지휘대로만 하고, 또 마누라가 산월産月

---

* 말이 입으로 전하여 퍼짐.

이 머지 아니하니 자녀 간에 무엇을 낳든지 자식 부탁을 치일에게 하라."

하면서 마지막 눈물을 떨어뜨리고 운명을 하였는지라.

본평 부인이 실진하기 전부터 김 씨가 최 씨의 집 일을 제 집 일보다 십배 백 배를 힘써서 보던 터인데, 본평 부인이 실진할 때는 옥순이가 불과 여덟 살이라. 최 씨의 집 일이 더욱 망창茫蒼하게 된 고로, 김 씨가 최 씨의 집, 논문서까지 자기의 집에 옮겨다 두고 최 씨 집에서 쓰는 시량범절柴糧凡節*까지라도 김 씨가 차하하는** 터이라. 형세가 늘면 어찌 그렇게 쉬 늘던지 최병도 죽은 지 일곱 해 만에 최병도 집 형세는 삼사 배가 더 늘었더라.

최 씨는 죽고 그 부인은 그런 병이 들었으니 화패禍敗***가 연첩連疊한 집에 패가敗家하기가 쉬울 터인데 형세가 그렇게 는 것은 이상한 일이나, 김 씨가 최 씨 집 재물을 가지고 세간살이하는 것을 보면 그 세간이 늘 수밖에 없는지라. 가령 천 석 추수를 하면 백 석쯤 가지고 최 씨와 김 씨 두 집에서 먹고살아도 남는 터이라, 구백 석은 팔아서 논을 사니 연년年年이 추수가 늘기 시작하여 그 형세가 불 일어나듯 하였는데, 옥남이 일곱 살 되던 해에 그 어머니를 만나본 후로 옥순의 남매가 밤낮 울기만 하고 서로 떨어져 있지 아니하려는 고로, 김 씨가 최병도 생전에 모은 재산만 남겨두고, 김 씨의 손으로 늘린 전장田莊은 다 팔아서 그 돈으로 옥남의 남매를 미국에 유학시키러 가는 길이라. 화성돈에 데리고 가서 번화하고 경치 좋은 곳은 대강 구경시킨 후에 옥순의 남매 공부할 배치를 다 하여주었는데, 옥남이는 어린아이라 좋은 구경에 정신이 팔려서 집 생각을 아니

---

* 땔나무와 먹을 양식, 모든 행사.
** 대어줌.
*** 화와 실패.

하나, 옥순이는 꽃을 보아도 눈물을 머금고 보고, 달을 보아도 눈물을 머금고 보고, 박물관博物館·동물원動物園같이 번화한 구경을 할 때에도 경황 없이 다니면서 고국 생각만 한다.

김 씨가 고향을 떠나서 오래 있기가 어려운 사정이나 기간사期間事는 전혀 생각지 아니하고, 옥순의 남매를 공부 성취시킬 마음과, 자기도 연부역강年富力強*한 터이라, 아무쪼록 지식을 늘릴 도리에 힘을 쓰고 있는지라. 그렇게 다섯 해를 있는데, 물가 비싼 화성돈에서 세 사람의 학비가 적지 아니한지라. 또 옥순의 남매를 아무쪼록 고생 아니되도록 할 작정으로 의외에 돈이 너무 많이 쓰인 고로 십여 년 예산이 불과 다섯 해에 돈이 거진 다 쓰이고 몇 달 후면 학비가 떨어질 모양이라. 본래 김 씨가 경금서 떠날 때에 또 최 씨 집 추수하는 것을 연년이 작전作錢**하여 늘리도록 그 아들에게 지휘하고 온 일이 있는데, 김 씨가 떠날 때는 그 아들의 나이 스물한 살이라. 그 후에 다섯 해가 되었으니 그때 나이는 이십육 세이라. 김 씨 생각에, 내가 집에 있어서 그 일을 본 해만은 못하더라도, 그 후에 우리나라의 곡가가 점점 고등하였으니 내 지휘대로만 하였으면 돈이 많이 모였을 듯하여, 김 씨가 학비를 구처區處할 마음으로 고국에 돌아오는데 왕환任還 동안은 속하면 반년이요, 더디더라도 팔구 삭에 지나지 아니한다 하고, 옥순의 남매를 작별하였더라. 김 씨가 고국에 돌아와서 본즉 최 씨 집에는 전과 같은 일도 있고, 전만 못한 일도 있다.

본평 부인의 실진한 병은 전과 같아 살아 있을 뿐이요, 그 집 재물은 바싹 졸아서 전만 못하게 되었더라. 김 씨가 다시 자기 집 일을 자세히 살펴

---

* 나이가 젊고 힘이 셈.
** 팔아서 돈을 마련함.

보니, 뜻밖에 전보다 다른 것이 두 가지라. 한 가지는 그 아들의 난봉이 늘고, 또 한 가지는 그 아들의 거짓말이 썩 대단히 늘었더라.

부모가 믿기를 태산같이 믿고 일가친척이 칭찬하고 동네 사람들이 우러러보던 그 아들이 그다지 그렇게 될 줄은 꿈 밖이라. 제 마음으로 그렇게 되었던가, 남의 꼬임에 빠져서 그렇게 되었던가? 제 마음이 글러서 그렇게 된 것도 아니요, 남이 꾀어서 그렇게 된 것도 아니라. 그러면 어찌하여 그렇게 되었던가? 그때는 갑오 이후라, 관제가 변하여 각 읍의 원은 군수가 되고, 팔도는 십삼 도 관찰부가 된 때라. 어떤 부처님 같은 강릉 군수가 내려왔는데, 뒷줄이 튼튼치 못한 고로, 백성의 돈을 펼쳐놓고 뺏어먹지는 못하나 소문 없이 갉아먹는 재주는 신통한 사람이라. 경금 사는 김정수의 아들이 남의 돈이라도 수중에 돈천 돈만이나 좋이 가지고 있다는 소문을 듣고 존문存問을 하여 불러들여 치켜세우고, 올려 세우고, 대접을 썩 잘하면서 돈 몇천 냥만 꾸어달라 하니, 김 소년의 생각에 그 시행을 아니하면 하늘 모르는 벼락을 맞을 듯하여 겁이 나서 강릉 원에게 돈 몇천 냥을 소문 없이 주고, 벙어리 냉가슴 앓듯 하고 있는 중에 강릉 군수보다 존장尊長 할아비 치게 세력 있는 관찰사가 불러다가 웃으며 뺨 치듯이 면새* 좋게 뺏어먹는 통에, 김 소년이 최 씨 집 추수 작전한 돈을 제 것같이 다 써 없애고 혼자 심려가 되어 별궁리를 다 하다가, 허욕이 버썩 나서 그 모친이 맡아가지고 있는 최 씨 집 논문서를 꺼내다가 빚을 몇만 냥을 얻어가지고 울진으로 장사하러 내려가서 한 번 장사에 두 손 툭툭 떨고 돌아왔더라.

처음에 장사 나설 때는 이번 장사에 군수와 관찰사에게 취하여 준 돈을

---

* 체면.

어렵지 아니하게 벌충이 되리라 싶은 마음뿐이러니, 울진 가서 어살을 하다가 생선 비린내만 맡고 돈은 물속에 다 풀어 넣고, 장사라 하면 진저리치게 되었는데, 그렇게 낭패 본 것을 그 부친에게 알리지 아니하고 편지할 때마다 거짓말만 하였더라.

본래 착실하던 사람도 거짓말하기 시작하면 엉터리없는 거짓말이 그렇게 잘 늘던지, 김 소년이 저의 부친에게만 그렇게 거짓말하는 것이 아니라 남에게까지 거짓말하고 빚을 상투모가 넘도록 졌는데, 최 씨 집 재산을 결딴내놓고 사람을 속여먹으려고 눈이 뒤집혀 다니는 모양이라.

김정수가 기가 막혀서 말이 아니 나오는데, 아들이 난봉된 것은 오히려 둘째가 되고, 옥남의 남매가 몇만 리 밖에서 굶어 죽게 된 일을 생각하면 잠이 아니 온다. 옥남의 남매를 데려올 작정으로 노자를 판출辦出*하려는데, 본래 김 씨는 가난하던 사람으로 최 씨 집 재물을 맡은 후에 남에게 신용이 생겼더니 최 씨 집 재물이 없어진 후에 그 신용이 떨어질 뿐 아니라, 그 아들이 난봉 패호牌號한 후에 동네 사람의 물의가, 김치일의 부자父子는 최 씨 집을 망하려는 사람이라고 소문이 떡 벌어졌는데, 누구더러 돈 한푼 꾸어달라 할 수도 없이 되고, 섣불리 그런 말을 하면 남에게 욕만 더 얻어먹을 모양이라.

김 씨가 며칠 밤을 잠을 못 자고 헛경륜經綸**만 하다가 화가 어찌 몹시 나던지 조석 밥은 본 체도 아니하고 날마다 먹느니 술뿐이라, 술이 깨면 별 걱정이 다 생기다가 술을 잔뜩 먹고 혼몽 천지가 되면 아무 걱정 없이 팔자 좋게 세월을 보내는 터이라.

김 씨가 집에 돌아온 지 몇 달 동안에 술 취하지 아니하는 날이 한 달

* 돈이나 물건을 마련함.
** '경륜'은 포부를 가지고 일을 조직적으로 계획함의 뜻.

삼십 일 동안에 몇 시가 못되더니 필경에는 그 몇 시간 동안에 정신 있던 것도 없어지고 세상을 아주 모르게 되었다.

술을 먹어 정신을 모르는 것이 아니요, 병이 들어 정신을 모르는 것도 아니라. 긴 잠이 길게 들어서 이 세상을 모르게 되었더라.

그 전날까지도 고래 물켜듯이 술을 먹던 터이요, 아무 병 없이 사지백체가 무양無恙하던 터이라, 병 없이 죽었으나 죽는 것이 병이라. 김 씨가 죽던 전날 그 부인과 아들을 불러 앉히고 옥순의 남매를 데려올 말을 하는데 순리의 말은 별로 없고 억지 말만 있었더라.

몇 푼짜리 되지도 아니하는 집을 팔면 옥순의 남매를 데려올 듯이, 집도 팔고 식구마다 남의 종으로 팔려서 그 돈으로 옥순 남매를 데려오겠다 하면서, 코를 칵칵 지지르는 독한 소주를 말 물켜듯 하는데 그때가 여름 삼복중이라, 하루 종일 소주만 먹더니 날이 어슬하게 저물 때에 앞뒷문을 훨쩍 열어놓고 자다가, 몸에 불이 일어날 듯이 번열증煩熱症이 나서 냉수를 찾는데, 미처 대답할 새가 없이 재촉하여 냉수를 떠 오라 하더니 냉수 한 사발을 한숨에 다 먹고 콧구멍에서 파란 불이 나면서 당장에 죽었더라.

김 씨는 옛사람이 되었으나, 지금 이 세상에 밤낮으로 기다리고 있는 사람은 옥순이와 옥남이라. 김 씨 집에서 김 씨가 죽었다고 옥순에게로 즉시 전보나 하였으면 단념하고 기다리지 아니할 터이나, 김 씨 아들이 시골서 생장한 사람이라, 전보할 생각도 아니하고 있는 고로 김 씨가 죽은 지 오륙 삭이 되도록 옥순이는 전연 모르고 있었더라. 옥순의 남매가 학비가 떨어져서 사고무친四顧無親한 만리타국에서 굶어 죽을 지경이라. 편지를 몇 번 부쳤으나 답장 한 장이 없더니, 하루는 옥남이가 우편으로 온 편지 한 장을 받아 들고 들어오면서 좋아서 펄펄 뛰며,

(옥남) "누님 누님, 조선서 편지 왔소. 어서 좀 뜯어보오."

하면서 옥순의 앞에 놓는데, 옥순이가 어찌 반갑고 좋던지 겉봉에 쓴 것도 자세 보지 아니하고 뚝 떼어 보니 편지한 사람은 김 씨의 아들이요, 편지 사연은 김 씨가 죽었다는 통부通訃라.

그때 옥순이는 열아홉 살이요, 옥남이는 열두 살이라. 부모같이 알던 김 씨의 통부를 듣고, 효자효녀가 상제 된 것과 같이 설워하다가 그 설움은 잠깐이어니와 돈 한푼 없는 옥남의 남매가 제 설움이 생긴다.

정신병이 들어서 아무것도 모르는 그 어머니를 살아 있을 때에 한 번다시 만나볼까 하였더니, 그 어머니 죽기 전에 옥순의 남매가 먼저 죽을지경이라. 옥순이가 옥남이를 붙들고 울며,

"이애 옥남아, 세상에 우리 남매같이 기박한 팔자가 또 어데 있단 말이냐! 돌아가신 아버지 일을 생각하든지, 살아 계신 어머니 일을 생각하든지, 우리 남매는 일평생에 한恨 덩어리로 자라나서, 아버지 산소에 한 번도 못 가보고 어머니 얼굴을 한 번 다시 못 보고 여기서 죽는단 말이냐? 어머니 생전에 우리가 먼저 죽으면 불효가 막심하나 그러나 만리타국에 와서 먹을 것 없이 어찌 산단 말이냐?"

하면서 울다가, 옥순의 남매가 자결하여 죽을 작정으로 나섰더라. 옥순의 남매는 본래 총명한 아이인데, 김 씨가 어찌 잘 인도하였던지, 어린아이들의 마음일지라도 아무쪼록 남보다 공부를 잘하여 고국에 돌아간 후에 나라에 유익한 백성이 될 마음이 골똘하여 일심전력으로 공부를 하였는터, 옥순이는 옥남이보다 일곱 살이나 더하나, 고국에 있을 때에 아무 공부 없기는 일반이라. 미국 가서 심상소학교에도 같이 들어갔고 심상과 졸업도 같이 하고, 그때 고등소학교 일년생으로 있는데, 공부 정도는 같으나 열두 살 된 아이와 열아홉 살 된 아이의 지각 범절은 현연히 다른지라. 그 아버지를 생각하기도 옥순이가 더하고, 그 어머니 정경情景을 생각하

는 것도 옥순이가 더하는 터인데, 더구나 옥순이는 여자의 성정性情이라 어린 동생을 데리고 죽으려 할 때에 그 서러워하는 마음은 옥순이더러 말하라 하더라도 형용하여 다 말하지 못할지라.

기숙하던 호텔은 다섯 해 동안에 주객지의主客之誼가 있었는데, 김 씨가 옥순의 남매를 데리고 돈을 흔히 쓰고 있을 때는 그 호텔 주인은 형제같이 친하게 지내고 보이들은 수족같이 말을 잘 듣더니, 학비가 떨어지고 호텔 주인에게 요리 값을 못 주게 된 후에는 형제 같던 주인이나, 수족 같던 보이나 별안간에 변하기로 그렇게 대단히 변하던지, 돈 없이는 하루라도 그 집에 있을 수가 없는 터이라. 그러나 호텔에서 두어 달 동안이나 외자*로 먹고 있기는, 주인의 생각에 옥순의 집에서 돈을 정녕 보내주려니 여기고 있는 고로, 옥순의 남매가 그날 그때까지 그 집에 있던 터이라. 대체 옥순의 남매가 그렇게 두어 달을 지낸 끝이라, 십 리만 가려 하더라도 전차 탈 돈도 없고, 다만 있는 것은 옥순의 몸의 금시계 하나와 금반지 하나뿐이라. 옥순의 남매가 그 호텔 주인에게 어디로 간다는 말도 없이 가만히 나섰는데, 그 길은 죽으러 가는 길이라.

지는 해는 서천에 걸렸는데 내왕하는 행인은 각 사회에서 일 마치고 돌아가는 사람들이라. 옥순의 남매가 해 지기를 기다려서 기차 철로로 향하여 가는데, 사람의 자취 드문 곳으로만 찾아간다. 땅은 검을락 말락 하고 열 간 동안에 사람은 보일락 말락 한데, 옥순의 남매가 철도 옆 언덕 위에서 철도를 내려다보며 기차 지나가기를 기다린다. 옥순이가 옥남의 손목을 붙들고 울며,

"이애 옥남아, 너는 남자이라. 이렇게 죽지 말고 살았다가 남의 보이

---

* 외상.

노릇이라도 하고 하루 몇 시간이든지 공부를 착실히 한 후에 우리나라에 돌아가서, 병든 어머니나 다시 뵙고 어머니 생전에 봉양이나 착실히 할 도리를 하여보아라. 나는 여자이라, 살아 있더라도 우리 최가의 집에 쓸데없는 인생이니, 죽으나 사나 소중한 것 없는 사람이나, 너는 아무쪼록 살았다가 조상의 뫼나 묵지 말게 하여라."

(옥남) "여보 누님, 우리나라 이천만 생명의 성쇠盛衰가 달린 나라가 결딴나게 된 생각은 아니하고, 최가의 집 하나 망하는 것만 그리 대단히 아오? 내가 살았다가 우리나라 일이나 잘하여볼 도리가 있으면 보이 노릇은 고사하고 개 노릇이라도 하겠소마는, 최 씨의 집 뫼가 묵는 것은 꿈같소."

(옥순) "오냐, 기특한 말이다. 네 마음이 그러할수록 죽지 말고 살았다가 나라를 붙들 도리를 하여보아라."

(옥남) "여보 누님, 그 말 마오. 사람이 죽을 마음을 먹을 때에, 오죽 답답하여 죽으려 하겠소? 김옥균은 동양의 영웅이라 하는 사람이 우리나라 정치를 개혁하려다가 역적 감태기만 뒤집어쓰고 죽었는데, 나 같은 위인이야 무슨 국량局量*이 있어서 나라를 붙들어볼 수 있소? 미국 와서 먹을 것 없어서 고생되는 김에 진작 죽는 것이 편하지. 누님이나 고생을 참고 남의 집에 가서 심부름이나 하고 밥이나 얻어먹고 살아보오."

그 말이 마치지 못하여 기차 하나가 풍우같이 몰려 들어오는데, 옥남이가 언덕 위에 도사리고 섰다가 눈을 깍 감고 철로를 내려 뛰니, 옥순이가 따라서 철도에 떨어지는데, 웬 사람이 언덕 아래서 소리를 지르고 쫓아오니, 그 사람이 언덕에 올라올 동안에 살같이 빠른 기차는 벌써 그 언덕 앞을 지나간다. 그 후 이틀 만에 화성돈 어느 신문에,

---

* 사람을 포용하고 일을 처리하는 능력.

조선 학생 결사 미수朝鮮學生決死未遂

재작일 오후 칠 시에 조선 학생 최옥남 연 십삼年十三, 여학생 최옥순 연 십구年十九, 학비가 떨어짐을 고민히 여겨서, 철도에 떨어져서 죽으려다가 순사 캘라베르 씨의 구한 바가 되었다. 그 학생이 언덕 위에서 수작할 때에, 순사가 그 동정을 수상하게 여겨서 가만히 언덕 밑에 가서 들으나 말을 알아듣지 못하는 고로, 먼저 동정을 살피던 차에, 그 학생이 기차 지나가는 것을 보고 철도에 떨어졌는지라. 순사가 급히 쫓아가 보니, 월래 그 언덕은 불과 반 길쯤 되고 철로는 쌍선이라 언덕 밑 선로는 북행차의 선로요, 그다음 선로는 남행차의 선로인데, 그 학생이 남행차 지나가는 것을 보고 그 차가 언덕 밑 선로로 가는 줄만 알고 떨어졌다가 순사에게 구한 바가 되었다더라.

그러한 신문이 돌아다니는데, 그 신문 잡보雜報를 유심히 보고 그 정경을 불쌍히 여기는 사람이 있다. 그 사람의 이름은 시엑기 아니스인데, 하나님을 아버지 삼고 세계 인종을 형제같이 사랑라고 야소교*를 실심으로 믿는 사람이라. 신문을 보다가 옥순의 남매에게 자선심이 나서, 그길로 옥순의 남매를 찾아 데려다가, 몇 해든지 공부할 동안에 학비를 대어주마 하니, 그때 옥순이와 옥남이의 마음은 공부할 생각보다 고국에나 돌아가도록 하여주었으면 좋겠다 싶은 마음이 있으나, 시엑기 아니스는 공부를 주장하여 말하는 고로, 옥순의 남매가 고국에 가고 싶다는 말은 차마 하지 못하고, 미국에서 다시 공부를 한다.

본래 옥순이와 옥남이가 김 씨 살았을 때 학과서學科書는 학교에 다니며 배웠으나, 마음 공부는 전혀 김 씨의 교육을 받은 사람이라. 성은 각 성이

* 예수교, 기독교.

나 김 씨가 옥순의 남매에게는 부형父兄 같은 사람이라, 옥순의 남매가 김 씨의 교육 받은 것을 가정교육이라 하여도 가한 말이라.

그 마음 교육이라 하는 것은 어떠한 마음인고?

본래 최병도와 김정수는 국가사상國家思想이 머리에 가득 찬 사람이라. 만일 최 씨가 좀 오래 살았더면, 김 씨와 같이 나랏일에 죽었을 사람이라. 그러나 최 씨가 죽은 후에 외손뼉이 울기 어려운지라, 김 씨가 강릉 구석 산 두멧골에서 제 재물이라고는 돈 한푼 없이 지내면서 꼼짝할 수도 없는 중에 저버릴 수 없는 최 씨의 유언으로 최 씨의 집을 보아주느라고 헤어나지를 못한 고로, 세상에서 김 씨의 유지有知한 줄을 몰랐더라. 그러한 우인으로 일평생에 뜻을 얻지 못하여 말이 나오면 불평한 말뿐인데 그 불평한 말인즉, 국가를 위하는 말이라.

옥순이와 옥남이가 자라나는 새 정신에 날마다 듣느니 국가를 위하는 말뿐인 고로, 옥순이와 옥남이는 나라이라 하는 말이 뇌腦에 박히고 정신에 젖었더라. 그 후에는 다시 시엑기 아니스의 교육을 받더니 마음이 한층 더 넓어지고, 목적 범위가 한층 더 커져서, 천하를 한집같이 알고 사해四海를 형제같이 여겨서, 몸은 덕의상德義上에 두고 마음은 인애적仁愛的으로 가져서 구구한 생각이 없고 활발한 마음이 생기더니, 학문에 낙을 붙여서 고향 생각을 잊어버린다.

그러나 그것은 옥남의 마음이 그러하단 말이요, 옥순의 일은 아니라. 옥순이는 여자의 편성偏性으로 처음에 먹었던 마음이 조금도 변치 아니하였는데, 그 처음에 먹었던 마음은 무슨 마음인고? 고국을 바라보고 오장이 살살 녹는 듯한 근심하는 마음이라.

아버지가 강원 감영에 잡혀가던 모양도 눈에 선하고, 어머니가 나를 붙들고 기가 막혀 울던 모양도 눈에 선하고, 아버지가 대관령 위에서 운명하던 모양도 눈에 선하고, 어머니가 옥남이를 낳고 실진하던 모양도 눈에 선하고, 김 씨 부인이 옥남이를 데리고 왔을 때에 어머니가 그 옥남이를 몰라보고, 베개에 식칼을 꽂아놓고 강원 감사의 이름 부르면서 원수 갚는다 하던 모양도 눈에 선하다.

그렇게 하는 근심이 끊어지다가 이어 나고, 스러지다가 생겨난다. 바라보는 것은 고국산천이요, 생각하는 것은 그 어머니라. 공부도 그만두고 하루바삐 고국에 가고 싶으나 시엑기 아니스에게 이런 발설을 하기 어려운 터이라. 근심으로 날을 보내고 근심으로 해를 보내는데, 그렇게 보내는 세월 가운데 옥순의 남매가 고등소학교를 마치고 졸업장을 타가지고 와서 졸업장을 펴놓고 마주 앉아서 옥순이가 옥남이를 돌아다보며,

"이애 옥남아, 사람이 무엇을 위하여 공부를 하느냐? 우리가 외국에 와서 오래 공부만 하고 있을 수도 없는 정세가 아니냐? 어머니가 본마음을 가지고 계시더라도 자식 된 도리에 여러 해를 슬하에 떠나 있으면 어머니 보고 싶은 마음이 간절할 터인데, 하물며 우리 어머니는 남다른 병환이 들어서 생활의 낙을 모르고 살아 계시니, 우리가 공부는 그만 하고 고국에 돌아가서 어머니 생전에 병구원이나 하여드리자. 너는 어머니를 떠나서 유모의 집에서 일곱 살이 되도록 어머니 얼굴도 모르다가 일곱 살 되던 해에 어머니를 처음 뵈옵고 그 후에 즉시 미국에 와서 있으니 어머니 정경을 다 모를 터이라, 이애 옥남아."

부르다가 목이 메어서 말을 못하고 흑흑 느끼니, 옥남이가 마주 우는데 눈물이 비 오듯 한다. 옥순이가 한참 진정하고 다시 말 시작을 하는데, 옥순이는 하던 말을 다 마칠 마음으로 느끼던 소리와 솟아나던 눈물을 억지로 참고 말을 하나 옥남이는 의구히 낙루한다.

(옥순) "이애 옥남아, 자세히 들어보아라. 사람이 귀로 듣는 일과 눈으

토 보는 일이 다르니라. 너는 우리 집 일을 귀로 들어 알았거니와, 나는 내 눈으로 낱낱이 보고 아는 일이라. 아버지께서 그렇게 원통히 돌아가시고, 어머니께서는 그 원통한 일로 인연하여 그런 몹쓸 병환 중에 지내시던 일은 원통히 돌아가신 아버지보다 몇 갑절이나 불쌍하신 신세라. 이애 옥남아, 이야기 하나 들어보아라. 어머니 병드시던 이듬해에 우리 집에 조그마한 강아지가 있었는데, 그 강아지가 어디서 북어 대강이 하나를 물고 오더니 납죽이 엎드려서 앞발로 북어 대강이를 누르고 한참 재미있게 뜯어 먹는데, 웬 청삽사리 개 한 마리가 오더니 강아지를 노려보며 드문드문한 하얀 이빨이 엉크렇게* 드러나도록 아가리를 벌리고 응응 소리를 하다가 와락 달려들어 강아지를 물어박지르고 북어 대가리를 뺏어 가니 누가 보든지 그 큰 개가 밉살스럽기는 하지마는, 우리 어머니는 남다른 한을 품고 남다른 병이 들어서 무엇이 무엇인지 모르고 지내시던 터에, 개가 강아지를 물어박지르는 것을 보고 별안간에 실진하셨던 병 증세가 더 복발이 되어서 하시는 말이 '저놈이 강원 감사로구나! 남을 물어박지르고 먹을 것을 뺏어 가니, 그래 만만한 놈은 먹고살지도 말란 말이냐? 이 몹쓸 놈아, 네가 강원 감사로 있어서 백성을 다 죽여내더니 강아지까지 못살게 구느냐? 이놈, 나도 네게 원수척을 지은 사람이라. 내가 오늘 네 원수를 갚겠다' 하시더니 소리를 버럭버럭 지르면서 개를 쫓아가시는데 그때는 깊은 겨울이라. 어머니 가신 곳을 알지 못하여 온 집안사람들이 있는 대로 다 나서서 어머니를 찾으러 다니느라고 하룻밤을 새웠다. 그러하던 그 어머니를 우리가 이렇게 떠나서 있는 것이 자식 된 도리가 아니라. 이에, 별생각 말고 시엑기 씨에게 좋게 말하고 고국으로 돌아갈

---

* 사전에는 나오지 않는 표현. '엉큼스럽게' 혹은 '가지런하지 않게' 정도의 의미로 추정됨.

도리를 하자. 이애 옥남아, 나는 몸이 여기 있으나, 내 눈에는 어머니가 실진失眞하여 하시던 모양만 눈에 선하다."

하면서 다시 느껴 운다. 옥남이가 한참 동안을 앉아 울다가 주먹으로 테이블 바닥이 쪼개지도록 내리치더니, 양복 포켓 속에서 착착 접은 하얀 수건을 내서 눈물을 썩썩 훔치고, 눈방울을 두리두리하게 굴리고 이를 악물고 앉았더니 다시 기운을 내어서 천연히 말한다.

"여보 누님, 누님이 문명한 나라에 와서 문명한 신학문을 배웠으니 문명한 생각으로 문명한 사업을 하지 아니하면 못씁니다. 누님, 누님이 내 말을 좀 자세히 들어보시오. 사람이 부모에게 효성을 하려면 부모 앞에서 부모 봉양만 하고 들어앉았는 것이 효성이 아니라, 부모의 은혜받은 이 몸이 나라의 국민의 의무를 지키고 국민의 직분을 다하는 것이 부모에게 효성이라. 우리나라에는 세도재상이니, 별입시니, 땅별입시니, 무엇이니, 무엇이니 하는 사람들이 성인 같으신 임금의 총명을 옹폐*하고 국권을 농락하여 나라는 망하든지 흥하든지 제 욕欲만 채우고 제 살만 찌우려고 백성을 다 죽여내는 통에, 우리 아버지가 그렇게 몹시 돌아가시고, 우리 어머니도 그 일을 인연하여 그런 몹쓸 병환이 들으셨으니 그 원인을 생각하면 나라의 정치가 그른 곡절이라. 여보, 우리나라에서 원통한 일 당한 사람이 우리뿐 아니라, 드러나게 당한 사람도 몇천 명 몇만 명이오. 무형상無形狀으로 죽어나고 녹아나서 삼천리강산에 처량한 빛을 띠고, 이천만 인민이 도탄에 들어서 나라는 쌓아놓은 닭의 알같이 위태하고, 인종은 봄바람에 눈 녹듯 스러져 없어지는 때라. 이 나라를 붙들고 이 백성을 살리려 하면 정치를 개혁하는 데 있는 것이니, 우리는 아무쪼록 공부를 많이 하

---

* 막아서 가림.

고 지식을 넓혀서 아무 때든지 개혁당이 되어서 나라의 사업을 하는 것이 부모에게 효성하는 것이오. 여보 누님, 우리가 지금 고국에 돌아가서 어머니를 뫼시고 있더라도 어머니 병환이 나으실 리도 없고, 아버지 산소에 가도 아버지가 살아오실 리가 없으니, 아무리 우리 집에 박절한 사정이 있더라도 그 박절한 사정을 돌아보지 말고 국민 동포에게 공익을 위하여 공부를 더 하고 있습시다. 우리나라의 일만 잘되면 눈을 못 감고 돌아가신 아버지께서 지하에서 눈을 감을 것이오. 철천지한을 품고 실진까지 되셨던 어머니께서도 한이 풀리시면 병환이 나으실지도 모를 일이니, 어머니를 위할 생각을 그만 하고 나라 위할 도리를 하시오. 누님이 만일 그런 생각이 작고 하루바삐 고국에 돌아가서 어머니나 뵙고 누님이 시집이나 가서 편히 잘살려는 생각이 간절하거든 오늘일지라도 떠나가시오. 노잣돈은 아무 때든지 시엑기 씨에게 신세지기는 일반이니, 내가 말하여 얻어드리리다."

옥순이가 그 말을 듣고 가만히 앉아 생각하더니 옥남의 말을 옳게 여겨 근심을 참고 공부에 착심着心하여 해외 풍상에 몇 해를 더 지냈던지, 옥순이는 사범학교까지 졸업한 후에 근심을 잊어버리기 위하여 음악학교音樂學校에서 공부하고, 옥남이는 중학교를 마친 후에 경제학經濟學을 공부하면서 한편으로 사회철학社會哲學을 깊이 연구하더라. 백면서생의 책상머리는 반딧불 창과, 눈 쌓인 밤에 어느 때든지 맑고 고요치 아니한 때가 없지마는, 세계 풍운은 날로 변하는 때라. 더구나 우리나라에서는 세상이 어찌되어가는지 모르고 괴상 극악한 짓만 하다가, 세계 풍운이 변하는 서슬에 정신이 번쩍번쩍 나는 판이라. 일로전쟁 이후로 옥남이가 신문만 정신 들여 날마다 보는데 신문을 볼 때마다 속만 터진다. 어찌하여 그렇게 속이 터지는고?

옥남의 마음에 우리나라 일은 놀부의 박 타듯이 박은 타는 대로 경만 치게 된 판이라고 생각한다. 박을 타는 것 같다 하는 말은 웬 말인고? 옛날 놀부의 마음이 동포 형제는 다 빌어먹게 되더라도 남의 것을 뺏어서 내 재물만 삼으면 좋을 줄로 알던 사람이라. 일평생에 악한 기운이 두리두리 뭉쳐서 바람 풍자 세 가지 쓰인 박씨 하나가 되었더라. 그 바람 풍자 풀기를 올풍 · 졸풍 · 망풍이라 하였으나*, 옥남이 같은 신학문 있는 사람의 마음에는 그 바람 풍자가 북풍이 아니면 서풍이요, 서풍이 아니면 남풍이라. 대체에는 바람에 경을 치든지 큰 바람이 불고 말리라 싶은 생각이나, 그러나 바람 불기 전에는 어느 바람이 불는지 모르는 것이요, 박을 타기 전에는 무엇이 나올지 모르는 터이라.

대체 그 박씨가 어느 바람에 불려 온 것인고? 한식 동풍에 어류가 비꼈는데, 왕사당전에 날아드는 제비들이 공량空樑에 높이 앉아 남남喃喃히** 지저귀고 강남 소식을 전하면서 박씨를 떨어뜨린다.

주인이 그 박씨를 주워다가 심었는데 조물이 거름을 어찌 잘하였던지 넝쿨마다 마디지고, 마디마다 꽃이 피고, 꽃마다 열매 맺어, 낱낱이 잘 굳으니 그 박이 박복한 박이라. 팔월단호八月斷瓠 팔월에 박을 따서 놀부가 그 박을 타는데, 톱질을 하여도 합질할 생각으로 박을 타더라.

한 통을 타면 초상상제初喪喪制가 나오고, 또 한 통을 타면 장비張飛가 나오고, 또 한 통을 타면 상전이 나오니, 나머지 박은 겁이 나서 감히 탈 생의를 못하나 기왕에 열려서 굳은 박이라. 놀부가 타지 아니하더라도 제가 저절로 터지더라도 박 속에 든 물건은 다 나오그 말 모양이라. 놀부가 필

---

* '올풍 · 졸풍 · 망풍이라 하였으나'는 제비가 준 '바람 풍'자 박씨를 짚어 열린 박을 타는 놀부 이야기에서 유래한 재담.
** 재잘거리며.

경 패가하고 신세까지 망쳤는데, 도덕 있고 우애 있는 흥부의 덕으로 집을 보전한 일이 있었더라. 그러한 말은 허무한 옛말이라. 지금 같은 문명한 세상에 물리학으로 볼진대 박 속에서 장비가 나오고 상전도 나올 이치가 없으니, 옥남이가 그 말을 참말로 믿는 것이 아니라. 그러나 옥남의 마음에 옛날 우리나라에 이학박사가 있어서 우리나라 개국 오백 년 전후사를 추측하고 비유하여 지은 말인가보다. 그렇게 생각하여 의심나고 두려운 마음이 주야 잊지 못하는 것이 옥남의 일편 충심이라.

옥남의 마음에 우리나라에는 놀부의 천지라 세도재상도 놀부의 심장이요, 각 도 관찰사도 놀부의 심장이요, 각 읍 수령도 놀부의 심장이라. 하루바삐 개혁당이 나서서 일반 정치를 개혁하는 때에는 저 허다한 놀부떼가 일시에 박을 타고 들어앉았으려니 생각한다.

옥남이가 날마다 때마다 우리나라가 개혁되기만 기다리는데, 그 기다리는 것은 놀부떼를 미워서 개혁되기를 기다리는 것도 아니요, 국가의 미래중흥을 바라고 인민의 목하도탄目下塗炭을 면하게 되는 것을 바라는 마음이라. 그러나 우리나라 일은 깊은 잠 어지러운 꿈과 같아 불러도 아니 깨이고 몽둥이로 때려도 아니 깨이는 터이라. 어느 때든지 하늘이 뒤집히도록 천변이 나고 벼락불이 뚝뚝 떨어지기 전에는 저 꿈 깨기가 어려우리라 싶은 것도 옥남의 생각이라.

서력 일천구백칠 년은 우리나라 개국 오백십육 년이라. 그해 여름이 되었는데 하늘에서는 불빛이 뚝뚝 떨어진다. 그 불빛이 미국 화성돈 어느 호텔 객실에 비치었는데, 그 객실은 동남향이라. 동남 유리창에 아침볕이 들이쪼인다. 그 유리창 안에는 백포장을 드리웠고, 백포장 밑에는 침대가 놓였고, 침대 위에는 여학생이 누웠는데 그 여학생은 옥순이라. 옥 같은 얼굴이 아침볕 더운 기운에 선앵둣빛같이 익어서 도화색이 지고, 땀이 송송

나서 해당화에 이슬 맺힌 듯하였는데 어여쁘기는 일색이나, 자세 보면 얼굴에 나이 들어서 삼십이 가까운 모양이라. 그루잠*을 곤히 자다가 기지개를 켜고 눈을 떠서 벽상에 걸린 자명종을 쳐다보더니 바스스 일어나며,

"에그, 벌써 여덟 시가 되었구나. 아무리 일요일이라도 너무 염치없이 잤구나."

하면서 옷을 고쳐 입고 세수하고 식전에 하는 절차를 다 한 후에 거울을 들여다보다가 탄식을 한다.

"세월도 쉽다, 내가 벌써 이렇게 되었단 말인가? 우리 아버지 돌아가시던 해에 어머니 나이 지금 내 나이쯤 되셨고, 나는 그때 불과 여덟 살이러니, 내가 자라서 이렇게 되었으니 어머니께서 얼마나 늙으셨누? 사람이 세상에 생겨나려거든 좋은 때에 생겨날 것이지, 무슨 팔자가 그리 기박하여 이런 때에 생겨났던고? 희호세계에 나서 밭 갈아먹고 우물 파마시고 재력을 모르던 백성들은 우리 아버지같이 원통히 죽은 사람도 없을 것이요, 우리 어머니같이 포원抱寃**하고 미친 사람도 없으렷다. 에그, 나는……."

하다가 말끝을 마치지 아니하고 아무 소리 없이 앉았는데 기색이 좋지 못한 모양이라. 문밖에서 문을 뚝뚝 두드리는 소리가 나며 문을 열고 들어오는 사람은 옥남이라. 옥순이가 좋지 못하던 얼굴빛을 감추고 천연히 앉았으나, 옥남이가 옥순의 기색을 보고 근심하던 눈치를 알았던지 교의***위에 턱 걸터앉으며,

(옥남)"누님, 오늘 신문 보셨소?"

---

* 늦잠.
** 원한을 품음.
*** 의자.

(옥순) "이애, 신문이 다 무엇이냐? 지금 일어나서 겨우 세수하였다."

(옥남) "밤에 너무 늦게 주무시면 식전 잠이 많으시지요. 그러나 요새는 밤 몇 시까지 공부를 하시오?"

(옥순) "공부하려고 밤을 샐 수야 있느냐? 어젯밤에는 열두 시까지 책을 보다가 새로 한 시에 드러누웠더니, 어머니 생각이 나기 시작하여 잠이 덧들었다가 밤을 새웠다."

(옥남) "그러나 참, 오늘 신문 보셨소? 오늘 신문은 썩 재미있던걸……."

(옥순) "무엇이 그렇게 재미가 있단 말이냐? 어느 신문에 무슨 말이 있단 말이냐?"

하며 테이블 위에 놓인 신문을 보려 하니, 옥남이가 신문지를 누르면서,

(옥남) "여보시오 누님, 여러 신문지를 다 찾아보려 하면 시간이 더딜 터이니 내게 잠깐 들으시오. 자, 자세 들어보시오. 신문 제목은 여학생의 아침잠이라, 화성돈 세맨스 호텔에 유留한 한국 여학생 최옥순이는 동방이 샐 때를 초저녁으로 알고 해가 삼 장三丈이 높았을 때를 밤중으로 알고 자는 여학생이라 하였는데, 대체 그 아래 마디까지 다 외지는 못하오."

(옥순) "이애, 그것은 너의 거짓말이다. 내가 근심을 잊어버리고 밤에 잠을 잘 자도록 권하려고 네가 나를 조롱하는 말인가보다. 이애 옥남아, 낸들 근심을 하고 싶어서 일부러 하겠느냐? 어젯밤에도 열두 시까지 책을 보다가 침대에 드러누웠더니 우연히 고국 생각이 나기 시작하여 동방에 계명성啓明星이 올라오도록 잠 못 이루어 애를 쓰다가 먼동이 틀 때에 겨우 잠이 들었다. 근심을 잊어버리자고 결심하고 있는 네 마음이나 잊어버리지 못하는 내 마음이나 다를 것이 없으니, 나는……."

하다가 말을 마치지 못하고 눈물이 옷깃에 떨어진다.

(옥남) "여보 누님, 다른 말씀 마시고 신문을 좀 보시오."

옥순이가 그 소리를 듣더니 참 제 말이 신문에 난 듯이 의심이 나서 급히 신문지를 집어서 앞으로 놓으니, 옥남이가 옥순의 앞으로 다가앉으며 각 신문을 뒤적거리다가 옥남의 손가락이 신문지 위에 뚝 떨어지며,

(옥남) "이것 좀 보시오."

하는 소리에 옥순의 눈이 동그래지며 옥남의 손가락 가리키는 곳을 본다. 본래 옥순이가 고국 생각을 너무 하고 밤낮 근심으로 세월을 보내는 고로, 옥남이가 옥순이를 볼 때마다 옥순이를 웃기고 위로하던 터이라. 그 신문의 기재한 제목은 한국 대개혁韓國大改革이라 하였는데, 대황제폐하 전위*하시던 일이라. 옥순이가 그 신문을 다 본 후에 옥남이와 옥순이가 다시 의논이 부산하다.

(옥순) "이애 옥남아, 세계 각국에 개혁 같은 큰일이 없고 개혁같이 어려운 일은 없는 것이라. 우리나라에서 수십 년래로 개혁에 착수着手하던 사람들이 나라에 충성을 극진히 다하였으나, 우리나라 백성은 역적으로 알고 전국 백성은 반대하고 원수같이 미워한 고로, 개혁당의 시조되는 김옥균 같은 충신도 자객의 암살暗殺을 면치 못하였고, 그 후에 허다한 개혁당들도 낱낱이 역적 이름을 듣고 성공치 못하였는데 지금 이렇게 큰 개혁이 되었으니, 네 생각에 앞일이 어찌될 듯하냐?"

옥남이가 한참 동안을 말없이 가만히 앉았다가 우연 탄식이라.

(옥남) "지금이라도 개혁만 잘되면 몇십 년 후에 회복될 도리가 있지요. 내가 이때까지 누님께 듣기 좋은 말만 하고 조금도 걱정되는 일은 말하지 아니하였더니 오늘 처음으로 내 마음에 있는 말을 다 하리라. 만일 우리나라가 칠십 년 전에 개혁이 되어서 진보를 잘하였다면, 우리나라도 세계

---

* 왕위를 다른 사람에게 넘겨줌.

일등 강국이 되어 해삼위*에 아라사** 사람이 저러한 근거지를 잡기 전에 우리나라가 먼저 착수하였을 것이요, 만일 오십 년 전에 개혁이 되었다면 해삼위는 아라사 사람에게 양도하였으나, 청국 만주는 우리나라 세력 범위 안에 들었을 것이오. 만일 사십 년 전에 개혁이 되었으면 우리나라 육해군의 확장이 아직 일본만 못하나, 또한 당당한 문명국이 되었을 것이오. 만일 삼십 년 전에 개혁이 되었으면 삼십 년 동안에 또한 중등 강국은 되었을지라. 남으로 일본과 동맹국이 되고 북으로 아라사 세력이 뻗어 나오는 것을 틀어막고 서로 청국의 내버리는 유리遺利를 취하여 장차 대륙大陸에 전진의 길을 열어서 불과 기년에 또한 일등 강국을 기약하였을 것이오. 만일 이십 년 전에 개혁이 되었으면 이십 년 동안에 나라 힘이 크게 떨쳐지지는 못하였더라도 인민의 교육 정도와 생활의 길이 크게 열려서 국가의 독립하는 힘이 유여하였을 것이오. 만일 십 년 전에 개혁이 되었을 지경이면 오호만의嗚呼晩矣***라, 나랏일 하기가 대단히 어려운 때라. 비록 남의 힘을 빌리지 아니하고 내 힘으로 개혁을 하였더라도 백공천창百孔千創****의 꿰매지 못할 일이 여러 가지라. 그러나 개혁한 지 십 년만 되었더라도 족히 국가를 보존할 기초가 생겼을 터이라. 그러한즉 우리나라의 개혁 조만早晚*****이 그 이해利害가 이러하거늘, 정치 개혁은 아니하고 도리어 나라 망할 짓만 하였으니 그런 원통한 일이 있소? 지금 우리나라 형편이 어떠하냐 할진대, 말 한마디로 그 형편을 자세 말하기 어려운

* 블라디보스톡.
** 러시아.
*** '늦었다' 하는 말.
**** 온통 구멍과 상처투성이란 뜻.
***** 이름과 늦음.

지라. 가령 한 사람의 집으로 비유할진대, 세간은 다 판이 나고 자식들은 다 난봉이라, 누가 보든지 그 집은 꼭 망하게만 된 집이라. 비록 새 규모를 정하고 치산治産을 잘할 도리를 하더라도 어느 세월에 남의 빚을 다 청장淸帳하고, 어느 세월에 그 난봉된 자식들을 잘 가르쳐서 사람 치러 다니고 형제간에 싸움만 하고 밤낮으로 무슨 일만 저지르던 것들이 지각이 들어서 집안에 유익자식有益子息이 되도록 하기가 썩 어려울지라. 우리나라의 지금 형편이 이러한 터이라. 황제폐하께서 등극하시면서 일반 정치를 개혁하시니 만고에 영걸하신 성군이시라. 우리도 하루바삐 우리나라에 돌아가서, 우리 배운 대로 나라에 유익한 사업을 하여봅시다."

하더니 옥순의 남매가 그길로 시엑기 아니스 집에 가서 그 사정을 말한다. 그때 시엑기 아니스는 나이 많고 또 병중이라. 그 재물을 다 흩어서 고아원과 자선병원에 기부하고 그 자손은 각기 그 학력으로 벌어먹으라 하고 옥남의 남매에게 미국 지화 오천 류를 주며 고국에 가라 하니, 옥순이와 옥남이가 그 돈을 고사하여 받지 아니하고, 다만 여비로 오백 류만 달라 하여가지고 미국을 떠나는데, 시엑기 아니스는 그 후 삼 삭 만에 세상을 버리고 먼 천당길을 갔더라.

옥순이와 옥남이가 부산에 이르러서 경부 철도를 타고 서울로 향하여 오는데, 먼 산을 바라보고 소리 없는 눈물이 비 오듯 한다. 토피土皮 벗은 자산赭山*에 사태가 길길이 난 것을 보면 '저 산의 토피를 누구들이 저렇게 몹시 벗겨 먹었누?' 하며 옛일 생각도 나고, '저 산이 언제나 수목이 울밀하게 될꼬?' 하며 앞일 생각도 한다. 산 밑 들 가운데 길가에 게딱지같이 납작한 집을 보면 저것도 사람 사는 집인가 싶은 마음이 난다. 옥순

---

* 나무가 없어 붉게 보이는 산.

의 남매가 어렸을 때에 그런 것을 보고 자라났지마는 처음 보는 것같이 기막히는 마음뿐이라.

　그러나 한 가지 위로되는 마음은, 융희 원년은 황제폐하께서 정치를 개혁하신 해라. 다시 마음을 활발히 먹고 서울로 올라와서 하루도 쉬지 아니하고 그길로 강릉으로 내려간다. 강릉 경금 동네에 웬 양복 입은 남자와 양복 입은 부인이 교군을 타고 오다가 동네 가운데에서 교군을 내려나오더니 최본평 집을 묻는데, 그 동네에서 양복 입은 부인을 처음 보던지, 구경꾼이 앞뒤로 모여들고 개 짖는 소리에 말소리가 자세 들리지 아니한다.

　그 양복 입은 부인은 옥순이요, 남자는 옥남이라. 동네 사람들이 옥순의 남매가 왔다는 말을 듣고 앞뒤로 따라 서서 본평 집으로 데리고 가는데 사람이 모여들고 모여든다.

　김정수의 부인은 어디서 듣고 그렇게 빨리 쫓아오던지 달음박질을 하다가 짚신짝이 앞으로 팽개를 치는 듯이 벗어져 나가다가, 길 아래 논에 뚝 떨어지는 것을 보고 건질 새도 없이 버선 바닥으로 쫓아와서 옥순이와 옥남이를 붙들고 울며 본평 집으로 간다.

　이때는 가을이라. 서리 맞은 호박잎은 울타리에 달려 있어 바람에 버썩버썩하는 소리뿐이요, 마당에는 거친 풀이 좌우로 우거졌는데, 이 집에도 사람이 있나 싶은 그 집이 본평 집이라.

　옥남이는 생각나는 일도 있고 잊어버린 일도 많지마는 옥순이는 눈에 보이는 물건이 차차 볼수록 어제 보던 물건 같고 옛일을 생각할수록 어제 지내던 일같이 생각이 난다.

　옥순의 남매가 그 어머니 방으로 들어가는데, 그 어머니는 살아 있으나 뼈만 엉성하게 남고, 그중에 늙어서 머리털은 희뜩희뜩하고 귀신 같은 모

양으로 미친 증세는 이전에 볼 때보다 조금도 다를 것이 없는지라. 옥순이가 그 어머니 앞으로 달려들며,

"어머니 어머니, 옥순이, 옥남이가 어머니를 떠나서 만리타국에 공부하러 갔다가 오늘 집에 돌아왔소. 어머니 어머니, 어머니가 어찌하여 지금까지 병환이 낫지 못하셨단 말이오?"

하며 기가 막혀 우느라고 다시 말을 못하는데, 옥남이가 그 어머니 앞에 마주 앉아 울며,

"어머니, 날 좀 자세 보시오. 내가 어머니 아들이오. 아버지께서 원통히 돌아가신 후에 어머니가 철천지한을 품고 계신 중에 유복자로 나를 낳으시고 이런 병이 들으셨다 하니, 나 같은 불효자가 아니 났더면 어머니가 저런 병환이 아니 들으셨을 터인데……."

그 말끝을 마치지 못하여 본평 부인이 소리를 버럭 지른다.

"무엇이냐 응, 불효라니? 이놈, 네가 뉘 돈을 뺏어 먹으려고 누구더러 불효부제라 하느냐? 이놈, 이때까지 아니 죽고 살아서 백성의 돈을 뺏어 먹으려 든단 말이냐?"

하며 미친 소리를 한다. 옥남이가 목이 메어 울며,

"어머니 어머니, 어머니가 저런 마음으로 병이 들으셨소그려. 지금은 백성의 재물 뺏어먹을 사람도 없고 무죄한 백성을 죽일 사람도 없는 세상이오."

본평 부인이 이 말을 어찌 알아들었던지,

"응 무엇이야? 그 강원 감사 같은 놈들이 다 어데 갔단 말이냐?"

(옥남)"어머니가 그 말을 알아들으셨소? 지금 세상은 이전과 다른 때요. 황제폐하께서 정치를 개혁하셨는데 지금은 권리 있는 재상도 벼슬 팔아먹지 못하오. 관찰사, 군수들도 잔학생민殘虐生民하던 옛 버릇을 다 버리

고 관황돈* 외에는 낯선 돈 한푼 먹지 못하도록 나랏법을 세워놓은 때올시다. 아버지께서 이런 때에 계셨더면 재물을 아무리 많이 가졌더라도 그런 화를 당할 리가 없으니 아버지께서도 지하에서 이런 줄 알으실 지경이면 천추의 한이 풀리실 터이니, 어머니께서도 한되던 마음을 잊어버리시고 여년餘年을 지내시오. 나는 어머니 유복자 옥남이오."

본평 부인이 정신이 번쩍 나서 옥남이와 옥순이를 붙들고 우는데, 첩첩한 구름 속에 묻혔던 밝은 달 나오듯이 본정신이 돌아오는데 운권청천雲捲晴天**이라. 옥남이를 붙들고 울며,

"이애, 네가, 네가 하늘에서 떨어졌느냐? 땅에서 솟았느냐? 내 속에서 나온 자식이 이렇게 자라도록 내가 모르고 지냈단 말이냐? 옥남아, 네 이름이 옥남이란 말이냐? 어데로 갔다가 이제 왔느냐? 너의 아버지 돌아가실 때도 젊으셨던 때라. 네 얼굴을 보니, 너의 아버지를 닮은들 어찌 그렇게 천연히 닮았느냐? 이애 옥순아, 너는 너의 아버지 돌아가실 때에 어린 아이라, 어렸을 때 일을 자세히 생각할는지 모르겠다마는 너의 아버지 얼굴을 못 생각하거든 옥남이를 보아라. 이애 옥순아, 네가 벌써 자라서 저렇게 되었단 말이냐? 내가 본정신으로 너희들을 다시 만나보니, 오늘 죽어도 한을 잊어버리고 죽겠다. 그러나 너의 아버지께서 살았다가 저런 모양을 보셨으면 오죽 좋아하셨으며, 또 평생에 나라를 위하여 근심하시고, 우리나라 백성을 위하여 근심하시더니, 탐관오리들이 다 쫓겨서 산 깊이 들어앉았는 이 세상을 보셨으면 오죽 좋아하시겠느냐? 나와 같이 절에나 올라가서 너의 아버지가 연화세계蓮花世界로 가시도록 불공이나 하고 너희

---

* 조선시대 벼슬아치의 봉급.
** 운권천청雲捲晴天과 같은 말. 구름 하나 없이 맑은 하늘. 여기서는 제정신이 돌아온다는 의미.

들은 아버지 계신 연화세계로, 이 세상이 태평세계되었다고 축문이나 읽어라."

옥순의 남매가 뜻밖에 그 어머니 병이 나은 것을 보더니 마음에 어찌 좋던지, 그 이튿날 그 어머니를 뫼시고 절에 가서 불공을 한다.

극락전 부처님은 말없이 가만히 앉았는데 만수향 연기는 맑은 바람에 살살 돌아 용트림하고 본평 부인의 축원하는 소리는 처량하다.

절 동구 밖에서 총소리 한 번이 탕 나면서, 웬 구뢰지배 수백 명이 들어오더니 옥남의 남매를 붙들어 내린다.

옥순이와 옥남이는 학문과 지식이 넉넉한 사람이라 조금도 겁내는 기색이 없고 천연히 붙들려 나가는데, 그 무뢰지배가 옥순의 남매를 잡아놓고 재약한 총부리로 겨누면서,

(무뢰) "네가 웬 사람이며, 머리는 왜 깎았으며, 여기 내려오기는 무슨 정탐을 하러 왔느냐? 우리는 강원도 의병이라. 너 같은 수상한 놈은 포살하겠다."

하며 기세가 당당한지라. 옥남이가 천연히 나서더니 일장 연설을 한다.

"여보시오 우리 동포, 들어보시오. 나는 동포를 위하여 공변公辨되게* 하는 말이니, 여러분이 평심서기平心舒氣**하고 자세히 들으시오. 의병도 우리나라 백성이요, 나도 우리나라 백성이라. 피차에 나라 위하고 싶은 마음은 일반이나, 지식이 다르면 하는 일이 다른 법이라. 이제 여러분 동포께서 의병을 일으켜서 죽기를 헤아리지 아니하고 하시는 일이 나라에 이롭고자 하여 하시는 일이요, 나라에 해를 끼치려는 일이오? 말씀을 하

* 공정하게.
** 마음을 평온하게 함.

여주시오. 내가 동포를 위하여 그 이해利害를 자세히 말하면, 여러분의 마음과 같지 못한 일이 있어서 나를 죽이실 터이나, 그러나 내가 그 이해를 알면서 말을 아니하면 여러분 동포가 화를 면치 못할 뿐 아니라 국가에 큰 해를 끼칠 터이니, 차라리 내 한 몸이 죽을지라도 여러분 동포가 목전의 화를 면하고, 국가 진보에 큰 방해가 없도록 충고하는 일이 옳을 터이라. 여러분이 나를 죽일지라도 내 말이나 다 들은 후에 죽이시오.

여러분 동포가 의리를 잘못 잡고 생각이 그릇 들어서 요순堯舜 같은 황제폐하 칙령을 거스르고 흉기를 가지고 산야로 출몰하며 인민의 재산을 강탈하다가 수비대 일병 사오십 명만 만나면 수십 명 의병이 저당*치 못하고 패하여 달아나거나, 그렇지 아니하면 사망 무수하니, 동포의 하는 일은 국민의 생명만 없애고 국가 행정상에 해만 끼치는 일이라. 무엇을 취하여 이런 일을 하시오? 또 동포의 마음에 국권을 잃은 것을 분하게 여긴다 하니, 진실로 분한 마음이 있을진대 먼저 국권 잃은 근본을 살펴보고 장차 국권이 회복될 일을 하는 것이 옳은 일이라. 우리나라 수십 년래 학정을 생각하면 이 백성의 생명이 이만치 남은 것이 뜻밖이오, 이 나라가 멸망의 화를 면한 것이 그런 다행한 일이 없소. 우리나라 수십 년래 학정은 여러분이 다 같이 당하던 일이니 모르실 리가 없으나, 나는 내 집에서 당하던 일을 말씀하리다. 내 선인先人도 재물냥이나 있는 고로 강원 감영에 잡혀가서 불효부제로 몰려서 매 맞고 죽은 일도 있고, 그 일로 인연하여 집안 화패禍敗가 무수하였으니, 세상에 학정같이 무서운 것은 없습니다. 여보, 그런 한심한 일이 있소? 이야기를 좀 들어보시오. 내가 미국 가서 십여 년을 있었는데, 우리나라 사람 하나를 만나서 말을 하다가 그

---

* 서로 맞서서 싸움.

사람이 관찰사 지낸 사람이라 하는 고로, 내가 내 집안에서 강원 감사에게 학정당하던 생각이 나서 말하나니 탐장貪贓하는 관찰사는 죽일 놈이니 살릴 놈이니 하였더니, 그 사람 하는 말이, '그런 어림없는 말 좀 마오. 관찰사를 공으로 얻어 하는 사람이 몇이나 되오? 처음에 할 때도 돈이 들려니와, 내려간 후에 쓰는 돈은 얼마나 되는지 알고 그런 소리를 하오? 일년에 몇 번 탄신誕辰에 쓰는 돈*은 얼마나 되며 그 외에는 쓰는 돈이 없는 줄로 아오? 그래, 몇 푼 되지 못하는 월급만 가지고 되겠소? 백성의 돈을 아니 먹으면 그 돈 벌충을 무슨 수로 하오? 만일 관찰사로 있어서 돈 한 푼 아니 쓰고 배기려들다가 벼락은 누가 맞게? 하는 소리를 듣고 내가 기가 막혀서 말대답을 못하였소. 대체 그런 사람들이 빙공영사憑公營私**로 백성의 돈을 뺏으려는 말이요, 탐장을 예사로 알고 하는 말이라. 그러한 정치에 나라가 어찌 부지하며 백성이 어찌 부지하겠소? 그렇게 결딴낸 나라를 황제폐하께서 등극하시면서 덕을 헤아리시고 힘을 헤아리셔서 나라 힘〔國力〕에 미쳐 갈 만한 일은 일신 개혁하시니, 중앙 정부에는 매관매직하던 악습이 없어지고, 지방에는 잔학생령殘虐生靈하던 관리가 낱낱이 면관이 되니, 융희 원년 이후로 황제폐하께서 백성에게 학정하신 일이 무엇이오? 여보 동포들, 들어보시오. 우리나라 국권을 회복할 생각이 있거든 황제폐하 통치하에서 부지런히 벌어먹고 자식이나 잘 가르쳐서 국민의 지식이 진보될 도리만 하시오. 지금 우리나라에 국리민복國利民福될 일은 그만한 일이 다시없소. 나는 오늘 개혁하신 황제폐하의 만세나 부르고 국민 동포의 만세나 부르고 죽겠소."

---

* 황제를 비롯한 나라의 주요 인물들의 탄신일에 관리들이 선물을 바치기 위해 능력을 넘어서는 과도한 지출을 하는 폐습을 지적한 것으로 추정됨.
** 공적인 일로 개인의 이득을 취함.

하더니 옥남이가 손을 높이 들어,

"대황제폐하 만세, 만세, 만세! 국민 동포 만세, 만세, 만세!"

그렇게 만세를 부르는데 의병이라 하는 봉두돌빈蓬頭突鬢*의 여러 사람들이 아우성을 지르며,

"저놈이 선유사宣諭使**의 심부름으로 내려온 놈인가보다. 저놈을 잡아가자."

하더니 풍우같이 달려들어서 옥남의 남매를 잡아가는데, 본평 부인은 극락전 부처님 앞에 엎드려서 옥남의 남매를 살게 하여줍시사, 하는 소리뿐이라.

—『은세계』, 동문사, 1908.

---

* 봉두난발.
** 나라에 난이 있을 때 만들어지는 임시 벼슬.

작가 연보

1862년   아버지 이윤기李胤耆와 어머니 전주 이씨 사이에서 차남으로 태어남. 친족의 양자로 들
            어가 경기도 음죽군(현재의 이천) 거문리에서 성장함. 다섯 살 때 친부를 잃고 뒤이어 열
            한 살 때는 양모, 열여덟 살 때는 친모를 잃어 매우 외로운 성장기를 보냄.
1900년   관비官費 유학생으로 선발되어 일본에 단기 체류. 도쿄 정치학교 입학. 일본인 여성과
            결혼하여 도쿄의 긴자에서 요정을 경영함.
1903년   일본 미야코 신문사 견습사원으로 근무. 이 신문에 일본어로 된 소설 「과부의 꿈寡婦の
            夢」을 발표함. 이해 정치학교를 졸업.
1904년   러일전쟁이 일어나자 일본 육군성 소속의 한국어 통역으로 종군함.
1906년   《국민신보》 주필. 이후 오세창吳世昌 등이 주도하여 발행한 민족지 《만세보》 주필로 옮
            김. 이 신문에 신소설 『혈의 누』를 연재. 소년잡지 《소년한반도》에 정치학 관련 저작인
            「사회학」을 연재함.
1907년   단행본 『혈의 누』 발간. 《만세보》가 재정난에 빠지자 이완용의 후원으로 이 신문사를 인
            수하고 《대한신문》을 창간해 사장으로 취임. 이후 이 신문을 이완용 내각의 선전지로 활
            용하는 등 친일 행각에 앞장섬. 단행본 신소설 『귀의 성』을 김상만책사에서 발간.
1908년   일본 연극계를 시찰한다는 명목으로 일본으로 건너감. 그곳에서 일본의 대한제국 강제
            병탄에 중요한 역할을 수행했을 것으로 추정됨. 1902년 정부가 세운 연극 공연 전문 극
            장인 원각사에서 창극 〈은세계〉를 공연. 공연 대본을 소설로 재구성한 신소설 단행본
            『은세계』를 동문사에서 간행.
1909년   친일 유학자들로 구성된 '공자교회孔子敎會'의 발기인으로 참여함. 여러 차례 일본을 오
            가며 일본의 강제 병탄을 위한 활발한 막후 활동을 벌임.
1910년   8월 4일 밤 강제 병탄의 결정적 계기를 만들기 위해 총독부 외사국장外事局長인 고마쓰
            [小松綠]를 만나 담판을 벌임.
1911년   일본이 조선의 국가 최고 교육기관인 성균관을 장악하기 위해 설치한 경학원經學院의
            사성司成으로 임명되고 기관지 《경학원》의 편찬 겸 발행인을 맡음.
1912년   친일 성향의 단편 소설 「빈선랑貧鮮郞의 일미인日美人」을 친일 신문 《매일신보》에 발표.
1913년   전라도 등지를 시찰하며 의병 활동을 규탄하는 강연을 했다고 알려짐.
1916년   11월 25일 사망.

───

위 연보는 『신소설 연구新小說 研究』(전광용, 새문사, 1986)와 『한국현대문학대사전』(권영민 편, 서
울대학교출판부, 2004)을 참고하여 재구성한 것임.

자유
종 •

이해조

조선의 주체적 문명개화를 향한 조종弔鐘

서형범

이해조의 호는 열재悅齋, 이열재怡悅齋, 동농東濃이며 필명으로는 선음자
善飮子, 하관생遐觀生, 석춘자惜春子, 신안생神眼生, 해관자解觀子, 우산거사牛山
居士 등이 있다. 어려서부터 조부와 부친의 엄격한 훈육 아래 전통 학문을
배웠고 종친이었던 집안의 특성 탓에 한시와 판소리 등 상류층 유희에 접
할 기회가 많았다. 부친이 향리에 설립한 화야의숙華野義塾에서 학생들을
가르치면서 신학문을 접하게 되고 국권상실의 위기를 벗어나기 위한 계
몽운동에 눈뜨면서 활발한 문필활동에 나선다.

전통 한학의 소양을 바탕으로 개인적으로 공부한 일본어, 중국어를 통
해 일본과 중국을 거쳐 조선에 들어온 다양한 신문물을 접하게 된 이해조
는 1906년 《소년한반도少年韓半島》에 「잠상태岑上苔」를 연재하면서 본격적
인 작품 창작에 나선다. 이런 학문적 경험이 그의 작품에서 미신타파, 여
권신장, 개가허용 등 당대로서는 파격적이라 할 수 있는 근대적 가치관을
형성하게 만든다. 「구마검」에서는 점복술에 휘둘려 가문이 파탄나고 억
울한 누명을 쓰게 되는 여주인공을 통해 과학적이고 합리적인 가치관을
가져야 함을 설파하면서 근대화된 사법제도를 옹호하기도 했으며, 「빈상
설」이나 「홍도화」 등의 작품에서는 근대적 여성관에 바탕을 두고 여성도

근대적인 신학문을 배워야 하며 남성에게 종속되지 않고 자신의 능력을 펼칠 수 있도록 제도를 마련해야 한다는 파격적인 주장도 펼친다. 또 전통적인 가부장사회의 폐해라 할 수 있는 축첩제도의 폐단을 고발하기도 한다. 한편 프랑스 과학 소설가 쥘 베른의 소설을 번안한『철세계鐵世界』에서 근대 서구의 다양한 과학기술 산물을 등장시켜 대중 독자의 지적 호기심을 자극하기도 했고, 미국의 독립전쟁을 이끌었던 조지 워싱턴의 평전을 번안한『화성돈전華盛頓傳』을 통해 당대 조선 민중의 능동적이고 주체적인 자기 혁신 의지를 자극하기도 했다. 일본에 의한 강제 병탄 직전에 발표된『자유종』에는 개화기의 개혁적 지식인인 이해조의 개화사상이 집대성되어 있다.

그러나 일본 제국주의 세력에 의해 국권을 강탈당한 이후 이해조의 행보는 초기의 온건한 개혁적 민족 지식인의 모습과는 매우 다르게 전개된다. 친일 기관지로 전락한《매일신보》에 입사하는 시점을 전후하여 이해조는 고전 판소리계 소설에서 모티프를 따온 작품들을 발표하기 시작한다. 당대의 판소리 명창인 박기홍朴基洪, 곽창기郭昌基, 심정순沈正淳 등과 교유하면서 판소리계 소설『춘향전春香傳』을 각색한『옥중화獄中花』나『심청전沈淸傳』을 각색한『강상련江上蓮』등을《매일신보》에 연재하였다.

우리 전통 연희 양식인 판소리를 채록하고 소설의 얼개로 재구성하여 발표함으로써 판소리의 보존과 계승이라는 측면에서는 어느 정도의 공헌을 인정할 수 있겠으나, 이러한 작품은 신소설을 비롯한 이전 시기까지의 우리 문학이 보여준 근대적인 가치관과 새로운 소설 양식과는 거리가 멀어 근대 한국 문학의 발전에 별다른 도움이 되지 못하는 퇴영적인 구소설에 불과할 뿐이었다. 또 강제 병탄 이전에는 개혁적 지식인으로서 근대적 가치관과 문명개화론을 주제로 삼아 긴장감 있게 소설을 전개했던 것과는 사뭇 다르게 소극적이고 가부장적인 가치관에 머무는 여성 주인공을 그려내는 데 그치고 만다. 이후 별다른 사회활동을 하지 않다가 1920년 3·1운동 이후 확대되는 조선 지식인의 불만을 해소하기 위한 총독부의 통치전략에 부응하기 위해 조직된 친일적 유생 단체인 '대동사문회大東斯文會'에 관여하면서 민족 지식인으로서의 이해조의 면모는 완전히 잊혀지게 된다.

『자유종』은 1910년 7월 30일 광학서포에서 출간된 이해조의 신소설이다. 동년 8월 29일, 일본이 친일 관료의 은밀한 협조를 통해 불법적으로 조인한 조약문을 순종 황제를 겁박하여 공포하게 함으로써 공식적으로 조선을 강제 병탄하게 되기 직전에 발표된 작품이라는 점이 매우 의미심장하다. 또한 이 작품의 시간 배경은 1908년으로 추정된다. 작품의 등장인물 가운데 한 사람인 '강금운'이 "작일은 융희 2년"이라 말하고 있기 때문이다. 이는 이 작품의 주제가 1908년을 전후한 조선의 국권상실 위기 상황에 대한 적극적인 응전과 관련된 것임을 짐작하게 하는 중요한 증좌이다.

이 작품은 보통 소설로 불리고 있지만 엄밀히 말하자면 '소설' 일반이 지니고 있는 플롯 구조나 이야기가 작품의 틀을 이루는 대신 등장인물들이 몇 개의 주제를 앞에 두고 자유롭게 자신의 의견을 펼치는 대화를 중심으로 구성되어 있어 '토론체 소설'이라는 이름으로 불리기도 한다. 작품의 전체 길이는 발간 당시의 책자 분량을 기준으로 40면 정도의 소품이지만 그 안에 담긴 주제의식은 개화기의 어떤 신소설 작품보다 진보적이고 개혁적이어서 발행 당시부터 많은 관심을 끌었던 작품이다. 또 하나 특기할 점은 작품의 등장인물이 모두 여성이라는 점이다. 개화기의 근대계몽담론 가운데 중요한 한 축을 이루고 있는 것이 여권신장론이라 할 수 있고 또 대다수 신소설 작품이 여성 주인공을 앞세워 근대 문명 개화의식을 설파하고 있지만, 이 작품처럼 모든 등장인물이 여성으로 채워진 것은 달리 찾아볼 수 없다. 작품의 표제인 '자유종'은 1776년 7월 8일 독립선언서를 공포한 뒤 이를 기념하여 필라델피아 시市 펜실베이니아 식민지의 사당植民地議事堂(현재의 인디펜던스홀)에 있던 종을 친 데서 유래한 명칭이다. 1839년 미국 건국이념을 노예해방과 연결시켰던 노예해방주의자들이 이 종을 자유의 종이라 부르면서 미국의 자유민주주의를 상징하게 되었다. 이 작품이 이를 표제로 삼은 것은 당시 조선이 지향해야 할 시대정신을 드러내는 상징으로 '자유의 종'이 적합하다고 인식했기 때문일 것으로 추정할 수 있다. 실제 단행본으로 출간된『자유종』의 표지에는 필라델피아의 자유의 종 삽화가 실려 있다.

이 작품은 이매경의 집에 매경의 생일을 축하하기 위해 모인 신설헌, 강금운, 홍국란, 네 여성의 대화를 중심으로 구성되어 있다. 이 작품에는 일본에 의해 조선이 식민지로 전락할 운명에 처해 있음이 분명해진 민족 위기상황을 암시하는 '가련한 민족이 된'이나 '통곡할 시대' 등의 표현이 있어 대체적인 시간 배경도 짐작해볼 수 있다. 작품의 첫머리에는 서문이라 할 수 있는 아래와 같은 진술이 자리하고 있다.

천지간 만물 중에 동물 되기 희한하고, 천만 가지 동물 중에 사람 되기 극난하다. 그같이 희한하고 그같이 극난한 동물 중 사람이 되어 압제를 받아 자유를 잃게 되면 하늘이 주신 사람의 직분을 지키지 못함이어늘, 하물며 사람 사이에 여자 되어 남자의 압제를 받아 자유를 빼앗기면 어찌 희한코 극난한 동물 중 사람의 권리를 스스로 버림이 아니라 하리요.

남녀평등이념을 한마디로 압축한 '사람의 권리를 스스로 버림'이라는 진술이 이 작품의 핵심 주제를 담고 있다고 할 것이다. 작품에 등장하는 네 명의 여성은 신학문을 배운 개명된 인물들이다. 비록 남편에 비해 활발하게 사회활동을 벌이고 있지는 않지만 여성의 사회참여에 매우 적극적인 인물들로 형상화되었다. 신설헌이 먼저 조선의 현실에 대한 지식인 여성들의 이해가 필요하다며 토론을 제안해 소설이 시작된다. 토론을 제안한 신설헌은 조선 여성이 구시대의 유습인 인종忍從에서 벗어나야 함을 주장한다. 어려서는 아버지의 뜻을 따라야 하고, 어른이 되어 결혼한 뒤에는 남편의 뜻을 따라야 하며, 나이가 들어서는 아들의 뜻을 따르는 것을 여성의 미덕으로 알고 살아왔으나 이제 세상이 달라졌으므로 여성도 스스로 능동적으로 자기 의견을 내세우고 현실에 참여해야 한다는 것이다. 새로운 시대를 이끌어나갈 새로운 세대를 낳고 기르는 아주 중요한 일을 맡고 있는 여성이 먼저 자각하고 깨어나야 한다는 것이다. 이어서 이들은 여성의 권리에 대한 자유로운 의견을 내세운다. 가문에 종속된 한 부속품에 불과한 취급을 받아온 여성들이 독립적인 개인으로 대우받아야 하며 이러할 때에야 건강한 생각을 가진 신세대를 제대로 길러낼 수 있다는 것이다. 그러면서 이를 실현하는 가장 빠른 길은 교육에 있다는 데 뜻을 모은다. 과거처럼 몇 천 년 변하지 않고 이어져 내려온 구학문에만 빠져 있어서는 급변하는 정세를 제대로 이해할 수 없으므로 새로운 문물을 적극 받아들여야 하며, 무지한 백성들을 널리 가르쳐 국가를 부강하게 하고 자주정책을 펼 힘을 길러야 하는 시기라는 데 의견을 같이한다. 미신타파, 계급타파, 지방갈등 해소 등 여성문제를 넘어서 당대 조선 사회 전반의 개혁 과제를 거침없이 제시하며 활발하게 토론을 이어간다. 이 과정에서 과도하게 형식과 허례에 치우치는 관혼상제에 대한 비판도 날카롭게 제기되는데, 이는 특히 전통 사회에서 관혼상제를 도맡아 준비해야 했던 자가 여성들이었기에 그 모순과 한계를 더욱 잘 통찰할 수 있었기 때문에 가능한 비판이라 하겠다.

이 작품에서 특히 주목할 부분은 여성도 남성과 대등한 인격체로 존중받아야 하며 신학문을 배울 수 있는 기회를 가져야 하는 이유로 제시한 것에서 찾을 수 있다. 바로 새로운 세대를 길러내는 양육의 책임을 여성이 맡고 있기 때문이라는 점이다. 여성의 사회적 역할과 가치에 대한 여러 접근방법 가운데 문명개화한 새세상을 이끌어갈 새로운 세대를 길러내는 역할을 여성이 맡고 있으므로 남녀평등과 여성 교육을 실현해야 한다는 논리는 분명 전시대의 가치관으로서는 도저히 받아들일 수 없는 급진적인 주장이면서, 동시에 전통적인 가족중심 공동체에서 여성이 맡고 있던 양육과 훈육의 역할을 새로운 시대상에 맞게 재해석한 진보적 주장이라고 할 수 있기 때문이다. 이러한 여성관은 기존 사회와의 갈등을 최소화하면서도 가장 효과적으로 사회개혁을 이룰 수 있는 매개고리로서의 여성의 역할에 주목한 시각이라 할 수 있는데, 현재 상황과 비교해보더라도 그 개혁성에 놀라지 않을 수 없다. 특히 이들의 대화 가운데 서얼에 대한 기존의 관념을 철저히 부정하는 대목이 주목된다. 이들이 처첩갈등이나 적서차별, 지역차별과 같은 전통 사회의 고질적인 병폐를 비판하며 이것이 우리가 발전하는 데 걸림돌이 된다고 일갈하는 대목이다. 선대의 유지遺志를 받들어야 한다는 명분을 내세워 합리화해왔던 이런 관습을 철저히 부정하는 이들의 의식은 개인이 능력을 발휘할 수 있도록 제도를 정비하고 사회가 이를 정당하게 대접해야 한다는 근대적 관점을 가장 선명하게 드러내는 부분이다.

이 작품의 마지막 부분에는 네 부인이 저마다 대보름 밤에 꾼 꿈을 이야기한다. 한 해 소원을 빈다는 대보름 둥근 달을 보면서 이들이 꾼 꿈은 '대한제국 자주독립할 꿈(설헌)', '대한제국의 개명할 꿈(매경)', '대한제국의 독립할 꿈(금운)', '대한제국이 천만 년 영구히 안녕할 꿈(국란)'이었다. 교육받은 여성들이 대보름 밤에 꾼 이러한 꿈들은 단지 한밤의 꿈이 아니라 조선 민족이 진정한 근대화를 이루고 자주독립국이 되기를 바란다는 원대한 희망을 담았다는 점이 주목할 만하다. 꿈을 이야기하는 대목에서 이들은 더 이상 남성에게 종속적이지 않고 민족 전체를 대변하는 주체로 성장했음을 스스로 선언하게 되는 것이다.

이처럼 『자유종』은 여성 화자의 시각에서 개화기 조선이 처한 현실 문제를 타개할 실질적이면서도 근원적인 해결책을 제안하는 보기 드문 정론적 내용을 담고 있다. 그러면서도 전통 사회의 가치관을 전면 부정하는 일방주의 노선을 택하지 않고 과도하거나 잘못된 개화론의 한계를 지적하고 이를 바로잡기 위한 방책도 함께 제시하는 등 조선이 근대화되고 국가 위기상황을 극복하는 데 필요한 적절한 균형감각을 잃지 않으려는 노력을 보여준다. 이러한 시각이 가능했던 것은 작가 이해조가 전통 한학과 신학문에 두루 능통했으며, 그의 집안이 왕족의 혈통을 계승한 종친이었기 때문이다. 더욱 예리하게 사태의 원인을 진단하고 추이를 살펴야 했던 특수한 환경요인에서 그 힘을 찾아볼 수 있는 것이다. 실제로 이해조는 개신 유학의 학풍을 배웠으면서도 전통 사회의 상류층 유희였던 한시나 판소리에도 관심을 보였고 새로운 소설 양식어 적극 관여하며 기독교적 윤리관에 대한 유연한 수용 태도도 보이는 등 편견을 가지지 않고 세상을 바라보려는 노력을 아끼지 않은 인물이었다. 또한 이 작품의 화자로 상정된 이들이 모두 여성이라는 점도 작품의 주장들이 일면적이지 않고 균형을 유지하려 애쓰는 것과 관련을 맺고 있다 하겠다.

그러나 이 작품에서 보여주는 등장인물의 진보적인 가치관에도 불구하고 이들이 온전히 근대적 의미의 독립된 여성 주체로 성장했다고 보기에는 어려운 것도 사실이다. 무엇보다 이들이 내세우는 근대적 정치제도의 수립, 사회구조의 개혁, 교육을 통한 새로운 가치관의 확대 등은 근대 국민국가를 건설하는 데 필수불가결한 요소들임에는 분명하다. 그러나 이러한 새로운 가치관과 제도개혁의 요구들이 이 작품이 전제로 삼았던 여성의 능동적 주체 형성과 직접 관련될 수 있는 구체적이고 실질적인 기획을 내세우는 대신 조선 왕조의 연속성을 유지하고 남성 중심의 가부장적 가족구조를 사회구조로 확장하는 데 멈추고 만다. 이러한 한계는 근대적 개인의 가치를 발견하고 새로운 가치관을 담지하는 주체로 성장해야 한다는 당위를 실질적인 삶의 차원에서 구체화하기에는 이 시기 조선 사회의 근대 의식의 성숙 정도가 미흡했다는 데서 그 원인을 찾을 수 있을 것이다. 아울러 개화기에 기독교와 더불어 소개된 여성주의담론이 여성도 남성과 대등한 역할을 맡을 능력과 자질을 지니고 있다는 점에 주목한 초기 단계의 것이었음에서도 그 원인을 찾을 수 있을 것이다.

　　이 작품이 대화를 중심으로 구성되었으면서도 인물 개개인의 개성을 드러내는 대신 네 개의 목소리가 마치 한 사람의 것처럼 통일성을 지니도록 기술된 것은 이 작품의 특징이면서 동시에 어쩔 수 없는 한계일 수밖에 없다 하겠다. 계몽적 의도를 전면에 드러내 독자로 하여금 능동적 자각을 바탕으로 실천에 나서도록 하겠다는 창작 의도를 통일성 있게 구현하는 데는 유효했을 수 있겠으나, 등장인물들의 개성적 면모를 드러내지 못함으로써 마치 한 사람이 처음부터 일관하여 기술한 논설을 읽는 듯한 인상을 주는 것은 실감을 바탕으로 작품을 자기화하여 해석할 수 있도록 구성되어야 하는 근대 문학의 미덕에 미치지 못한 것이기 때문이다. 그러나 이러한 한계에도 불구하고 이 작품은 개화기 한국 사회가 도달했던 주체적 자기혁신담론의 최대치를 보여주고 있다는 점만으로도 그 가치를 인정받기에 부족함이 없다. 신소설 작품들이 문명개화와 근대적 주체 정립을 목표로 해야 했음에도 서서히 통속적인 가정비극을 소재로 삼아 대중의 자아각성을 유도하는 데 부적절하게 변모해가면서 고전소설의 소재들을 차용하는 데로 후퇴해가던 시기에 여성 주인공을 앞세워 당당하게 계몽담론을 전면에 내세우고 이를 실천할 것을 역설하는 이 작품의 등장은, 이 작품이 세상에 나왔던 시점의 복합성과 더불어 우리 근대문학의 일정한 성취를 보여주는 소중한 자산이라 할 것이다.

자유종自由鍾

"천지간 만물 중에 동물 되기 희한하고, 천만 가지 동물 중에 사람 되기 극난하다. 그같이 희한하고 그같이 극난한 동물 중 사람이 되어 압제를 받아 자유를 잃게 되면 하늘이 주신 사람의 직분을 지키지 못함이어늘, 하물 며 사람 사이에 여자 되어 남자의 압제를 받아 자유를 빼앗기면 어찌 희한 코 극난한 동물 중 사람의 권리를 스스로 버림이 아니라 하리요.

여보, 여러분, 나는 옛날 태평시대에 숙부인淑夫人까지 바쳤더니 지금은 가련한 민족 중의 한 몸이 된 신설헌이올시다. 오늘 이매경 씨 생신에 청 첩을 인하여 왔더니 마침 홍국란 씨와 강금운 씨와 그 외 여러 귀중하신 부인들이 만좌하셨으니 두어 말씀 하오리다.

이전 같으면 오늘 이러한 잔치에 취하고 배부르면 무슨 걱정 있으리까 마는, 지금 시대가 어떠한 시대며 우리 민족은 어떠한 민족이오? 내 말이 연설 체격과 흡사하나 우리 규중 여자도 결코 모를 일이 아니올시다.

일본도 삼십 년 전 형편이 우리나라보다 우심하여 혹 천하대세라 혹 자 국전도라 말하는 자는, 미친 자라 괴악한 사람이라 지목하고 인류로 치지 않더니, 점점 연설이 크게 열리매 전도하는 교인같이 거리거리 떠드나니 국가 형편이요, 부르나니 민족 사세라. 이삼 인 뭇거지라도 술잔을 대하기 전에 소회를 말하고 마시니, 전국 남녀들이 십여 년을 한담도 끊고 잡담도 끊고 언필칭 국가라 민족이라 하더니, 지금 동양에 제일 제이 되는 일대 강국이 되었습니다.

오늘 우리나라는 어떠한 비참 지경이오? 세월은 물같이 흘러가고 풍조는 날로 닥치는데, 우리 비록 아홉 폭 치마는 둘렀으나 오늘만도 더 못한 지경을 또 당하면 상전벽해桑田碧海가 눈결*에 될지라. 하늘을 부르면 대답이 있나, 부모를 부르면 능력이 있나, 가장을 부르면 무슨 방책이 있나, 고대광실 뉘가 들며 금의옥식 내 것인가? 이 지경이 이마에 당도했소. 우리 삼사 인이 모였든지 오륙 인이 모였든지 어찌 심상한 말로 좋은 음식을 먹으리까? 승평무사할 때에도 유의유식遊衣遊食은 금법禁法이어든 이 시대에 두 눈과 두 귀가 남과 같이 총명한 사람이 어찌 국가 의식만 축내리까? 우리 재미있게 학리상으로 토론하여 이날을 보냅시다."

(매경) "절당切當 절당하오이다. 오늘이 참 어떠한 시대요? 이 같은 수참하고 통곡할 시대에 나 같은 요마한 여자의 생일잔치가 왜 있겠소마는 변변치 못한 술잔으로 여러분을 청하기는 심히 부끄럽고 죄송하나 본의인즉 첫째는 여러분 만나뵈옵기를 위하고, 둘째는 좋은 말씀을 듣고자 함이올시다.

남자들은 자주 상종하여 지식을 교환하지마는 우리 여자는 한번 만나기 졸연하오니이까? 『예기禮記』에 가로되, 여자는 안에 있어 밖의 일을 말하지 말라 하였고, 『시전詩傳』에 가로되 오직 술과 밥을 마땅히 할 뿐이라 하였기로 층암절벽 같은 네 기둥 안에서 나고 자라고 늙었으니, 비록 사마자장의 재주 있을지라도 보고 듣는 것이 있어야 아는 것이 있지요.

---

* 눈에 슬쩍 띄는 잠깐 동안.

이러므로 신체 연약하고 지각이 몽매하여 쌀이 무슨 나무에 열리는지, 도미를 어느 산에서 잡는지 모르고, 다만 가장의 비위만 맞춰 앉으라면 앉고 서라면 서니, 진소위眞所謂 밥 먹는 안석*이요, 옷 입은 퇴침이라, 어찌 인류라 칭하리까? 그러나 그는 오히려 현철한 부인이라 행검行檢 있는 부인이라 하겠지마는, 성품이 괴악하고 행실이 불미하여 시앗에 투기하기, 친척에 이간하기, 무당 불러 굿하기, 절에 가서 불공하기, 제반 악징은 소위 대갓집 부인이 더합디다. 가도가 무너지고 수욕이 자심하니 이것이 제 한 집안일인 듯하나 그 영향이 실로 전국에 미치니 어찌 한심치 않으리까?

그런 부인이 생산도 잘 못하고 혹 생산하더라도 어찌 쓸 자식을 낳으리오? 태내 교육부터 가정교육까지 없으니 제가 생지生知의 바탕이 아닌 바에 맹모孟母의 삼천三遷하시던 교육이 없이 무슨 사람이 되리오? 그러나 재상도 그 자제요, 관찰군수도 그 자제니 국가의 정치가 무엇인지, 법률이 무엇인지 어찌 알겠소? 우리 비록 여자나 무식을 면치 못함을 항상 한탄하더니, 다행히 오늘 여러분 고명하신 부인께서 왕림하여 좋은 말씀을 들려주시니 대단히 기꺼운 일이올시다.”

(설헌) “변변치 못한 구변이나 내 먼저 말씀하오리다. 우리 대한의 정계가 부패함도 학문 없는 연고요, 민족의 부패함도 학문 없는 연고요, 우리 여자도 학문 없는 연고로 기천 년 금수 대우를 받았으니 우리나라에도 제일 급한 것이 학문이요, 우리 여자 사회도 제일 급한 것이 학문인즉 학문 말씀을 먼저 하겠소. 우리 이천만 민족 중에 일천만 남자들은 응당 고명한 학교를 졸업하여 정치, 법률, 군제, 농, 상, 공 등 만 가지 사업이 족하

---

* 벽에 세워놓고 앉을 때 기대는 방석.

겠지마는, 우리 일천만 여자들은 학문이 무엇인지 도무지 모르고 유의유식으로 남자만 의뢰하여 먹고 입으려 하니 국세가 어찌 빈약지 아니하겠소? 옛말에, 백지장도 맞들어야 가볍다 하였으니 우리 일천만 여자도 일천만 남자의 사업을 백지장과 같이 거들었으면 백 년에 할 일을 오십 년에 할 것이요, 십 년에 할 일을 다섯 해면 할 것이니 그 이익이 어떠하고, 나라의 독립도 거기 있고 인민의 자유도 거기 있소.

세계 문명국 사람들은 남녀의 학문과 기예가 차등이 없고, 여자가 남자보다 해산하는 재주 한 가지가 더하다 하며, 혹 전쟁이 있어 남자가 다 죽어도 겨우 반구비半具備라 하니, 그 여자의 창법 검술까지 통투通透함을 가히 알겠도다.

사람마다 대성인 공부자孔夫子 아니거든 어찌 생이지지生而之知하리요. 법국* 파리대학교에서 토론회를 열매, 가편可便은 사람을 가르치지 못하면 금수와 같다 하고, 부편否便은 사람이 천생 한 성질이니 비록 가르치지 아니할지라도 어찌 금수와 같으리요 하여 경쟁이 대단하되 귀결치 못하였더니, 학도들이 실지를 시험코자 하여 무부모한 아이들을 사다가 심산궁곡深山窮谷에 집 둘을 짓되 네 벽을 다 막고 문 하나만 뚫어 음식과 대소변을 통하게 하고 그 아이를 각각 그 속에서 기를 새, 칠팔 년이 된 후 그 아이를 학교로 데려오니 제가 평생에 사람 많은 것을 보지 못하다가 육칠층 양옥에 인산인해됨을 보고 크게 놀라 서로 들아보며 하나는 꼭고댁꼭고댁 하고 하나는 끼익끼익 하니, 이는 다름 아니라 제 집에 아무것도 없고 다만 닭과 돼지만 있는데, 닭이 놀라면 꼭고댁 하고 돼지가 놀라면 끼익끼익 하는 고로 그 아이가 지금 놀라운 일을 보고, 그 소리가 각각 본

---

* 佛蘭西, 프랑스.

대로 난 것이니 그것도 닭과 돼지의 교육을 받음이라. 학생들이 이것을 본 후에 사람을 가르치지 아니하면 금수와 다름없음을 깨달아 가편이 득승하였다 하니, 이로 보건대 우리 여자가 그와 다름이 무엇이오? 일용범절에 여간 안다는 것이 저 아이의 꼭고댁 끼익보다 얼마나 낫소이까? 우리 여자가 기천 년을 암매하고 비참한 경우에 빠져 있었으니, 이렇고야 자유권이니 자강력이니 세상에 있는 줄이나 알겠소? 일생에 생사고락이 다 남자 압제 아래 있어, 말하는 제용과 숨 쉬는 송장을 면치 못하니 옛 성인의 법제가 어찌 이러하겠소. 『예기』에도 여인 스승이 있고 유모를 택한다 하였고, 『소학』에도 여자 교육이 첫 편이니 어찌 우리나라 여자 같은 자고송自枯松*이 있단 말이오?

우리나라 남자들이 아무리 정치가 밝다 하나 여자에게는 대단히 적악積惡하였고, 법률이 밝다 하나 여자에게는 대단히 득죄하였습니다. 우리는 기왕이라 말할 것 없거니와 후생이나 불가불 교육을 잘하여야 할 터인데 권리 있는 남자들은 꿈도 깨지 못하니 답답하오. 남자들 마음에는 아들만 귀하고 딸은 귀치 아니한지 일 분자라도 귀한 생각이 있으면 사지오관이 구비한 자식을 어찌 차마 금수와 같이 길러 이 같은 고해에 빠지게 하는고? 그 아들 가르치는 법도 별 수는 없습니다. 『사략통감史略通鑑』으로 제일등 교과서를 삼으니 자국 정신은 간데없고 중국혼만 길러서, 언필칭 좌전左傳이라 강목綱目이라 하여 남의 나라 기천 년 흥망성쇠만 의논하고 내 나라 빈부강약은 꿈도 아니 꾸다가 오늘 이 지경을 하였소.

이태리국 역비다산에 올차학이라는 구멍이 있어 해수로 통하였더니 홀연 산이 무너져 구멍 어구가 막힌지라, 그 속이 칠야같이 캄캄한데 본래

---

* 저절로 말라죽은 소나무.

있던 고기들이 나오지 못하고 수백 년을 생존하여 눈이 있으나 쓸 곳이 없더니, 어구의 막혔던 흙이 해마다 바닷물에 패여가며 일조에 궁기* 도로 열리매, 밖의 고기가 들어와 수없이 잡아먹되, 그 안에 있던 고기는 눈을 멀뚱멀뚱 뜨고도 저해하려는 것을 전연 모르고 절로 밀려 어구 밖을 혹 나왔으나 못 보던 눈이 졸지에 태양을 당하매 현기가 나며 정신이 없어 어릿어릿하더라 하니, 그와 같이 대문 중문 꽉꽉 닫고 밖에 눈이 오는지 비가 오는지 도무지 알지 못하고 살던 우리나라. 이왕 교육은 올차학 교육이라 할 만하니 그 교육받은 남자들이 무슨 정신으로 우리 정치를 생각하겠소? 우리 여자의 말이 쓸데없을 듯하나 자국의 정신으로 하는 말이니, 오히려 만국공사의 헛담판보다 낫습니다. 여러분 부인들은 대한 여자 교육계의 별 방침을 연구하시오."

(금운) "여보, 설헌 씨는 학문 설명을 자세히 하셨으나 그 성질과 형편이 그래도 미진한 곳이 있습니다.

우리나라 지식을 보통케 하려면 그 소위 무슨 변에 무슨 자, 무슨 아래 무슨 자라는, 옛날 상전으로 알던 중국 글을 폐지하여야 필요하겠소. 대저 글이라 하는 것은 말과 소와 같아서 그 나라의 범백 정신을 실어두나니, 우리나라 소위 한문은 곧 지나**의 말과 소라. 다만 지나의 정신만 실었으니 우리나라 사람이야 평생을 끌고 당긴들 무슨 이익이 있겠소? 그런 중에 그 말과 소가 대단히 사나워 좀체 사람은 끌지 못하오.

그 글은 졸업 기한이 없고 일평생을 읽을지라도 이태백 한퇴지***는 못 되며, 혹 상등으로 총명한 자가 물 쥐어 먹고 십 년 이십 년을 읽어서 실

---

* 궁한 기색.
** 중국.
*** 한유, 중국 당나라의 문학가.

재實才라, 거벽巨擘이라 하여 눈앞에 영웅이 없고, 세상이 돈짝만하여 내가 내노라고 돌이질치더라도 그 사람더러 정치를 물으면 모른다, 법률을 물으면 모른다, 철학 화학 이화학을 물으면 모르노라, 농학 상학 공학을 물으면 모르노라. 그러면 우리 대종교 공부자 도학의 성질은 어떠하냐 묻게 되면 그 신성하신 진리는 모르고 다만 아노라 하는 것은, 공자님은 꿇어 앉으셨지, 공자님은 광수의廣袖衣 입으셨지 하여 가장 도통을 이은 듯이 여기니, 다만 광수의만 입고 꿇어만 앉았으면 사람마다 천만 년 종교 부자가 되오리까?

공자님은 춤도 추시고, 노래도 하시고, 풍류도 하시고, 선배도 되시고, 문장도 되시고, 장수가 되셔도 가하고, 천자도 가히 되실 신성하신 우리 공부자님을, 어찌하여 속은 컴컴하고 외양만 번주그레한 위인들이 광수의만 입고 꿇어만 앉아 공자님 도학이 이뿐이라 하여 고담준론을 하면서 이렇게 하여야 집을 보존하고 인군을 섬긴다 하여 자기 자손뿐 아니라 남의 자제까지 연골軟骨에 버려 골생원님이 되게 하니, 그런 자들은 종교에 난적亂賊이요, 교육에 공적公敵이라 공자님께서 대단히 욕보셨소. 설사 공자님이 생존하셨을지라도 오히려 북을 울려 그자들을 벌하셨으리라.

그만도 못한 승부군이라 일차군이라 하는 자는 천시도 모르고, 지리도 모르고, 다만 의취意趣 없는 강남풍월한 다년이라. 뜻도 모르는 것은 원元 코 형亨코라 하여* 국가의 수용하는 인재 노릇을 하였으니 그렇고야 어찌 나라가 이 지경이 아니 되겠소?

대체 글을 무엇에 쓰자고 읽소? 사리를 통하려고 읽는 것인데 내 나라

---

* 『주역周易』에서 땅을 가리키는 괘卦인 곤괘坤卦를 '원형이정元亨利貞'이라 설명한 대목의 뜻을 이해하지 못하고 그 음에 토씨만을 붙여 읽는다는 말. 책의 내용을 이해하지 못하고 겉으로만 아는 척하는 폐습을 비판하는 뜻임.

지리와 역사를 모르고서 제갈량전과 비사맥전을 천만 번이나 읽은들 현금 비참한 지경을 면하겠소? 일본 학교 교과서를 보시오. 소학교 교과하는 것은 당초에 대한이라 청국이라는 말도 없이 다만 자국 인물이 어떠하고 자국 지리가 어떠하다 하여 자국 정신이 굳은 후에 비로소 만국 역사와 만국 지리를 가르치니, 그런고로 무론 남녀하고 자국의 보통 지식 없는 자가 없어 오늘날 저러한 큰 세력을 얻어 나라의 영광을 내었소.

우리나라 남자들은 거룩하고 고명한 학문이 있는 듯하나 우리 여자 사회에야 그 썩고 냄새나는 천지현황天地玄黃 글자나 아는 사람이 몇이나 되오? 남자들도 응당 귀도 있고 눈도 있으리니, 타국 남자와 같이 학문을 힘쓰려니와 우리 여자도 타국 여자와 같이 지식이 있어야 우리 대한 삼천리강토도 보전하고, 우리 여자 누백 년 금수도 면하리니, 지식을 넓히려면 하필 어렵고 어려운 십 년 이십 년 배워도 천치를 면치 못할 학문이 쓸 데 있소? 불가불 자국 교과를 힘써야 되겠다 합니다."

(국란)"아니오, 우리나라가 가뜩 무식한데 그나마 한문도 없어지면 수모 세계를 만들려오? 수모란 것은 눈이 없이 새우를 따라다니면서 새우 눈을 제 눈같이 아나니 수모 세계가 되면 새우는 어디 있나? 아니될 말이오. 졸지에 한문을 없이하고 국문만 힘쓰면 무슨 별 지식이 나리까? 나도 한문을 좋다 하는 것은 아니나 형편으로 말하면 요순 이래 치국평천하하는 법과 수신제가하는 천사만사가 모두 한문에 있으니 졸지에 한문을 없애고 국문만 쓰면, 비유컨대 유리창을 떼어버리고 흙벽 치는 셈이오. 국문은 우리나라 세종대왕께서 만드실 때 적공이 대단하셨소. 사신을 여러 번 중국에 보내어 그 성음 이치를 알아다가 자모음을 만드시니, 반절反切이 그것이오.

우리 세종대왕 근로하신 성덕은 다 말씀할 수 없거니와 반절 몇 줄에

나라 돈도 많이 들었소. 그렇건마는 백성들은 죽도록 한문자만 숭상하고 국문은 버려두어서 암글이라 지목하여 부인이나 천인이 배우되 반절만 깨치면 다시 읽을 것이 없으니 보는 것은 다만 『춘향전』, 『심청전』, 『홍길동전』 등물뿐이라. 『춘향전』을 보면 정치를 알겠소? 『심청전』을 보고 법률을 알겠소? 『홍길동전』을 보아 도덕을 알겠소? 말할진대 『춘향전』은 음탕 교과서요, 『심청전』은 처량 교과서요, 『홍길동전』은 허황 교과서라 할 것이니, 국민을 음탕 교과로 가르치면 어찌 풍속이 아름다우며, 처량 교과로 가르치면 장진지망長進之望이 있으며, 허황 교과서로 가르치면 어찌 정대한 기상이 있으리까? 우리나라 난봉 남자와 음탕한 여자의 제반 악징이 다 이에서 나니 그 영향이 어떠하오?

혹 발명하려면 『춘향전』을 누가 가르쳤나, 『심청전』을 누가 배우라나, 『홍길동전』을 누가 읽으라나, 비록 읽으라 할지라도 다 제게 달렸지 할 터이나, 이것이 가르친 것보다 더하지, 휘문의숙 같은 수층 양옥과 보성학교 같은 너른 교장에 칠판·괘종·책상·걸상을 벌여놓고 고명한 교사를 월급 주어 가르치는 것보다 더 심하오. 그것은 구역과 시간이나 있거니와 이것은 구역도 없고 시간도 없이 전국 남녀들이 자유권으로 틈틈이 보고 곳곳이 읽으니 그 좋은 몇백만 청년을 음탕하고 처량하고 허황한 구멍에 쓸어 묻는단 말이오.

그나 그뿐이오? 혹 기도하면 아이를 낳는다, 혹 산신이 강림하여 복을 준다, 혹 면례緬禮를 잘하여 부귀를 얻는다, 혹 불공하여 재액을 막았다, 혹 돌구멍에서 용마가 났다, 혹 신선이 학을 타고 논다, 혹 최 판관이 붓을 들고 앉았다 하는 제반 악징의 괴괴망측한 말을 다 국문으로 기록하여 출판한 판책도 많고 등출謄出한 세책貰冊도 많아 경향 각처에 불똥 뛰어 박이듯 없는 집이 없으니 그것도 오거서라 평생을 보아도 못다 보오.

그 책을 나도 여간 보았거니와 좋은 종이에 주옥 같은 글씨로 세세성문 하여 혹 이삼 권 혹 수십여 권 되는 것이 많고 책 권 내외 되는 것도 있으 니, 그 자본은 적으며 그 세월은 얼마나 허비하였겠소? 백해무익한 그 책 을 값을 주고 사며 세를 주고 얻어보니 그 돈은 헛돈이 아니오? 국문 폐 단은 그러하지마는 지금 금운 씨의 말과 같이 한문을 전폐하고 국문만 쓸 진대 『춘향전』, 『심청전』, 『홍길동전』이 되겠소? 괴악망측한 소설이 제자 백가가 되겠소? 그는 다 나의 분격한 말이라, 나도 항상 말하기를 자국 정신을 보존하려면 국문을 써야 되겠다 하지마는 그 방법은 졸지에 계획 할 수 없습니다.

가령 남의 큰 집에 들었다가 그 집이 본래 늪의 집이라 믿음성이 없다 하고 떠나려면, 한편으로 차차 재목을 준비하고 목수, 석수를 불러 시역 할새, 먼저 배산임류 좋은 곳에 터를 닦아 모월 모일 모시에 입주하고, 일 대 문장에게 상량문을 받아 아랑위아랑위 하는 소리에 수십 척 들보를 높 이 얹고 정당 몇 간, 침실 몇 간, 행랑 몇 간을 여산대로 세워놓으니, 차방 다락 조밀하고 도배 장판 정쇄한데, 우리나라 효자 열녀의 좋은 말씀을 문장 명필의 고명한 솜씨로 기록하여 부벽주련(付壁柱聯)으로 여기저기 붙이 고 나도 내 집 사랑한다는 대자현판을 정당에 높이 단 연후에 그제야 세 간 즙물을 옮겨다가 쌓을 데 쌓고 놓을 데 놓아 질자배기 부지깽이 한 개 라도 서실(閪失)이 없어야 이사한 해가 없나니, 만일 옛집을 남의 집이라 하 여 졸지에 몸만 나오든지 세간 즙물을 한데 내어놓든지 하고 그 집을 비 워 주인을 맡기면 어디로 가자는 말이오?

우리나라 국문은 미상불 좋은 글이나 닦달 아니한 재목과 같으니, 만일 한문을 버리고 국문만 쓰려면 한문에 있는 천만사와 천만법을 국문으로 번역하여 유루한 것이 없은 연후에 서서히 한문을 폐하여 지나 사람을 되주든지 우리가 휴지로 쓰든지 하고, 그제야 국문을 가위 글이라 할 것이니, 이 일을 예산한즉 오십 년가량이라야 성공하겠소.

만일 졸지에 한문을 없이하려면 남의 집이라고 몸만 나오는 것과 무엇이 다르오? 남의 집은 주인이 있어 혹 내어놓으라고 독촉도 하려니와 한문이야 누가 내어놓으라 하는 말이 있소? 서서히 형편을 보아 폐지함이 가할 것이오. 국문만 쓸지라도 옛날 보던『춘향전』이니『길동전』이니『심청전』이니 그 외에 여러 가지 음담패설을 다 엄금하여야 국문에 영향이 정대하고 광명하지, 그렇지 못하면 수천 년 숭상하던 한문만 잃어버리리니 정대한 국문만 쓸진대 누가 편리치 않다 하오리까?

가령 한문의 부자군신이 국문의 부자군신과 경중이 있소? 국문의 백 냥 천 냥이 한문의 백 냥 천 냥과 다소가 있소? 국문으로 패독산 방문을 내어도 발산되기는 일반이요, 국문으로 삼해주三亥酒 방법을 빙거憑據*하여도 취하기는 한 모양이오. 국문으로 욕설하면 탄하지 않겠소? 한문으로 칭찬하면 더 좋아하겠소? 국문의 호랑이도 무섭고, 국문의 원앙새도 어여쁘리다.

국문과 한문이 다름없으나 어찌 우리 여자 권리로 연혁을 확정하리요. 문부관리들 참 딱한 것이, 국문은 쓰든지 아니 쓰든지 그 잡담소설이나 금하였으면 좋겠소. 그것 발매하는 자들이 투전 장사나 다름없나니 투전은 재물이나 상하려니와 음담소설은 정신조차 버리오. 문부관리들 그 아니 답답하오? 청년 남녀의 정신 잃는 것을 어찌 차마 앉아 보기만 하오?

학무국은 무슨 일들 하며, 편집국은 무슨 일들 하는지 저러한 관리를 믿다가는 배꼽에 노송나무가 나겠소. 우리 여자 사회가 단체하여 문부관

---

* 사실을 증명할 근거를 댐.

리에게 질문 한번 하여보옵시다.

여보, 사회 단체가 그리 용이하오? 우리나라 백 년 이하 각항 단체를 내 대강 말하오리다. 관인 사회는 말할 것이 없거니와 종교 사회로 말할지라도 물론 어느 나라하고 종교 없이 어찌 사오? 야만부락의 코끼리에게 절하는 것과, 태양에게 비는 것과, 불과 물을 위하는 것을 웃기는 웃거니와 그 진리를 연구하면 용혹무괴요. 만일 다수한 국민이 겁내는 것도 없고 의귀할 곳도 없고 존칭할 것도 없으면 어찌 국민의 질서가 있겠소? 약육강식하는 금수세계만도 못하리다.

그런고로 태서泰西* 정치가에서 남의 나라의 강약허실을 살피려면 먼저 그 나라 종교 성질을 본다 하니 그 말이 유리하오. 만일 종교에 의귀할 바 없으면 비록 인물이 번성하고 토지가 강대한 나라로 군부에 대포가 가득하고 탁지**에 금전이 가득하고 공부에 기재가 가득할지라도 수백 년 전 남미 인종과 다름없으리다.

동서양 종교 수효와 범위를 말씀하건대 회회교·희랍교·토숙탄교·천주교·기독교·석가교와 그 외에 여러 교가 각각 범위를 넓혀 세계에 세력을 확장하되 저 교는 그르다, 이 교는 옳다 하여 경쟁하는 세력이 대포·장창보다 맹렬하니, 그중에 망하는 나라도 많고 흥하는 사람 많소.

우리 동양 제일 종교는 세계의 독일무이하신 대성지성하신 공부자 아니시오? 그 말씀에 정대한 부자·군신·부부·형제·붕우에 일용 상행하는 일을 의론하사 사람으로 하여금 사람 되는 드리를 가르치시니, 그 성덕이 거룩하시고 융성하시며 향념하시는 마음이 일광과 같으사 귀천남녀 없이 다 비추건마는 우리나라는 범위를 좁혀서 남자만 종교를 알지 여자

* 서양.
** 호조.

는 모를 게라, 귀인만 종교를 알지 천인은 모를 게라 하여 대성전大成殿에 제관 싸움이나 하고 시골 향교에 재임齋任이나 팔아먹고 소민小民들은 향교출렴이나 물으니 공자님의 도하는 것이 무엇이오?

도포나 입고 쌍상토나 틀고 혁대와 중영이나 달고 꿇어앉아서 마음이 어떠한 것이라, 성품이 어떠한 것이라 하며 진리는 모르고 줏들은 풍월같이 지껄이면서 이만하면 수신제가도 자족하지, 치국평천하도 자족하지, 세상도 한심하지, 나 같은 도학군자를 아니 쓰기로 이렇다 하여 백 가지로 개탄하다가 혹 세도재상에게 소개하여 좨주 찬선으로 초선抄選이나 되면, 공자님이 당시의 자기로만 알고 도태를 뽑아내며 괴팍한 위인에 야매한 언론으로 천하대세도 모르고 척양斥洋합시다, 척외斥外합시다, 상소나 요명要名*차로 눈치 보아가며 한두 번 하여 시골 선배의 칭찬이나 듣는 것이 대욕소관大慾所關이지.

옛적 정자산의 외교 수단을 공자님도 칭찬하셨으니 공자님은 척화를 모르시오. 척화도 형편대로 하는 것이지 붓끝으로만 척화척화 하면 척화가 되오? 또 고상하다 자칭하는 자는 당초 사직으로 장기를 삼아 나라가 내게 무슨 상관 있나? 백성이 내게 무슨 이해 있나? 독선기신獨善其身이 제일이지, 자질도 이렇게 가르치고 문인도 이렇게 어거**하여 혹 총명재자가 있어 각국 문명을 흠선하여 정치가 어떠하다, 법률이 어떠하다, 교육이 어떠하다, 언론을 하게 되면 자세히 듣지는 아니하고 돌려세우고 고담준론으로 아무 집 자식도 버렸다, 그 조상도 불쌍하다 하여 문인 자제를 엄하게 신칙***하되 아무개와 상종을 말라, 그 말을 듣다가는 너희가 내

---

* 명예를 구함.
** 거느려 바른길로 나가게 함.
*** 단단히 타일러서 경계함.

눈앞에 보이지 말라 하니, 우리 이천만 인이 다 그 사람의 제자 되면 나라 꼴은 잘되겠지요.

그만도 못한 시골고라리 사회는 더구나 장관이지. 공자님 성씨가 누구신지요, 휘자가 무엇인지 알지도 못하는 인류들이 향교와 서원은 자기들의 밥자리로 알고 사돈 여보게, 출표하러 가세. 생질 너도 술 먹으러 오너라. 돼지나 잡았는지. 개장국도 꽤 먹겠네. 수복아, 추렴통문 놓아라. 고직아, 별하기 닦아라*. 아무가 문필은 똑똑하지마는 지체가 나빠 봉향奉享감 못되어**, 아무는 무식하지마는 세력을 생각하면 대축大祝이야 갈 데 있나. 명륜당明倫堂이 견고하여 술주정 좀 하여도 무너질 바 없지. 교궁校宮***은 이렇게 위하여야 종교를 밝히지. 아무 골 향교에는 학교를 설시하였다 하고, 아무 골 향교 전답을 학교에 붙였다 하니, 그 골에는 사람의 새끼 같은 것이 하나 없어. 그러한 변이 어디 또 있나? 아무 골 향족이 명륜당에 앉았다니 그 마룻장은 대패질을 하여라. 아무 집 일명이 색장을 붙였다니 그 재판을 수세미질이나 하여라**** 하여, 종교라는 종자는 무슨 종자며, 교자는 무슨 교자인지 착착 접어 먼지 속에 파묻고, 싸우나니 양반이요, 다투나니 재물이라. 이것이 우리 신성하신 대종교라 하오. 한심하고 통곡할

* '별하別下'는 비공식적인 자금 운용을 말함. '별하기別下記'는 그런 이중장부를 가리키는데, '별하기를 닦는다'는 말은 이중장부를 기재하여 비공식적으로 재물을 융통하는 것을 의미함.
** '봉향奉享'이란 덕과 학문이 높은 선비를 사후에 향교 등에 모시는 것을 말하는데 지체가 나쁘다는 이유로 학문의 성취를 숭상하지 않겠다는 것은 선비 사회에서 용납할 수 없는 일임. 시골 선비 사회의 난맥상을 고발하는 내용.
*** 각 마을에 있는 문묘.
**** '색장色掌'이란 성균관 유생 자치회 간부의 책임 가운데 하나로 식당을 감찰하는 것을 주로 담당했던 직책. 그런데 '색장을 붙였다'고 하니 '그 재판을 수세미질이나 하여라'라는 것은 유생들의 일을 전혀 알지 못하는 무식한 사람의 말일 수밖에 없는 고로 이 대목은 실질을 갖추지 못한 이들을 비판하는 내용을 담고 있음.

만도 하오. 종교가 이렇듯 부패하니 국세가 어찌 강성하겠소? 학교와 서원 성질을 말하리다. 서원은 소학교 자격이요, 향교는 중학교 자격이요, 태학은 대학교 자격이라. 서원은 선현 화상을 봉안하여 소학 동자로 하여금 자국 인물을 기념케 함이요, 향교에는 대성인 위패를 봉안하여 중학 학생으로 하여금 종교를 경앙케 함이요, 태학에는 예악 문물을 더 융성히 하여 태학 학생으로 하여금 종교 사상이 더욱 견고케 함이니, 어찌 다만 제사만 소중이라 하여 사당집과 일반으로 돌려보내리요? 교육을 주장하는 고로 향교와 서원을 당초에 설시하였고, 종교를 귀중하는 고로 대성인과 명현을 뫼셨고, 성현을 뫼신 고로 제례를 행하나니 교육과 종교는 주체가 되고 제사는 객체가 되거늘, 근래는 주체는 없어지고 객체만 숭상하니 어찌 열성朝列聖朝의 설시하신 본의라 하리요?

제사만 위한다 할진대 태묘도 한 곳뿐이어늘 아무리 성인을 존봉할지라도 어찌 삼백육십여 군의 골골마다 향화를 받들리까? 저 무식한 자들이 교육과 종교는 버리고 제사만 위중한다 한들 성현의 마음이 어찌 편안하시리까?

종교에야 어찌 귀천과 남녀가 다르겠소? 지금이라도 종교를 위하려면 성경현전을 알아보기 쉽도록 국문으로 번역하여 거리거리 연설하고, 성묘와 서원에 무애희 농용하며*, 가령 제사로 말할지라도 귀인은 귀인 예복으로 참사하고, 천인은 천인 의관으로 참사하고, 여자는 여자 의복으로 참사하여, 너도 공자님 제자, 나도 공자님 제자 되기 일반이라 하면 종교

---

* '무애희無㝵戲 농용弄用하며'로 추정됨. '무애희'는 불교극의 일종으로 대중이 불교 교리를 쉽게 알 수 있게 구성한 일종의 무대 공연. 이러한 방식을 채용하면 일반 백성도 종교의 심오한 뜻을 쉽게 깨칠 수 있다는 의견을 제시하는 대목으로 종묘나 서원에서 제사를 지낼 때 지나치게 격식을 차려 백성이 그 뜻을 잘 알지 못하는 경우가 많다는 지적을 담고 있는 것으로 추정됨.

범위도 넓고, 사회 단체도 굳으리다. 또 사회의 폐습을 말할진대 확실한 단체는 못 보겠습니다. 상업 사회는 에누리 사회요, 공장 사회는 날림 사회요, 농업 사회는 야매 사회라, 하나도 진실하고 기묘하여 외국 문명을 당할 것은 없으니 무슨 단체가 되겠소? 근래 신교육 사회는 구교육 사회보다는 낫다 하나 불심상원不甚相遠이오.

관공립은 화욕 학교라 실상은 없고 문구뿐이요, 각처 사립은 단명 학교라 기본이 없어 번차례로 폐지할 뿐 아니라, 무론 아무 학교든지 그중에 열심한다는 교장이니 찬성장이니 하는 임원더러 묻되, 이 학교에 제갈량과 이순신과 비사맥과 격란사돈* 같은 인재를 교육하여 일후의 국가 대사를 경륜하려오 하면 열의 한둘도 없고, 또 묻되 이 학교에 인재 성취는 이다음 일이요, 교육사회에 명예나 취하려오 하면 열에 칠팔이 더 되니 그 성의가 그러하고야 어찌 장구히 유지하겠소? 교원 강사도 한만閒漫한 출입을 아니하고 시간을 지키어 왕래한다니 그 열심은 거룩하오. 공익을 위함인지, 명예를 위함인지, 월급을 위함인지, 명예도 아니요, 월급도 아니요, 실로 공익만 위한다 하는 자, 몇이나 되겠소?

무론 공사 관립하고 여러 학생들에게 묻되, 학문을 힘써 일후에 사환仕宦을 하든지 일신쾌락을 희망하느냐, 국가에 몸을 바치는 정신 얻기를 주의하느냐 하게 되면, 대중소 학교 몇만 명 학도 중에 국가 정신이라고 대답하는 자 몇몇이나 되겠소?

또 여자 교육회니 여학교니 하는 것도 권리 없고 자본 없는 부인에게만 맡겨두니 어찌 흥왕하리요? 무론 아무 사회하고 이익만 위하고 좀 낫다는 자는 명예만 위하고, 진실한 성심으로 나라를 위하여 이것을 한다든

---

* 윌리엄 글래드스턴, 영국 정치가.

가, 백성을 위하여 이것을 한다는 자 역시 몇이나 되겠소?

이렇게 교육 교육 할지라도 십 년 이십 년에 영향을 알리니 그중에도 몇 사람이야 열심 있고 성의 있어 시사를 통곡할 자가 있겠지요마는 단체 효력을 오히려 못 보거든 하물며 우리 여자에 무슨 단체가 조직되겠소? 아직 가정 여러 자녀를 잘 가르치고 정분 있는 여자들에게 서로 권고하여 십 인이 모이고 이십 인이 모여 차차 단정히 설립하여야 사회든지 교육이든지 하여보지, 졸지에 몇백 명 몇천 명을 모아도 실효가 없어 일상 남자 사회만 못하리다."

(설헌) "그러하오마는 세상일이 어찌 아무것도 아니하고 앉아서 기다리기만 하리까? 여보, 우리 여자 몇몇이 지껄이는 것이 풀벌레 같을지라도 몇 사람이 주창하고 몇 사람이 권고하면 아니될 일이 어디 있소? 석 달 장마에 한 점 볕이 갤 장본이요, 몇 달 가물에 한 조각 구름이 비 올 장본이니, 우리 몇 사람의 말로 천만 인 사회가 되지 아니할지 뉘 알겠소?

청국 명사 양계초梁啓超* 씨 말씀에 하였으되, 대저 사람이 일을 하려면 이기려다가 패함도 있거니와 패할까 염려하여 당초에 하지 아니하면 이는 당초에 패한 사람이라 하니, 오늘 시작하여 내일 성공할 일이 우리 팔자에 왜 있겠소? 그러나 우리가 우쭐거려야 우리 자식 손자들이나 행복을 누리지. 일향 우리나라 사람을 부패하다, 무식하다 조롱만 하면 똑똑하고 요요한 남의 나라 사람이 우리에게 소용 있소?

우리나라 삼백 년 이전이야 어떠한 정치며 어떠한 문물이오? 일본이 지금 아무리 문명하다 하여도 범백 제도를 우리나라에서 많이 배워 갔소. 그 나라 국문도 우리나라 왕인王仁 씨가 지은 것이니, 근일 우리나라가 부패치

---

* 중국 청말의 계몽 사상가이자 문학가.

아니한 것은 아니나 단군기자 이후로 수천 년 이래에 어떠한 민족이오?

철학가 말에, 편안한 것이 위태한 근본이라 하니, 우리나라 사람이 기백 년 편안하였은즉 한번 위태한 일이 어찌 없겠소? 또 말하였으되, 무식은 유식의 근원이라 하였으니 우리나라 사람이 오래 무식하였으니 한번 유식하지 아니할 이유가 있겠소?

가령 남의 집에 가서 보고 그 집 사람들은 음식도 잘하더라, 의복도 잘하더라, 내 집에서는 의복 음식 솜씨가 저러하지 못하니 무엇에 쓸꼬 하고 가속을 박대하면 남의 좋은 의복 음식이 내게 무슨 상관 있소? 차라리 저 음식은 어떠하니 좋지 아니하다, 이 의복은 어떠하니 좋지 아니하다 하여 제도를 자세히 가르쳐서 남의 것과 같이하는 것만 못하니, 부질없이 내 집안 사람만 불만히 여기면 기도가 바로잡힐 리가 있으리까?

『소학』에 가로되, 좋은 사람이 없다 함은 덕 있는 말이 아니라 하였으니, 내 나라 사람을 무식하다고 능멸하여 권고 한마디 없으면 유식하신 매경 씨만 홀로 살으시려오? 여보 여보, 열심을 잃지 말고 어서어서 잡지도 발간, 교과서도 지어서 우리 일천만 여자 동포에게 돌립시다.

우리 여자의 마음이 이러하면 남자도 응당 귀가 있겠지. 십 년 이십 년을 멀다 마오. 산림 어른*이 연설꾼 아니될지 뉘 알며, 향교 재임이 체조 교사 아니될지 뉘 알겠소? 속담에 이른 말에 뜬 쇠가 달면 더 뜨겁다 하였소.

지금은 범백 권리가 다 남자에게 있다 하나 영원한 권리는 우리 여자가 차지합시다. 매경 씨 말씀에, 자녀를 교육하자 함이 진리를 알으시는 일이오. 우리 여자만 합심하고 자녀를 잘 교육하면 제 이세의 문명은 우리

---

* 학식과 덕이 높으나 벼슬을 하지 않고 숨어지내는 선비.

사업이라 할 수 있소.

자식 기르는 방법을 대강 말하오리다. 자식을 낳은 후에 가르칠 뿐 아니라 뱃속에서부터 가르친다 하였으니, 그런고로 『예기』에 태육법을 자세히 말하였으되, 부인이 잉태하매 돗자리가 바르지 아니하거든 앉지 아니하며, 벤 것이 바르지 아니하거든 먹지 말라 하였으니, 그 앉는 돗, 먹는 음식이 뱃덩이에 무슨 상관이 있겠소마는 바른 도리로만 행하여 마음에 잊지 말라 함이오. 의원의 말에도 자식 밴 부인이 잡것을 먹지 말라 하고, 음식의 차고 더운 것을 평균케 하고, 배를 항상 더웁게 하고, 당삭하거든 약간 노동하여야 순산한다 하였소.

뱃속에서도 이렇게 조심하거든 나온 후에 어찌 범연히 양육하오리까? 제가 비록 지각이 없을 때라도 어찌 그 앞에서 터럭만치 그른 일을 행하겠소. 밥 먹는 법, 잠자는 법, 말하는 법, 걸음 걷는 법 일동 일정을 가르치되, 속이지 아니함을 주장하여 정대한 성품을 양육한즉 대인 군자가 어찌하여 되지 못하리까?

맹자님 모친께서 맹자님 기르실 때에 마침 동편 이웃집에서 돼지를 잡거늘 맹자께서 물으시되, 저 돼지는 어찌하여 잡나니까? 맹모 희롱으로, 너를 먹이려고 잡는다 하셨더니 즉시 후회하시되, 어린아이를 속이는 법을 가르쳤다 하고 그 고기를 사다가 먹이신 일이 있고, 맹자 점점 자라실새 장난이 심하여 산 밑에서 살 때에 상두꾼 흉내를 내시거늘 맹모가 가라사대, 이곳이 아이 기를 곳이 못된다 하시고 저자 근처로 이사하였더니, 맹자께서 또 물건 매매하는 형용을 지으시니 맹모가 또 집을 떠나 학궁學宮 곁에 거하시매 그제야 맹자 예절 있는 희롱을 하시는지라 맹모 말씀이, 이는 참 자식 기를 곳이라 하시고 가르쳐 만세 아성이 되셨소. 한 아들을 가르쳐 억조창생億兆蒼生에게 무궁한 도학이 있게 하시니 교육이란 것이 어떠하오? 만일 맹자께서 상두나 메시고 물건이나 팔러 다니셨다면 오늘날 맹자님을 누가 알겠소?

『비유요지』라 하는 책에 말하였으되, 서양에 한 부인이 그 아들을 잘 교육할새 그 아들이 장성하여 장사치로 나아가거늘 그 부인이 부탁하되, 너는 어디 가든지 남 속이지 아니하기로 공부하라. 그 아들이 대답하고 지화 몇백 원을 옷깃 속에 넣고 행하다가 중로에서 도적을 만나니 그 도적이 묻되, 너는 무슨 업을 하며 무슨 물건을 몸에 지녔느냐 하되, 그 아이는 대답하되, 나는 장사하는 사람이니 지화 몇백 원이 옷깃 속에 있노라 하니, 도적이 그 정직함을 괴히 여겨 뒤져본즉 과연 있는지라. 당초에 깊이 감추고 당장에 은휘치* 아니하는 이유를 물은즉 그 사람이 대답하되, 내 모친이 남을 속이지 말라 경계하셨으니 어찌 재물을 위하여 친교를 어기리요. 도적이 각각 탄복하여 말하되, 너는 효성 있는 사람이라. 우리 같은 자는 어찌 인류라 하리오. 그 지화를 다시 옷깃에 넣어주고 그 후로는 다시 도적질도 아니하였다 하였소.

그 부인이 자기 아들을 잘 교육하여 남의 자식까지 도적의 행위를 끊게 하니 교육이라는 것이 어떠하오? 송나라 구양수歐陽修 씨도 과부의 아들로 자라매, 집이 심히 가난하여 서책과 필묵이 없거늘 그 모친이 갈대로 땅을 그어 글을 가르쳐 만고 문장이 되었고, 우리나라 퇴계 이 선생도 어릴 때 그 모친이 말씀하되, 내 일찍 과부 되어 너희 형제만 있으니 공부를 잘하라, 세상 사람이 과부의 자식은 사귀지 아니한다니 너희는 그 근심을 면하게 하라 하고, 평상시에 무슨 물건을 보면 이치를 가르치며 아무 일이고 당하면 사리를 분석하여 순순히 교훈하사 동방 공자가 되셨으니 교

---

* 꺼리어 감춤.

육이라는 것이 어떠하오?

　예로부터 교육은 어머니께 받는 일이 많으니 우리도 자식을 그런 성력과 그런 방법으로 교육하였으면 그 영향이 어떠하겠소? 우리 여자 사회에 큰 사업이 이에서 더한 일이 있겠소? 여러분 여자들, 지금 남자와 지금 여자를 조롱 말고 이 다음 남자와 이 다음 여자나 교육 좀 잘하여봅시다."

　(국란) "그 말씀 대단히 좋소. 자식 기르는 법과 가르치는 공효를 많이 말씀하셨으나 자식 사랑하는 이유가 미진한 고로 여러분 들으시기 위하여 그 진리를 말씀하오리다.

　세상 사람들이 자식을 사랑한다 하나 실상은 자기 일신을 사랑함이니, 자식이 나매 좋아하고 기꺼하는 마음을 궁구하면, 필경은 저 자식이 있으니 내 몸이 의탁할 곳이 있으며 내 자식이 자라니 내 몸 봉양할 자가 있도다 하고, 혹 자식이 병이 들면 근심하고, 혹 자식이 불행하면 설워하니, 근심하고 설워하는 마음을 궁구하면 필경은 내 자식이 병들었으니 누가 나를 봉양하며, 내 자식이 없었으니 내가 누구를 의탁하리요 하나, 그 마음이 하나도 자식을 위한다는 자도 없고 국가를 위한다는 자도 없으니 사람마다 자식 자식 하여도 진리는 실상 모릅디다.

　자식의 효도를 받는 것이 어찌 내 몸만 잘 봉양하면 효도라 하리요? 증자 말씀에 인군을 잘못 섬겨도 효가 아니요, 전장에 용맹이 없어도 효가 아니라 하셨으니, 이 말씀을 생각하면 자식이라는 것이 내 몸만 위하여 낳은 것이 아니요, 실로 나라를 위하여 생긴 것이니 자식을 공물이라 하여도 합당하오.

　혹 모르는 사람은 이 말을 들으면 필경 대경소괴하여 말하되, 실로 그러할진대 누가 자식 있다고 좋아하며 자식 없다고 설워하리요? 청국 강남해 말에, 대동 세계에는 자식 못 낳은 여자는 벌이 있다 하더니, 과연 벌하기 전에야 생산하려는 자가 있겠소? 혹 생산하더라도 내 몸은 봉양하여주지 아니하고 국가만 위하여 교육을 받으라 하겠소? 이러한 말이 널리 들리면 윤리상에 대단 불행하겠다 하여 중언부언할 터이지마는, 지금 내 말이 윤리상의 불행함이 아니라 매우 다행하오리다.

자식을 공물로 인정하더라도 그렇지 아니한 소이연*이 있으니, 가령 우마를 공물이라 하면 농업가와 상업가에서 우마를 부리지 아니하리까? 저 집에 우마가 있으면 내 집에 없어도 관계가 없다 하여 사람마다 마음이 그러하면 우마가 이미 절종되었을 터이나, 비록 공물이라도 우마가 있어야 농업과 상업에 낭패가 없은즉, 자식은 공물이라고 있는 것을 귀히 여기지 아니하리요? 기왕 자식이 있는 이상에는 공물이라고 교육 아니하다가는 참말 윤리에 불행한 일이오.

가령 어부가 동무를 연합하여 고기를 잡되, 남의 그물에 걸린 것이 내 그물에 걸린 것만 못하다 하니, 국가 대사업을 바라는 마음은 같으나 어찌 남의 자식 성취한 것이 내 자식 성취한 것만 하오리까? 그러한즉 불가불 자식을 교육할 것이요, 자식이 나서 나라의 사업을 성취하고 국민에 이익을 끼치면 그 부모는 어찌 영광이 없으리까?

옛날 사파달이라 하는 땅에 한 노파가 여덟 아들을 낳아서 교육을 잘하여 여덟이 다 전장에 갔다가 죽은지라. 그 살아 돌아오는 사람더러 묻되, 이번 전장에 승부가 어떠한고? 그 사람이 대답하되, 전쟁은 이기었으나 노인의 여러 아들은 다 불행하였나이다 하거늘, 노구 즉시 일어나 춤을 추며 노래를 불러 가로되, 사파달아, 사파달아, 내 너를 위하여 아들 여덟을 낳았도다 하고 슬퍼하는 빛이 없으니, 그 노구가 참 자식을 공물로 인정하는 사람이니, 그는 생산도 잘하고 교육도 잘하고 영광도 대단하오이다.

우리나라 사람들이 자식의 진리를 몇이나 알겠소? 제일 가관의 일이, 정처正妻에 자식이 없으면 첩의 소생은 비록 여룡여호如龍如虎하여 문장은 이태백이요, 풍채는 두목지요, 사업은 비사맥이라도 서자라 얼자孽子라 하여 버려두고, 정도 없고 눈에도 서투른 남의 자식을 솔양率養하여 아들이라 하는 것이 무슨 일이오?

성인의 법제가 어찌 그같이 효박할 이유가 있으리까? 적서嫡庶라는 말씀은 있으나 근래 적서와는 대단히 다르오. 정처의 소생이라도 장자 다음에는 다 서자라 하거늘, 우리나라는 남의 정처 소생을 서자라 하면 대단히 뛰겠소*. 양자법으로 말할지라도 적서에 자녀가 하나도 없어야 양자를 하거늘 서자라 버리고 남의 자식을 솔양하니 하나도 성인의 법제는 아니오. 자식을 부모가 이같이 대우하니 어찌 세상에서 대우를 받겠소?

그 서자이니 얼자이니 하는 총중에 영웅이 몇몇이며, 문장이 몇몇이며, 도덕군자가 몇몇인지 누가 알겠소? 그 사람도 원통하거니와 나랏일이야 더구나 말할 것이 있소? 남의 나라 사람도 고문이니 보좌니 쓰는 법도 있거든 우리나라 사람에 무엇을 그리 많이 고르는지 이성호李星湖는 적서 등분을 혁파하자, 서북 사람을 통용하자 하여 열심으로 의논하였고, 조은당의 부인 김 씨는 자제를 경계하되, 너희가 서모를 경대敬待하지 아니하니 어찌 인사라 하리요? 아비의 계집은 다 어머니라 하셨나니 이 두 말씀이 몇백 년 전에 주창하였으니 그 아니 고명하오?

---

* 본래 적서嫡庶의 '서庶'라는 글자는 '맏이가 아닌 자식'을 가리킴. 그러므로 정처의 자식들 가운데도 맏이가 아니면 다 '서자庶子'라 불러야 마땅한데 우리나라에서 그렇게 부르면 아무도 좋게 듣지 않는다는 말. 본래의 뜻과 달리 왜곡되어 사용된 표현 때문에 적서차별이 심해졌음을 비판하는 대목.

또 남의 후취로 들어가서 전취 소생에게 험히 구는 자 있으니 그것은 무슨 지각이오? 아무리 나의 소생은 아니나 남편의 자식은 분명하니 양자養子보다는 매우 긴절緊切하오. 사람의 전조모와 후조모라 하여 자손의 마음에 후박이 있으리까? 그렇건마는 몰지각한 후취 부인들은 내 속으로 낳지 아니하였으니 내 자식이 아니라 하여 동네 아이만도 못하고 종의 자식만도 못하게 대우하니 어찌 그리 박정하고 무식하오? 아무리 원수 같은 자식이라도 내 몸이 늙어지면 소생 자식 열보다 나으며, 그 손자로 말할지라도 큰자식의 손자가 소생 손자 열보다 낫지 아니하오?

원수같이 알고 도척같이 알던 그 자식 그 손자가 일후에 만반진수를 차려놓고, 유세차 효자모·효손모는 감소고우 현비·현조비 모봉 모씨라 하면 아마 혼령이라도 무안하겠지. 또 자식을 ′왕 공물로 인정할진대 내 소생만 공물이요, 전취 소생은 공물이 아니겠소? 아무리 전취 자식이라도 잘 교육하여 국가의 대사업을 성취하면 그 영광이 아마 못생긴 소생 자식보다 얼마쯤이 유조有助하리니, 이 말씀을 우리 여자 사회에 공포하여 그 소위 서자이니, 전취 자식이니 하는 악습을 다 개량하여 윤리상 영원한 행복을 누리게 합시다."

(매경) "자식의 진리를 자세히 말씀하셨으나 그 범위는 대단히 넓다고는 못하겠소. 기왕 자식을 공물이라 말씀하셨으면 공물이 많아야 좋겠소, 공물이 적어야 좋겠소? 공물이 많아야 좋다 할진대 어찌 서자이니 전취 소생이니 그것만 공물이라 하여도 역시 사정私情이올시다*.

비록 종의 자식이나 거지의 자식이라도 우리나라 공물은 일반이어늘, 소위 양반이니 중인이니 상한常漢이니 서울이니 시골이니 하여 서로 보기

---

* 서자나 전취 소생만 공물이라 부르는 것도 한계가 있는 생각이라는 의미.

를 타국 사람같이 하니 단체가 성립할 날이 어찌 있겠소? 또 서북으로 말할지라도 몇백 년을 나라 땅에 생장하기는 일반이어늘, 그 사람 중에 재상이 있겠소, 도학군자가 있겠소? 천향이라 하여도 가하니 그 사람 중에 진개眞個* 재상 재목과 도학군자 자격이 없는 것이 아니라, 재상의 교육과 군자의 학문이 없음인지 몇백 년 좋은 공물을 다 버리고 쓰지 아니하였으니 어찌 나라가 왕성하오리까?

이성호 말씀에, 반상을 타파하자, 서북을 통용하자 하여 수천 마디 말을 반복 의논하였으나 인하여 무효하였으니 어찌 한심치 아니하겠소? 평안도의 심의도사 오세양 씨는 그 학문이 우리 동방에 드문 군자라. 그 학설과 이설을 대단히 발표하였건마는 서원도 없고 문집도 없이 초목과 같이 썩어진 일이 그 아니 원통한가?

그 정책은 다름 아니라 서북은 인재가 배출하니 기호畿湖와 같이 교육하면 사환 권리를 다 빼앗긴다 하니 그러한 좁은 말이 어디 있겠소? 사환이라는 것은 백성을 대표한 자인즉 백성의 지식이 고등한 자라야 참여하나니, 아무쪼록 내 지식을 넓혀서 할 것이지 남의 지식을 막고 나만 못하도록 하면 어찌 천도가 무심하오리까?

철학 박사의 말에, 차라리 제 나라 민족의 노예가 세세로 될지언정 타국 정부의 보호는 아니 받는다 하였으니, 그 말을 생각하면 이왕 일이 대단히 잘못되었소.

또 반상으로 말할지라도 그렇게 심한 일이 어디 있겠소? 어찌하다가 한번 상놈이라 패호하면 비록 영웅 열사가 있을지라도 자자손손이 상놈이라 하대하니 그 같은 악한 풍속이 어디 있으리까? 그러나 한번 상사람

---

* 참으로, 진실로.

된 자는 도저히 인재 나기가 어려우니, 가령 서울 사람이라 해도 그 실상
은 태반이나 시골 생장인즉 시골 풍속으로 잠깐 말하리다. 그 부모 된 자
들이 자식의 나이 일고여덟 살만 되면 나무를 하여라, 꼴을 베어라 하여
초등 교과가 꼬부랑 호미와 낫이요, 중등 교과가 가래와 쇠스랑이요, 대
학 교과가 밭갈기 논갈기요, 외교 수단이 소장사 등 짐꾼이니, 그 총중에
비록 금옥 같은 바탕이 있을지라도 어찌 저절로 영웅이 되겠소? 결단코
그중에 주정꾼과 노름꾼의 무수한 협잡배들이 당초에 교육을 받았으면
영웅도 되고 호걸도 되었으리라 하오.

혹 그 부모가 소견이 바늘구멍만치 뚫려 자식을 동네 생원님 학구방學
究房에 보내면 그 선생이 처지를 따라 가르치되, 너는 큰글 하여 무엇하느
냐, 계통문契通文이나 보고 취대하기取貸下記나 보면 족하지*. 너는 시부표
책하여 무엇하느냐, 『전등신화』나 읽어서 아전질이나 하여라 하니, 그런
참혹한 일이 어디 있겠소? 입학하던 날부터 장래 목적이 이뿐이요, 선생
의 교수가 이러하니 제갈량 비사맥 같은 바탕이 몇백만 명이라도 속절없
이 전진할 여망이 없겠으니, 이는 소위 양반의 죄뿐 아니라 자기가 공부
를 우습게 보아서 그 지경에 빠진 것이오. 옛날 유명한 송귀봉과 서거정
은 남의 집 종의 아들로 일대 도학가가 되었고, 정금남은 광주 관비의 아
들로 크게 사업을 이루었은즉, 남의 집 종과 외읍 관비보다 더 천한 상놈
이 어디 있겠소마는 이 어른들을 누가 감히 존중치 아니하겠소?

그러나 무식한 자들이야 어찌 그러한 사적을 알겠소? 도무지 선지라
선각이라 하는 양반이 교육 아니한 죄가 대단하오. 무론 아무 나라하고

---

* 계원契員에게 전달사항을 알리는 글(계통문)이나 재물을 꾸어주고 그 내역을 기록한 장부(취대하기) 정
도나 볼 수 있을 만큼만 글공부를 하라는 말.

상·중·하등 사회가 없는 것은 아니나, 그러나 국가 질서를 유지하려면 불가불 등급이 있어야 문란한 일이 없거늘, 우리나라 경장대신更張大臣들이 양반의 폐만 생각하고 양반의 공효는 생각지 못하여 졸지에 반상 등급을 벽파劈破하라 하니 누가 상쾌치 아니하겠소마는, 국가 질서의 문란은 양반보다 더 심한 자 많으니 어찌 정치가의 수단이라고 인정하겠소?

지금 형편으로 보면 양반들은 명분 없는 세상에 무슨 일을 조심하리오? 그 행세가 전일 양반만도 못하고 상인들은 요사이 양반이 어디 있어 비록 문장이 된들 무엇하며, 도학이 있은들 무엇하나 하여, 혹 목불식정目不識丁하고 준준무식蠢蠢無識한 금수 같은 유들이 제 집에서 제 형을 욕하며, 제 부모에게 불효한대도 동네 양반들이 말하면 팔뚝을 뽐내며 하는 말이, 시방 무슨 양반이 따로 있나? 내 자유권을 왜 상관하나? 내 자유권을 무슨 걱정이야? 그러다가는 뺨을 칠라, 복장을 지를라 하면서 무수 질욕하나 누가 감히 옳다 그르다 말하겠소? 속담에 상두꾼에도 수번이 있고, 초라니탈에도 차례가 있다 하니, 하물며 전국 사회가 이렇게 문란하고야 무슨 질서가 있겠소?

갑오년 경장대신의 정책이 웬 까닭이오? 양반은 양반대로 두고, 학교 하는 임원도 양반이며, 학도의 부형도 양반이며, 학도도 양반이라 하고, 학도의 자모도 학부인이라, 내부인이라 반포하면 전국이 다 양반이 될 일을 어찌하여 양반 없이 한다 하니, 사천 년 전래하던 습관이 졸지에 잘 변하겠소? 지금 형편은 어떠하냐 하면 어기어차 슬슬 당기어라, 네가 못 당기면 내가 당기겠다. 어기어차 슬슬 당기어라 하는 이 지경에 한번 큰 승부가 달렸은즉, 노인도 당기고, 소년도 당기고, 새아기씨도 당기어도 이길는지 말는지 할 일이오. 나도 양반으로 말하면 친정이나 시집이나 삼한갑족三韓甲族이로되, 그것이 다 쓸데 있소? 우리도 자식을 공물이라 하면 그 소위 서북이니 반상이니 썩고 썩은 말을 다 그만두고 내 나라 청년이면 아무쪼록 교육하여 우리 어렵고 설운 일을 그 어깨에 맡깁시다."

(금운) "작일은 융희 이 년* 제일 상원이니, 달도 그전과 같이 밝고, 오곡밥도 그전과 같이 달고, 각색 채소도 그전과 같이 맛나건마는 우리 심사는 왜 이리 불평하오?

어젯밤이 참 유명한 밤이오. 우리나라 풍속에 상원일 밤에 꿈을 잘 꾸면 그해 일 년에, 벼슬하는 이는 벼슬을 잘하고, 농사하는 이는 농사를 잘하고, 장사하는 이는 장사를 잘한다 하니, 꿈이라는 것은 제 욕심대로 꾸어서 혹 일 년, 혹 수십 년이라도 필경은 아니 맞는 이유가 없소. 우리 한 노래로 긴 밤 새우지 말고, 대한 융희 이년 상원일에 크나 작으나 꿈꾼 것을 하나 빠짐없이 이야기합시다."

(설헌) "그 말씀이 매우 좋소. 나는 어젯밤에 대한제국 자주독립할 꿈을 꾸었소. '활멸사'라 하는 사회가 있는데 그 사회 중에 두 당파가 있으니, 하나는 자활당이라 하여 그 주의인즉, 교육을 확장하고 상공을 연구하여 신공기를 흡수하며 부패 사상을 타파하여 대포도 무섭지 아니하고 장창도 두렵지 아니하여 국가에 몸을 바치는 사업을 이루고자 할새, 그 말에 외국 의뢰도 쓸데없고, 한두 개 영웅이 혹 국권을 만회하여도 쓸데없고, 오직 전국 남녀 청년이 보통 지식이 있어서 자주권을 회복하여야 확실히 완전하다 하여 학교도 설시하며 신서적도 발간하여, 남이 미쳤다 하든지 못생겼다 하든지 자주권 회복하기에 골몰 무가하나, 그 당파의 수효는 전 사회의 십분지 삼이오.

하나는 자멸당이라 하니 그 주의인즉, 우리나라가 이왕 이 지경에 빠졌

---

* 1908년.

으니 제갈공명이 있으면 어찌하며, 격란사돈이 있으면 무엇하나? 십승지지十勝之地* 어디 있노, 피란이나 갈까보다. 필경은 세상이 바로잡히면 그 때에야 한림직각翰林直閣을 나 내놓고 누가 하나? 학교는 무엇이야, 우리 마음에는 십대 생원님으로 죽는 대도 자식을 학교에야 보내고 싶지 않다. 소위 신학문이라는 것은 모두 천주학天主學인데 우리네 자식이야 설마 그것이야 배우겠나?

또 물리학이니 화학이니 정치학이니 법률학이니, 다 무엇에 쓰는 것인가? 그것을 모를 때에는 세상이 태평하였네. 요사이 같은 세상일수록 어디 좋은 명당자리나 얻어서 부모의 백골을 잘 면례하였으면 자손이 발음發蔭이나 내릴는지, 우선 기도나 잘하여야 망하기 전에 집안이나 평안하지. 전곡이 썩어지더라도 학교에 보조는 아니할 터이야. 바로 도적놈을 주면 매나 아니 맞지, 아무개는 제 집이 어렵다 하면서 학교에 명예 교사를 다닌다지. 남의 자식 가르치기에 어찌 그리 미쳤을까? 글을 읽어라, 수를 놓아라 하는 소리 참 가소롭데. 유식하면 검정콩알이 아니 들어가나? 운수를 어찌하여? 아무것도 할 일 없지. 요대로 앉았다가 죽으면 죽고 살면 사는 것이 제일이라 하니, 그 당파의 수효는 십분지 칠이요, 그 회장은 국참정이라는 사람이니, 아무 학회 회장과 흡사하여 얼굴이 풍후하고 수염이 많고 성품이 순실하여 이 당파도 좋아 저 당파도 좋아 하여 반박이 없이 가부 취결만 물어서 흥하자 하면 흥하고, 망하자 하면 망하여 회원의 다수만 점검하는데, 그 소수한 자활당이 자멸당을 이기지 못하여 혹 권고도 하며, 혹 욕질도 하며, 혹 통곡도 하면서 분주 왕래하되, 몇 번 통상회의니 특별회의니 번번이 동의하다가 부결을 당한지라. 또 국회

* 경치가 좋은 곳.

장에게 무수 애걸하여 마지막 가부회를 독립관에 개설하고 수만 명이 몰려가더니 소위 자멸당도 목석과 금수는 아니라, 자활당의 정대한 언론과 비창한 형용을 보고 서로 기뻐하며 자활주의로 전수 가결되매, 그 여러 회원들이 독립가를 부르고 춤을 추며 돌아오는 거동을 보았소."

(매경) 깔깔 웃으며 "나는 어젯밤에 대한제국의 개명할 꿈을 꾸었소. 전국 사람들이 모두 병이 들었다는데, 혹 반신불수도 있고 혹 수중다리도 있고 혹 내종병內腫病도 들고 혹 정충증怔忡症도 있고 혹 체증 횟배와 귀먹고 눈멀고 벙어리까지 되어 여러 가지 병으로 집집이 앓는 소리요, 곳곳이 넘어지는 빛이라. 남녀노소를 물론하고 성한 사람은 하나도 없더니 마침 한 명의가 하는 말이, 이 병들을 급히 고치지 아니하면 우리 삼천리강산이 빈터만 남으리니 그 아니 통곡할 일이오? 내가 화제 한 장을 낼 것이니 제발 믿으시오 하더니 방문을 써서 돌리니, 그 방문 이름은 청심환골산이니 성경으로 위군하고, 정치·법률·경제·산술·물리·화학·농학·공학·상학·지리·역사 각 등분하여 극히 정묘하게 국문으로 법제하여 병세 쾌차하도록 무시복*하되, 병자의 증세를 보아 임시 가감도 하며 대기하기는 주색잡기, 경박, 퇴보, 태타** 등이라.

이 방문을 사람마다 베껴다가 시험할새 그 약을 방문대로 잘 먹고나면 병 낫기는 더할 말이 없고 또 마음이 청상해지며 환골탈태換骨奪胎가 되는데 매미와 뱀과 같이 묵은 허물을 일제히 벗어버립디다.

대여섯 살 전 아이들은 당초에 벗을 것이 없으나 여덟 살 이상 아이들은 가뭇가뭇한 종잇장 두께만하고, 열다섯 살 이상 사람들은 검고 푸르러

---

* 아무 때나 약을 먹음.
** 몹시 게으름.

서 장판 두께만하고, 삼십사십씩 된 사람들은 각색 빛이 얼룩얼룩하여 멍석 두께만하고, 오십육십 된 사람들은 어룩어룩 두틀두틀하며 또 각색 악취가 촉비觸鼻*하여 보료 두께만하여 남녀노소가 각각 벗을 때 참 대단히 장관입니다. 아이들과 젊은이와 당초에 무식한 사람들은 벗기가 오히려 쉽고, 조금 유식하다는 사람들과 늙은이들은 벗기가 극히 어려워서, 혹 남이 붙잡아도 주고 혹 가르쳐도 주되, 반쯤 벗다가 기진한 사람도 있고 인하여 아니 벗으려고 앙탈하다가 그대로 죽는 사람도 왕왕 있습디다.

필경은 그 허물을 다 벗어 옥골선풍玉骨仙風이 된 후에 그 허물을 주체할 데가 없어 공론이 불일한데, 혹은 이것을 집에 두면 그 냄새에 병이 복발하기 쉽다 하며, 혹은 그 냄새는 고사하고 그것을 집에 두면 철모르는 아이들이 장난으로 다시 입어보면 이것이 큰 탈이라 하며, 혹은 이것을 모두 한곳에 몰아 쌓고 그 근처에 사람 다니는 것을 금하면 다시 물들 염려도 없을 터이나 그것을 한곳에 모아 쌓은즉 백두산보다도 클 것이니, 이러한 조그마한 나라에 백두산이 둘이면 집은 어디 짓고 농사는 어디서 하나? 그것도 못될 말이지 하며, 혹은 매미 허물은 선퇴蟬退라는 것이니 혹 간기증에도 쓰고, 뱀의 허물은 사퇴蛇退라는 것이니 혹 인후증에도 쓰거니와, 이 허물은 말하려면 인퇴라 하겠으나 백 가지에 한 군데 쓸데가 없으며 그 성질이 육기가 많고 와사 냄새가 많아서 동해바다의 멸치 썩은 것과 방불한즉, 우리나라 척박한 천지에 거름으로 썼으면 각각 주체하기도 경편輕便하고 또 농사에도 심히 유익하겠다 하니, 그제야 여러 사람들이 그 말을 시행하여 혹 지게에도 져내고 혹 구루마에 실어내어 낙력부절絡繹不絶하는 것을 보았소."

---

* 냄새가 코를 찌름.

(금운)“나는 어젯밤에 대한제국의 독립할 꿈을 꾸었소. 오뚝이라는 것은 조그마하게 아이를 만들어 집어던지면 드러눕지 아니하고 오뚝오뚝 일어서는 고로 이름을 오뚝이라 지었으니, 한문으로 쓰려면 나 오吾자, 홀로 독獨자, 설 립立자 세 글자를 모아 부르면 ‘오독립’이니, 내가 독립하겠다는 의미가 있고 또 오뚝이의 사적을 들으니 옛날 조그마한 동자로 정신이 돌올突兀하여 일찍 일어선 아이라. 그런고로 후세 사람들이 아이를 낳아서 혹 더디 일어설까 염려하여 오뚝이 모양을 만들어 희롱감으로 아이들을 주니, 그 정신이 오뚝이와 같이 오뚝오뚝 일어서라는 의사라. 우리나라 사람들이 오뚝이 정신이 있는 이는 하나도 없은즉, 아이들뿐 아니라 장정 어른들도 오뚝이 정신을 길러서 오뚝이와 같이 오뚝오뚝 일어서기를 배워야 하겠다 하여, 우리 영감 평양 서윤으로 있을 때에 장만한 수백 석지기 좋은 땅을 방매하여 오뚝이 상점을 설치하고 각 신문에 영업 광고를 발표하였더니 과연 오뚝이를 몇 달이 못되어 다 팔고 큰 이익을 얻어 보았소.”

(국란)“나는 어젯밤에 대한제국이 천만 년 영구히 안녕할 꿈을 꾸었소. 석가여래라 하는 양반이 전신이 황금과 같이 윤택하고 양미간에 큰 점이 박히고 한 손은 감중련坎中連하고 한 손에는 석장을 들고 높고 빛나는 옥탁자 위에 앉았거늘, 내가 합장 배례하고 황공 복지하여 내두의 발원發願을 묻는데, 어떠한 신수 좋은 부인 한 분이 곁에 섰다가 책망하기를, 적선한 집에는 경사가 있고 불선한 집에는 앙화殃禍가 있음은 소소한 이치어늘, 어찌 구구히 부처에게 비나뇨? 그대는 적악積惡한 일 없고 이생에도 부모에 효도하며 형제에 우애하며 투기를 아니하며 무당과 소경을 멀리하여 음사 기도를 아니하며 전곡을 인색히 아니하여 어려운 사람을 잘 구제하고 학교에나 사회에나 공익상으로 보조를 많이 하였으니 너는 가위

선녀라 할지니, 그 행복을 누리려면 너의 일생뿐 아니라 천만 년이라도 자손은 끊기지 아니하고 부귀공명과 충신 효자를 많이 점지하리라 하시니, 이 말씀을 미루어본즉 내 자손이 천만 년 부귀를 누릴 지경이면 대한제국도 천만 년을 안녕하심을 짐작할 일이 아니겠소?"

여러 부인 중에 한 부인이 일어나서 말하되,

"나는 지식이 없어 연하여 담화는 잘못하거니와 사상이야 어찌 다르며 꿈이야 못 꾸었겠소? 나도 어젯밤에 좋은 몽사가 있으나 벌써 닭이 울어 밤이 들었으니 이다음에 이야기하오리다."

—『자유종』, 광학서포, 1910. 7.

작가 연보

1869년　2월 27일 경기도 포천군에서 종친 이철용李哲鎔과 청풍 김씨 사이의 장남으로 태어남. 본관은 전주. 인조의 셋째 아들인 인평대군의 10대손. 본래 한미한 집안이었으나 조부 이재만李載晩이 대원군에게 중용되어 가세가 불어남. 어려서부터 조부에게서 전통 한학을 배웠으며 당시 양반들의 유희였던 한시와 판소리 등에 관심을 가짐.

1883년　대원군이 실각하고 고종의 친정 체제가 마련되며 조부 재만이 처형되는 화를 당하고 가세가 급격히 기울어감.

1988년　초시初試에 합격함.

1906년　부친이 사재를 들여 화야의숙을 설립하여 교육운동을 펼침. 교육운동을 통해 주체역량을 강화해야 한다는 온건개화파에 속한 부친의 영향을 받았을 것으로 추정됨. 이 무렵 최초의 소년잡지인 《소년한반도》에 중국 신문체인 벽화체白話體로 된 한문 소설 「잠상태」를 연재함.

1907년　이종일李鍾一, 양기탁梁起鐸, 이준李儁, 주시경周時經 등과 함께 '광무사'를 결성하여 본격적인 애국계몽운동에 나섬. 《제국신문》에 「고목화枯木花」, 『빈상설鬢上雪』 발표.

1908년　경기 일원의 개혁적 지식인들의 모임인 기호흥학회畿湖興學會의 학회지 《기호흥학회월보》의 편집인 역임. 자각적 윤리관을 설파한 「윤리학倫理學」 연재. 단행본 『고목화』(박문서관), 『빈상설』(광학서포) 간행. 신소설 『홍도화도』 상권(유일서관), 번역 위인전기 『화성돈전』(회동서관), 번안 소설 『철세계』(회동서관) 등 간행.

1910년　총독부 기관지 《매일신보》 입사. 훼절이라는 비판을 받음. 단행본 『자유종』(광학서포) 간행.

1911년　「월하가인月下佳人」, 「화花의 혈血」, 「구의산九疑山」 등을 《매일신보》에 연재.

1912년　신소설 『춘외춘春外春』, 판소리계 소설 『춘향전』을 각색한 『옥중화』, 판소리계 소설 『심청전』을 각색한 『강상련』 등을 《매일신보》에 연재함.

1913년　《매일신보》를 퇴사한 후 일절 사회 활동을 하지 않음. 향리에서 음풍농월하며 지냄.

1920년　3·1 운동 후 조선 지식인들을 회유하기 위한 총독부의 정책에 부응하는 친일 유생 단체인 '대동사문회'에 관여함.

1925년　『강명화실기』(회동서관) 간행.

1927년　5월 11일 포천 향리에서 59세를 일기로 병사.

이 연보는 『이해조李海朝와 그의 작품세계作品世界: 신소설新小說의 갈등양상연구葛藤樣相研究』 (이용남李龍男, 동성사, 1986)와 『한국현대문학대사전』(권영민 편, 서울대학교출판부, 2004)을 참고하여 재구성한 것임.

꿈
하늘
●

신채호

역사에서 환상으로, 다시 현실로

서형범

단재 신채호는 우리 근현대사에서 보기 드문 파란만장한 일생을 살다 간 인물이다. 1876년 제물포조약에 의해 강제로 개항을 한 조선은 일본을 비롯한 외세의 간섭으로 국가의 기간이 흔들리고 민중의 생존조차 위협받게 되었다. 신채호는 조선이 국권 상실의 의기에 처하기 시작할 무렵에 태어나 국가가 사라지고 식민지가 되어버린 시기에 청장년기를 보내며 국권을 되찾고 민족 자존의식을 회복하기 위해 노력하다 결국 식민지 배자의 혹독한 탄압에 스러져버린 인물이다. 그는 유년기와 청년기에는 전통 한학을 배운 지식인으로 성장했다. 그런 와중에 접하게 된 새로운 근대문물과 신사상은 전통 지식인이었던 신채호를 적극적으로 새로운 문물을 받아들이고 주체의 역량을 강화하여 민족 위기상황을 타개해나가기 위한 응전전략을 만들어내도록 이끌게 된다.

신채호는 20대 무렵부터 활발한 언론활동을 통해 민지계몽民智啓蒙에 앞장섰으며 자국의 역사를 알지 못하면 민족과 국가의 자존을 되찾을 수 없다는 생각에 적극적으로 역사 연구에 나선다. 그는 전통 학문을 수학하고 성균관에서 공부한 지식인이었지만 국가 위기상황에서 자신이 그동안 공부해왔던 전통 학문의 방법론으로는 변화하는 새로운 시대상에 응전할 방법을 찾을 수 없다는 판단을 하고 국권상실의 위기상황을 타개할 새로운 방법을 모색하기 위해 망명을 결심하게 된다. 그 후 중국 상해와 연해주 등지를 돌며 소극적인 외교 중심의 국권회복운동의 한계를 신랄하게 비판하고 적극적인 무장투쟁으로 전환할 것을 주창하며 무정부주의적 성향의 항일단체에 깊이 관여한다. 동시에 일본에 의해 훼손된 민족 고대사의 실체를 복원하기 위해 문헌연구뿐 아니라 실지 답사를 바탕으로 여러 연구저작을 기술한다. 이러한 그의 활동은 일본에 의한 조선 지배를 부정하고 독립운동의 기운을 불러일으키는 데 큰 힘이 되었기 때문에 결국 일본 경찰에게 체포되어 옥중에서 순국하고 만다. 역사가로서의 신채호는 기존의 역사 기술이 중국 중심으로 이루어져 우리의 자랑스러운 민족 기상을 기록으로 남기는 데 소홀했다는 점을 반성하고 주체적 역사의식을 바탕으로 민족 고대사 연구의 새로운 지평을 연 대작을 집필한다. 그러면서도 과거의 역사를 당시 조선이 겪고 있는 위기상황을 타개하는 데 유용하게 이해하고 재해석하려는 시도의 일환으로 민족 구국영웅들의 전기를 집필한 그의 시도는 역사전기와 몽유양식이라는 우리 개화기 문학의 독특한 작품군을 이루는 데도 크게 기여하였다. 역사학자이자 독립 운동가이면서 동시에 문화 운동가였던 그의 다채로운 삶이 그의 저작 곳곳에서 빛을 발하고 있다.

상해 임시정부에서 국무위원을 맡아 독립운동에 헌신하던 무렵인 1916년경 쓴 것으로 추정되는「꿈하늘」은 당시의 일반적인 소설 작품과는 사뭇 다른 형태를 지닌 서사물이다. 작가 신채호의 시대적 고민을 투사한 분신 '한놈'이 등장하여 민족사의 영웅들을 차례로 만나 국가 위기 상황을 헤쳐나가기 위해 필요한 정신 자세와 실천 방법을 배우는 여정을 밟아나간다. 주인공 '한놈'이 꿈속에서 우리 역사의 구국 영웅들을 만나 자주독립의 의지를 다진다는 내용의 몽유양식 소설이다. 따라서 이 작품은 신채호가 쓴 한 편의 '소설'이면서 동시에 신채호 자신이 우리 민족의 고대사 연구를 통해 도달한 나름의 역사관과 그 역사관에 바탕을 두고 국권상실을 타개하기 위해 민족 구성원 모두를 향해 제안하는 실천방안이라 할 수 있다. 비록 미완으로 끝난 탓에 주인공 '한놈'이 마지막에 독립적인 주체로 성장하고 자주독립의 의지를 확그히 다지며 독립운동에 나서는 결말이 확인되지는 않았지만, 그가 꿈에서 만나는 우리 역사의 구국 영웅들의 가르침에 감동하고 스스로의 의지를 다지는 모습에서 충분히 결말을 짐작할 수 있을 것이다.

비록 작품이 완결된 것은 아니지만 현전하는 이 작품 필사본은 총 6장으로 구성되어 있다. 이 가운데 제2장 시작 부분에는 '한놈'이 어떤 존재인가를 알려주는 아래와 같은 서술이 있다.

한놈이 일찍 내 나라 역사歷史에 눈이 뜨자 을지문덕을 숭배崇拜하는 마음이 간절하나 그에 대한 전기傳記를 짓고 싶은 마음이 바빠 미처 모든 글월에 고구考究하지 못하고, 다만 『동사강목東史綱目』에 적힌 바에 의거하여 필경 전기도 아니요, 논문도 아닌 『사천년 제일대위인 을지문덕四千年 第一大偉人 乙支文德』이라 한 조그마한 책자冊子를 지어 세상에 발표한 일이 있었더라.

한놈은 대개 처음 이 누리에 내려올 때에 정情과 한恨의 뭉텅이를 가지고 온 놈이라, 나면 갈 곳이 없으며, 들면 잘 곳이 없고, 울면 믿을 만한 이가 없으며, 굴면 사랑할 만한 이가 없어 한놈으로 와, 한놈으로 가는 한놈이라. 사람이 고되면 근본根本을 생각한다더니 한놈도 그러함인지 하도 의지依支할 곳이 없으니 생각나는 것은 조상祖上의 일뿐이더라.

라고 쓰고 있다. 소설 속 주인공 '한놈'에 대한 이상의 설명은 고스란히 작자 신채호 자신의 이야기와 겹친다. 특히 『사천년 제일대위인 을지문덕』이라는 구체적 저작이 언급되고 있어 '한놈'이 바로 단재 자신임이 분명하게 드러난다. 동시에 '한놈'은 소설 속 주인공이 된다. 따라서 이 작품은 신채호 자신이 오랜 세월 동안 우리 고대사를 연구하면서 접한 수많은 전적들과 실제 답사한 유적들을 통해 복원해낸 민족 고대사의 한 장면이면서 동시에 우리 역사를 어떻게 보아야 하는가를 몸소 보여주는 실천 행위의 결과물이기도 하다. 이렇게 본다면 이 작품은 꿈이라는 상상세계에서 이루어지는 허구적 이야기이면서 동시에 신채호 자신을 비롯한 개화기 조선 민중이 어떻게 우리 역사를 이해하고 그들이 처한 국권상실과 생존권 위협이라는 위기상황에 대처할 것인가를 밝히는 실질적 문건이라 할 수 있다.

이 작품의 주인공 이름인 '한놈'의 의미는 먼저 '하나인 자'라는 뜻으로 풀 수 있는데 이는 개화 계몽기 조선 민중 모두가 한마음이 되어 국가 위기상황을 헤쳐나가자는 의도를 담은 명명이라 하겠다. 또한 '한놈'이라는 이름은 '하나님의 자손'이라는 의미로도 해석된다. 천손강림신화天孫降臨神話인 단군신화의 모티프를 담은 명명으로, 하늘의 자손인 조선 민중이 외세의 질곡에서 신음하는 현실을 받아들일 수 없다는 강한 현실 부정과 개혁의 의지를 드러낸다. 이와 함께 '한놈'이라는 이름은 순서상 첫째라는 의미도 지니고 있다. '한놈'이 여행 중 만난 분신은 모두 '한놈'의 내면에 자리잡고 있는 부정적인 욕망과 그로 인해 왜곡된 가치관을 지니고 있어 주체의 어두운 내면을 상징한다. 이 여섯 분신을 포함한 일곱 개의 자아 가운데 가장 처음이고 가장 나중에 남는 순수 주체 의지의 표상이 '한놈'으로, '한놈'은 부정적 자아를 거세하고 주체적이고 능동적이며 가치

있는 존재로서 다시 태어난다는 의미를 담고 있는 명명이라 할 것이다.

작품이 시작되자마자 '한놈'은 꿈속 세계로 들어선다. 평소 민족의 위기상황을 개탄하며 적절한 실천 방책들을 모색하던 '한놈'은 꿈에서 '꽃송이'를 만나 꿈속 세계와 지상 세계의 관계에 대한 설명을 듣는다. 이 과정에서 민족 영웅인 을지문덕이 사악한 무리를 섬멸하는 모습을 보며 감탄하다 그로부터 천상계가 겪고 있는 혼란은 지상계가 온전한 모습을 띠지 못하고 혼돈에 빠져 있기 때문이라는 이야기를 듣는다. 그러면서 지상계의 혼란을 바로잡아야 하며 그 몫을 '한놈'이 맡아야 함을 가르친다. 이 말을 듣고 '한놈'은 '님나라'를 여행하면서 지상계의 혼란을 바로잡을 방책을 찾아나선다. 여정을 계속하며 '한놈'은 자신의 여섯 분신들을 만난다. '한놈'이 만난 여섯 분신은 각각이 지닌 욕망과 왜곡된 가치관으로 이내 하나하나 여정에서 탈락하고 다시 '한놈' 하나만 남게 된다. 하지만 이렇게 남은 '한놈'은 여섯 분신을 만나기 이전의 '한놈'과는 분명 다른 존재가 되어 있다. 고난과 시련을 겪은 뒤 자신을 되돌아볼 깨달음을 얻은 '한놈'은 이제 하늘의 자손으로 조선 민중이 한마음이 되어 위기를 극복해나갈 길을 찾은 존재가 되어 영원한 이상향으로 상정된 '도령군'으로 들어선다. 이곳은 우리 민족의 영생을 보장해줄 수 있는 이상향으로 개화계몽기 위기에 처한 조선이 나아가야 할 길로 상정된 장소이다. 이곳에서 '한놈'은 민족을 위한 진정한 희생정신이 무엇인지를 장수와의 만남을 통해 절실하게 깨닫게 된다. 작품은 이곳에서 미완으로 남겨진다.

개화계몽기에 등장한 서사 양식의 작품들이 무척 다양한 형식상의 실험과 내용상의 파격을 보인다는 점을 염두에 둘 때, 「꿈하늘」은 '계몽을 위해 의도된 양식적 실험'이라는 문학 양식 측면에서의 의의뿐 아니라 저작자 자신의 독서 체험을 구체적으로 드러내는 새로운 소설적 주체를 통해 형상화함으로써 독자들로 하여금 민중계몽이라는 주제의식에 좀 더 쉽게 도달하고 실질적인 실천으로 옮길 수 있도록 하였다는 점에 주목할 필요가 있다. '꿈속'이라는 허구적 서사공간 안에서 현재와 과거, 현실과 환상세계를 자유롭게 넘나들면서 당대 조선이 처한 비극적 현실의 근본 원인을 진단하고 해결방안을 제시하는 신채호의 실험은 근대소설 일반이 지니는 사실성을 희생하는 대신 문학을 통한 계몽담론의 전파라는 시대적 요구를 이행하는 데 적합한 양식으로 재탄생할 수 있었다. 그러면서도 이 작품은 전시대의 일반적인 몽유록계 작품이나 비슷한 시기에 창작된 박은식朴殷植의 『몽배금태조夢拜金太祖』, 유원표劉元杓의 『몽견제갈량夢見諸葛亮』과 달리 작품 속 화자로 설정된 '한놈'이 작품의 안과 밖을 자유롭게 오가며 동시대인들에게 직접 이야기를 걸고 스스로 성장하는 모습을 보여준다는 점이 특징이다. 기존의 몽유록계 작품이나 비슷한 시기의 여타 몽유양식 서사물들이 '꿈속'과 '꿈 밖'을 엄격하게 구분하고, 꿈속 이야기를 완결된 형태로 제시하며 꿈 밖의 화자는 그 이야기의 교훈을 직접 진술하는 이중구조의 형태를 띠고 있는 것에 비하면 이 작품이 독자와 작가 사이를 자유롭게 넘나드는 화자를 설정하고 그 화자의 성장 자체를 형상화하는 것은 소설의 허구성을 강화하면서 주제의식을 좀 더 실감 있게 전달하려는 작가 나름의 실험적 구성이라 볼 수도 있을 것이다.

이 작품은 전체적으로 주인공 '한놈'의 '역사의식 형성담'으로 볼 수 있다. 미완으로 끝나 최종적으로 주인공 '한놈'이 도달한 깨달음이 무엇인지 분명하게 알 수는 없으나, 주인공 '한놈'이 님나라를 여행하면서 조선의 것이 아닌 외세의 사상에 침윤되어 자기 본모습을 잃어왔던 사대적인 과거 역사에 대해 부끄러워하게 되고 진정한 애국이 무엇인지를 생각하게 된다는 이야기의 흐름을 통해 간접적으로 실체를 확인할 수 있다.

'한놈'이 님나라에서 만난 우리 민족사의 제영웅들이 저마다의 업적에 어울리는 자리를 차지하고 온화한 모습으로 세상을 다스리는 것을 보고 감격할 때 한 노인이 등장하여 커다란 비로 하늘을 쓸며 하늘에 먼지가 많아 쓸어내지 않으면 안 된다고 말한다. 이에 '한놈'은 그 노인에게 그렇게 비질을 해야 하는 까닭을 묻는데 그에 대한 노인의 대답이 다음과 같다.

"대개 고려 말세부터 별별 하늘이 우리 진단에 들어오는데, 공자 석가는 더 말할 것 없고 심지어 보살의 하늘이며, 제군帝君의 하늘이며, 관우關羽의 하늘이며, 도사의 하늘까지 들어와 님의 하늘을 가리워 이천만 사람의 눈이 한쪽으로 뒤집혀서 보고하는 일이 모두 딴전이 되어 국전國典과 국보國寶가 턱턱 무너지기 시작할새 역사의 제1장에 우리 님 단군을 빼고……(중략) 그나마 현상賢相이며, 명장이며, 위인이며, 재자才子며, 장사며, 협객이 이 뿐안 하늘 밑에서 몹쓸 죽음 한 이가 얼마인지 알 수 없나니, 이제라도 인간에서 지난 일의 잘못됨을 뉘우쳐 하고 같이 비를 쓸어주면 이 하늘과 이 해와 이 달이 제대로 되기 어렵지 않으리라."

'한놈'은 이 대목에서 진실로 깨달음을 얻는다. 이는 작자 신채호의 깨달음이자 작자가 독자들에게 의도한 깨달음이기도 하다. 그것은 바로 우리 민족사의 영웅을 제대로 알아야 할 뿐 아니라, '하늘을 비로 쓸 듯' 땅위의 티끌들, 외세에 의존하려는 생각들, 우리 전통을 가로막고 무력에 의존하고 나약한 민족을 힘으로 제압하는 것을 당연시하는 외래 사상을 받아들여 자신의 뿌리를 가려버리고 노예의식에 빠져들게 하는 모든 가치관을 버려야 진정한 맑은 하늘을 열 수 있다는 깨달음이 그것이다. '한놈'이 최종적으로 도달한 지점이 바로 이곳이며 이것이 이 작품을 통해 신채호가 자기 자신과 독자에게 들려주려 했던 '역사의식'의 실체인 것이다. 미완의 작품 마지막에서 '한놈'이 이상향 '도령군'의 문지기와 나누는 다음 대화는 이 작품의 주인공 '한놈'을 통해 보여주는 구체적인 실천방안으로서의 의미를 지닌다.

"그러면 오직 나라 사랑이며, 동포 사랑이며, 대적에 대한 의분의 눈물만 듭니까?"
"그러니라. 그 눈물에도 진가를 고르느니라."
이렇게 받고차기로 말하다가 좌우를 돌아보니, 한놈의 평일 친구들도 어디로부터 왔는지 문 앞에 그득하더라. 이제 눈물의 정수가 되는데 한놈의 생각에는 내가 가장 끝이 되리로다. 나는 원래 무정하여 나의 인간에 대하여 뿌린 눈물은 몇 방울인가……

민족 정기가 살아 있는 '도령군'으로 들어서는 '입장료'로 '눈물'을 내야 하는데, 사람이 흘린 눈물 가운데 가장 값어치가 있는 눈물이 '오직 나라 사랑이며, 동포 사랑이며, 대적에 대한 의분의 눈물'이다. '한놈'이 자신이 가장 뒤에 자리할 것이라 부끄러워하는 것, 여타의 벗들이 그 문 앞에서 '도령군'으로 들어가기 위해 차례를 기다리고 있다는 것 등은 이 작품을 통해 얻은 깨달음이 '한놈' 하나뿐 아니라 민족 구성원 전체의 것이 되어야 함을 역설하는 것으로 읽을 수 있는 대목이며, 동시에 '한놈'에게 투영된 작가 신채호 자신의 끊임없는 성찰의 일단을 드러내는 대목이기도 하다.

이 작품은 또한 고구려로부터 유래하는 우리 민족의 상무정신尙武精神을 바탕에 깔고 있다. '한놈'이 처음 만난 민족 영웅인 을지문덕이 자신을

'선배'라 부르라며 '한놈'에게 친근하게 대하는 대목에서 처음 나타나는 단재의 숭무사상崇武思想은 무력으로 약한 자를 지배해야 한다는 약탈적 사상이 아니라 주체의 힘을 길러 잘못된 질서를 바로잡을 수 있어야 한다는 자강론自强論의 연장선상에 놓이는 것이다. '한놈'이 도달한 최종 여정인 '도령군'은 고구려의 조의선인皁衣仙人이나 백제의 소도蘇塗, 신라의 화랑花郎과 같이 천신합일의 선민의식에 바탕을 둔 상무의 전통이 살아 있는 곳으로 묘사되는데, 이러한 작품 배경 설정은 1910년대 중반 조선이 처한 상황을 무력투쟁을 통하지 않고서는 바로잡을 수 없다는 단재의 현실인식을 드러낸 것으로 볼 수 있다.

이처럼 이 작품에는 단재가 민족 고대사를 연구하고 그 속에서 당대의 모순을 타개할 방책을 마련하는 과정에서 얻은 주체적이고 능동적인 응전전략을 환상적인 이야기 속에 펼쳐놓은 자강론이 들어 있다. 환상적인 이야기 안에 가장 치열한 현장의 문제의식을 담은 이 작품은 문학사적으로 볼 때에도 유례類例를 찾아보기 힘든 새로운 시도이며 성과라 할 수 있을 것이다.

꿈하늘

1

때는 단군 기원 4240년(서기 1907년) 몇 해 어느 달, 어느 날이든가, 땅은 서울이든가, 시골이든가, 해외 어디든가, 도무지 기억할 수 없는데, 이 몸은 어디로 해서 왔는지 듣지도 보지도 못하던 크나큰 무궁화 몇 만 길 되는 가지 위 넓기가 큰 방만한 꽃송이에 앉았더라.

별안간 하늘 한복판이 딱 갈라지며 그 속에서 불그레한 광선이 뻗쳐 나오더니 하늘에 테를 지어 두르고 그 위에 뭉글뭉글한 고운 구름으로 갓을 쓰고 그 광선보다 더 고운 빛으로 두루마기를 지어 입은 한 천관天官이 앉아 오른손으로 번개칼을 휘두르며 우레 같은 소리로 말하여 가로되,

"인간에게는 싸움뿐이니라. 싸움에 이기면 살고 지면 죽나니 신의 명령이 이러하니라."

그 소리가 딱 그치며, 광선도 천관도 다 간 곳이 없고 햇살이 탁 퍼지며 온 바닥이 반듯하더니 이제는 사람 소리가 시작된다. 동편으로 닷 동달이 갖춘 빛에 둥근 테를 두른 오원기五員旗가 뜨며 그 기 밑에 사람이 덮여 오는데 머리에 쓴 것과 몸에 장속裝束한 것이 모두 이상하나 말소리를 들으니 분명한 우리나라 사람이요, 다만 신체의 장건壯健과 위풍의 늠름함이

전에 보지 못한 이들이다.

또 서편으로 좌룡우봉左龍右鳳 그린 그 밑에 수백만 군사가 몰려오는데 뿔 돋친 놈, 꼬리 돋친 놈, 목 없는 놈, 팔 없는 놈, 처음 보는 괴상한 물건들이 달려들고 그 뒤에는 찬바람이 탁탁 치더라.

이때에 한놈이 송구한 마음이 없지 않으나 뜨는 호기심이 버럭 나 이 몸이 곧 무궁화 가지 아래로 내려가 구경코자 했더니, 꽃송이가 빙글빙글 웃으며,

"너는 여기 앉았거라. 이곳을 떠나면 천지가 캄캄하여 아무것도 안 보이리라."

하거늘 들던 궁둥이를 다시 붙이고 앉으니, 난데없는 구름장이 어디서 떠 들어와 햇빛을 가리며, 소낙비가 놀란 듯 퍼부어 평지가 바다가 되었는데, 한편으로 우르르 꽝꽝 소리가 나며 거의 '모질'다는 두 자로만 형용하기 어려운 큰 바람이 일어, 나무를 치면 나무가 꺾어지고 돌을 치면 돌이 날고, 집이나 산이나 닥치는 대로 부수는 그 기서로 바다를 건드리니, 바람도 크지만 바다도 큰물이라. 서로 지지 않으려고 바람이 물을 치면 물도 바람을 쳐 바람과 물이 반 공중에서 접전할새 용이 우는 듯 고래가 뛰는 듯 천병만마千兵萬馬가 달리는 듯, 바람이 클수록 물결이 높아 온 지구가 들먹들먹하더라.

"바람이 불거나 물결이 치거나 우리는 우리대르 싸워보자."

하는 소리가 들리더니 아까 보던 동편의 오원기와 서편의 용봉기 밑에 있는 장졸들이 눈들을 부릅뜨고 서로 죽이려 달려드니 바다에는 바람과 물의 싸움이요, 물 위에는 두 편 장졸들의 싸움이다.

그러나 이 싸움은 동양 역사나 서양 역사에서나 보던 싸움은 아니더라. 싸우는 사람들이 손에는 아무 연장도 가지지 않고 오직 입을 딱딱 벌리며

목구멍에서 불도 나오며, 물도 나오며, 칼도 나오며, 화살도 나와 칼과 칼이 싸우며 활이 활과 싸우며 불과 불이 서로 치다가 나중에는 사람을 맞히니, 이 맞은 사람은 목이 떨어지면 팔로 싸우며 팔이 떨어지면 또 다리로 싸우다가 끝끝내 살이 다 떨어지고 뼈가 하나도 없이 부서져야 그만두는 싸움이라. 몇 시 몇 분이 못되어 주검이 천리나 덮이고 비린내 땅에 코를 돌릴 수 없으며, 피를 하도 뿌려 하늘까지 빨갛게 물들였도다. 한놈이 이를 보고 우주가 이같이 참혹한 마당일까 하여 차마 보지 못해 눈을 감으니, 꽃송이가 다시 빙글빙글 웃으며,

"한놈아, 눈을 떠라! 네 이다지 약하냐? 이것이 우주의 진면목이니라. 네가 안 왔으면 하릴없지만 이미 온 바에는 싸움에 참가하여야 하나니 그렇지 않으면 도리어 너의 책임만 방기함이니라. 한놈아, 눈을 빨리 떠라." 하거늘 한놈이 하릴없이 두 손으로 눈물을 닦고 눈을 들어 살피니 그사이에 벌써 싸움이 끝났는지 천지가 괴괴하게 풍우도 또한 멀리 간지라, 해는 발끈 들어 온 바닥이 따뜻한데 깊은 구름을 헤치고 신선의 풍류 소리가 내려오니 이제부터 참혹한 소리는 물러가고 평화의 소리가 대신함인가 보더라.

이 소리 밑에 나오는 사람들은 곧 별사람들이 아니라 아까 오원기를 받들고 동편 진에 섰던 장졸들이니, 대개 서편 진을 깨쳐 수백만 적병을 씨 없이 죽이고 전승고를 울리며 돌아옴이라.

일원대장一員大將이 앞장에서 인도하는데 금화절풍건金花折風巾을 쓰고 어깨엔 어린장魚鱗章이며 몸엔 조의를 입었더라. 그 얼굴이 맑은 듯 위엄 있고 매운 듯 인자하여, 얼른 보면 부처 같고 일변으로는 범 같아 보기에 사랑도스럽고 무섭기도 하더라.

그가 한놈이 앉은 무궁화나무로 향하여 오더니 문득 꽃을 보고 눈물을

흘리며,

　"허허, 무궁화가 피었구나."

하더니 장렬한 음조로 노래를 한 장章 한다.

　　이 꽃이 무슨 꽃이냐.

　　희어스름한 백두산의 얼이요

　　불그스름한 고운 조선의 빛이로다.

　　이 꽃을 북돋우려면

　　비도 맞고 바람도 맞고 핏물만 뿌려주면

　　그 꽃이 잘 자라리.

　　옛날 우리 전성한 때에

　　이 꽃을 구경하니 꽃송이 크기도 하더라.

　　한 잎은 황해 발해를 건너 대륙을 덮고

　　또 한 잎은 만주를 지나 우수리에 늘어졌더니

　　어이해 오늘날은

　　이 꽃이 이다지 야위었느냐.

　　이 몸도 일찍 당시의 살수 평양 모든 싸움에

　　팔뚝으로 빗장삼고 가슴이 방패되어

　　꽃밭에 울타리 노릇해

　　서방의 더러운 물이

　　조선의 봄빛에 물들지 못하도록

　　젖 먹은 힘까지 들였도다.

　　이 꽃이 어이해

　　오늘은 이 꼴이 되었느냐.

한 장 노래를 다 마치지 못한 모양이나 목이 메어 더 하지 못하고 눈물에 젖으니 무궁화 송이도 그 노래에 무슨 느낌이 있었든지 같이 눈물을 흘리며 맑은 노래로 화답하는데,

봄비슴*의 고운 치마 님이 내게 주시도다.
님의 은덕 갚으려 하여
내 얼굴을 쓰다듬고 비바람과 싸우면서
조선의 아름다움 쉬임없이 자랑하려고 나도 이리 파리하다.
영웅의 시원한 눈물
열사의 매운 핏물
사발로 바가지로 동이로 가져오너라.
내 너무 목마르다.

그 소리 더욱 아프고 저리어 완악**한 돌이나 나무들도 모두 일어나 슬픔으로 서로 화답하는 듯하더라. 꽃송이 위에 앉았던 한놈은 두 노래 끝에 크게 느끼어 땅에 엎드러져 울며 일어나지 못하니 꽃송이가 또 가만히,

"한놈아."

부르며 꾸짖되,

"울음을 썩 그쳐라. 세상일은 슬퍼한다고 잊는 것이 아니니라."

하거늘 한놈이 고개를 들어 좌우를 살피니 아까 노래하던 대장이 곧 앞에 섰더라. 그 얼굴은 자세히 뜯어보니 마치 언제 뵈온 어른 같다. 한참 서성

---

* '비슴'은 '명절 때 입는 새옷'.
** 성질이 고집스럽고 억셈.

이다가,

"아, 이제야 생각나는구나. 눈매와 이맛살과 채수염*이며, 또 단장한 것을 두루 본즉 일찍 평안도 안주 남문 밖 비석에 새겨 있는 조각상과 같으니 내가 꿈에라도 한 번 보면 하던 을지문덕이신저."

하고 곧 일어나 절하며 무슨 말을 물으려 하나 무엇이라고 칭호할는지 몰라 다시 서성이니 이상하다. 을지문덕 그이는 단군 2000년(서기전 333년)경의 어른이요, 한놈은 단군 4241년(서기 1908년)에 난 아기라 그 어간이 이천 년이나 되는데 이천 년 전의 어른으로 이천 년 뒤의 아기를 만나 자애스런 품이 마치 친구나 집안 같다. 그이가 곧 한놈을 향하여 웃으시며,

"그대가 나의 칭호에 서성이느냐. 곧 선배라 부름이 가하니라. 대개 단군이 태백산에 내리어 삼신오제三神五帝를 위해 삼경오부三京五部를 베풀고 이를 만세 자손으로 하여금 지키게 하려 하실새 삼부오계三部五戒로 윤리를 세우시며 삼랑오가三郞五加로 교육을 맡게 하시니 이것이 우리나라 종교적 무사혼武士魂이 발생한 처음이니라. 이 혼이 삼국시대에 와서는 드디어 꽃피듯 불붙는 듯하여 사람마다 무사를 높이어 절하고 서로 아름다운 이름을 지어 자랑할새 신라는 소년의 무사를 사랑하여 도령이라 이름하니, 『삼국사기』에 적힌 선랑仙郞이 그 뜻 번역이요, 백제는 장년의 무사를 사랑하여 수두라 이름하니, 『삼국사기』에 적힌 바 소도蘇塗가 그 음 번역이요, 고구려는 군자스러운 무사를 사랑하여 선배라 이름하니, 『삼국사기』에 적힌 바 선인이 그 음과 뜻을 아울러 한 번역이라. 이제 나는 고구려의 사람이니 그대가 나를 선배라 부르면 가하리라."

한놈이 이에 다시 고구려의 절로 한 무릎은 세우고 한 무릎은 꿇어 공

---

* 숱은 그리 많지 않으나 퍽 길게 드리운 수염.

손히 절한 뒤에,

"선배님이시여, 아까 동편 서편에 갈라서서 싸우던 두 진이 다 어느 나라의 진입니까?"

물은데 선배님이 대답하되,

"동편은 우리 고구려의 진이요, 서편은 수나라의 진이니라."

한놈이 놀라며 의심스런 빛으로 앞에 나아가 가로되,

"한놈은 듣자오니 사람이 죽으면 착한 이의 넋은 천당으로 가며 모진 이의 넋은 지옥으로 간다더니 이제 그 말이 다 거짓말입니까? 그러면 영계靈界는 육계肉界와 같아 항상 칼로 찌르며 총으로 쏘아 서로 죽이는 참상이 있습니까?"

선배님이 허허 탄식하여 하시는 말이,

"그러하니라. 영계는 육계의 영상이니 육계에 싸움이 그치지 않는 날에는 영계의 싸움도 그치지 않느니라. 대저 종교가의 시조인 석가나 예수가 천당이니 지옥이니 한 말은 별도로 유의한 뜻이 있거늘 어리석은 사람들이 그 말을 집어먹고 소화가 못되어 망국 멸족 모든 병을 앓는도다. 그대는 부디 내 말을 새겨들을지어다. 소가 개를 낳지 못하고 복숭아나무에 오얏열매가 맺지 못하니 육계의 싸움이 어찌 영계의 평화를 낳으리요? 그러므로 육계의 아이는 영계에 가서도 아이요, 육계의 어른은 영계에 가서도 어른이요, 육계의 상전은 영계에 가서도 상전이요, 육계의 종은 영계에 가서도 종이니, 영계에서 높다, 낮다, 슬프다, 즐겁다 하는 도깨비들이 모두 육계에서 받던 꼴과 한가지다. 나로 말하더라도 일찍 살수싸움의 승리자이므로 오늘 영계에서도 항상 승리자의 자리를 차지하고 저 수주隨主 양광楊廣은 그때에 전패자이므로 오늘도 이같이 패하여 군사를 이백만이나 죽이고 슬피 돌아감이어늘 이제 망한 나라의 종자로서 혹 부처에게

빌며 상제께 기도하며 죽은 뒤에 천당을 구하려 하니 어찌 눈을 감고 해를 보려 함과 다르리요."

을지 선배의 이 말이 그치자마자 하늘에 붉은 구름이 일어나 스스로 글씨가 되어 씌었으되, '옳다. 옳다. 을지문덕의 말이 참 옳다. 육계나 영계나 모두 승리자의 판이니 천당이란 것은 오직 주먹 큰 자가 차지하는 집이요, 주먹이 약하면 지옥으로 쫓기어 가느니라' 하였었더라.

2

   1) 왼몸이 오른몸과 싸우다.

   2) 살수싸움의 정형이 이러하다.

   3) 을지문덕도 암살당을 조직하였더라.

   4) 사법명이 구름을 타고 지나가다.

한놈이 일찍 내 나라 역사歷史에 눈이 뜨자 을지문덕을 숭배崇拜하는 마음이 간절하나 그에 대한 전기傳記를 짓고 싶은 마음이 바빠 미처 모든 글월에 고구考究하지 못하고, 다만 『동사강목東史綱目』에 적힌 바에 의거하여 필경 전기도 아니요, 논문도 아닌 『사천년 제일대위인 을지문덕四千年 第一大偉人 乙支文德』이라 한 조그마한 책자冊子를 지어 세상에 발표한 일이 있었더라.

한놈은 대개 처음 이 누리에 내려올 때에 정情과 한恨의 뭉텅이를 가지고 온 놈이라, 나면 갈 곳이 없으며, 들면 잘 곳이 없고, 울면 믿을 만한 이가 없으며, 굴면 사랑할 만한 이가 없어 한놈으로 와, 한놈으로 가는 한놈이라. 사람이 고되면 근본根本을 생각한다더니 한놈도 그러함인지 하도

의지依支할 곳이 없으니 생각나는 것은 조상祖上의 일뿐이더라. 동명성왕의 귀가 얼마나 길던가, 진흥대왕의 눈이 얼마나 크던가, 낙화암에 떨어지던 미인이 몇이던가, 수양제를 쏘던 장사가 누구던가, 동명성왕의 임유각*의 높이가 백 길이 못되던가, 진평왕의 성제대聖帝帶가 열 발이 더 되던가. 동묘〔東车〕의 높은 산에 대조영 내조의 자취를 조상하며, 웅진熊津의 가는 물에 계백 장군의 대움을 눈물하고, 소나무를 보면 솔거의 그림을 본 듯하며, 새 소리를 들으면 옥보고의 노래를 듣는 듯하여 몇 치 못되는 골이 기나긴 오천 년 시간 속으로 오락가락하여 꿈에라도 우리 조상의 큰 사람을 만나고자 그리던 마음으로 이제 크나큰 을지문덕을 만난 판이니, 묻고 싶은 말이며 하고 싶은 말이 어찌 하나둘뿐이리요마는 이상하다. 그의 영계에 대한 이야기를 들으며 골이 펄떡펄떡하고 가슴이 어근버근하여 아무 말도 물을 경황이 없고 의심과 무서움이 오월 하늘에 구름 모이듯 하더니 드디어 심신에 이상한 작용이 인다.

오른손이 저릿저릿하더니 차차 커져 어디까지 뻗쳤는지 그 끝을 볼 수 없고 손가락 다섯이 모두 손 하나씩 되어 길길이 길어지며 그 손끝에 다시 손가락이 나며, 그 손가락 끝에 다시 손이 되며 아들이 손자를 낳고, 손자가 증손을 낳으니 한 손이 몇만 손이 되고, 왼손도 여봐란 듯이 오른 손대로 되어 또 몇만 손이 되더니, 오른손에 달린 손들이 낱낱이 푸른 기를 들고 왼손에 딸린 손들은 낱낱이 검은 기를 들고 두 편을 갈라 싸움을 시작하는데 푸른 기 밑에 모인 손들이 일제히 범이 되며 아가리를 딱딱 벌리며 달려드니, 붉은 기 밑에 모인 손들은 노루가 되어 달아나더라.

---

* 임류각臨流閣, 『삼국사기』의 「백제본기」에 백제 22대 동성왕이 궁궐 동쪽에 임류각이라는 큰 건축물을 세웠다고 기록되어 있는데 신채호는 백제의 '동성왕'과 고구려의 '동명성왕'을 혼동하여 동명성왕이 임류각을 세웠다고 기술한 것으로 추정됨.

달아나다가 큰물이 앞에 꽉 막히어 하릴없는 지경이 되니 노루가 일제히 고기가 되어 물속으로 들어간다. 범들이 뱀이 되어 쫓으니 고기들은 껄껄 푸드득 꿩이 되어 물 밖으로 향하여 날더라.

뱀들이 다시 매가 되어 쫓은즉 꿩들이 넓은 들에 가 내려앉아 큰 매가 되니 뱀들이 아예 불덩이가 되어 매에 대고 탁 튀어, 매는 조각조각 부서지고 온 바닥이 불빛이더라. 부서진 매조각이 하늘로 날아가며 구름이 되어 비를 퍽퍽 주니 불은 꺼지고 바람이 일어 구름을 헤치려고 천지를 뒤집는다. 이 싸움이 한놈의 손끝에서 난 싸움이지만 한놈의 손끝으로 말릴 도리는 아주 없다. 구경이나 하자고 눈을 비티더니 앉은 밑의 무궁화 송이가 혀를 치며 하는 말이,

"애닯다! 무슨 일이냐, 쇠가 쇠를 먹고 살이 살을 먹는단 말이냐?"

한놈이 그 말씀에 소름이 몸에 꽉 끼치며 입이 벙벙하니 앉았다가,

"무슨 말씀입니까? 언제는 싸우라 하시더니 이제는 싸우지 말라 하십니까?"

하며 돌려 물으니 꽃송이가 예쁜 소리로 대답하되,

"싸우거든 내가 남하고 싸워야 싸움이지, 내가 나하고 싸우면 이는 자살이요 싸움이 아니니라."

한놈이 바싹 달려들며 묻되,

"내란 말은 무엇을 가르치시는 말입니까? 눈을 크게 뜨면 우주가 모두 내 몸이요, 적게 뜨면 오른팔이 왼팔더러 남이라 말하지 않습니까?"

꽃송이가 날카롭게 깨우쳐 가로되,

"나란 범위는 시대를 따라 줄고 느나니. 가족주의의 시대에는 가족이 '나'요 국가주의의 시대에는 국가가 '나'라. 만일 시대를 앞서 가다가는 발이 찢어지고 시대를 뒤져 오다가는 머리가 부러지나니 네가 오늘 무슨

시대인지 아느냐? 희랍은 지방열로 강국의 자격을 잃고 인도는 부락사상으로 망국의 화를 얻으니라."

한놈이 이 말에 크게 느끼어 감사한 눈물을 뿌리고 인해 왼손으로 오른손을 만지니 다시 전날의 오른손이요, 오른손으로 왼손을 만지니 또한 전날의 왼손이더라. 곁에는 을지문덕이 햇빛을 안고 앉다.

우리나라는 저울과 같다.
부소扶蘇 서울은 저울 몸이요,
백아百牙 서울은 저울 머리요,
오덕五德 서울은 저울추로다.
모든 대적을 하루에 깨쳐 세 곳에
나누어 서울을 하니,
기울임 없이 나라 되리니,
셋에 하나도 잃지 말아라.

를 외우더니 한놈을 돌아보며 가로되,

"그대가 이 글을 아는가?"

한놈이,

"정인지鄭麟趾가 지은 『고려사』 속에서 보았나이다."

하니 을지문덕이 가로되,

"그러하니라. 옛적에 단군이 모든 적국을 깨치고 그 땅을 나누어 세 서울을 세울새, 첫 서울은 태백산 동남 조선땅에 두니 가로되 '부소'요, 다음 서울은 태백산 동북 만주 밑 연해주땅에 두니 가로되 '오덕'이라. 이 세 서울을 하나만 잃으면 후세자손이 쇠약하리라고 하사 그 예언을 적어

신지*에게 주신 바이어늘 오늘에 그 서울들이 어디인지 아는 이가 없을 뿐더러 이 글까지 잊었도다. 정인지가 『고려사』에 이를 쓰기는 하였으나 술사術士의 말로 들렸으니 그 잘못함이 하나요, 고려의 지리지를 좇아 단군의 삼경三京도 모두 대동강 이내로 말하였으니 그 잘못함이 둘이라."

한놈이,

"이 세 서울을 잃은 원인은 어디에 있습니까?"

물으니 을지문덕이 가로되,

"아까 권력이 천당으로 가는 사다리란 말을 잊지 안 하였는가? 우리 조선 사람들은 이 뜻을 아는 이 적은 고로 중국 이십일 대사 가운데 대代마다 조선 열전이 있으며 조선 열전 가운데마다 조선인의 천성이 인후仁厚하다 하였으니, 이 '인후' 두 자가 우리를 쇠하게 한 원인이라. 동족에 대한 인후는 흥하는 원인도 되거니와 적국에 대한 인후는 망하게 하는 원인이 될 뿐이니라……."

3

……(원문 탈락) 한참 재미있게 을지문덕은 이야기하매 한놈은 듣는 판에 벌건 동편 하늘이 딱 갈라지며 그 속에서 불칼, 불활, 불돌, 불총, 불대포, 불화로, 불솥, 불범, 불사자, 불개, 불고양이뎨 들이 쏟아져 나오니 을지문덕이 깜짝 놀라며,

"저것이 웬일이냐?"

---

* 臣智, 삼한三韓의 군장을 가리키는 칭호. 최고 통치자 아래의 최상급 행정군사 총괄 책임자의 칭호. 또는 神誌, 신탁을 알리고 기록하던 고대 제사장에서 유래한 것으로 추정되는 고구려의 관직.

하더니 무지개를 타고 빨리 그 속으로 향하여 가더라.

　　4

　가는 선배님을 붙들지도 못하며 내 몸으로 쫓아가려고 해도 쫓지 못하여 먹먹하게 앉은 한놈이,

　"나는 어데로 가리요?"

한데, 주인으로 있는 꽃송이가 고운 목소리로,

　"네가 모르느냐? 신과 마魔의 싸움이 일어 을지 선배님이 가시는 길이다."

　한놈이 깜짝 기꺼하며,

　"나도 가게 하시옵소서."

한데, 꽃송이가,

　"암, 그럼 가야지, 우리나라 사람이 다 가는 싸움이다."

　한놈이,

　"그대로 가면 어떻게 가리까?"

　물은데, 꽃송이가,

　"날개를 주마."

하므로 한놈이 겨드랑이 밑을 만져보니 문득 날개 둘이 달렸더라. 꽃송이가 또,

　"친구와 함께 가거라."

하거늘, 울어도 홀로 울고 웃어도 홀로 웃어 사십 평생에 친구 하나 없이 자라난 한놈이 이 말을 들으매 스스로 눈에 눈물이 핑 돈다.

　"친구가 어디 있습니까?"

한데,

"네 하늘에 향하여 한놈을 부르라."

하거늘, 한놈이 힘을 다하여 머리를 들고 한놈을 부르니 하늘에서,

"간다."

대답하고 한놈 같은 한놈이 내려오더라. 또,

"네가 땅에 향하여 한놈을 부르라."

하거늘 한놈이 또 힘을 다하여 머리를 숙이고 한놈을 부르니 땅속에서,

"간다."

대답하고 한놈 같은 한놈이 솟아나더라. 꽃송이 시키는 대로 동편에 불러 한놈을 얻고 서편에 불러 한놈을 얻고 남편, 북편에서도 각기 다 한놈을 얻은지라 세어본즉 원래 있던 한놈이와 불려나온 여섯 놈이니 합이 일곱 한놈이더라.

낮도 같고 꼴도 같고 목적도 같지만 이름이 같으면 서로 분간할 수 없을까 하여 차례로 이름을 지어 한놈, 둣놈, 셋놈, 넷놈, 닷째놈, 엿째놈, 일곱째놈이라 하다.

"싸움터가 어데냐?"

외치니,

"이리 오너라."

하고 동편에서 소리가 나거늘,

"앞으로 갓!"

한마디에 그곳으로 향하더니 꽃송이가 '칼부림'이란 노래를 한다.

  내가 나니 저도 나고
  저가 나니 나의 대적이다
  내가 살면 대적이 죽고

대적이 살면 내가 죽나니

그러기에 내 올 때에 칼 들고 왔다

대적아 대적아

네 칼이 세든가 내 칼이 센가 싸워를 보자

옳다 죽은 넋은 땅속으로 들어가고

싸우다 죽은 넋은 하늘로 올라간다

하늘이 멀다 마라

이 길로 가면 한 뼘뿐이니라

하늘이 가깝다 마라

땅 길로 가면 만만 리가 된다

아가 아가 한놈 듯놈 우리 아가 우리 대적이 저기 있다

해 늦었다 눕지 말며

밤늦었다 자지 마라

이 칼이 성공하기 전에는

우리 너희 쉴 짬이 없다

그 소리 비장강개悲壯慷慨하여 울 만도 하며 뛸 만도 하더라.

한놈은 일곱 사람의 대표로 '내 친구'란 노래로 대답하였는데 윗머리는 다 잊어 이 책에 쓸 수 없고 오직 첫 마디의,

"내가 나자 칼이 나고 칼이 나니 내 친구다."

단 한 구절만 생각난다.

답가를 마치고 일곱 사람이 서로 손목을 잡고 동편을 바라보고 가니 날도 좋고 곳곳이 꽃 향기, 새 소리로 우리를 위로하더라.

몇 걸음 못 나아가 하늘이 캄캄하고 찬 비가 쏟아진다. 일곱 사람이 한

결같이,

"찬 비가 오거나 더운 비가 오거나 우리는 간다."

하고 앞길만 찾더니 또 바람이 모질게 불어 흙과 모래가 섞이어 나니 눈을 뜰 수 없다.

"눈을 뜰 수 없어도 가자."

하고 자꾸 가니 몇 걸음 못 나가서 가시밭이 있거늘,

"오냐, 가시밭길이라도 우리가 가면 길 된다."

하고 눌러 걷더니 또 몇 걸음 못 나가서 땅에다 시퍼런 칼 같은 것을 모로 세워 밟는 대로 발이 찢어져 피 발이 된다.

"피 발이 되어도 간다."

하고 서로 붙들고 가더니 무엇이 머리를 꽉 눌러 허리도 펼 수 없고 한 발씩이나 되는 주둥이가 살을 꽉꽉 물어 떼여 아프고 가려워 견딜 수 없고 머리털 타는 듯 고추 타는 듯한 냄새가 나 코를 들 수 없고 앞뒤로 불덩이가 날아와 살이 모두 데이니 일곱째놈이 딱 자빠지며,

"애고, 나는 못 가겠다."

한놈과 및 다섯 친구들이 억지로 끌어 일으키나 아니 들으며,

"여기 누우니 아픈 데가 없다."

하거늘 한놈이,

"싸움에 가는 놈이 편함을 구하느냐?"

꾸짖고 할 수 없이 일곱 친구에 하나를 버리니 여섯 사람뿐이다.

"우리는 적과 못 견디지 말자."

하고 서로 권면勸勉하나 길이 어둡고 몸이 저려 기다, 걷다, 구르다, 뛰다 온갖 짓을 다 하며 나가는데 웬 할미가 앞에 지나가거늘 일제히 소리를 쳐,

"할멈, 싸움터를 어디로 가오?"

하니 지팡이를 들어,

"이리 가라."

하고 가리키는데 지팡이 끝에 환한 광선이 비치더라.

"이곳이 어데요?"

물은데,

"고됨 벌이라."

하더라.

광선을 따라 나아가니 눈앞이 환하고 갈 길이 탁 트인다. 일변으로는 반갑기도 하지만 일변으로는 눈물이 주르르 쏟아진다.

"살거든 같이 살고 죽거든 같이 죽자고 옷고름 맺고 맹세하며 같이 오던 일곱 사람에 일곱째놈 하나만 버리고 우리 여섯은 다 오는구나. 일곱째놈아, 네 조금만 견디었으면 우리같이 이 구경을 할걸 네 너무도 참지 못하여 우리는 오고 너는 갔고나. 그러므로 마지막 씨름에 잘하여야 한단 말도 있고 최후 오 분간을 잘 지내란 말도 있는 것이다. 그러나 쓸데 있나, 이 뒤에 우리 여섯이나 조심하자."

하고 받고차며 이야기하며 가더니 이것이 어디기에 이다지 좋은가, 나무 그늘 가득한 곳에 금잔디는 땅에 깔리고 꽃은 피어 뒤덮였는데 새들은 제 세상인 듯이 짹짹이고 범이 오락가락하나 사람 보고 물지 않고 온갖 풀이 모두 향내를 피우며 길은 옥으로 깔렸는데 얼른얼른하여 그 속에 한놈의 무리 여섯이 비치어 있고 금강산의 만물상같이 이름 짓는 대로 보이는 것도 많으며 평양 모란봉처럼 우뚝 솟아 그린 듯한 빼어난 뫼며, 남한산의 꽃버들이며, 북한산의 단풍이며, 경주의 삼기팔괴三奇八怪며, 원산의 명사 십리 해당화며, 호호탕탕浩浩蕩蕩 한강물에 뛰노는 잉어며, 천안 삼거리 늘어진 버들이며, 송도 박연에 구슬 뿜듯 헤치는 폭포며, 순창 옷과 대발이며, 온갖 풍경이 갖추어 있어 한놈의 친구 여섯 사람으로 하여금 '아픈 벌'에서 받던 고통은 씻은 듯 간 데 없다. 몸이 거뜬하고 시원함을 이기지 못하여 서로 돌아보며,

"이곳이 어데인가? 님의 나라인가? 님의 나라야 싸움터도 지나지 않았는데 어느새 왔을 수 있나?"

하며 올 것이 가는 판이러니 별안간 사람의 눈을 부시게 빛이 찬란한 산이 멀리 보이는데 그 위에 붉은 글씨로 '황금산'이라 새기었더라. 앞에 다다라 보니 순금으로 쌓은 몇만 길 되는 산이요, 한 쌍 옥동자가 그 산이마에 앉아 노래를 한다.

> 난사람이 그 누구냐
> 내 이 산을 내어주리라
> 이 산만 가지면
> 옷도 있고 밥도 있고
> 고대광실 높은 집에
> 한평생을 잘살리라
> 이 산만 가지면
> 맏아들은 황제 되고
> 둘째아들은 제후 되고
> 셋째아들은 파초선 받고
> 넷째아들은 쌍가마 타고
> 네 앞에 절하리라
> 이 산을 가지려거든
> 단군을 버리고 나를 할아비 하며

진단震檀을 던지고 내 집에서 네 살림 하여라

이 산만 차지하면

금강석으로 네 갓 하고

진주 구슬로 네 목도리 하고

홍보석으로 네 옷 말아주마

난사람이 그 누구냐

너희들도 어리석다

싸움에 다다르면 네 목은 칼밥이요

네 눈은 활 과녁이요

네 몸은 탄알밥이라

인생이 얼마라고 호강을 싫다 하고

아픈 길로 드느냐?

어리석다 불쌍하다 너희들……

노래 소리 맑고 고와 듣는 사람의 귀를 콕 찌르니 엿째놈이 그 앞에 턱 엎드러지며,

"애고, 나는 못 가겠소. 형들이나 가시오."

한놈의 친구가 또 하나 없어진다. 기가 막혀 꼬이고 꾸짖으며, 때리며 끌며 하나 엿째놈이 그 산에 딱 들어붙어 일어나지 않더라.

하릴없이 한놈이 인제 네 친구만 데리고 가더니 큰 냇물이 앞에 나서거늘 한놈이 친구들을 돌아보며,

"이 내가 무슨 내인가?"

하며 그 이름을 몰라 갑갑한 말을 한즉 냇물에서 무엇이 대답하되,

"내 이름은 새암이라."

"새암이란 무슨 말이냐?"

한데,

"새암은 재주 없는 놈이 재주 있는 놈을 미워하며, 공 없는 놈이 공 있는 놈을 싫어하여 죽이려 함이 새암이니라."

"그러면 네 이름이 새암이니 남의 집과 남의 나라도 많이 망쳤겠구나."

"암, 그럼. 단군 때에는 비록 마음이 있었으나 도덕의 아래라 감히 행세치 못하다가 부여의 말년부터 내 이름이 비로소 나타날새, 금와金蛙의 아들들이 내 맛을 보고는 동명왕을 죽이려 했고, 비류比流란 사람이 내 맛을 보고는 온조왕과 갈라지고, 수성왕遂成王이 내 맛을 보고는 국조國祖의 부자父子를 죽이며, 봉상왕烽上王이 내 맛을 보고는 달가達賈 같은 공신을 베고, 백제의 신하인 백가苩加가 동성왕을 죽이며 패업霸業을 꺾음도 나의 꾀임이며, 좌가려左可慮가 고국천왕故國川王을 싫어하며 연나椽那에 반叛함도 나의 홀림이라. 나의 물결이 가는 곳이면 반드시 화환禍患을 내어 삼국의 강성이 더 늘지 못함이 내 솜씨에 말미암음이라고도 할지나 그러나 이때는 오히려 정도正道가 세고 내가 약하여 크게 횡행치 못하더니 세강속世降俗말하여 삼국의 말엽이 되매 내가 간 곳마다 성공하며, 백제에 들매 의자왕의 군신이 서로 새암하여 성충成忠이며, 흥수興首며, 계백階伯이 같은 현상맹장賢相猛將을 멀리하여 망함에 이르며, 고구려에 들매 남생男生의 형제가 서로 새암하여 평양이며, 국내성이며, 개모성 같은 명성을 적국에 바쳐 비운에 빠지고 복신福信은 만고의 명장으로 풍왕豐王의 새암에 장심掌心 꾀이는 악형을 받아 중흥의 사업이 꿈결로 돌아가고 검모잠劍牟岑은 개세의 열장부로 안승왕安勝王의 새암에 흉참凶慘한 주검이 되어 다물多勿의 장지壯志가 이슬같이 사라지고 이 뒤부터는 더욱 내 판이라. 고려 왕씨조나 조선 이씨조는 모두 내 손에 공기 노는 듯하여 군신이 의심하며, 상하가 미워하며, 문무가 싸우며, 사색四色이 서로 잡아먹으며, 이백만 홍건적을 쳐물린 정세운鄭世雲도 죽이며, 수십 년 해륙전에 드날리던 최영崔瑩도 베며, 팔 년 왜란에 바다를 진정하여 해왕의 웅명雄名을 가지던 이순신李舜臣도 가두며, 일개 서생으로 왜장 청정淸正을 부수고 함경도를 찾던 정문부鄭文孚도 죽이어 드디어 금수강산이 비린내가 나도록 하였노라."

한놈이 그 말을 듣고는 몸에 소름이 끼쳐 친구를 돌아보며,

"이 물이야 건널 수 있느냐?"

하니 넷놈 닷놈이 웃으며,

"그것이 무슨 말이요, 백이숙제伯夷叔齊가 탐천물을 마시면 그 마음이 흐릴까요."

하더니 벗고 들어서거늘 한놈, 둣놈, 셋놈, 세 사람도 용기를 내어 뒤에 따라 서며 도통사 최영이 지은,

까마귀 눈비 맞아 희난 듯 검노매라
야광명월夜光明月이 밤인들 어둘쏘냐
님 향한 일편단심 가실 줄이 있으랴

한 시조를 읊으며 건너니라.

저편 언덕에 다다라서는 서로서로 냇물을 돌아보며,

"요만 물에 어찌 장부의 마음을 변할쏘냐? 우리가 아무리 어리다 해도 혹 국사에 힘써 화랑의 교훈을 받은 이도 있으며 혹 한학에 소양이 있어 공자, 맹자의 도덕에 젖은 이도 있으며, 혹 불교를 연구하여 석가의 도를 들은 이도 있으며, 혹 예배당에 출입하여 양부자洋夫子*의 신약도 공부한 이 있나니 어찌 접시 물에 빠져 형제가 새로 새암하리요."

하고 더욱 씩씩한 꼴을 보이며 길에 오르니라.

싸움터가 가까워 온다. 님나라가 가까워 온다. 깃발이 보인다. 북소리가 들린다. 어서 가자 재촉할새 가장 날래게 앞서 뛰는 놈은 셋놈이더라.

넷놈이 따르려 하여도 따르지 못하여 허덕허덕하며 매우 좋지 못한 낯을 갖더니,

"저기 적진이 보인다."

하고 실탄 박은 총으로 쏜다는 것이 적진을 쏘지 않고 셋놈을 쏘았더라.

어화 일곱 사람이 오던 길에 한 사람은 고통에 못 이기어 떨어지고 또한 사람은 황금에 마음이 바뀌어 떨어졌으나 오늘같이 서로 죽이기는 처음이구나!

새암의 화가 참말 독하다.

죽은 놈은 할 수 없거니와 죽인 놈도 그저 둘 수 없다 하여 곧 넷놈을 잡아 태워 죽이고, 한놈, 둣놈, 닷놈 무릇 세 사람이 동행하니라.

인간에서 알기는 도깨비가 님에게 대하여 만나면 으레 항복하고 싸우면 으레 진다 하더니 싸움터에 와보니 이렇게 쉽게는 말할 수 없더라.

님의 키가 열 길이 되더니 도깨비의 키도 열 길이 되고, 님의 손이 다섯 발이 되더니 도깨비의 손도 다섯 발이 되고, 님의 눈에 번개가 치면 도깨비의 눈에도 번개가 치고, 님의 입에 우레가 울며 님이 날면 도깨비도 날며, 님이 뛰면 도깨비도 뛰며, 님의 군사가 구구는 팔십일만 명인데 도깨비의 군사도 꼭 그 수효이더라.

『고구려사』에 보면 동천왕이 위장魏將 모구검毌丘儉을 처음에 이기고 웃

* '부자'는 덕이 있고 학식이 높은 사람을 부르는 존칭. 여기에서는 예수를 가리키는 것으로 '서양의 덕이 높은 인물'이라는 뜻으로 쓰임.

어 가로되,

"이같이 썩은 대적을 치는 데 어찌 큰 군사를 쓰리요."

하고 정병은 다 뒤에 앉아 있게 하고 다만 오천 명으로써 적의 수만 명과 결전하다가 도리어 큰 위험을 겪은 일이 있더니 님나라에서도 이런 짓이 있도다.

싸움이 시작되자 님이 영슈을 내리시되,

"오늘은 전군이 다 나갈 것 없이 다만 9분의 1 곧 1999만 명만 나서며 또 연장은 가지지 말고 맨손으로 싸워 도깨비의 무리가 우리 재주에 놀라 다시 덤비지 못하게 하여라."

하니 좌우는 안 될 것이라고 간하나 님이 안 들으신다.

진이 사괴매 님의 군사가 비록 날쌔나 어찌 연장 가진 군사와 겨루리오. 칼이며, 총이며, 불이며, 물이며 온갖 것을 다하여 님의 군사를 치는 데 슬프다.

님의 군사는 빈주먹이 칼에 부서지고, 흰 가슴이 총에 꿰뚫리며, 뛰다가 불에 타며, 기다가 물에 빠져 살 길이 아득하다. 입으로는,

"우리는 정의의 아들이다. 악이 아무리 강한들 어찌 우리를 이기리오."

하고 부르짖으나 강적 밑에서야 정의의 할아비인들 쓸데 있느냐? 죽는 이 님의 군사요, 엎치는 이 님의 군사더라.

넓고 넓은 큰 벌판에 정의의 주검이 널리었으나 강적의 칼은 그치지 않는다.

한놈의 동행인 닷놈이 고개를 숙이고 탄식하되,

"이제는 님의 나라가 고만이로구나, 나는 어디로 가노?"

하더니 청산 백운 간에 사슴의 친구나 찾아간다고 봇짐을 싸며, 둿놈은 왈칵 나서며,

"장부가 어찌 이렇게 적막히 살 수야 있나, 종살이라도 하며 세상에서 어정거림이 옳다."

하고 적진으로 향하니라.

이때 한놈은 어찌할까. 한놈은 한놈의 짐을 지고 왔으며 너희들은 각기 너희들의 짐을 지고 왔나니 짐 벗어던지고 달아나는 너희들을 따라가는 한놈이 아니요, 가는 놈들은 가거라, 나는 나대로 하리라 함이 정당한 일인 듯하나, 그러나 너는 내 손목을 잡고 나는 네 손목을 잡아, 죽으나 사나 같이 가자 하던 일곱 사람에 단 셋이 남아 나밖에는 네 형이 없고 너밖에는 내 아우 없다 하던 너희들을 또 버리고 ㄴ 홀로 돌아섬도 또한 한놈이 아니도다.

한놈이 이에 오도가도 못하고 길 곁에 주저앉아 홀로,

"세상이 원래 이런 세상인가? 한놈이 친구를 못 얻음인가? 말짱하게 맹세하고 오던 놈들이 고되다고 달아난 놈도 있고, 할 수 없다고 달아난 놈도 있어 일곱 놈에 나 한놈만 남았구나."

탄식하니 해는 서산에 너울너울 넘어가 사람의 사정을 돌보지 않더라. 이러나저러나 갈 판이라고 두 주먹을 부르쥐고 달리더니 난데없는 구름이 모여들어 하늘이 캄캄해지며 범과 이리와 사자와 온갖 짐승이 꽉 가로막아 뒤로 물러갈 길은 보이지만 앞으로 나아갈 길은 없더라.

할 수 없이 다시 오던 길을 찾아 뒤로 몇 걸음 물러서다가,

"뺀 칼을 다시 박으랴!"

소리를 지르고 앞을 헤치고 나아가니 님의 형상은 보이지 않으나 님의 발소리가 귀에 들린다.

"네 오느냐? 너 홀로 오느냐?"

하시거늘 한놈이 고되고 외로워 어찌할 줄 모르던 차에 인자하신 말씀에

느낌을 받아 눈에 눈물이 핑 돌며 목이 탁 메여 겨우 대답하되,

"예, 홀로 옵니다."

"오냐, 슬퍼 말라. 옳은 사람은 매양 무척 고생을 받고야 동무를 얻나니라."

하시더니 칼을 하나 던지시며,

"이 칼은 3925년(서기 1592년) 임진왜란에 의병대장 정기룡鄭起龍이 쓰던 삼인검三寅劍이다. 네 이것을 가지고 적진을 쳐라!"

하시더라. 한놈이 칼을 받아 들고 나서니 하늘이 개며 해도 다시 나와 범과 사자들은 모두 달아나 앞길이 탁 트이더라.

몸에 님의 명령을 띠고 손에 님이 주신 칼을 들었으니 무엇이 무서우리요. 적진이 여우 고개에 있단 소문을 듣고 그리로 향하여 가는데 칼이 번쩍번쩍하더니 찬바람 치며 비린내가 코를 찌르거늘,

"에쿠, 적진이 당도하였구나."

하고 칼을 저으며 들어가니 수십만 적병이 물결 갈라지듯 하는지라. 그 사이를 뚫고 들어간즉 어떤 얼굴 괴악한 적장이 궤에 기대어 임진전사壬辰戰史를 보는데 한놈의 손에 든 칼이 부르르 떨어 그 적장을 가리키며 소리치되,

"저놈이 곧 임진왜란 때에 조선을 더럽히려던 일본 관백關白 풍신수길豊臣秀吉이라."

하거늘 원수를 외나무다리에서 만난 한놈이 어찌 용서가 있으리요. 두 눈에 쌍심지가 오르며 분기가 정수리를 쿡 찔러 곧 한칼에 이놈을 고깃장을 만들리라 하여 힘껏 겨누며 치려 한즉 풍신수길이 썩 쳐다보며 빙그레 웃더니 그 괴악한 얼굴은 어디 가고 일대 미인이 되어 앉았는데 꽃 본 나비인 듯, 물 찬 제비인 듯, 솟아오르는 반월인 듯……

한놈이 그것을 보고 팔이 찌르르해지며 차마 치지 못하고 칼이 땅에 덜렁 내려지거늘 한놈이 칼을 집으려 하여 몸을 굽힌 새 벌써 그 미인이 변하여 개가 되어 컹컹 짖으며 물려고 드나 한놈이 칼을 잡지 못하여 맨손으로 어쩔 수 없어 삼십육계의 상책을 찾으려다가 발이 쭉 미끄러지며,

"아차!"

한마디에 어디로 떨어져 내려가는지 한참 만에 평지를 얻은지라. 골이 깨어지지나 않았는가 하고 손으로 만져보니 깨어지지는 않았으나 무엇이 쇠뭉치로 뒤통수를 딱딱 때려 아파 견딜 수 없고 또 쇠사슬이 어디서 오더니 두 손을 꽉 묶으며 온몸을 굴신할 수 없게 얽어매고 불침, 불칼이 머리부터 시작하여 발끝까지 쑤시는도다.

한놈이 깜짝 놀라,

"아이고, 내가 지옥에 들어왔구나. 그러나 내가 무슨 죄로 여기를 왔나?"

하고 땅에 떨어진 날부터 오늘까지 아는 대로 무릇 삼십여 년 사이의 일을 세어보나 무슨 죄인지 모르겠더라. 좌우를 돌아보니 한놈과 같이 형구를 가지고 앉은 이가 몇몇 있거늘,

"내가 무슨 죄로 왔느냐?"

물은즉 잘 모른다 하며,

"너희들은 무슨 죄로 왔느냐?"

하여도 모른다 하더라.

한놈이 소리를 지르며,

"사람이 어찌 아무 죄로 왔는지도 모르고 이 속에 갇혔으리요?"

하니, 대답하되,

"얼마 안 되어 순옥사자巡獄使者가 오신다니 그에게 물어보라."

하더라.

5

아픔도 아픔이어니와 가장 갑갑한 것은 내가 무슨 죄로 이 속에 왔는지를 모름이다.

"순옥사자가 오시면 안다 하니 언제나 오나."

하며 빠지는 눈을 억지로 참고 며칠을 기다리더니 하루는 삼백예순다섯 가지 풍류 소리가 나며,

"신임 순옥사자 고려高麗 문하시랑門下侍郎 동문장사同文章事 강감찬姜邯贊이 듭신다."

하더니 온 옥중이 괴괴한데, 한놈이 좌우의 낯을 살펴보니 어떤 사람은,

"나야 무슨 죄가 있나, 설마 순옥사자께서 곧 놓아보내겠지."

하는 뜻이 있어 기꺼운 낯을 가지며, 어떤 사람은,

"내 죄는 이보다 더 참혹한 지옥에 갇힐 터인데 순옥사자가 오시면 어찌하나."

하는 뜻이 있어 아무렇지도 않은 듯한 낯을 가지며, 어떤 사람은,

"아이고, 이제는 큰일 났구나. 내 죄야 있는지 없는지 모르겠다만 순옥사자가 아마 덮어놓고 죽이실걸."

하는 뜻이 있어 잿빛 같은 낯을 가지며, 지옥이 무엇인지 천당이 무엇인지 순옥사자가 가는지 오는지도 모르고 앉아 있는 사람도 있으며,

"오냐, 지옥에 가두어라. 가두면 장 가두겠느냐. 나가는 날에는 또 도적질이나 하자."

하는 사람도 있으며,

"우리 어머니가 내 일을 알면 오죽 울겠느냐? 순옥사자시여! 제발 놓아주옵소서."

하는 사람도 있으며,

"옥이고 깻묵이고 밥이나 좀 먹었으면."

하는 사람도 있으며,

"순옥사자가 오기만 오너라. 내 죽자사자 해보겠다. 인간에서 하던 고생도 많은데 또…… 내가 돈이 백만 냥이 있으니 순옥사자의 옆구리만 쿡 지르면 되지."

하는 사람도 있으며,

"나는 계집인데 순옥사자가 밉지 않은 나야 설마 죽이겠니."

하는 사람도 있어, 빛도 각각이요 말도 각각이더라.

옥중에 서기가 돌며 순옥사자 강감찬이 드시는데 키가 불과 오 척이요, 꼴도 매우 왜루하지만 두 눈에는 정기가 어리고 머리 위에는 어사화御賜花가 펄펄 난다.

이때에 당하여 사방을 돌아보니 억센 놈도 어디 가고, 다리 긴 놈도 어디 가고, 겁 많은 놈도 어디 가고, 돈 많은 놈도 어디 가고, 얼굴 좋은 아가씨도 어디 가시고, 온 옥중에 있는 사나이나 계집이나 모두 오래 젖에 주린 아이가 어미 몸을 보는 듯하여 콱 엎드리자 흑흑 느끼어가며 운다.

강감찬이 보시더니 불쌍히 여기사 물으시되,

"왜 처음에 지옥이 무서운 줄 몰랐더냐? 죄를 왜 지었느냐?"

하니 옥중이 묵묵하여 아무 대답이 없거늘 한놈이 나서며 여짜오되,

"우리가 나가고 싶단 말도 없었는데 님이 우리를 인간에 내시고 우리가 오겠다고 원하지도 않았는데 님이 우리를 지옥에 넣으시니 우리들이 님의 일이 답답하여 우나이다."

강감찬이 웃으시며,

"님이 너희들을 내셨다더냐? 또 지옥에 올 때도 님이 가라고 하시더냐?"

"그러면 누가 내시고 누가 이리 오게 하셨습니까?"

강감찬이 크게 소리를 질러,

"네가 네 일을 모르고 누구에게 묻느냐?"

하고 꾸짖으니 온 옥중이 모두 한놈과 함께 황송하여 일제히 그 앞에 엎 드리며,

"미련한 것들이 알지 못하오니 사자님은 크게 사랑하사 미혹을 열어주 소서."

강감찬이 지팡이를 거꾸로 받드시더니 모든 옥수獄囚에게 말씀하시되,

"너희들이 짓지 않으면 지옥이란 이름이 없으리니 그러므로 지옥은 님 이 지은 것이 아니라 곧 너희들이 지은 지옥이니라."

한놈이 일어서 아뢰되,

"우리가 지은 지옥이면 깨기도 우리 힘으로 깰 수 있습니까?"

강감찬이 가라사대,

"작은 죄는 자기 손으로 깨고 나아갈지나 큰 죄는 제 손은 그만두고 님 이 깨어주려 하여도 깰 수 없나니 천겁 만겁을 지옥에서 썩을 뿐이니라."

한놈이 묻되,

"어떤 죄가 큰 죄오니까?"

강감찬이 가라사대,

"처음에 단군이 오계를 세우시니, 1) 나라에 충성하며, 2) 집에서 효도 하고 우애하며, 3) 벗을 미덥게 사귀며, 4) 싸움에서 뒷걸음질 말며, 5) 생 물을 죽이매 골라 죽임이라. 옛적에는 오계에 하나만 범하여도 큰 죄라 하 여 지옥에 내리더니 이제 와서는 나라일이 급하여 다른 죄를 이루 다 다스 릴 수 없어 오직 나라에 대한 죄만 큰 죄라 하여 지옥에 내리느니라."

한놈이,

"나라에 대한 큰 죄가 몇입니까?"

물으매 강감찬이,

"네가 앉아 들어라!"

하시더니 하나씩 세신다.

첫째는 국적을 두는 지옥이 일곱이니,

(ㄱ) 국민의 부탁을 맡아 임금이 되자거나 대신이 되어 나라의 흥망을 어깨에 메인 사람으로 금전이나 사리사욕만 알다가 적국에게 이용된 바가 되어 나라를 들어 남에게 내어주어 조상의 역사를 더럽히고 동포의 생명을 끊나니 백제의 임자任子며, 고구려의 남생男生이며, 발해의 말제末帝인 찬諲譔이며, 대한말大韓末의 민영휘閔泳徽, 이완용李完用 같은 무리가 이것이다. 이 무리들은 살릴 수 없고 죽이기도 아까우므로 혀를 빼며 눈을 까고 쇠비로 그 살을 썰어 뼈만 남거든 또 살리고 또 이렇게 죽이되 하루 열두 번을 이대로 죽이고 열두 번을 이대로 살리어 죽으면 살리고 살면 죽이나니 이는 곧 매국 역적을 처치하는 '겹겹지옥'이니라.

(ㄴ) 백성의 피를 빨아 제 몸과 처자를 살찌우던 놈이니 이놈들은 독 속에 넣고 빈대와 뱀 같은 벌레로 그 피를 빨게 하나니 이는 '줄줄지옥'이니라.

(ㄷ) 혓바닥이나 붓끝으로 적국의 정책을 노래하고 어리석은 백성을 몰아 그물 속에 들도록 한 연설쟁이나 신문기자들은 혀를 빼고 개의 혀를 주어 날마다 '컹컹' 짖게 하나니 이는 '강아지지옥'이니라.

(ㄹ) 목구멍이 포도청이라고 해먹을 것 없으니 정탐질이나 하리라 하여 뜻있는 사람을 잡아 적국에게 주는 놈은 돼지껍질을 씌워 '꿀꿀' 소리나 하게 하나니 이는 '돼지지옥'이니라.

(ㅁ) 겉으로 지사인 체하고 속으로 적 심부름하던 놈은 그 소위가 더욱 밉다. 이는 머리에 박쥐감투를 씌우고 똥집을 빼어 소리개를 주나니 이는 '야릇지옥'이니라.

(ㅂ) 딸각딸각 나막신을 끌고 걸음걸음 적국놈의 본을 뜨며 옷 입고 밥 먹는 것도 모두 닮으려 하며 자식이 나거든 내 말을 버리고 적국 말을 가르치는 놈은 목을 잘라 불에 넣으며 다리를 끊어 물에 던지고 가운데 토막은 주물러 나나리를 만드나니 이는 '나나리지옥'이니라.

(ㅅ) 적국놈에게 시집가는 년들이며 적국의 년에게 장가가는 놈들을 불칼로 그 반신을 끊나니 이는 '반신지옥'이니라.

둘째는 망국노를 두는 지옥이니,

(ㄱ) 나라야 망하였든 말았든 예수나 잘 믿으면 천당에 간다 하며, 공자의 글이나 잘 읽고 산림에서 독선기신獨善其身한다 하여 조상의 역사가 결딴남도 모르며 부모나 처자가 모두 남의 종이 된지는 생각도 않고 오히려 선과 천당을 찾는 놈들은 똥물에 튀하여 쇠가죽을 씌우나니 이는 '똥물지옥'이니라.

(ㄴ) 정견을 가진 당파는 있어야 하지만 오직 지방으로 가르며, 종교로 가르며, 사감私感으로 가르며, 한 나라를 열 쪽 내어 서로 해외로 다니며 싸우고 이것을 일로 아는 놈들은 맷돌에 갈아 없애야 새싹이 날지니 이는 '맷돌지옥'이니라.

(ㄷ) 말도 남의 말만 알고 풍속도 남의 풍속만 쫓고 종교나 학문이나 역사 같은 것도 남의 것을 제 것으로 알아 러시아에 가면 러시아인이 되고 미국에 가면 미국인 되는 놈들은 밸을 빼어 게같이 만드나니 이는 '엉금지옥'이니라.

(ㄹ) 동양의 아무 나라가 잘되어야 우리의 독립을 찾으리라 하며, 서양의

아무 나라가 우리 일을 보아주어야 무엇을 하여볼 수 있다 하여, 외교를 의뢰하여 국민의 사상을 약하게 하는 놈들은 그 몸을 주물러 댕댕이를 만들어 큰 나무에 감아두나니 이는 '댕댕이지옥'이니라.

(ㅁ) 의병도 아니요, 암살도 아니요, 오직 할 일은 교육이나 실업 같은 것으로 차차 백성을 깨우자 하여 점점 더운 피를 차게 하고 산 넋을 죽게 하나니 이놈들의 갈 곳은 '어둥지옥'이니라.

(ㅂ) 황금이나 여색 같은 데에 빠져, 있던 뜻을 버리는 놈은 그 갈 곳이 '단지지옥'이니라.

(ㅅ) 지식이 없어도 아는 체하고 열성이 없어도 있는 체하며, 죽기는 싫으나 명예는 차지하려 하여 거짓말로 남 속이고 다니는 놈들은 불로 지져 뜨거움을 보여야 하나니 이는 '지짐지옥'이니라.

(ㅇ) 머리 앓고 피 토하여가며, 나랏일을 연구하지 않고, 오직 남의 입내만 내어 마치니의 『소년 이태리』를 본떠 회會의 규칙을 만들며 손일선孫逸仙*의 『군정부 약법約法』을 번역하여 자가自家의 주의를 삼아 특유한 국성國性이 없이 인판印板으로 사업하려는 놈들이 갈 지옥은 '잔나비지옥'이니라.

(ㅈ) 잔꾀만 가득하여 일 없는 때는 칼등에서 춤이라도 출 듯이 나서다가 일 있을 때는 싹 돌아서 누울 곳을 보는 놈은 그 기름을 빼어야 될지라. 고로 가마에 넣고 삶나니 이는 '가마지옥'이니라.

(ㅊ) 아무래도 쓸데없다. 왼손으로 총을 막으며 빈 입으로 군함 깰까 망한 판이니 망한 대로 놀자 하는 놈은 무쇠두멍을 씌워 다시 하늘을 못 보게 하나니 이는 '쇠솥지옥'이니라.

(ㅋ) 돈 한푼만 있는 학생이면 요릿집에 데리고 가며 어수룩한 사람이면

---

* 중국 근대 정치 지도자 손문孫文.

영웅으로 추켜세워 저의 이용물을 만들고 이를 수단이라 하여 도덕 없는 사회를 만드는 놈의 갈 곳은 '아귀지옥'이니라.

㉣ 공자가 어떠하다, 예수가 어떠하다, 나폴레옹이 어떠하다, 워싱턴이 어떠하다, 하며 내 나라의 성현 영웅을 하나도 모르는 놈은 글을 다시 배워야 하나니 이놈들의 갈 곳은 '종아리지옥'이니라.

이 밖에도 지옥이 몇몇이 더 되나 너희들이 알아둘 지옥은 이만하여도 넉넉하니라.

온 옥수가 악머구리 울듯 하며,

"사자님은 크게 어진 마음으로 죄를 용서하시고 이곳을 떠나게 하소서."

강감찬이,

"공은 공대로 가며 죄는 죄대로 간다."

하고 부채로 썩 가리니 모든 옥수가 어디에 있는지 보지는 못하나 마음에 그 참형당할 일이 애달퍼 강감찬의 앞에 나아가 매국적 같은 큰 죄는 할 수 없거니와 그 나머지는 다 놓아보냄을 청하니 강감찬이 한놈의 등을 만지며,

"그대가 이런 마음으로 님나라에 갈 만하지만 다만 두 사랑이 있으므로 이곳까지 옴이로다."

하거늘 한놈이 그제야 미인의 홀림으로 풍신수길을 놓치던 일을 생각하고 문자와 가로되,

"나라 사랑하는 사람은 미인을 사랑하지 못하옵니까?"

강감찬이 땅 위에 놓인 칼을 가리키며,

"이 칼 놓은 자리에 다른 것도 또 놓을 수 있느냐?"

"안 될 말입니다. 한 물건이 한 시에 한 자리를 차지할 수가 있습니까?"

강감찬이 이에 손을 치며,

"그러하니라. 한 물건이 한 시에 한 자리를 못 차지할지며 한 사상이 한 시에 한 머릿속에 같이 있지 못하나니 이 줄로 미루어보아라. 한 사람이 한 평생 두 사랑을 가지면 두 사랑이 하나도 이루기 어려운 고로 이야기에도 있으되 '두 절개가 되지 말라' 하니 그 부정함을 나무람이니라."

한놈이 또 묻되,

"그 줄이 있습니까?"

강감찬이 대답하되,

"소경은 귀가 밝고 귀머거리는 눈이 밝다 함은 한 길로 가는 까닭이라. 그러기에 석가여래가 아내와 아들을 다 버리고 코리수 밑에서 아홉 해를 지내심이니라."

"애국자의 일도 종교가와 같으오리까?"

"하나는 출세자出世者의 일이요, 하나는 입세자入世者의 일이니 일은 다르지만 종교가가 신앙밖에 다른 사랑이 있으면 종교가가 아니며, 애국자가 나라밖에 다른 사랑이 있어도 애국자가 아니다. 그러므로 사람마다 몸은 안 아끼는 이 없지만 충신이 일에 당하면 열두 번 죽어도 사양치 않으며 누가 처자를 안 어여뻐하리요만 열사가 나라를 위함에는 가족까지 희생하나니 이와 같이 나라밖에는 딴 사랑이 없어야 애국이어늘 이제 나라도 사랑하며 술도 사랑하면 술로 나라 잊을 적이 있을지며, 나라도 사랑하며 미인도 사랑하면 미인으로 나라 잊을 때가 있을지니라."

한놈이 절하며 그 고마운 뜻을 올리고 그러나 지옥에서 나가게 하여 달라 하니 강감찬이 가로되,

"누가 못 나가게 하느냐?"

"못 나가게 하는 사람은 없사오나 몸이 쇠사슬에 묶이어 나갈 수 없습

니다."

강감찬이 웃으시며,

"누가 너를 묶더냐?"

하니 한놈이 이 말에 대철대오하여 본래 묶이지 않은 몸을 어디에 풀 것
이 있으리요 하고 몸을 떨치니 쇠사슬도 없고 옥도 없고 한놈의 한 몸만
우뚝하게 섰더라.

6

천국은 하늘 위에 있고 지옥은 땅 밑에 있어 그 상거가 천 리나 만 리인
줄 아는 것은 인간의 생각이라. 실제는 그렇지 않아서 땅도 한 땅이요, 때
도 한 때인데 제치면 넘나라고 엎치면 지옥이요, 세로 뛰면 넘나라고 가
로 뛰면 지옥이요, 날면 넘나라며 기면 지옥이요, 잡으면 넘나라며 놓치
면 지옥이니, 넘나라와 지옥의 상거가 요것뿐이더라.

지옥이 이미 부서지매 한놈이 눈을 드니 금으로 지은 집에 옥으로 쌓은
담이 어른어른하고 땅에 깔린 것은 모두 진주와 금강석이요, 맑고 향내
나는 공기가 코를 찔러 밥 안 먹고도 배부르며, 나무마다 꽃이 피어 봄빛
을 자랑하며 새는 앵무, 공작, 금계, 백학, 꾀꼬리같이 듣고 보기가 좋은
새들이며 짐승은 사람을 물지 않는 문호文虎, 문표文豹 같은 짐승들이요,
거리마다 신라의 만불산萬佛山을 벌여놓고 집집에 고구려의 수모욕을 깔
았으며 입은 것은 부여의 문수紋繡와 진한의 겸포*며 두른 것은 발해의 명
주와 신라의 용초며 들리는 것은 변한의 가야금이며 신라의 만만파 쉬는

---

* 곱게 짠 비단.

저며 백제의 공후도 있고 고려의 국악도 있더라 한놈이 기쁨을 이기지 못하여,

"이제는 내가 님나라에 다다랐구나."

하고 기꺼워 나서니 님나라의 모든 물건도 모두 한놈을 보고 반기는 듯하더라. 님을 보이려 하나 하늘같이 높으시고 바다같이 넓으시고 해같이 밝으시고 달같이 둥그시고 봄같이 따뜻하고 가을같이 매우사 한놈의 좁은 눈으론 볼 수가 없다.

그 좌우에 모셔 앉으신 이는 신앙에 굳으신 동명성제東明聖帝, 명림답부明臨答夫, 치제治劑에 밝으신 백제의 초고대왕肖古大王, 발해 선왕宣王, 이상이 높으신 진흥대왕眞興大王, 설원랑薛原郎, 역사에 익으신 신지선인神誌先人 이문진李文眞, 고흥高興, 정지상鄭知常, 국문에 힘쓰신 세종대왕, 설총, 주시경, 육군에 능하신 발해 태조, 연개소문, 을지문덕, 해군에 용하신 사법명沙法名, 정지鄭地, 이순신, 강토를 개척하신 광개토왕廣開土王, 동성대제東聖大帝, 윤관尹瓘, 김종서金宗瑞, 법전을 편찬한 을파소乙巴素, 거칠부居柒夫, 망국 말엽에 쌍수로 하늘을 받들던 백제 부여의 복신福信, 고구려의 검모잠劍牟岑, 판탕시대에 한칼로 외적을 물리치고 나라를 편히 하던 고려의 최영, 강감찬, 이조의 임경업, 외지에 식민한 서언왕徐偃王, 엄국시조奄國始祖, 고죽시조孤竹始祖, 타국에 가서 왕이 된 고운高雲, 이정기李正己, 김준金俊, 사후에 용이 되어 일본을 도륙屠戮하려던 신라 문무대왕文武大王, 계림의 개 되어도 일본의 신인은 아니된다던 박제상朴堤上, 홍건적 이백만을 토평討平하고 간계에 죽던 정세운鄭世雲, 본국 팔성八聖을 제 지내고 금나라를 치려던 묘청妙淸, 중국 홍수에 오행치수의 줄로 하우夏禹를 가르친 부루태자夫婁太子, 일위一葦로 대해를 건너 도국 만종島國蠻種을 개화시킨 혜자선사慧慈禪師, 왕인王仁 박사, 안시성에서 당 태종 이세민李世民의 눈을 뺀 양만춘楊萬春, 용

인읍에서 철례탑撤禮塔의 가슴을 맞추던 김윤후金允侯, 교육계의 종주 되어 서양을 쓸리게 하던 영랑永郎, 남랑南郎*, 국수國粹의 무너짐을 놀라 화랑을 중흥하려던 이지백李知白, 동족에 대한 의분으로 발해를 구원하려던 곽원郭元, 왕가도王可道, 왕실을 다물多勿하려 하여 피 흘리던 이색李穡, 정몽주鄭夢周, 두문동杜門洞 칠사현七士賢, 강자를 제재함에는 암살을 유일 신성으로 깨달은 밀우密友, 유유紐由, 황창黃昌, 안중근安重根, 넘어지는 대하大廈를 붙들려고 의기義旗를 잡은 이강년李康年, 허위許蔿, 전해산全海山, 채응언蔡應彦, 조촐한 진단의 여자몸으로 어찌 도적에게 더럽혀지리요 하던 낙화암의 기빈妃嬪들, 임진년의 논개論介, 계월향, 출세한 사람으로 나랏일이야 잊을 쏘냐 하던 고구려의 칠불七佛, 고려의 현린선사玄麟禪師, 이조의 서산대사西山大師, 사명당四溟堂, 국학에서 비록 도움이 없지만 일방의 교문에 통달하여 조선의 빛을 보탠 불학의 원효元曉, 의상義湘, 유학의 회제晦齊, 퇴계退溪, 세상에 상관없는 물외한인物外閑人이지만 청풍고절淸風苦節의 한유한韓惟翰, 이자현李資玄, 연진수도鍊眞修道의 참시吕始, 정염鄭礦, 건축으로 거룩한 임류각臨流閣, 황룡사皇龍寺 등의 건축자, 미술로 신통한 만불산 홍구유紅䲡兪의 제조자, 산술로 부도夫道, 그림으로 솔거率居, 음률로 우륵于勒, 옥보고玉寶高, 칼을 잘 만드는 가락의 공장工匠, 맹호를 맨손으로 때려잡는 발해의 장사, 성력星曆에 오윤부伍允孚, 이술異術에 전우치田禹治, 귀귀래래시歸歸來來詩로 물질 불멸의 원리를 말한 화담花潭 서경덕徐敬德, 폭국은 베어도 가하다 하여 충신불사이군忠臣不事二君의 노설奴說을 반대한 죽도竹島 정여립鄭汝立, 철주자鐵鑄字 발명한 바치, 비행기 시조 정평구鄭平九, 이 밖에도 눈 큰 이, 입 큰 이, 팔 긴 이, 몸 굵은 이, 어느 때 외국과 싸워 이긴 이, 어느 곳에

---

* 신라를 대표하는 사선四仙. 영랑永郎, 술랑述郎, 안상安詳, 安常, 남랑南郎을 일컬음.

서 백성에게 큰 공덕을 끼친 이, 철학에 밝은 이, 도덕에 높은 이, 물리에 사무친 이, 문학에 잘한 이, 한놈이 듣지도 보지도 못하던 선민들도 많으며 또 한놈이 그 자리에서 보고 이제 기억하지도 못할 이도 많이 이 책에 올리지 못하거니와 대개 이때 한놈의 마음은 님나라에 온 것이 기쁠 뿐만 아니라 여러 선왕, 선성, 선민 들을 뵈옴이 고맙더라.

님나라에는 이렇게 모여서 무슨 일을 하시는가 하고 한놈이 눈을 들어 본즉 이상도 하고 기질도 하다. 다른 것 하는 것은 아무것도 없고 오직 낱낱이 비를 만들더니 긴 막대기에 꿰어 드니 그 길이가 몇천 길 몇만 길인지 모를러라. 그 비를 일제히 들더니 곧 하늘에 대고 썩썩 쓴다. 한놈이 놀라 일어나며,

"하늘을 왜 쓰니까? 땅에는 먼지나 있다고 쓸지만 하늘이야 왜 쓰니까?"

모두 대답하시되,

"하늘을 못 보느냐? 오늘 우리 하늘은 땅보다도 먼지가 더 묻었다."

하시거늘 한놈이 하늘을 두루 살펴보니 온 하늘에 먼지가 보얗게 덮이었더라. 몇천 몇만 비들을 들이대고 부리나케 쓸지만 이리 쓸면 저쪽이 보얗게 되고 저리 쓸면 이쪽이 보얗게 되어 파란 하늘은 어디 갔는지 옛 책에서나 옛이야기에나 듣지도 못하던 흰 하늘이 거리 위에 덮이었더라.

"하늘도 보얀 하늘이 있습니까?"

한놈이 소리를 질러 물으니 누구이신지 누런 옷 입고 붉은 띠 띤 어른이 대답하신다.

"나도 처음 보는 하늘이다. 님 나신 지 삼천오백 년경부터 하늘이 날마다 푸른 날과 보얀 빛이 시작하더니 한 해 지나 두 해 지난 사천이백사십여 년 오늘에 와서는 푸른빛은 거의 없어지고 소경눈같이 보얗게 되었다. 그

런즉 대개 칠백 년 동안에 난 변이요, 이 앞서는 이런 변이 없었나니라."
하더니 그만 목을 놓고 우는데 울음소리가 장단에 맞아 노래가 되더라.

하늘이 제 빛을 잃으니 그 나머지야 말할쏘냐
태백산이 높이야 줄어 석 자도 못되고
압록강이 터를 떠나 오백 리나 이사 갔구나.
아가 아가 우리 아가
네 아무리 어려도 잠 좀 깨어라
무궁화꽃 핀 가지에 찬바람이 후려친다.

그이가 노래를 마치더니,
"한놈아!"
하고 부르더니 서편을 가리키거늘 한놈이 쳐다보니, 해와 같이 나란히 떠오르는데 테두리가 다 네모가 나고 빛은 다 새까맣거늘 보는 한놈이 더욱 놀라,
"하늘이 뽀얗고 해와 달이 네모지며, 또 새까마니 이것이 님나라의 인간과 다른 특색입니까?"
한데, 그이가 깜짝 뛰며,
"그게 무슨 말이냐? 하늘이 푸르고 해와 달이 둥글며 힘은 님나라나 인간이 다 한가지인데 지금 이렇게 된 것은 큰 변이니라."
한놈이,
"님의 힘으로 이를 어찌하지 못합니까?"
그이가 눈물을 흘리더니 가라사대,
"님나라에야 무슨 변이 나겠느냐? 때로는 모두 봄이요, 땅은 모두 금이

요, 짐승도 사람같이 착하니 무슨 변이 나겠느냐? 다만 이천만 인간이 지은 얼로 하늘을 더럽히고 해와 달도 빛이 없게 만들었나니 아무리 님의 힘인들 이를 어찌하리요."

한놈이,

"인간에서 얼만 안 지으면 해도 옛 해가 되고 달도 옛 달이 되고 하늘도 옛 하늘이 되겠습니까?"

그이가 가라사대,

"암, 그 이를 말이냐? 대개 고려 말세부터 별별 하늘이 우리 진단에 들어오는데, 공자 석가는 더 말할 것 없고 심지어 보살의 하늘이며, 제군帝君의 하늘이며, 관우關羽의 하늘이며, 도사의 하늘까지 들어와 님의 하늘을 가리워 이천만 사람의 눈이 한쪽으로 뒤집혀서 보고하는 일이 모두 딴전이 되어 국전國典과 국보國寶가 턱턱 무너지기 시작할새 역사의 제1장에 우리 님 단군을 빼고…… 부여를 젖혀놓고 한 나라 반역자 위만으로 정통을 가지게 하며, 고구려의 혈통인 발해를 물리어 북맥北貊이라 하며, 백제의 용무勇武를 싫어하여 이를 무도지국無道之國이라 하며, 우리의 윤리를 버리고 외국의 문교로 대신하고, 만일 국수國粹를 보존하려 하는 이 있으면 도리어 악형에 죽을새 죽도 선생 정여립이 구월산에 들어가 단군에게 제 지내고 시대의 악착한 풍기를 고치려 하여 '충신불사이군'이 성인의 말이 아니라고 외쳤나니, 이는 사자후獅子吼이어늘 진안鎭安 죽도사竹島寺에서 무모한 칼에 육장肉漿이 되고 그나마 현상賢相이며, 명장이며, 위인이며, 재자才子며, 장사며, 협객이 이 뽀얀 하늘 밑에서 몹쓸 죽음 한 이가 얼마인지 알 수 없나니, 이제라도 인간에서 지난 일의 잘못됨을 뉘우쳐하고 같이 비를 쓸어주면 이 하늘과 이 해와 이 달이 제대로 되기 어렵지 않으리라."

하며 눈물이 비 오듯 하거늘 한놈이 크게 느끼어 '그러면 한놈부터 내 책임을 다하리라' 하고 곧 비를 줍소서 하여 하늘에 대고 죽을 판 살 판 쓸새 무릇 삼칠은 이십일 일을 지나니, 손이 부풀어 이리저리 터지고, 발이 아파 비를 들 수 없었고, 두 눈이 며칠 굶은 사람처럼 쑥 들어가 힘을 다시 더 쓸 수 없는데, 하늘을 쳐다본즉 여전히 뽀얗더라. 한놈이 이어,

"내 힘은 더 쓸 수 없으나 또 내 뒤를 이어 이대로 힘쓰는 이 있으면 설마 하늘이 푸르러질 날이 있겠지."
하고 이 뜻으로 가갸 풀이를 지었는데,

가갸 거겨 가자 가자, 하늘 쓸러 걸음걸음 나아가자
고교 구규 고되기는 고되지만, 굳은 마음은 풀릴쏘냐
그기 가 그믐밤에 달이 나고, 기운 해 다시 뜨도록
나냐 너녀 나 죽거든 네가 하고, 너 죽거든 나 또 하여
노뇨 누뉴 놀지 않고, 하고 보면 누구라서 막을쏘냐
느니 나 늦은 길을 늦다 말고, 이 악물고 주먹 쥐자
다댜 더뎌 다 닳은들 칼 아니랴, 더 갈수록 매운 마음
도됴 두듀 도령님의 넋을 받아 두려운 놈 바이 없다
드디 다 드릴 곳 있으리니, 지경地境 따라 서고 지고
라랴 러려 나팔 불고 북도 쳤다, 너나 말고 칼을 빼자
로료 루류 로동하고 싸움하여 루만 명에 첫째 되면
르리 라 르르릉 아라, 르릉 아리아 자기 아들같이
마먀 머며 마마님도, 구경 가오 먼동 곳에 봄이 왔소
모묘 무뮤 모든 사람, 모두 몰아 무쇠 팔뚝 내두르며
므미 마 먼 데든지 가깝든지, 밀어치며 나아갈 뿐

사샤 서셔 사람마다 옳고 보면, 서슬 있어 푸르리라

소쇼 수슈 소름 찢는 도깨비도, 수컷에야 어이하리

스시 사 스승님의 뜻을 받아, 세로 가로 뛰고 지고

아야 어여 아무런들, 내 아들이 어미 없이 컸다 마라

오요 우유 오죽이나 오랜 나라 우리 박달 우리 겨레

으이 아 응응 우는 아기라도, 이 정신은 차리리라

자쟈 저져를 읽으려 하는데 뽀얀 하늘 한가운데에서 새파란 하늘 한쪽
이 내다보이며 그 속에서 소리가 난다.

"한놈아, 네 아무리 성력誠力 깊지만 한갓 성력으로는 공을 이루기 어려
우리니 그리 말고 님의 설시한 '도령군'을 가서 구경하여라."

한놈이,

"도령군이 무엇입니까?"

물은데,

"아! 도령군을 모르느냐? 역사 본 사람으로……."

하거늘 한놈이 눈을 감고 앉아 역사를 생각하니,

'대개 도령은 신라의 화랑을 말함이라. 『삼국사기』 악지樂志에 설원랑이
지었다는 도령徒領 노래가 곧 화랑의 노래니, 도령은 도령의 음 번역이요,
화랑은 그 뜻 번역인데, 화랑의 처음은 신라 때에 된 것이 아니라, 곧 단군
시조가 태백산에 내려올 때 삼랑과 삼천 도를 거느림이 화랑의 비롯이요,
천왕당 해모수가 도자徒者 수백 명을 거느리고 웅심산에 모임도 또한 화랑
의 놀음이요, 고구려의 선인은 곧 화랑의 별명인데, 동맹은 선인의 천제天
祭이며, 백제의 소도는 화랑의 별명인데, 천군은 또 소도제蘇塗祭의 신명神
名이라 명호名號는 시대를 따라 변하였으나 정신은 한가지로 전하여 모험

이며, 상무尚武며, 가무며, 학식이며, 애정이며, 단결이며, 열성이며, 용감으로 서로 인도하여 고대에 이로써 종교적 상무정신을 이루어, 지키면 이기고, 싸우면 물리쳐, 크게 국광을 발휘한 것이 다 신라의 진흥대왕이 더 큰 이상과 넓은 배포로 폐弊될 것을 덜고 미와 굳셈을 더 보태어 화랑사의 신기원을 연 고로 영랑, 남랑의 교육이 사해에 퍼지고, 사다함斯多含, 김흠춘金欽春 등 소년의 피꽃이 역사에 빛내었나니, 비록 배화노의 김부식으로도 화랑 이백의 방명미사芳名美事를 찬탄함이라. 그 뒤에 문헌이 잔결殘缺되므로 어떻게 쇠하고 어떻게 없어짐을 자세히 알 수 없으나, 『고려사』에 보매 현종顯宗 때 거란이 수십만 대병으로 우리에게 덤비매 이지백이 생각하되 화랑을 막을 정신이 있으리라 하며, 예종이 조서詔書로 남랑, 영랑 등 모든 화랑의 자취를 보존하라 하며, 의종도 팔관회에 화랑을 뽑아 고풍을 떨칠 뜻을 가졌었나니, 이때까지도 도령군 곧 화랑의 도가국道家國 중에 한 자리 가졌던 일을 볼지나 이 뒤로 어떻게 되었느냐?'

외우며 생각하고 생각하며 외우더니, 하늘이 다시 소리하기를,

"네가 역사 속에 있는 것을 어려히 생각한다마는* 다만 한 가지 또 있다. 『고려사』「최영」전에 최영이 명 태조 주원장朱元璋과 싸우려 할새, 고구려가 승군 삼만으로 당병 백만을 깨쳤으나, 이제도 승군을 뽑으리라 하였는데, 그 이른바 고구려 승군은 곧 선인군仙人軍이니, 마치 신라의 화랑도 같은 것이라. 그 혼인을 멀리하고, 가사를 돌보지 않음이 승과 같은 고로 고대에도 혹 그 이름을 승군이라고도 하며, 최영은 더욱 선인이나 화랑의 제도를 회복할 수 없어 승으로 대신하려 하여 참말로 승가의 승을 뽑음이나 만일 최영이 죽지 않고 고려가 망치 않았다면, 님이 세우신 화

* "네가 역사 속에 있는 것을 어련히 알아차릴 것이라고 생각한다마는"의 의미로 '어려히'는 '어련히'의 오식誤植으로 보임.

342 | 개화기 소설 단편선

랑의 도가 오백 년 전에 벌써 중흥하였으리라."

하시거늘, 한놈이 고마운 마음을 이기지 못하여 땅에 엎드려 절하고,

"한놈이 도령군 곧 화랑이 우리 역사의 뼈요, 나라의 꽃인 줄을 안 지 오래오며, 또 이를 발휘할 마음도 간절하오나, 다만 『신지시사神誌詩史』나 거칠부의 『선사仙史』나 김대문의 『화랑세기』 같은 책이 없어지므로, 그 원류를 알 수 없어 짝 없는 유한을 삼았더니, 이제 님이 도령군을 구경하라 하시니, 마음에 감사할 이 대일 곳 없사오니, 원컨대 바삐 길을 인도하사 평생에 보고 지고 하던 도령군을 보게 하옵소서."

하며 어린 아기 어미 찾듯 자꾸 님을 부르더니, 하늘에서 홍등 한 개가 내려오며, 앞을 인도하여 오색 내를 지나 옥뫼를 넘어 한 곳에 다다르니, 돌문이 있는데 금글씨로 새겼으되 '도령군 놀음곳'이라 하였더라.

문 앞에 한 장수가 서서 지키는데 한놈이,

"님나라 서울로부터 구경하러 왔으니 들어가게 하여주소서."

한즉,

"네가 바칠 것이 있어야 들어가리라."

하거늘,

"바칠 것이 무엇입니까? 돈입니까? 쌀입니까? 무슨 보배입니까?"

"그것이 무슨 말이냐? 돈이든지 쌀이든지 보배이든지 인간에서 귀한 것이요, 님나라에서는 천한 것이니라."

"그러면 무엇을 바랍니까?"

"다른 것 아니라 대개 정이 많고 고통이 깊은 사람이라야 우리의 놀음을 보고 깨닫는 바 있으리니, 네가 인간 삼십여 년에 눈물을 몇 줄이나 흘렸느냐? 눈물 많은 이는 정과 고통이 많은 이다, 이 놀음에 참여하여 상등 손님이 될 것이요, 그 나머지는 중등 손님, 하등 손님이 될 것이요, 아

주 적은 이는 들어가지 못하나니라."

"어려서 젖 달라고 울던 눈물도 눈물입니까?"

"아니라. 그 눈물은 못 쓰나니라."

"열하나 열둘 먹던 때 남과 싸우다가 분하여 운 눈물도 눈물입니까?"

"아니다. 그 눈물도 값없나니라."

"그러면 오직 나라 사랑이며, 동포 사랑이며, 대적에 대한 의분의 눈물만 듭니까?"

"그러니라. 그 눈물에도 진가를 고르느니라."

이렇게 받고차기로 말하다가 좌우를 돌아보니, 한놈의 평일 친구들도 어디로부터 왔는지 문 앞에 그득하더라. 이제 눈물의 정수*가 되는데 한놈의 생각에는 내가 가장 끝이 되리로다. 나는 원래 무정하여 나의 인간에 대하여 뿌린 눈물은 몇 방울인가…….

(이하 원문 탈락)

—『단재신채호전집』, 독립기념관 편, 2008.**

---

* 원문은 '정구'라 되어 있으나 문맥상 정수精髓가 맞는 듯함. 이 작품이 필사본으로 전해져 활자화되는 과정에서 발생한 오식誤植으로 여겨짐.
** 「꿈하늘」은 1964년 북한 문단에 처음 소개된 단재의 유고이다. 이후 1965년 몇 편의 유고를 모아 『룡과 룡의 대격전』이라는 유고집을 간행한다. 남한에서는 1972년 발간된 『단재신채호전집』(단재신채호전집편찬위원회)의 보유편이 1975년에 추가로 간행되는데 여기에 처음으로 「꿈하늘」이 소개되었다.

「꿈하늘」서문

신채호

「꿈하늘」이라는 이 글을 짓고 나니 꼭 독자어게 할 말씀이 세 가지가 있습니다.

1. 한놈은 원래 꿈 많은 놈으로 근일에는 더욱 꿈이 많아 긴 밤에 긴 잠이 들면 꿈도 그와 같이 길어 잠과 꿈이 서로 이어지며 또 그뿐만 아니라 곧 맑은 대낮에 앉아 두 눈을 멀뚱멀뚱 뜨고도 꿈같은 지경이 많아 넘나라에 들어가 단군게 절도 하며 번개로 칼을 치며 평생 미워하는 놈의 목도 끊어보며 비행기를 타지 않아도 한몸이 훨훨 날아 만리창공萬里蒼空에 돌아다니며 노란 이, 검은 이, 새로운 이, 붉은 이를 한집에 모아놓고 노래도 해보니 한놈은 벌써부터 꿈나라의 백성이니 독자 여러분이여 이 글을 꿈꾸고 지은 줄 아시지 마시고 꿈에 지은 줄로 아시옵소서.

2. 글을 짓는 사람들이 흔히 배포排鋪가 있어 먼저 머리는 어떻게 내리리라, 가운데는 어떻게 버리리라, 꼬리는 어떻게 말리라 하는 대강의 뜻을 세운 뒤 붓을 댄다지만 한놈의 이 글은 아무 배포 없이 오직 붓끝 가는 대로 맡겨 붓끝이 하늘로 올라가면 하늘로 따라 올라가며 땅속으로 들어가면 땅속으로 따라 들어가며 앉으면 따라 앉으며 서면 따라 서서 마디마

디 나오는 대로 지은 글이니 독자 여러분이시여 이 글을 볼 때에 앞뒤가 맞지 않는다 위아래가 문체가 다르다 그런 말은 마소서.

3. 자유롭게 하지 못하는 몸이니 붓이나 자유롭게 하자고 마음대로 놀아 이 글 속에 미인보다 향내나는 꽃과도 이야기하며 평시에 사모하던 옛 성현과 영웅들도 만나보며 오른팔이 왼팔도 되어보며 한놈이 일곱 놈도 되어 너무 사실事實에 가깝지 않은 시적詩的 신화神話도 있지만 그 가운데 들어 말한 역사상 일은 모두 『고기古記』나 『삼국사기三國史記』나 『삼국유사 三國遺事』나 『고구려사高句麗史』, 『광사廣史』*, 『역사繹史』** 같은 책들 속에서 참조하여 쓴 말이니 독자 여러분이시여 섞지 말고 갈라보소서.

독자에게 드릴 말씀은 끝났습니다. 이제 저자가 제 말할 것이 두 가지가 있습니다.

1. 책 짓는 사람들이 모두 그 책을 많이 사보았으면 하는 마음이 있지만 한놈은 이 마음이 없습니다. 다만 바라는 바는 우리 안 어느 곳에든지 한놈같이 어리석어 두 팔로 태백산太白山을 안으며 한 입으로 동해 물을 마르게 하고 기나긴 반만년 시간 안의 높은 뫼, 낮은 골, 피는 꽃, 지는 잎을 세면서 넋없이 앉아 눈물 흘리는 또 한놈이 있어 이 글을 보았으면 할 뿐입니다.

2. 책 짓는 사람들이 흔히 그 책으로 무슨 영향이 있었으면 하지만 한

---

* 조선 시대의 학자 김려金鑢가 편찬한 야사野史 전집. 『창가루외사倉可樓外史』를 교정하고 필사하여 책 이름을 바꾼 것.
** 중국 청나라 때 마숙馬驌이 지은 역사책. 태고로부터 진泰나라 말기까지의 고서를 섭렵하여 뽑아낸 사료를 유형별로 모아 논단論斷을 붙인 것으로, 청나라 때의 경사經史 고정학考訂學에 많은 영향을 끼쳤다.

놈을 그렇지 않습니다. 다만 바라는 바 이 글 보는 이가 우리나라도 미국과 같아져라 독일과 같아져라 하는 생각이나 없으면 할 뿐입니다.

단군檀君 4249년 3월 18일, 한놈 씀.

─『단재신채호전집』, 독립기념관 편, 2008.

곡단재 哭丹齋

홍명희*

단재丹齋가 죽다니. 죽고 사는 것이 어떠한 큰일인데 기별도 미리 안 하고 슬그머니 죽는 법이 있는가. 죽지 못한다, 죽지 못한다. 나만 사람이라도 단재가 지기知己로 허許하고 사랑하는 터이니 죽지 못한다. 말리면 죽을 리 만무하다. 그런데 죽다니. 무슨 소린고. 세상 사람이 다 죽었다고 떠들더라도 나는 죽지 안 했거니 믿고 싶다. 만나볼 수 있는 곳에 있어서도 보지 못하고 지냈으니 만나볼 수 없는 곳으로 가서 다시 보지 못하려니 생각하면 고만이다. 신문의 보도와 수범秀凡의 통기通寄가 나에게는 다 부질없는 일이다. 단재와 나 사이에 서신왕복도 끊긴 지가 오래지만 인제는 아주 영원히 끊어지게 된 것이 전과 다를 뿐이다. 나에게 온 단재 서신이 적지 않을 터이나 모두 분실되고 지금 남아 있는 것이 서너 장에 불과한데 그중의 한 장은 지금부터 칠 년 전 내가 옥중에 있을 때 온 것을 이 년 후에 옥에서 나와서 본 것이다. 나에게 온 이 최후 서신을 다시 펴놓고 읽어보니 이러한 구절句節이 있다.

"제弟는 불원간 아마 십년역소十年役所로 향하여 발정發程할 것입니다. 이

* 벽초 홍명희. 1928년《조선일보》에 『임꺽정』(전 10권)을 연재한 소설가.

세상에서 다시 면목面目으로 상봉하게 될는지가 의문입니다."

"이금而今에 가장 애석哀惜하는 양개兩個의 복고復薰 「대가야천국고大伽倻遷國考」 「정인홍공약전鄭仁弘公略傳」이 있으나 이것들은 제弟와 한가지 지중地中의 물物이 되고 말는지도 모르겠습니다."

이것이 정녕丁寧한 유서가 아니고 무엇인가. 이렇게 칠 년이나 전에 미리미리 기별하여준 것을 보고도 이제 와서 비로소 죽지 못한다, 죽지 안했거니 믿고 싶다 말하는 내가 실성失性한 사람이 아닌가. 단재가 죽었다는데 나만 사람은 얼마든지 실성하여도 좋다. 그 서신에 또 이러한 구절도 있다.

"형兄에게 '한마디 말을 올리려'고 이 붓이 뜁니다. 그러나 억지로 참습니다. 참자니 가슴이 아픕니다마는 말하련즉 뼈가 저립니다. 그래서 아픈 가슴을 들키어 쥐고 운명의 정한 길로 갑니다."

영원히 가슴에 품고 간 '한마디 말'은 무슨 말일까. 이 말은 정녕코 나 개인에게보다도 우리들에게 부치고 싶은 말일 것이다. 나의 추측이 틀려도 틀리는 대중이 멀지 아니하리라. 서신이 영원히 끊기게 된 오늘날 욕상辱常한 왕복往復이 분실紛失된 것도 아깝거든 우리들에게 공개해야 좋을 서신 여러 장이 분실된 것은 아깝다 어떻다 말할 수도 없다. 지금 나의 생각나는 것 중中에 나더러 모사謀社에서 퇴사하라고 권고하는 서신에는 우리의 처신을 가르친 말이 있었고, 자기가 신간회 발기인됨을 허락하는 서신에는 우리에게 우도友道를 가르친 말이 있었다. 이러한 서신을 다시 누구에게서 받아볼까. 살아서 귀신이 되는 사람이 허다한데 단재는 살아서도 사람이고 죽어서도 사람이다. 이러한 사람이 한 줌 재가 되다니. 신체는 재가 되더라도 심장이야 철석鐵石과 같으니 자가 될 리 있을까. 그 기개 그 학식을 무슨 불이 태워서 재가 될까. 모두가 거짓말 같고 정말 같지 아니하다. 단재더러 말 한마디 물어보았으면 내 속이 시원하겠다. 간 곳이 멀지 않거든 나의 부르는 소리를 들으라. 단재 단재.

— 《조선일보》, 1936. 2. 28.

탈출 도중의 단재 인상

이광수*

단재 신채호申采浩 선생이 세상을 떠났다. 그는 고생스럽던 일생을 마치고 영원한 안식에 들었거니와, 백인白刃으로도 굽힐 수 없는 그의 절개와 김부식金富軾 서거정徐居正 이하의 매한적賣閑的 사가史家의 두상頭上에 대철추大鐵椎를 내린 그의 사필史筆을 잃은 것은 조선의 아픈 손실이다. 단재의 전과 평을 쓸 이는 따로 있을 것이거니와 나는 다만 짧은 교유交遊에서 얻은 그의 인상 두어 가지를 쓰려 한다.

내가 신단재를 처음 만난 것은 정주 오산학교에서다. 때는 경술년庚戌年 당시 나는 오산학교에 교사로 있었고 단재는 안도산安島山 선생 일행과 함께 조선을 탈출하는 도중에 오산에 들른 것이었다.

그때 단재는 《대한매일신보》주필主筆로 문명文名이 높았음으로 오산에서는 직원 학생이 합하여 단재의 환영회를 열었다. 그때에 단재를 소개하고 그의 약력을 술한 이가 지금은 고인이 된 시당時堂 여준呂準 씨요 나는 그를 환영하는 인사를 하였다.

단상에 앉은 단재는 하얀 얼굴에 코밑에 까만 수염이 약간 난 극히 초

---

* 춘원 이광수. 우리나라 최초의 근대 장편 소설 『무정』을 쓴 소설가.

라한 샌님이었다. 머리는 빡빡 깎고 또 그 머리가 끝이 뾰족하다 하게 생겨서 풍채가 그리 좋은 편은 아니었다. 동정에 때 묻은 검은 무명 두루마기를 고름도 아무렇게나 매고 섬은 꾸기고 때 묻은 조선 버선에 메투리를 신고 오직 비범한 것은 그의 눈이었다. 아무의 말도 아니 듣고 아무것도 두려워하지 아니한다는 그러한 이상한 빛을 가진 눈이었다.

환영한 학생들의 노래가 있고, 소개와 약력의 설명이 있고 그 덕과 공을 찬양하는 환영사가 있고 한 뒤에 주석主席이 답사를 청할 때에 단재는 스르르 의자에 일어나서 그 눈으로 회중을 한 번 돌아보고는 일언학사一言學辭도 없었다. 그것이 단재적丹齋的이었다.

그러나 좌담에 흥이 나면 단재는 때로 상그레 웃기도 하고 때로는 눈어염을 붉히기도 하면서 그 연하고 애티 있고 느릿느릿한 음성으로 곧잘 이야기를 하였다. "웨 그러시겨오." 하고 '겨오'라는 충청도 사투리를 특히 많이 썼다.

그러나 이야기가 기자箕子 같은 조선족 대 한족 문제에 미치기라도 하면 그의 눈은 일종의 분기를 품고 그의 음성은 소프라노로 화하였다. (그때는 최남선崔南善 군의 《소년잡지》에 유명한 「기자평양말살론箕子平壤抹殺論」을 쓴 지 얼마 아니되어서였다.)

단재는 오산에 유하는 동안 시당 여준(이이는 그 후 오산을 떠나 서간도에 가서 합니하哈呢河로 시이영始李榮 형제들의 경영經營인 학교 일을 맡아보다가 을미후乙未後에는 길림吉林에서 일하다가 궁곤실의중窮困失意中에 세상을 떠난 이다) 선생의 방에 동거하였다. 여시당은 단재보다는 십사오 연장이어서 단재에게는 반말을 하였으나 심히 경애敬愛하였다. 가끔 방에를 들어가면 두 분이 다 담뱃고자리라 방 안에는 담뱃내가 차서 고담준론高淡峻論을 하고 있는 두 분의 얼굴이 다 보이지 아니할 지경이었다.

"에익 그 원!"

하고 시당이 단재의 어떤 말에 못마땅히 여기는 뜻을 표하면 단재는,

"웨 그러시겨오?"

하고 상글상글 웃었다. 단재의 웃음은 여성女性다웠다. 그 여성다운 용모와 어성중語聲中에 추로렬일秋露烈日 같은 남성적 엄숙嚴肅이 들어가서 있는 것이 이상하였다.

단재는 담배를 즐겼다. 즐긴다는 것보다도 구의식적으로 한량없이 담배를 먹는 것 같았다. 장죽에 기사미*를 담아서 피우고는 떨고 떨고는 또 피우고 대통이 달아서 손으로 쥘 수가 없으면 창구멍으로 대통만을 바깥에 내밀어서 식기를 기다리고 있었다.

단재는 술을 많이 자시지는 아니하나 애주愛酒는 하는 모양이었다. 그러나 낯빛 흰 사람이 대개 그러한 모양으로 조금만 자셔도 낯이 빨개졌다. 그럴 때에는 눈이 더욱 날카로워지는 것 같았다.

단재는 세수할 때에 고개를 숙이지 않고 빳빳이 든 채로 두 손으로 물을 찍어다가 바르는 버릇이 있었다. 그래서는 다룻바닥과 자기저 저고리 소매와 바짓가랑이를 왼통 물투성이를 만들었다.

우리는 단재 세수하는 것을 한 큰 구경거리로 여겼다. 한번 단재가 세수하는 것을 보고 시당이,

"에익 으응. 그게 무슨 세수하는 법이람. 고개를 좀 숙이면 방바닥과 옷을 안 질르지."

하고 쯧쯧 혀를 차는 것을 보고 단재는 여전히 고개를 빳빳이 하고 두 손으로 물을 찍어다가 낯에 발라서 두 소매 속으로 물이 질질 흘러 들어갔다.

---

* 잘게 썬 담배.

"그러면 어때요?"

하고 단재는 오산 있는 동안에는 그 세수하는 법을 고치지 아니하였다. 단재는 결코 뉘 말을 들어서 제 소신을 고치는 인물은 아니었다. 남의 사정을 보아서 남의 감정을 꺼려서 저 하고 싶은 일을 아니하는 인물은 아니었다. 그러면서도 웃고 이야기할 때에는 퍽이나 다정스러웠다. 그다음에 내가 다시 단재를 만나게 된 것은 계축년癸丑年 상해에서였다. 오산서 서로 떠난 지 사 년, 나는 오산학교를 떠나서 방랑의 길을 나섰다가 안동현安東縣에서 위당爲堂 정인보鄭寅普 군을 만나서 이십 원을 얻어가지고 상해에 교우僑寓하는 홍명희洪命憙 군(지금은 벽초碧初라고 호號하나 그때에는 가인假人, 고쳐서 가인可人이라고 자호自號하였다)을 찾아가서 벽초와 한침상에서 한이불을 덮고 자는 동안에 단재를 다시 만났다.

그때에 단재는 김규식金奎植 씨한테서 영어를 배우고 있었다. 상당히 정도 높은 책인데 김규식 선생이라는 이가 원체 깐깐한 어른이라 발음을 대단히 까다롭게 말하기 때문에 단재가 책을 나한테도 가지고 와서,

"나 고주孤舟한테 배우겠소. 난 발음은 쓸데없다고 뜻만 가르쳐달라도 그 사람이 괴까다롭게 그러는군."

하고 불평을 하였다. 거기도 단재식이 있었다.

양력 설에 상해에 모여 있는 사람들끼리 한 삼십 명이나 신정申檉 선생 집에 모여서 감개 깊은 신년회新年會를 하였다. 아마 돈은 신정 선생이 내시는 모양이었다. 민괴주玫瑰酒도 나오고 과자菓子도 나왔다. 여학생도 몇 사람 있어서 창가唱歌도 하였다. 그 자리에는 신정 선생, 김규식 선생, 단재 선생, 홍벽초, 조소인趙蘇印, 문호암文湖岩 이런 이들도 있었다. 그 석상에서 자연 시국담時局談이 났던 모양인데 단재는,

"애잉!"

하고 발길로 마룻바닥을 차고 퇴장하여 버렸다. 일동은 미소微笑하였다.

단재는 대의에 관하여서는 일보도 가차함이 없었다. 그는 절대 비타협이다. 그는 천생의 청절淸節을 탄 인물이다. 그다음에 내가 단재를 만난 것은 기미년己未年이니 다시 오륙 년을 지나서였다.

그때에 단재는 청복淸服을 입었는데 (단재 양복 입은 모양을 나는 보지 못하였다.) 어떤 친구가 해드렸는지 무늬 있는 온색 가까운 회색의 비단 긴 두루마기에 검은 공단 마고자까지 입고 있었다. 나는 그것을 보고 웃었다. 그것은 아마 단재는 누가 입으라고 주니까 입었지 비단인지 무명인지 의식도 하지 아니하리라고 생각한 까닭이었다.

십 년 만에 만나는 어린 친구인 나를 그는 반갑게 맞았다. 십년풍상에 그는 많이 초췌하였으나 그의 성격은 마찬가지였다.

"점심 잡수러 가시지요."

하는 내 청에 그는 쾌락快諾하고 모자를 쓰고 나섰다. 나는 미리 준비하였던 마차에 그를 타라 하였으나 걷는다고 고집하다가 마침내 탔다.

나는 단재를 밑에 두고 오륙 년 전 상해에서 단재가 허리와 고개를 뻣뻣이 누구 앞에서도 이 허리와 고개는 아니 굽는다는 듯이 팔짱을 끼고 책사冊肆로 돌아다니던 것을 회상하였다.

그는 요리를 자시고 술을 자시며 그동안 각지로 표랑漂浪하던 이야기를 이것저것 별로 계통 없이 말하였다. 해삼위에서 소화불량이 심하여서 매일 이천 보씩 걸음을 걸어서 좀 나았다는 말도 하고 지금도 트림이 난다는 말도 하고 또 이승만 박사의 맨데토리 문제問題는 대의상 용서할 수 없고, 안도산安島山은 국민회장으로 이 박사를 대표로 임명任命 파유派遣하였으니 그래서 사분私分으로 무척 흠모欽慕하건마는 찾지 아니하노라고 말하고 "우리가 이제 남은 것이 무엇이오? 대의밖에 있소? 절개밖에 있소?"

하고 절개의식節介意識의 마멸磨滅은 무엇보다도 무서운 것이라고 극론極論하였다.

　그때에 내가 단재를 만난 주요한 이유는 이승만 박사를 지지함이 대의에 합하다는 것을 설복하여 단재로 하여금 내가 주간主幹하던 ○○신문의 주필主筆로 모시려 함이었다. 그러나 나는 단재를 설복하기에 성공하지 못하였다. 그 결과로 단재 ○○○이라도 이 박사를 수반首班으로 하는 ○○를 부인否認하는 신문을 발행하게 되었는데 그것은 나중 일이거니와 그보다 먼저 ○○○○을 조직할 때에도 단재는 이 박사의 수반을 반대하여 일좌一座의 위협만류威脅挽留도 듣지 아니하고,

　"나를 죽이구랴."

하고 벌떡 일어나서 유유히 회장에서 나가버리고 말았다. 그것은 기미년己未年 사월 십 일 그 전날, 즉 구 일부터 만이십사 시간 불면불휴不眠不休로 토의한 ○○○○ 성립의 날이었다.

　그는 열혈熱血 있는 청년 수인數人의 생명에 대한 위협도 모른 체하고 초지初志를 굽이지 아니하였다. 거기 단재의 불굴不屈하는 성격이 가장 잘 나타났던 것이다.

　그 후에 단재가 ○○○이라는 신문에 ○○운동의 현재에 대하여 부인하는 논을 쓴 데 대하여 나는 정면으로 그를 박론駁論하지 아니치 못할 처지에 있어서 이렇게 수차 논전이 있은 후에는 고만 단재와 나와의 사적 교분交分조차 끊어지고 말았다.

　그러나 나의 단재에 대한 흠모欽慕는 거금 이십육 년 전 오산교에서 서로 만났을 때에 시작된 대로 오늘날까지 변함이 없었다.

　단재가 살아 있는 동안에는 그래도 언제나 한 번 만나기만 하면 정견政見으로서 나온 일시의 적격쯤은 환연渙然히 풀 날도 있으리라 하였더니 다

시는 만나지 못할 데로 그는 가버리고 말았다. 워낙 불행한 지사志士로서 최후의 수년을 이역異域 감옥 중에서 병으로 신음呻吟하다가 간 것을 생각하면 가슴이 아프다.

— 《조광》 2~4, 1936. 4.

작가 연보

1880년   11월 7일 충남 대덕군 산내면 어남리에서 신광식申光植과 밀양 박씨 사이의 차남으로 태
어남. 어려서부터 조부가 운영하는 한문 서당에서 엄격한 분위기에서 한학을 배움. 아호
는 단심丹心, 일편단생一片丹生, 단재丹齋. 필명은 무애생無涯生, 금협산인錦頰山人, 한
놈, 적심赤心, 연시몽인燕市夢人 등.

1898년   신기선의 소개로 성균관 입교.

1901년   향리 부근 문동학원에서 애국계몽운동 전개.

1905년   성균관 박사, 장지연과 교유하며 그의 권유로 《황성신문》 논설위원을 맡음.

1906년   《황성신문》 폐간 후 양기탁의 권유로 《대한매일신보》 주필을 맡음. 활발한 언론 활동을
통해 애국계몽운동 전개.

1907년   『이태리건국삼걸전』(광학서포) 발행. 비밀결사 신민회新民會 참여.

1908년   여성 계몽을 위한 잡지 《가정생활》 간행 주도. 『을지문덕乙支文德』, 『최도통·전崔都統
傳』 등 구국영웅전기를 집필.

1910년   새로운 역사 해석을 담은 「독사신론讀史新論」 발표. 안창호, 이갑, 이종호 등과 중국으
로 망명. 연해주 블라디보스톡으로 가 《해조신문》, 《청구신문》 등을 간행하며 구국운동
전개.

1913년   신규식의 초대로 상해로 이주.

1914년   통사 『조선사朝鮮史』 집필 착수. 백두산과 만주 일대 고구려 영토를 답사하며 새로운 역
사관을 구체화할 수 있는 경험을 쌓음.

1915년   북경에서 신규식과 함께 '신한청년회新韓靑年會' 조직.

1916년   소설 「꿈하늘」 집필.

1919년   상해임시정부 수립에 참여. 임시정부 의정원 의원에 선출됨. 비밀결사 '대동청년단大同
靑年團' 단장으로 추대됨. 임시정부 운영 방안을 놓고 여운형, 이승만 등과 갈등을 겪음.

1922년   궁핍에 시달리면서도 『조선사』 완간.

1923년   약산若山 김원봉金元鳳의 요청으로 「조선혁명선언朝鮮革命宣言」을 기초함.

1927년   민족통일전선운동조직 '신간회新幹會' 발기인으로 참여.

1928년   무정부주의운동 자금 마련을 위해 중국인으로 변장하여 대만으로 가다가 상륙 직전 체
포되어 대련으로 이송됨.

1930년   대련 법정에서 10년형을 선고받음. 여순 감옥으로 이감됨.

1931년   옥중에서 《조선일보》에 『조선사朝鮮史』와 『조선상고문화사朝鮮上古文化史』 연재.

1936년   2월 18일 건강이 극도로 악화되어 뇌일혈로 의식 불명에 빠짐. 21일 순국. 여순 감옥에서
화장해 유골을 봉환해 옴. 일본이 재조사한 민적民籍이 없다는 이유로 정식으로 묘소를

조성할 허가를 받지 못함. 충북 청원군 낭성면 귀래리 상당산 기슭에 묻힘.

이 연보는 『단재신채호전집』(단재신채호전집편찬위원회, 독립기념관 한국독립운동사연구소, 2008)
과 『한국현대문학대사전』(권영민 편, 서울대학교 출판부, 2004)을 참고하여 재구성한 것임.

슬픈
모순
·

양건식

가슴 아픈 현실에서 비껴서기

서형범

　양건식의 호는 백화白華이다. 이 외에도 국여菊如, 노하산인蘆下山人, 노하생蘆下生, 금래今來, 'K.S.R', '한' 등의 필명을 사용했다. 1915년 불교 계통 잡지 《불교진흥회월보佛教振興會月報》에 작가가 작품을 창작하고 발표하는 과정을 소설의 소재로 삼은 독특한 작품인 「귀거래歸去來」를 발표하면서 문단의 주목을 받기 시작하였다. 중국 고전과 불교에 대한 깊은 이해를 바탕으로 「석사자상石獅子像」, 「미米의 몽몽夢」과 같은 작품들을 발표하였다. 이들 작품의 공간 배경은 중국으로 설정되어 있다. 그뿐 아니라 시간 배경 역시 당대 조선과는 아무 관련이 없는 중국의 당, 송대가 대부분이다. 등장인물들을 불교 설화에서 차용하여 양건식 나름의 해석을 담아 짤막한 이야기로 형상화한 단편들이 대부분이다. 이들 작품들에 담긴 주제의식은 불교적인 면이 적지 않다. 양건식이 발간에까지 관여했던 《불교진흥회월보》는 불교 개혁을 목표로 한 새로운 불교운동을 표방하고 창간된 잡지로 여기에 창간호부터 꾸준하게 작품을 기고했던 것으로 보아 양건식이 불교와 중국문학에 상당 수준의 지식과 경험을 가지고 있었음을 알 수 있다.

　그러나 이러한 작품 경향은 1920년대 들어 본격적으로 꽃을 피우는 우리 근대문학의 주체적 경향과 서로 맞지 않아 많은 연구자들의 주목을 받기는 어려웠다.

양건식은 1920년대에 들어서면서부터는 본격적으로 중국문학 연구자로서의 면모를 보이기 시작한다. 천도교 계통의 종합잡지 《개벽開闢》에 「호적胡適 씨를 중심으로 한 중국의 문학혁명」(《개벽》, 1920. 11.~1921. 2.)을 발표한 후, 「반신문학反新文學의 출판물이 유행하는 중국문단의 기현상」(《개벽》, 1924. 2.), 「'수호전' 이야기」(《동아일보》, 1926. 1. 2.~3.), 「'홍루몽' 시비」(《동아일보》, 1926. 7. 20.~9. 21.), 「예술상으로 본 서상기와 그 작자」(《동아일보》, 1927. 11. 17.~20.) 등을 잇따라 쓰며 본격적인 중국문학 연구에 나서 그 결과물을 소개한다. 동시에 그는 중국의 근현대문학 연구를 통해 얻은 자기 나름의 비평적 시각을 바탕으로 당대 조선문단의 작품 경향과 작가활동에 대한 의견을 활발히 발표하는데, 「염상섭론」(《생장生長》, 1925. 2.), 「나의 본 육당」(《조선문단朝鮮文壇》, 1925. 3.), 「조선의 문학을 위하여」(《매일신보每日新報》, 1938. 1. 8.) 등의 평문들은 당시 대다수 비평가가 일본을 통해 수입된 서구적 문학관을 바탕에 두고 조선문학을 비평했던 것과는 사뭇 다른 시각을 보여주는 글들이다.

「슬픈 모순」은 백화 양건식이 1918년 《반도시론半島時論》(제10호, 1918. 2.)에 발표한 단편 소설이다. '나'라는 일인칭 화자가 짧은 몇 개의 이야기를 독자에게 전달하는 형식으로 되어 있다. 이 작품에는 1910년 일본 제국주의 세력에 의해 강제 병탄된 조선 지식 청년들의 자화상이라 해도 좋을 모습들이 생생하게 드러나 있다. 따라서 이 작품은 당대 조선의 지식인 청년들이 처한 현실이 어떠했는가, 그들은 그 현실에 어떤 방식으로 대응했는가에 초점을 맞춰 살펴볼 필요가 있다.

작품의 화자 '나'는 특별한 직업이 없는 젊은 지식 청년이다. '나'는 꿈

자리가 뒤숭숭하여 제대로 잠을 이루지 못하고 새벽녘에 잠을 깬다. 아무런 생각 없이 멍하니 방에 앉아 아침을 맞이한다. 정신을 차리고 보니 벌써 시각은 오포午砲가 놓일 때이다. 일상의 무기력함에 젖어 있던 '나'는 어머니가 권하는 점심도 거른 채 무작정 집을 나선다. 일단 집에서 벗어나겠다는 생각밖에 없었던 탓에 별다른 목적지도 정하지 않고 집을 나선 '나'는 우연히 술집 앞에서 젊은 막노동꾼이 순사에게서 훈계를 듣는 모습을 목격한다. 사연을 들어보니 젊은 막노동꾼이 상류층만 드나드는 술집에 들어가 술을 달라고 요구하다 술집 주인이 자기에게 술을 주지 않고 무시한다고 격분하여 기물을 파손하고 소란을 피운 탓에 순사가 출동했던 것이다. 순사는 젊은 막노동꾼의 마음을 헤아리려 하지 않고 뺨을 후려치며 그를 심문한다. '나'는 그 모습을 보고 이유를 알 수 없는 답답함에 서둘러 그 자리를 벗어난다. 우연히 인력거를 타게 된 나는 도시를 이곳저곳 돌아다니다가 친구 영환을 찾아볼 생각을 한다. 영환의 집 부근에서 막 외출을 하러 나선 영환을 만나 알고 지내던 후배 백화가 집을 나가 돌아오지 않은지 며칠 되어 백화의 집에서 걱정을 하고 있다는 소식을 듣는다. 영환과 헤어진 뒤 집으로 돌아오니 백화가 자기에게 보낸 편지가 도착해 있었다. 편지에는 가난한 집안 형편에도 열심히 공부를 해 집안을 일으켜보려는 자신의 노력을 인정해주지 않으려는 아버지에 대한 반감으로 가출을 결심했다고, 이제 세상에 미련이 없어 자살을 하려 한다는 백화의 절절한 고백이 씌여 있었다. 그의 편지 말미에는 자신의 누이를 잘 보살펴달라는 '나'에 대한 백화의 부탁이 있었다. 며칠 후 '나'는 백화의 집을 찾아간다.

이 작품의 결말은 이렇게 아무런 전망도 제시하지 않은 채 맺어지고 있다. '나'가 느끼는 현실의 무기력함을 다시 한 번 확인하게 하는 백화의 편지는 고스란히 '나'의 심정이 되어버릴 뿐 삶의 목표를 찾아나가려는 어떤 노력도, 희망도 지니지 못한 채 끝맺고 있다. 젊은 후배이자 제자인 백화의 가출과 자살 예고는 '나'를 비롯한 당대 조선 지식 청년들의 무기력함을 상징적으로 드러내는 징표이다. 그렇다고 이들이 힘써 배운 경륜을 펼칠 수 있는 기회를 주지 않는 사회를 향해 적극적이고 능동적인 저항에 나서는 것도 아니다. 단지 현실을 비판하고 그에 굴복하는 자신을 자학할 뿐 새로운 전망을 발견하기 위한 어떤 노력도, 개인적으로건 집단적으로건 행하지 않는다. 작가는 화자 '나'의 입을 빌어 다음과 같이 말하고 있다.

서안을 의지하고 앉아서 이번에는 아무 까닭도 없이 공연히 생각해본다. 한즉 제일 먼저로 생각이 일어나는 것은 집안 식구와 나와 취미가 아주 다른 것이다. 이는 참 재미없는 일이다. 그다음에 일어나는 것은 사회에 대한 약한 나의 불평의 소리, 그리고 현재의 생활이 무의미한 것, 이러한 것이 실마리를 잃은 실과 같이 서로 엉클어져서 가슴을 치받치고 뭉게뭉게 일어난다.

이러니 마음이 다만 갑갑증이 나서 들어앉았었을 수 없다.

이 작품이 발표될 무렵 조선에는 일본 유학을 마치고 돌아온 젊은 지식 청년들이 많았는데, 당시 조선의 지식계는 이들이 배운 선진문물과 근대화의 경륜을 펼칠 상황이 아니었다. 더구나 식민 지배질서를 공고히 하기 위하여 철저하게 지식사회를 통제하던 조선 총독부의 문화정책으로 인하여 조선의 젊은 지식인들은 무기력함에 빠져들 수밖에 없었다. 이러한 상황을 놓고 볼 때 이 작품의 제목인 '슬픈 모순'은 당대 젊은이들의 무기력함과 기성세대와의 소통 부재 상황을 드러내고 있다 할 것이다.

위 인용문처럼 일본 유학을 마치고 돌아온 당시의 지식 청년은 자신의 가족에 대해, 조선 사회에 대해 무기력한 반응을 보인다. 양건식이 화자 '나'의 입을 빌어 "집안 식구와 나와 취미가 아주 다르다"고 한 것은 자신을 포함한 지식 청년들이 발 딛고 서 있는 조선과 화해하지 못하고 겉돌고 있다는 것을 토로한 것에 다름 아니다. 당대 최고 수준의 지적 훈련을 받은 이들이 가족과 사회와 화해하지 못하고 '갑갑증'을 느껴 '탈출'을 감행하는 것, 그리고 끝내 죽음으로 탈출을 마무리하는 것은 이 시기 조선이 이들 지식 청년들에게는 마치 '무덤'과 같은 이미지로 다가왔음을 암시한다. 1922년 7월《신생활新生活》에 연재되었던 염상섭의 『만세전萬歲前』의 원제는 '묘지墓地'였다. 3·1운동 직전 조선으로 귀국하던 동경 유학생 이인화의 여정을 다룬 이 작품의 원제가 '묘지'였다는 점은 「슬픈 모순」의 주인공 '나'가 느끼는 '갑갑함'이 '나'라는 특이한 인간의 소회가 아니라 당대 조선 지식 청년 전체가 공통으로 느끼던 무기력함과 전망 부재의 절망 상황을 암시한다 할 것이다.

　이 작품의 화자는 근대 초기 조선 청년의 자화상이나 다름없는 무기력함과 초췌함을 보이는 인물이다. 별다른 일을 하지 않는 '나'는 시간이 흐르는 것에도 둔감하고 식사에도 관심을 보이지 않는다. 무작정 집을 나서서 방향을 정하지 않고 전차를 타거나 인력거를 집어 타는 '나'의 모습은 '능력'이 있되 자신의 '능력'을 보여주지 못하는 상태가 계속되면서 점점 스스로에 대한 확신을 잃어가는 무기력함을 보여줄 뿐이다. 그런 탓에 이 작품에 대해 다수의 연구자들은 당대 조선 청년들이 처한 현실과 그 속에서 절망하는 그들의 모습이 절절하게 형상화되었다는 점을 높이 평가하면서도 동시에 모순의 원인과 해결방안을 찾아나서려는 젊은이다운, 지식인다운 열정과 노력을 보여주지 않고 있다는 점을 비판한다. 작가 양건식을 비롯한 당대 조선 지식 청년들의 내면을 고스란히 드러낸 것으로 볼 수 있는 이 작품의 우울하고 무기력한 분위기는 전망과 출구를 찾아나서야 한다는 당위조차 시야에 들어오지 않는 철저한 절망과 어둠의 질곡을 드러낼 뿐이다. 그렇다고 이 시기 조선의 지식 청년들이 적극적이고 능동적으로 모순의 원인을 진단하고 해결하고자 노력하지 않았다는 것을 일방적으로 비판하는 것은 옳지 않을 수도 있다. 일본의 교묘한 조선 통치 전략에 의해 조선의 수많은 지식인이 자신을 길러준 조국을 배신하고 식민 통치자의 그늘에 투항하지 않으면 안 될 올가미를 쳐놓은 현실에서 조선을 떠나지 않는 한 이들이 선택할 수 있는 저항 혹은 응전의 방식은 그리 많지 않았다. 물론 소수의 지식 청년들이 새로운 사상을 받아들여 전 지구적 규모로 확대되고 있는 제국주의 팽창정책의 연장선상에서 일본의 조선 침략을 분석하여 대응방안을 모색하려 하기도 했으나, 대다수 젊은 이들은 유일한 탈출구로 자기 내면을 응시하고 절망의 극한까지 경험함으로써 절망과 자학에 내성을 기르려 했고 그것이 문학이라는 형태로 표출되기도 했다. 그 결과 조선을 절망과 무기력의 식민지 공간으로 만들었던 일본의 문학을 무분별하게 수입하고 퇴폐적 낭만주의를 근대문학의 지향으로 삼는 풍조도 생겨나게 된다. 이 작품에 직접 드러나지는 않지만, 양건식은 일본이 아닌 중국의 신문학에 관심을 기울이면서 퇴폐적이고 자학적인 문학풍조에서 비껴서서 독자적으로 당대 조선문학의 지향점을 모색하려는 다각도의 노력을 기울인다. 이러한 양건식의 행보는 당대 대다수 조선 지식 청년들의 자기 파괴적인 절망의식에서 어떻게든 벗어나려는 능동적인 몸짓의 하나였던 것으로 해석해볼 수 있을 것이다.

　최고 수준의 교육을 받은 새로운 시대의 일꾼들이 정작 고국에 돌아와 무기력한 일상을 보내며 세상에 녹아들지 못하는 모습을 형상화한 이 작품은 일본에 의해 강제 병탄된 후 조선 지식인들이 경험한 식민지 지식인으로서의 한계를 적나라하게 드러내고 있다는 점에서 그 의의를 찾을 수 있다. 그럼에도 '슬픈 모순'을 직시하고 있으면서도 능동적이고 적극적인 행동으로 나서지 못하는 소극적인 모습에 멈추고 있는 것 또한 이 작품이 가진 한계이자 동시에 부정적인 의미에서의 사실성을 획득한 것으로 볼 수도 있을 것이다. 이런 점에서 「슬픈 모순」은 당대 조선의 시대상황에 대한 적확한 인식과 내면을 세밀하게 응시하는 예리한 관찰력을 보여주는 우리 근대문학의 수작이라 할 수 있겠다.

슬픈 모순

　새벽 다 밝을 임시에 어수선 산란한 꿈을 꾸고 이내 깨어 자리 속에서 뒤치덕거리다가 일어나면서부터 머리를 들 수 없이 무거워 무엇이 위에서 내리누르는 것 같아서 심기가 깨끗지 못한 나는 아무것도 하기가 싫어 서재(즉 침방)에 꾹 들어앉은 채로 멀거니 서안書案을 대하고 앉았다. 이즈음 애독하던 『학대받는 사람들』이라는 소설도 그 앞에 놓여 있건마는 아주 볼 생각도 없어 돌연히 연속하여 오륙 본이나 조일朝日*을 피웠다. 하자 어느덧 그 푸른 연기가 용트림을 하여 몽몽하게 방중에 자욱하여 점점 더 머리를 내려누르는 것 같아서 견딜 수 없다. 잠깐 일어서서 창틈으로 밖에를 내어다보니 청량한 하늘이 보인다. 다시 고개를 돌리는 바람에 서편 벽에 걸리어 있는 초상화 — 노동복을 입은 노국露國** 문호 막심 고리끼의 반신상이 눈에 번듯 뜨인다. 나는 별안간 정신이 아뜩하여 푹 주저앉았다.

　그리하자 오포午砲***가 텅 하매 점심상 보아놓았다고 어머니께서 미닫이를 여시고 얼굴을 내어놓으신다.

---

* 아사히, 당시의 담배 이름.
** 러시아.
*** 낮 열두 시를 알리는 대포.

"벌써 점심이에요? 아직 밥 생각 없어요."

하고 나는 무뚝하게 대답을 하고 방 안을 다만 무의식하게 이리저리 둘러보았다. 한즉 어머니께서는 웃으시는 듯이,

"아이구그 얘야 오늘은 아침밥을 다른 날보다도 일깨스리* 뜨는 둥 마는 둥 하구두 그리네."

하시며 홀죽하게 살이 빠지신 자안**에 미소를 띠시고 계시다. 나는 그저 뚱하고 성낸 얼굴을 하고 있는데,

"그래 아니 먹으려느냐? 아주 한 술 더 뜨려무나."

하시며 자상스러이 또 이렇게 말씀하시다가 잠잠하고 있는 나의 얼굴을 들여다보시고,

"그래 안 먹니?"

하시며 따지는 듯이 말씀을 하시고 미닫이를 닫으시고 나아가신다.

나는 조금 미안한 생각이 난다. 또 서안을 의지하고 앉아서 이번에는 아무 까닭도 없이 공연히 생각해본다. 한즉 제일 먼저로 생각이 일어나는 것은 집안 식구와 나와 취미가 아주 다른 것이다. 이는 참 재미없는 일이다. 그다음에 일어나는 것은 사회에 대한 약한 나의 불평의 소리, 그리고 현재의 생활이 무의미한 것. 이러한 것이 실마리를 잃은 실과 같이 서로 엉클어져서 가슴을 치받치고 뭉게뭉게 일어난다.

이러니 마음이 다만 갑갑증이 나서 들어앉았었을 수 없다. 그래 새삼스럽게 바깥 출입할 생각이 나서 옷도 입은 대로 두루마기를 입고 모자를 떼어 쓰고 마당으로 내려서니 어머니는 방문을 열고 내어다 보시며,

---

* '일찍 잠을 깨다'라는 뜻의 '일깨다'에서 파생된 말로 짐작됨. 의미상 '일찍 잠을 깨어서는'이 적당함.
** 어머니의 얼굴.

"어디 가니?"

하시며 의아하여 하시는데 나는 무의식으로 대답 없이 집 밖에를 뛰어나왔다.

음랭한 이월의 이른 봄바람은 길의 흙먼지를 불어다가 용서 없이 얼굴을 갈겨 친다.

"참 일기도 괴악하다."

물론 나는 목적이 있어서 나오지는 아니하였다. 다만 발 가는 대로 설렁설렁 성 밑 길로 이 마장을 나아갔다. 어느덧 전차 정류장에 나왔다. 마침 오는 광희문光熙門 행의 전차에 뛰어 올랐다. 타기는 탔으나 어디로 갈 생각인지는 나도 모른다. 그래 외양으로는 태연히 아무렇지도 않은 체하고 걸터앉아서 한 번 차 속을 둘러보았다. 아무 얼굴을 보아도 모두 바쁜 듯한 모양이 그 보는 눈에도 역력히 보이니 나와 같은 한가한 사람은 한 사람도 없구나 생각한즉 현실계에서 별안간 천장만장 깊은 곳으로 떨어진 듯하여 야릇이 고독의 적막을 통절하게 느끼겠다.

그동안에 전차는 종로에 왔다. 같이 탔던 사람의 대부분은 여기서 내린다. 차 속이 별안간 비어지고 남은 사람은 나와 두서너 사람뿐이다. 어쩐지 낙오된 듯한 생각이 나서 홀지에 외로운 마음이 난다. 나도 그 뒤를 따라 내리었다. 내리고 보니 또 목적지가 없다. 한참 생각하다가 아무렇든지 또 타기로 하고 이번에는 동대문행의 전차를 탔다.

배오개 근처에는 2, 3의 친구가 있어 문득 그 사람을 찾아볼까 하는 생각이 난 까닭이다. 한데 타고 앉아 가만히 생각한즉 찾아볼 데가 전차에서 내려서도 한참이요 또 마음에도 그리 탐탁히 갈 마음이 내키지 아니하여, '그만두자'고 마음에 먹었다. 동시에 '내가 왜 이러나?' 하며 내가 책망하는 마음이 일어나며 화가 벌컥 난다. 겨우 사동寺洞 병문에 와서 도로 내렸다. 발 몇 걸음 떼어놓자 지금 탔던 전차가 굉연히 응— 앙— 하며 바람을 차고 달아난다. 그 바람 차고 질주하는 차체와 그 소란한 종소리가 '내 님 보아라, 변변치 못한 낙오자 같으니라고!' 하고 마치 나의 어리석음을 조소하는 듯하여 일층 불쾌한 생각이 일어난다. 하니 골은 점점 더 나서 보이는 것 들리는 것이 모두 불평하여 견디지 못하겠다.

병문으로 들어서 그리 보기도 싫은 좌우의 상점을 둘러보면서 큰 길을 일직선으로 안동安洞을 향하고 가는데 마치 그편으로서 상궁尙宮 같은 나이 근 쉰이나 되는 비만한 부인이 그 뚱뚱한 기름 흐르는 얼굴에 분은 부끄럽지도 않은지 새아씨 볼 쥐어지르게 바르고 이름도 알 수 없는 색주단으로 전신을 감고 아주 점잖이 내려오나 그 몸질과 그 의복과 그 색채! 참 보기도 싫게 조화도 못되었다. 그 눈—젊은 계집같이 윤태가 있는 그 눈은 늘—육냄새에 기갈 들린 증거다. 이러한 계집쳐놓고 모두 비밀히 자식뻘 되는 남첩을 두고 밖에 나와서는 점잔을 빼는 것들이었다. 어, 망측한 것! 옆으로 지날갈 때에 침을 뱉었다. 궐녀는 여전히 점잔을 빼고 지나간다.

나의 신경은 더욱이 과민하게 되어 조그마한 아이놈이 저만한 지게에 제 힘에 과한 짐을 지고 오는 것을 보면 열이 나고 인력거부가 주머니에서 칼표* 꺼내는 것을 보면 열이 난다.

이러한 때에는 늘 술로 잊어버린다. 어디 가서 한 잔 마시면 좋겠다. 술이다, 술 하니 뱃속에서 자꾸 재촉을 한다. 하지간 나는 이때껏 혼자 술집에 가본 적이 없다. 해서 급작스레 발이 내키지 아니한다. 하는 수 없어 더욱이 마음이 불평하면서 묵묵히 그대로 간다. 왜 이렇게 어디까지 변변

* 담배 이름.

치 못하게 생기었는지 알 수 없다.

이때 문득, '나와 같은 약자는 대낮에 이러한 활동의 천지를 남과 같이 내로라하고 다닐 자격이 없다.' 이러한 생각이 난다. 그러니까 길에서 노는 아이들도 나보다는 이상의 강한 힘과 공고한 의지를 가지고 있는 듯이 생각되어 이 길로 이렇게 지나가는 나는 다시금 부끄럽기도 하고 또 무정스럽기도 하였다. 그래 생각하는 것이 아니라 다만 막연하게 약자에 대한 강자의 압박이라 하는 것을 깊이 통절히 느끼어서 불안과 공포한 생각이 무렁무렁 머리를 때린다.

얼른 이 생각에서 벗어나자고 하여보았으나 달구지 소리, 인력거부의 사람 치는 소리, 신발 소리, 떠드는 소리가 혼잡이 되어 귓속으로 들어올 뿐이다. 벗어나기는 고사하고 점점 고통만 더할 뿐이다. 암만하여도 참을 수가 없어 나중에는 지각을 읽어버린 듯이 그저 기계적으로 걸었다.

안동으로 나왔다. 순사 파출소에는 사람이 잔뜩 모여 있다. 순사보는 나와서 사람을 연하여 쫓는다. 그 순사보는 안모라고 우리 동네에 사는 사람인데 구년묵이 순사보로 나만 보기에도 열대여섯 해나 다니었다. 아마 순사보로는 원로일 것이다.

그 순사보가 쫓는 대로 사람들은 이리로 쫓기어 갔다가 저리로 쫓기어 갔다, 헤어졌다, 다시 모여들었다 한다. 나도 이 사람들 틈에 끼어서 다른 사람 하는 대로 하였다. 그 순사보는 이러한 광경을 보고 하는 수 없던지 한 번 둘러보고 파출소 안으로 들어간다.

그 안에는 막벌이꾼들이 망세간지갑자忘世間之甲子*로 술이 잔뜩 취하여 이마에 피를 흘리고 박승**을 지고 구석에 박혀 앉았다. 그 순사보는 의자

---

* 일에 얽매여 세월 가는 줄도 모르는 것. 여기서는 술에 몹시 취해 정신을 잃은 것을 말함.
** 포승.

에 걸터앉아 수첩을 내어들고 그자들을 흘겨보고 묻는다.

"이놈들아, 어느 집 행랑에 들어들 있니? 몇 번지야?" 하고.

"……."

"이놈들 왜 대답이 없어? 이놈들아 비싼 밥을 먹고 이게 일이야, 아무쪼록 벌어서 남과 같이 지닐 생각은 아니하고……. 이놈 너희놈들은 저러니까 평생에 병문꾼*을 면치 못하지. 이놈 그 꼴에 남의 집 세간 부수고……."

하며 한 놈의 뺨을 때린다.

뺨 얻어맞은 자가 몽롱한 취안醉眼을 들어 한 번 그 순사를 훑어보며,

"나리님! 저희들이 무엇을 잘못하였세요? 저희는 내외술집**에 가서 술 못 사 먹습니까?"

그 순사보가 다시 뺨을 한 번 붙이며

"이놈아 누가 못 간댔니? 이놈들아, 아무쪼록 벌어서 병문꾼 노릇을 말고 남과 같이 의관을 반반히 하고 나서면 기생집을 못 갈까! 어딘들 못 갈꼬! 이놈 내외술집에 다니며 작폐하고……. 이놈들아, 병문꾼 노릇을 면할 생각을 해! 밤낮 술만 처들이지를 생각 말고……."

하고는 이번에는 발로 찬다.

"아이쿠쿠쿠 나리마님 살려줍시오."

하며 그 채인 자가 애걸한다. 구경꾼은 또 일제히 웃는다. 그 순사보는 밖에를 내어다 보더니 발을 한 번 딱 구르며 소리를 버럭 질러,

"이거는 무슨 구경들이오, 할 일이 이렇게도 없소."

한다. 구경꾼들이 이 소리에 쫙 헤어진다. 나도 이 바람에 발길을 돌리어

---

* 당시 막벌이꾼들이 골목 어귀에 죽 늘어앉아 누군가가 일감 주기를 기다렸는데, 그것을 가리키는 말.
** 접대부 없이 술을 파는 술집.

놓았다.

구경꾼들이 가며 이야기하는 말을 종합하여보니 그 막벌이꾼이 술김에 하이칼라 있는 술집에를 들어갔더니 그 집에서 협수룩하고 끄레발*한 노동자임을 보고 무슨 핑계를 하고 술이 없다 하였더니 지긋 소설所設** 팔라 하다가 욕설에 분이 나서 툇마루에 놓였던 개수통을 들어 방 안에다 던져 의衣걸이장을 파손하였다는 말이라.

나는 픽 웃고 생각하였다. 조선 사람의 향상심向上心과 자각 없는 것은 말할 필요도 없거니와 병문꾼 대 순사보가 자각이 없고 향상심이 없어서 그 지위에 만족함은 다 일반이다. 그사이에 별로이 큰 차등差等을 발견하기 어렵다. 다만 관복을 입고 칼을 찬 까닭에 순사보는 막벌이꾼을 징계하는 권리와 자격이 있다.

모순도 이쯤 되면 심하다. 참으로 기묘한 대조다. 그러나 나도 생활의 압박으로 나의 진실성과 모순이 많은 것은 사실이다.

스스로 생활의 광야에 서서 본즉 내가 지금까지 꾸던 꿈은 시시각각으로 깨어져감을 볼 수 있다. 그저 다만 이상만 그리던 숫보기*** 마음은 냉냉한 현실의 장벽에 다닥쳐 부서져 비참한 잔해만 남았다. 속일 줄 모르며 야유할 줄 모르고 조금도 나를 굴하여본 일 없던 마음은 한 이전 꿈에 지나지 못하였다.

지금 여기 가는 나의 모양을 보건대 무정하게 허위의 옷을 두르고 방편의 낙인이 박혀 있음을 보겠다.

이러한 생활은 슬프고도 더러운 것이다. 나는 나의 유일무이한 진실성

---

* 단정하지 못하여 텁수룩한 옷차림.
** 지긋이 설명하는 바.
*** 순진하고 어수룩한.

이 이와 같이 점점 깎이어가고 모순이 됨을 충심으로 슬퍼하는 터이다. 이러한 생각이 들기를 시작하며 다시 아까 그 불안과 고통이 일어나서 한참은 몽환경에 방황하였다.

"나리마님 인력거 안 타시렵쇼."

이 소리에 깜짝 놀라 돌아다본즉 어느덧 나는 송현松峴 입구 인력거장 앞에서 서 있다. 내가 인력거를 타려고 선 줄 안 모양이다. 나는 잠자코 있었다. 인력거부도 내 얼굴을 보고 인력거를 끌고 나온다. 나는 이러한 고통과 불안에 마치 동정자같이 보여 값도 정치 아니하고 그저 올라탔다.

인력거부가 얼른 앞에 켓또*를 둘러주고 채를 들더니,

"어데로 모시랍시오?"

하며 그 검붉은 얼굴을 든다.

"야조개로 가자!"

무심중 나는 나오는 대로 이렇게 명하였다. 하는 동시에 인력거부는 수송동壽松洞 골목으로 향하고 달아난다. 청진동淸進洞으로 빠져나가 종로통으로 황토현黃土峴을 지나 야조현夜照峴 병문까지 와서는 인력거부가 딱 멈추고 서서,

"어데로 가시니까?"

"글쎄!"

나는 그만 이렇게 대답하고 다시,

"여기 놓게! 놓게!"

하였다.

나는 내려서 삯으로 이십 전짜리 은화 한 푼을 집히는 대로 주고 뒤로

---

* blanket의 일본식 준말, 담요.

발을 돌리어 차츰차츰 김영환이를 찾아보려고 동편으로 내려가다가 남편으로 꺾이어 체골을 향하고 간다.

이는 그대로 집으로 돌아가기도 열없어 아무나 가까운 데 사람을 찾아보고 가자는 생각이 난 때문이다. 막 황토현 천변川邊으로 들어서서 가려니까 뒤에서 누가,

"자네 어데 가나?"

한다. 돌아다보니 마침 그 영환이라. 나는 다만,

"오래간만일세그려. 그런데 자네는 또 어데 가나?"

하였다.

"나? 남문 밖 운송점에 무엇 부치러 가려고 나왔던 길일세."

"그래? 그럼 어서 가게. 나는 오래간만에 자네나 좀 보려고 가는 길일세마는 여기서 만났으니 고만 헤어지겠네."

"그것 안되었네그려! 그러면 집의 사랑으로 좀 들어가 있게그려."

"아니 그럴 것 없어. 일간 다시 만나세!"

하고 나는 발길을 돌리어놓으니 영환이는 미안한 듯이,

"안되었네! 그러면 일간 한 번 오게."

하고 두어 발걸음 떼놓다가,

"그런데 여보게, 자네 혹시 그사이 백화 만나보았나?"

하며 딱 서서 묻는다.

"못 만났어. 왜?"

하고 내가 돌아서서 영환이 얼굴을 본즉 별안간 수색愁色*이 만면하여지며,

"허참 그 웬일일까? 백화가 집에서 나간 지 사흘이나 되었다나. 그런데 나

* 근심스러운 기색.

갈 때에 저의 아버지와 싸우고 밥도 안 먹고 그대토 뛰어나갔다는데 그 사람이야 무슨 돈푼이 있나. 하, 그예 저의 아버지가 그 사람을 잡는 게야."

하며 한탄하는 소리를 한다.

나는 이 말을 듣고 가슴이 내려앉았다. 새벽 꿈에 백화가 내게 와서 형님 나는 죽노라고 우는 것을 보았다.

"자네 그 말 뉘게 들었나?"

"아까 아침에 문식이가 와서 그러기에 비로소 알았네. 저녁때쯤 해서 내가 집으로 좀 알아보겠네."

"그러면 부디 좀 알아보게. 나는 그 집에 발을 못 들여놓는 경우이니 갈 수 없고……. 그예 아마 무슨 일이 났나베! 나는 마음에 키는 일이 있네."

"글쎄 나도 그러한 염려가 있네. 그러면 내일 좀 오려나?"

"그렇게 하지!"

나는 영환이와 작별을 하고 발을 돌리려 할 때에는 정신이 착란하여 열에 뜬 사람 같았다. 집에 돌아오니 네 시 남짓하였다.

어머니가 내어다 보시다가 나의 얼굴을 유심히 보시며,

"너 왜 어데 몸이 아프냐?"

하시며 염려스러이 물으신다.

"네? 아모치도 않아요."

나는 강작強作하여 아무렇지도 않은 체하고 안으로 들어오니 자꾸 내 얼굴을 쳐다보시며,

"그래도 얼굴빛이 아주 좋지 못한데 그러느냐"

하신다.

나는 잠자코 그대로 서재로 건너갔다. 아주 전신이 느른하여 마치 전쟁에 피곤한 노병같이 그만 그 자리에 쓰러졌다.

나는 정신의 피로를 깨달았다. 어머니가 곧 뒤로 좇아 건너오시며,

"이애, 밥상 차리랴?"

하며 물으시더니 문을 여시며,

"그런데 이애, 너 막 출입한 뒤에 우편부가 편지를 가져왔는데 우표 안 붙였다고 벌금을 달라고 하여 육 전을 빼앗아가더라!"

나는 고개를 간신히 들고,

"편지요? 그래 그 편지를 얻다가 두셨에요?"

하였다.

"저 책상에 놓은 것 아니야."

하시는 어머니 말씀에 나는 고개를 돌리어 본즉 과연 거기 놓여 있다. 손을 들어 집어서 보니 백화에게서 온 것인데 '미납'이라 우편국인이 두어 군데 찍히고 용산龍山 소인이 맞았다. 나는 또 가슴이 내려앉았다.

나는 그 봉투 머리를 뜯고 편지를 꺼내어 무릎 위에 펴놓았다. 어머니께서도 이상하시던지 나의 얼굴과 그 편지를 번갈아 보신다. 그 편지 내용은,

형님! 나는 불행히 무식한 부모의 자식으로 태어나서 19년 동안을 이 세상 거친 물결에 빠져 헤적거리다가 원한을 머금고 지금 구천九泉으로 돌아가나이다.

형님! 세상에 사람으로 태어날 때에 무식한 부모의 자식으로 태어날 것은 아닌가 하나이다. 나의 이렇게 죽게만 된 사정은 아마 형님도 짐작하실 듯하옵니다. 사람의 부모가 되거든 자식을 가르쳐 사회에 나서게 만들고 자식이 되거든 부모의 교양을 받다가 사회에 나서거든 부모에게 영광을 돌리어 보내도록 활동할 것이올시다. 나는 이것이 부모 자식 간에 당연히 행할 의무인가

하나이다.

형님! 나는 형님이 다 아실 듯하여 말 아니하나이다. 그러나 다만 아버님이 야속한 것은 아직도 기력이 강장하신 어른이 날마다 아무것도 아니하시며 나에게 집안 생활의 전부를 떠맡기시고 아침 저녁으로 안 벌어온다고 야단을 치십니다.

형님! 아버님이 나를 사회에 나서게 못 만드셨나이다. 그러므로 나는 7, 8년 야학에 다니어 나의 실력을 보충하려 하였나이다. 10년 동안 어린 몸으로 집안 살림을 하여가며 밤에 이것 하는 것도 못하게 하시며 역정만 내십니다. 그러므로 나는 죽삽나이다.

형님! 그런데 나는 형님에게 나의 매자 동순이를 드리옵니다. 요사이 집안 눈치를 본즉 동순을 모 귀족의 첩으로 주려고 주선하는 모양이외다. 그러나 당자 동순이는 이중의 연화*같이 한사하고 불응하더이다.

그 후 삼사일 후에 나는 영환이와 작반**하여 백화의 집을 찾았다.

— 《반도시론》 10호, 1918. 2.

---

* 泥中蓮花, 즉 진흙 속의 연꽃.
** 동행자나 동무로 삼음.

내가 붓을 잡기는

양건식

'부재기위不在其位면 불모기정不謀其政이라*'는 말이 있다. 나는 말하자면 소위 문사도 아니요 저술가도 아니다. 그러한데 '삼천리자三千里子'는 나에게 부득부득 문필 생활의 경력을 쓰라고 하니 이렇게 쓰게 하는 사람부터가 나를 그러한 사람으로 아는 모양이다. 하기야 한문을 배우다가 중국 문학을 연구하여보자는 생각이 났고 불서佛書를 읽다가 종교에 관한 소감을 말해본 것이 내가 붓을 잡은 동기다. 그러나 나의 처음 생각은 이것으로 업業을 삼아 생활을 해가자는 것은 아니었다. 그리고 먹기 위하여 관청으로, 회사로 전전하여 돌아다니는 여가에 다른 야심의 사事는 한 취미를 마치 한문 배운 사람들이 되다 덜된 한시를 지어보듯이 가끔 글이라고 써보고 발표도 해보았다. 물론 이러한 데에는 나의 감흥을 따라 써보려는 충동도 많이 있었지마는 '삼천리자'에게 졸리다 못하여 아무 짝에도 쓸데 없는 글을 써본 적도 없지 아니하였다. 이렇게 하기를 벌써 20여 년 동안에 오늘날 와서는 남들, 아니 '삼천리'부터가 나를 문필업자로 대하여 나

---

* 『논어』에 나오는 문구로 '그 자리에 있지 않으면 그 자리에서 해야 할 일을 꾸미지도 말라'는 말로 '스스로 분수를 지켜 자기 자리에 충실해야 한다'는 뜻.

로서는 고소를 금치 못할 일이로대 불명예스러운 일은 아니니, 그대로 잠자코 있는 것도 무방한 줄로 안다. 아닌 게 아니라 몇 해 동안은 문필 노동을 하여 이에서 생활자生活資을 구하지 아니한 것도 아니다. 이러하고 보면 제아무리 부인을 하여도 문필업자임은 분명한데 그리하라면 문필업자로서 마땅히 해야 할 무슨 큰 저술이나 뛰어난 작품을 남겨보았느냐 하면 그렇지도 못한즉 말로만 문필업자이지 기실은 아니다. 그러면 이것도 아니요 저것도 아니면 무엇이냐? 남들이 말하는 중국문학 연구의 한 학도라고나 할까? 이 말을 듣기에도 나는 부담이 과하다. '삼천리자'는 써 어떻다 하는가.

— 《삼천리》 제 7권 6호, 1935. 6.

양건식梁建植 군

이광수*

　조선 유일의 중화극 연구가요 번역가인 백화白華 양건식梁建植 군은 장안에 몇째 안 가는 키다리이다. 이 위대한 키다리를 교동校洞 어구에 오후 서너 시경에 지켜 섰으면 볼 것이다. 군은 불교 애호가(실례인지 모르나)로 교동에 신축한 불교 애호가 구락부(우스갯소리)에 가서 소일을 하신다.

　이 위대한 키다리 양백화 군의 좀 두드러진 눈에는 항상 유순한 미소가 있고 좀 크게 웃을 때에는 쿡쿡 소리를 내어 목을 흔든다. 군은 어디까지든지 좋은 사람이다.

　키다리가 대개 그러하거니와 군은 악착齷齪한 것이 없고 급한 것이 없는 것 같다. 군을 대해 앉으면 나같이 성급한 자도 그만 천하태평이 되고 만다. 상당한 주호酒豪라는 말도 들었으나 내가 주당이 아니기 때문에 군의 주벽에 관해서는 전혀 무지다.

　군과 내가 교유한 지는 군이 국여菊如라고 호號하던 시대부터니까 적어도 8, 9년은 될 것이다. 그러나 나라는 사람이 친구를 방문할 줄도 모르고 관대할 줄도 모르는 사람이기 때문에 백화 군도 어떤 때에는 잊어버린 듯

이 엽서 한 장도 아니 준다. 이 글을 쓸 때에도 군을 대한 지가 아마 서너 달 또는 그 이상 지났을 것이다.

요새에는 무엇을 하나.

— 《개벽》 제44호, 1924. 2.

백화白華의 기억

조용만*

1

1930년대에 나는 《매일신보》 학예부장을 하고 있었는데, 그때 양백화는 이 신문 학예면의 단골 집필자였다. 최서해崔曙海가 내 전임자였고, 학예부에는 삽화를 전문으로 그리는 행인杏仁 이승만李承晚이 있었다. 행인의 부인이 백화의 후취**댁을 소개해준 관계로 행인과는 특별히 가까워서 백화는 학예부에 무상 출입하였고 백화의 원고도 많이 사주었다. 그때 이 신문의 단골 집필자는 월탄月灘 박종화朴鍾和를 비롯해서 횡보橫步 염상섭廉尙燮 · 김동인金東仁 · 안서岸曙 김억金億 · 춘해春海 방인근方仁根 등 일류 문인들이었는데, 백화도 여기 한몫 끼어서 이들과 어울려서 술타령을 하고 다녔다. 김동인은 술을 마시지 않으므로 술자리에는 빠졌고 나머지 술패들은 목천木川집이라고 해서 광화문 네거리 근처에 있는 선술집이 단골 술집이었다. 이 술집에는 동아일보사 패들도 거의 매일 들렀는데, 빙허憑虛 현진건玄鎭健 · 청전靑田 이상범李象範이 주장격이었다.

---

* 아능 조용만. 1931년에 「사랑과 행랑」을 발표하여 문단에 나선 후 1953년부터 고려대학교 교수로 재직하며 학술활동과 문필활동을 병행했다.
** 재취.

월탄 박종화는 그때 문인 중에서 제일 부자였고, 아들 하나밖에 없는 단출한 살림이었으므로 부인이 음식 솜씨를 보여서 한 달에 한두 번씩 여러 사람을 청해서 술을 냈다. 모이는 패는 앞서 말한 염상섭을 비롯한 문인패, 행인과 묵로墨鷺 이용우李用雨와 나를 합한 신문사패, 그리고 이병기李秉岐·정지용鄭芝溶 등 휘문학교패를 합해 옅서너 명이 되는데 음식을 교자상 두 개에다가 요릿집 이상으로 떡 벌어지게 차려서 내왔다. 그래서 부어라 마셔라 하고 신나게 술을 마셔댔는데 이 술자리에서 제일 먼저 곯아떨어지는 사람이 백화였다. 그는 조금 취하면 그 자리에서 모로 누워서 그냥 코를 골았다. 횡보는 굉장한 주량이어서 남들이 모두들 취해서 골아떨어질 때면 그때서부터 술맛이 난다고 고래고래 소리를 지르면서 혼자서 마셔댔다. 술주전자가 비면 안에다가 대고 술 더 내오라고 악을 쓰기도 했다. 이렇게 좋은 안주에다가 실컷 퍼마시고 밤늦게 파장판이 될 때면, 그때 백화가 부스스 일어나서 염상섭을 부축해가지고 같이 집으로 갔다.

염상섭과 제일 가까운 친구가 백화였다. 그 무렵에 나이가 제일 많은 사람이 양백화여서 나하고는 스무 해나 틀리는 사이였고, 염상섭하고도 거진 십 년 연장이었다.

백화는 1889년생으로 홍벽초보다 한 살 아래이고 육당六堂보다 한 살 위였다. 행인하고도 거진 십 년 연장인데 횡보는 취하면,

"백화! 나 좀 부축해주어……."

하고 연하자 다루듯 하였다.

그러면 백화는 원래 호인이라 이런 주정을 다 받고 그를 끌고 집까지 바래다주었다.

횡보는 집이 좁고 서울 사람이 그렇듯이 손님을 방 안으로 데불어 들이는 법이 없었다. 대개는 대문간에서 이야기를 끝내고 올려 보내는데 백화

만은 달랐다. 백화가 밖에 서서 큰 소리로,

"횡보 있소?"

하고 부르면 안에서,

"백화요! 들어오시오."

하고 백화를 안으로 받아들였다. 그러고는 술을 사다가 마시는 것인데 횡보는 성미가 괄괄하고 콧대가 세어 조금만 아니꼽게 보이면 당장에 사표를 내고 신문사를 그만두었다. 그리고 집 속에서 끙끙대고 앉았으면, 백화는 열심히 여러 사람한테 수소문해서 다른 신문사로 횡보를 취직시켰다. 이 때문에 횡보는 백화와 제일 가까워져서 통내외하고 드나들었다. 백화는 항상 횡보를 칭찬했고, 우리나라에서 춘원 · 동인 · 횡보가 3대 작가라고 하였다.

2

백화는 키가 6척 장신이고, 얼굴이 길고 살갗이 희고 눈동자가 노랬다. 항상 웃는 낯이고, 성을 내고 남과 싸우는 일이 없었다. 옷은 항상 두루마기의 한복을 입었고, 구두는 칠피코 구두를 신었다. 칠피코 구두로 유명한 이야기가 있다.

방인근이가 동대문 밖에서 조선문단사朝鮮文壇社를 경영할 때에 그 집에서 매월 작품합평회를 열어가지고 그것을 속기해가지고 잡지에 내었다. 합평회에 모이는 사람은 횡보를 비롯해서 현진건 · 양백화 · 김억 그리고 주인 춘해 등이었는데, 합평회를 끝내면 주인이 술을 내서 술상이 벌어진다. 거나하게 취하면 2차회를 한다고 우르르 몰려서 방을 나오는데, 다른 사람들은 양복이라 모자만 쓰면 그만이지만 두루마기를 벗고 앉아서 술을 마시던 백화는 두루마기를 입고 긴 고름을 매야 하므로 나올 때 시간이 걸렸다. 그래서 맨끝으로 나오게 되는데, 먼저 사람들이 서로 구두를 찾느라고 법석을 떠는 것을 뒤에서 옷고름을 매면서 보고 있던 백화가 얼떨결에,

"내 코는 칠피코야!"

하고 소리를 질렀다. 자기 구두는 칠피코 구두라는 것을 내 코라고 해버린 것이다. 이것을 듣고 모두들 껄껄대고, 그다음부터 백화를 칠피코라고 별명 지었다는 것이다.

이 칠피코는 키가 크고, 걸음 걸을 때에 팔다리가 잘 돌아가지 않아서 두 팔은 두 팔대로, 두 다리는 두 다리대로 제각기 흐느적흐느적하고 인조인간같이 걸어 다녔다.

어느 때 서양화가 구본웅具本雄과 이상李箱이 종로거리를 걷다가 양백화를 만났다. 두 사람이 술집을 찾아가는데 마침 잘됐다고 백화를 끌었다. 그래서 대선배 백화를 가운데로 모시고 광교천변廣橋川邊 길을 걷는데, 난데없이 뒤에서 줄줄 애들이 따라왔다.

"얘, 곡마단이 왔다!"

하고 애들이 떠드는 것을 보니, 이상이 보기에도 웃음이 나오더라는 것이다.

이상의 설명을 들으면, 곱슬머리에 창대 같은 수염이 얼굴을 덮었고 겨울에 흰 구두를 신고 넥타이도 없는 골덴 양복을 입은 곡마단의 요술쟁이 같은 이상이 앞장을 서고, 그다음으로 인조인간같이 팔다리가 아무렇게나 흐느적흐느적 움직이는 키다리 양백화가 가운데 섰고 끝으로 인버네스 외투에 중산모를 쓴 꼽추 구본웅이 섰으니 누가 보든지 곡마단으로 보기에 알맞더라는 것이다.

백화는 성질이 부드럽고 느려서 누가 뒤래도 부르르 하고 성을 내는 일이 없었다. 그때 이 신문의 학예부에는 형인 외에 또 하나 삽화를 그리는

화가가 있었는데 유명한 장난꾸러기이고 술망태인 묵로 이용우였다. 이용우는 아무에게나 농을 걸고 시시덕거리고 떠들기를 좋아하였다.

백화는 나이 십 년이 넘게 아래인 이용우의 버르장 없는 농을 그냥 받아주었는데, 한 번은 이용우가 듣기 거북한 농담을 걸었다. 그랬더니 뜻밖에도 백화의 그 큰 손이 철썩하고 이용우의 뺨을 쳤다.

"이놈, 괘씸한 놈 같으니! 보다보다 그냥 넘겼더니, 못할 말이 없구나. 이 못된 놈!"

하고 백화의 손이 또 올라가는 것을 보고 여럿이 말렸다. 보니까 백화의 몸이 떨리고 손도 떨리고 있었다.

"이크! 따렌大人이 진노하셨군!"

하고 마침 학예부에 놀러왔던 구보仇甫 박태원朴泰遠이 작은 소리로 속삭였다. 대인이란 키가 크다고 우리들이 붙인 백화의 별명인데, 백화가 중국문학자이므로 대인을 중국식 발음으로 '따렌'이라고 불렀다.

우리들은 백화가 성내는 것을 처음 보았는데 백화는 무골호인無骨好人이 아니었다. 이용우는 떠벌이이지만 사실은 겁쟁이라 얼굴이 하얘져서 백화한테 백배사죄한 것은 물론이고, 그 뒤로부터는 백화한테 깍듯이 존대하였다.

3

백화는 1920년대부터 해방 전까지 중국문학을 많이 번역 소개한 그 방면의 제1인자였다. 그때 일본 사람들이 중국을 멸시해서 중국 소설이나 희곡을 아무런 가치가 없는 것으로 천대해왔고 우습게 알았지만 그럴 일이 아니었다. 이 때문에 백화의 중국문학 소개가 제대로 햇빛을 보지 못했는데 그러나 그의 번역으로 된 〈비파기琵琶記〉, 〈도화선桃花扇〉 같은 원곡

元曲은 서구문학에 못지않은 대단히 훌륭한 작품들이다. 그보다도 놀라운 것은 백화가 1920년대에 그 당시 젊은 작가로 이름을 날리던 노신魯迅·곽말약郭沫若·욱달부郁達夫 등의 단편 소설을 번역한 것이다.

이 단편집의 서문에서 백화는 "1928년 3월 북경 평민대학에서 역자 씀"이라고 해서 당시 북경에서 이 책을 만든 것을 분명히 하였는데 백화의 연보가 상세치 않아서 그의 학력이나 이력이 분경히 나타나 있지 않지만, 그가 중국문학의 본고장인 북경에서 수학하였던 것만은 사실인 것 같다.

노신·곽말약·욱달부 같은 사람은 그때 이미 이름이 있었고, 지금은 중국 현대 작가 중의 대표적 작가로 되어 있는데, 지금부터 60년 전인 그 당시에 백화가 이들 작가에게 착안했다는 것은 놀라운 일임에 틀림없다.

『백화문집』 제1권에 이들의 단편 17편이 소개되었는데 번역 문장이 구식이고 어색한 곳이 눈에 띄지만, 그러나 훌륭한 번역이다. 원문에서 번역된 것이 있기는 하지만, 그 당시에 대부분이 일본말을 통해서 번역 출판되었는데 백화는 이것을 원문에서 번역하였으니 이 점만으로도 이 번역 단편은 높이 평가할 만하다. 그리고 지금 그 단편을 읽어보아도 서구 작품이나 일본 작품과는 그 질이 다른 중후하고 끈적끈적하고 대륙풍으로 트릿하고 씁쓰레하고 묵직한 맛이 있는 것이 좋다.

요새 젊은 사람들의 글이 재치 있고 또렷하고 경쾌한 것에 비해서 백화의 번역문은 옛날 우리 말투로 구구하고 텁텁한 것이 막걸리맛이 나서 도리어 친근감이 간다. 백화의 글은 우리가 어릴 때에 듣던 그 말투로 쓰여 있어서 고향에 돌아온 것 같은 느낌을 준다.

그것은 그렇다 하고, 백화의 말년은 행복하지 못해서 가난 속에 오래 와석臥席해서 언제 어떻게 세상을 떠났는지 모르게 일생을 마쳤다. 월탄 박종화와 행인 이승만이 옛날 친구로 장례에 참석하였는데, 1944년 태평양 전쟁이 막바지에 이른 고난의 시대라 백화는 불우한 속에 불우하게 세상을 떠난 것이다.

그가 별세한 지 어느덧 반세기를 지나, 이제 남윤수·박재연·김영복 세 후학의 돈독한 뜻으로 이 문집의 간행을 보게 되니 그와 생전에 가까이 지내던 한 사람으로 감회가 깊다. 생전에 빛을 보지 못했던 백화의 중국문학이 60년 만에 빛을 본 것은 참으로 대견하고 기쁜 일이다.

백년의 잠에서 깨어난 중화의 흑룡黑龍이 이제 꿈틀거리기 시작했으니, 중화의 국운은 양양洋洋하고 중화의 문운文運도 양양하다. 따라서 백화의 중국 문집도 전도가 양양하다.

백화의 영전에 행운이 깃들기를 기원하면서 이 붓을 놓는다.

1991. 7.

―『양백화문집1』, 강원대학교출판부, 1995.

삼교 교정 중 아능雅能 조용만趙容萬 옹의 부음을 접했다. 상주이신 두영斗英 박사님 본인의 대선배인 고로 서울대학원 영안실로 찾아가 문상드린 바 고인의 명복을 삼가 비는 바이다. 사망 일시는 '95. 2. 16.이며 장지는 경기도 고양시 덕은리 선영이다.

작가 연보

1889년   경기도 양주에서 태어남. 어려서 서울로 이주한 탓에 유년기를 보낸 곳은 서울.
1895년   조선의 외국어 교육을 담당할 인재를 양성할 목적으로 설립된 관립한성학교에서 수학.
1915년   불교 계몽과 진흥을 위해 이능화李能和가 주도하여 창간한 《불교진흥회월보》의 편집을 맡아보면서 불교적 색채를 지닌 「석사자상石獅子像」, 「미米의 몽夢」을 발표하며 문학 활동을 시작함.
1916년   《조선불교계》 창간호에 「한일월閒日月」이라는 소설 작품을 '백화白華'라는 필명으로 게재.
1920년   중국 신문학을 다룬 평론 「호적胡適 씨를 중심으로 한 중국의 문학혁명」을 《개벽》에 연재.
1922년   《동명》에 중국의 서시西施를 모델로 한 소설 「빨래하는 처녀」를 연재하여 주목을 받음.
1923년   「도야지 주둥이」 발표.
1925년   평론 「염상섭 론」, 「나의 본 육당六堂」을 써 문단의 관심을 받음.
1926년   평론 「『수호전』 이야기」, 「『홍루몽』 시비」 발표.
1927년   소설집 『빨래하는 처녀』를 성문당서점에서 발간. 평론 「예술상으로 본 서상기와 그 작자」 발표.
1934년   극도의 경제적 어려움을 타개하고자 총독부 기관지 《매일신보》에 취직함.
1938년   평론 「조선의 문학을 위하여」 발표. 정신질환을 동반한 지병이 발병하여 병석에 눕게 됨.
1944년   2월 7일 홍파동紅坡洞 자택에서 56세를 일기로 사망.

이 연표는 『양백화문집』(남윤수·박재연·김영복 편, 강원대학교출판부, 1995)과 『한국현대문학대사전』(권영민 편, 서울대학교출판부, 2004)을 참고하여 재구성한 것임.

인력거
꾼
●

주요섭

죽음으로도 드러내지 못한 존재의 가치

서형범

주요섭의 호는 여심餘心 또는 여심생餘心生ᵒ다. 일찍부터 일본과 중국, 미국 등으로 유학하며 서구 학문의 세례를 받았던 탓에 객관적인 시각에서 조선의 현실과 조선인의 삶을 응시하고 인간다움에 대한 성찰을 바탕으로 한 문필활동을 펼쳤다. 1921년 《매일신보》에 「깨어진 항아리」를 발표하며 등단한 그는 「추운 밤」(1921년), 「인력거꾼」(1925년), 「개밥」(1927년) 등을 통해 하층민의 신산스런 일상을 사실적으로 묘사하며 그 안에서 자연발생적으로 싹트는 민중적 반항의식을 지닌 인물을 형상화하였다. 이와 같은 작품세계는 비판적 문예운동을 표방한 KAPF(조선프롤레타리아예술동맹)가 조직될 무렵 소설계 일각의 신경향파 문학 흐름과 일정한 관련을 갖고 있는 것이다.

이후 작가 주요섭의 대표작이라 할 수 있고 문학사적으로 큰 의미를 갖는 「사랑손님과 어머니」(1935년), 「아네모네의 마담」(1936년), 「추물醜物」(1936년) 등을 발표하였는데, 이 작품들에서 주요섭은 섬세한 필치로 여성들의 내밀한 심리세계를 여실하게 묘사하는 탁월한 재능을 보여주어 문단의 주목을 받았다. 해방 후 발표한 단편 「눈은 눈으로」(1947년), 「대학교수와 모리배」(1948년), 장편 『망국노군상亡國奴群像』(1958~1960년) 등에서는 다시 해방을 둘러싼 이데올로기의 대립에 편승하여 일신의 영달을 꾀하는 비루한 인간상에 대한 사실적인 묘사와 예리한 비판의식을 담은 현실비판적 작품 경향을 보여주었다.

그는 초기의 작품을 통해서는 하층 계급의 삶을 사실적으로 묘사하면서도 인간성의 본질에 대한 탐색의 여지를 남기고 있어, 단순히 현실을 사실적으로 재현하는 자연주의적 작품 경향에 머물지 않고 본격적인 인간성의 탐구로 나아갈 수 있었다. 중기 이후의 작품에서는 섬세한 심리 묘사와 탁월한 사건구조를 바탕으로 인간의 욕망과 휴머니즘의 관련을 탐구하여 깊이 있는 인간 이해를 보여주었다. 해방 후 발표한 작품은 현실비판 의식과 인간의 본질에 대한 성숙한 탐구를 조화시켜 사실주의적이면서도 성찰적인 폭넓은 인간상을 작품 속에 구현함으로써 소설을 통해 당대 현실의 모순을 이해하고 나아갈 바를 탐색하려는 작가의 오랜 숙련을 보여줄 수 있었다.

「인력거꾼」은 1925년 4월 천도교 계열의 종합잡지인 《개벽開闢》에 발표된 주요섭의 단편 소설이다. 당대 사회 현실에 대한 날카로운 분석과 묘사력이 돋보이면서도 그 속에서 힘겨운 일상을 살아갈 수밖에 없는 하층민이 겪는 삶의 고난과 고통, 인생에 대한 회의와 희망 등을 폭넓게 담아낸 수작秀作이다. 또한 이 작품에는 반일운동에 관여하다 옥고를 치르고 중국으로 망명하여 대학생활을 할 때의 작가 자신의 체험이 등장인물과 작품 배경에 반영되어 작품의 사실감을 높여주고 있다.

소설 「인력거꾼」의 주인공은 중국 상해에서 인력거를 몰며 생계를 유지해야 하는 아찡이다. 그는 하루하루 겨우 연명할 정도의 수입밖에 올릴 수 없어 가난한 생활을 한다. 소설은 이러한 아찡의 생애 마지막 날을 그리고 있다. 여느 날과 다름 없이 친구 뚱뚱이와 함께 인력거 끄는 일을 하려는 아찡의 모습을 그리는 데서 시작하는 것이다. 허름하고 더럽고 침침한 떡집에서 변변치 않은 아침식사를 마치고 창고에 있는 인력거를 빌린 아찡과 친구 뚱뚱이. 이들이 하루 아침을 시작하는 상해 뒷골목 풍경을 상세하게 묘사하는 소설의 첫머리는 근대 건물들에 가려진 근대 도시의 어두운 일면을 고스란히 드러내고 있다.

　아찡과 쭈러우(도야지)라는 별명을 가진 동거자는 어둑컴컴한 부엌 속으로 들어가서 둥그런 탁자를 가운데 놓고 뒷받침 없는 교의에 삥 둘러앉은 때 묻은 옷 입은 친구들 틈에 끼어 앉아서 떡 두 개씩과 꺼룩한 묵물을 한 사발씩 마시고 쩔렁쩔렁하는 전대 속에서 동전을 여섯 닢 꺼내 탁자 위에 메치고 코를 싱싱 방바닥에 풀어 붙이면서 걸어나왔다.

아찡과 친구 뚱뚱이처럼 자신의 인력거가 없는 이들은 하루 80전의 세를 주고 인력거를 빌려 일을 해야 한다. 자신의 인력거가 있다면 이 돈도 절약할 수 있지만 하루하루 겨우 연명할 정도의 수입밖에 올리지 못하는 그들로서는 아깝지만 어쩔 수 없는 선택이다. 아찡은 그날따라 운이 좋은지 평소보다 많은 돈을 번다. 이 돈이면 며칠 벌이로 충분할 정도다. 그런데 운이 다했는지 호텔 앞에서 새로운 손님을 기다리던 아찡이 쓰러지고 만다. 정신을 차린 아찡은 청년회의 의사를 찾아가 진료를 받기 위해 기다린다. 그곳은 돈을 받지 않고도 치료를 해주고 약도 주는 곳이었다. 병원에 가 진료 차례를 기다리는 아찡 앞에 한 신사가 나타나 예수를 믿으라고 권한다. 천국에 가 영생을 얻을 수 있다는 신사의 말을 떠올리며 자신의 처지를 비관하던 아찡은 몸이 좀 나은 듯해 그냥 길로 나선다. 그리고 아찡은 본능적으로 점쟁이에게로 가 미래를 점쳐본다. 점쟁이는 아찡에게 지금은 힘들지만 얼마 지나지 않아 많은 돈을 모을 수 있고 행복하게 살게 될 거라며 희망 섞인 점괘를 알려준다. 아쩡은 몸이 피곤함을 느끼고 제 방으로 돌아와 자리에 엎드려 자신의 짧은 일생을 돌이켜본다. 어려서부터 남의 집 하인으로 들어가 모진 학대를 견디면서 힘겹게 하루하루를 살아내야 했던 그는 대도시에 가면 좀 더 잘살 수 있을 거라는 기대로 상해로 와 공장에 취직한다. 그러다 8년 전부터 인력거를 끌면서 겪은 고생을 떠올린다. 급기야 자신의 한서린 생애에 설움이 북받친 아쩡은 서럽게 울기 시작한다. 가뜩이나 제대로 먹지도 못하고 인력거를 끄느라 쇠잔해 있던 아쩡은 그 울음을 끝으로 끝내 숨을 거두고 만다. 다음날, 아쩡의 친구 뚱뚱이는 아무 일도 없었다는 듯 인력거를 끌고 하루벌이에 나선다.

이 작품에는 크게 세 가지 중요한 요소가 들어 있다. 첫째는 중국 상해라는 근대화된 도시와 도시 빈민의 문제, 둘째는 인력거꾼이라는 직업을 가진 주인공의 처지, 셋째는 구원의식을 기반으로 한 기독교의 허위의식에 대한 작가의 비판과 죽음이라는 해결방식의 문제가 그것이다.

먼저 중국 상해라는 도시의 의미에 대해 살펴보자. 작품의 배경이 되는 중국의 근대화된 도시 상해는 중국에서도 매우 특이한 곳이다. 항구도시 상해는 중국의 근현대사가 압축되어 있는 역사의 현장이다. 청제국 말기부터 중국을 자신의 영향권 아래에 두려 했던 서양의 팽창적 제국주의 세력과 아시아의 맹주를 꿈꾸는 일본의 세력이 복잡하게 얽혀 일촉즉발의 팽팽한 긴장감이 감돌고 있던 곳이 바로 상해이다. 또한 중국이 서구 문물과 만나는 통로였기에 이곳에 거주하는 중국인은 서구와 일본의 제국주의 팽창 세력으로부터 중국을 지켜내야 한다는 책임의식과 수천 년 전통이라는 이름으로 중국의 발전을 지체시켰던 구습을 벗어던지고 새로운 세계관으로 무장하여 중국의 근대화를 이끌어야 한다는 근대지향 의식 사이에서 혼란을 겪고 있었다. 1920년대 초반의 상해는 이런 복잡한 정세의 한가운데 놓여 있던 곳이다. 이런 근대화된 도시의 뒷골목에서 하루하루 힘겹게 연명해가는 하층민에 초점을 맞춘 이 작품은 작가 주요섭이 근대화 과정에서 정치, 경제적으로 소외되고 고통받는 하층민의 삶을 통해 조선인이 겪고 있는 식민 치하의 실상을 간접적으로 형상화하려 했던 것으로 볼 수 있다. 그렇다면 주요섭은 왜 조선이 아닌 상해를 배경으로 삼았는가? 이 물음에 대해 주요섭 자신이 유학했던 곳을 배경으로 삼았다는 대답은 만족스럽지 못하다. 오히려 조선이 아닌 상해를 배경으로 했지만 실상 상해의 인력거꾼이 처한 삶의 조건은 당대 조선인 전체와 썩 다를 것이 없다는 것이 작가 주요섭의 내심이었을 것으로 보는 편이 더 타당할 것이다. 이와 함께 일본 제국주의의 침탈로 처참한 삶에 내몰렸다는 점에서 조선인과 중국인이 별반 다르지 않다는 것을 간파한 피식민지 지식인의 가슴 아픈 현실 인식도 아울러 찾아낼 수 있을 것이다.

다음으로 인력거꾼이라는 직업의 특수성과 소설 속에서의 의미를 살펴보자. 도시에 거주하는 하층민 가운데 정치, 경제적으로 상층에 속하는 이들과 가장 자주 접할 수 있는 이들이 바로 인력거꾼들이다. 이들은 상류층이 주로 이용하는 업무와 유흥 시설에 자주 드나들며 자연스럽게 자신들의 처지와 상류층의 호화로운 생활을 비교체험할 수 있는 입장에 서 있다. 따라서 이들은 비슷한 생활 수준을 가진 여타의 도시 빈민들보다 훨씬 더 계층적, 계급적 차별을 자각할 계기가 많을 수밖에 없다. 또 도시의 곳곳을 샅샅이 알아야 했기에 자신들이 처한 생활 환경과 상류층의 생활 환경 사이의 괴리도 매우 예리하게 인지할 수 있는 위치에 서 있을 수밖에 없었다. 아쩡은 '뚱뚱한 손님'을 인력거에 싣고 달려야 하는 자신의 처지를 통해 불평등한 사회 모순구조를 간취하는 인식의 성장을 보여주기는 하지만 그것을 사회의 근본적 모순구조로 이해하고 문제의식을 심화시키는 데로 나아가지는 못한다.

이는 아찡의 죽음으로 끝나는 소설의 결말을 둘러싼 세 번째 논점으로 연결된다. 시골에서 올라온 주인공 아찡이 상해에서 8년 동안이나 인력거를 끌며 상류층의 호화로운 생활을 간접 경험하면서도 자신을 비롯한 도시 빈민이 처한 비참한 현실을 자각하지 못한다는 설정은 하층민에 대한 작가의 인식이 매우 피상적이고 관찰적이라는 비판을 피할 수 없다. 더구나 말끔하게 차려입은 신사가 일러준 기독교의 구원사상을 접하고 나서야 자신의 처지를 인식하고 절망하고 절규한다는 소설의 진행은 작가 주요섭이 근대화된 도시의 하층민들이 스스로 각성하고 비참한 처지에서 벗어나기 위해 주체적으로 행동할 가능성을 갖지 못한 이들이라고 판단하는 것은 아닌지 생각해보게 한다. 아찡이 죽고 난 다음날, 아무 일도 없었던 듯 인력거를 끌고 하루벌이에 나서는 아찡의 친구 모습으로 소설을 끝맺은 것은 아찡의 죽음이 지닌 비극성을 더욱 고조시킬 수 있었다. 하지만 이러한 결말 처리는 아찡과 같은 도시 빈민의 처지를 개인의 비극적 상황으로 한정시킬 뿐 근대화의 이면에 숨은 계층갈등이나 계급 대립의 여지를 사회 전체 구조 속에서 파악할 수 있게 하거나, 서구나 일본의 제국주의적 팽창정책의 희생양이 되어버린 중국과 조선의 처지가 지닌 상동성을 총체적으로 이해하는 데까지 발전하지는 못한 시각을 드러내는 것이다.

이 작품은 인력거꾼의 비참한 죽음을 통해 도시의 근대화와 그에 비례하는 생활조건의 양극화, 헛된 희망을 품고 하루를 연명해야 하는 도시 빈민의 처지에 대한 연민 등을 잘 형상화하고 있는 수작임에도 불구하고,

그러한 비극적 상황을 빚어낸 사회의 모순구조에 대한 총체적인 인식과 대안을 찾아나서려는 적극적인 자세가 드러나지 않고 있다는 한계를 지닌다.

　그러나 지금 세상이 무슨 아담 이와 죄 때문에 괴롭게 되었다는 소리는 무슨 소린지 모를 소리라 했다. 그럼 인력거꾼은 모두 아담 이와 죄의 형벌을 받거니와 자동차 탄 양귀자나 이따금 제가 태워다주는 비단옷 입은 색시들은 어째 아담 이와 죄형벌을 아니 받을까 하고 그는 생각했다.
　(중략)
　신사가 나간 후에도 아찡이는 한참이나 그 신사가 한 말을 알아들은 대로는 되풀이해보았다. '세상에서는 괴롭게 지니다가 일후 죽은 후에 천당에 가서 금거문고를 타고……' 죽은 후에 금거문고 타려면 왜 살아서는 고생을 해야 되는가? 죽어서 천군천사와 노래하려면 왜 살아서는 만날 뚱뚱한 사람을 태우고 땀을 흘려야 하며 발길에 채여야 하고(중략) 그 신사가 아직 있으면 천당에도 인력거꾼이 있느냐고 물어보고 싶었다. 만일 그렇다고 하면 그는 이제라도 어서 죽을 것이었다. 그래 그 좋은 천당으로 한시바삐 갔을 것이다.

아찡이 내세의 행복을 위해 현세의 고생을 달게 받아들여야 한다는 사내의 생각을 도저히 받아들일 수 없다고 여기는 것을 보여주는 대목이다. 기독교 교리로는 도저히 아찡 자신이 처한 현실을 납득할 만하게 설명할 수 없음을 지적하는 이 대목은 이 작품을 쓸 무렵의 작가 주요섭이 도달한 사회인식의 정도를 단편적으로나마 드러내주고 있다. 기독교 교회 목사였던 아버지의 영향으로 어려서부터 기독교적 세계관에서 성장했고 일본과 중국, 미국을 거치는 해외 유학 경혼을 가지고 있는 주요섭은 동시대 어떤 지식 청년 못지않게 넓은 안목에서 조선과 조선인을 바라볼 개인적 경험을 축적하고 있었을 것으로 짐작된다. 중국 상해라는 낯선 도시를 배경으로 한 작품이기는 하지만, 이 작품의 주인공 아찡이 내세 기복사상으로 특징지을 수 있는 기독교의 구원논리에 회의를 품고 사회적 약자인 자신의 처지를 비판적으로 인식하기 시작하고 있어 주목할 만한 대목이다. 기독교의 내세 구원논리는 동양의 전근대적 사회구조가 지닌 모순을 혁파하고 새로운 근대적 인간상을 구현할 수 있는 대안사상으로 받아들여졌다. 주요섭 자신도 그러한 사상의 흐름에서 성장했던 것이다. 그러나 주요섭이 본 상해는, 그리고 조선의 현실은, 기독교의 내세 구원사상으로는 도저히 그 원인을 알 수 없는 복잡한 모순에 가득찬 곳이었고, 아찡은 첨예한 모순의 극단에 자리잡은 존재였던 것이다. 따라서 이 작품에서 아찡이 사내의 말에 비판적 인식을 드러낸 지점에서 새로운 시작이 가능할 것으로 예상해볼 수 있었다. 아찡은 자신과 같이 근대화 과정에서 소외되는 이들을 위한 근본적인 해결책을 모색하는 데로 나갈 수 있는 인식의 전환을 보여주었기 때문이다. 그러나 소설은 그렇게 전개되지 않는다. 아찡의 주검은 아무런 의식 절차도 밟지 않고 치워지고 그의 친구 뚱뚱이는 여느 날과 다름없이 하루를 다시 시작할 따름이다.

"무엇 저 죽을 때 되어서 죽었소이다. 8년 동안 인력거를 끌었다는데요. 남보다 한 1년 일찍 죽은 셈이지만 지난 번 공부국 조사에 보면 인력거 끈 지 9년 만에 모다 죽지 않습니까?"

의사는 고개를 끄덕끄덕하면서,

"8년으로 10년까지. 매일 과도한 달음질 때문에……."

(중략)

그날 오후 두 시에 사람들은 그 뚱뚱이가 역시 아무 일도 없다는 듯이 인력거에 손님을 태우고 에드와드로路로 기운차게 가는 것을 볼 수가 있었다. 물론 그가 아까 순사부장과 의사의 회화(영어로 하기 때문에)를 알아들을 수 없어서 그에게는 다행이었다. 5년이나 6년 후에 아찡의 뒤를 따르게 될 것을 모르므로 뚱뚱이는 흐르는 땀을 씻으면서 껑충껑충 아스팔트 매끈한 길을 홀로 달아나는 것이었다……. 마치도 한 백년 더 살 것같이…….

소설의 마지막에서 의사와 순사부장의 대화를 알아듣지 못한 뚱뚱이는 아찡의 죽음을 아찡 개인의 체력이 약한 탓으로 돌릴 뿐 인력거를 끄는 것이 생명이 단축될 정도로 위험한 일임을 전혀 알아차리지 못한다. 그것은 아찡도 마찬가지였다. 내세의 영원한 행복을 위해 현세의 위험과 고통을 감수해야 한다는 기독교의 내세구원의 논리는 근대화의 과실을 분배받는 데서 소외된 이들에게 가해지는 고도의 심리적 위안에 불과할 뿐이라는 작가의 자기반성과 사회에 대한 비판적 시선이 중첩된 결말 처리라 할 수 있다.

결론적으로 「인력거꾼」은 중국 상해라는 낯선 도시를 배경으로 근대화와 식민지화라는 이중의 질곡을 겪고 있는 조선의 현실을 인력거꾼을 주인공 삼아 극적으로 형상화한 작품이다. 태경이 중국 상해로 제시되어 있지만 인력거꾼이라는 최하층민을 주인공 삼아 그가 8년 동안의 인력거꾼 생활을 비극적 죽음으로 마무리하게 되는 하루 동안의 이야기를 통해 당시 조선 민중이 처한 삶의 조건을 형상화함으로써 지식인인 주요섭이 지니고 있던 시대에 대한 인식을 드러낸 수작으로 꼽을 만하다.

인력거꾼 人力車軍

　밤 새로 두 시에야 자리에 누웠던 아찡이 아직 날이 채 밝기도 전에 졸음 오는 눈을 부비면서 일어났다. 자리라는 것이 곧 되는 대로 얼거리해놓은 막살이* 속에 누더기와 짚을 섞어서 깔아놓은 도야지 우리 같은 자리였다. 그 속에서 아직도 도야지같이 뚱뚱한 동거자同居者가 홍홍거리며 자고 있는 것을 깨워 일으켜가지고 아찡이는 코를 홍하고 풀어 문턱에 때려 뉘이면서 찌그러진 문을 열고 밖으로 나왔다.

　잠자던 거리가 깨기 시작하는 때였다. 상해 시가의 이백만 백성이 하룻밤 동안 싸놓은 배설물을 실어 내가는 대변 구루마들이 요란한 소리를 내며 잔돌 깔아 우두럭투드럭한 길 위로 이리 달리고 저리 달리고 하는 것이 아찡의 눈앞에 나타났다. 동편으로 해가 떠오르려 하는 때이다. 일찍 일어난 동넷집 부인님네들이 벌써 일본 사람의 밥통 비슷하게 생긴 똥통들을 부시느라구 길가에 죽— 나서서 어성버성한 참대쑤시개로 일정한 리듬을 가진 소리를 내면서 분주스럽게 수선거렸다. 아찡이와 뚱뚱바위는 약조했다는 듯이 한꺼번에 하품과 기지개를 길게 하고 바로 맞은편 떡

---

* 아무렇게나 되는 대로 사는 살림살이.

집으로 갔다. 거리로 향한 왼편 구석에 널빤지 얼거리가 있고 그 얼거리 위에 원시적 기분이 농후한 꺼먼 질그릇 속에 삐죽삐죽하게 콩기름에 지져낸 유자쾌(조반죽 반찬하는 떡)*가 담뿍 꽂혀 있고 그 옆에는 방금 지져 놓은 먹음직한 쪼빙(떡)들이 불규칙하게 담겨 있는 위로는 벌써 잠코 밝은 파리 친구들이 몇 마리 달려와서 윙— 하면서 이 떡 저 떡으로 돌아다니며 먹고 싶은 대로 실컷 그 고소하고 짭잘한 맛을 빨아들이고 있었다. 이 선반 바로 뒤에는 사람의 중키만이나 하게 높이 쌓은 우리나라 물독 비슷하게 생긴 가마가 놓였고 그 가마 밑 네모난 구멍에 지금 떡 굽는 사람이 풀무를 가져다대고 풀덕풀덕하며 가마 안에 불을 활활 피우고 있고 가마 위 나무 뚜껑 아래에서는 길죽길죽하게 빚고 한편에 깨 몇 알 뿌린 쪼빙들이 우구구하면서 뜨거운 진흙가에 모래찜을 하고 있었다. 그것들이 모래찜을 실컷하여 엉덩이가 꺼머죽죽하게 되면 그 손톱이 세 치씩이나 자란 떡 굽는 이의 손이 들어와서 하나씩 하나씩 잡아 내다가 앞에 놓인 선반 파리 무리 잔치터에 던져주는 것이었다. 바로 이 떡가마 왼편에는 기—다란 부뚜막을 가진 가마가 걸렸고 그 위에서 지금 유자쾌들이 오그그그그하면서 콩기름 속에서 부어오르고 있었다. 그러고 역시 한 길짝으로 향한 이편 한 모퉁이에는 네모 방정한 부뚜막 위에 보름달만큼이나 크게 둥글둥글한 서양철뚜껑을 덮은 길다란 가마들이 네다섯 개 삥둘러 걸렸고 부뚜막 바로 중앙에는 직경이 두 치밖에 아니될 쇠통이 둘러 있어서 이 가마지기가 이따금이따금 그 조그맣고 똥그런 뚜껑을 열고는 바로 그 부뚜막 안쪽에 쌓아둔 물에 젖은 석탄가루를 한 부삽씩 쪼르르 쏟는 것이었다. 그러면 그 구멍 속으로부터는 까만내와 빨간 불길이 힐끗

---

* 아침으로 먹는 죽에 곁들여 먹는 떡.

힐끗하고 밖으로 치내미는 것을 서양철뚜껑으로 덮어 막아버리고는 놋으로 만든 물푸개를 바른 손에 들고 왼손으로 이편 가마 뚜껑을 쳐들고는 부글부글 끓는 맹물을 퍼서 저편 가마 속에 쭈르르 쏟고는 또다시 왼편 가마 속 물을 퍼다가 바른편 가마에 넣고 이렇게 쭈룩쭈룩 소리를 내이면서 분주스리 퍼 옮기고 쏟아 옮기고 하다가는 엽전 두 닢 나무 조각 서너 개씩을 가지고 와서 삥 둘러 섰는 아가씨들과 할머니들의 서양철물통(오리주둥이 같은 것이 달린 것), 세숫대야, 쇠주전자, 사기 주전자 등에 엽전 두 푼에 한 물푸개씩 주룩룩 그 절절 끓는 물을 담아주는 것이다.

아찡과 쭈러우(도야지)라는 별명을 가진 동거자는 어둑컴컴한 부엌 속으로 들어가서 둥그런 탁자를 가운데 놓고 뒷받침 없는 교의에 삥 둘러앉은 때 묻은 옷 입은 친구들 틈에 끼어 앉아서 떡 두 개씩과 꺼룩한 묵물을 한 사발씩 마시고 쩔렁쩔렁하는 전대 속에서 동전을 여섯 닢 꺼내 탁자 위에 메치고 코를 싱싱 방바닥에 풀어 붙이면서 걸어나왔다.

둘이서는 잠잠히 걸었다. 조악돌을 깔아 울퉁불퉁한 좁은 골목을 꿰여 나와 전찻길을 끼고 한참 올라가다가 다시 조그만 골목으로 조금 들어가서 인력거 셋방 앞에 다다랐다. 벌써 숱한 인력거꾼들이 와서 널찍한 창고 속에 줄줄이 가득 차게 세워둔 인력거를 한 채씩 끌고 뒷문으로 나갔다. 아찡도 연극장 입장권 파는 구멍 같은 구멍으로 가서 거의 해어져 떨어져가는 종이에 돌돌 싸둔 대양大洋 팔십 전錢을 인력거 하루 세 선금으로 지불하고 표 한 장을 얻어들고 어둑한 창고로 들어가 제 차례에 오는 인력거를 한 채 들들 끌고 거리로 나왔다. 그는 잠깐 우두커니 서서 분주스럽게도 왔다 갔다 하는 군중을 바라다보다가 인력거 뒤채를 부득부득 밀면서 나오는 뚱뚱이에게 이렇게 말했다.

"오늘 어째 신수가 궁한 것 같아! 어젯밤 꿈이 수상하더라니!"

뚱뚱이는 이 말을 대답할 새도 없이 저편 맞은 거리에서 오라구 손질하는 서양 여자를 보고 설마 남에게 빼앗길 새라 줄달음질을 쳐 가서 인력거 앞채를 척 내려놓고 그 여자를 태웠다.

아찡은 절반이나 잊어버려서 무엇인지 잘 생각도 아니 나는 꿈을 되풀이해보려고 애를 쓰면서 정거장停車場 쪽으로 향해 갔다.

마침 남경南京서 오는 막차가 새벽에 정거장에 닿았다. 제섭원齊燮元이가 노영상盧永祥이를 들이친다구 풍설風說이 한참을 났을 때에 이번 차가 아마 마지막 차일는지도 모른다구 소주서 곤산서 쓸어오는 피란민이 넓은 정거장이 찢어져라 하고 밀려 나왔다. 정거장 정문은 벌써 그동안 각처에서 몰려든 피란민들의 잃어버린 짐짝으로 가득 채워 교통 단절이 되고 좌우문左右門으로 쓸려 나오는 군중들이 문간에 수직守直하고 있는 군인들의 수색을 당하면서 이리 밀치우고 저리 밀치우고 흐늑흐늑하고 있었다.

아찡은 이 기회를 아니 놓치려구 이리 기웃 저리 기웃하며 기회만 엿보고 서 있었다. 저편 한 구석으로 아니나 다를까 늙은 할머니 한 분, 젊은 색시 한 분, 또 돈푼이나 있어 보이는 젊은 사내 하나가 고리짝, 참대 궤짝, 바구니 등 수십 개의 짐짝을 겨우 수색을 마치고 시멘트 길바닥에 쌓아놓고 땀들을 씻고 있었다. 아찡은 곧 그리로 뛰어가려고 하다가 "이놈아!" 하고 외치는 역전순사驛前巡查 고함소리 밑에 쥐 죽은 듯이 한편으로 물러서면서 아까운 듯이 그쪽만을 바라보았다. 짐은 산더미처럼 쌓아놓고 촌닭이 관청으로 온 모양에 두리번두리번하던 젊은 사내가 마침내 짐짝을 여인들에게 잘 보라구 부탁하고 인력거를 부르려 정거장 구외로 나왔다. 아찡은 인력거를 한 모퉁이에 집어던지고 번개처럼 달려들었다. 벌써 네다섯 다른 인력거꾼들도 달려와서 이 젊은이를 에워쌌다.

"어데 가시려오? 어데요? 여관에 갈려오?"

젊은이는 어찌 해야 좋을는지 모르겠다는 모양으로 한참이나 어릿어릿하다가 겨우 상해말은 아닌 어떤 사투리로 여관까지 얼마에 가겠느냐고 물었다.

"사마로四馬路까지 가면 60전錢이오." 하고 한 인력거꾼이 즐거운 듯이 웃으면서 말했다.

젊은이는 다시 우물우물하다가

"20전에 가면 가고 그렇지 않으면 고만 두어!" 하고 모기 소리만치 중얼거렸다. 인력거꾼 한 서넛이 펄쩍 뛰면서 한꺼번에 외쳤다.

"어듸를. 우리 그러케 에누리 아니한답니다."

"그자 촌村놈이다. 상해말도 할 줄 몰은다." 하고 인력거꾼 하나가 고함을 쳤다. 그들은 이 시골뜨기를 잔뜩 골려먹으려고 그냥 60전을 내라구 떠들었다. 얼마 동안에 오고가는 말이 계속되다가 값은 마침내 매인력거에 40전씩(보통 정가定價의 4배)에 작정이 되었다. 아찡도 식전 새벽에 이게 웬 떡이냐 하고 새벽 호운好運을 웃고 떠들어서 축하祝賀하는 동무 인력거꾼들과 섞여서 정거장 구내로 들어가서 고리짝을 한 개 들어 내왔다. 아찡은 큰 고리짝 한 개와 어제 먹다 남았는지 반찬 대가리 싼 조그만 보꾸러미 한 개를 올려놓고 앞장을 서서 줄곧 달음질해 나아갔다.

사마로의 여관은 여관마다 피란민으로 가득찼다. 그래 그들은 짐들을 실고 이 여관 저 여관으로 한참이나 왔다 갔다 하다가 마침내 어떤 어둡고 조그마한 여관에 가서 남은 방은 없으나 응접실에서 자기로 하고 하루에 방세 2원씩 주기로 해 마침내 자리를 잡았다. 인력거꾼들은 그동안 여기저기 다녔다는 것을 핑계로 해가지고 한참이나 요란스럽게 떠들어서 마침내 매인每人 대양 1원씩을 떼어내었다. 아찡도 그에 왼손바닥에 놓인 번들번들하는 은전 대양 1원을 눈이 부신 듯이 바라다보면서 저고리 앞자락으로 흘러내리는 땀을 씻고 서 있었다.

그가 인력거 채를 되는 대로 질질 끌면서 다시 큰 거리로 나아올 때 그는 혼자서,

"이게 웬 떡이냐! 꿈에 신수가 궁하면 정말은 신수가 좋은 법이야." 하면서 속으로는 좀 있다가 방장에 선술집에 가서 한잔할 기쁨을 예상하면서 그 번들번들하는 큰돈을 허리춤 전대에 줄 간수했다.

정말로 그날은 특히 운이 좋았던지 큰 거리에 척 나서자 가랑이 넓은 바지를 입고 패랭이 같은 모자를 쓴 미국 해군海軍 하나를 태우고 팔레스 호텔까지 갔다주고 해군海軍들이 보통 하는 버릇으로 그냥 막 집어주는 돈은 받아 헤어보니 20전이 한 닢 동전이 열두 닢이었다.

그는 너무나 좋아서 빙글빙글 웃으면서 전차電車 궤도를 건너 인력거 정류소停留所로 들어가 차車를 내려놓고 그 손살대 위에 편안히 걸터앉아서 행상行商하는 어린애를 불러다가 동전 두 푼을 주고 쪼빙(떡)을 두 개를 더 사서 찻물로 목을 축여가며 맛이 있게 먹었다.

해는 벌써 거의 오정午正이 되었으리라구 그가 생각한 때 제 차례가 와 닿았다. 방금 팔레스 호텔 문지기 인도인印度人이 망치를 휘두르면서 "인력거꾼!" 하고 부르는 소리를 듣고 달려가려고 펄썩 일어서다가 아찡은 그만 벌떡 나가자빠졌다.

아찡 뒤에서 참새 눈깔 같은 눈을 도록도록하고 있던 뾰족이가 번개같이 아찡 옆으로 뛰어나가 손님을 태우러 달려갔다.

아찡이 다시 일어나면서 저도 모르게 "에코." 하고 신음을 했다. 한 정거장 안에서 잡담들을 하고 있던 동료들이 열아문이나 죽 둘러서서 웬일인가 물어보았다. 아찡은 겨우 몸을 일으켜 인력거 위에 걸터앉으면서 "오륵." 하고 바로 그 앞에다가 방금 먹은 것을 고대로 게워놓았다. 동료들은

한편으로는 놀라면서도 한편으로는 우스워서 하하 웃으면서 그를 내려다보고 있었다. 그는 머리가 휑하고 온몸이 노곤한 것을 깨달았다. 5분, 10분, 15분. 그는 다시 제 기운을 차리려고 노력했으나 무효無效이었다.

동료 중에 그중 나이 좀 먹은 곰보 영감이 마침내 동정하는 듯이 가까이 와서 아찡의 싸늘하게 식은 손을 주무르면서 이렇게 말했다.

"여보게, 요 골목 돌아서 사천로청년회四川路靑年會에 가면 돈 안 받고 병 보아주는 의사 어른 계시다니 그리 가보게. 그저께 우리 장손이가 갑자기 아파서 거기 가서 약 두 봉지 타다 먹구 나았다네. 어서 가보게."

아찡은 무의식無意識하게 고개를 끄덕이었다. 아마 곰보 영감 말을 들어야 할까보다 하고 흐릿하게 그는 생각했다. 그러나! '어젯밤 꿈이 불길不吉하더라니!' 어떤 무서운 생각이 번개같이 지나갔다. 그러면서 이 반짝하는 전기가 그를 뛰어오르게 했다. 그는 인력거도 아무것도 잊어버리고 홀몸으로 뛰쳐나와 달음질쳐서 남경로南京路로 들어섰다.

그는 그가 어떤 모양으로 여기까지 왔는지를 기억할 수가 없었다. 하여간 이 사람 저 사람에게 물어 핀잔을 먹어가면서 여기까지 찾아는 왔다. 방 안에는 저 외에 서너 노동자勞働者들이 먼저 와 앉아서 아무 말도 없이 서로 번번이 쳐다보고들 앉아 있었다. 한 사람은 어디서 구루마에 치였는지 그냥 피가 뚝뚝 흐르는 팔을 추켜들고 "흐흐." 하면서 부들부들 떨고 있었다. 아찡은 한참이나 벽을 기대고 반쯤 누워 있다가, 차차 정신이 드는 것을 깨달았다. 이제는 정신은 똑똑한데 몸이 그저 사시나무 떨리듯 우들우들 떨리고 멎지를 않았다.

의사님은 어디 갔는가?

하인 같은 사람 하나가 비를 들고 들어왔다. 아찡은 거의 본능적本能的으로,

"의사님 어데 가셨소?" 하고 물었다. 하인은 대답 없이 비로 방 안을 두어 번 슬쩍거리고 나서는 기지개를 하면서 "규칙規則이 의사님이 새루 두 시에야 오우. 어데든지 갔다가 두 시에 오라우! 두 시 전에는 의사님이 아니 오는 규칙規則이야." 하고 다시 방을 쓸기 시작했다. 아찡은 풀썩풀썩 비 가는 대로 일어나는 먼지를 홈빡 맞으면서 잇몸이 떡떡 마주 붙어서 떨리는 소리로 다시 말했다.

"지금 몇 시쯤 됐소?"

"열한 시."

하고 하인은 시간을 따로 외고 다니는 듯이 빨리 말했다.

세 시간이 있다. 그러나 여기서 기다릴 밖에 없다. 이 모양으로는 아무데도 갈 수가 없다. 왜 이렇게 몸이 자꾸 떨릴까?

아찡이 한참이나 정신이 없이 있다가 다시 정신을 차린 때에는 떨리는 증세는 모두 없어지고 그저 머리를 무슨 몽둥이로 얻어맞은 듯이 뭉덩할 뿐이었다. 팔 부러진 사람은 아직도 그냥 "흐흐." 하고 앉았고 다른 사람들은 일절 나는 상관없다 하는 듯이 천장들만 쳐다보고 있었다. 두려운 암시를 주기 알맞은 침묵이었다. 흐리멍덩한 아찡의 귀에는 밖으로 뿡뿡 쓰르르 하고 오고 가는 자동차 소리들이 어디 멀―리서 들려오는 소리같이 들렸다. 그는 침묵이 싫었다. 그래서 그는 이 두려운 침묵을 깨트리는 것이 그의 책임責任이라는 듯이 "지금 몇 시나 됐을까요?" 하고 공중을 향해 물었다. 천장만 쳐다보던 사람들이 잠깐 얼굴을 돌려 표정表情 없는 흐리멍덩한 눈동자로 그를 바라다볼 뿐이요, 아무도 대답하는 이가 없었다. 아찡은 다시 어떤 무서운 생각이 나서 몸을 부르르 떨었다.

'글쎄 어젯밤 꿈이 흉하다니까!'

문이 열리면서 깨끗한 양복洋服을 입고 금테 안경을 쓴 뚱뚱한 신사가

한 분 들어왔다. 아정은 직각直覺*으로 이이가 의사 어른이어니 하고 벌떡 일어나면서,

"의사 나리님 제가 오늘 갑자기……."

"아니오 아니오! 의사는 아직도 두 시나 있다가야 와요. 좀 더 기다리시오!" 하고 젊은 신사는 급급히 대답하면서 뒷문을 열고 안방으로 들어갔다. 조금 있다가 그 젊은 신사가 다시 나왔다. 아픈 몸과 가슴을 가진 그들의 눈들이 그의 일동일정一動一靜을 멀―거니 바라다보고 있었다.

이 젊은 신사는 좀 뚱뚱한 딴에 쾌활스러운 성격이었다. 그는 조그만한 세 다리 교의에 펄썩 주저앉으면서 구둣발로 마루바닥을 한 번 쿵쿵 구르고 나서,

"당신들, 의사 보러 왔소? 좀 더 기다리시오. 아 당신은 어떡하다가 팔을 다쳤소? 무슨 일을 하오! 소차小車 끄오? 인력거 끄오?" 하고 이 사람 저 사람들을 번갈아보면서 대답은 쓸데가 없다는 듯이 주절주절 지껄이고 있었다.

한참 다시 침묵이 계속되었다. 그래 이 표정 없는 눈들이 신사의 몸을 떠나 다시 천장으로 향하려 하는 때에 신사가 다시 버룩버룩하면서** 말을 꺼냈다.

"세상은 괴롭지오? 죄 때문이외다! 아담 이와가 한 번 죄를 진 후로 그 죄가 세상에 관영해서 세상이 이렇게 괴롭게 되었습니다." 하고는 가장 동정이나 구하는 듯이 군중을 한 번 죽 둘러보았다. 군중의 얼굴들에는 일종 '무슨 소린지는 잘 모르겠다' 하는 그러면서도 약간의 호기심에 끌

---

* 보고 즉시 깨달음.
** 입을 크게 벌리어 자꾸 웃는 모습.

린 표정이 넉넉이 드러났다. 아찡이도 무시무시한 호기심에 끌리어 귀를 기울였다. 잠깐 동안 아픈 것을 잊어버렸다.

"당신들은 기도해본 적이 있소?"

하고 신사는 일동에게 물었다.

아무도 대답하는 이는 없었다. 모두 신사의 얼굴만 열심으로 바라다보았다. 신사는 잠깐 말을 멈추었다가 '대답은 쓸데없소이다' 하는 듯이

"기도함으로 죄 사함을 얻습니다. 요한복음 3장 16절에 말하기를 '하나님이 세상을 이처럼 사랑하사 독생자를 주셨으니 누구든지 그를 믿으면 멸망하지 않고 영생을 얻으리라' 했습니다. 하나님의 독생자, 예수 그리스도가 우리 죄짐을 지시고 골고다 십자가에 못박혀 죽으셔서 그 피로 우리 죄를 속했습니다. 그래서 누구든지 예수를 믿으면 세상에서는 이렇게 괴로워도 죽어서는 천당에 가서 금거문고를 뜯고 천군천사와 하나님을 노래하면서 생명수가에 생명과를 먹으며 살아간답니다." 하고 절반이나 연설체로 흥분해서 한참 내려 엮고서는 다시 한 번 일동을 둘러보고는 벌떡 일어서며 마치 기도하는 태도로 눈을 하늘을 향해 올려 뜨고,

"오! 사랑하시는 하나님이여. 이 불쌍한 백성들을 굽어 살피사 당신의 거룩한 성신의 불로 그들의 죄를 태워버리고 그들의 마음을 감동시키사 하나님을 믿게 하시오며 풍성하신 은혜를 베푸소서." 하고는 다시 눈을 내리뜨면서 "여러분 오늘부터 예수 품안에 들어오시오. 예수 말씀하시기를 '내 멍에는 가볍고 쉬우니라' 하셨습니다. 이 세상 괴로움을 모다 잊고, 예수만 진실히 믿었다가 이다음 죽은 후에 천당에 가서 무궁한 복락을 같이 누립시다." 하고 긴—— 설교를 끝낸 후 일동을 다시 한 번 죽 둘러보고 천천히 문밖으로 나가버렸다.

소눈깔같이 우둔한 눈으로 흥분한 신사의 머리짓 손짓을 열심히 바라

다보던 눈들은 다시 일제히 어딘가 보이지 않는 곳을 물끄러미 바라다보면서 각기 입으로부터는 약속했던 듯이 한숨을 내쉬었다.

아찡이는 열심히 그 신사의 말을 들었다. 그러나 그는 그것이 모두 무슨 말인지 알아들을 수가 없었다. 무슨 '죽은 후에 금거문고를 타고 잘산다'는 말을 알아듣고 '그렇게 되었으면 오죽이나 좋으랴' 하고 속으로 부러워도 했다. 그러나 지금 세상이 무슨 아담 이와 죄 때문에 괴롭게 되었다는 소리는 무슨 소린지 모를 소리라 했다. 그럼 인력거꾼은 모두 아담 이와 죄의 형벌을 받거니와 자동차 탄 양귀자나 이따금 제가 태워다주는 비단옷 입은 색시들은 어째 아담 이와 죄형벌을 아니 받을까 하고 그는 생각했다. 우리 같은 인력거꾼은 이렇게 늘 괴로워도 그 비단옷 입고 금반지 끼고 인력거나 마차馬車나 자동차自働車만 타고 다니는 그 사람들은 세상에 조금도 고생이라는 것이 없는 것같이 보였다.

그리고 그 신사가,

'하나님의 성신의 불로 그들의 죄를 태워버리고……'

운운할 적에는 그는 속으로,

"하나님이 있거든 한 끼 먹을 밥 한 그릇 듬뿍이 주고 이 몸 아픈 것이나 낫게 해주소."

하고 원했다.

신사가 나간 후에도 아찡이는 한참이나 그 신사가 한 말을 알아들은 대로는 되풀이해보았다. '세상에서는 괴롭게 지내다가 일후 죽은 후에 천당에 가서 금거문고 타고……' 죽은 후에 금거문고 타려면 왜 살아서는 고생을 해야 되는가? 죽어서 천군천사와 노래하려면 왜 살아서는 만날 뚱뚱한 사람을 태우고 땀을 흘려야 하며 발길에 채여야 하고 순사 몽둥이로 얻어맞아야 하는가? 죽은 다음에 생명수가 있는 생명과를 배부르게 먹으려면 왜 살았을 적에는 남 다 먹는 아침죽 한 그릇도 못 얻어먹고 쪼빙으로 요기하여야 하는가? 그것을 아쩡이는 깨달을 수가 없는 것이었다. 그 신사가 말한 바 소위 그 천당이라는 데는 그러면 우리 같은 인력거꾼이나 몰려가는 데인가? 그러면 양귀자들과 양복 입은 젊은 사람들과 순사들은 죽은 후에 어떤 곳으로 가는가? 그들도 그 천당으로 가는가? 만일 그들도 천당에를 가면 그들은 이 세상에서 고생도 아니했으니 불공평하지 않은가? 옳다, 만일 천당이라는 데가 있다면 거기서는 필시 우리 이 세상 인력거꾼들은 아까 그 사람이 말한 모양으로 금거문고 타고 생명과 배불리 먹고 놀고 이 세상에서 인력거 타던 사람들은 모두 인력거꾼이 되어서 누더기를 입고 주리고 떨면서 인력거를 끌고 와서 우리를 태워주게 되나보다! 그러나 그러면 나도 한 번 그들을 '에잇끼놈' 하면서 발길로 차고 동전 세 닢 던져주고, 예수 만나보러 대문으로 들어가게 될 것이다. 정말 그런가 하고 그는 혼자 흥분하여졌다. 그래 그 신사가 아직 있으면 천당에도 인력거꾼이 있느냐고 물어보고 싶었다. 만일 그렇다고 하면 그는 이제라도 어서 죽을 것이었다. 그래 그 좋은 천당으로 한시바삐 갔을 것이다. 그는 호기심에 끌려서 미닫이 칸 막은 안방에서 무슨 책인지 웅얼웅얼하면서 읽고 있는 방지기에게 말을 건넸다.

"여보 영감, 영감도 예수 믿소?" 웅얼하는 소리가 뚝 끊기고 한참이나 가만히 있더니,

"네. 왜 그리우?"

하는 대답이 나왔다.

"천당에두 인력거꾼이 있다구 그럽데까?"

"인력거꾼. 천당에 인력거꾼 있으면 천당이랄 게 무어요. 없어요."

눈만 멀뚱멀뚱하고 있던 다른 사람들도 빙그레 웃었다. 피가 뚝뚝 듣는

부러진 팔을 들고 앉았는 영감만이 아무것도 귀찮다는 듯이 그냥 물끄러미 팔을 들여다보고 앉아 있었다.

아찡이는 낙망했다. 천당에는 인력거꾼이 없다. 그러면 역시 고생하는 놈은 우리뿐이다. 돈 많은 사람은 세상에서나 천당에서나 즐거운 것뿐이다.

그는 그런 천당에는 가기 싫었다. 천당에 가서도 낮은 데 사람이 위에 가고 위에 사람이 아래로 가지지 않는다구 할 것 같으면 그런 데까지 일부러 다리 아프게 찾아갈 필요는 없는 것이었다. 차라리 괴롭더래도 이 세상에서나 쪼빙이나마 잔뜩 먹고 몸이나 성해서 석 달에 한 번씩 20전짜리 갈보네 집에나 가면 그것이 더 행복幸福이다 하고 그는 생각했다.

몸이 픽 거뜬해진 것같이 생각이 되어서 아찡이는 오지도 않는 의사를 기다리지 아니하겠다고 그만그만 밖으로 나와버렸다. 그러나 그가 분주스런 거리로 이 사람 저 사람 피하면서 걸어 나갈 때 홀로 큰 고독을 깨달았다. 아찡은 제가 갑자기 이 세상 밖에 난 것같이 생각이 되어서 슬펐다. 지나가는 사람, 지나오는 사람이 모두 희미하게 멀리 딴 세상에 사는 사람들 같고 저는 지구 밖에 어떤 곳에 홀로 서서 이 사람떼를 바라다보는 것 같았다. 그는 이것이 흉조라고 생각하여 몸을 떨었다.

그는 정신 없이 다리가 움직여지는 대로 자기 집 있는 짝으로 자연 가게 되었다. 영대마로 어귀에 내어버린 인력거는 기억에 나오지도 않았다. 그것을 잊어버리면 제 몸이 어떤 비참한 결과를 거둘 것도 인식되지 않았다. 저도 무슨 일을 하는지 모르게 짚신 짝으로 걸어오다가 건재약국에 들어가서 감초가루 약을 동전 두 푼어치 사들고 그냥 걸어갔다.

아찡이 얼마나 걸었는지 제 집 동구밖에까지 왔을 때 동구 밖에 울긋불긋한 기를 드리운 책상 뒤에 앉아 있는 안경 쓴 점쟁이를 보았다. 아찡은 그의 본능적 어떤 공포가 그를 자연히 그 점쟁이에게로 제 몸을 끌고 가는 것을 깨달았다.

전대에서 20전짜리 은전 한 닢을 꺼내 점쟁이 앞에 던지고 우두머커니 서 있었다. 점쟁이는 누런 안경 속으로 큰 두 눈을 희번덕거리면서 아찡을 훑어보더니, 조그마한 상자 속에 손을 넣어 돌돌 만 종이 한 장을 꺼내 펼쳐 읽어 보고서는 책상 밑에서 커―다란 장지책 한 권을 꺼내 세 치나 자란 시커면 엄지손톱으로 장장을 들치면서 어떤 곳을 찾아 들여다보더니 책을 덮어놓고서, 책상 위 유리판에 먹붓으로 글자를 넉 자를 써서 아찡 앞에 쑥 내밀었다. 그 글자는 '천현리홍天玄李紅'이었다. 그러나 아찡이 그 한문 글자를 알아볼 리가 없었다. 그래 그는 고개를 흔들었다. 점쟁이는 가장 점잔을 빼이면서 관화 비슷한 영파말로 점 해석을 시작했다. 이러쿵 저러쿵 중언부언하는 해석을 다 모아놓으면 대략 이러했다.

'아찡이는 지금 큰 액에 들었다. 지금 이 액을 넘기면 큰 낙이 돌아오리라.'

아찡이는 정신없이 제 방 안에 고꾸라졌다. 점까지 큰 액이 닥쳤다구 나왔다. 아아 그러면 무슨 큰일이 생기나보다 하고 그는 몸을 떨었다.

몸이 다시 으슥으슥하고 매시꼼이 나기 시작했으나 먹은 것이 없어서 게우지는 않았다. 아찡의 눈 앞에는 그의 전 생애가 한 번 죽 나타났다. 어려서 촌에서 남의 집 심부름하던 것으로부터, 뒷집 닭 채다 먹고 들켜서 석 달을 매 맞으며 징역하고는 상해로 와서, 공장에 들어갔다가 8년 전에 인력거를 끌기 시작했다.

8년 동안 인력거 끌던 생각이 났다. 애스톨하우스호텔에서 어떤 서양 신사를 태우고 5리나 되는 올림픽극장까지 가서 동전 열 닢 받고 억울한 김에 동전 두 닢 더 달라고 조르다가 발길로 채이고 순사에게 얻어맞던 생각이 났다. 또 언젠가는 한 번 밤이 새르 두 시나 되어서 대동여사大東族

숲에서 술이 잔뜩 취해 나오는 귀울리〔高麗人〕 신사 세 사람을 다른 두 동무와 같이 태우고 법계 보강리까지 10리나 되는 길을 가서 셋이 도합 10전 은화 한 닢을 받고 어처구니 없어서 더 내라구 야료치다가, 그들은 이들한테 단장으로 죽도록 얻어맞고 머리가 깨어져서 급한 김에 인력거도 내어버리고 도망질쳐 나오던 광경이 다시 생각이 났다. 그러고는 또 다시 한 번 손님을 태우고 정안사로靜安寺路로 가다가 소리도 없이 뒤로 오는 자동차에 떠밀리어서 인력거 부수고, 다리 부러진 끝에, 자동차 운전수 발길에 채이고 인도인印度人 순사 몽둥이에 매 맞던 것도 생각이 났다.

길다면 길고 멀다면 먼 8년 동안의 인력거꾼 생활! 적은 일 큰 일, 눈물난 일, 한숨 쉰 일들이 하나씩하나씩 다시 연상이 되어서 그는 엉엉 울었다. 그러다가 그는 갑자기 목이 갈한 것을 느끼면서 몸을 일으키려 하다가 온몸이 쥐일어서는 것을 감하야 "끙." 소리를 치고 도로 엎어지고서는 다시 아무것도 의식하지 못하게 되고 말았다.

종일 인력거를 끌고 새벽에야 집에 돌아와서 아찡의 시체를 발견하고 공부국公部局에 보고한 뚱뚱이를 따라 공부국에서 순사와 의사가 검시를 하러 이 더러운 방 안으로 들어왔다.

의사는 방 안에서 검시하고 영국의 순사부장은 중국인 순사 보호 통역을 세우고 뚱뚱이에게 여러 가지를 물어서 조그만 수첩에 적어 넣었다.

"아찡이가 언제부터 인력거를 끌었어?"

"글쎄 그도 똑똑이는 모릅니다. 이 집에 같이 있기는 바로 3년 전부터입니다. 그때 제가 인력거를 처음 끌기 시작하면서 같이 있게 되었어요."

"그래 모른단 말이야?"

"네, 네. 아찡이 제 말로는 이 노릇한 지가 금년까지 8년째라구 그러구합디다요, 나리!"

순사부장은 알았다는 듯이 고개를 끄덕끄덕하더니 안에서 검시하고 나오는 의사를 향하여 웃으면서 영어로 이렇거 말했다.

"무엇 저 죽을 때 되어서 죽었소이다. 8년 동안 인력거를 끌었다는데요. 남보다 한 1년 일찍 죽은 셈이지만 지는 번 공부국 조사에 보면 인력거 끈 지 9년 만에 모다 죽지 않습니까?"

의사는 고개를 끄덕끄덕하면서,

"8년으로 10년까지. 매일 과도한 달음질 때문에……."

공부국에서 온 일꾼들이 아찡의 시체를 거적에 담아 실어 간 후 뚱뚱이는 한참이나 멀거니 앉아 있다가 벌떡 일어나서 다시 밖으로 나아갔다.

그날 오후 두 시에 사람들은 그 뚱뚱이가 역시 아무 일도 없다는 듯이 인력거에 손님을 태우고 에드와드로路로 기운차게 가는 것을 볼 수가 있었다. 물론 그가 아까 순사부장과 의사의 회화(영어로 하기 때문에)를 알아들을 수 없어서 그에게는 다행이었다. 5년이나 6년 후에 아찡의 뒤를 따르게 될 것을 모르므로 뚱뚱이는 흐르는 땀을 씻으면서 껑충껑충 아스팔트 매끈한 길을 홀로 달아나는 것이었다……. 마치도 한 백년 더 살 것 같이…….

— 《개벽》, 1925. 4.

자동차는 우리의 적敵

—패배자의 석일몽昔日夢

편집부

인력거부의 신세타령

"자동차 바람에 골탕 먹은 것은 저희들뿐이죠!"

낮잠을 자다 일어나는 ××조組인런거부가 긴 한숨을 쉬이며 말허두를 내인다.

"그래두 지금 수입이 상당히 있습니까?"

"없는 것은 아니지만 옛일을 생각하면 한심하죠. 그전에야 어디 우리 세상이었지요. 그런데 그놈의 자동차가 우리를 죽인 셈이죠."

"손님이 아 — 주 없습니까?"

"그야 아주 없으면 살겠어요! 그저 한탄만 납니다. 자동차! 그놈의 자동차! 흥 그것두 자동차가 가주 나서 한 번 타려면 오 원입쇼 육 원입쇼 하든 철만 해두 우리들이 괜찮었지만 서울에 택시가 생겨가지구 팔십전 야라를 내붙이고 난 뒤에는 아 — 주 우리가 망해버렸어요."

"그럼 요즈음은 어떤 사람이 많이 타요?"

"기생이죠! 그렇지만 기생은 요리점 전속 인력거가 있으니깐두루 우리는 술 취한 손님이나 혹시 병자나 태우게 되니간 어디 그리 수입이 많습니까?"

"……"

나는 그에게서 이런 이야기를 한참 듣다가 모 요리점 전속 인력거꾼을 찾아가게 되었다. 그것은 기생이란 로— 맨쓰 많은 여성이니 무슨 새로운 이야기꺼리가 있나 하는 호기심에서였다.

"……어떤 종류의 인물을 많이 태웁니까?"

"우리야 기생을 제일 많이 태우지요. 술 취한 손님을 태우고 또 요릿집에서 부르는 손님을 태우러도 가지만 제일 인연 깊게 태우고 다니는 것은 기생입니다."

"그럼 밤이 늦겠구료?"

"네. 자연 늦을 수밖에 없지요. 그러나 그건 별로 그리 큰 문제가 아닌데 술 취한 기생을 태웠을 때와 비 오는 때에 손님을 모시고 가는 것이 괴로워요. 대체 술이 취하는 기생은 대개가 므슨 한이 있는 여자지요. 몹시 실연을 했거나 그렇잖으면 양어머니 밑에 있는 기생이야요. 속이 타오니깐 아마도 들이마시는 모양인데 간혹 인력거 위에서 '여보! 글쎄 무슨 팔자로 나는 기생이 되었소?' 하고 내가 자기 무슨 친척이나 되는 사람같이 하소를 하지요. 그럴 때면 인력거를 끌어먹는 놈이지만 가엾 생각이 나요. 남의 안해가 되지 못한 한이 아마도 퍽 심한 모양이야요!"

"수입은?"

"수입은 보통 인력거부보다 못지않지만 주인에게 뜯기고 인력거세로 뜯기고 하면 얼마 안 돼요! 저 그런데 미안하지만 또 어디를 가야 하겠습니다. 용서하십시오."

하고 그는 합삐*를 입고 모자를 쓴다.

"그럼 실례했습니다."

---

* 상호 등을 등이나 어깨에 새긴 겉옷.

나는 멍하니 그의 뒷모양을 바라보면서 발길을 돌렸다.

— 《조광》 1권 1호, 1935. 10.

인력거부

양한운楊閑雲*

바람이 불어 강물이 흘러
성벽城壁은 무너뜨리고
물뫼**는 터뜨리고
논밭은 짓밟고
자꾸만 퍼져 나가는 도시.
이 도시 한 모퉁이에
음침하기가 쓰레기통 같은 인력거방人力車房은
달아나는 평양平壤, 퍼지는 도회都會의 때 잃은 골동품骨董品.

이층二層은 햇빛을 따라 옥색玉色 커튼을 걷고 치는 병원病院
어스름 황혼黃昏이 물밀어오고
주름***이 차분히 졸음을 부를 때
눈은 떴으나 아무것도 보이지 않고

---

* 작가에 대한 정보가 없음.
** '먼 산'이라는 뜻의 '먼 뫼'로 여겨짐. 이 행은 '멀리 있는 산은 깎아내고'라고 풂.
*** 커튼의 주름을 말하는 듯.

무너진 환영만이 앞을 막을 때

병원의 층계를 올라가는 발소리는

깊은 암야闇夜를 좁은 다짜구리의 울음을 달았다.

문득 근아饉餓*의 심연深淵에서 놀란

늙은 인력거부는

풍상을 겪은 자기의 두개골을

두 손으로 지긋이 치켜 든다.

잔인한 터널을

육십 년이나 기어 나온 인력거부.

그동안에 꽃방울 같은 아내랑 애연哀然히 묻고

주림에 부대낀 두개골엔 흰 눈만이 덮여 있다.

울음처럼 한껏 깊은 눈.

알롱달롱한 생활의 보표譜表를 차곡차곡 간직한 상자!

아아 현오玄奧한 두개골이여

바람에 몰려 파도에 쪼개져

푸른 하늘은 등에 지고

검은 구름은 아래로 헤치고

달아나는 해를 따라 시간을 따라

검푸른 바닷가 절벽의 동굴을 찾아드는 솔개처럼

뒤바뀌는 먼 바닷길의 기억을 뒤적이는 인력거부.

눈만 감으면

선혈색 물결이 앞을 스치고 흘러만 간다.

---

* '근아饉餓'는 '기근饑饉으로 인한 배고픔餓'이라는 뜻.

바로 지금 머리 찍힌 독사처럼

이리 뒤치고 저리 비꼬며 흘러만 간다.

흐르는 물결 위에는

버드럭거리는 팔다리 조각이

창백한 얼굴과 잔혹에 지친 꼴이

매와 바람에 치달린 모——든 것이 오가리쪽처럼 쪼그라든 모든 것이*

마개를 바가지통처럼 헛싹스리큰 머리통이

어스름 가운데서 호연晧然히 웃는 아이의 얼굴이

밤무억처럼 깊은 솔밭에 으슥히 나타나는 머리털이

솟아오르는 팟물이 떠도는 고기조각이

잠겼다 떴다 곤두박질을 하며 떠내려간다.

주림을 안은 도시에

전차 자동차는 별띠처럼 달리고

사람들은 물거품처럼

밀려 가고 밀려 온다.

—《비판》5권 4호, 1937. 4.

---

* '아래에서 위로 세게 올려 닫다'는 '치닫다'의 의미에서 이 행은 '매와 바람 때문에 위로 솟구쳐진 모든 것'이라 풀 수 있음. '오가리'는 '병들거나 말라버린 식물의 잎'을 가리킴.

작가 연보

1902년	11월 24일 평양에서 개신교 목사인 아버지 주공삼朱孔三과 어머니 양진심梁眞心의 5남매 가운데 차남으로 태어남. 시인 주요한朱耀翰이 친형.
1915년	숭덕소학교를 졸업하고 숭실중학교로 진학.
1918년	숭실중학 3학년을 마치고 일본 도쿄 아오야마 학원 중학부 3학년으로 편입.
1920년	중국 소주蘇州의 안성安晟 중학 입학.
1921년	단편 「추운밤」을 《개벽》에 발표하며 문단활동을 시작.
1925년	단편 「인력거꾼」 발표.
1927년	상해의 호강滬江대학 중학부를 거쳐 호강대학 졸업. 영문학사 학위 취득.
1928년	미국 스탠퍼드대 대학원에서 석사 과정 이수. 영문학석사 학위 취득.
1930년	월간 종합잡지 《신동아》 주간 역임.
1934년	중국 북경의 보인輔仁대학 교수 역임.
1935년	단편 「사랑손님과 어머니」 발표.
1936년	「아네모네의 마담」, 「추물醜物」 등 발표.
1943년	일본의 팽창주의 정책에 호의적이지 않다는 이유로 교수직에서 해임되고 중국에서 추방되어 귀국.
1947년	해방과 동시에 월남한 후 상호출판사相互出版社 주간 역임. 단편 「눈은 눈으로」 발표.
1948년	단편 「대학교수와 모리배」 발표.
1950년	《코리아 타임즈》 주필 역임.
1953년	경희대학교 교수 취임.
1954년	「해방일주년解放一週年」 발표. 국제 PEN클럽 한국 본부 사무국장, 부위원장, 위원장 역임.
1957년	장편 『일억오천만대일一億五千萬對一』 발표.
1972년	한국문학번역회 회장 역임. 11월 14일 71세를 일기로 사망.

위 연보는 『사랑손님과 어머니 ─ 주요섭 단편선』(삼중당, 1975; 1977)과 『한국현대문학대사전』(권영민 편, 서울대학교출판부, 2004)을 참고하여 재구성한 것임.

한국현대문학전집1-개화기 소설 단편선

혈의 누

지은이 ┃ 이인직 외
엮은이 ┃ 서형범
펴낸이 ┃ 김영정

초판 1쇄 펴낸 날 ┃ 2010년 11월 1일
초판 2쇄 펴낸 날 ┃ 2020년 6월 10일

펴낸곳 ┃ ㈜현대문학
등록번호 ┃ 제1-452호
주소 ┃ 06532 서울시 서초구 신반포로 321(잠원동, 미래엔)
전화 ┃ 516-3770
팩스 ┃ 516-5433
홈페이지 www.hdmh.co.kr

ISBN 978-89-7275-471-8 04810
ISBN 978-89-7275-470-1 (세트)